J O Y

享受讀一本好小說的樂趣

重陽

【經典復刻版】

姜貴 著
夏志清 代序
王德威 導讀

【代序】

姜貴的《重陽》——兼論中國近代小說之傳統

夏志清

去年十一月，我在耶魯大學宣讀了一篇論文，專講我國近二十年來文學創作上的成就。口述的論文受時間的限制，我舉要地討論了三位傑出的作家：姜貴，余光中，白先勇。對國人而言，這三位作家當然是大家熟悉的，余光中和白先勇尤其受到年輕讀者的愛戴。但我國批評事業不發達，討論白先勇成就的也不過《台北人》裏附錄的四篇，余光中雖然是文壇的紅人，統論他成就的文章好像還沒有。姜貴祇有《旋風》剛出版時，受人重視，以後的作品，出版後自生自滅，從沒有書評家去理睬它。他今年六十五歲了，算是位老作家。近年來不受重視，可能因為他代表的是個晚清、五四、三十年代小說家的傳統，在風格上，在題材上，都不夠「現代」化。余光中今年四十六歲，初到台北時還是大學生，白先勇初來時祇是中學生，更比余光中年輕上九歲。他們都是倡導現代文學的功臣，雖然有一長段時間，余光中常和一批自命「現代」的詩人筆戰，覺得他們寫的詩文理都不通，遑論詩境？這場筆戰，假如我當時參戰的話，一定會完全站在余光中一邊，因為我覺得專標榜「現代」，並不是一個文壇的好現象。不少作家，自己學問不扎實，覺得非跑到時代尖端，不夠時髦，不夠當「現代人」的資格，這樣寫出來的東西，當然不會有「深度」的。當年最紅、最「現代」的詩人艾略脫，英美的年輕詩人已不再模倣。事實上，有些革命派的青年更覺得他是「守舊」、「頑固不靈」的反動人物。當然艾略脫目前市價跌，並不影響他的永久價值。同樣的，有朝一日白先勇的小說，余光中的詩文，都會給人不夠「現代」的感覺，雖然那時他們在文學史上可能已有鞏固的地位。「現代」是個相對的名稱，真正的大作家當然以表現時代為己任，但這並不是說他先學會了當代最流行的技巧，從本國和國外最時髦的作品裏，抓住了「時代意識」後才去創作的。

台灣作家，很少看得起五四時代的作品，也很少看過三十年代的作品。那些作品誠然不夠「現代」，但我們不能說它們的藝術水準一定不如當代台灣的作品，也不能說影響那時代作家最深的西洋文學傳統在成就上比不上支配台灣文壇的那個西洋現代傳統光輝。而且文學傳統是一條長流，後浪推前浪，所謂「進步」，往往是個幻覺。當代吾國作家，都很服膺喬哀思，且不論他們有沒有讀過《尤理西斯》。五四時代的作家莫不服膺易卜生，而事實上年輕的喬哀思最佩服的當代作家也就是易卜生，還貿貿然寫封信寄給他。現在同艾略脫一樣，在英美大學生間，喬哀思已不再是「走紅」人物，這一方面當然他們沒有耐心讀艱難的作品。但以客觀的眼光看，喬哀思最後走了一條死路，他的成就當然遠不如易卜生，這樣的多樣性，這樣針對人生、社會大問題而永遠逗人深思。同樣的，喬哀思的成就當然遠不如狄更斯，喬治．艾略脫，也遠不如屠格涅夫，托爾斯泰，杜思退夫斯基。前幾年有些作家（尉天驄等），不滿現代主義籠罩台灣文壇的情形，倡導過人道主義的文學。事實上人道主義的文學即是上列十九世紀諸大家所發揚光大的文學。

我不敢說姜貴讀過多少西洋作品，但當年他是愛國青年，也是文藝青年，在一篇自傳裏提到過曾為托爾斯泰《復活》深深感動的情形，至少同類的作品，已有中譯的，讀過不少，而且無形中受其影響。同時，從他自己的小說裏，我們看得出他是熟讀舊小說的人，晚清、民初的小說一定讀得不少。（在他給我的一封信裏，他提到寫《碧海青天夜夜心》時，曾自覺地受徐枕亞——民初紅作家，以《玉梨魂》最著名——的影響。）一般人錯覺（我自己當年也如此），胡適、陳獨秀倡導文學革命後，一切文學形式都受西洋影響而擺脫了舊的桎梏。事實上，詩，短篇小說，話劇是新建的形式，而長篇小說，現成有光輝的白話傳統，在形式上，精神上，思想上，無必要完全創新，事實上也並未。像樣的新長篇小說要到一九二八年才問世，表示它的難產，事實上也表示它並沒有同章回小說絕緣。梁啟超早在一九〇二年在横濱出了種《新小說》的雜誌，提倡「政治小說」，造成小說界空前繁榮的現象。我們可以說，跨入二十世紀後的晚清時期才是中國小說史的劃界時代。這以前雖有以編纂小說為業的書商，可說沒有職業小說家。晚清時代才有李伯元、吳趼人這樣以寫稿為生的職業小說家。晚清以前雖也有寫諷刺小說的，沒有人寫過社會大變動，隨時有亡國危險的局面。這種針對社會政治現實，關心國是的精神是晚清小說的特徵，也是五四以後小說的特徵。一般人特別看重晚清時代的諷刺小說，其實言情小說也很多，到民初更盛行。這兩種小說裏，婦女悲慘的命運，往往是家庭黑暗，社會不公平，甚至政治腐敗的象徵。在五四以後的小說裏（不管是新派的巴金，老派的張恨水），這類不幸的婦女出現得更多。

假如我的假設可以成立的話，則我們不得不承認，十八世紀的《儒林外史》和《紅樓夢》是兩部超時代的小說，對二十世紀中國小說的發展影響最大：前者培養小說家對社會、政府自覺性諷刺的態度；後者激發他們的同情心，尤其是寄予不幸婦女的同情心。寫《紅樓夢》時，曹雪芹自有他一番出世的哲理，但世世代代的讀者，讀小說後感受最深者，莫不是書中多少可愛女子生活和下場的悲慘。《紅樓夢》同情女性不是那時代單獨的現象，《儒林外史》裏也有值得我們同情的女子。同時代深閨婦女自己寫的彈詞，如《天雨花》、《再生緣》、《筆生花》之類，專供婦女閱讀。這類作品，據我學生陳豐子（日籍，嫁華人）的研究，一方面把婦女的苦難，家庭的醜態，寫得淋漓盡致，一方面把些頭挑女子，寫成人中瑰寶，喬裝男子，中狀元，當宰相，得意一時，充分在一個想像世界裏補償她們女作家自己生活上的缺憾。

我《近代中國小說史》的結論，五四到大陸淪陷那一時期較好的小說家，差不多全是著重諷刺和富有同情心或人道主義精神的寫實主義者（Satiric and humanitarian realists）。有些作家以諷刺見勝，有些更富於憐憫之心，但二者實為一個銅幣的兩面，同樣是看到醜惡的現實後，必然的反應。我前面所寫的，僅是說明「諷刺」、「同情」這兩種態度，並非是「新小說」的特徵，在晚清小說裏已很顯著，也可說是《儒林》、《紅樓》兩大小說精神的延續。大體說來，五四以來以諷刺見長的小說家，如魯迅、老舍、張天翼、錢鍾書，比較耐讀。那些專寫人間疾苦，青年男女的作家，他們文筆較壞，沒有含蓄，一方面不免自怨自艾，一方面叫囂「革命」，給人淺薄的印象。但這不是說這些題目不應寫，祇是一般作家，才氣不夠，寫悲慘的題目，難免落人「溫情主義」的圈套。

姜貴在大陸時，寫過兩三本小說，當時沒有人留意，在文壇上可說是毫無地位的人。他真正從事寫作，是到台灣來後的事，《旋風》是一九五二年脫稿的。但就年齡而論，他從大半三十年代初露頭角的作家應算平輩。就遭遇而言，也同他們有相像之處：從小就愛國，年紀輕輕就聽到一位長輩鼓吹共產主義的學說，中學時代就從故鄉山東跑到廣州去參加革命，加入北伐的隊伍，一九三七年再度投軍，抗戰八年一直在前線或敵偽區為國家服務。所不同者，三十年代那些作家，雖然愛國心重，但很早就左傾，至少看不起國民黨，而姜貴少年時代即入黨，三十年代沒有真正從事文藝，可能因為他覺得同當時操縱文壇的左派作家合不來，不甘同流合污。但姜貴的小說大半寫的是二十年代到四十年代的大陸情形。那是當年大陸作家所寫的題材。所不同者，姜貴深感共黨禍國之痛，把當年的情形，比他們看得更清楚，更深入。他正視現實的醜惡面和悲慘面，兼顧「諷刺」和「同情」而不落入「溫情主義」的俗套，可說是晚清，五四，三十年代小說傳統的集大成者。台灣年輕一代的小說家，另受西洋現代文學的影響，氣魄不夠大，同那個傳統血脈相承之緣，已疏。

我說姜貴是那個傳統的集大成者，專指他兩本傑作而言：《旋風》和《重陽》（作品出版社，民國五十年初版，共廿四章，五七四頁）而言。他的第三部長篇《碧海青天夜夜心》（民國五十三年），長達八百四十餘頁，作者自己很偏愛，但我認為是失敗之作，可能當時姜貴牽入訟案，蒙不白之冤，心神不安，不能集中精神寫作。之後，姜貴生活更清苦，為了稿費，長短篇寫了不少，我還沒有好好研讀，希望其中有精品。

姜貴是晚清民國小說傳統的發揚光大者，主要因為他諷刺手法特別高妙，有勝前人，雖然《旋風》和《重陽》都是富有悲劇性的作品，題材牽涉到中國整個的命運，不能純粹當諷刺小說看待。在〈論姜貴的《旋風》〉（譯文曾載《中國時報》副刊）裏，我曾提到《旋風》和杜思退夫斯基《著魔者》同樣處理一個瘋狂的世界，其諷刺的效果可令人大笑大哭，讀《重陽》後，我更有同樣的感覺。杜氏早年是激進者，對帝俄時代的革命黨，無政府主義的暗殺黨心理摸得最熟，但西伯利亞放逐回來後，他變成了所謂「反動」派，希望帝俄不受西歐思想的侵犯，人民保持他們的單純，相信耶穌救世的愛。因之，他覺得那些革命黨人又可笑，又可怕，他們是魔鬼附身，可以擾亂天下的罪惡元首。五四、三十年代的作家，他們大半敬重杜氏人道主義這方面的廣泛的同情心，但因為他們嚮往革命，也反對宗教，不可能同意杜氏「反動」的觀點，在寫作上也沒有受到他多少影響。近代中國的讀書人，一般講來，不信什麼宗教，姜貴也不例外，但從他的小說裏，我們也可看出他同杜氏一樣的「守舊」和反動。他守住的是孔孟儒家的正義感，倫常觀念和忠孝精神。他認為共產黨是中國固有文化的死敵，黨內積極份子都是反倫常，非忠孝的禽獸。杜氏信得過沙皇和教會，姜貴信得過國民黨，雖然黨在過去曾吸引了不少投機份子和敗類，其中不乏忠貞男女，發揚真正儒家不屈不撓的精神。《旋風》裏的方八姑，《重陽》裏的朱廣濟、錢本四都是這類人物，雖然他們都被共黨正法或暗殺，他們所代表的精神卻將與中華民族同存。

同晚清小說一樣，姜貴個別諷刺對象有封建地主、舊式官僚、頑固份子以及投機取巧、不學無術的新派人物，空頭作家，洋場惡少，但因為他的主題是中國文化的存亡問題，他們的種種行動，不論自甘墮落也好，自命前進也好，顯得更可笑，更可悲。《旋風》的主角方祥千，《重陽》的主角洪桐葉，都是受共產主義理想騙惑的人，一個覺悟太遲，一個覺悟雖早而無力自拔。他們都值得同情的，也可說是悲劇的人物。正因如此，小說裏看來似乎是誇大式的諷刺，襯托出一個惡夢似的現實。洪桐葉和他的妹妹金鈴都是母親辛苦領大的，他們的父親早亡，曾任民初南京臨時政府的軍部次長，可算是「革命先進」。桐葉中學畢業後，他的叔叔雖然是鐵路局長，卻不肯資助他讀大學，介紹他到一家法國洋行去學生意。那洋行主人烈佛溫是位販毒的軍火商，他的太太卻是滿口上帝的基督教徒。桐葉學法文，讀聖經，每週還得替老板娘修腳，而且修出味道來，樂此不疲。姜貴好描寫有性變態的人物，有時性變態心理的發展，來得突然，不能使讀者信服，但桐葉愛同老板娘修腳，一方面當然是性的享受，更重要的，它象徵一種當時中國人自甘奴服洋人的卑賤心理。在當年，貧窮的孩子在洋行裏熬出頭，當買辦，也算一條「光榮」的出路。姜貴寫《重陽》，煞費苦心，每個角色，都或多或少代表那一類人所有的特點。即以烈佛溫夫婦而言，男的販毒，同軍閥勾結，販賣軍火。女的滿口仁愛，要中國人相信西洋人的上帝，這正代表帝國主義侵略的兩方面。

桐葉有機緣結識一位名教授，後者覺得革命先進的骨肉學洋行生意太可惜了，介紹他去見錢本三，一位上海國民黨的負責人。此後桐葉要脫離洋行，為黨國服務。但早在此以前，他結識了一位共產黨柳少樵。桐葉母親是女工，患盲腸炎，送醫院沒有錢，柳少樵暗托工廠裏一位心腹彭汶學資助了一百元。桐葉非常感激，自己的叔叔不肯資助，洋行裏支不到多少錢，共產黨卻這樣關心他，使他走上共產黨的路。柳少樵一方面也給他淫書看，腐化他。

桐葉初次在柳少樵弄堂房子亭子間見到他，「打量他，年紀大約比自己大幾歲，人瘦瘦的，細高身材，蓬鬆鬆一頭亂髮。滿腮鬍子，少說也㲉半個月不曾刮了。」談了半天，桐葉和柳、彭二人一起去喫晚飯。三個人剛要往外走，洪桐葉又一陣聞到剛才在後門外邊的那種怪味，覺得有點要作嘔，很不好受。那味道好像是從前窗隨風吹進來的。便問：

「這是一種什麼味道？」

「隔壁是一家煉豬油的小工廠，這個是豬油香。」柳少樵說。

「你說香，我說是臭，我真受不了！」

「久了，習慣了，你就好了。你難道不知道『入鮑魚之肆，久而不聞其臭』那句話？」

「但願我能遠著它一點，不要那習慣也罷了！」

「實逼處此，祇怕你遠不了它。」

在一陣笑聲中，三個人走了出去。

這一段引文，很能使我們體會到姜貴的象徵手法。桐葉所聞到令人作嘔的臭，不僅是煉豬油的臭，也是共產黨的臭。柳少樵聞慣了，覺得它香，後來桐葉常去那弄堂，果然「久而不聞其臭」了，到那時他已中了共產思想的毒了。

柳少樵算得上是湘西世家，家裏歷代開布廠，他父親的紗布廠，最後不能同日貨競爭倒了，晚年開爿布店自娛。他老人家最疼愛三兒子少樵，自己看中名門閨秀葉品霞，想盡方法花了一萬五千兩銀子，討回家，但求三兒子婚姻美滿。少樵老大不願意。洞房花燭之夜，柳少樵看看新娘子，確實生得慤漂亮，父親沒有騙他。賢慧不賢慧，雖然一時摸不清，但看了那一副馴順溫柔的表情和動作，不至太離譜兒。柳少樵本來一整天累了，但此時忽然興奮，一口氣把燭和燈吹了。

「怎麼，」新娘子意外的大喫一驚，在黑暗中說，「今天晚上不興吹燈的。」

「管他呢！」柳少樵撲到新娘子身上，「快脫衣服！」

「那怎麼可以？總要過三夜，我才好脫衣服。」新娘子慌成一團，對於新郎的魯莽，一時不知如何應付才好。

黑暗中，柳少樵不再答話，祇管去撕她的衣服。新娘子帶著哭聲說：

「好人，好人，求求你！」

「不要說廢話，你是我花了一萬五千銀子買來的，怎好違拗我！」

聽了這話，新娘子的拒抗立刻鬆了下來，她祇有傷心流淚的份兒了。

事畢，柳少樵把燈點上，整整衣服，點頭稱讚道：

「一萬五千銀子，果然味道不錯！」

他拉一條毯子，在床對面一張長靠椅上，蒙頭睡了。

柳少樵當時還不是共產黨，在他自己看來，他在響應新文化運動反封建、反舊禮教的呼聲。舊式婚姻是不合理的，他要反抗，他要報復，非得侮辱自己的新娘子不可，非得施強暴不可，這樣她傷心，他父親傷心，他心裏才舒服。他這種不顧情理、毫無人性的行為同時也表示一種意志支配一切的瘋狂。「家庭革命」這個口號不是新文化運動叫開頭的，李伯元的《文明小史》裏就有一兩位青年鬧家庭革命，婚姻自主。但他們的舉止雖很可笑，他們的人性並未喪失。這種青年發現自己的老子替他討了個如花似玉的美人兒，一定歡天喜地，向老子磕頭都來不及。即使新娘醜，想她也是個禮教社會的犧牲品，可憐蟲，不會去強姦她，凌虐她。少樵不是不歡喜葉品霞，他獸慾大動，把她姦了，這樣更可一逞自己意志的勝利。

柳少樵是憑了這種「反抗的精神，打破傳統的勇氣」，極邏輯地加入了共產黨。《旋風》裏的土共倡導人方祥千，代表老一輩的智識份子，認為共產主義是可以實行大同世界的理想的，最後發現被騙了。柳少樵並沒有什麼理想，即使加入共產黨時，對人類、對國家還有些想望，加入後，受了黨的訓練折磨，就不可能再有了。他是聰明人，知道黨是什麼一個把戲（他自己人性早已喪失，意志受人支配，並不感到多少痛苦），一方面，他可說是個「硬漢」，不管路走錯走對，他認了，「黨」變成了他的終身事業。他聽上司的領導，自己也用同樣方法去領導上鈎的青年。有一次，他「揍」了洪桐葉後，再騙他去嫖法國女人。他說：

「小洪，你應當高興才是，因為我的上司也是這樣對付我的。你將來領導別人，這是一件祖傳的法寶，你不要忘了。用暴力，用甜言蜜語，或是用未來的美夢，不拘用什麼都好。可是永遠不要期望任何人可以長期為你作片面的犧牲，而沒有他自己的願望。一面滿足他，不管是屬於他的下意識的或是獸性的，一面鞭策他，他自然會接受你的領導，你就天下歸心了。」

「難道就沒有例外？」

「當然有的。偶然遇到例外，就剷除他，連根拔掉他！那時候，你需要的是機智、迅速和果斷，一點猶豫不得！」

書的末了，洪桐葉早已想跳出共黨的火坑了，柳少樵憑著他的「機智、迅速和果斷」，把他結果了。

柳少樵和洪桐葉二人各有各的個性、命運，但在小說故事的發展上，在反映當詩的革命現實上，他們二人是分不開的，他構成了一個double character，正像杜氏《白癡》、《著魔者》裏面的男主角一樣。就歷史現實而言，洪桐葉代表了那種思想糊塗，一時是非不明而被共黨脅誘上鈎的愛國青年。他的父親代表了一種光榮傳統，但在帝國主義肆虐，軍閥統治中國的時期，他行動上拿不準方向，而走入歧途了。

事實上，早期國民黨容共時期及抗戰初期，這類青年多得很。柳少樵代表那種自動自發的共產黨，走了新文化運動極左派的路線；覺得剷除封建，打倒禮教，推動無產階級革命，才是新青年應幹的事，自鳴得意，看不到在他破壞性的行動裏所表現的極端自私。加入共產黨，爬得相當高後，柳少樵更名正言順地發揮他破壞、殘害的潛能。同時他在私生活上，可以胡作亂為，也正對他獸性的需要。二、三十年代、這類共黨幹部也多得很。他們即是劉鶚在《老殘遊記》裏所預言的「革命黨」：「今者不管天理，不畏國法，不近人情，放肆過去，這種痛快，有人災，必有鬼禍，能得長久嗎？」

在《旋風》裏，姜貴已描繪了不少共產黨人的面貌，柳少樵的畫像更顯出他想像力之高超，對當年在大都市活動的共產黨地下工作人員瞭解之深。在工人、學生界活動的中級共黨領導人物在二、三十年代左派小說出現得很多。在茅盾、蔣光慈、丁玲的筆下，我們常見到這種拜倫英雄式的典型人物：他行動神祕，辦事果敢，心裏充滿了人類愛或階級愛，但表面上看來冷面無情，甚至大義滅親。他是女同志愛慕的對象，但他對她們不加鼓勵，從不讓男女私情影響到他為黨服務的凜然不可侵犯的精神。同他們比起來，柳少樵好像是個漫畫式的人物，事實上姜貴刻劃的才是這類地下工作人員的真面目，那些左派作家反而把這個典型理想化了，千篇一律，多讀了令人生厭。《重陽》讀來這樣驚心動魄，令人髮指，多半同柳少樵造型的成功有關。

洪、柳初識時，人都在上海。後來，北伐開始，二人都被派到吳佩孚統治下的漢口，作地下工作，預先為國軍開路。洪桐葉名義上是國民黨，事實上同柳少樵走一條路線。接著，汪精衛、陳獨秀主持的武漢政府成立，政權落在共黨手內，推動了不少荒謬的新措置，社會秩序大為混亂。姜貴當年人在武漢，親歷這種亂況，二、三十年後，憑他的記憶把那些可怕、可笑的事件一一寫下，給人真切的印象。全書最精采的幾章都是寫武漢混亂現象的。事實上，當時共黨、汪派推動的是一個「社會大革命」，後來汪精衛怕自己政權不保，同南京政府妥協，才開始分共，社會大革命才告停止。

武漢「大革命」時期受損害最嚴重的是女性。假如柳少樵代表一種反倫常的瘋狂，《重陽》裏的女人，除了柳少樵的情婦白茶花和兩三位歷史上的名女人外，大半是善良的，她們的感情是正常的，也就是說，她們還是有良心，還逃不出，也不想逃出倫常道德的支配。可是在共黨策劃的「家庭革命」、「婦女解放」之下，她們非得做違心之事不可，受盡欺侮。姜貴對婦女深度的同情心，發揚了晚清以來，中國近代小說的精神，在《旋風》裏即有深刻的流露。在《重陽》裏，被損害的少女老婦各色各等都有，前文提到了葉品霞（她同她公公全家最後都被柳少樵毒死），這裏只能略述洪金鈴、洪大媽的苦境。同她哥哥一樣，金鈴去武漢，也沒有向媽媽告別，是溜走的。臨走時，「想著米缸是空的，油瓶和鹽罐是空的，媽媽的荷包是空的，她真有點說不出的酸楚，噙住兩泡眼淚，一逕下樓而去。」到漢口後，她更是想念媽媽。她同哥哥會面了：

「我老想著我走的時候，」洪金鈴悽然說，「她正身體不大好，家裏喫的用的，什麼也沒有，這些日子不知道她怎麼過？像這樣，我們對她一點責任不負，太對不起她了！」

「這是你的舊腦筋。」

「新腦筋不要媽媽？」

「也不是說不要。不過一個人總得勞動，她可以做臨時工人，自食其力。」

「她老了，做不動了。」

「那就活該沒有辦法。」洪桐葉搖搖頭，苦笑一下。「將來革命成功了，國家會有養老院。現在是青黃不接的轉變期，自然不免有許多小悲劇。」

「你說是小悲劇？」

「是的，我們有更多的正在受難的無產者！」

「連自己的母親都不能照顧，我們還有資格設想那許多人的事嗎？」

洪金鈴說著，撲簌簌落下淚來。她雙手捧臉，不住地抽噎。

洪金鈴這句反問，桐葉是無法回答的，等到他覺悟，知道自己是個「悲劇的丑角」，已是太遲了。洪家三口都是柳少樵侵害的對象，他好女色也好男色，很早就是桐葉的愛人。桐葉固然生得俊俏，但少樵玩弄他，也表示一個人加入共黨後，必定絕對服從上司，喪失自己的人格。少樵也垂涎金鈴的美色，桐葉熱心地為他牽馬，金鈴不從，但最後還是屈服了。少樵對桐葉說得很冠冕堂皇：「我是在向一個處女的貞操觀念挑戰，我要打破那種資產階級獨佔意識的處女貞操觀念。為黨，為無產階級，她應該獻出她的童貞！」少樵姦污金鈴，一大半出於淫心，但後來洪大媽接到漢口後，他也姦污她，可說出於好玩，也表示對她人格的鄙視。被姦之後，「第二天快近中午了，洪大媽還沒有下床。眼睛有一點紅腫，顯然她哭過。她有某一方面的滿足，這一滿足彌補了她長久的孤獨和寂寞，但她自己並不曾顯明地察覺到，它躲在另一更重更大的陰影之後。她現在所有的是深長的冤抑，被侮辱的，被損害的。」

《重陽》不僅寫洪、葉兩家的恩怨故事，它是歷史小說，人物很多，不便一一介紹。代表國民黨的有投機政客錢本三，和他的弟弟錢本四，後者腦筋清楚，忠貞愛國，覺得應把共產黨「斬盡殺絕，客氣不得」。還有辛亥人物，隱身教育界的朱廣濟，更是有骨氣讀書人最好的代表。當時軍政要人，不少在書中出現，姜貴把吳佩孚寫得真活，正像在《旋風》裏，寥寥數筆，把韓復榘寫活一樣！還有空頭作家司靈鶩和謝文短（柳少樵也寫新詩），都寫得栩栩如生，一貫晚清小說諷刺無聊文人的作風。洋人也很多，但可能姜貴生平同洋人接觸不多，寫得不夠真，寫洋人魏蒙蒂到東北去的二二、二三兩章，講的是間諜美人故事，離武漢地區太遠了，篇幅佔得太多，使小說結構鬆懈，可算是敗筆。但有些洋人的故事，可能是真事，讀後令人哭笑不得，深感當時中國人的恥辱。第九章裏講到一個上海英國流氓「碼頭鬼子」，僱了個名叫「小魚」的侍役，「和他食同桌，睡同床，要好非常」。後來「小魚」討了破落大戶的閨秀，她從未見過洋人，根怕碼頭鬼子！

她又纏著一雙小腳，碼頭鬼子要給這一雙小腳照相，預備寄同英國去分贈親友，讓他們也見見世面。女人家兩隻小腳，是神祕而又神聖的，可遠觀而不可褻玩，怎肯給外國人照相？無奈碼頭鬼子執定要照，小魚沒有法子，對夫人百般譬解，祇是不從。最後小魚惱了，把夫人打了個半死，才算制服了她。她滿面流淚，委委屈屈地把一雙腳伸到碼頭鬼子的餐台上，讓他前後左右照了好幾張。碼頭鬼子還不盡興。又要她脫下鞋子，褪下裹腳帶來，赤著足再照幾張。女人當然又是不肯，逼得緊了，她就放聲大哭起來。

碼頭鬼子口袋裏摸出一張金鎊票來，塞給小魚，說：「教她不要哭，好好再照幾張，我給她這個！」

小魚並不把這個金鎊看在眼裏，但從這個金鎊他看出碼頭鬼子的決心，這事要做不到，飯碗會受影響都不一定。他想想，知道好說沒有用，一橫心，就動手把女人又是一陣毒打。這辦法果然有效，女人賭氣，不但不哭了，反而爬上餐台，居中坐了，脫下鞋子和裹腳布，把赤著的一雙小腳伸了出去，自己兩手捂著眼睛。

這故事下面幾段，同樣精采，抄錄太長，祇好讀者借小說來讀。小魚就是洪桐葉的縮影，一受帝國主義、一受共產主義的欺負奴役。桐葉也是同柳少樵「食同桌，睡同床」的，也把自己的親妹媽媽誘逼給少樵去玩弄。《旋風》和《重陽》裏這類交代身世的小故事很多，細細玩摩，都和小說主題切切有關。

武漢分共後，朱廣濟有一天過江到武昌訓練共黨幹部的軍政學校去看看他的女兒。朱凌芬本是好學生，被逼攻擊自己父親，備受凌辱後，變成了共黨積極份子。朱老先生到學校，學生、教官一個都不在，都上江西去了。祇見「一個穿軍服的黃瘦孩子，約摸十二三歲，正把些亂草往小灶裏塞著燒，一邊不住地用手去抹臉，好像在哭。」朱廣濟同他交談了一陣，孩子才說：

「我原是學校裏的公役兵。他們走的時候，湊巧我腿上生瘡，走不得，所以沒有跟了去。」

說著，把褲子擄起來給朱廣濟看，原來一條左腿腫得像個小水桶，好幾處都在潰爛。朱廣濟用手摸摸孩子的額部，人也已經在發燒。就有點替他著急，忙說：

「你這個病不能再拖了，要馬上住醫院才行。」

孩子搖搖頭，冷冷地說：

「醫院是資產階級住的。我是無產階級，住不起醫院。」

招得朱廣濟忍不住一笑。

「不但你的腿中毒，原來你的思想也中毒了！我告訴你，你不要聽他們亂說。醫院並不專為資產階級服務，窮人也一樣。如果你不相信，現在我就可以送你進醫院，不用你花一文錢，把你的病治好。」

「你說得這樣好聽，到底有什麼陰謀？」

朱廣濟聽了，又是可笑，又是可嘆。

「這個問題我不答覆你，我請你自己說，你一個小孩子，腿病到這樣子，我把你送醫院，你說我有什麼陰謀？」

孩子似乎還有話說，朱廣濟知道難以弄得清，就緊接著又說：

「好了，好了，現在我沒有時間同你談這些。你現在祇說，是不是願意去住院。願意，我就帶你去；不願意，我走了。」

孩子想了一下，說：

「好，我跟你去。我不怕反革命的資產階級的卑劣的陰謀！」

朱廣濟不理他。想到街上沒有車子，而自己又背不動他，就試著和那幾個揀破爛的人打個商量，給他們一點錢，替換著把那孩子背到過江的輪渡上去。朱廣濟問孩子：

「你叫什麼名字？」

「我叫『打資』。」

「你叫什麼？」朱廣濟聽不明白。

「就是打倒資產階級的那個打字和資字。」

「怎麼叫這樣一個名字？」

「我原叫『達志』，學校裏閻隊長給我改的。閻隊長真革命！」

「你姓什麼？」

「我從前姓李，閻隊長給我改了姓列。」

「改了姓什麼？」

「列寧的列字。我現在和列寧同姓，我和列寧是一家人。」

孩子這樣回答。他一本正經，確信不疑。

朱廣濟深深知道，這不是三言兩語就能改變他的，便不再說什麼。心頭卻似壓上了一大塊石頭，越想越不舒服，越想越痛苦。

在五百七十多頁的小說裏，「列打資」這個孩子僅佔四頁的篇幅，但我們讀後，他的形象將牢不可忘，因為在他身上集中了共產黨摧殘青年幼苗的一切惡毒。在這樣一個小穿插裏，姜貴寓以最深的涵義，實在可算是寫小說的大手筆。

《重陽》出版整十二年了，一直沒有被報章注意過。我這篇文章，不能算是評論，主要說明一下，姜貴延續、發揚了中國近代小說的傳統，介紹一下《重陽》的主題和其主要人物，多抄幾段原文，以引起讀者閱讀該書的興趣。一方面也借機會勉勵姜貴先生寫幾部和《旋風》、《重陽》同等功力，同等份量的大小說，以饗當今和後世的愛國讀者。

一九七三年六月

【導讀】

姜貴的《重陽》

王德威

雖然姜貴在四〇年代曾嘗試過小說創作，但他一直要到移居臺灣後，才真正成為專業作家。我們今天讀他的作品，也許會輕易的將其歸為老掉牙的「反共小說」之流，事實不然。姜貴的小說雖毫不掩飾批共反共意圖，卻較一般的口號文學複雜太多。

姜貴的《重陽》寫的正是一九二七年春夏寧漢分裂與清黨的往事，以革命青年的歷練與墮落作為情節骨幹。故事中的主人翁洪桐葉是國民黨先烈之後，因家道中落，淪為上海法國洋行買辦的學徒，工作辛苦，所得卻不足以養家。適值洪母染病，告貸無門。一神秘青年柳少樵及時出現，為洪解圍，兩人遂迅速成為好友。柳實乃共產黨徒，他藉此機會不只是吸收，更是吸引了洪。洪柳二人所發展的同性戀關係是《重陽》的一大主題。對姜貴而言，洪桐葉尾隨共產黨人，非但是意識形態的墮落，也是身體欲望的墮落。

《重陽》的重心是武漢國共聯合政府轄區內，種種驚世駭俗的事件。洪、柳以協助北伐的名義來到武漢，柳搖身一變，成了政府中的左派小頭頭。他策劃工運婦運、鼓動罷工搶糧，無惡不作。柳同時也是淫邪的雙性戀者。在洪桐葉外，他迫姦了洪母及洪妹，最後又搭上了自己原配妻子的女佣白茶花，一個醜陋的大腳婦人。柳與白這兩人一搭一檔，為所欲為，直把武漢鬧得一無寧日。國民黨實行清黨後，武漢大亂。洪在亂中為柳謀殺，而柳則與白茶花逃之夭夭。

姜貴把政治情欲化，或把情欲政治化的傾向，在《重陽》的第一章即可得見。洪桐葉受僱於法國商人為學徒，不僅為公事疲於奔命，還得為老板夫婦整理家事，清洗污點斑斑的褻衣。洪後來更受命學習修腳術，好為太太服務。日久生習，洪竟對老板娘的腳，產生愛戀。修腳不再是苦差事，反成為滿足他性幻想的古怪儀式。姜貴對戀足癖的描寫，並不僅於此。《重陽》中另有一名英國無賴，專事對中國婦女的纏足風，大事蒐奇。而我們也記得，小說中的首惡柳少樵迷戀白茶花，不為別的，竟是為的她那一雙既大且扁又跛的天足。

柳少樵吸引洪加入共產黨，不僅介紹他看馬列宣傳書報，也同時附贈性學博士張競生的《性史》。政治的墮落必須與性的墮落等量齊觀。姜貴牢牢抓住這兩者的對應關係，在《重陽》中發展了一複雜多姿的象徵體系，為現代中國小說所鮮見。對姜貴而言，我們的身體正是禮教與意識型態最後的戰場。性氾濫及性扭曲反映了整個社會法理制度的崩潰，而其後果的恐怖，十足駭人聽聞。小說開頭的戀足癖描寫只是熱場戲而已。之後虐待狂與被虐待狂、通姦、強暴、同性戀、窺淫癖、暴露狂、穢物癖，乃至（嘲仿式）亂倫的例子，處處可見。在一個道德政治混亂的時代裡，沒有一個人能潔身事外，而女性所受的禍害，尤其慘烈。書中所有的處女角色都喪失了她們的貞操，而尼姑、寡婦、丫頭等「被壓迫」的女性，又都被強迫參加擇偶大會。武漢政權以解放婦女為主要號召之一，但在柳少樵這幫人的導演下，卻演出了仇視蹂躪女性的瘋狂嘉年華會。

是的，在無所忌憚的原始欲力指使下，《重陽》充滿一種反常的亢奮狂歡氣息。姜貴對大革命的看法是群醜跳樑，倒行逆施。姜貴同期的許多反共作家，也抱著同樣輕蔑嫌惡的態度來看共黨革命，但少有人如姜貴般，寫出共產這個「玩笑」中的殺機，革命這場「胡鬧」中的血腥。他的主要角色，個個如上了獸欲之弦的機器人，橫衝直撞，絕不稍歇。當政治激情成了畸情，革命也真成了要命的遊戲。

由這一觀點來看，柳少樵是個極成功的反面人物。柳原出身世家，自響應革命大業後，他的作為即極盡驚世駭俗之能事。新婚之夜，他強暴了新娘，之後即棄如敝屣，反與女佣白茶花戀奸情熱。柳愛女人，也愛男人。他與洪桐葉一度難捨難分，食同桌、寢同床。但洪犯了錯，柳卻大事體罰，彷彿在凌虐中，又另得快感。這段感情並不能阻止柳對洪母及洪妹的覬覦。兩位女性先後為柳所強姦。柳少樵其貌不揚、憊懶下流，但姜貴卻看出其人的無窮魅力，引得了一群又一群的角色，如飛蛾撲火般甘為其役、甘為其亡。武漢政府垮臺時，共產黨徒四散，柳也適時結果了洪桐葉一命。夏志清曾指出姜對革命家及色情狂一視同仁，因兩者均有絕難饜足的（政治或身體）欲望，對人生百態，卻殊少同情寬貸。觀諸柳少樵的行徑，信然！

《重陽》的書名指的是陰曆九月初九盛暑已過，秋風將起的時節。回望二十七年夏天的一場荒謬風暴，姜貴但願秋天能帶來冷靜與警醒。但秋風秋雨能不勾起姜貴蕭索蒼茫的感慨麼？除此之外，我也懷疑書名影射了書中兩個男主角以至兩個政黨的畸戀關係。《重陽》者，「重」「陽」也。對姜貴而言，洪柳的關係乖離常道，而武漢國共聯合政府也是變態的政治存在。

姜貴自謂是個保守的右派作家。然而細讀《重陽》，我們不禁要對他將政治色情化的寫法，暗暗叫絕。即便保守，他也絕非等閒的反共作家。他小說中身不修、家不齊而國不能治、天下不能平的論式，暗合古典小說常見的教訓，而走的路線卻是反諷托喻式的。就此我甚至要說姜貴的寫法提醒我們重審《金瓶梅》、《野叟暴言》這類古典誨淫小說的政治意涵。《重陽》將情欲的兇險、政治的無常、家庭的瑣碎、革命的高蹈合為一談，使全書不再是一個「乾淨」的歷史小說。這一將歷史庸俗化的舉動，代表了姜貴與歷史對話的激進姿態，也間接暴露了五〇年代多數反共或擁共小說故作「天真無邪」的教條真相。

本文摘自《小說中國：晚清到當代的中文小說》〈小說・清黨・大革命——茅盾、姜貴、安德烈・馬婁與一九二七夏季風暴〉

自序

民國四十六年十月一日我在《今檮杌傳》（即以後用《旋風》原書名行世的那本小說）自序中寫過這樣幾句話：

民國十六年，我在漢口親眼目睹了共產黨那一套以後，第二年回到南京，那記憶歷數年而猶新。二十年，我寫了我的第三個長篇《黑之面》。我以為共產黨是屬於「光明的反面」的東西，必無前途可言。但在技巧方面，我卻並不滿意這一篇。過了些時候，逕把它付之一炬。以後我一直想重寫一部，祇是沒有機會。當然沒有機會也就是沒有決心。而《黑之面》到底寫些什麼，我現在已經完全沒有記憶。兩年前，偶步街頭，看見一家叫做「華的工藝社」的市招，才聯想起《黑之面》的女主角名叫「華的」。「華的」是女人的一種面飾，我們有時在西洋女人的帽子上看見插一根羽毛，現在婦人勒髮也有用與其髮色配合的羽毛的，「華的」大約就是那類的東西。往古男子出獵，獲得珍禽異獸，歸而以其羽或皮獻其所歡，用以示愛。婦人以羽為飾，起源大抵如此，而這就是所謂「華的」。《黑之面》寫些什麼，看了這個女主角的名字，也大致可以想像了。

共產黨注重階級利益。這個階級是由共產黨本身的暴力所形成的一個「新貴族階級」，而絕對不是所謂無產階級。這個新貴族階級，無視國家民族的利益，也無視個人的自由權利。時至今日，任何一個有良知的自由公正的人士，對此都已深知，用不著說了。

但它在十六年的武漢，實在早已經給我們看過「樣子」。如果舉國上下，都重視那個「樣子」，都重視他們在那個「樣子」中所表現的許多「過火」的舉措，作為一個前車之鑒，戒慎恐懼，積極的消滅共產黨所由產生的那些因素，則今日大陸必仍為自由世界所擁有，是可以斷言的。

蔣總統是反共的先知先覺。但三十年來，他一直受到國內國外許多有形無形的掣肘，而未能暢行其志。這是中國的不幸，也是世界的不幸。讀《蘇俄在中國》一書，真令人感慨萬端。

北伐期中在武漢所成立的「中央政府」，是影響最為深遠的一個「頓挫」。《中國之命運》第四章第二節，蔣總統這樣說：

> 在這個時期，使中國國民黨的基礎幾至於破壞，國民革命的生命幾至於滅絕的事件，就是民國十五六年之間汪兆銘和中國共產黨在中國國民黨中及國民革命軍中積極的進行分化工作。

這個「分化工作」，在國民黨內部挑起了左右派系的衝突，在一般國民與社會之間，煽動社會革命的階級鬥爭，而民族的固有道德遭受鄙棄。蔣總統說：

> 狂瀾潰溢，幾乎不可挽救。乃復於民國二十年至二十五年之間……各地兵連禍結，閭閻為墟。至今痛定思痛，追原禍始，仍不外乎是由於這漢奸汪兆銘一手造成的所謂「寧漢分裂」的一幕慘劇而來。

此一「慘劇」，以後蔣總統在《蘇俄在中國》第一編第二章第十五節中復作如下之分析：

> 共產國際第七次執行委員會「中國問題決議案」原是史達林的作品。史達林對於武漢政權的構想，就是要組織其為「無產階級、農民及其他被剝削階級的民主獨裁制」，簡單的說，就是「工農小資產階級的民主專政」。
>
> 民國十六年三月，莫斯科共產國際以本黨國民革命形勢，北伐進展之速，實為其始料所不及。若其僅利用武漢左派的組織，和聯席會議的名義，決不能與南京中央相抗衡，更不能達成其毀滅本黨，阻礙北伐之目的。此時他惟有力促汪兆銘由法經莫斯科回國。汪一到上海，即與陳獨秀發表其共同宣言，主張組織「一切被壓迫階級的民主獨裁制，以制壓反革命」。這一宣言顯然就是史達林的決策之重申。

武漢以汪兆銘為首的「左派」中央黨部及其政府，其會議完全受共黨份子的劫持，其民眾運動的部門亦都由共黨及其同路人任首長。……駐在兩湖的國民革命軍，其各級政治部大抵為共黨份子所把持。各軍之間，更飽受共產黨的挑撥離間，彼此意見無法融和。

實際上，兩湖的人民不能忍受共黨的恐怖政治和社會鬥爭。

武漢的左派和中共的內部，到了這時，都發生了激烈的爭議。

武漢的左派至此始憬然警悟莫斯科利用我們國民黨部來達到他赤化中國的目的之陰謀和野心，乃決定分共，而與中共決裂。

這一節書，小標題是〈武漢左派的悲劇〉。

現在，《重陽》所描寫的正是這一「悲劇」。

但我的意思，錢本三這個人物，並不代表「左派」。當時若干左派，以後幡然改圖，仍不失其為純正的國民黨黨員，無寧是值得贊揚的。而錢本三祇是一個投機份子而已。任何一個新興力量，都免不了有這樣的投機份子，問題祇在看它能不能隨時刷掉他們，保持原有的質素，不趨於腐惡而已。一個健康的人，偶有癬疥之疾，不是可恥的事。國民黨十三年改組，十七年總登記，以至於來臺以後的改造，都有這種去腐生肌的作用，那是盡人皆知的事。

錢本三有三套本錢，樣樣生意他都可做。他也許有他自已的見解，但是他祇耽於接受現實，隨波逐流，而完全不知道「擇善固執」。他是那一時代的一個自甘墮落的「自我犧牲」者。他和洪桐葉實在是同一條路上的人，不過有幸與不幸之別而已。

這裏邊，也有幾位「友邦人士」，不如此不足以表現那個時代的綜錯複雜。我以烈佛溫和魏蒙蒂兩對夫婦作對照的描寫，以期「無枉無縱」。那時的租界，被稱為「冒險家的樂園」，為罪惡的淵藪。我不曾歪曲或強調這幾位友邦人士，也無意唐突他們。蔣總統在《中國之命運》第三章第一節裏邊說：

帝國主義者在各地秘密約活動，實為民國成立後軍閥混戰最大的原因。治外法權足以掩護其間諜和特務人員。租界租借地和鐵路附屬地等特殊區域，與列強賦有特權的鐵路航線，又足以供軍火的儲藏與販賣，以接濟土匪，助長內亂的便利。

蔣總統分析不平等條約對於政治、法律、經濟、社會、倫理、心理各方面的影響，亦涉及宗教。同書第三章第五節，於對基督教備致推崇之餘，又有這樣的話：

近百年來，基督教的教會，因為他有不平等條約的憑藉，享有特殊的權利，而且不注意中國國民的民族精神，所以一部分人士視外人傳教為文化侵略。致其疑慮，甚至加以仇視和反對。

這些都是當時的實在情形。所幸自不平等條約廢除之後，這些不正常的現象早已不復存在。而《重陽》在這一方面所描寫的極小的部分，用意僅在為小說作技術性的烘托而已。「種族歧視」使基督教義為之黯然無光，而無由自圓其說。這是一個老問題。時至二十世紀的七十年代，許多地區猶在為這個問題爭論煩惱，以至流血，連自由民主的美國亦所不免。然則三十餘年前，當殖民主義風行之際，其情況之惡劣，可想而知。

歷史小說並不就是歷史，《重陽》的故事完全出於虛構。因此，如果以書中之人之事，證諸當時之實人實事，以求其所以影射，那就完全落空。

我的目的祗在重現那一時代的那一種特異的氣氛，給人重新感受，重新體會，用以「紀惡為戒」而已。或有人以為這個想法有近冬烘，而且為時已晚，我卻並不那樣悲觀。胡適之先生一再提及的「功不唐捐」，我相信那句話。

同時我也一直相信，共產黨一定不是從天上掉下來的。我們必須敢於分析它所由產生的那些因素，然後才能希望有辦法把它撲滅。詛咒與謾罵也許能洩憤稱快於一時，實則並無多大用處。至於「諱疾忌醫」，其為害之烈，更不必說了。

反共，需要冷靜，也需要智慧。

我出身於一個小資產的藥商的家庭，我習慣於承認以合理的經營求取合理的利潤，而要求享有不受干擾的個人的以至家庭的私生活。我的反共思想，以如此平凡的觀念為基礎。我不是一個勇猛的鬥士。

但《黑之面》以後三十年始有《重陽》，我自己仍深以為愧。面對這樣一個混亂的時代，而我所不能忍受的卻是無邊的寂寞。

《重陽》於四十八年九月間開筆，歷時十九個月始脫稿。這並非我在加工製造，寫出什麼較好的東西來了，而是由於一暴十寒，屢寫屢輟。其中最久的一次停頓，達七個整月。

這實在太「不景氣」。

本書曾有原稿，無意行世。庚子歲尾，我在臺北小住南返之後，忽然發生了一種「醜媳婦終要見公婆」的想法，使我改變初衷，決定印刷成書，芹獻於讀者之前。而於交付排印時，倉卒間把它刪改成這個樣子。雖不至於面目全非，但個人感情，總以為今不如昔。

我曾經聲明，對於寫小說，我是十足外行。因此，在這裏，我不得不要求我所敬愛的讀者，當你讀這本小說的時候，務必請你不要忘記作者是一個外行。如果你能一直想著你是在讀一個外行人所寫的一本外行小說，那你就不至於太失望，作者及其所作也就能得到更多的原諒和寬恕，而不虞求全之毀。

那真是功德無量。

中華民國五十年三月二十八日，姜貴自序於臺南東門寄廬

野陰添晚重
山意向秋多

一

洪桐葉中學畢業了。

四年肄業期間，正巧遇上從北京發生的五四運動。這一運動，立刻傳到上海，傳到全中國，使多少青年學生放下課本，離開課堂，參加了反對北洋軍閥政府的活動。洪桐葉就是其中的一個。

政治活動不免直接影響課業，畢業典禮中校長講話的時候，就曾不客氣地批評洪桐葉這一年級是歷年畢業學生中功課成績最差的一班。他感慨的說：

「我是一個辦教育的人。站在純教育的立場，我要求政治活動退出學校，學生不要參加政治活動。」

校長講話後，緊接着一個國文教員自動登臺致詞，他委婉地說明他個人的意見。

「五四運動的價值，在於思想上的啟蒙。接受科學與民主，讓科學與民主的精神貫徹到政治、經濟、社會和人民的生活，那才是中華民族的生機。我們不能固守兩千年以前的思想，而永久不變！」

國文教員的觀點顯然與校長有異。典禮之後，他們兩個私人之間就起了很大的爭執，國文教員又不肯讓步，據理而辯，把個校長氣得渾身發抖。當然這種爭辯是沒有結論的，但國文教員在這一暑假中卻沒有接到續任的聘書，最後他不得不捲鋪蓋離開。

洪桐葉的功課不好，他自己也坦白承認。在他這一班級中，他是以剛剛及格的分數拿到畢業文憑的。照校長的看法，他應當算是壞中之壞了。

雖如此，守寡多年的母親，還是希望他能進入大學。因為一個中學畢業的十多歲的孩子，不文不武，實在沒有較好的出路。尤其當她想到他的父親的時候，她更覺得有必要給他一個深造的機會。要不，對於生者死者都將留下無窮的遺憾，會使她永遠懷着不安。她豈能忘記洪家的門第？他常常想着不要玷辱了這個高貴的門第，更好是能從洪桐葉手裏把這個門第發揚而光大之，她才覺得對得起已死的丈夫。

原來洪桐葉的父親，曾經做過南京臨時政府的軍部次長，他在任內因病下世。遺下他的夫人和一子一女，這一子一女便是洪桐葉和他的妹妹金鈴。這位洪次長，倒稱得起是一個為革命犧牲的人物，身後竟不曾留下什麼財產。因而未亡人的生活，就發生了極大的困難。

洪桐葉有個親叔叔，是留法學藝術的。但他學成回國以後，卻一直在交通界服務，歷任南北各線的鐵路局局長，也算是一個兜得轉的人物。但沒有人知道那真正原因，他把骨肉之親的洪桐葉的一家三口，視作路人，一點也不照應他們。

洪桐葉一家，以後流寓在上海閘北。母親和妹妹在商務印書館工廠作臨時裝訂工人，母女兩個把一點血汗錢省喫減用，卻教洪桐葉入學讀書。

讀大學，是母親的主張，洪桐葉自己也願意。但算來算去，沒有這個經濟力量。母親為難了很多天。最後，她抱着一種「姑一試之」的心情，親自帶着洪桐葉，破例來到局長叔叔家求叔叔了。叔叔結婚多年，自己並無兒女，洪桐葉算是他們洪家惟一的後代。照理，他應當負責任培植他成人，因為這在一個有錢的人，實在所費寥寥。但叔叔對於這個請求，並沒有一點興趣，斷然予以拒絕。

母親便無可奈何地退而求其次，試着說：

「聽說在鐵路上工作，倒是滿有出息的。你能不能介紹他？」

「桐葉要不是我的姪子，我還可以考慮介紹他。是我的姪子，倒不行了，因為我不能引用私人！」

局長叔叔歪着脖子想了一下，接着說：

「這樣吧。我有一個法國朋友，在霞飛路上開一家洋行，做獵槍生意。前些時，他託我找一個學徒。我看，就教桐葉去吧。學點法文，好好做事，將來做買辦，比我當局長還好呢。」

事情就這樣決定了。

洪桐葉每天到洋行去上班，擦玻璃，擦地板，洗汽車，洗馬桶間，還帶給法國老板和老板娘擦皮鞋，洗內袴。洗內袴這個工作是非常奇怪的，每天早上總有這麼一條偶或兩條內袴交下來洗，有時是男人的，有時是女人的，有時男女兼有，而且祇要老板不出門，就風雨不阻，寒暑無間，準有。洪桐葉偶然問及當廚子的白手老王，這麼單獨洗內袴，到底是怎麼回事。老王裂着嘴笑了。

「小洪，我問你，你今年幾歲了？」

「十八歲。」

「十八歲了。還不懂這點事？傻瓜！」

說着又笑，倒把洪桐葉笑得臉紅了。

洋行裏用人極少，除了這個白手老王之外，祇有一個坐寫字檯的先生，有時聽見人叫他「買辦」。好像法國老板對這位買辦，也並不怎樣拿他當一回事，一直用一個字叫他「張」。上上下下，裏裏外外，所有的事情都堆在他一個人頭上。老板常使他到外邊去辦事，而又責備他耽誤了家裏的工作。

此外，原還有一個打雜跑腿的小王，洪桐葉進來之後，他的生意被歇了。

洪桐葉對於局長叔叔豫許給他的那一個作買辦的光明前途，等真正看到那位買辦「張」之後，倒也並不再有特別的興趣。但職業有時不是由人挑選的，碰到了這一行，同時又沒有別的機會，就祇好先幹着。

他每天下班之後，隨便買點什麼可喫的東西塞塞肚子，就趕到一家夜校裏去學法文。有時候身上沒有錢，就略去這頓晚飯，緊緊袴帶算了。法國老板每月給他四塊銀洋飯錢，另加兩塊錢零用，一總是六元。而他單單學法文，每個月就要八塊錢的學費。因此，他仍須依靠母親和妹妹的工資度日。

一年過去，洪桐葉也學會幾句法國話了，對於洋行裏的情形也大略摸清一點了。原來他們賣獵槍，祇是個幌子，一年當中也不知道有沒有一筆兩筆交易。老板，他名叫烈佛溫，實在是做軍火生意的。他常常旅行各省，和當地的軍閥們聯絡，替他們從歐洲輸入軍火，而他也有辦法把各省的雅[1]片煙土推銷到外國去。

有個時候，為了搶一筆較大的生意，烈佛溫曾經和一個日本軍火掮客發生了衝突。深夜間，他從外面返回洋行，剛鑽出汽車門，就被人躲在暗處連擊三槍。算他運氣，三槍都擊中，而都未中要害。醫院裏躺了幾個星期出來，依然活躍在他的老生意場合中。但那一回他也留下了一個紀念，走起路來有點瘸腿了。

想到母親漸入老境，妹妹大了，都不很相宜再在外面作工，洪桐葉就更加努力工作，小心服侍老板、老板娘和他們的一兒一女，也更加勤讀法文。他的希望是極簡單的，早些學徒期滿，坐上寫字檯，多多少少有幾個薪水拿，就行了。他看得明明白白，這不是有給人飛黃騰達的機會的地方，在這裏，較高的願望無異是一種妄念。

老板娘每星期六下午要從澡堂裏叫一個修腳匠來家為她修腳。老板娘一雙手腳，保養得又白又嫩，得力於一個簡單不過的方法。香皂洗淨，拭乾；再用香皂和甘油，交搓，起大量泡沫，然後不用水洗，卻用柔軟的新毛巾把那些泡沫拭淨完事。有一回，在大冷的冬天，洪桐葉把手皴了，裂了幾條口，痛不可忍。他試着用老板娘的方法，偷着洗了幾回，不但裂傷好了，手竟變得嫩了起來。他因此心裏大大讚美老板娘的聰明。

經常為老板娘修腳的一個人，是浴德池的小黃九，每到星期六下午三點鐘，他一定準時報到。那時，老板娘剛從浴缸裏起來，軟椅上一靠，腳便伸到小黃九的膝頭上，那腳上有時還帶着沒有拭淨的水珠。小黃九為老板娘專用一套刀具和磨刀的細石，用完了由老板娘自己保存起來。

修腳的時間，老板娘照例看畫報，同時也吸煙。她喜歡享受小黃九的那種「技巧」，甚或是「藝術」，他實在修得好，但她卻不欣賞小黃九這張黃面孔。把一本大型的畫報，兩手攤開，隔開這張黃臉，一雙腳則暫時交給他，老板娘就有一種十全十美的快感。

小黃九方面，也有一種不應有而竟有的不寧靜的享受。老板娘的浴衣有時會從腿上滑下去。每當這種時候，小黃九總是停下他的刀子來，替她把浴衣拉上去。老板娘似乎看畫報看得出了神，對於這些事竟不察覺。小黃九捏住她一隻腳，準確地揮動着小刀，儼然像一個雕刻家在創作一件藝術品。

這回是偶然的。三點鐘過了，老板娘已經在浴缸裏泡彀[2]了，而小黃九還沒有來。洪桐葉打電話去問，那邊回說，人早就出來了。

老板娘坐在軟椅上等得不耐煩。眼看四點鐘過了，人還不見來。老板娘就對洪桐葉說：

「你實在應當學修腳。你學會了，你替我修，就不會發生像今天這樣的事了。我給老板講，你學修腳！」

這一個突如其來的命令，使得洪桐葉一時竟不知如何回答。為難了一下，他說：

1.「雅」片，同「鴉」片。
2.「彀」了，同「夠」了。

「修腳和開洋行賣獵槍，不是一行生意。」

「怎麼不是？我是洋行老板娘，你給我修腳，正好是洋行生意呀。」

直等到四點半，小黃九才算來了。原來他搭電車，在電車上和人打架，巡捕房去了一轉，這才趕了來。老板娘告訴小黃九，要他收洪桐葉做徒弟。

「學費，隨便你要，多少由我出。」

洪桐葉便翻譯給他聽。小黃九一聽就明白，對洪桐葉說：

「你學會了，她就不要我來了。」

洪桐葉怕他不高興，扯個謊說：

「那倒不是。她是準備萬一要回國，你不能去，她要帶我去。」

「上法國，我也願意哪。」

「說實在的，我並不要學，這是她的意思。我現在告訴她，就說你不肯教我，回絕了她，好不好？」

「那也不必，看她能出多少學費吧。」

從第二天開始，洪桐葉晚上上過法文，便再趕到浴德池去學修腳。十二點鐘以後，才回洋行睡覺，天不亮又要起來，越發忙碌了。

那小黃九自從出師以來，這還是第一次收徒弟，倒鄭重其事。他知道洪桐葉沒有錢，跑出跑進，連電車都坐不起，便自己訂了一桌酒席，當着許多同行的面，給祖師爺上香，教洪桐葉給師傅和師爺師叔們磕頭。

一天的早上，洪桐葉正俯着身為地板打蠟，老板的女兒執着一柄玩具獵槍，跑過來騎在他背上，把他當馬，教他學馬跑。這個女孩，雖僅十一歲，卻是個胖子，怕不重有七八十磅，把個洪桐葉壓得透不過氣來。洪桐葉知道她是老板夫婦的寶貝，為敷衍她，便向前爬了兩步。

「好，已經學過馬跑了，下來吧。」

她不肯，要他再爬，而九歲的男孩也上來了。姐姐坐着背，弟弟坐着屁股，用玩具獵槍敲着他的頭，要他快爬。那個敲，並不是輕輕敲着玩的，而是用力真敲，不幾下，洪桐葉就眼裏迸金星。他不由不怒，猛可地直立起來，兩個孩子就跌了個仰面朝天。弟弟爬起來放聲大哭，姐姐拿那玩具獵槍，沒頭沒臉地把洪桐葉狠打，打得頭上臉上好幾處在流血。

老板娘聽見了，跑出來，把女兒拉開，問明緣由，就怪洪桐葉不好。

「他們是你的小主人，你原是他們的馬，他們教你跑，你就應當跑。你不該把他們摔下背來！」

安撫了女兒和兒子，老板娘裏邊拿出厚厚的一本書來，對洪桐葉說：

「我早就有幾句話想同你說。像你這樣一個人，沒有一個宗教信仰，是極危險的。你看我一家人，每星期上教堂，早晚做禱告。神和我一家人同在。忠心服侍你的主人和小主人，就等於服侍神，神會喜歡你。神喜歡你，你才有辦法。你的主人打你，罵你，把你當馬，當狗，你都要忍受，不可有反抗不滿的情緒。因為神說，有人打你的左臉，你把右臉也給他。儘他打你，永不還手，至死無怨，那是神的意思。人不可違背神的意思。神將會在你死後，請你到天堂上去享福。你的叔叔幫忙我丈夫做生意，他們是朋友，我這才成全你，告訴你這個便宜。吶，這是聖經，你拿去看，每天至少讀一章，不要間斷。這是法文的，不知道你讀不讀得懂？」

這個時候的老板娘，滿臉的親熱之狀，說話的聲調溫柔，又甜又蜜，比較平時竟像變了另一個人一樣。洪桐葉見洋老板娘看得起他，一時受寵若驚，不禁身輕如燕。用手抹一抹臉上的血跡，赧然接過那本聖經來，真是說不出的感激。

老板娘回到裏邊，見女兒還在生氣，便親親她的臉說：

「你們根本不應該接近那黃人。神自然會罰他，降給他災禍，像他降給埃及法老皇的一樣。」

於是姐弟兩個立時跪到床門前，喃喃禱告：

「神啊，神啊，降災禍給那黃人！降給他蛆蟲，降給他疾病，降給他血！……」

神和他們同在，他們馬上又快活起來了。從此，他們再也不理那洪桐葉，正眼也不看他，卻有時大聲叫他「黃狗」！

而這條黃狗，為加了一課「讀經」，休息和睡眠的時間更少了。他的法文程度還差，而這又是一本「天書」，雖然字典不離手，讀起來還是十分喫力。而這是老板娘親自交代下來的，可能她把這視為他工作的一部分，不讀恐怕是不行的。

有時，他想不如去弄一本中文本的來讀，倒方便些。祇是主人沒有如此吩咐，那一定不合主人的意思，他不敢。

轉眼三年。

這三年間，洪桐葉也有他的收穫。他學會了說法語，學會了閱讀普通的法文書報，包括那一部天書一樣的聖經。更教人想不到的是，他學會了修腳。還有，他磨練成一個極大的耐性，能殼壓得下烈火般的憤怒。雖然當有人稱讚他的好性格的時候，他常常覺得有點心酸。

令他焦灼的是，爬上寫字檯的願望，還不見有確實的消息。這六塊錢的學徒，不知道還要幹到多久！抽個空兒回家給母親商量一番，母親就去找局長叔叔，意思想請他給法國老板講講情面。局長叔叔說：

「一點用不到。我知道烈佛溫夫婦兩個都是第一等的好人，待人厚道，決不會錯。等到時候，他自然會對桐葉有個辦法。我一提，倒不好了。豈不使他覺得：難道你還信任不過我？」

於是洪桐葉祗好再忍耐下去。

祇是母親的身體，越來越壞了。整個下半夜都咳嗽得不能入睡，用過各種成藥，也看過醫生，都不見好。人已經瘦得賸[3]下一把骨頭，還得掙扎着每天去上工。不去上工，問題就更大，一家三口怎麼喫飯呢？

一天下午，她在工廠裏又忽然肚子痛起來，痛得厲害。女兒金鈴扶她到廠醫室裏去看看，醫生斷定那是盲腸炎，非立送醫院不可。金鈴忙求教那醫生：

「送醫院，大約要用多少錢？」

醫生代她計算一下，連開刀，帶病房，少說也得六十塊錢。金鈴便去給桐葉哥哥打電話，告訴了病情，問他能不能給法國老板借一點錢。洪桐葉自己也沒有準兒，放下電話，就去找老板。湊巧，夫婦兩個正在喝茶，洪桐葉就上去把話說了。老板端着杯子，問道：

「你說借多少錢？」

「六十塊。」

「六十塊？那是你十個月的工資啊，你不是說笑話嗎？」老板說了，對着太太聳聳肩膀，撇一下嘴。

「希望你幫忙，救救我母親！」

「你出去吧，不要急！」老板娘笑笑說，「等我給你禱告，求神，神會替你安排。要是神要你母親到天堂去，人也留不下她！」

洪桐葉大失所望，退下來，急得滿頭汗，忙看去給白手老王借腳踏車。老王知道了緣故，便說：

「小洪，你沒有經驗，一下子誰會借給你六十塊錢？這等大數目，得零碎湊起來！你剛才

3.「賸」下，同「剩」下。

應當給他借六塊錢。你有了六塊錢，再想辦法湊五十四塊，就又容易一些。」說着，一邊從腰上摸出五塊錢來塞給洪桐葉。

「人，誰能無病無災呀。吶，這幾個錢算我幫你的，你用不着還我了。」

把個洪桐葉感激得說不出話來，就要再去找老板。老王說：

「剛才釘子已經碰過，你這回再去，六塊錢他也不肯了。再別耽擱，騎着車子，另想辦法去吧。記住我的話，再也沒有人會一下子借給你六十塊錢，要積少成多呀！」

洪桐葉騎上腳踏車，恨不得把它登得比汽車還快。第一站先到局長叔叔家裏。局長叔叔不在家，嬸嬸說：

「你叔叔做局長，比什麼都清苦，哪裏拿得出錢來！」說着，打開手提包翻翻，「這是我的零用錢，你拿去吧。」

那隻遞錢過來的手腕上，戴着一個一寸多寬的白金鑽鐲。

洪桐葉接過來，看是三塊錢，心裏起了一種極大的反感，有意不接受她的。但想起白手老王的話來，他又耐住，照樣說聲謝謝，出來。

趕到閘北的工廠裏，看看母親，一陣陣痛得臉像一張白紙。金鈴聽說法國老板和局長叔叔兩處借不到錢，急得哭了。有些看熱鬧的女工，就一陣嚷起來：

「救人要緊哪，不能讓洪大媽病死！我們來湊湊。」

於是好些人都掏腰包，零零碎碎，一時又有了十多元。

醫生看看洪大媽額上直冒汗珠子，便道：

「不能再耽擱了，趕快送醫院！我打電話，錢以後補繳。」

當天晚上，洪大媽在醫院裏開了刀，情形大致良好。祇為她下半夜裏那個不停的咳嗽，惟恐剛剛縫合的刀傷震裂，倒給守班醫生添了很大的麻煩。最後他給她注射了適量的嗎啡，才止了咳，安靜睡去。

洪桐葉給法國老板打電話請了三天假。有金鈴服侍着母親，他就一心籌款。凡有一面之識，半線希望的地方，他都誠惶誠恐地去試商一下。無奈跑了兩天，一無所獲。

第三天早上，洪桐葉把妹妹叫到病房走廊上來，輕輕打聽她，家裏還有沒有什麼東西可以變賣。妹妹想了半天，想不出來。一家全是破破爛爛，有什麼值錢的東西？

兄妹兩個正在為難，那邊有個中年男子，穿一件咖啡色吡吱長衫，戴着近視眼鏡，在向一位看護小姐問洪大媽的病房。洪金鈴就輕輕對哥哥說：

「這個人是我們裝訂部臨時工人的管理員，他叫彭汶學。」

接着，他走上來了。原來他近視頗深，待走近了，才認出洪金鈴來。洪金鈴介紹哥哥與他相見。他問過洪大媽的病況，進房去看一看，然後回到走廊上，當着洪桐葉，把一百塊錢交給洪金鈴。一邊說：

「我聽說你們正在為醫藥費為難，這個錢是我幫忙的。這是贈送，不是借，所以用不着還。」

這一「義舉」，把兄妹兩個驚得呆了。洪桐葉說：

「那怎麼可以？醫藥費也用不了許多呀！」

「出院以後，洪大媽暫時也不能上工了。年老的人，病後調理，是最要緊的。」

兄妹兩個謝了又謝。洪桐葉送他到大門外邊，兩個人又站下來說了一會話。

彭汶學走後，洪桐葉回到病房裏，就問金鈴：

「你給他相識很熟嗎？」

「不，我們臨時工人，每天上工，給他登記領牌子，下工的時候，還牌子給他。雖然彼此都知道姓名，卻從不說一句話。他又是個瞎子，不是走得很近，認不出人來，我們常常把他當笑話說。」

金鈴說着，笑；躺在病床上的母親，也輕輕笑。

「他一個月拿多少錢薪水？」洪桐葉又問。

「那倒不知道，想來也不過就是幾十塊錢。」

這個奇蹟一樣的人物，為洪桐葉和他的老母弱妹濟了大急。洪桐葉雖然想着奇怪，不明其所以，但自然也高興，就也跟着母親和妹妹笑了。

兄妹兩個這兩天愁得茶飯無心，錢一解決，倒覺餓了。讓母親靜靜躺着，兩個人在醫院附近的一家小廣東館裏喫了一頓晚飯。就洪桐葉兄妹而言，這是極為豐富的一個晚餐。洪桐葉還飲一杯天津五加皮。兩個人餓極了，喫得盤盤見底，不留餘地。

飯後，品茗小坐。兩個人又研究彭汶學這一百塊錢的真意所在。這顯然不是單純為了幫忙病人的，他必然另有作用，祇是猜測不出來。

洪桐葉一時起了一個怪想。看着妹妹這一張白嫩的小臉，和她那個剛在發育的動人的胸脯，再回想一下那個中年瞎子彭汶學，覺得好花牛屎，實在不是一對兒。他不由的笑出聲來。

金鈴問他笑什麼，他把話支吾過去，就站起身來。他特意讓妹妹走在前頭，又觀察一下她的背影，那個細腰，那個身段。他不禁連連搖頭，喃喃說：

「哎，不是一對兒，不是一對兒！」

「你說什麼？」

「我沒有說什麼。」

「我看你有點醉了。快走吧，媽媽等着呢。」

因為第二天星期六，是法國老板娘修腳的日子，洪桐葉在當天晚上就回洋行銷假視事了。老板和老板娘看見他，像無事人一般，一點也沒有問到他母親的病。洪桐葉把五塊錢和腳踏車還給白手老王，告訴他經過情形。老王聽了，也十分驚喜。他道：

「小洪，這三年多，我觀察你，你實在算是個好的。你還年輕，跟着老板，再別三心二意，這買辦一缺，遲早少不了你的。那個姓彭的，一下子給你一百元，這就是你的貴人星動了，你發跡不會遠了。你現下已經在變。小洪，我等着瞧你的。」

第二天晚上，洪桐葉出去喫飯的時候，老王偷偷塞給他一個報紙包。走在馬路上，洪桐葉覺得那個包有點透出熱來，打開看看，原來是一大塊煠好的牛排。

病癒之後的洪大媽，幾次商量着要請彭汶學喫一頓便飯，多少表示一點謝意。不是姓彭的，醫院裏這筆帳，有得纏呢。祗是自己住着半間前樓，屋裏堆得像那豬窠一樣，實在沒有辦法請個客人進來。洪桐葉想想，說：

「法國老板一家人，不久就要到北戴河去避暑。等我同白手老王打個商量看，能不能借洋行的廚房請請老彭，也約上白手老王和張買辦，難得請一回客。媽，你沒有看見老板那間廚房，紗窓[4]紗門，高大敞亮，燒的是煤氣，乾乾淨淨，真是好極了！」

母親淡淡一笑，沒有言語。金鈴接口道：

「每年到局長叔叔家拜年，我看見他們的馬桶間也比我們這半間前樓漂亮。廚房，那還用說！」

洪桐葉聽了，不耐煩的說：

「快別提什麼局長叔叔，我恨透他了！」

「我也是不明白，」金鈴撅撅小嘴說，「他和爸爸同胞兄弟，為什麼他那麼恨我們？你看

4. 紗「窓」，同紗「窗」。

這亭子間裏張叔叔，待自己幾個姪子姪女兒，比親生的還好呢。」

「什麼也不為，」洪桐葉把右手的拳頭搖搖，說，「不過為他有幾個臭錢罷了！有錢的人就是看不起窮人，對自己的老子娘也不例外。什麼好東西！販軍火，賣雅片，裏勾外合，打量我不知道！」

從這簡單的幾句對話，洪大媽發覺桐葉和金鈴已經在漸漸變得失去耐心。耐心好比是一張紙，紙總是包不住火的。眼看宗法和禮教的家族關係，已經不能再有鎮壓的作用，他們在思考，在選擇了。總之，孩子大了，他們不再甘心蒙在鼓裏，你也沒有辦法可以把他們蒙在鼓裏了。

洪大媽覺得有給他們知道真相的必要了，在這個時候。十餘年前的舊事，就又映現在她的眼前，是那樣的清楚。

那時在南京，丈夫去世不久，孩子們還小。洪大媽為第二天的用度，趕着出去張羅幾個錢，回來的時候晚了，遇着下大雨，路上又沒有燈，洪大媽一不小心跌進路旁的水溝裏。水浸到半腰，滑，半天爬不上來。洪大媽一邊掙扎，一邊喊救，後來有個過路的人把她拖上來，並且送她回家。

那個人是個商人，但一向同情革命，他早就知道洪次長這個人的名字。相識之後，為了尊敬革命功勳的遺族，他就常常賙濟他們，有時自己，有時帶着妻子兒女，跑來探望他們，有似通家之好。

洪大媽輕輕告訴兒子和女兒說：

「壞在那時候有一個爸爸的老部下，原在軍部做個小官的人，他着了魔，一天到晚想着我改嫁給他，把我麻煩得要死！改嫁的事情，我的腦筋裏是完全沒有的，我祇知道守節，我祇知道夫死從子。但為了你們還小，我又不敢十分得罪他，祇可好言好語地使他明白，求他諒解。哪裏想到他竟是一個小人，一見所求不遂，就散佈謠言，說我和那個商人的壞話。又去威嚇那商人，把那個商人嚇得再也不敢來看我們了。他又故意把這些無稽之談放到局長叔叔的耳朵裏去，局長叔叔從那時候就不喜歡我們了。在先，雖也不多好，但面子上他還敷衍的。」

洪金鈴聽得傷心，媽媽自己沒有哭，她倒先哭了。

洪桐葉則顯然惱怒，問母親：

「那個說你壞話的壞蛋，現在在哪裏？」

「以後我們遷來上海，就斷了他的消息了。」

洪桐葉忽地立起身來，這回他再也沉不住氣了。

「這就是叔叔混帳！他難道就不知道媽媽的為人？一個不相干的人，隨便一句話，不分青紅皂白，他就相信！以後我再也不叫他局長叔叔，我祇叫他混帳叔叔，混帳東西！再過年，我也不去給他拜年了。」

「那可不許，叔叔總是叔叔。」母親看他生氣，把話說得極柔軟。

不想洪桐葉兩手一拍，格格地笑起來。他拿手拍拍金鈴的肩膀，說：

「妹妹，不哭了！告訴你一個小新聞。我聽人家說，局長孀孀在滄州別墅開着長房間，養着好幾個小白臉，把鈔票貼人家。我又聽法國老板娘告訴我說，局長叔叔在法國的時候，生過梅毒，淋病，所以他現在不會養孩子，斷子絕孫了。……」

洪桐葉說得高興，還要順口謅下去。不提防母親拿起個雞毛彈子照頭打下來。洪桐葉躲開，金鈴把雞毛彈子從母親手裏奪下來。母親氣得臉都白了。

「再敢亂說，我就要你的命！我不想到你這麼下流，你比你叔叔壞得多。」

洪大媽一時傷感，抱着女兒哭了。她嗚咽着說：

「要是有你爸爸在，這個人家何至於弄到這一步！」

洪桐葉見媽媽哭，他也不生氣了，幫着妹妹把媽媽勸下來，又發誓以後再不罵叔叔，這才罷休。

最後，母親作主，決定在北火車站附近的一家正興館酬謝彭汶學一番，教洪桐葉去和他約定時間。借洋行的廚房請客，不成敬意，她不贊成。

二

打聽了彭汶學的住址，洪桐葉抽個時間去拜望他。由於一百元的突如其來，洪桐葉對於這位「瞎哥」老有一點好奇之感。從彭汶學，不知怎的，洪桐葉又老是牽連想到妹妹金鈴，腦筋裏像着了精靈似的。

輕輕搖着頭，洪桐葉自己也笑了。

彭汶學住在界路一條老舊的弄堂裏，弄堂口擺個兌角子的香煙攤，再加一個修鞋匠，另一邊又是一間老虎灶，把通路幾乎都塞斷了，出出入入極不方便。弄堂對面，隔馬路是北火車站，人潮擁出擁進，每天不知有多少次，亂嘈嘈極少有片刻的寧靜。

洪桐葉側身走進弄堂，摸到門牌，就覺得有一股怪味衝鼻，他好像從來不曾遇到過這樣的氣味，不知道那是從什麼東西發出來的。

二房東住樓下，用着灶間，把亭子間租給彭汶學。對於洪桐葉的來訪，彭汶學表示最大的歡迎，一逕讓他到前樓上坐。一邊說：

「我和一個朋友同住，前邊坐吧。」

前樓又隔做兩間，靠扶梯的一間，黑洞洞的設個床鋪。靠窗一間，有個寫字檯，幾張破沙發。和彭汶學同住的朋友，這時正埋頭在寫字檯上寫什麼東西。他聽到彭汶學說話，把寫着的東西往抽屜裏一塞，忙着站了起來。洪桐葉打量他，年紀大約比自己大幾歲，人瘦瘦的，細高身材，蓬鬆鬆一頭亂髮。滿腮鬍子，少說也轂半個月不曾刮了。

彭汶學介紹這個人，他名叫柳少樵，湖南人，會說幾句上海話。寒暄落坐之後，洪桐葉致謝了彭汶學，並道明來意。彭汶學很高興，大聲說：

「洪大媽招呼喫飯，我怎敢不到？祇是，桐葉兄，我希望你也約着少樵。他也不是外人，我們常一道啃大餅油條過日子，我們是難兄難弟。」

「我心裏正這麼想呢，柳先生賞光才好。」

「有得喫喝，我是從不推辭的。」柳少樵抓抓自己的頭髮，往沙發上一靠，打個哈哈說，「不過你不能叫我柳先生，我有個名字，你叫我名字，我不喜歡人家叫我什麼先生！」

「少樵就是這樣一個爽快人。桐葉兄，我們一見如故，大家好朋友，你就免俗了吧。」

「那麼你口口聲聲叫我什麼兄，歲數卻比我大，我也不能接受，請你也改了。好不好？」

「好，我一定遵命就是。」

柳少樵讓洪桐葉吸煙。他本不吸煙的，但在兩個痛快朋友面前，他竟不推辭，接了過來，學着吸了。柳少樵說：

「人的姓名，不過是個符號。這叫香煙，這叫自來火，這叫桌子，你叫洪桐葉，我叫柳少樵，並沒有什麼分別。前幾年、有人主張廢姓，我最贊成。錢玄同首先提倡，改名叫疑古玄同，值得我們青年人效法。不過這疑古二字還不觳澈[5]底。古，就是說老的，舊的。老的，舊的，必定沒有好貨，打倒就是，還有什麼值得疑的？」

彭汶學伸個大姆指頭對着洪桐葉說：

「你不可以不聽聽少樵這套理論，他經常為報紙雜誌寫稿，肚子裏有點玩藝兒。」

「原來是位作家！」

「作家倒也不是，」柳少樵搖搖頭說，「我不過喜歡研究罷了。」

洪桐葉看看屋子裏並沒有什麼書籍，心裏納悶，難道一個常寫文章的人會不看書？卻見桌子上放着一本薄薄的雜誌，不覺伸手取來，隨便看看，封面題着「嚮導」兩字。洪桐葉這幾年在洋行裏學徒，一心學法文，對於中國書報，久不留意了。對着這本《嚮導》，還是初次見面，翻翻，題目和作者的姓名都是生疏的，讀了幾行，竟不懂他說些什麼。不由自言自語的說道：

「這是本什麼書？」

「這是中國共產黨的機關雜誌。」柳少樵隨口說。

一聽到「中國共產黨」這幾個字，洪桐葉心神為之一震，他睜大眼睛，哼了一聲說：

「共產黨？我聽說共產黨共產共妻啊！」

「誰告訴你的？」

「很多人都這麼說。」

「你見過來？」

「沒有。」

「沒有見過的事，你怎麼相信？」

洪桐葉沒有回答，柳少樵接着說：

「共產主義是造福人類的一種理想，現在懂的人還少。如果你有興趣，慢慢研究下來就會明白，這也不是一句話兩句話可以說得清楚的。」

「你這本書從什麼地方弄來的？」

「書店裏買的。」

「書店裏也賣共產黨的書？」

「怎麼不？多得很呢。你抽空兒自己去逛逛就知道了。連張競生的性史都公開擺在櫥窗裏發售呢。」

5.「澈」底，同「徹」底。

對着這樣一位新交的朋友，洪桐葉頗覺自愧，因為他又不知道所謂「張競生的性史」是一種什麼書。想問，不好意思，不覺臉上有點發紅。柳少樵看了，竟放聲大笑，對着彭汶學說：

「想不到我們這位新朋友竟是個雛兒，這等老實！」

「他不像你亂七八糟！」

這說得洪桐葉臉更加紅了。囁嚅着說：

「這幾年，我在法國洋行裏做事，忙，外邊的事情一點也不知道，真變成一個呆子了。」說着，他有一點無地自容的羞愧，又有點自恨。

「我想，我落伍了。請兩位不要見笑！」

彭汶學見他說得可憐，忙道：

「少樵，我們不談這個了。時候不早了，我們和桐葉外邊喫飯吧。」

「那怎麼行？」洪桐葉忙站起來說，「我原是來約你們喫飯的。」

「洪大媽那一頓不在今天，今天算我的。我們不過隨便塞飽肚子罷了，又不是請客。」

柳少樵說了，走到後樓去，用張報紙包了幾本書出來，塞給洪桐葉，笑笑說：

「初次見面，無以為敬。幾本小書，你拿去看吧。你如果臉薄怕羞，最好臨睡之前，關起門來讀，自會發現人生大道，奧妙無窮。」

「什麼書？」

「這時候不必多問，總之開卷有益，我不冤你！」

彭汶學笑道：

「看人家洪大媽好好的孩子，教你給撥弄壞了！」

「你懂什麼，快不要瞎說！」

三個人剛要往外走，洪桐葉又一陣聞到剛才在後門外邊的那種怪味，覺得有點要作嘔，很不好受。那味道好像是從前窗隨風吹進來的。便問：

「這是一種什麼味道？」

「隔壁是一家煉豬油的小工廠，這個是豬油香。」柳少樵說。

「你說香，我說是臭，我真受不了！」

「久了，習慣了，你就好了。你難道會不知道『入鮑魚之肆，久而不聞其臭』那句話？」

「但願我能遠着它一點，不要那習慣也罷了！」

「實逼處此，祇怕你遠不了它！」

在一陣笑聲中，三個人走了出去。

洪桐葉手拿着柳少樵送給的那包書，心裏多少有點不安。到底是什麼書？教我關起門來讀，總不是什麼好書吧？這樣想着的時候，他便有點緊張，拿着那包書的手，揑得更緊了。他生怕滿街的行人看到他的書。

擾了他們的晚飯之後，洪桐葉回家告訴母親，客人約好了。妹妹問：

「你手裏拿的什麼東西？」

「書。」

「什麼書？先借給我看看。」

「不，我還沒有看呢。」

妹妹上來就奪，洪桐葉拔腿跑了。

回到洋行，剛要收拾就寢。法國老板娘跑來告訴他說：

「我已經同老板講好，今年北戴河避暑，要帶你同去。因為我少不了你替我修腳。」

洪桐葉聽了，覺得有點委屈，卻一時不知道如何回答。老板娘催問道：

「怎麼？你聽到了沒有？我說的話。」

「我聽到了。」

「那麼，你答應我同去？」

「我想我是學生意的，我還是留下來幫買辦做生意吧。」

「老板真正的生意在北戴河。每年夏天，他在那裏和許多將軍有交易，老板也要你去幫忙他。」

見洪桐葉不言語，老板娘又說：

「北戴河地方真好，你也趁機會去玩玩，老蹲在上海有什麼意思？我們教你游海水，那邊的海水浴場好極了。還有，我也答應你替別的女人修腳。那邊很多外國女人，你可以定出價錢來，替她們修腳，她們一定歡迎。一個夏天你可以賺很多錢。你賺了錢，我們不要你的，祇不教老板給你出旅費就成了。你自備旅費，跟我們到北戴河去。」

「到了那裏，要是賺不到錢呢？」

「包你賺得到，我給你介紹許多許多外國女人，她們都是肯為修腳花錢的。」

洪桐葉想想，答應下來。

老板娘湊上去，在他的額上輕輕吻一下，說：

「這才是我的好孩子！」

她說了，出去。洪桐葉覺得頗有睡意，就把房門關了。幾年以來，他一直睡在樓梯底下的暗室裏，一榻一燈和一堆打掃清潔的用具，此外別無長物。這個地平天斜的三方形臥室，原也放不下再多的東西了。他把吊在牀頭上的一盞直垂的燈，放得更低一點，打開柳少樵送的一包書，他急於一瞧這個悶葫蘆。

這一瞧，不打緊，洪桐葉的睡魔逃走了。他頓時精神百倍，神經從所未有的緊張，呼吸也急促起來，他飄飄然飛進另一個世界去了。

原來那正是張競生所輯印的那本震動一時的「名着」，還有幾本同類的書。

洪桐葉一夜不睡，第二天早上拖着疲孏[6]的身體，開門去打掃，開始他一整天繁忙喫力的工作。他由於營養不良，一直是一張黃黃的臉，成為一個名符其實的黃人。今天，黃之中透一點白，尤其是兩片嘴脣。兩隻陷下的眼睛，周圈烏黑。

他一邊工作，一邊恨自己，為熱中什麼買辦，虛度了寶貴的青春。人生貴適意耳，洪桐葉已經稍稍覺得他應當追求別的什麼了。

從此，他不知不覺地自願接近柳少樵，差不多每天都抽空見個面，窮聊一番。那柳少樵，自從在洪大媽的酒席之上，「驚艷」洪金鈴之後，對於洪桐葉也更加親熱了，一直趕着他叫老弟，自稱哥哥。洪桐葉也不客氣，人前人後，總叫他樵哥。這時候，那位瞎哥彭汶學通靠後了。彭汶學因此心裏頗不舒服，他有點醋意。他不料到由他引進來的洪桐葉，竟騎到自己頭上來了。有一回，柳少樵同着洪桐葉外出，把彭汶學扔在樓上，招呼也不打他一個，彭汶學氣了，立在樓梯頂上，大聲叫：

「兔兒，兔兒！」

眼鏡一直滑到鼻梁上，唾沫亂飛。

柳少樵回過頭來瞪他一眼，拉拉洪桐葉，輕輕說聲「不要理他」，一逕走了。

一去兩個月，洪桐葉從北戴河回來了。除去還給法國老板全部旅費之外，他還淨賺二百多塊錢，這是累積的修腳的工資，一刀一刀削出來的一點「血汗錢」，也是洪桐葉有生以來自力賺進的第一筆最大的錢。洪桐葉多年有個願望，希望能由自己奉養老母，照顧弱妹。但臨到最近，

6. 疲「孏」，同疲「懶」。

他的觀念，他的心情，都起了顯着的變化，他不再以為他竟有那樣的責任和義務了。因為每個人都應自食其力，母親和妹妹豈能例外？天下之人多矣，僅僅想到母親妹妹，照柳少樵說，那實在是淺薄自私的虛偽的人道主義。

「當時令尊令堂同床共枕的時侯，何嘗先有個藍圖，為製造你這樣一個寶貝兒子而流下最後一滴汗！你祇是不期而遇，從副作用之下產生的一粒滓渣而已。喫過飯的人，不得不洗那個又髒又膩的飯碗，你正是那個飯碗。應當明白：他為了喫飯，才不得不硬着頭皮洗碗，他未必真愛那隻碗！」

聽到柳少樵這種怪論，洪桐葉見聞為之一廣，但還有多少不明白，就說：

「也難得他們費十幾二十年的長時間，才把子女撫養大起來。」

「你小，飯送到嘴上都還不會喫。他不撫養你，難道要你撫養他？」

洪桐葉想想，這也有道理。

因此，北戴河帶回來的一筆錢，他一半分給柳少樵，一半留着自己用。他偷偷告訴柳少樵：

「不要教彭汶學知道，怕他要討還那一百元醫藥費。」

柳少樵一聽笑了。

「傻瓜，你還以為那一百元是彭汶學的？那是我的！」

洪桐葉這倒奇怪起來：

「你和我們不認不識，那是怎麼回事？」

「提是彭汶學向我提的。要不，我怎麼知道你？我聽着你那個情形，覺得你這樣一家人也許會有用處，就教彭汶學送錢給你。我撒下一把米，是為偷雞，我不做慈悲事。修橋補路，讓別人來吧。」

「原來我中了你的陰謀詭計了！」

兩個人說着高興，柳少樵抱住洪桐葉就親了個嘴。洪桐葉掙開，用手絹擦擦嘴說：

「真受不了你這股煙臭！」

柳少樵還追着要抱他，他忙跑下樓去。

亭子間裏的彭汶學，猛一下開門出來，大叫：

「兔兒，兔兒！」

洪桐葉的北戴河之行，還有更大的收穫。他在海灘上，無意中認識了頗負盛名的郭心如教授和他的夫人。

在海濱浴場上，法國老板和一對中國夫婦，兩家的更衣室是緊鄰。這位紳士型的中國先生，留着長長的頭髮，一撮卓別林式的小鬍子，蒼白的臉，中等身材。夫人又矮又胖，粗手大腳，圓圓的一張臉。但先生對她，溫存體貼，愛護備至。兩夫婦海浴和休息的時間，和烈佛溫一家差不多先後。因為他們談話，常用法語，也常用德語，說中國話的時候則是滿口京片子，這便引起了洪桐葉的注意，覺得他們是一對高尚的人物，有時就不免多看他們幾眼。郭教授夫婦留心到洪桐葉，是從修腳而起。這樣一個秀雅的青年，說着一口流利的法語，倒像個大家子弟。但他的職業與他的外表極不相稱，他竟是一個扦腳師傅。一直有很多外國女人來請他修腳，修完之後扔給他錢，他一邊收下來，一邊說聲謝謝。

一天，烈佛溫一家下海去了，洪桐葉靠在布篷下面的布椅上休息。郭教授夫婦來了。洪桐葉便初次和他們打招呼：

「先生，你們今天來得晚。」

「是的，我們今天晚一點。你們早來了？」

郭夫人說着坐下，看看洪桐葉，問道：

「你跟法國人從上海來？」

「是的。」

「你在澡堂裏作事，他們僱你出來的？」

「不，我不在澡堂裏作事。」

「那麼，你怎麼會修腳？」

「我學修腳，原為伺候老板娘一個人的。」洪桐葉臉上一陣紅，有點不好意思，「現在，為了找點外快，作避暑的旅費，所以——」

「你單替外國女人修？」

洪桐葉略略遲疑一下，點頭說道：

「是的。」

郭夫人向郭教授笑笑。郭教授道：

「你進過學校嗎？」

「我是中學畢業。」

「你法語講得不錯。」

「我在這一方面下過苦功，我的法文程度比中文好。」

「你喜歡你現在這個職業？」郭教授對於洪桐葉有一點愛惜之意，就這麼問了一句。

「不，我不喜歡。」

「那麼，怎麼不改行？」

「沒有機會，我的叔叔不願意我改行。」

「你的叔叔是幹什麼的？」

「我的叔叔，」洪桐葉頓一頓，終於說，「我的叔叔就是洪百莊，一直在做鐵路局長的。」

「洪百莊？」郭教授透口氣，從布椅上坐直了說，「在法國留學的時候，我們就認識。那麼，令尊呢？」

「先父百厲，早去世了。」

「洪百厲？民國元年在南京臨時政府——」

「是的，他是軍部次長。」

「這就是了，怪不得我一直覺得你有點不同呢！」

郭教授嘆口氣，感慨的說：

「革命功勳子弟，流落到這般地步，總是政治不上軌道的緣故。百莊也不該如此荒唐，他應當負你的責任，讓你讀書才是！」

提到這些事情，洪桐葉真是一言難盡，便道：

「我還沒有請教先生，諒必是一位長輩了。」

「我就是郭心如。」

「領導五四運動的郭教授嗎？」洪桐葉不覺肅然起敬，喜出望外的說，「我在上小學的時候，就久仰先生的大名，我不知道叔叔和先生認識。」

「回國以後，我們分道揚鑣，他有他的一套，我們多年不接近了。」

郭教授遠遠看見烈佛溫夫婦帶着孩子從海裏上來，要回來休息的樣子。便問：

「你的法國老板，是作什麼生意的？」

「他表面做獵槍生意，實在是販賣軍火毒品的。」

「那麼，你不要教他知道我們談話的事，我討厭那種人！」

郭教授說着，和夫人進更衣室去了。

此後，他們又有許多次的談話。洪桐葉的家庭情形和他個人的遭遇，引起郭教授夫婦的極端同情。郭教授一貫愛護青年，把一切希望寄託在下一代人的身上。他們結婚十餘年，夫人從來沒有生育過。他們雖然沒有傳宗接代，以有兒有女為福的那種庸俗觀念，但因此更加喜愛年輕人，卻也是實在的。

郭教授認為洪桐葉最好離開烈佛溫，馬上另找職業。

「令尊百厲先生是老同盟，你應當繼續他的事業，和他走同一條路。」

洪桐葉同意。

「我的意思，烈佛溫那個事情，不但六塊錢不能幹，就算六十塊，六百塊，一樣不能幹。帝國主義者正利用那些買辦階級對殖民地人民進行經濟掠奪，難道你會甘心做這種事？」

「當然不，以前是叔叔的意思！」洪桐葉斬鋼截鐵的說，「這一回去，我就辭掉，情願下工廠去學做工。」

「下工廠也不必。」郭教授想想說，「要是你有志走你爸爸的路，我可以在上海給你安排一個事情，你不妨一面學，一面做。」

洪桐葉求之不得，連忙道謝了。

「我再多說一句話，你不要見怪。」郭教授笑笑說，「從此再也不要修腳了，那不是什麼高尚的營生，不合你的家世和身分。百莊，他知道你修腳嗎？」

「他知道我為法國老板娘修腳，他不反對。」

郭教授冷笑一聲，對着夫人說道：

「想不到洪百莊墮落得這樣厲害！」

夫人也惋惜地嘆口氣。

北戴河回來，洪桐葉帶着郭教授一封信。教授交代：

「見到這個人，他就會給你事情作。」

洪桐葉倒把這件事先告訴母親。洪大媽看看這幾年的情形，明知道再混下去也沒有意思了，既然有機會，換換地方也好。便道：

「好歹先向你局長叔叔說一聲，當時原是他薦你去的。再說，你也先去見見那個人，看他怎麼說，萬一不成呢，不要兩頭誤了。」

「就算那邊不成，洋行的事情我也不做了。」洪桐葉堅決的說，「我情願做臨時小工去。」

於是他去見叔叔。洪百莊倒頗感意外，追問他緣故。洪桐葉道：

「叔叔認得郭心如教授嗎？」

「在法國的時候很熟，這許多年不見了。」

「是他介紹我一個另外的職業。」

「你說什麼？」洪百莊驚詫地瞪着眼睛問，「郭心如是革命黨北京方面的負責人，他能給你什麼事情做？你怎麼認識他的？是不是你也入了革命黨？」

洪桐葉也把眼睛瞪着他，卻不回答。洪百莊急了，手拍着桌子說：

「你說，你說！」

嬸嬸原坐在裏間，聽他們說話，這時也走出來，勸道：

「年輕輕的人，可不能亂來！你叔叔給你洋行的機會，明擺着一條光明大道，都做了好幾年了，放棄了太可惜！」

「郭教授覺得，」洪桐葉沉住氣，緩緩說，「我一直做六塊錢的學徒，還帶替老板娘修腳，那才是可惜呢。」

「你便受了他的挑撥離間了，是不是？」洪百莊冷笑一聲說。
「我想，他說得對，他在把我當個人看待！」洪桐葉說得非常冷靜，臉上也沒有什麼表情。
「到底他給你介紹什麼事情？」
「他教我去青龍路四號見錢本三，說就在四號做事也可以，願意做報館也成。」
「我說你上了人家的當了，一點不錯吧？」洪百莊傲慢的輕蔑的說，「這個青龍路四號，就是革命黨的機關部。錢本三是國會議員，有名的搗蛋份子，革命黨的負責人之一。你進了這個地方，還會有好結果？他們革命黨的拿手好戲，就是利用青年，教青年衝鋒陷陣，流血犧牲，他們坐享其成。你這一步走錯了，人就毀了！」
洪百莊大眼瞪着洪桐葉，洪桐葉祇是不說話。片刻的寂靜過去，洪百莊不耐煩了，大聲說：
「到底怎麼樣哪，你說話！」
「我情願跟他們在一起。」
「那麼，你滾！」
洪百莊揮手要洪桐葉出去，洪桐葉便扭頭走了。
繞過小小的噴水池，洪桐葉離開了洪百莊那座尖頂的灰色小樓。水泥的甬道上，法國梧桐的一片片枯黃的落葉，隨着風勢，不自主地飄來飄去。那邊，一株新桂，大約是初次開花吧，一陣陣清香散出，給人以清醒之感。畦裏的菊花，有的已經半放了，一個花兒匠正在忙着為它們上盆，這將被送到或富或貴的高尚府第，供紳士淑女們的欣賞。當燈紅酒綠，清歌妙舞之際，幾株無言的黃花，恰是他們理想的陪伴。它們短短的生命，襯托而且光輝了某些人的青春。
在鐵柵門裏面，等候開門出去的時候，洪桐葉站下來，回頭望望。這個花園，這個噴水池，這座小樓，它們的主子，多年來頂名做我的局長叔叔。洪桐葉想，這個局長叔叔，就是我的一套無形的枷鎖，他耗去我幾近十年的希望，而我所得到的，是一個創傷，是一片被玷污了的空白。

「完了，這就完了！」

洪桐葉長長地透一口氣，彷彿吐出了胸中的積鬱。他有點後悔了。如果此一行是一個告別禮，那麼，顯然它是多餘的。鳥兒飛向別枝，有什麼留戀故枝的必要？

看大門的老頭，從門房裏出來了，一言不發的把鐵柵門拉開不到一尺的樣子，他明明是為洪桐葉開門的，可是他的眼睛卻一直望着灰暗的天，那神氣就像跟前裏根本沒有什麼人一樣。洪桐葉也不睬他，扁着身子擠了出去。

在青龍路四號的客廳裏，洪桐葉會見了錢本三。錢本三對於郭心如教授的介紹函，十分重視，他表示他在公私各方都很敬重郭教授。

「人呢，一直是需要的。」錢本三讓洪桐葉坐下來說：「經費也老是非常困難。我們歡迎你來幫忙，祇是待遇菲薄。你是單身嗎？」

「是的。」

「那就好辦得多了，我可以有地方給你住。」

錢本三就機關部和報館兩方面的情形，略加說明，要洪桐葉自己選擇。洪桐葉輕聲輕氣的說：「我的目的是來做『學徒』，我寧願跟從錢先生，革命老前輩面前，歷練歷練。」

「你說大聲點，我有點耳背！」

洪桐葉紅著臉複述一遍。他不大習慣當面對人說諂媚的話，雖然現在所說的不過是幾句普通的客氣話，應酬而已，他卻已經覺得很難為情了。

錢本三聽了，搖搖頭，嘴裏卻連聲道好。一時使得洪桐葉估不透他的反應究竟是正面的還是反面的。錢本三拍拍桌上的叫鈴，有個穿短衫褲的中年人應聲而至。經過錢本三的說明，他知道這個是看房子的人。錢本三道：

「你先搬了來住下。我每天到這裏來會客，你會見到我。」

事情定妥之後，洪桐葉一逕到洋行來。局長叔叔的汽車停在門前，他知道這齣戲總是要唱的，便硬着頭皮走進去，張買辦一見他，就說：

「他們在等你，你快上樓吧！」

洪桐葉點點頭上去。

烈佛溫夫婦正陪洪百莊坐着。烈太太一見洪桐葉，忙站起來，拉他坐在一邊，遞咖啡給他，從所未有的那麼客氣。局長叔叔首先開腔，他用中國話說：

「為你的事情，我們已經談了很久。你一定不能走！五年的工夫，烈佛溫老板和老板娘多少心血，才把你造就成人，你剛長好翅膀，就一飛而去，你能對得起人嗎？因為我的面子，你當時才有這個千載難逢的好機會，你難道不顧到我和烈佛溫的交情？」

洪桐葉沒有回答，祇是在心裏說：「五年來，我跟他喫苦受氣，他造就我什麼？兩句法國話，不值半文錢，何況那還是我自己下苦功學的。再說，我學會了修腳……」

他一想到修腳，眼睛便瞟到老板娘的腳。這時，她穿着一雙黃緞子繡龍的輭[7]底中國女鞋，可能那鞋子略小，腳背凸起，絲襪在鞋口上打着摺紋。

老板娘立即察覺了洪桐葉的眼睛，腳翹起來，看看，把打摺的絲襪拉平了。她雖然聽不懂洪百莊的話，但想來說的一定是那回事，便插嘴說：

「我們無論如何捨不得你走。難得你什麼都會做，又肯做，我們已經有了感情了。你記得聖經上說——」

「我升你做副買辦，」烈佛溫打斷太太的話說，「從今天起，我給你六十元一個月。事情不變動，你原做些什麼事，以後還做些什麼事，因為你已經做熟了。許多事情，你要不做，沒有人做。」

洪桐葉心裏微微一動，忙又按住，仍舊沒有說什麼。

「你看，」洪百莊高興的說，「老板對你多好！我早知道他是從不虧待人的。這好了，總算你學徒多年，學得不錯，連我也有面子。」

「你記得聖經上說——」

「不！」

洪桐葉不耐煩的迸出一個「不」字來。他為局長叔叔的高興，引起了反感，而他實在也聽彀了聖經上的好話。對於那些言行分離，口蜜腹劍的偽善者，他早就不存希望了。

對於這一聲「不」字，洪百莊和烈佛溫夫婦都為之愕然不置。這樣一個甜棗，他不接受，是他們完全沒有料到的。

「青龍路的事情，已經當面說定了，現在我就搬過去。」

洪桐葉站起來，把身體向前略彎一彎。

「謝謝老板和老板娘的厚意，再見！」

說着一逕下樓而去。祇聽見局長叔叔吒一聲說：

「混帳東西，再也別見我！」

而老板娘哭了。

洪桐葉硬一硬心腸，揮出那輭輭的哭聲。那哭聲，比較她那些甜言蜜語，更覺動人心脾。洪桐葉從來沒有見老板娘哭過，不圖當決心離去的這一刻，他聽到了。

行李是簡單的，一會就收拾好了。

7.「輭」底，同「軟」底。

洪桐葉拿着一套為老板娘修腳的刀具，想扔下來不帶走，但不知怎的，有點捨不得。這套東西，是拜師的時侯，師傅送的。師傅曾說：

「但願你一入我門，專心學藝，代代相傳，源遠流長。按說，我們這一行，從來沒有出過票友。有玩票唱戲的，沒有玩票修腳的。修腳有票友，你是第一個。」

小黃九這樣說，引得同席的師爺、師伯、師叔、師兄們都笑了，他們因此多乾了一杯酒。而今言猶在耳，眼看這個票友的身分也非放棄不可了。一種莫名其妙的淡淡的留戀之情，一陣襲上心來，洪桐葉把已經扔到床下的那套刀具，又俯身下去，撿了起來。拂去皮套上面的灰塵，用袖子再擦擦亮，他愛惜的把它放在自己的小提箱裏邊，讓它和修面保險刀平睡在一起。

這一套帶鍍金盒子的保險刀，原是法國老板娘送給他的，因為老板娘覺得洪桐葉應當每天早上刮一個臉，像她自己必須每星期要修腳一樣，她便送給他這套東西。師傅送的修腳刀子，原用一方藍粗布包着，老板娘也以為那不好，她出錢，教洪桐葉去定製了一個麂皮套，上面有兩個德國造的鍍金的捺鈕。

五年下來，洪桐葉嘗透了滋味，老板娘笑面常開，嘴巴上經常掛着個上帝，不幸她的心卻是狠毒的、殘忍的。柳少樵問過他：

「你每天幾小時工作？」

「二十四小時。」

「你說笑話。」

「不是笑話，是真的。我每天雖有四小時睡眠，但睡眠也是我工作的一部分。第一、我被指定必須睡在樓梯底下。第二、我雖睡了，他們隨時可以叫我起來。第三、他們教我睡覺，並不基於每個人都要睡，像每個人都要喫飯一樣的那種道理，那種道理是說人有『睡權』。他們不，他們並不以為我有睡權，他們讓我睡，是為要我恢復體力精神，醒後再為他們賣力工作。……」

洪桐葉還要發揮下去。柳少樵搖手道：

「好，彀了，再別說了。那是你自己願意呀，也不能單怪人家！」

「倒是我不好？」

「是的，因為你天生成那種奴性！」

「你說我應當怎麼辦？」

「反抗！」

洪桐葉的意識，從柳少樵的「煽動」，慢慢醒覺過來，他開始有勇氣懷疑而且面對法國老板夫婦以至於局長叔叔的為人做事了。他平常接觸老板娘最多，他也就最厭惡這個人。此時，要分手了，要各行其是了，對着老板娘所頒賞的一點點小東西，又無端珍惜起來，洪桐葉自己也覺着矛盾。他撇撇嘴，作一個輕蔑的笑。

買辦張和白手老王兩個人出現。他們站在四尺高的小門外邊，俯身下來招手教洪桐葉出去。洪桐葉便出來，向他們告別。

「你先不要告別，我們挽留你，請你不走。」

「實在沒有辦法，因為我已經接了別的生意。」

「這裏現成的生意，還接什麼生意？」

「你們知道我在這裏的情形。」

這兩個人出面挽留洪桐葉，原是烈佛溫授意的。烈佛溫明白，他的老婆更明白，另找洪桐葉這樣一個人，可以說是夢想。他粗細都能，肯幹，有耐心。五年以來，他一直一個人做着兩個人甚或三個人的事情，而要從母親和妹妹領取津貼過日子。烈佛溫夫婦的意思，原為磨練他，造就他成人。現在見他堅決求去，也多少覺得過去磨練他磨練得好像過分了一點。烈佛溫冷靜的想，人多着呢，祇是從頭另外再訓練這樣一個，實在太不容易。至少，他這份馴順，就難得。

夫婦兩個知道事情到了這一步，壓力已經失其效用，倒反勸住洪百莊，請他息怒回去。烈佛溫自己和張買辦商量一下，給予張買辦全權：務必用最大的人情面子，強留下他。張買辦知道洪桐葉和白手老王談得來，便建議請老王加入這一協調工作。張買辦道：

「這情形，不是三言兩語說得攏的。我約他到外邊去喫飯玩玩，慢慢勸勸他。我平常看他，也不像是一個十分執拗的人。」

烈佛溫摸出錶來看看，剛好下午四點，想想，點頭說：

「那麼你和廚子都去吧。晚上，我們自己會弄飯喫。不拘你什麼時候回來都可以，我等着你成功的消息。花什麼錢，你給我報帳。」

說完，瘸着腿上樓去了。

張買辦跟烈佛溫做事十多年，從來不見他這等慷慨大方。他不佩服烈佛溫，倒佩服洪桐葉有辦法抓服了烈佛溫。他知會了白手老王，便找洪桐葉來了。張買辦說：

「我請你喫晚飯，有話細談。」

「怎好破費你？」

「一頓飯算什麼？你要推辭，就是看不起我了。」

白手老王接過去說：

「我和買辦兩個人作東，總彀面子了吧？」

「你怎麼能走得開！」洪桐葉以為他說着玩的。

「我給老板請好假了。你們少等一歇，我換件衣服去。」

洪桐葉不好再說什麼。老王換好衣服出來，問張買辦：

「什麼地方去？」

「喫大菜好不好？」張買辦說。
「我是想喝老酒。」
「那麼，請小洪說吧。」
「我是客隨主便。」
客氣一番，三個人已經走到街上，還是照張買辦的意思，乘電車到八仙橋下來。

三

「喫飯喝酒，都還嫌早。」張買辦說，「我們先找個地方坐坐。」

於是兩個人跟着他走。轉彎抹角，漸漸離開八仙橋一帶的喧囂，進入一條較僻靜的弄堂，在一個半舊的石庫門前停下來，張買辦敲敲銅門鐶。白手老王右手做個六字式，向嘴上比比，問張買辦：

「是不是這個？」

張買辦點點頭。

「小洪不來的呀。」

「我知道，另有他的樂子。」

說着，呀的一聲大門開了，有個娘姨讓他們進去。天井裏堆着許多零碎東西，幾乎使人難以下腳。客堂裏面倒是收拾得潔淨，有個六盞頭的吊燈，紅木傢具。娘姨從後說：

「請上樓，張買辦。」

樓梯頭上有個油頭粉面的中年婦人迎着他們，三個人被請進廂房的前樓，紅木頂子床上擺着大煙盤子，一個十八九歲的女孩子把燈點上，然後送上茶來。原來張買辦有時候也抽兩筒雅片，雖是無癮，卻頗喜歡。這時，他對那中年婦人介紹洪桐葉：

「這位洪先生，是我們洋行的副買辦。」他手指一指煙燈，「他不來這個，卻喜歡另一工，你給他做個媒吧。你看他年紀輕輕，人又漂亮，還是個童子身，要得找一個能配得上他才成。」

一句話，說得洪桐葉立刻滿臉脹紅，坐立不安起來。他嘴裏不說什麼，心裏卻有一點正投其所好，巴不得有這麼一個機會，原來他自從研究張競生的學說以後，也跟着柳少樵去實驗過幾回，卻都不能滿意。他給法國老板娘和北戴河許多洋婆娘修腳以來，看女人的尺度變得西洋化了，他神往於白色的皮膚和高大豐滿的線條，而這是許多中國女子的天賦所缺的。他一直希望能遇到他所理想的對象，他也常準備把他的身心報效在這樣的對象之上，苦於本身的缺點，他空有這樣的想頭，卻沒有這樣的機會。

「怎麼樣呀？老弟。」張買辦看他侷促得可笑，故意問他一句。

「怎麼可以？我不做那種事！」

「食色性也，也不算是壞事。比偷看張競生的小書要衛生得多。」

洪桐葉一聽到張競生這個名字，更覺難為情，支吾着說：

「我不懂！」

「老弟，少來這一套吧！」張買辦笑笑說，「你枕頭底下放的是什麼書？我說，老弟，從今天起，我們坦白相見，打開窗子說亮話，誰也別再做作。這不是老王也在這裏，我們大家湊合着混外國人一碗飯喫罷了，仁義道德，關你我什麼事？」

「招啊，買辦說得好！這就對了我的意思了。」白手老王指着那中年婦人對洪桐葉說，「快跟她去吧。先玩玩，再說別的，不教你喫虧就是了。」

「今天我請客，幹什麼都是我會帳。」

張買辦說着，對那婦人擠擠眼，那婦人便把洪桐葉拖着走了。

看他出去，張買辦問老王：

「怎麼，你打算幹什麼？陪我抽兩口，還是叫個娘兒們？」

「我嗎，兩樣都不來。」白手老王重重地喝一口茶說，「你抽煙，我陪你說話兒，我是等着喝老酒。」

張買辦躺下去，那個大女孩便靠到他對面替他燒起煙來。一筒剛完，婦人轉來了，她一屁股坐在床門前的椅子上，搖着頭說：

「你這個朋友的事情可真不好辦！什麼樣的女人，說來說去，他都不要。他一心祇想個洋婆娘，法國人，羅宋人，不管香的臭的，祇要是個白女人，他都歡迎。買辦，你知道，我哪裏找得來外國女人？這不是尋開心嗎？」

張買辦一聽，笑了。說道：

「原來他要開洋葷，那容易，有我哪。」

「怪不得你說他喜歡另一工。看他平常悶聲不響，肚子裏倒不簡單。」白手老王也打個哈哈說。

「好，你請他過來。」張買辦吩咐那婦人。

一時，洪桐葉紅着臉來了。

「你要的那個，」張買辦告訴他，「這裏找不到。玩外國女人的地方，我知道，等我帶你去。祇怕大敵當前，老弟，你喫不消她們。」

「我不過好奇罷了！」洪桐葉靦然自己解釋一下。

張買辦抽足之後，三個人開始其餘的節目。

在酒樓上，他們喝下五斤花雕。張買辦和洪桐葉兩個人還喝不到一斤，白手老王一個人灌了。妙在他還不十分醉，不過舌頭短了一點，連他自己也不知道一直在說些什麼了。

張買辦叫部汽車，三個人直放虹口。經過一家日本舞廳，張買辦問洪桐葉：

「要不要開開東洋葷？」

洪桐葉搖搖頭。

張買辦招呼汽車停下，付過錢。帶他們走進一家日本料理，一邊說：

「這後面有個日本老太婆，她手上有幾個羅宋女人，專招待日本和中國客人。」

「她倒懂得國際平等！」洪桐葉愉快的說。

「那倒不，對中國人，她照例加倍收費。」

「那，幹什麼要做冤桶！」白手老王捏一下自己的鼻子，大聲說。

「她利用中國人的好奇心，願者上鈎。」

張買辦一語未畢，兩個日本醉漢，攔住了去路。一個上來，仰着臉對白手老王哇啦哇啦說了許多話。三個人都不懂日語，說法語、英語，日本人又不懂。僵了一會，才有個戴鴨舌帽，穿短衫袴的中國人上來，說明了日本人的意思：

「東洋人怪大塊頭說話聲音太大，吵鬧了別人。」

「唷，這是什麼玩的地方？」白手老王氣哼哼的說，「又要加倍收費，又不許說話。這不是明欺負人嗎？」

「他祗要你說話輕聲點！」

「我天生這樣個嗓門，誰也管不着！」白手老王指着那日本人說，「你看他！他吵吵鬧鬧，聲音更大！」

「這個地方，許他不許你！」

「你老兄也是中國人呀！」

「我喫日本人的飯，就幫日本人說話！」

那日本矮個子見大塊頭伸着個手指頭，指指這，指指那，怪他無禮。趁他不防，一把抓住他的手，就狠狠咬了一口，咬得老王殺豬也似地叫起來。

有着幾個羅宋女人的日本老太婆從後面出來了，她認得張買辦，而且會說幾句英語，才把事情排解開來，推着兩個日本人和一個喫日本飯的中國人走了，讓張買辦他們後頭樓上坐。

白手老王手上有兩個小傷口在出血，日本老太婆拿紅藥水和紗布給他包紮了，又再三給他鞠躬致歉。老王氣消了，笑笑說：

「日本人也有好的。」

「為你照顧她的生意呀。」

「小洪，為你玩洋婆娘，我都挂彩了，你看你怎麼對得起我？」

「真抱歉。早知如此，我們也不來了。」

「不三不四的地方跑着玩，」張買辦笑笑說，「不巧就會惹閒氣。老王，我看你也來個羅宋女人玩玩吧，權當找補找補。」

「好呀，我也開洋葷？」白手老王裂着大嘴笑了，「我多年做大菜大師傅，可從來沒有喫過羅宋大菜。祇怕被我那矮子老婆知道了，她要咬斷我的舌頭！」

「我們替你守祕密。」洪桐葉巴不得有人陪他一同下水，連忙幫腔一句。

「好，都為了你！老婆真要知道了，我祇說你拉我來的就是了。」白手老王手指着洪桐葉。

「那還用說？」張買辦說，「小洪的面子！」

樓梯上一串銅鑼般的笑聲，隨着亂雜的沉重的腳步聲，一陣風擁上樓來。三個母夜叉出現了，身長少說也有六尺的一個，為站得近，順手把洪桐葉抓過去就先親了個嘴。

一小時之後，三個人就近在虹口大旅社開了個房間休息。張買辦再提到洪桐葉辭生意的話。白手老王接口道：

「小洪，那事情算沒有。既然已經升了副買辦，馬馬虎虎幹下去算了。你到什麼青龍路，還不是伺候人？伺候人的滋味總是差不多的，一動不如一靜了。」

「不錯，正是這話。我名為買辦，什麼情形，你也知道。真要和他們嘔氣，我不早嘔死了？將就着混飯喫罷了。頂着買辦這張皮，外面光，喫得開，受人尊敬，也算個好處。你一跟中國人作事，社會地位就一落千丈了，誰還看得起你？」

張買辦恨不得把自己的心挖出來給洪桐葉看看，好教洪桐葉明白自己的一片誠意，他很少對人這樣真實的關心過。自然，法國老板的授命是原因之一。但更要緊的還是他的私心，他願意有洪桐葉這樣一個下手。

但這一席話，很說得不合洪桐葉的意思。現在的洪桐葉，算是一個醒覺的人了，對於張買辦的十足洋奴口吻，當然有反感。但整個晚上叨擾了他，羅宋女人新奇刺激的回味猶新，就人情而言，他實在沒有辦法駁回。

垂頭喪氣，洪桐葉沒有一句話。

「好了，總算你打消辭意了。」張買辦一言為定，「我和老王還算有面子！明天，我同老板講，另外找個學徒做零活，你是副買辦了。」

白手老王也說：

「小洪，我一向對你好，你也承認的。你要再提走的話，我就和你翻臉了。」

「不錯，我也這麼想呢。」張買辦打個呵欠，往沙發上一靠，慢慢說，「人不能斬盡殺絕，總要留個退步。換生意跳槽的事並不是沒有的，祇是不可以做得太過勉強。新房子住着合適不合適還不知道，就先一把火把舊房子燒了。瞻前不顧後，有的喫虧呢。」

「這回不談了，要走，等以後看機會，順順當當的走。誰又保得住這碗飯喫一輩子。」老王也打個呵欠說，「時候不早了，我也真累了，再不回去，我那矮婆子要罰我跪了。」

有人在敲門，張買辦答應一聲。

一個中年的白俄男人，揹着一大疊俄國毛毯，笑嘻嘻的走了進來。他說着生硬的官話，請他們買他的毛毯。三個人拒絕了他。

他卻不走，一直在纏個不休。再三說他的貨色好，價錢巧，你此時不買，錯過了，勢將遺憾終身。大意如此。中國話說不明白，還攙雜兩句英語、法語，可是他的英語、法語，同樣不能達意。

「小洪，」張買辦說，「你喜歡羅宋女人，是不是也對羅宋男人有興趣？」

白手老王聽了，大笑一聲說：

「那，怕他喫不消吧！怎麼樣？小洪，可有胃口？」

不想那白俄男人又聽懂了羅宋女人這幾個字，這回他不推銷毛毯了。一逕問：

「你們要羅宋女人？我有，你們跟我去。頂漂亮的。」

張買辦指着洪桐葉說：

「他要，他要。」

白俄男人便衝着洪桐葉說話，意思要帶他去。洪桐葉不理他。祇急得他團團轉，恨不得把洪桐葉硬拖了走。他從口袋裏摸出兩個帝俄時代的勳章來，指手畫腳，說個不停。聽不明白他是說他自己是沙皇的軍官，曾經因功得過這些勳章，還是說有沙皇的高級軍官的妻女，他有辦法把她們介紹給洪桐葉。最後，他好像說，女人比毛毯便宜，值得一玩。

「機會難得，」張買辦對洪桐葉說，「可要再來一下子？」

洪桐葉笑着搖搖頭。

張買辦打鈴，吩咐茶房去叫汽車。一邊說：

「我們先送小洪回洋行。剛才從奧迪安大戲院門前經過，我看見范朋克的月宮寶盒正在上演，改天再來看吧。小洪，你喜歡看電影嗎？」

「很少看。」

「范朋克總看過的，你喜歡他嗎？聽說他在月宮寶盒裏邊把一個拖辮子的中國人當狗熊耍，一定好玩得很，好戲不可不看。」

「我比較喜歡卓別林。」

「不錯，他很會逗笑，也有一套。可惜他在戲裏總是喫虧上當，教人看了不舒服。不如范朋克，女人、金錢、名譽、地位，討盡天下便宜。」

張買辦興高彩烈的把個大姆指頭伸到洪桐葉的臉上搖着說：

「大丈夫不當如范朋克耶？」

汽車叫到，三人下樓。

白俄男人見纏了半天，沒有纏到一點生意，脹紅了脖子，揹着毯子一氣走了。嘴裏嘟唧着，大約說的是俄語，也大約是罵人的話。

「亡國的人也真可憐，」張買辦說，「男的賣毯子，領港，女的賣淫。」

「祇怪他們從前享福太過了。」洪桐葉說。

旅館門前的人行道上，一個穿紅裙的英國軍官，正掛着一個廣東鹹水妹悠然走過。那個鹹水妹細細高高，黑黃皮膚，畫着細長的眉，赤足穿着高跟鞋，有着一種濃郁的南國情調。洪桐葉心裏一動，覺得這和羅宋女人的肥白，正是一個強烈的對比，而實在各有千秋。

張買辦故意緩走一步，讓路給那個英國軍官。洪桐葉扭過臉去，再看看那個鹹水妹的背影。

一夜過去，洪桐葉是副買辦了。一張寫字檯，指定是他的。但他仍然要早起、掃地、洗廁所、洗汽車、洗內袴，從前幹什麼，現在還幹什麼。老板說：

「等有了新學徒，這些事情歸他做。」

「除了替我修腳。」老板娘接口說。

老板聳聳肩，酸酸的一笑。

老板娘吻一下洪桐葉的額部，甜蜜的說：

「你真是個好孩子，神永遠永遠和你同在！」

洪桐葉的臉上一陣熱辣辣，他想起了昨天晚上的羅宋夜叉。

洪桐葉告訴錢本三，洋行的事情一時辭不掉，他不能來青龍路了。錢本三倒無所謂，衹是說：

「你寫信告訴郭心如教授吧，我是歡迎你的。按說，照你所說的烈佛溫洋行的情形，不離開也好。他的政治性很大，你在裏邊，說不定會有用處。站在任何一個據點，都可以為革命工作，不一定要跑到機關部裏來。我想，你不妨先入黨。」

錢本三抽屜裏取出兩張入黨表來。

「你把這個填了，蓋上章子。我和郭心如兩個做介紹人。——那邊有個桌子。」

洪桐葉坐下來先看一遍，不明白的地方又問過，便工工整整的填好。錢本三看了，說：

「蓋上章子。」

「我沒有帶章子。」

「那麼，你回去拿，我在這裏等你，章子是一定要蓋的。」

「這裏有沒有腳踏車，我借了騎一下去拿。」

錢本三打打鈴，吩咐人借給他車子。一時，章子拿來，蓋好，錢本三看過。就在介紹人下面先簽個郭心如的名字，註明錢本三代印，蓋上章，然後用自己的名字也簽蓋了。於是說：

「你如今是黨員了，以後好好為黨工作。洋行是你的職業，革命是你的事業。」

「不知道我經常應當做些什麼事？」

「那也說不定。我將直接和你發生關係，我隨時會支派你。目前，黨的首要步驟是，對內打倒軍閥，對外打倒帝國主義。這些革命的障礙，必須先掃除。」

「我在叔叔家曾經見到一本雜誌，叫做什麼『醒獅』，封面上題着八個字，『內除國賊，外抗強權』，是不是就是這樣的意思？」

洪桐葉虛心的問。錢本三笑笑，望着他說：

「你說話聲音太大。」

「先生耳背，我怕你聽不見。」洪桐葉惶惑的說。

「我不背得那麼厲害。」錢本三嘴角上再笑笑，然後說，「洪百莊看醒獅？」

「每期都看，還保存起來。」

「玩玩罷了。真正做到了內除國賊，外抗強權，他還上哪裏找生意去？我告訴你，這個醒獅是國家主義派。國民黨和他們不同。」

「我另外有個朋友，他是看嚮導的。」

洪桐葉試探着明瞭錢本三的思想路向，以後好方便服侍他，就裝作隨隨便便的樣子，這麼說了一句。

「嚮導是共產黨的。你的朋友是看看玩玩呢，還是共產黨員？」錢本三不在意的問。

「我看他好像不祇是看看玩玩的。」

「共產黨更渺茫。」錢本三很自信的說，「單論對症下藥，中國是一個落後的農業社會，絕對不需要共產主義。中國的民性也祇肯接受溫和的改革。商鞅、王莽、王安石、洪秀全，歷史上幾次重大的劇烈的改革，都是很快很快就失敗了的。在中國行共產，那是夢想！」

「俄國也是一個落後的農業社會。」

「十月革命以後，我到俄國去考察過。十月革命的結果，造成全俄國一片饑饉。」錢本三輕蔑的一笑，「難道有人會以為中國需要饑饉嗎？」

「饑饉並不是目的。」

「我知道，饑饉是手段，或是過程。但不拘怎麼說，中國是行不通共產的。」

錢本三頓一下，想想，又說：

「五四運動的內容是科學與民主，但五四運動的結果，科學與民主並沒有建立。反科學與反民主的舊的傳統與精神，可被摧毀了。至少它已經動搖，在慢慢地沒落，縱然迴光反照，也好景不常了。這就造成一個教人無所適從的空白時代。在這個空白時代，大家都漫無標準地追求新的事物，這是一個歷史進步的契機。好奇求新的風氣，原是一種好現象，但自然也有流弊。喧鬧一時的廢姓、非孝、張競生、共產黨，都應運而生，是不足怪的。經過一個時期，塵埃落定，就會澄清。但在這個偉大的轉變期中，難免有多少人誤入歧途，分析他的動機，又未必都是惡意的。我想，你的朋友，可能是這樣的人，你想是嗎？」

「他有他的一套理論。」

「那不要緊，反正共產黨是不會成功的。」錢本三慎重的說，「我們不妨拉他做我們的朋友，因為我們需要力量。你可以帶他來見我。」

「萬一他不誠意呢？」

洪桐葉這句話聲音又低了，錢本三聽不見。洪桐葉便把嗓門稍稍提高一點，重述一遍。

「兼容併蓄的博大精神，定能感化一切！」

錢本三笑笑，這樣說。

從青龍路四號出來的洪桐葉，自己檢討一番。他發現兩點：第一、錢本三自信心頗強。第二、對他說話，聲音要適度，低了他聽不見，高了他嫌吵鬧。

洪桐葉轉到界路來。煉豬油的小工廠正在作業，豬油香溢漾在整條弄堂裏，洪桐葉對於這個味道勉強可以忍受了，不像初次遇到它的時候那種格格不入的情形了。

「入鮑魚之肆，古話真有道理。」

洪桐葉想着高興，臉上泛出微笑。接着，卻又搖搖頭，一片嚴肅之狀。心想，這個話可得小心，不能給柳少樵說。柳少樵是反古的，萬萬不能給他說「古話真有道理」，既是古話就一定不成話，有什麼道理？同樣意思，你這樣說就皆大歡喜了：

「入鮑魚之肆的話，少樵，你說得真不錯！」

洪桐葉確實是聰明的。他認識柳少樵還不到半年，錢本三不過半個月，他就大體摸到兩個人的性格和他們之間的異同了。

雖如此，他有時也還不免大碰柳少樵的釘子。

原來柳少樵也算是湘西世家。他家歷代開布廠，機子上千張，湘西川東一帶十餘個縣份，差不多都採用他家的布疋。柳家從事工商，卻不廢耕讀。子弟間有務農的，植棉自用。也有一領青衿，獵取科名，為門第增輝的。

對外通商以來，從上海和漢口出來的日本紗布，慢慢打入了農村，布面寬，質料細，價錢又便宜，漸漸人人愛用，柳家的木機土法織布就失去了他原有的銷場。柳少樵的父親也算是一個開通人物，他知道迎合時代的進步。他親自到漢口上海考察一番，就售去了他原有的從事工商的基業，在漢口設立了一家最新式的紗布工廠。而且把中學畢業的柳少樵送到南通，在張謇所辦的紡織學校裏讀書，他一意迎頭趕上現代化的工業，而毫不猶豫。

但他的紗布廠，經過兩年的籌備建造，開工以後，卻不到一年就倒了。日本各廠聯合，削本傾銷，他無論如何打不開市場。他的貨色實在也並不比日貨低，祇為是國貨，又是新牌子，取不得消費者的信任。他要想銷，價碼就得定在日貨之下，還得像賣膏藥一樣的多費許多脣舌，再加上交際手段，批發商才肯和他談交易。而請酒、徵妓、聚賭，這些事情，又是一筆大開支。最先，柳老先生還貸進資本，勉力和日商競爭。他明知日商資力雄厚，非他所能抗衡，但他還是掙扎下去。眼看這就漸漸不支了。

而地方上於苛捐雜稅之外，還有派款。派款大多來自軍方，請帖一到，便須赴筵。有那不識相想躲過的，就會被強請，護兵馬弁全副武裝，汽車停在門前了。老實不客氣，這桌酒非喫不可。

對着這些面無人色的富商巨賈，將軍重重吐下一口痰，抹抹嘴巴子上的油膩，他發言了。柳老先生就曾親自遇到這樣的場合。祇聽將軍說：

「敝軍駐防在此，多蒙地方關照，謝謝。現在，我們大帥向北京財政部要不到錢，他硬是不給，混帳透了。遲早這件事情是個亂子，好不好我們大帥會打進北京城去，給換個新總長！」將軍說到這裏，顯然恨極而怒。滿嘴噴出唾沫，霧一般的罩着席面紛紛落下。富商巨賈們屏住氣，再把身子向後靠一靠。

「現在我的隊伍已經半年不發餉，這兩天不穩得很，我聽說他們要鬧事了。要是真的一搶，武漢就糜爛了，那還了得！我為了保護武漢紳商各界，所以今天先請你們墊一筆餉。」

他大聲喊道：

「軍需處長！」

站在將軍身後的一位軍官，一個立正，應聲——

「有！」

接着他就按照預先寫好的一張名單，把派款的數目清楚地念出來。

「好，」將軍站起來說，「你們在這裏慢慢喫酒玩玩，通知送錢來。等錢送到再回去。」

說畢，揚長而去。

富商巨賈們真有為了湊不足錢，在將軍的大廳裏玩到三五天甚或十多天才得回家團聚的，那真是不幸中之幸了。

外國商人，甚或中國商人使用外商牌照的，卻永遠沒有這樣的「遭遇戰」。不但此也，苛捐雜稅也要少得多多。

柳老先生在這樣情形之下，知道他的工廠是難以支持了。就先同日本紗布工廠商量，想把自己的廠賣給他們。日本人聽聽笑了，說道：

「誰要你那套破爛機器？」

「我的整個工廠的設備，都是日本來貨，全新全新的。」

「你別做夢了，那是舊機器翻新的。」

「難道我上了人家的當？」

「找他打官司去吧，要他換新的給你。」

為了這件事情，柳老先生真帶看律師去日本兩三趟，但是不得要領，白白又賠上許多旅費。為了心境不好，老先生垂暮之年，倒在東京玩了一個年輕的日本姑娘，他為她再花下一筆錢，這才死心塌地地回來。

最後，他把機器當廢鐵賣掉，這才結束了這個新工廠。還虧廠基的地段好，他從地價上賺進一筆，這才了清債務。又把剩下來的幾千塊錢，在交通路到江漢關的拐角上開了一間門面的布店，做零售生意。老先生多年鰥居，有他的第二個兒子和幾個多年的老夥計，幫他照料店務。裏面的事情，由柳少樵的老婆和一個管家婆拿起來。老先生失敗之餘，倒享清福了。

他一共有六個兒子。柳少樵是老三，在南通讀書。其餘都在湘西老家，由老大率領務農，不曾出來。老大一向反對父親到漢口建廠，他是一個穩健的人。可能因為他的岳家是一個有名的大地主，他多少受到他們的影響，他總認為工商業的風險大，不如務農穩當。老先生對於兒子這個見解，認為也有道理，便約定各行其是，分頭併進。好在大家的目標是一致的，為了柳家的興旺，各盡其所能而已。

老二是個殘廢，他小時候爬樹摔下來，跌斷了背脊，變成駝子，人過了二十歲，還沒有四尺高。他由於自己的缺點，發生一種自卑感，他總覺得人人都對他不懷好意，都在欺負他，就養成他一個暴躁易怒的脾氣。老先生知道他同嫂嫂（老大的老婆）特別合不來，便告訴老大：

「讓老二跟我去學生意，老三出去讀書。還有那三個，小呢，我也沒有辦法照料他們。祇好留在家裏，你帶他們過吧，等大了再說。」

老大承擔下來。老先生又告訴大兒媳婦：

「常言說，長嫂比母，他們是你的弟弟，也算是你的兒子，你費心看待他們。」

大兒媳婦也承擔下來。

老先生這才離開數百年的老家，帶看兩個兒子和從人到漢口來。

柳少樵的老婆葉品霞，原是他的遠房姨表妹。她家道雖然沒有柳家好，但係長沙望族，歷代書香，地道讀書人家的女孩子。她不但溫柔體貼，滿腦筋的三從四德，更兼是個美人。長沙有家照相館，曾經利用她的放大設色照片掛在櫥窗裏，以廣招徠。這在那時候的人，認為是一種侮辱。葉品霞的父親為此事告進地方審判廳，務必要懲治那家照相館。以後雖然經人調停和解，但葉品霞的美人之名早已傳揚開了。

柳老先生也常為生意到長沙，老親戚家裏走動走動，碰巧他也參加照片一案的調停工作，就趁機會為柳少樵訂下這門親事。兒子雖有半打，他卻一直偏愛老三，以為他的前途希望最大。他覺得葉品霞和柳少樵，女貌郎才，天生成一對。最先提媒的時候，葉品霞的父親還不願意。因為柳家種棉花，開布廠，未免銅臭，不轂書香。有人便為柳老先生設下一計，用五千銀子購進仇十洲真蹟妖精打架冊頁十二幅，獻給長沙名士葉德光，別無所求，祇求玉成這門親事。葉德光是葉品霞的祖父輩，是葉家出名的學者，對於版本研究的成就特大，也是葉品霞父親所敬重的長輩。葉德光一向看不起這個姓柳的布商，這回卻情有難卻，一力主張，使他得到葉品霞作兒媳婦。

葉品霞的父親聽說葉德光得了好處，就也提出祕密要求。柳老先生祇得又一次贈送葉品霞父親一萬銀子做粧奩費。他想，錢算什麼？祇要兒子婚姻美滿，那就值得多了。

到漢口設廠，老先生先轉到長沙為柳少樵完婚。

柳少樵本人對於這門親事，自始就是反對的。因為父母之命，媒妁之言的包辦婚姻，是一種不合理的制度，應予廢除。青年人有婚姻自主的權利，雖父母亦不得干預。尤其，他說：

「你花一萬五千銀子替我買老婆，難道你看準了我自己就沒有本事弄個老婆？」

「討老婆容易，要想討到好老婆可難。好老婆，可遇不可求。既然遇到了，我怎肯放過機會？不要說一萬五，五萬五，我也不放棄哪！」

老先生說着還高興，哈哈笑了。

「你花錢討的，算你的好了，我是不要！」柳少樵倔強而又沒有禮貌的說。

老先生不能不有點氣，可是還耐住。因為大兒子也是不滿意這一樁婚事的。老大的意思，以為就地取材，眼門前多少姑娘，隨便討個算了。用不着老遠的上長沙，又花許多許多銀子，這不明放着冤枉嗎？

老大老婆也有煩言：

「當時我進柳家門，多少不說，我可是帶進粧奩陪嫁來，一輩子也用不完。現在，長沙葉家到底算是怎麼一回事？像我們這種人家，我祇見有花銀子買妾的，可沒見過買老婆的！」

老先生聽在耳裏，知道解釋也解釋不明白。暗暗說，祇要少樵討到好老婆，我就被他們埋怨幾句也值得。現在，不想柳少樵本人也不贊成了，而且不惜為此事頂撞老父，這就難怪老先生要生氣了。但他還不灰心，一直說：

「現在我什麼也不再說了，等你成過親，你自然會滿意。美貌，賢慧，那是有名的，你還要什麼？」

「我不要美貌，也不要賢慧，我祇要自主！我要自己做主自己的事，不用你管！」

老先生想，你小小孩子家，懂得什麼？有個老父親關心你倒不好？換個人，還沒有這個福分呢！可是這個話，他沒有說出口來，他明知道兒子是不會接受的。他一直想着，祇等完婚之後兒子滿意，事情就算過去了。

洞房花燭之夜，柳少樵看看新娘子，確實生得彀漂亮，父親沒有騙他。賢慧不賢慧，雖然一時摸不清，但看看那一副馴順溫柔的表情和動作，也不至太離譜兒。柳少樵本來一整天累了，但此時他忽然興奮，一口氣把燭和燈吹了。

「怎麼，」新娘子意外的大喫一驚，在黑暗中說，「今天晚上是不興吹燈的。」

「管他呢！」柳少樵撲到新娘子身上，「快脫衣服！」

「那怎麼可以？總要過三夜，我才好脫衣服。」新娘子慌做一團，對於新郎的魯莽，一時不知如何應付才好。

黑暗中，柳少樵不再答話，祇管去撕她的衣服。新娘子帶着哭聲說：

「好人，好人，求求你！」

「不要說廢話，你是我花一萬五千銀子買的，怎好違拗我！」

聽了這話，新娘子的拒抗立刻鬆了下來，她祇有傷心流淚的分兒了。

事畢，柳少樵把燈點上，整整衣服，點頭稱讚道：

「一萬五千銀子，果然味道不錯！」

他拉一條毯子，在牀對面一張長靠椅上，蒙頭睡了。

第二天開始，柳少樵對着新娘子祇管叫「一萬五」，這竟是她的一個新名字了。人前人後，把個葉品霞羞得抬不起頭來。柳老先生對柳少樵說了多少好話，甚至給他作揖陪[8]不是。老先生說：

「你並沒有耐心和她過一些時候看看，怎斷定她不好？你作踐[9]她，就是作踐我。難道你竟和我沒有一點父子之情？你不知道六個兒子當中我最愛你？他們五個，不論哪個，我捨得花許多錢給他討媳婦嗎？事情擺在這裏，明明白白，再別任性胡為了！」

柳少樵冷笑一聲，說道：

「我既不作踐你，也不作踐她，我祇要作踐這個買賣式的婚姻制度。我永遠不會服氣，為什麼一個人討老婆，自己不能作主，倒要別人包辦？」

三日回門，新娘子回到母家，什麼話也不說，祇是哭，哭個不休。葉家原有宴請女婿的節目，因為新郎拒不前來，也祇好取消了。

葉家人多勢重，也不是好惹的，對柳老先生提出嚴重交涉。老先生於備受責難之餘，答應新娘子暫時歸寧，自己負責管教兒子。

過了一個多月，柳少樵的火氣好像消得多了。老先生便向葉家提議，接媳婦回來，一同上漢口。葉家一口拒絕了。

「在娘家本地本土，都受不了那種虐待。去了漢口，路遠山遙，鞭長莫及，誰擔保她的安全？」

老先生無可奈何的自己拍拍胸膛，陪笑說：

8.「陪」不是，同「賠」不是。
9.作「踐」，同作「賤」。

「一切包在我身上。萬一媳婦受委屈，你們祗管找我算帳！」

「你管不了你的兒子，沒有人相信你！」

「還是請媳婦同去，年輕人的性情，過久了就會變好的。你們把她留下，兩個人分開，倒永遠沒有和好的機會了。」

這樣，也不知道費了多少脣舌，葉家才算同意了。葉品霞的父親對女兒說：

「事情到這一步，總是進退兩難，去不好，不去也不好。木已成舟，我此時追悔也來不及了。祗怪德光叔不好，不是他，我不會接這門親事。現在，這些話，也不說了。你還是跟了去，女婿任性，你慢慢感化他。少年夫婦，日子長呢。真要受不了，你一封信寫了來，我會上漢口去看你，接你回來。」

葉品霞無可奈何，從娘家帶個女僕，就跟柳家到漢口了。所幸柳少樵倒不再叫她「一萬五」，除了夜晚之間，把她使用一下之外，便不再睬理她，相逢不相識，直像那路人一般。

這樣，葉品霞覺得還可以忍耐着混下去。

而柳少樵開始對於她的女僕發生了興趣。

四

這個老媽子原是葉品霞母親跟前的一個丫頭，大了，嫁給一個爆竹工人。由於夫婦感情欠佳，婚後不到半年，她仍然跑回葉家做丫頭，怎麼也不肯再回夫家。交涉吵鬧過幾回，事情一直僵下來，兩個人做了永不見面的掛名夫妻。

她原名叫白茶。嫁後重回，都改口叫她劉嫂。劉嫂雖然命不太佳，卻生得白白胖胖，細細一條眼睛，面團團一副既富且貴的氣派。她更從葉品霞學字，偷空下過一番功夫，居然湊合着也能寫能看。她的惟一缺點，是兩條腿長短不齊，走起路來有點搖擺。

既到漢口，葉品霞自知不得丈夫歡心。凡柳少樵跟前的事情，都推給劉嫂去做。劉嫂行動不見得怎麼敏捷，嘴可是會說，也最愛聊天，聊起來飯也可以不喫，無休無歇。柳少樵原幫忙父親籌備設廠，每天都忙。後來，老先生說：

「少樵，你還是溫習功課吧，夏天，考南通去。自己不內行，總是不行的。一開頭我就有點棘手，這和土法完全不同。工程上弄不清楚，管理不容易。」

從此柳少樵就閉門不出了，把中學裏讀過的幾本書，重新買了來，開始溫習。父親和二哥都食住在建廠的工地裏，那裏原有幾間房子。祇柳少樵和葉品霞帶着劉嫂，住在交通路新購的市房裏，三層樓門面，後頭還有倉庫。葉品霞一個人住着二樓。柳少樵原在樓下有個睡覺的地方，現在為要讀書，他搬到後頭的倉房裏去了。這個倉房，論面積不小於一個籃球場，比前面的三層樓也矮不了多少，裏頭打掃得乾乾淨淨，卻是空空洞洞，一無所有。柳少樵正當中安一張床，床前擺個桌子，還有幾樣簡單的傢具。

柳少樵和葉品霞一直分桌喫飯，每次都是劉嫂端着送了來。一天中午，正落大雨，劉嫂打着傘來了，腳上穿着一雙老式的油釘鞋。她抹了桌子，把飯菜擺好，說道：

「今天下大雨，買不到菜，把下蛋的雞子宰了一個給你喫。一半紅燒，一半清燉。」

「何必費事！我祇要有一碟子辣椒，也能喫飯了。」柳少樵說着走過來。

「那是我們姑娘的意思。說你看書用功，應當喫得好一點。我看她平常一片好心待承你，你到底為什麼一直恨她？」

劉嫂看柳少樵坐下，便盛飯上來，自己站在桌旁。

「那個，你不懂得！」

「噯呀，我原是笨，笨得什麼也不懂！」劉嫂不服氣，笑笑說，「你表面上不理她，深更半夜往她房裏跑，我怎麼會懂？」

「你怎麼知道？」

「我住在她房間後面，隔着一層板壁，又不聾，難道會不聽見？」

「那麼，你天天晚上等着聽了？」柳少樵嘻皮笑臉的問。

「你不要臉！」劉嫂故意用兩手捧着臉。

「你一定整夜睡不着。」

劉嫂回身取傘要走，卻被柳少樵攔腰抱住。

「要是你晚上來這裏，我就永遠不上樓。」

「你拿我開心，」劉嫂推他說，「我知道我什麼也比不上我們姑娘。」

「我可不，我覺得她什麼也比不上你，你比她強得多。」柳少樵怕她掙着跑了，更用力抱住。

「你騙鬼！」

「我不騙你。在你身上，至少我是自主的。」

劉嫂聽不明白，但也不再追問，偎着他，頭埋到他懷裏，把柳少樵的胸前擦得一片油膩。

「來，陪我喫飯。」

「不，飯不彀，也沒有碗筷，你快自己喫吧。」

「以後再拿飯，帶兩份來。」

劉嫂應着。

柳少樵一邊喫，一邊笑迷迷地看着劉嫂，覺得有一種近乎神祕的難以言說的愉快，是他從所未經的。飯畢，劉嫂遞上手巾，他擦了嘴，便站起來，看她收拾。有點心癢難搔的，衝口叫道：

「劉嫂！」

劉嫂答應一聲，回頭望他一笑。然後說：

「我不喜歡人家叫我劉嫂。」

「為什麼？」

「我和姓劉的已經完了，永世也不再見面，我還劉的什麼嫂？」劉嫂說着，搖搖頭。

「那麼，你算我柳少樵的柳嫂好不好？」

「我沒有那個福分！從前他們都叫我白茶，我喜歡叫白茶。」

劉嫂收拾好了，卻站着不走。

「白茶這個名字是什麼意思？」

「我原叫茶花，」劉嫂瞇着一雙眼，得意揚揚的說，「因為我皮膚生得白，都叫我白茶花，後來又省去一個花字，就成了白茶了。實在我心裏，覺得還是白茶花好。」

「那麼，以後我改口，叫你白茶花。」

「好不好你勸勸我們姑娘，教她也改一改？」

「你知道我同她不說話，你自己跟她說吧。」

「早說過了多回。她說，嫁雞隨雞，嫁狗隨狗，既然已經跟了姓劉的，就一輩子是劉家的人了，怎麼可以隨便就改了。」

「憑她這種頭腦，我就討厭。頑固！」

柳少樵搖搖頭，說了，想想，用鉛筆寫個紙條，交給白茶花。

「你把這個給她看。」

白茶花接過來，自己先看看，笑迷迷地把東西收着走了。她先不喫飯，一逕上樓，把紙條送給她的姑娘。葉品霞聽說有姑爺寫的條子，便覺得奇怪，祇見潦潦草草的寫着這樣的話：

「劉嫂不愛劉哥，就不算是劉家人。硬派叫她劉嫂，妨害她姓名自由，此其為人也，嫁雞雞不要，嫁狗狗嫌她。應同意她恢復用原名白茶花，不得再有異議。否則後禍不堪設想，勿謂言之不豫也。」

雖沒有上下款，葉品霞也懂得。心裏酸酸的，忍着兩泡眼淚，望望劉嫂，說道：

「你同他說些什麼？」

「我祇說我不喜歡——」

「那不要講了，」葉品霞打斷她的話說，「我已經明白。以後我也叫你白茶花就是了。」說着，眼淚流了下來，忙用手帕擦了。

「我改名字，你傷的什麼心？」白茶花有點不懂。

「照他寫的這幾句話看，他當然也不會承認我是他們柳家的人了。」

「姑娘你還是看開點吧，此處不留人，還有留人處。你年輕貌美，怕些什麼？」

白茶花的話，祇說了半句。還有半句是：「你看連我白茶花還有想不到的機會，姑爺竟會愛上我呢。」總算她有分寸，沒有直說出來。

葉品霞孋孋的說聲「你下樓去吧」，便拉條毯子，和衣睡了。

白茶花撅撅嘴，跑到廚房裏，匆匆把飯喫了，碗也不洗，鍋也不刷，就冒雨到倉房裏來。柳少樵一見，就把她抱了，放在床上。白茶花着急說：

「也等把門關了。」

「怕什麼？沒有人的。」

「姑娘在樓上，萬一——」

「我巴不得教她看見呢。」

一時，柳少樵猛一下推開白茶花，跳下床去。倒把白茶花嚇了一跳。等看真了，才問：

「你這是怎麼了？」

「我每回都是這樣。」

「那是為什麼？」

「我不要孩子。」

「你嫌我？」

「不是，我不說我每回都是這樣嗎？」

「我不懂。」

柳少樵重新睡下，說：

「我是為我爸爸。」

「我更不懂！」

「讓我說給你聽，你就懂了。爸爸給我買老婆，就祗為要我替他抱孫子，並不為我的幸福。所以婚事他要包辦，不由我自主。不孝有三，無後為大，我衝着這句話，偏偏不要孩子，也掃掃他們的興。遲早讓他們知道，單方面的如意算盤總歸打不成，天地間沒有那麼便宜的事！」

「原來這樣子，倒對了我的脾氣了。我也是，我偏不跟那姓劉的男人過，把他們氣死！」

白茶花抱住柳少樵，連連親着，她欣幸她自己終於遇到知心的人了。

「你不要他，是為什麼？」

「為他們不是替我嫁丈夫，實在是奚落我，看不起我，把我不當人！」白茶花說起來就透着有點氣。

「到底為什麼？」

「你不知道那姓劉的是個跛子。給我訂親的時候，老太爺告訴我說，他右腿長，你左腿短，走起路來，朝着一個方向搖，你們兩個，正是天造地設的一對兒。聽了這個話，我嘴裏不敢說什麼，心裏可是氣極了。等嫁過去，我就是不好好地同他過，話也不說，活也不做，摔盆打碗，同他混鬧一陣。我什麼也不怕，打就打，罵就罵，反正命不要了。到底教我把他鬧彀了，自願放我回來。」

白茶花談到自己這一頁光輝的戰史，心裏愉快，瞇住兩眼，格格的笑了。她得意的問：

「你看，我有辦法吧？」

「你這樣對付他們，真是妙極了。」

柳少樵對白茶花，原是一時興之所至。不想她所作所為，竟如此符合自己的脾胃：她富於反抗的精神，有打破傳統的勇氣。一種強烈的「知己」之感，激得柳少樵竟落下了幾滴眼淚。

「你怎麼了？」白茶花看見，忙問。

「我被你感動了，我第一次遇到同調的人了。」

白茶花心裏喜歡，嘴裏卻說得淡淡的：

「那也不值得掉淚！」

笑笑，又說：

「有個故事：一家父母為兒子提親，兒子東也不要，西也不要，總嫌人家不彀漂亮。後來，他自己相中了一個一隻眼的姑娘，告訴父母，說他要定了這個。父母怪他不知道美醜，他道，『別人兩隻眼，我看起來，總覺得多一隻，不好看！』」

柳少樵聽着好玩，便道：

「這就叫情人眼裏出西施。」

「說實在的，姑爺——」

「快別再叫我姑爺，難聽死了。」

「那我怎麼叫你？」

「你叫我少樵。」

「姑娘聽見，她要怪我。」

「她怪什麼，我還怪她呢。再說，你也不必叫她姑娘，她不是叫葉品霞嗎，你叫她葉品霞就對了，人有個名字，原是預備給人叫的。」

「祗怕我一時改不來口。」

「改不來，也要改，再聽見你叫我姑爺，我就惱了。」

「好，等我試試看吧。沒有人的時候大約還可以，人前裏我可不敢，教人家笑話我。」

白茶花披了衣服坐起來，望望外面，雨還在下。

「我剛才要說什麼來？」想想，她說，「不錯，我是要說，少樵，你覺得我的走相好看嗎？」

「你的什麼都是好的。」

「女人家是要一條腿短些，一搖一擺的走路才好看，你看着我走路不是像蝴蝶飛嗎？蝴蝶飛，多好看啊！」

「你說得一點不錯，我的蝴蝶。」

柳少樵說着，拉她再睡下。白茶花道：

「不能再睡了，我要起來做晚飯了。」

「做什麼晚飯，等一會我帶你上街喫去。」

「那可不行，姑娘呢？」

「難道她自己不會做飯？明天起，教她做飯，你祇在這裏陪我。你們兩個應當換換位子，以後你是主，她是僕了。」

「你倒想得好，萬萬年也作不到的事！」

「從我手裏，定要作到。」

兩個人穿衣起來，柳少樵定要帶她上街喫飯，倒把個白茶花為難得了不得。

「那怎麼給姑娘說？」

「用不着同她說。」

兩個人頂着一把傘出來。白茶花道：

「大門總要關呀，還是得叫姑娘下來。」

「拉上來就行了，給他個神不知，鬼不覺。」

菜館裏喝酒喫飯之後，柳少樵又帶白茶花去照相，兩個人合照了，白茶花又單獨照。接着，又去看電影。白茶花這是是第一次進電影院，祇覺得銀幕上閃動變幻，卻一點看不懂是什麼一回事。稀稀的幾個看客，滿院子漆黑一團，偎着知心的人，那情調她倒是欣賞的，她儘量享受了那情調。

愛，對於兩個人都是新鮮的，也實在是他們的「初戀」。

電影院裏出來，走不幾步，街燈忽然障礙，頓時一片黑暗。油紙的雨傘又被什麼東西劃裂了。柳少樵手搭着白茶花的肩膀，頂着雨走回家來。柳少樵一條細高個兒，白茶花圓圓的一團，兩個人擺在一起，恰是一個英文字母d字。

白茶花在像蝴蝶飛。

二樓上的葉品霞，悶睡了半天，越睡眼睛睜得越大，心裏也越悶。起來，披上一件薄呢的春大衣，前窗下立了一會，望望街景。雨還在下，這平時熙熙攘攘的要道，竟也冷落了。

有點餓，但又懶得下樓去。餅乾筒裏摸出兩片餅乾來，嚼了半片，又扔下。再看看街景，一轉身把自己放在高背的皮沙發裏，一雙玲瓏的腿長長的伸出去，穿着絲襪的腳輕輕擦着地毯上又厚又輭的毛，覺得有點癢癢的。鵝黃色的北京製的地毯，織着嬌媚鮮艷的丹鳳朝陽的圖案，葉品霞腳踏在那一隻細長的鳳眼上，蓋沒了它，輕輕說，「你不許看我！」

驀地站起來，人立在狹長的穿衣鏡前，這一頭秀髮，這個面龐，這個細短的腰身和兩條長腿，誰能說這不是一個美人胎子？葉品霞不怨爸爸，不怨德光爺爺，甚至也不怨離奇怪誕的丈夫，祇是自傷薄命而已。她倒感激老年創業的公公，百忙中為她佈置下這一層二樓，儘量設備得舒適，試當作一個釣餌，希望把少樵釣上樓來。老人家抱愧似的說：

「要是他不上來，你自己住着，看看書，寫寫字，安靜過一時再說吧。原是我把你害了，我對不起你！」

說着，老淚縱橫。

葉品霞倒反想安慰他，祇是不知道說什麼好，也就陪他哭，心裏卻充滿了感激。她的意思，誰也不怪，祇怪自己命苦！

葉品霞想起李易安的〈秋情〉來，輕輕吟着：「尋尋覓覓冷冷清清悽悽慘慘戚戚，乍暖還寒時候，最難將息。」一想，李易安倒有個有才有情的丈夫，雖不得白首相偕，到底過了幾天好日子，終身也算有一個精神寄託了。而我，這算什麼呢？真是一萬個不如她！又想，李易安可能是一個熱情奔放，落落有丈夫氣，甚至不拘小節的人物，定不像我這等拘謹輭弱的吧？她不自覺地點點頭，輕輕說：

「難道我的拘謹輭弱，招致了我的薄命？」

這樣想了，她就覺得自己堅強了許多，彷彿有個力量支持着她，她站得高了，高了。

隔着玻璃，她一眼望到了書櫥裏邊的那本《娜拉》，那兩個字像在發光，誘惑地逗着她。她想：

「走了，到哪裏去呢？走了以後又怎樣呢？」

如果這是僅有的泥沼，則去此一步，便是新生。祇怕孽海無邊，那就永遠沉淪了。她沒有試走一步的探險家一樣的求新的精神，於是她搖搖頭。

「新來瘦，非干病酒，不是悲秋。」

她輕輕吟着一句。

天色晚了，葉品霞扭開電燈，想，是燒飯的時候了，怎地一下午不見劉嫂？不，白茶花，一下午不見白茶花！每個下午她都坐到前樓上來聊天，要等葉品霞趕她，她才住嘴下樓的，今天是怎麼了？怪！

正在納罕，祇聽見樓下有人問道：

「誰在樓上？」

是公公的聲音，葉品霞忙穿上鞋子，走下來。

「原來是爸爸和二哥回來了。真想不到，這麼大的雨！」

「可不是？」老先生說，「下雨，不能施工。回來看看你們，和你們一齊喫晚飯。怎麼大門虛掩着，樓下頭沒有人。少樵呢？」

「不知道呀，我一整天沒有下樓。」葉品霞疑惑的說，「劉嫂也不在嗎？樓上祇我一個人。」

「奇怪，他們兩個呢？」老先生透着詫異。

「爸爸二哥前面坐吧！我拿茶去。」

葉品霞來到廚房裏，鍋灶是冷的，不但晚飯沒有燒，連碗筷都還泡着不曾洗呢。出來，張張倉房裏，黑洞洞的好像也沒有人。順着兩廂的廊簷繞過去，裏面看看，祇見牀也沒有整理，枕頭和毛毯凌亂的堆着。

「難道他竟會和劉嫂……」

葉品霞想着改叫白茶花的事，臉上一陣熱辣辣的。走到前邊來，說：

「他們兩個不在家，等我去燒茶做飯去。」

「不必了，等會我們到對面館子裏喫去。」老先生想着她未必願意下館子，就又改口說，「或是教他們送到這裏來喫，那更好。」

葉品霞便坐下來。老先生說：

「你看，我這個房子買得好。工廠出貨以後，這就是門市部，這個地方離海關碼頭都近，商業中心所在，再衝要也沒有了。你和少樵住二樓，我同夥計們住兩廂，後頭大大的倉庫，這間改成門面，真是理想極了。還有——」

老先生說着，望望老二：

「留着三樓，等老二成親的時侯，給他做洞房。」

這句話，在老先生，原是真心實意的。他所以如此說，倒是為了討好老二，想增加這一場合的愉快氣氛。萬萬想不到竟一下子觸惱了他，他脹紅臉，瞪爸爸一眼，恨恨的說：

「我好歹算是你的兒子，你不應當奚落我！」

「哪裏會有那個道理？」老先生急辯道，「我說的是真話。」
「我是一輩子不成親的。」老二望望葉品霞，赧然說，「你不想想，有誰肯跟我？」
「祇要我生意好，」老先生笑笑，大聲說，「你要三妻四妾也不是難事。」
「爸爸說的是真話，」葉品霞也勸說，「二哥，你用不着灰心。你不看劉嫂，連她還有人要呢。」
一提劉嫂，老二氣就有點平。因為他一直想着，自己是一個有殘疾的人，這件終身大事總是難得圓滿，倒不如尋一個有殘疾的女子做對象，也還是一個補救的辦法。
蝴蝶飛一般的走路姿態，劉嫂的影子在老二的眼前出現。他長長地吐一口氣，莫名其妙的回答說：
「是的，劉嫂。」
「爸爸，」葉品霞趁機會告訴老先生，「劉嫂原來的名字叫白茶花，她自己不喜歡叫劉嫂。少樵的意思，要我們都改口叫她白茶花。」
老先生對此沒有意見，點點頭。
「白茶花，」老二稱贊說，「好個漂亮的名字！」
時間晚了，柳少樵兩個還不見回，老先生沒有法子，祇好說：
「不等了，我們叫飯喫吧。」
飯後，散坐閒談。等到都快十點鐘了，才見柳少樵和白茶花冒雨回來，淋得兩身濕透。老先生忍不住問：
「怎麼，你們兩個人一路出去？」
「是的，」柳少樵高興的說，「我請她喫飯看電影，一晚上玩得痛快極了！」
白茶花望望葉品霞，顯然很不好意思，怯怯的問：

「姑娘，你喫過飯嗎？」

「我們都也喫過了。」葉品霞表面淡淡的，說，「快和姑爺去換衣服吧，這樣冰冷一身，不要鬧出病來！」

「她不叫我姑爺，以後她叫我少樵。」

說着，兩個人後面去了。

葉品霞、老先生和老二，三個人呆坐着，你望望我，我望望你，不知道說什麼的好。最後，老先生長長嘆口氣。

一時，柳少樵回來，告訴爸爸：

「我們已經談好，我要和白茶花結婚了。」

「你那是胡鬧，你已經有品霞！」

「她嗎？她是你買的兒媳婦，可不是我的老婆。她是屬於你的，白茶花才屬於我，真正是我的老婆。」

老二聽了，不由大怒。大聲說：

「你已經有了一個，還要第二個，偏我連一個也沒有！那不行，白茶花是我的！」

柳少樵怎麼也不想到老二會和他爭奪白茶花，伸手就給他一巴掌。老二怎肯忍受，一頭撞過去，兩個人滾到地上，撕成一片。老先生喝不住，就上去拉他們。

葉品霞再也看不下眼去，趁沒有人注意，拉開大門，頂着雨，無目的地撞上街去。一陣急走，黑暗中忽見一片光明，迎面是大江滾滾。葉品霞想，原來我的去處在這裏！更不猶豫，一頭便跳了下去，濁流立即淹沒了她。

這裏，老先生由白茶花幫着，總算把兩兄弟拉開，老二已經喫了大虧。白茶花見他的額角在流血，拿塊乾布來給他揩。柳少樵看見，大叫：

「你不要碰他，你是我的人！」
「不，她是我的！」老二也不相讓。
老先生忙叫白茶花到後面去。
悶坐了一回，老先生自覺對於管教孩子已經無能為力，任何言辭，任何方法，都不能使他們歸於正途。他一直不明白他們到底如何想法，而自己的想法好像也不能為他們所了解。他想，莫不年頭兒變了？三十年前，當他的少年時代，他覺得他並不和他的父親甚至祖父曾有什麼歧異，他們的想法看法，往往一致。
現在呢，父子、兄弟、夫妻之間，都有了很大的距離，簡直沒有希望攏到一起來，這究竟是什麼緣故呢？
老先生怎麼想，怎麼不懂。卻忽然發覺他的努力是白費的，沒有意義的，便一陣心灰意嬾起來。他望望柳少樵，惋惜地搖搖頭，對老二說：
「我們回廠去吧。今天是我不好，我不提議回來看他們，也就沒有這場是非了。」
老二這時一身痛，疲憊不堪，實在無力也無心再鬧了，就點頭同意。叫部出租汽車，爺兒兩個垂頭喪氣回去。
一邊，柳少樵吩咐關門息燈，他要睡覺了。白茶花說：
「沒有看見姑娘，她在哪裏？」
樓上樓下，各房裏找找，都不見。柳少樵說：
「管她呢！那麼大個人，難道還會丟了？時候不早了，快睡吧。」
「讓我在這前邊等等她，好替她開門。」白茶花說。
「等她打鈴，再起來開，還不是一樣？為你，教我把老二打了，你不謝謝我？來吧，陪我！」

於是兩個人到後倉房裏去了。

葉品霞一夜不回。

第二天的早報上，發現有這樣的新聞。

美艷少婦投江遇救

姓名身世自殺原因堅不吐露

服飾華貴態度嫻雅顯屬大家

掩面流淚拒絕攝影仍求速死

現住同仁會醫院候家屬認領

早上，一直不見葉品霞，白茶花就有點發毛，因為明明知道她沒有地方好去。等看到這新聞，忙和柳少樵說：

「會不會這個人就是我們姑娘？」

「要真是她的話，我可惜！」

「可惜什麼？」

「可惜沒有淹死！」

「你這樣恨她，太狠心了。她實在是個好人。」

「我也並沒有說她是個壞人。我祇恨她所代表的那種傳統和社會！任人宰割，甘作犧牲，竟一點不反抗。不反抗，就犧牲，那有什麼辦法？她要能像你，那就好了。」

「她和我出身不同，永遠不會一樣的。」

「所以我不同情她。」

「罷，罷，不談這個了。讓我到醫院去看看，到底是不是她，也好接她回來。」

「你一定不能去，我不許你！」

第二天上午警察廳派了兩個警察來，帶着傳票，教柳少樵和白茶花到警廳去聽候問話。柳少樵還不怎樣，那白茶花一聽警廳傳，倒認真地害怕起來。顫着聲音，問：

「為什麼事？」

「我們也不知道，」警察說，「聽說是什麼人投江自殺的案子，與你們有關係。」

「別人投江，與我們什麼相關？」柳少樵瞪着眼說。

「那個話，你和我們說沒有用，廳裏講去。」

「求求你，沒有我的事，不要教我去吧。」白茶花說着，差點沒有哭了。

兩個警察便不耐煩，腰上摸出手銬來。

「好好快走，不要再囉嗦。上這個，就不好看了。」

「你怕什麼？」柳少樵看不慣白茶花那種可憐相，就也幫着催她，「快走，快走！」

鎖了門，兩個人跟到警察廳。柳少樵一眼望見廠裏的宋工程師和張律師，忙問道：

「怎麼你們兩位也來了？」

「警廳傳老先生問話，我們來做代表。」

「到底為什麼？」

「你還不知道？」張律師把他拉到一邊，嚴重的說，「你們少奶奶投江一案，警廳調查結果，認為老先生和你，還有劉嫂三個人有幫助自殺的嫌疑。現在警察廳長，原是葉德光先生的學生，為此事大不高興，案子怕要送審判廳，這場官司說不定還很麻煩。」

「這真是血口噴人的話，誰幫她自殺來？」

「現在，牢騷、埋怨，都沒有用了。要有個辦法把案子了了才好。」張律師顯然有點着急。

「這樣吧，張律師，」宋工程師插嘴說，「廳裏你熟，你先進去探探口氣好不好？等一會答起話來也有數。」

張律師應着，匆匆進去，過了很久才出來。他擦着頭上的汗，嘆口氣說：

「麻煩，話說不進去。廳裏的意思，祇怕長沙葉家不肯善罷，所以不能不過問。」

「依他們是怎麼個辦法？」柳少樵問。

「他們嗎？」張律師顯得很為難的樣子說，「他們覺得如果你和劉嫂能離開武漢，以後不再出事，也算對葉家有個交代。」

「教我到哪裏去？」

「祇要你肯離開，天下地方多着哪。」

「那有什麼為難？」柳少樵倒高興起來，「我帶白茶花走。」

「話可作準？」張律師釘他一句。

「當然。」

於是張律師再進去，一會出來，說道：

「好了，我已經替老先生具了結，擔保三天以內，你和劉嫂離境，案子差不多算結了，裏邊也不問話了。走吧，我們到廠裏去，和老先生商量怎樣走。」

白茶花一直在緊張不安，聽了，才透口氣，輕鬆下來，跟他們廠裏去。

原來柳老先生昨天看了早報上的新聞，也有點發毛，想想昨晚兩個孩子打架以後，直到自己帶老二離開，這一段時間當中，好像一直沒有看到葉品霞，祇是當時未曾在意，沒有問得。

「莫不這個投江少婦就是她吧？」

老先生這樣想了，更不怠慢，立即僱車到同仁會醫院來。果然所料不錯，正是自家的兒媳婦。

葉品霞睡在病床上，看到公公，除了流淚，沒有半句話。

老先生也自難過，想想，慢慢說：

「事情弄到這一步，一句話說完，總是我對不起你。回想起來，我滿盤棋走錯了，誰也怪不得！解鈴還得繫鈴人，現在還是我來負責把事情解決。」

他望望葉品霞倒是在注意聽他，就接着說：

「我現在問你幾句話，你老實回答我。第一，你要不要回長沙娘家去住些時？」

葉品霞搖搖頭。

「第二，你要和少樵暫時分居？」

葉品霞點點頭。

「少樵常胡說什麼離婚，你的意思怎樣？」

葉品霞搖頭。

「教劉嫂回長沙，你一定贊成。」

葉品霞點頭。

「既是這樣，好，你安心在醫院裏住着休養吧。什麼時候我料理妥了，接你回交通路去。我另替你僱傭人，你自己一個人住。這樣好嗎？」

葉品霞點頭。

老先生再安慰她幾句，轉身出來，帳房繳了費，便趕回工廠。一向，他自己負責自己的家事，從不曾把自己的家事找外人幫忙。現在不了，他已經知道他沒有那種能力了，家醜也就不怕外揚。因為問題越來越嚴重，不謀解決是一定不行了。

他對張律師和宋工程師說：

「兩位幫我辦廠，我們是朋友。我有點家務事，也不怕兩位笑話，我知道自己解決不來，要請兩位幫忙。」

當然無問題，兩個人客氣一番。老先生就把兒媳婦投江的事，原原本本告訴了兩人，並說出了他的善後計畫。

「這個老三，就是個梟獍，劉嫂也不是個好貨。要是他們不聽話，一定不走，那怎麼辦呢？」

張律師想想，便如此這般獻出一計，商量一下，老先生認可了。張律師就和宋工程師依計行事，當晚請了一桌客，全是警察廳的朋友。

一經警廳，柳少樵和白茶花果然就不棘手，情願離開。

柳少樵的地方好說，他原要去南通，現在提前一點就成了。但他的目的是要帶白茶花同去，老先生就不能答應。

「白茶花是長沙葉家的人，要送她回長沙，物歸原主。你憑什麼帶她走？」

「她現在歸我，不歸葉家了。」

「你既然上學，就要有個學生的樣子。」宋工程師勸道，「從來我沒見過帶着老媽子上學的學生。」

無奈柳少樵堅持非帶她同走不可。

而老先生又一定不能答應。

張律師看事情僵了，便對老先生和宋工程師使個眼色，把柳少樵拉到一邊，輕輕說：

「送白茶花回長沙，不過為了敷衍葉家，你爭也無用。我現在教你一個辦法：給她兩個錢，教她乖乖地回去。你到了南通，安置好了，消停一時，寫封信給她，教她往南通偷偷一跑。那就沒有老先生的責任，你也團圓了。你看這好不好？」

柳少樵聽着也還入耳，便道：

「這樣變通一下，我還可以考慮。」

「那就趁現在先去給白茶花約好，把路徑告訴她明白。」張律師推着他說。

柳少樵和白茶花祕密談商之後，兩個人都表示很高興接受這個計畫。但有個條件，白茶花要拿一千塊錢，作為將來演私奔的旅費。

「好，你不要開口！我來替你辦妥。」

張律師安頓了柳少樵，就去對老先生說：

「兩個人已經同意從此斷絕關係，不再來往。祇有一個小條件，劉嫂要一千塊錢，拿到手，她就回長沙。」

老先生喜出望外，連說：

「給她，給她。一千塊錢算什麼，祇要事情了了。」

議定，柳少樵帶白茶花仍回交通路，去照相館催着把照片印好，兩個人分了。白茶花一張半身的，兩手交叉扶住後腦，瞇眼裂嘴，作大笑之狀，她最喜歡。

「你看，我這樣把肘頭兩邊伸出，做一對翅膀，更像一隻花蝴蝶了。」

「那麼，你把給我的這一張，寫上幾個字。」

「寫幾個什麼字？」

「隨你便。」

「我寫不來，要你告訴我怎麼寫。」

「我告訴你寫，就不對味了。」

白茶花想想，紅着臉這樣寫了：

「少樵，請看看你的花蝴蝶白茶花！」

柳少樵道好不已，誇獎她說：

「你要下點功夫，真可以做一個女詩人呢。」

過了幾天，柳老先生派人送白茶花回長沙。帶着一封長信給葉品霞的父親，請他務必扣留柳少樵寫給白茶花的任何信件，也要注意白茶花有什麼信件寄出。葉品霞的父親看信之後，把積累的一肚皮氣惱發洩在白茶花一個人頭上，吩咐人綁起她來，用籐條皮鞭把她抽得半死，又從她的行囊中搜去那一千元。白茶花從此被監視，禁止外出，失掉了自由。

宋工程師原是南通紡織學校的教授，他奉命親送柳少樵去南通，暫做旁聽生，等候下學年度開始正式註冊入學。柳少樵恢復了他的學生生活，暫時安心下來。他念念不忘白茶花，寫了許多信給她，都如石沉大海。

五

等到柳老先生新建的工廠垮倒之後，柳少樵也就離開南通，轉學到上海。那時候，上海有兩所新興的大學，都帶有濃厚的政治色彩，而且是發揚新思想，主張急進的。

柳少樵改系經濟，不久就有了一班新朋友，把自己投入一個新的環境，每天在無事忙，讀書倒變成掛名了。再不久，他就索性放棄了學籍。有人號召青年，大聲疾呼：學校讀死書是沒有意義的，也是沒有出息的。皮之不存，毛將焉附？國真的亡了，難道你還會有學校讀？當然先有國家而後有學校。因此，離開學校，投入革命，投入政爭，正是大好青年的勇敢抉擇。

工廠雖然倒了，一則船破有底，二則布店的生意還好，柳少樵就常常受到老父的接濟。究竟在上海幹些什麼，老父親並不知道。因為對他已沒有太多的幻想，就也不大過問；而鞭長莫及，也是沒有辦法的事。

柳少樵胡天胡帝，倒也自得其樂。他的最大煩惱，依然是女人。白茶花沒有音信，久而淡之，不再想了。片刻的發洩，一點不難，正經的對象卻極不易得。因為柳少樵所活動的這個圈子裏邊，就沒有一個正經女人。

在洪大媽的感謝筵上，柳少樵看到了洪金鈴，一見如故，立把滿腔熱情毫無保留地給了她，他向金鈴接連敬了好幾杯酒。他以後又有機會見過她兩三回。他對洪桐葉說：

「你的妹妹真好，金鈴真好！」

洪桐葉祇是笑笑，沒有回答。

那一張還帶稚氣的小臉，同那個苗條身段，柳少樵為之神魂顛倒。他偶然微微察覺，單就外表而言，這個洪金鈴實在就是葉品霞的少女時代。他在葉品霞身上所發的那種虐待狂，就下意識地變成了對於洪金鈴的追逐，他知道他生命中所缺陷的是什麼了。

他需要這樣一個女人，白茶花是不能代替的。

在一個攝影展覽會上，他不惜重價，購回一張名作，懸在自己的床頭。一個除了一雙高跟鞋，真正一絲不掛的身長玉立的健美的裸女，縛着鐵鍊，一條皮鞭正向她抽去，那女人現出一種恐怖無告的表情。

他不能再忍耐，再等候，他一逕去找洪金鈴。

這座「大雜院」樓，意外靜悄悄的。柳少樵穿着輭厚膠底的皮鞋，輕輕摸上黑暗的又窄又陡的樓梯，在亭子間的門前立了一下，定定心神。什麼緣故這樣靜？怕不在家吧！這樣想着，卻不揚聲叫問，祇管隔着布帘遙遙窺探。

「媽！」

聽得裏面這一聲叫，忙站住不動，屏息再聽。

「什麼事？」

一陣格格的輕笑。

「笑什麼？」

「媽，你看那柳少樵，有多大了？」洪金鈴的聲音。

「你哥哥說他二十多歲，他比你哥哥大。」

「我看他，怕不有三十多了。」

「不要瞎說，人家還年輕呢。」

「你看他滿腮鬍子，刮也不刮，多污濁相！」

洪大媽笑了一聲，說：

「你哥哥說，他對你倒很關心呢。」
「哥哥也說他下流。」
「年輕人怪不得，將來他會收心的。」
「讓他做夢吧，我總不會上他的當！」
母女兩個，說着笑了。
柳少樵氣往上撞，耐住，抽身下樓來。攢緊兩個拳頭，一路急走，回到寓處。皮鞋也不脫，便上床蒙頭睡了。卻又睡不着，翻了幾個身，跳起來。床底下拉出一個樟木箱子，一陣翻，翻出一張照片來，用圖釘釘在板壁上。又覺得這不彀好，取下來，用報紙包了拿着，匆匆下樓去了。弄堂門口，坐上一部黃包車，大聲說：
「惠羅公司！」
柳少樵平素最討厭那些大公司，對於這家「惠羅」特別有一種反感，稱它為「帝國主義者侵略的櫥窗」，「英國人頭上的癩瘡」、「殖民地人民的下疳」。但不知怎的，這一回他選擇了這一家，用八十個銀洋配了一個英國製的鍍金花邊的銀鏡框。
柳少樵覺得有一種滿足。
兩個細高的時髦女人，說着話走過來了。柳少樵覺得極其面熟，祇是想不起哪裏見過。便釘住她們走，一逕端詳她們的面孔、身段和走相。聽她們說的是廣東話。柳少樵驀地想起來了，手指着一個，高興的大聲說：
「你是楊耐梅！」
那女人意外喫驚地瞪他一眼，用上海話說：
「豬玀！小癟三！」
便拉着另一個急急走了。

附近的顧客看到了這一幕，有的笑笑，有的也跟着說：

「豬玀！小癟三！」

柳少樵臉都氣白了，恨恨的說：

「這些下疳，你等着瞧！」

夾着鏡框回來，和那張縛着鐵鍊被皮鞭抽打的裸女像並排掛了起來。柳少樵看看，又吻了它，氣慢慢消下來。他輕輕念着那照片上的題字：

「少樵，請看看你的花蝴蝶白茶花！」

脫去皮鞋，和衣上床睡了，他覺得疲倦不堪。

在青龍路四號和錢本三談妥暫不辭掉烈佛溫洋行的事情之後，洪桐葉趕到界路來。柳少樵睡在床上和他說話，知道事情變化，爛爛地起身下床，並且穿上皮鞋。他冷冷的指指前樓說：

「你去等我！」

他自去亭子間，和彭汶學說話。一時出來，柳少樵在前，彭汶學提着一把殺豬用的明晃晃的尖刀隨後，兩個人都面色鐵青，輕輕來到前樓。洪桐葉看到這番做作，就有點不得主意。彭汶學先放下前窗的黑布窗帘，然後立在他身邊，拿刀尖衝着他的腰眼。

柳少樵落坐，燃上一支煙吸着，樣子很冷靜，慢慢數說：

「辭掉洋行，去青龍路，原是你自己提議的，你自己求我報請上級同意。當時他們還懷疑你，怕你靠不住。你固然說要去青龍路臥底，但是萬一你順了青龍路，倒回頭來臥我們的底，那又怎麼辦呢？沒有人信得過你！那時是我柳少樵一力擔保，他們為信任柳少樵，才同意了你的提議。這些話，我不早已同你講過嗎？」

「是的，你早講過！」洪桐葉忙應着，背脊骨上一陣陣發涼，彭汶學的刀尖更戳近了些，幾乎都要扎透衣服了。

「好，虧你還有記性，不賴帳！可是你應當知道，上級已經同意的事，就是『鐵案』，又有我擔保在內，你無權自行變更。我再說明白點，我是管閘北的，法蘭西地界有別人負責。上級單單把你一個人從那邊劃出來，交給我領導，也還是因為不放心你，教我負責你的意思！」

柳少樵一直緩緩的冷靜的說下來，聲音放得很低。

「你膽敢破壞上級決定，實在由於你本身的不正確意識，為買辦洋奴的人情面子，為反革命的白俄女人。小洪，你自己說，你應不應當受點教訓？」

「應當！」洪桐葉從兩片顫着的透白的嘴脣裏邊，無力地說出這兩個字。

「小洪，永遠記得，我很愛你。沒有你，我甚至會不能活下去！」

柳少樵扔掉那香煙蒂，站起來，抱住洪桐葉，在他的腮上嘴上連連親着。然後推開他，說：

「我們常常教訓我們所愛的人。凡受我們教訓的，不消問得，一定是我們喜歡的人。我們把我們不愛的任何人，都看得像垃圾，不值一顧，他們不配接受我們的教訓。你明白嗎？」

「明白。」

「你願意嗎？」

「願意。」

柳少樵轉對彭汶學說：

「今天是我要揍他，不是要宰他。」

彭汶學微笑着點點頭。

「小洪，我現在揍你。一不許閃避，二不許出聲。讓我揍完了你，就沒有事了。我有揍人的藝術，我會揍得你一身沒有個好過的地方，可決不傷筋動骨，皮破血流。這點，你放心！」

柳少樵嘴角上笑笑，又問：

「看見你腰上的刀嗎？」

洪桐葉點點頭。

「說呀，看見嗎？」

「看見了。」

「它利不利？」

「利。」

「整把刀子揮到你腰裏去，不費事吧？」

「不費事。」

柳少樵又吩咐彭汶學：

「祇要他閃躲迴護，叫痛告饒，或是弄出別的聲音來，就用刀揮他。」

「是。」

「怕他是個雛兒，不真懂得！把油布鋪起來，不要等到真用刀的時候，血流到樓下去，給二房東不高興。」

彭汶學把刀遞給柳少樵，鋪好油布，教洪桐葉立在油布中間，從柳少樵手裏接回刀來，立在洪桐葉身後，刀尖從洪桐葉的背部對準他的心臟部位。一邊說：

「兔兒，今天有你受的！」

柳少樵瞪他一眼，驀地立起身，一言不發，就動手了。

…………

一時，事畢。彭汶學放下屠刀，把滑到鼻尖上的近視眼鏡推了上去，抹抹嘴上的汗，扶洪桐葉到柳少樵的床上將息。然後他把屠刀收到亭子間裏去，拿熱水瓶到弄堂口老虎灶上去灌開水。回來，沖一大杯煉乳給洪桐葉，教他趁熱喝了。

柳少樵靠着沙發，閉目養神一會，站起來伸個懶腰，拿兩根香煙吸着，輕透地踱到後樓來，分一根給洪桐葉。洪桐葉一張蠟黃的臉，無力地睜眼看看，接過去吸了兩口。

「你翻個身我看看。」

洪桐葉便咬着牙翻了個身，顯然很喫力，不彀靈便。柳少樵就對彭汶學說：

「去叫老溫來給他打針。」

彭汶學應聲去了。

柳少樵坐在床邊上，俯身下去在洪桐葉的臉上吻着，用又短又硬的鬍子在他的腮上磨擦，擦得洪桐葉又痛又癢，推他，他就俯得更緊，一逕並排睡了下來。

「小洪，記住，我是愛你的。一切，一切，都由我愛你而起。」

柳少樵親暱的說：

「我永遠見不得你背離我。一旦被我發覺了你背離我，我就取你的性命，即使同歸於盡，我也在所不惜。你今天已經上了第一課，總該明白了吧？」

「明白了。」

「解釋一下給我聽，讓我看你明白到什麼程度。」

洪桐葉想想，轉側一下，說：

「好比一件寶物。不，不一定是寶物，隨便什麼東西都算，連人在內。祗要你得不到他，祗祗要他不歸你支配，你就毫不遲疑地毀掉他。」

「為什麼呢？」

「他既不歸你，就失掉存在價值。不毀掉，豈不成了人正你負，你就沒有資格給人較量了。」

一句話，說中了柳少樵的心坎，喜得他心癢難搔，情不自禁地把洪桐葉緊緊抱住，也不顧他的渾身痠痛，一逕在床上翻滾起來。

「你既然參透了我的做人做事的哲學，就再也不會背離我了。我已經佔有了你，你是我的人了。」

他吻着洪桐葉，問：

「你高興嗎？」

洪桐葉忍住痛，輕輕說：

「當然高興。」

說着，彭汶學帶老溫來了。他拿個聽筒把洪桐葉草草診察一下，白眼珠子看看柳少樵，帶點警告的意味，說：

「以後小心，不要下手太重，看鬧出事來！」

「他一點不受傷，連青腫都一點不帶。」柳少樵也瞪瞪眼，不服氣他。

「有時內傷更難治。」

老溫好像並不願多費脣舌，忙收場道：

「我不是說這一個，我是說以後。」

洪桐葉耽心的問道：

「我受內傷嗎？」

「沒有。」老溫用手輕按着洪桐葉的嘴，搖搖頭說，「要是有內傷，你會有這麼舒服？我現在給你打一針睡覺，晚上該幹什麼幹什麼，不耽誤事。」

打罷針，老溫去了。柳少樵告訴洪桐葉說：

「以後不拘什麼地方遇到這塊料，要緊裝不認得。」

洪桐葉點點頭。

「好，你安靜睡吧。」

柳少樵帶上門，自去前樓坐着休息。他若有所感，好像有什麼東西要寫，等攤開稿紙，提起筆來，卻又不着一字。香煙一支接一支，吸個不停。隔壁的豬油香一陣陣襲來，陳酒一樣的使人沉醉，柳少樵倦眼矇矓，竟伏在書桌上睡着了。

「少樵，請看看你的花蝴蝶白茶花！」

這樣的聲音在他的耳邊繚繞。

柳少樵驀地醒來，頓覺一片光明，精神百倍，靈感像潮一般地湧來，他順着稿紙寫下去了。

柳少樵是一個孤獨寂寞的人。
這個孤獨寂寞的人
謹沐手薰香致其萬種柔情於
我的知心的花蝴蝶白茶花——
你是我的寶貝，
你是我的女皇，
你是我肚子裏的蛔蟲，
你是我腳丫兒上的濕氣，
你是我的接生婆，
唉，乾脆，我是你的癩蛤蟆。

寫畢，把筆向桌上一扔，重讀一遍，自己稱贊道，好一首偉大的十行詩！想加個題目，想來想去，總不合適。最後，把「好一首偉大的十行詩」這句話寫上做了題目。加個信封，投稿到一家詩刊上去。

三天以後的一個晚上，柳少樵告訴洪桐葉：廣東的革命軍已經安定了內部，準備舉師北伐。北伐軍的主力將由韶關下湖南而湖北。

「我奉命把這邊的事情交給彭汶學，我要到漢口去。因為那邊是我的家鄉，情形熟悉，更方便工作。」

柳少樵拍拍洪桐葉的肩膀，說道：

「以後你的關係屬於老彭了。」

站在旁邊的彭汶學立即過來緊緊拉住洪桐葉的手，誠懇而又客氣的說：

「請老兄幫忙。北伐軍一動，上海的工作當然也會緊張起來，我們的責任更加重了。」

「老兄不必客氣，有什麼事祇管吩咐就是。我怎樣聽命老柳，也一定怎樣聽命老兄，不會有半點問題！」

洪桐葉也緊拉着彭汶學。從厚玻璃的眼鏡裏，他看見彭汶學的眼睛裏含着淚。就問：

「怎麼，你難過？」

「我深覺責任重大，有點惶恐是真的。」

「怕什麼，」柳少樵接過去說，「我交還了你的免兒！」

「那是玩笑，以後不了。」彭汶學脹紅了臉說，「小洪，千萬不要見怪！」

「我聽慣了你這許多客氣話了。」

柳少樵把洪桐葉拉開，大家坐了。

「老弟，我知道你有一個心願。」柳少樵笑笑，嗅一嗅隔壁的豬油香，對洪桐葉說，「現在分別了，我來完成你這個心願。你就會知道認識了柳少樵這樣一個人，以後彭汶學也是一樣，總是不喫虧的。」

「什麼心願，我不懂。」洪桐葉詫異的說。

「你不是一直在想一個法國娘兒們嗎？」

「沒有呀。」

「你每天給烈佛溫的老婆擦背修腳，教她挑逗彀了你，你一心想個法國娘兒們。你先以為羅宋婆娘可以代替填補你，哪裏知道不行。你自從嘗過羅宋婆娘，想法國娘兒們想得更厲害了，是不是，我說得不錯吧？」

「你倒懂得心理學！」洪桐葉不好意思的說。

「我要連你這點小心眼兒都看不透，就不用想造反了！」柳少樵晃着腦袋，顯然很得意，「來，我告訴你：你現生去青龍路四號，看看那邊有什麼動靜。從四號出來，有一個你不認識的人會叫你的名字，你放心答應，跟他去。」

「去作什麼？」

「有個樂子。」

「什麼樂子？」

「這，先說給你也不要緊。那個人為你豫[10]備好了一個法國女人，你見面一說話就會知道她是個妓女，但非常漂亮，不濫污。你完事就走，那個人已經為你付清一切用費了。」

「他是誰？」

「自然是聽我命令的人，這個你還用問？」

「何必多此一舉？」

「這一舉，是必不可少的。」

柳少樵說着，讓他們吸煙。在煙霧瀰漫中，他為洪桐葉和彭汶學講授新的一課，作為他的臨別贈言。他悠然說：

「這是『領導藝術』的一種。你見過某一至高的神嗎？他一手握劍，一手執經，順我者生，逆我者死，你又見馬戲班裏耍狗熊嗎？一個花樣玩過之後，就塞給他一塊牛肉。一手拿着打狗棒，一手拿着肉饅頭，這是最藝術的領導藝術。小洪，你已經試過我的打狗棒，懂得那是什麼了。今天，我給你的是一個肉饅頭。」

一席話說得洪桐葉臉上訕訕的，他自己卻十分高興，得意地縱聲笑了。他猛吸兩口煙，把賸下的大半截，用力向痰盂裏一扔，又似乎有點憤激。他望望洪桐葉，接着說：

「小洪，你應當高興才是，因為我的上司也是這樣對付我的。你將來領導別人，這是一件祖傳的法寶，你不要忘了。用暴力，用甜言蜜語，或是用未來的美夢，不拘用什麼都好。可是你永遠不要期望任何人可以長期為你作片面的犧牲，而沒有他自己的願望。一面滿足他，不管是屬於他的下意識的或是獸性的，一面鞭策他，他自然會接受你的領導，你就天下歸心了。」

「難道就沒有例外？」

「當然有的。偶然遇到例外，就剷除他，連根拔掉他！那時候，你需要的是機智、迅速和果斷，一點猶豫不得！」

「拿打麻將做比方，」洪桐葉笑笑，輕鬆的說，「那就清一色對對和滿貫落地了。是不是？」

「真真一點不錯，我的小老弟。」柳少樵捧過洪桐葉的臉來，就親了他一下。

「兔兒，兔兒！」彭汶學輕輕叫着，在洪桐葉的屁股上用力拍了一下，跑了。

青龍路四號去過之後，洪桐葉回來告訴柳少樵說：

10.「豫」備，同「預」備。

「錢本三搭船到廣州去了，說是馬上回來。」

「一定為北伐的事，他們也忙起來了。我要趕快動身去漢口了。」

柳少樵說了，又問：

「那法國婊子怎麼樣哪？喫了甜頭不謝謝我？」

「你要走，我給你錢行就是了。」

洪桐葉抱抱拳頭，表示滿意。

約摸過了一個月，洪桐葉收到錢本三寄給他的一封短信，約他去談話。原來他從廣州回來了。廣州當局因為他在北洋方面的許多複雜的關係，調請他駐在漢口，為即將開始的北伐豫作佈署。他領到鉅額活動費，從事領導瓦解敵軍的間諜工作。他對洪桐葉說：

「現在，青年人獻身許國的時機到了。我想到郭心如先生對你的一番期望，決定約你到漢口去給我幫忙。洋行的事情，這回真不能再幹了。」

洪桐葉不曾豫料到會有這樣的場合，一時竟不知所答。忙說：

「錢先生的好意，我明白。等我回去給他們商量一下，再來回覆先生。」

「這要你自己拿主意。」錢本三笑笑，溫和的說，「一商量，就有許多無謂的阻擾，像上回一樣。」

「至少我要先和母親說一聲，因為她一直身體不好。」洪桐葉陪個笑臉，彎着腰，後退了一步。

錢本三拉長了臉，眼睛從眼鏡下邊望着地板，打個呵欠，說：

「好吧，你去！」

洪桐葉鞠個躬，抽身出來，一逕去找彭汶學。自從柳少樵走了，彭汶學搬到前面，有個新面孔住進亭子間去。洪桐葉一直以為彭汶學是一個和氣老實人，但自從他接替了柳少樵，好像來了一個突變。原本紅潤的一張臉，現在變得鐵青；而又由有說有笑一改為沉默寡言，冷漠之中還像帶點麻木。

洪桐葉覺得這個人要比明朗的柳少樵更難相處，他也就從心裏有點恐懼。他喫過柳少樵許多苦頭，但一直對柳少樵有着親密的友誼，有一種自然流露的愛。同彭汶學，雖然每日在一起，卻總覺得好像隔着一個很大很大的距離。

把錢本三的話簡單告訴了彭汶學，洪桐葉站在寫字桌角上等候他的指示。

彭汶學摘下眼鏡來，用手絹擦擦眼睛，然後說出一個字來：

「你。」

洪桐葉一聽就懂，忙說：

「我一點意見都沒有，你說怎樣就怎樣。」

「柳少樵在漢口呀！」

「現在我的關係是你，我聽你的。」

「你明天一早來。」

洪桐葉知道他也還得去問別人，答應一聲，退下樓來。亭子間裏的新面孔正靠在樓梯口上，冷眼瞪着他。洪桐葉給他點點頭，對面不相識，他竟不曾看見。洪桐葉一溜煙跑下樓，穿過灶披間出來，長長透口氣，聞到了可愛的豬油香，他就再想到柳少樵。

轉到閘北。看看母親，衰病之相越來越甚。而妹妹長得更高了，出落得像一棵水蔥兒，小胸脯更飽滿了。洪桐葉背着母親向她招招手，輕輕走出來，洪金鈴跟在他身後。兩個人走出亂哄哄又髒又臭的弄堂，轉到塵灰飛揚的馬路上，洪金鈴一直用小手絹捏着鼻子。洪桐葉望望她說：

「我請你上儉德會去喫西菜。」

「不早說，我也好換件衣服。」

「隨隨便便好，又沒有外人。」

「我不喫西菜，我咬不動那塊半生的牛肉，而且這也不是喫飯的時候。」

「不過找個地方坐坐，說說話，不喫牛肉喫別的也可以，誰又一定要你喫牛肉？」

洪金鈴一聽站住，四面看看，指着近處一家本地飯館，說道：

「那麼，就在這裏吧，何必又老遠地跑到儉德會去。」

兩個人上樓，滿副座頭都空着，揀個靠窗的角落坐下。泡茶，點一盆炒麵做點心。洪桐葉接過熱手巾來擦把臉，說道：

「可能我有機會去漢口，明天早上決定。」

「柳少樵教你去？」

「不，錢本三。」

「母親怎麼辦？」

「如果我去漢口，很想帶你同去。」

洪桐葉告訴她明白，接着又說：

「母親老了，但青年人比老年人更重要。為老年人牽累了青年人，是不對的。」

「我能作點什麼？」

「幫助柳少樵，這是個前途無量的人。」

「他有個老婆，又有個白茶花，我跟他算什麼？」

「做朋友，比那些名分更有價值。」

「不知怎的，我祇是不喜歡他。」

「你喜歡什麼樣的？」

「倒也沒有一定的稿子，但柳少樵不合我的意。」
「好，那且不談。明天，真決定我去的話，你先跟我去了再說。」
洪桐葉心愛妹妹，關切是必然的。他再打量她一下，笑着說：
「妹妹，你長大了，怎麼也不能再呆在家裏了。這個家，像母親的年齡和身體一樣，來日無多了。你枯守着它幹什麼？」
「我也沒有打算一直守着它，明天再談。」
於是洪桐葉讓妹妹回去。
第二天一大早，他就到界路聽回話。彭汶學同他握手道別，又恢復了以前的人情溫暖，他又有說有笑了，洪桐葉再看見那張紅潤的臉。原來他已被允許跟從錢本三到漢口去，他們之間的屬從關係已不存在了。彭汶學說：
「到漢口後，你還屬柳少樵。替我問候他。告訴他，我們這裏的情形很好。」
「你這兔兒！」
彭汶學也學柳少樵的樣子，要捧着吻洪桐葉的臉，卻被洪桐葉一手推開。彭汶學恨道：
洪桐葉不理他，一逕走了。灶間門外，他特意停留一下，聞一聞隔壁的豬油香。
他告訴錢本三，母親同意他去漢口，並且帶着妹妹金鈴。「讓她也出去見見世面，漢口她有朋友。」
「這回你有辦法走得脫嗎？」
「一定有辦法。」洪桐葉已經打好了一個主意，「先生買好船票，有了日期，我就和妹妹直接上船。」
錢本三就拿錢給他，教他去買一個單人房艙和一個雙人房艙，指明定要英國船，萬一沒有英國船，就要日本船。因為沿江而上，關卡軍警檢查，對於洋船一向馬馬虎虎，省卻許多無謂的麻煩。而船上的秩序，清潔衛生，也都較好。要是中國船，情形就完全相反，不但沿途檢查耽擱，而且散兵游勇，鼠盜狗竊，廁所臭氣四溢，到處鼻涕痰，混亂骯髒得了不得！更可怕的是軍隊抓船，不幸遇上，就把旅客驅逐離船，臨時充作軍用，去向不明了。多少旅客，耽在半途，前不歸村，後不歸店，要是資斧斷絕，那就更慘了。

洪桐葉買妥艙位，報告了錢本三，知會了妹妹金鈴，要她隨身帶點東西，瞞着母親依時上船。因為明知道母親不會答應金鈴離開，不得不偷走了事。先是金鈴還有點為難，不肯，但後來也勉強同意了。雖是女孩子，也有一種海闊天空的願望，她不想再跟母親過那窮日子了。母親的苦守，是有意義的，為了從一而終，為了兒女的長成，而更重要的是由於她自己的衰老，她不苦守又怎樣呢？至於新興的一代，年紀輕輕，應當創造自己的新生活，陪着她苦守，算怎麼一回事呢？而且也未免「暴殄天物」，太可惜，太可惜了。

洪桐葉回到洋行，不動聽色，照常作事。他坐到副買辦的寫字桌上，明明積壓的事情很多，他卻覺得無事可作。從大玻璃窗裏望着熙來攘往的霞飛路，一個紳士型的中年胖子，挾着一個嬌小的少女，在玻璃窗前立了下來，凝神注視着陳列在窗內的獵槍，指指點點說了一回，扭頭去了。一個戴鴨舌帽穿短衫袴的黃瘦漢子，就原來地位也來望望獵槍，又不住地左顧右瞧一番，把一個已經燒到手的香煙屁股吸了又吸，也扭頭去了。

洪桐葉覺得百般無聊。

新來的小學徒端上一蓋杯熱茶來，洪桐葉望着他點點頭。

一支香煙飛落在自己的玻璃墊上，洪桐葉抬頭一看，買辦張斜坐在自己的寫字桌上含笑對他看看。洪桐葉說聲「謝謝」，點着吸了。

買辦張向他招手，他走過去。

「老板娘不明白你近來為什麼常到外面去，不大在家。」

洪桐葉吸口煙，仰頭噴出去，沒有回答。

老板娘在樓梯口上出現了，招手要他上去。他把香煙弄滅在買辦張的煙灰缸裏，就走上樓去。

老板娘讓他對面坐了，問他要不要咖啡，他搖搖頭。

老板娘神情黯淡，一雙眼睛緊盯着他，說：

「你近來變了！」

洪桐葉臉上一紅，沒有回答。

「自從老板去北京，你就常常不在家。」

洪桐葉沒有話說。

老板娘把一隻右腳翹到洪桐葉的面前一邊說：

「你看！」

原來她沒穿鞋子，一直赤着一雙腳丫兒在樓上轉。

洪桐葉故作懵懂，呆在那裏。老板娘看他那一副心不在焉的神情，氣得跳起來，惡狠狠地緊對着他的面孔，大聲說：

「你兩個星期沒有替我修腳了！」

洪桐葉這才恍然大悟。羅宋夜叉和法國妓女的影子電似的在他眼前一閃，覺得有點好玩，竟笑出聲來。

老板娘見他發笑，怒不可遏，更大聲說：

「都把我氣壞了，你還好笑，你這沒有良心的東西！」

洪桐葉沉住氣，矮桌上取支香煙，吸着，輕輕說：

「現在有洗澡水嗎？」

「你昏了，什麼時候上午有洗澡水來？」

「你少安勿躁，我給你燒去。」

說着，上樓去了。

過了一時，洪桐葉除了長衣，把袖子捲得高高的，給老板娘打好一盆洗澡水，熱氣騰騰。給她說：

「再也不要生氣，你請洗澡。要不要我給你擦背？」

老板娘吥了一聲，進洗澡間去了，大聲音把門從裏邊鎖上。她覺得洪桐葉今天的神情有點不敬，她多少失掉尊嚴，但她不以為那是屈辱，反而有一種淡淡的欣慰。

浴畢，披衣出來，輭椅上一靠。看見洪桐葉已經等在那裏，她先就高興。濕滷滷一隻腳一逕伸到他的膝頭上，洪桐葉執刀在手，卻出其不意地先在她的腳背上吻了一下。老板娘發狠說：

「你這個壞蛋！等我告訴老板，一腳把你踢死！」

洪桐葉看也不看她一眼，拿小刀去削她的腳趾甲。老板娘這一回不看畫報了，兩隻眼直瞪着洪桐葉，防他另有更甚的軌外行動。

深夜間，別人都睡了，街上也清靜了，洪桐葉把簡單的行李打好，一封早就寫好的信留置在空着的床上。因為烈佛溫不在上海，這封信是給老板娘的。洪桐葉在信裏首先感謝老板娘這幾年來的照拂，然後說，已經和朋友合夥在漢口另有商業組織，為了自立，不能不去。鑒於上回的辭職不成，這回祇好改變方式，不辭而別。但各項經辦手續，都經理楚，自信來去光明。最後，洪桐葉表示非常的歉意，並且說：「希望以後我們還有見面的機會，到那時候，你們都還愛護我，像過去的一段長時間一樣。」

他另外有封信給張買辦和白手老王告別。

他從後門溜出，順手把門鎖好，提着行李剛走了沒有幾步，一道強光直射在他的臉上，照得他睜不開眼睛。一個法國捕頭拿着手電筒，看了他一下，原來是認識的。就問：

「這麼晚，你到哪裏去？」

「老板從北京寫了信來，」洪桐葉忙說，「有事教我去一趟。」

「這時候趕什麼車？」

「我先到閘北，家裏看看，趕早車。」

那捕頭沒等他把話說完，早已走了。

洪桐葉走遠一點，叫一部黃包車，往法大馬路外灘來，找個小旅館歇了。板壁那邊，一對男女，嘁嘁喳喳一直說話。有時不說話了，就搖動破鐵床，叮噹作響。吵得洪桐葉整夜不曾睡得。天剛發亮，隔壁的男女起身而去，他才睡着了。

一覺醒來，看看錶，都十點了。心想，船是中午開，我這時候先去喫點東西，再接錢先生上船，正好。就把行李留在旅館裏，打個招呼，隻身出來。

喫過早點，坐黃包車到青龍路來。一進大客廳，就見妹妹金鈴和錢本三，還有昨晚的法國捕頭都在那裏。一見洪桐葉進來，法國捕頭就說：

「好，你來了，幸虧你沒有搭早車上北京！」

原來烈佛溫太太直到早上八點鐘張買辦來上班，還是張買辦告訴她！她才知道洪桐葉已經不辭而別了。匆匆看過信，又氣又急，滿樓上跳腳。吩咐張買辦：

「你去捕房報案，就說他偷走了要緊的東西。」

「什麼東西，得說明白，捕房要登記的。」

「很多現款，還有我的首飾。」老板娘不假思索的說。

張買辦感覺為難，遲疑了一下，才說：

「我搖電話，你自己給他們說，好不好？」

「也好！」老板娘不耐煩的大聲說。

說過電話，捕房人來了，昨天夜裏那個巡邏捕頭也在內。這個捕頭和烈佛溫夫婦多年很熟，常到洋行裏來閒坐，喝茶，說笑話，烈佛溫太太和兩個孩子都喜歡他。他名字叫杜瑪斯。

烈佛溫太太把洪桐葉的留書給他們看，親自寫一張失單交給他們。杜瑪斯看了失單，計算一下，聳聳肩，說道：

「這值得兩三萬塊錢呢，倒不是個小案子！」

他說出昨夜遇見洪桐葉離去的情形，大家判斷一下，覺得第一步有到閘北洪大媽家裏去偵察一下的必要。但法捕房人員不能到「華界」辦案，動公事給「華界」警察當局，又恐緩不濟急。

還是老板娘自己出主意，她請張買辦去。

「如果他在家，你約他一同來一趟，什麼事情都可以當面商量。要是不在家，你託他的母親想辦法找他回來。」

她又再三叮囑：

「千萬不要提失竊的事，怕他害怕，不敢來。」

張買辦想想，這是一件棘手的兩面不討好的事：真的洪桐葉走了，她會疑心我漏了話給他；如果把他找回來，他喫了虧，能不說我幫洋人害他？便推辭不肯，祇管說事情關係太大，他不敢沾手。他寧願挨老板娘罵「壞蛋」，祇是不答應去。又說：

「還是從捕房派個人去的好。」

白手老王一時想穿了這件事，心裏十分不平。小洪偷着一跑，固然不光明，但老板娘的手段也太陰險狠毒了。他忍不住插嘴道：

「既是張買辦不願意去，我去一趟好不好？」

有人自告奮勇，當然無不贊成。老王就騎腳踏車到閘北來了。洪大媽聽說，給嚇得兩腿都輭了，一時眼淚鼻涕，不知所措。洪金鈴心裏有數，就說：

「請王叔叔先回去，教他們不必着急。我出去試試，看能不能找到哥哥。他一出面，事情不就好辦了嗎？」

送走了老王，洪金鈴把母親勸到床上睡下休息，窗上正陽光直射，洪金鈴特地把被頭拉得高高的，遮着母親的眼睛。

「媽，你放心睡着，我找他去。」

說着，換了衣服鞋子，把事先偷偷理好的一點行李拿了，想着米缸是空的，油瓶和鹽罐是空的，媽媽的荷包是空的，她真有點說不出的酸楚，擒住兩泡眼淚，一逕下樓而去。

從弄堂口坐黃包車到北火車站，換乘「大英照會」的黃包車，趕到青龍路四號。問哥哥不在，她就求見錢本三。錢本三知道同行的洪家妹妹來了，就教她大客廳裏坐。

一語甫畢，杜瑪斯帶着兩個安南巡捕來了。原來老王回去，說洪桐葉並未回家，老板娘就又想到青龍路四號，她記得他上回是為什麼辭生意的。

「說不定還是到那邊去了。」

青龍路地當法界，這就好辦，杜瑪斯立刻駕車而至。湊巧杜瑪斯一行沒有人會說中國話，而青龍路幾個能說英法語的人又不在跟前，雙方正弄不清楚。錢本三雖從洪金鈴的話裏知道又是洋行老板娘在出花樣，怎奈言語不通，也就無從說起。

正當此時，洪桐葉拖着疲倦的身體來了。

杜瑪斯也明白烈佛溫太太的意思，先和顏悅色地勸說洪桐葉，不要走，還回洋行去做事。等洪桐葉斷然拒絕之後，他就把烈佛溫太太所報的失單拿出來了，沉下臉來說道：

「那麼，這些贓物呢？放在什麼地方？你帶我去起贓！」

洪桐葉接過來看看，就知道無中生有，事情變大了。他定定神，冷靜的說：

「昨天夜裏，我帶什麼東西出來，你是看見的。那些東西，放在外灘一家小旅館裏，我可以帶你去檢查。」

杜瑪斯拍拍手，兩個越捕就一邊一個把洪桐葉架了出去。洪桐葉心裏倒是明白，事情到這一步，真是有理講不清，勢不能善罷干休了。就高聲說：

「錢先生，如果我誤了船，請你費心帶我的妹妹到漢口去，我隨後再來。」

錢本三聽了，望望洪金鈴。洪金鈴捧着臉哭了。錢本三不由得想，黨在這個時候，提出打倒軍閥，打倒帝國主義的口號，真是正確之極了。為實現這個政治要求，我們應不惜與任何力量相結合。看看時間已到，他就帶着洪金鈴先上船了。一直到船離開碼頭，出吳淞口，過鎮江，過南京，他們始終沒有見洪桐葉上來。

六

起贓之後，洪桐葉的行李當中，找不到烈佛溫太太報失的任何東西，洪桐葉就被押了。兩星期後，始以贓證無着釋出。這兩星期內，洪桐葉雖然沒有親嘗到捕房有名的電刑和水刑，而倒吊鞭打，也喫了不少苦頭。烈佛溫太太在這一期間，曾駕臨捕房，探視他兩次。無非勸他：

「祇要你答應不走，還回洋行照常作事，竊案馬上撤銷。一切都為你好，難道你不明白？」

這一回，洪桐葉橫了心，除了搖頭以外，看也不看她一眼。烈佛溫太太見說不動他，含着淚，從手提包裏取出一本法文的新約，皮面燙金，裝璜十分精致，伸手遞給洪桐葉，溫柔的說：

「人在苦難中，不可以離開上帝。住在這裏邊，你應當多祈禱，多讀聖經，上帝必和你同在！」

洪桐葉閉着眼，抄起兩手，不去接她。

「你不能拒絕上帝，孩子！」

洪桐葉心煩意亂，祇是不理她，她才悻悻而去。

離開捕房以後，洪桐葉到界路來見彭汶學，休息了幾天，買船去漢口。臨行，也曾想到去看看母親，但又覺得多此一舉，不但無益，反招麻煩，也就罷了。他想：

「真要看見她病，看見她餓，我又怎樣呢？我有能力給她醫病，管她喫飯嗎？」

回答自然是否定的。

「老人接近死亡，屬於過去的世界。我們年輕的一代，卻有創造未來的責任。雙方是背道而馳的。」

他這樣解釋，恰好心安理得。

揚子江也算是中國重要的水道了，然而沿江上去，常常大半天遇不到半條船。偶然看見一條，又十九是掛外國旗子的。海軍的軍艦，多少龐然大物，也都是掛外國旗的。中國軍艦懸着紅黃藍白黑五色國旗和青天白日滿地紅海軍旗，一副可憐相，竟像是剛從舊貨攤上買過來的。

洪桐葉看看江天遼闊，覺得這樣的錦繡河山，真正是大有可為之地。而第一步，必須走的第一步，是驅逐外人勢力，打倒帝國主義。要打倒帝國主義，又必先消滅依存於帝國主義的國內軍閥。他想，孫中山先生的國民黨所提出的這兩個口號，完全符合國家民族的要求。潮流所趨，他定將獲得成功，那是沒有疑問的。

他想到共產黨，覺得如果共產黨決定依存於國民黨，作為國民黨的一臂之助，實在是一個明智的決策，因為國民黨已經捉到了問題的核心。此外，不可能有別的路。

馬克斯嗎？中國沒有資本主義的形成。

列寧嗎？中國沒有沙皇治下那樣的農奴。

巴黎公社，二月革命，十月革命，這一連串的史實，都不像是在中國所能發生的事情。

想到這裏，洪桐葉的心情就蒙上一個淡淡的陰影。一隻白色的水鳥，孤獨的掠過船頭，由南岸飛向北岸，襯着灰暗的天空。

載着疑慮和徬徨，洪桐葉到達漢口了。

對岸是武昌，這個中國的十月革命的起步點，十餘年來血跡未乾，世界卻已經一變再變了。旅客們都在忙着下船，洪桐葉則早已準備好，立在甲板上悠閒地環顧着四面的景色。遠遠的幾條不冒煙的巨大的煙囪，洪桐葉猜想，那可能是曾經輝煌一時的漢陽鋼鐵廠。

船靠岸，旅客開始下船。洪桐葉提着兩件行李，一個鋪蓋，一個皮箱，一共大約斁三十斤重，也尾隨着走下扶梯。放下，招手叫個運夫：

「替我拿出碼頭去。」

那個運夫抄着雙手，懶懶地看一下那點小行李。說道：

「三十塊錢。」

洪桐葉一聽，嚇了一跳。還以為初來乍到，口音不熟，也許自己聽得不真。側着脖子問：

「多少錢？」

「三十塊！」運夫為使他澈底明瞭，先伸出三個手指，又兩手比個十字，給他視聽俱明。

洪桐葉愕然，忍住氣說道：

「開玩笑啊，這幾步路，要許多錢！」

「哪個給你開玩笑？」那個運夫楞着眼睛，輕蔑的說、「三十塊，少一文也不行！」

因為對手是個碼頭夫，洪桐葉不曾把他看作外人。雖是不大講理，有欠禮貌，那正是他這個階級對於另一個階級應有的反抗和鬥爭精神，值得贊勗，甚至是值得發揚的。洪桐葉用理智壓制了自己的感情，避免在一個神聖的勞工面前失態。陪笑說：

「說老實的，到底要多少錢？」

「哪個同你不老實？三十塊！」運夫提高了嗓門，蠻橫地表示了他的決心。

洪桐葉眼看講不明白，便不再說話，不過是兩件小行李，並不一定非請運夫不可，就自己提起來走。不想那運夫迎面攔住，當胸推他一把，手勁很大，洪桐葉向後退了兩步，幾乎跌倒。坐在躉船欄杆上的幾個閒人，看見這個小熱鬧，哄堂笑了。

那運夫見自己的挑戰，有人欣賞，就更加得意，兩手扠腰，對着洪桐葉作個獰笑。洪桐葉試着再向外走，那運夫就再推他一把。這一把，是用了力的，洪桐葉站不穩，一屁股跌坐在油污的躉船板上，撒手丟了行李。

看熱鬧的閒人又是一陣哄笑。

洪桐葉又羞又惱，脹紅了臉。撇了行李，一逕離開躉船，走上岸去，立了一回，見個高大的巡捕走過，洪桐葉依照上海的情形，料定他是一條啃大餅的北佬，迎上去說聲「借光」，告訴了原委。不料他不待聽完，就連連搖頭，揚長去了。

這一下，洪桐葉真是孤立無援了。看樣子，不破費是不行了，行李總不能丟掉。把懷裏的皮夾摸出來看看，錢還彀。但心裏可實在委屈，一萬分不情願。

立在江岸的馬路旁邊，洪桐葉遲疑不決。一個討飯的老太婆顫巍巍湊了上來，洪桐葉立刻躲開。他鄙視所謂淺薄的人道主義，以為捨施足以泯滅受惠者的鬥爭意識，而鬥爭意識是人類進步的動力，無鬥爭即無進步，人類將永陷於停滯。

這樣一想，洪桐葉立刻精神百倍，反而高興起來。三十塊錢正巧可以鼓勵那運夫的鬥爭意識，使他更證明一個顛撲不滅的真理：惟鬥爭始能獲得自身應得的利益。

於是他不再遲疑，一直跑回躉船，把數好了的三十塊錢塞給那運夫，連說：

「對不起，勞你駕，謝謝，謝謝。」

一面還陪着笑臉。

這陣客氣倒把那運夫弄得莫名其妙。他接了錢，一言不發，把兩件行李送上岸去，看他坐上東洋車走了。才自言自語的說：

「媽的，這年頭，不發點厲害，不賣點強橫，你就莫想弄得到錢！」

討飯的老太婆正追蹤一個過路的體面婦人，伸着一隻乾癟的手向她乞討，那婦人為避免麻煩，逃跑一般地匆匆而去。運夫看了，摸一個當百文的大銅板扔給那乞婆，氣哼哼的說：

「有錢人不會給你的，別討沒趣了！」

在交通路找到柳家的布店，洪桐葉下車來。剛才在碼頭上給那敲竹槓的運夫攪昏了頭，見到東洋車就坐上離開，不曾先說明地點，把價錢講好。這時，洪桐葉才一邊摸皮夾子，一邊問那車夫要多少車錢。車夫不在意的答說：

「兩塊錢。」

洪桐葉這回聽得明白，不覺倒抽一口氣，知道又遇到麻煩了。雖說為了培養鬥爭意識，不在乎幾個錢，但一再被欺，也實在難以忍受。就說：

「從碼頭到這裏，祇拐了兩個小彎，論時間不過五分鐘，怎麼要許多錢？」

「是兩塊錢，不會錯的。」車夫倒沉住氣笑着說。

「我們上海，這點路，最多十個小銅板。」

「那是上海，這是漢口。」

「也不能相差這麼多！」

車夫看他不爽快，漸漸有點不耐。大聲說：

「快點給錢我走，你坐車不給錢！」

「你敲竹槓，我就不給！」

「什麼叫敲竹槓？你坐車不給錢！」

車夫伸手抓住洪桐葉胸前的衣服，嚷道：

「你坐車不給錢，還要打人！」

洪桐葉攤開兩手，急道：

「你胡說，我什麼時候打你來？」

車夫把衣服揪得愈緊，祇管嚷：

「好，你打了我，還罵我！」

又叫痛：

「噯呀，打死我了，打死我了！」

看熱鬧的人立刻圍攏了一大片。把個洪桐葉揉搓得毫無辦法，祇可自己下台，說道：

「好了，好了，我給你錢！」

拿兩塊錢給了那車夫，車夫倒也見錢眼開，懂得禮貌，撒開手，拖着車走了。一邊還哼一聲說：

「你不給也得成哪！」

洪桐葉氣得四肢發輭。定定神，提着行李，再看看明白招牌，上台階進布店來。柳老先生和柳老二原也立在門前看打架，不想這個打架的客人竟是到他店裏來的。老先生就有一點豫感，把一張紅潤而多皺的老臉板得冷冷的，嚴厲地招呼老二：

「進來！」

老二反身進入櫃台，爬到帳台後面的高腳椅上坐了。他一直好奇地冷眼對着踏進門來的那位面生的客人。洪桐葉放下行李，問道：

「請問，有個柳少樵在這裏？」

沒有人回答他。一個年輕的夥計，眼望望老少兩東，怯生生的輕聲說：

「沒有。」

洪桐葉十分詫異，再把門牌和招牌弄弄明白。

「這地方一點不錯呀，怎會沒有？」

駝子老二就對那年輕夥計有好聲無好氣的說：

「對他講明白！」

夥計奉命，好像不再怕什麼了，爽快的說：

「有是有這個人，不過已經搬走了。」

「搬到哪裏去？」洪桐葉急問。

「四分里一百零八號。」

「四分里在什麼地方？」有了地址，洪桐葉放心下來。

「離這裏不遠，問起來人人知道。」

洪桐葉猶豫一下，陪笑說：

「勞駕你給我雇一輛東洋車好吧？價錢講好。我剛到，不熟，剛才你也看見的，當街鬧得多不好看，還花了兩塊錢！」

夥計看看老先生，老先生沒有表示；再看看二少東，駝子點點頭，說了個「好」字。

一時車子叫到，言明車資當百文大銅角子兩枚，洪桐葉計算一下，大約銀洋六分。到達之後，看看時間，跑了足二十分鐘。

一條新建築的寬敞的弄堂。洪桐葉先覺得這個地方有點不倫不類，因為至少一半人家門前懸着帶外罩的大玻璃燈，上邊寫着紅字的「花名」，有似上海的長三堂子。走到最後一家，才是一零八號。樓下裁縫店，柳少樵住着上面的前樓。

原來柳少樵回到漢口，先住在布店的倉庫裏。現在的倉庫，不像從前一樣完全空着了，堆着許多貨物。布之外，有桐油。自從開布店，老先生就教老二多負一點責任，想在生意上歷練他成人。「難道我能招呼他一輩子？」老先生常常這樣想，自己就不大問事了。

不想這個其貌不揚的柳老二，做生意倒是個天才。他抓得緊，算得精，眼光又銳利。名為做布店，布店的利潤是極有限的，他賺錢大半靠做不冒風險的投機生意。最近在收桐油。他不知什麼地方得來靈感，覺得桐油的生產會減少，價錢要上漲，出口價非提高不可。他的這一看法，是他的「軍國機密」，放在心裏，連父親面前都不曾透露過。他怕風聲一露，大家一窩風都收，價格就可能波動上漲，他便進不到便宜貨了。

因為堆得有貨，當然要上鎖，大鑰匙歸老二掌管。為柳少樵別的任何地方都不要住，偏偏要住倉庫，兄弟兩個就先是一場吵鬧。這是柳少樵回到家來還不到一個鐘頭的事。總算哥哥受點委屈，依從了弟弟，讓他住了進去。柳少樵撞見葉品霞，睹面不識，理也不理，半夜間卻上樓叫門。不想葉品霞也今非昔比了，門早從裏邊插好，祇裝不聽見。柳少樵氣了，就大聲喊叫，用力擂門，把樓上樓下，所有人等，都吵醒了。鬧了半夜，才悻悻而去。聲言：

「下回再這樣，我就要澆上煤油，給你把牢門燒掉。莫不裏邊藏着奸夫？」

第二天一早起來，就要錢。現在管錢的是老二。老二這個人，談別的都還有個商量，祇要是提錢，他就像有八代深仇一樣，一百個不肯不肯，不肯到底。他也知道這個老三不是個好貨，輕易惹他不得。就問：

「你要錢幹什麼？」

這一問，柳少樵認為多餘，先就有點不對意思。順口答道：

「錢，用處多哪！喫喝嫖賭，外帶吹大煙，哪樣不要錢？」

「你有喫有住，不能再要錢。我和爸爸也從來沒有從帳上支過半文錢，我們還是賺錢的人！」

說來說去，哥兒倆又是一場吵鬧。

老先生壓住氣，對柳少樵說：

「自從你不在家，我們一家人和和氣氣，大家一心做生意，一片興旺的氣象。你一回來，就沒有半刻安靜，直鬧得雞犬不寧！不是我偏愛兒女，你實在太壞，我不能要你了！我已經完全明白，祇要有你，就沒有這個人家！」

「你不要我，正好！」

「那麼，你走！」

柳少樵伸手出來，冷笑說：

「拿錢來，我就走。」

「我情願還和你在上海的時候一樣，每月給你一百塊錢，你自己過去。要是你在漢口不走，留個地址，我按時教夥計給你送了去。」

老先生厭惡極了，大聲說：

「你可千萬不要回來！」

「可以，可以，一定可以。」柳少樵說，「不過我也有一個條件。」

「什麼條件？」

「我要同葉品霞離婚！」

「那不行！」

「那我就要每天回來吵鬧，教你們過不成！」

「爸爸，」柳老二插嘴說，「離婚的事，要問三弟婦本人，要是她肯答應，你又何必攔着？」

「因為我知道她一定不肯呀！」老先生急得頓足。

「問問她也不要緊哪。」

「好，這也是個辦法，就問問她。要是她肯，我也不反對了！」

老先生說着，走到樓梯口，想叫葉品霞下來，湊巧她正立在樓梯中間。便向她招手，請她下來。葉品霞也變了。頭上鬆鬆的挽個圓髻，一張黃黃的貧血的臉，不施脂粉，衣裙鞋襪一身青，又一身布。雖然還是乾乾淨淨，風韻和艷麗卻已經完全失去了。柳少樵一陣覺得她倒很像一個寡婦，就吐口唾沫，扭過頭去。

柳老先生剛要開口，葉品霞先說道：

「你們說的話，我都聽見了。我從小三從四德慣了，離婚的事我是一定做不到的。好在他在外面的事，我不過問，就是再娶我也不管。我祇保住柳家媳婦這個名義，對得起生我的父母，我就彀了。別的，什麼我也不想！」

說着，淚流滿面，急走上樓去了。

「好了，孽障，」老先生心裏難過，「離婚的事不要再談了。做不到也沒有辦法！」

柳少樵搖着頭直嘆氣，覺得這個女人中毒已深，不用猛烈的大量的急救劑，眼看是無用了。就不再堅持，拿到一百塊錢，上街去看房子。

住四分里，原是無意的。這祇是他在街上撞到的第一張招租條。看看地方雜亂，出入人色不齊，房子也還寬敞，倒合用，就租下來了。

洪桐葉走上樓去，房門關着。敲敲，有人把門打開一條縫先看看，見是洪桐葉，側身出來，仍舊把門帶好。那個人正是柳少樵。他愉快地拉住洪桐葉的手，連說：

「你來了，好極，好極！」

又低聲說：

「房裏有幾個朋友，你不方便進去。把行李留在這裏，你先到弄堂口揚州小館裏坐坐，我馬上來找你。」

洪桐葉看他半真半假的樣子，疑心他故弄玄虛，就也低聲問道：

「是男朋友，還是女朋友？」

「男女都有。」

「讓我從門縫裏看看好不好？」

洪桐葉說着就要去扭門把，柳少樵出其不意，伸出右掌照他的手腕子用力切了下來，接着又在他的大腿上擰了一把，這兩下子都是用了足力的，洪桐葉痛得幾乎叫出聲來。柳少樵推着他走，一邊恨恨的說：

「這裏沒有玩笑，去你的！」

洪桐葉自覺沒趣，快快下樓，嬾嬾地走出弄堂，果然有一家賣揚州點心的小館子，叫做「小半齋」，隔壁是一家粵菜館，招牌「兩江」。洪桐葉也覺着餓，摸出錶來看看，十二點！正該也是喫午飯的時候了。他的口味，喜歡喫粵菜，對那家小半齋不感興趣。但柳少樵指定是揚州館，換了地方，怕他找不到。心想，不如馬路旁邊立一回，等他出來，一道喫兩江吧。

馬路倒是寬敞，熙來攘往，樣子也像繁華，可惜石子馬路，灰塵很大。偶然有幾個年輕女人，進出四分里，江北口音，打扮得不三不四，一定是「揚幫」了。洪桐葉是崇拜西洋女人的，對此不大有愛好，略略看看而已。

一時，柳少樵陪着四五個老少不等的男女從弄堂裏出來，和洪桐葉正打個照面，柳少樵惡狠狠瞪他一眼，故作不識。洪桐葉就也不便打招呼。卻見柳少樵陪着他們幾個進兩江去了。想，這必就是他指定我小半齋的緣故了。幸而沒有亂闖！

洪桐葉心裏一陣煩悶，覺得好像一到漢口就諸事不順，碼頭運夫和東洋車夫兩記竹槓，柳家布店的冷淡，柳少樵的凶狠，使得他竟不知道自己究竟是誰了。

「難道我就沒有一個朋友，沒有一個一夥兒的人？」

無可奈何地走進小半齋，揀個僻靜的座頭坐下。餚肉乾絲，四兩白乾，一個人喝上了。想，常聽見人說「借酒消愁」，我這大約是了。

愁什麼？洪桐葉沒有想。縱使想，他當也想不到一個人不能選擇自己的路徑，甚至不能選擇自己的口味，應當是最大的悲哀。

喝完了酒，洪桐葉一直呆着，吸煙，喫茶。望望別的食客，自己做出一個悠閒之狀來。而柳少樵來了。

他站在門上，望見洪桐葉，便遠遠地招手。洪桐葉會過帳，跟他出來。

柳少樵並不回去，帶着洪桐葉順馬路一直走下去，漸漸離開喧囂，轉入僻靜的地帶。一邊放慢了腳步走着，一邊說話。柳少樵道：

「老弟，有什麼心事嗎？今天你有點兩樣！」

「怎麼會看得出來？」

「我天生成這樣一對眼睛。」

「你猜猜看。」

「八成有點動搖。」

「怎麼祇看八成？」

「我到底不是神仙呀，祇能觀測個大概。」

「好，真人面前，我說真話。」洪桐葉一片坦白的說，「第一，我覺得，打倒軍閥，打倒帝國主義，這兩個口號，國民黨提得對，正符合國家民族目前的政治要求。沒有人能嗀喊得比他更漂亮，更有號召力了！」

「你說沒有人能喊得出更漂亮的口號，」真研究到問題，柳少樵很像是心平氣和，並且很冷靜，「你的意思，指誰呢？」

洪桐葉不敢回答。

「你說也不要緊，」柳少樵笑笑，「你不說，我替你說了也一樣。你是指共產黨！」

「不錯，」洪桐葉被柳少樵一語道破，也就不再閃避，「我實在是那樣的意思。」

「單是口號響亮未必有用。籠統地喊叫打倒帝國主義，自己一定孤立，因為世界列強都是帝國主義者。共產黨卻是國際性的組織，蘇聯永遠是一個可靠的朋友。你的意見，部分是對的。

北洋軍閥，再硬朗，也是風燭殘年了，就算沒有人打他，他也會自滅。國民黨的情形就大不相同，他順應了五四以來求新思變的潮流，如果運用得當，他極可能站得住。」

洪桐葉見柳少樵接受了他的觀點，就進一步問道：

「那麼共產黨又將何以自處呢？」

柳少樵沉思一下，四面看看，反問洪桐葉道：

「你的第二條心事呢？」

「你還沒有回答我的。」

「你告訴我完了，我給你一個總答覆。」

「其實也沒有什麼，我不過覺得太過發揚了鬥爭情緒，對於人類的罪惡傾向，可能更甚於資本主義的壟斷和獨佔。」

「鬥爭可以堅強自己，鎮壓以至消滅敵人，那是必不可少的。」

柳少樵說了，突然有點不耐煩的樣子，站住，把右手伸出來。問道：

「你看，這是什麼？」

「你是說你的手嗎？」

「是的。但是你要弄清楚，這是一隻佛手。」

「什麼意思？」

「你就算是西遊記上的孫悟空，也總逃不出我如來佛的手。你胡思亂想太多，是最危險的事。你明白嗎？」

「明白。」

「要想救你自己，最好的方法就是聽從命令，少用自己的腦子！」

說着，兩個人往回頭走。柳少樵嚴肅的小聲小氣的說：

「目前黨的作法是，阻撓北伐軍的進展，惡化國民黨和群眾的關係，必要時挑起他與帝國主義者之間的直接衝突。積極方面，黨朝着建立工農群眾的武裝那個方向努力，相信遲早有一天會走在國民黨前面。」

洪桐葉立刻豫感到一個混亂的場面，祇是非常模糊，捉摸不清。他的面色一時竟變得蒼白起來，呼吸也短促了。

柳少樵看也不看他一眼，祇顧說：

「我自信我能掌握你，你不能動搖。你一動搖，就沒命了！在上海的時侯，我就同你說過。」

洪桐葉忙說：

「你放心，我不會的。」

「那最好。」

柳少樵說着，扭身抱住洪桐葉就在他的腮上吻了一下。洪桐葉掙開，紅了臉說：「大街上，這算什麼？」

柳少樵高興地笑了。

招得多少過往的人站下來看他們，不明白兩個人是怎麼回事。洪桐葉半跑着向前急走。柳少樵還叫：

「小洪，慢點走，幹麼跑得那麼快？」

當天，洪桐葉在柳少樵的寓處睡過一宵。牆上，掛着被縛打的裸女和花蝴蝶白茶花兩張照片。旁邊又貼張條子，上面寫着：

一元兩極

世界是接壞的

・歷史是連續的
無產者的心是相通的
冰炭不相容
南北有兩極

「這是詩，還是標語？」

被洪桐葉問得笑了，柳少樵答道：

「兩樣都是，這是標語詩。」

「怎麼講呢？」

「這包括我的全部革命哲學。第一行，說明中國與蘇聯為鄰，中國的無產階級革命不是孤立的。第二行，意指歐戰影響俄國的十月革命，歐戰和十月革命影響中國的五四，十月革命再加中國的五四，影響中國共產黨的建立和長成，也影響民國十三年國民黨的改組和即將到臨的北伐。這些都是一脈相承，息息相關的。」

柳少樵用薰得焦黃的兩個手指夾着一支強盜牌的英國紙煙，猛吸兩口，眼睛射出了光芒。興味濃郁的深長的說：

「但歷史是人為的，人製造歷史，而不是歷史決定人。第三行，就從這樣的觀點接上去。你看，這不是一首好詩嗎？」

早上，外面喫早點。洪桐葉很想一試兩江的什麼一蟲幾件，而柳少樵仍然帶他到小半齋，他也祇好進小半齋。

錢本三算是吳佩孚的同鄉，他在北洋隊伍裏邊有不少故舊，卻並不與吳佩孚本人相識。他出身國會議員，護法之役，孫中山先生在廣州召開非常國會，他也到廣州去了一下，從此變成國民黨人物。他在北方辦過日報，明明暗暗為孫先生的政治主張作鼓吹，在不分皂白，一意魯莽的軍閥勢力之下，也確實不是容易事。

他當選國會議員的時候，論年齡還不到三十歲，少年得志，在北京官場那種圈子裏邊，多多少少的腐化是難免的。他的長處就在有果斷，一念之間，回頭是岸。他認清北洋軍閥的作風，絕對不能有長久的生命，而國民黨是惟一有希望的新興勢力。他反覆讀過嚴復譯的天演論，大部分且曾下苦功念得背誦為流。他知道新比舊好，年輕的一代比父祖一代更有前途。他曾在十月革命的饑荒時期到蘇聯去考察過，他承認蘇聯的嘗試是新的，但他不以為那種饑荒的過程能為中國的民情所接受，他主張溫和的改革。縱然馬上得之，也萬萬不能馬上治之。

這一回奉命到漢口，他的主要任務，是運動北軍響應北伐。他的胞弟錢本四，法政專門學校畢業，有個律師資格，卻一直在當教員，小學中學都教過。錢本三通過相當關係，把他介紹進吳佩孚的「討賊總部」當一名中校軍法官。就用錢本四的名義在英租界租下一所房子，表面上是錢本四的公館，暗中卻是錢本三的祕密機關。錢本三的女兒錢守玉，原是北京女師大的學生，已經讀了三年，就快畢業了。錢本三函電交催，把她叫到漢口來，協助主持英租界的臨時機關部。機關部的大門上，貼着一長條白紙，寫着拳頭大的字，「討賊總部軍法官錢公館」，中間蓋着一方朱紅大印。

錢本三本人卻住在法租界的「法蘭西大飯店」，這是法國人開設了專為招待西洋人的一家旅館，設備簡單而房價奇昂。中國人要住也成，祇是房租再加倍。錢本三住了一小間，每天銀洋六十元，合美金也差不多二十元了。錢本三自從獻身革命，生活相當刻苦，這回忍痛作如此鉅大的支付，為了安全，原是萬不得已的。吳佩孚以討賊為號召，這個賊字究竟指誰呢？其間並無界說。胡塗下來，就變成一切孤家寡人所不喜歡的人都是賊了，而賊是可以格殺無論的。真是秀才遇見兵，有理講不清。錢本三也算是一個小有名焉的人物，他的小心，倒不是沒有理由的。

吳佩孚這回「東山再起」，湊集許多雜牌隊伍，號稱三十萬或五十萬，表面熱鬧而已，其中真正像樣可靠的，實在寥寥可數。因此，在調遣上，吳大帥煞費周章。因為前線禦敵，要精銳可靠，後方鎮守也要精銳可靠。許多精銳可靠，哪裏來呢？吳大帥手下有日本軍事顧問，經常提出建議，作各種必要的計畫。但大帥看也不看，有時且嗤之以鼻，說：

「日本人，懂什麼？」

原來他重金延聘顧問，祇為做擺設，事實上既不顧，又不問。卻每日和那些專會看相算命的祕書參議們混在一起，飲酒賦詩之餘，用卜易決定調遣和作戰的計畫。

他一眼望到「劉玉春」這個名字，心裏喜歡，搖着腦袋說：

「劉玉春者，留餘春也，即留有餘不盡之春也。好個吉利的名字！」

記得他是個師長，就立刻召見，派他鎮守武昌的大任。而劉玉春的部下，就有兩個團長是和錢本三暗通聲氣的。

如此這般一個吳大帥。

在錢公館，洪桐葉見到妹妹金鈴，又由金鈴介紹認識了錢守玉。錢守玉有一個細長的身個，卻拖着兩隻半大腳，走起路來一扭一拐的。她把洪金鈴當小妹妹看待，對着洪桐葉，一直誇獎她，說她許多好處。

「她這樣聰明，你們應當讓她讀書才是。」

洪桐葉看看妹妹，笑笑，沒有說什麼。洪金鈴道：

「錢大姐這幾天在教我讀《域外小說集》。」

「什麼小說集？」洪桐葉問。

「用文言翻譯的外國小說，不容易懂。」洪金鈴說。

「既然不懂，為什麼不讀白話的？」

「那就是我要教她讀的理由呀。文言的東西多着呢，不會讀文言，能讀的書就少了。」
「我們不是在提倡白話文嗎？」
「那是現在和以後的事。以前的書都是文言的呀！」
「以前的東西，舊了，不讀也罷！」
聽洪桐葉這樣說，錢守玉有許多話要駁他，轉念第一次見面，爭執起來不好看。就說：
「這個問題大了，一時也說不完。你們坐坐，我後面還有點事，我去了。」
點點頭，扭屁股走了。
洪金鈴放低了聲音，問哥哥：
「你離開上海的時候，有沒有去看看媽媽？」
「沒有。」
「為什麼？」
「覺得沒有必要。」
「我老想着我走的時候，」洪金鈴悽然說，「她正身體不大好，家裏喫的用的，什麼也沒有，這些日子不知道她怎麼過？像這樣，我們對她一點責任不負，對不起她了！」
「這是你的舊腦筋。」
「新腦筋不要媽媽？」
「也不是說不要。不過一個人總得勞動，她可以做臨時工人，自食其力。」
「她老了，做不動了。」
「那就活該沒有辦法。」洪桐葉搖搖頭，苦笑一下，「將來革命成功了，國家會有養老院。現在是青黃不接的轉變期，自然不免有許多小悲劇。」
「你說這是小悲劇？」

「是的，我們有更多的正在受難的無產者！」
「連自己的母親都不能照顧，我們還有資格設想那許多人的事嗎？」
洪金鈴說着，撲漱漱落下淚來。她雙手捧臉，不住地抽噎。
一時，覺得有人拍着她的肩膀，而且說：
「怎麼啦？洪小姐，別難過！」
睜眼看看，原來是錢守玉。就問：
「我哥哥呢？」
「我出來就不見他，大約走了。」
洪金鈴用手絹擦擦淚，長長地嘆口氣，無限委屈。錢守玉要去給她打熱手巾，她拉住不教去。錢守玉就站在她身邊，手捻着她烏油油的兩條大辮子，親暱的問：
「為什麼哭？」
洪金鈴站起來，雙手拉着錢守主，仰臉注視她一會，欲語還止。錢守玉道：
「有什麼事，祇管告訴我，也許我能為你分憂。」
「大姐，」洪金鈴赧然說：「我離開上海的時候，對母親是不告而別的。我受了哥哥的煽惑，一時衝動，胡胡塗塗那樣作了，以後一直後悔。」
「那也不要緊。」
錢守玉拉她坐下，暖瓶裏倒一杯熱熱的紅茶，加點糖，遞給她。洪金鈴說聲謝謝，接過去喝着。
「現在馬上寫信給母親，說明經過，求她饒恕，還來得及。」
「你不知道，母親病在床上，一個人，無親無友，家裏沒有一文錢，沒有一粒米！我真耽心她現在還在不在了。」

洪金鈴說着又傷心掉淚。

錢守玉一聽，就站起來了。說：

「那麼，事不宜遲，我們現在就去打電報匯錢。回來，再詳細寫信。」

進裏面去拿皮夾子出來。

「我這裏有錢，快走快走！」

拖着洪金鈴上街去了。

一時回來。洪金鈴千恩萬謝，說：

「大姐，世界上真有你這樣的好人，我開了眼界了。我活到冒二十年，從我們局長叔叔算起，一圈兒全是壞人。因此，我總想着一定人都是壞的，今天才知道並不是。」

說着，又是亮晶晶兩泡眼淚。錢守玉笑道：

「你愛哭？」

「我從來不，」洪金鈴很不好意思的說，「自從胡塗做下對不起媽媽的事，不知道哪里來的許多現成的眼淚！」

說着，噗哧笑了。

「家家有一本難念的經，」錢守玉嘆口氣，「為你的母親，引得我想起我的母親來了。我的母親有另一種痛苦！」

「她老人家現在哪裏？」

「在鄉下老家裏，父親撥給她二十畝田，讓她自己生活，從此斷絕了關係，祇留着一個夫婦名義。父親禁止我和她來往，已經十多年了。」

錢守玉說着搖頭。洪金鈴忍不住問道：

「為什麼那麼嚴重？」

「也怪母親不好。鄉下人，一個字不識，再加生性胡塗。那種人最危險，什麼事都做得出來！」

「她做了什麼事？」

「也沒有什麼。」錢守玉細聲細氣，像在自言自語的說，「父親打死一個廚子，差點沒有鬧成官司！」

「哦！」洪金鈴聽不大懂，沒有說什麼。

「那時候，父親用着一個小跟班，差不多像你哥哥那樣一個人，父親喜歡他，不理媽媽。」

夢囈一般，錢守玉喃喃說。

「所以也不能單怪媽媽。」

洪金鈴睜大眼睛，迷惑地望着她。錢守玉忽然像從一個夢境中醒過來一樣，一下子拉住洪金鈴的手，傷感的說：

「永遠熱愛你的媽媽，不要忘了她！」

說着，淚流了下來。

七

在法蘭西大飯店，洪桐葉見到錢本三。

赭黃色的窗幕低垂，外面大太陽，房間裏邊卻暗得還要借用電燈的光。錢本三穿着鐵灰色團花緞子袷袍，靠在又低又深的罩白布套子的單人沙發裏，吸着一支大雪茄。他一直習慣地把一副一年四季早晚常戴的玳瑁粗腿的墨晶眼鏡戴上取下，取下又戴上，這是他的左手。右手呢，那是忙着服侍那支大雪茄的。他左右不停的忙，使旁座的人不能不為他煩亂而喫力，他自己卻悠然自得。他常是樂觀的，嘴裏偶然也哼着兩句坐宮還是碰碑什麼的，據說那學的是譚鑫培。他又是容易冒火的，有時暴怒如雷，用最難聽的土語罵人，一陣你娘你娘的，不等轉個身，卻又意平氣消，忘記了剛才曾經發脾氣。

最近一次廣州之行，是他大半生少有的得意事之一。但美中不足，也為他留下遺憾。在參加某一重要會議的時候，同席有個多嘴的老太婆，什麼問題她都插嘴，而一口廣東官話，錢本三半句也聽不懂。看她絮絮無休，就發生一種厭惡之感。他轉向鄰座的一位元老輕輕問道：

「這個老太婆是誰？」

「仲夫人。」

「先烈仲先生的未亡人？」

「是的。」

錢本三不由得肅然起敬。他一向極其欽仰仲先烈，也知道他的未亡人是一位女中英豪。他想，怪不得大家都恭敬她，儘她高談闊論呢。

散會之後，錢本三想對仲夫人致敬一番，湊上去，滿面堆笑，尊聲「夫人」，手就伸了出來。仲夫人冷冷地望他一眼，卻不招呼，一扭頭，轉到另一角上和大鼻子顧問包羅庭說話去了。

錢本三又羞又惱，心裏恨道：

「原來這個婆娘這等不識抬舉！」

因為恨仲家的寡婦，他又連帶把一把無名火燒到包羅庭頭上，又由包羅庭恨到共產黨。他主觀地甚或是直覺地認為共產黨在中國一定是徒勞無功的，他們的理想不啻是鏡花水月。他原有一種共產黨可供利用的心理，這就慢慢變成以為共產黨可以玩弄了。利用與玩弄，深度上有很大的差別。

他的弟弟錢本四就和他認識不同，哥兒兩個常常抬槓，有時至於鬧得臉紅頸粗。錢本四特別重視共產黨的國際性，他們喊「世界革命」，並不是喊着玩的，也不是喊着要嚇唬哪個的，而是一個老實的表明，那是他們最後的目標。過程中策略可能有變，目的則已呆定。所謂「工人無祖國」，有其充分的國際性意義，而並不一定說工人的祖國是蘇聯。

錢本四常常說：

「共產黨的作法是，把舊有的一切全部摧毀，另起爐灶再來過。他們有個新的藍圖，但不一定是一個真能實現的合理的模型。他們有階級和組織的利害，而沒有個人的自由。」

因此，他的結論是：

「要保障國家民族的傳統，要維護個人的自由，就一定不能容許共產黨的存在。斬盡殺絕，客氣不得！」

他搖着頭對三哥說：

「你打算玩弄他們？小心，不要教他們把你玩弄了！」

「共產黨不通人性，不合國情。」錢本三笑笑，萬分不屑的說，「他們要是能成功，那歷史上的黃巢、李闖、張獻忠，早得手了，還輪得到他們今天？」

「過分輕視他們，或防之不得其道，就是給他們機會！」

「老四，我給你打賭！」錢本三把墨晶眼鏡摘下來放在茶几上，搖着雪茄說，「要是共產黨能反得起來，你先殺我的頭！」

說畢，縱聲大笑。心裏說：「這個老四怎麼這樣胡塗！」

「照你這樣一個態度，共產黨起來定了！」

錢本四不耐煩地瞪他一眼，正要負氣而去。有人敲門，原來洪桐葉來了。他最近特別留心三哥來往的人，這個面生，從來沒有見過，就又坐了下來。錢本三問問洪桐葉的情形，給本四介紹了。

「郭心如也到廣州了，你有沒有給他寫信？」

「我從上海動身的時候，曾經有封信給他寄到北京去，告訴我跟錢先生到漢口來了，不知道他收不收得到。」

「我們在廣州曾提到你來，他對你印象極好。」錢本三接着問道，「你住在什麼地方？」

「沒有地方。昨天晚上臨時在柳少樵那邊湊合了一夜。」

「有地方給你住，」錢本三指指本四說，「就是他的公館裏。你的妹妹也住在那裏。」

「剛才我已經到四先生那邊去過，見到妹妹和大小姐了。」

「我招呼人給你豫備地方，」錢本四對洪桐葉表示歡迎，「你馬上來吧。」

錢本三拿起墨晶眼鏡來戴上，擦一根火柴把雪茄煙重點一下。笑笑，說道：

「前幾天，柳少樵到這裏來過，我們談得很好。他倒和我對脾氣，爽快！他答應以後事事幫忙，要我關照他。——他那邊有什麼消息嗎？」

錢本三說了，發覺洪桐葉進來以後，一直站在那裏，便教他在方桌旁邊的彈簧圓凳上坐了。錢本四讓給他香煙，他欠欠屁股，說個謝字，拒絕了。他有意在他們面前表現一個少年老成的樣子。

「昨天晚上他提到，共產黨不贊成在這個時候北伐。」洪桐葉謹慎的說。

「那個，我在廣州就知道。」錢本三臉對着錢老四，把墨晶眼鏡摘下來說，「你知道為什麼？」

「我不知道，一定是有陰謀。」

「也不算什麼陰謀。共產黨覺得他們自己的力量不彀，國民黨此時北伐，打好了基礎，就沒有他們的事了。所以主張儘量延後北伐，等他們羽毛豐滿了，就可以有資格和國民黨平分春色了。」

錢本三說着一笑。

「笑話！你看，多幼稚的想法，難道國民黨是傻瓜？」

「廣東大致是不成問題的，」洪桐葉板着臉，說得正正經經的，「柳少樵說，東江一帶，共產黨有七十萬農民，根基打好了！」

錢本三聽了大笑。

「七十萬農民？誰給他的？」

「當然是他們自己組織的。」

「你信他的夢話！農民，鄉土觀念最深，保守性最大，他們肯賣命為共產黨打天下，那才怪呢！」

「他們既然那樣說，」錢本四對於哥哥那種固執的輕蔑，頗有反感，「也許有一點影兒。萬一是真的呢，那怎麼辦？」

「共產黨專會車大礮[11]。國民黨立黨許多年，我敢說，他也沒有七十萬有組織的農民。」

11. 大「礮」，同大「砲」。

錢本四站起身來，門後頭拿了呢帽，說道：

「我有事走了，我們兩個永遠談不到一起。」

這位討賊總部的中校軍法官，一直穿着一件藍布長袍，光腦袋剃得亮亮的。錢本三摘下墨晶眼鏡來，看他出去，對着他的背影，狠狠瞪一眼。然後對洪桐葉說：

「我這個四弟，不是個開通人物。你住在他家裏，要多將就點，他極恨共產黨。」

「那沒有什麼，」洪桐葉笑笑，「反正我又不是共產黨。」

錢本三沉吟一下，輕聲說：

「可惜這裏房金太貴。要不，弄個房間，你同我住在一起，最方便。」

洪桐葉不知道怎樣回答他這句話才得體，就沒有說什麼。錢本三又說：

「柳少樵那邊，你不妨常去走走，也看看他們玩些什麼把戲。」

洪桐葉答應了，站起身來。

錢本四抄着雙手，從法蘭西大飯店出來，心裏非常彆拗。對於三哥蔑視共產黨的那個態度，發生一種深長的疑慮。他莫名其妙地直覺，以為北洋軍閥，甚至帝國主義者，都沒有什麼真正的了不起；共產黨才是最最可怕的。冥頑不靈的軍閥們把一切新興的事物都視作赤化，胡亂給以殺害、壓抑或堵塞，儼然以維護傳統的道德文化自命，究其實，僅僅為消除異己而已。其結果，是驅使更多善良的人鋌而走險，為共產黨的擴張幫了忙。他想：

「但像三哥所代表的那一種見解，就無異開門揖盜，給他自由生長的機會，是更可怕的。」

錢本四想不出怎樣遏制共產黨才是最好的方法，祇覺得事情不對，引起他的不安。他穿通馬路，在江邊的石凳上坐了一回，望望江景，遠遠高聳的是馳名的黃鶴樓，他曾去登臨留連過一番。十餘年前，武昌為中華民族的新生射出了第一礮，舉起了第一面義旗。可惜以後一直是一個擾攘紛亂的局面。江上，洋船洋旗，是看得見的。共產黨的萌芽和滋生，則在暗處，在被人忽略的角落。暮春天氣，餘寒就重，錢本四打個寒噤，覺得坐不住，便起身走了。

步行到討賊總部的軍法處，雖然便衣，但衛兵都認識，一聲立正，倒使他喫一驚，從沉思中清醒過來。他右手摸摸帽沿，當作還了禮。一直走到辦公廳，在自己的位子上坐下來。桌子上有幾件公事，他也無心去看，把它們塞到抽屜裏。卻鋪下一張紙，蘸飽了筆，給他的頂頭上司軍法處長寫了一個簽呈。大意：

「風聞四分里一零八號樓上設有赤匪祕密機關，主持人為柳少樵，擬請派人搜捕。」

簽名蓋章之後，把字折在裏面，一逕去找處長。走到處長室門外，剛要喊一聲「報告」，忽然一陣猶豫，連忙咽住。向後退了兩步，想到萬一由柳少樵牽連出三哥和國民黨的機關部來呢？豈不連累了自己？暗暗說：

「魯莽不得！」

一個侍役兵把處長的門帘掀起來，處長送客出來，看見錢本四怔怔的呆在那裏，隨口問道：

「你有事嗎？」

「沒有什麼事。」錢本四扯個謊說，「明天有點私事，想請一天假。」

「好？我知道了。你進來！我有東西給你。」

錢本四跟進來。處長的桌子上放着一大堆紅帖，他揀一張出來遞給錢本四，說：

「商會會長明天晚上請我們喫飯，你抽空去一下。」

錢本四應個是。

「為下個月替大帥做壽，大家商量一下，想上北京邀角兒來個堂會，熱鬧熱鬧，因為廣東方面嚷着要北什麼伐，大帥心情不好，我們不方便進言，要他們地方上出面辦。是張祕書長給我打招呼的。不要忘了，你也去參加。」

錢本四拿了帖子，退出來，擦根火柴把剛才寫的簽呈燒了。一邊想：

「冒昧不得，要防着連自己也掣上！」

回到公館，心裏祇是煩悶。摸摸下巴，鬍子㲉一星期不刮了，扎手，大街上去理了個髮。回來，客廳裏一個人呆着，不知道怎樣排遣才好。忽見洪金鈴從外邊回來，順口問道：

「你哪裏去來？」

「上郵局去寄封快信。」

「寄給誰？」

「我的媽媽。」

「上海？」

「是的。」

錢本四心裏一動，笑笑，說：

「坐坐談談好不好？」

「好呀。」洪金鈴說着坐了，很自然的。

錢本四隨便問問她家庭的情形，慢慢提到：

「你哥哥搬過來了沒有？」

「他說晚點來。」

「你認識柳少樵嗎？」

「見過幾回。」

「你知道他是CP嗎？」

「我知道，聽哥哥說的。」

「你哥哥是不是？」
問得洪金鈴一怔，臉上一陣紅，想想，才說：
「我不知道，大約不是吧。他是國民黨，三先生和郭心如介紹加入的。」
「有許多人是跨黨的，腳踏兩隻船。」
錢守玉正從後面出來，聽見，問道：
「四叔，你說跨黨，為什麼祇見共產黨來跨國民黨，沒有國民黨去跨共產黨的？」
「人家不教跨呀！」錢本四自嘲地一笑。
「那不明喫虧嗎？」
「誰說不是？」
「將來一定少不了亂子！」
「沒有法子，等着瞧吧。『船到橋門自然直』。」
「不要『船到江心補漏遲』就好了。」
聽了錢守玉這樣說，洪金鈴想到哥哥對母親的態度，心有點發涼。她望望錢守玉，又望望錢本四，赧然低下頭去。
錢本四一眼瞥到洪金鈴穿着一雙男式的小皮鞋，心裏有點說不出的不舒服。問錢守玉：
「洪小姐來漢口，有沒有帶行李？」
不等錢守玉回答，洪金鈴自已先說話：
「我瞞了母親，空着手偷跑出來的。」
錢本四一聽笑了，說道：
「大姑娘家偷跑可不好聽！」
洪金鈴紅着臉笑笑，不安地扭一下身子。錢守玉道：

「她是為革命呀，為革命差點犧牲了母親！」

「你應當帶她去做點衣服，買點鞋子襪子什麼的。」

錢守玉聽了，抿着嘴，笑迷迷地把一隻攤開的右手直伸到錢本四的面前。

「錢？難道你還沒有錢？」錢本四笑笑。

「我的錢有什麼稀罕，要四叔的！」

錢本四看看洪金鈴，當真伸手到大襟裏邊，從襯襖上摸出一個皮夾來，原封遞給錢守玉，說道：「用多少，你自己數，不要說四叔小氣。」

錢守玉打開皮夾一看，一邊塞着帶官銜的名片，另一邊塞着不帶官銜的名片，名片名片，裏邊半文錢也沒有。錢守玉用力摔回給他，撅着嘴說：

「騙人，還說不小氣！」

招得錢本四笑不可抑。他摸出錶來看看，應當喫午飯的時候了。就問：

「今天有什麼菜？」

「那要問廚子。」錢守玉說。

「不必了，不過是青菜豆腐，問也問不出好的來。」錢本四鄭重其事的說，「走吧，我請你們兩個外邊喫飯，飯後去給洪小姐買東西，多多少少一概歸我付帳，你說好嗎？」

「祇要你捨得，有什麼不好？」

洪金鈴拉着錢守玉的手說：

「大姐，怎麼好破費四先生，那不好意思！」

「你不要管他，祇管去。四叔是個有錢的吝嗇鬼，難得請一回客，不去倒辜負了他的好意。」

「好，你這丫頭，當面罵叔叔！」

大家一笑，錢守玉和洪金鈴上樓去了。

錢本四望着她們的背影，聽樓梯響上去，心裏有一種甜甜的愉快。

當天晚上，洪桐葉帶着行李來了。樓下客廳後面有個小房間，早已給他佈置好了。他問錢本四，豫備給他做點什麼事情。錢本四道：

「明天早上，你問三先生，他會告訴你。他住在法蘭西大飯店，深居簡出，對外要有一個聯絡的人。你又會說法國話，在那種地方出入方便，可能他請你做他的『交通』。」

「哦」了一聲，洪桐葉沒有說什麼。

錢本四仔細端詳他一下，除了稍微高大一點，和妹妹金鈴倒有八九分相像。水一般一雙大大的眼睛，平直的微微嫌小的鼻子下面，兩片薄薄的嘴脣。整個看起來，當得起俊俏兩個字的評語，然而失之單薄，個別部位都不帶福壽。錢本四進討賊總部不久，已經多少學會一點相法。因為整個總部自張祕書長以下，都重視此道。最近張祕書長還不惜重金把上海名相家「老胡塗」請到漢口來，把吳大帥的貴相詳細查看一番。不但看了部位，還在黎明之前看了氣色。老胡塗的結論是：

「大帥的前程遠着呢！南軍不出來便罷，真要出來，遇上大帥，定然被打得落花流水，一敗塗地。」

張祕書長和廣東革命政府的譚主席，原是同科進士出身，兩個人交情還不錯。張祕書長最重感情，不忍見老友沉淪，玉石俱焚，還特地寫封信去勸譚主席急流勇退，設法打消北伐之議。因為天命在吳，非吳莫屬了。

當然，這樣的信是不會得到回音的。朋友立場，他祇是盡心焉而已。不過從那時起，整個總部就有了一種樂觀的氣氛，連站衛兵的都今非昨比，顯然更加威風了。一時各級官佐都爭拜老胡塗為師，命相研究竟成了風氣。

在這樣的環境裏面，錢本四亦未能免俗，耳聞目及，不知不覺也學了兩手。這時，他看看洪桐葉，聯想到洪金鈴，油然而生一種憐惜之心。讓他到客廳裏，坐下，隨便談談。

「放心在這裏，令堂已經有了安置。」

「怎麼回事？」洪桐葉聽不懂。

「你不知道？令妹已經匯錢去上海了。」

「哦！」

「還有，令妹應用的東西，今天也都買齊了。」

「哦！」

錢本四看他沒有興趣，以為他疲倦了，就說：

「時間不早了，休息吧，明天再談。」

第二天早上，洪桐葉教女佣人樓上去叫洪金鈴下來。

「你跟我到外邊去喫早點。」

「他們這裏豫備得有，何必出去？」

「趁便我有話講。」

「這裏許多房間，沒有講話的地方？」

洪桐葉見她推辭，大大不高興，沉下臉來說：

「我一定要你去！」

洪金鈴見他發怒，怕鬧起來不好看，就說：

「那麼你等我上去換件衣服就來。」

兩個人並排着走到街上。洪桐葉早已注意到金鈴腳上，簇新的絲襪和一雙赭黃色半高跟尖頭皮鞋，鞋口上還打個蝴蝶結。就先冷笑一聲，說：

「好一雙漂亮的鞋了！」

洪金鈴一聽這個口氣不對，就扭着頭不答話，祇管跟他走。天氣是陰沉的，馬路兩邊的法國梧桐已經發出新葉，春又來到。轉到江邊，迎面一陣風吹來，洪金鈴打個寒噤，忙把搭在左臂彎上的毛線外套披了起來。洪桐葉斜着眼睛瞥了一下，又是簇新扎眼。

沿江邊狹長的草地，枯黃中也已經透出新綠。洪桐葉揀個長凳，兩個人坐了下來。江風帶來春寒，洪金鈴有點生氣。

「放着好好的日子不過，偏要找麻煩，何苦呢！」

「以後，麻煩多着哪。」洪桐葉冷冷的說，「我聽說你給上海匯錢去了！」

「是的。」

「哪裏來的？」

「錢守玉給的。」

「為什麼她要給你錢？」

「還不是為可憐母親？人家是一片好心！」

「你買鞋買衣服，哪裏的錢？」

「四先生的。」

「為什麼他要花錢給你買東西？」

「我想，他不過是同情沒有辦法的人。」

洪桐葉瞪她一眼，發狠說：

「不想你變得這樣快！什麼是好心，那完全是他們的陰謀詭計，你不明白嗎？」

「我是不明白。」

一句話把洪桐葉頂撞惱了，他四面看看，見沒有人，伸手去洪金鈴的大腿上下狠手擰了一把，擰得洪金鈴痛不可忍，「哎呀」一聲叫了出來。

「你敢叫出聲，我把你推到江裏去！」

洪金鈴氣得扭着臉祇顧流淚。

「從前，」她傷心的說，「我們一家三口，窮雖是窮，可是親親熱熱，三個人一條心，沒有仇，沒有恨。想想多好！自從認識了柳少樵，你說我變了，你才變了呢。第一樣，你不要母親了！」

「我怎地不要母親，我在為普天下的母親打出路！」

「不要說着玩了，你連自己母親的死活都不顧，你還關心別人的母親？」洪金鈴氣往上一撞，不哭了，「放着跟前的人你見死不救，你說你去救十萬八千里以外的人，你說你去救三千年以後的人。你是什麼心肝，你是人嗎？」

「你小心，我告訴過你，柳少樵每次怎樣對付我！」

洪金鈴勇氣百倍，跺跺腳就走。洪桐葉也氣，拖住她，說道：

「要打要殺，我隨你們，我不像你一樣膿包！」

掙着要走，洪桐葉怎肯放她。擺在柳少樵和錢氏兄妹之間，洪金鈴這顆棋子不能說不重要，祇要她出點什麼毛病，就牽連全盤都輸，自己也栽進去。他一向祇知道柳少樵對付洪桐葉是順手的，不料等到洪桐葉對付洪金鈴的時候就完全不是那麼回事。這妮子不受調理！他原久經訓練，學會了忍氣，知道怎樣看風轉舵。看看事情不對，就輕了下來。

「妹妹，剛才是我不好，你不要生氣。」

於是一陣甜言蜜語，把洪金鈴安撫下來。兩個人一路走回，找地方喫早點。他央求妹妹：

「今天的事，不要教錢家知道，讓人家笑話。」

洪金鈴一笑，拿手絹捂着嘴說道：

「你以為我是傻瓜，不知道什麼是丟人？」

經過法蘭西大飯店門前，洪桐葉指指說：

「錢三先生就住在這裏。」

「到漢口的頭一天，我就進去過了。」

洪桐葉故意帶她走交通路，把柳家布店指給她看。說道：

「柳少樵衹等辦妥了離婚，那女人走了，他就回布店來住。你看人家，雖然工廠倒閉了，到底船破有底，還有這樣一個大生意。」

洪金鈴瞥一下那門面，嘆口氣說：

「柳少樵的老婆真可憐！天下多少男人，她偏遇到個魔王！」

洪桐葉斜瞪她一眼，洪金鈴裝不看見。

經過好幾家飯館，洪桐葉都不進去。洪金鈴穿着新皮鞋走了許多路，累透了，也餓透了。太陽仍舊沒有露面，她注意看看商店人家的掛鐘，已經十點了。就站下，透一口氣，說：

「不喫東西，我回去了。」

「再等一歇，就喫午飯了。」

洪金鈴不理他，轉身就走，看看這個地方，生，認不得回錢公館的路。招手叫一部東洋車來。洪桐葉跟在後面，着急說：

「好好，那我們現在就去喫飯。」

告訴車夫，要到四分里前門的兩江粵菜館。洪金鈴一聽四分里，呸了一聲，又走。恨得洪桐葉牙癢癢的，追着說：

「為什麼你老是這麼大脾氣？我說你變了，你還不承認。你從前是這個樣子嗎？」

「怪你自己！」洪金鈴一邊走，一邊說，眼睛望着前面，「你變我不變，我能應付得了你嗎？」

洪桐葉從後面一把抓住她的辮子，說：

「你站下！」

兩部東洋車還尾隨着這筆生意，街上來來往往的人也不算少，洪金鈴脹紅了臉，跺腳說：

「這成什麼樣子！」

洪桐葉陪個笑臉，纏着說：

「我不過是嘴饞，想喫廣東炒麵，你陪陪我吧。」

「我不去四分里！」

「誰教你上四分里來？那菜館在四分里前門，我雇車子得說明白呀。」

「好，我就跟你去！」

兄妹兩個坐車去兩江。一路上，洪金鈴暗暗關照自己：「喫完了就走。他要不讓走，寧可大聲嚷叫，還是要走。千萬可不能到柳少樵的地方去，去了，我就難免一場大虧。少不了挨揍，說不定他們還會……」

洪金鈴想到這裏，羞得滿臉飛紅，不敢再想下去。她側身望望洪桐葉，有點恐懼，又有點傷感。她知道兄妹之間已經橫上一道牆壁，無法相通了。

到達兩江，依洪桐葉的意思，要坐房間。洪金鈴堅執不肯，在臨街的玻璃窗下，緊靠櫃台的一張桌子上，一逕坐下來。心想，這個地方可以免得許多麻煩。

洪桐葉接過點菜的拍紙簿來，先寫一張請客條子，教派人送去。

「近，」洪桐葉交代堂倌，「就是這四分里一百零八號，最後一家裁縫店樓上。」

洪金鈴知道阻擋不下，就由他。她想，祇要我堅定，不踏進他的房裏去，在這大街上，他總沒有我的辦法。

一時柳少樵來了。好像剛從理髮店出來、臉刮得光光的，頭上擦着油。一種劣質的粉香和油香一陣陣散開來，洪金鈴覺得有點刺腦，用小手絹捏了鼻子。她莫名其妙地一下想到，錢四先生昨天也理髮的，但沒有覺得他有什麼特別的味道，他大約不上頭油，也不撲粉吧？想想，想不起來了，那個時候沒有注意。

柳少樵一見洪金鈴，就是一大套寒暄話。又說：

「怎麼不到樓上房間裏坐？」

「妹妹喜歡這裏，看大街方便。」洪桐葉打個圓場。

「好，那也好。」柳少樵無可奈何的點着頭說。

推推讓讓，把菜點好。柳少樵習慣地用手去抓抓頭髮，卻忘了是剛剛上過油的，髮型這就亂了。

他伸着一隻油手，大笑一聲，自嘲的說：

「老實說，擦髮油，今天是我生平第一次，真不習慣！都市玩藝兒，全是——」

底下，他原要說：「全是資產階級奢侈無聊的享受，和無產階級的血汗生活根本對立，要不得！」猛一下察覺到在這種公共場所不便說這種話，就改口說：

「都市玩藝兒，全是沒有意思！」

站起來去洗手。洪金鈴輕聲對洪桐葉說：

「看看你的上司，你的好友！」

「他對你，可是一片誠心誠意。」洪桐葉趁着這個機會，來一個單刀直入，「昨天，我們幾乎整天談到你。祇要你點頭，他就上緊辦離婚。」

洪金鈴左手遮着雙眼，低下頭去。

「他的布店你也看了。我想不出你們兩個有什麼不合適來。你們兩個，郎才女貌，門當戶對，天作之合，這些吉利話，沒有一句用不上。」

洪桐葉說了，見沒有反應，就忍不住問：

「這個還不行，你心目中到底想什麼？」

「我根本沒有想過這種事，」洪金鈴抬起頭來說，「我現在祗想到母親，晚年，讓她有碗現成飯喫。你既然不過問，那就是我的責任了。我老實告訴你，在上海，我一時胡塗，接受了你的邪說，把母親扔了。以後，在我心上，留下一條很深很深的創傷。每一想起來，我就傷心流淚。從現在起，我要在母親身上贖罪，盡我的心去做。你不必再在我的身上打主意。我永遠不能接受你們那個取消母親的理論。假如你不回頭，我們終是兩條路上的人了。」

洪金鈴說得心酸，拿手絹去揉眼睛，這要不是在稠人廣眾之地，她可能早已哭了。自從背母而行，她失去了她的少女心情，一直感覺沉重。

「你喜歡錢家？」

「那也談不到。」洪金鈴搖搖頭，作個苦笑，「我每天盤算着還是回上海和母親苦守去。我一個人做工，也能養活她。」

「彭汶學也不會讓你舒服過下去。」

「你們是一夥兒。」

「是的。」

「斬盡殺絕，在一對無告的寡婦孤女身上，那是什麼意思？」洪金鈴把聲音放低，然而是斬鋼截鐵一般的有力的說，「難道她們是資產階級？」

「她們代表一種思想，又代表一種制度。」

柳少樵回來，看看兩個人的面色，就知道事情不怎麼順利。坐下，故作興奮愉快之狀，催着上菜。為了將就洪金鈴，他們喫花雕。柳少樵一杯過來：
「洪小姐，今天是我的一點敬意，你請乾一杯！」
「對不起，柳先生，謝謝你，我實在不會喝酒。」洪金鈴淡淡的說着，端起酒杯來嘴脣上抿了一下。
無奈柳少樵纏個不休，一定要她乾一杯。他脹粗脖子，大聲叫嚷：
「柳小姐，你乾一杯，我陪你三杯！五杯！」
招得別座的食客，都注意他們這一桌。洪金鈴臉薄，覺得很難為情。心一橫：這兩個人我不弄斷他們，以後對母親，對錢家，都有許多不便！想着，雙眉一揚，興致來了。笑嘻嘻的說：
「那麼，你先喝五杯。」
柳少樵見她答應了，總算爭到了面子，就連斟五杯，都倒在一個大玻璃杯裏，端起來一氣飲乾。
洪金鈴說聲謝謝，倒不賴帳，把自己一小杯乾了。站起來，把柳少樵的大玻璃杯再斟滿，說道：
「我現在回敬柳先生一杯。」
柳少樵點頭說：
「好，讓我先喫口菜。」
洪金鈴手按住他的筷子，笑道：
「我在上海，常聽人家說，真正喝酒的人是不喫菜的。」
柳少樵霎霎眼睛，認了，說道：
「好，那也好！」
就再喝下一杯。心裏卻想：「終不成我還會栽跟頭在你手裏！等一會，我把你圈弄到我的樓上，就沒有你的跑兒了。」

因為洪金鈴做得太顯，洪桐葉覺着不妥當，就說：

「我們慢慢細斟細飲，說話兒。不要賭酒！」

「我是照洪小姐的意思行事。」柳少樵故意再斟滿一大杯，「怎麼樣，可要連中三元？」

「好呀。」洪金鈴也端起了她的小杯。

於是一大一小，三杯落肚。柳少樵那個杯子，足彀半斤。他平時要是喝慢點，原有三斤之量，這回喝得急，又懷着鬼胎，一個算盤都打在洪金鈴的身上，就搖搖晃晃，有點頭輕腳重了。

「金鈴，你怎麼了！」洪桐葉輕輕喝一聲，意思阻止她。

「喝酒玩兒哪！」洪金鈴調皮的說。

「好，彀了，我們不再喝酒了。」洪桐葉轉臉對柳少樵說，「說點正經的吧。金鈴小呢，第一次離家，一直在想媽媽。」

洪金鈴聽了，猜不透他還要說什麼，眨眨眼，側着臉等他下面的話。柳少樵雙眉一豎，兩手去抓頭髮，這回他不覺得滿頭的髮油了。他斜着眼看看洪金鈴，不瞭解的問：

「那為什麼？」

想母親就是想母親，洪金鈴倒沒有想過那是為什麼，卒然不知所答。低下頭去，用一根筷子蘸着酒在桌子上畫着玩。柳少樵醉眼模糊，卻清楚地看見她半圈一點，畫個問號，又一豎一點，畫個驚嘆號，然後把筷子重重放下，輕輕嘆口氣。

柳少樵咧咧嘴，要笑又忍住。心想，不料到這個丫頭倒有許多張致！他的注意力一時又集中在她的臉上，嬰兒一般嬌嫩的皮膚，襯托出一種天真未鑿的稚氣。柳少樵不覺地「哦」了一聲，恍然如有所悟。想，這個靠得住還是處女！

右手伸上去把擦着油的頭髮再抓一抓，接着就用這隻油手去大襟裏邊摸皮夾子。又小心地從皮夾裏拉出一張五元票，遞給洪桐葉，笑笑，說：

「請你到前邊藥房裏替我買點凡士林？」

洪桐葉一邊接錢，一邊問：

「作什麼用？是不是擦頭的？」

柳少樵點點頭。

「我看，」洪桐葉建議，「你的頭髮還是不擦油的好。你沒有那個習慣，擦了油又去亂抓一陣，弄得多不雅觀！」

「不，我不是擦那個頭！」

柳少樵神祕地一笑，洪桐葉便不言語，一眼從洪金鈴的臉上瞥過，見她正透着困惑，顯然不懂他們的說話。洪桐葉急忙言歸正題：

「少樵，你哪才沒有聽明白我的話。」

「我怎麼沒有聽明白？」柳少樵斜他一眼，「你不是說金鈴想媽媽嗎？」

「是的。」

「我不懂為什麼要想媽媽，我是從小沒有媽媽的。」柳少樵把半截油雞腿拿來啃着，卻一勁挺直了腰，頭仰在椅背上。

「母女之情，兩個人相依為命，多年慣了。」洪桐葉為爭取妹妹回心轉意，不得不幫她說話。

「那怎麼辦？」

「我想，」洪桐葉提議，「最好把母親接到漢口來，金鈴就沒有問題了。」

「那好，」柳少樵不假思索的說，「接她來就是了。我的後樓空着，她可以住。」

洪金鈴沒有想到哥哥會有這樣一個提議，一時喜出望外。忙說：

「接來是好，不過——」
「不過什麼？」柳少樵惟恐節外生枝，大瞪着眼問。
「我要單獨另外租間房子，」洪金鈴盤算着說，「我和她住在一起。」
「那又何必，我現成有房子。」
洪桐葉怕他們談不攏，忙打圓場，說：
「祇要來了，那還不好說嗎？」
於是這樣商定：匯錢給彭汶學，託他把洪大媽從上海送上船，用電報通知船名日期，這邊上碼頭去迎接。房子由洪金鈴去找。關於房子這一節，柳少樵大覺拂意。
一時飯畢，喝過茶，柳少樵拿牙籤剔着牙，對洪桐葉說：
「現在沒有事了，你可以去替我買凡士林了吧？」
「何必急急，難道等着用！」
「當然是等着用。不再拖了，今天我一定把這件事情辦了。」柳少瞧望望洪金鈴，決心的說。
「不，今天一定不行，我知道實情，等我對你說，你不能急，急不得！」
洪桐葉說着，不禁又望望洪金鈴。洪金鈴雖然不懂他們所說的話，卻好像覺得話是由她而起，想起來總不會有好事，就對洪桐葉說：
「既是柳先生等着用，你就馬上去買一買也不要緊。」
「不行，你不知道！」洪桐葉對妹妹有點氣了。
洪金鈴也一撇嘴，說：
「柳先生，你錢給我，我替你買去。這又沒有多幾步路，幾分鐘就回來了。」
柳少樵忽然覺得這倒也好玩，就教她自己買去。便笑嘻嘻地摸一張鈔票給她，一邊說：

「要外科配藥用的那一種，半磅裝或是一磅裝的都可以，不要化粧品加過香料的。」
柳少樵惟恐說得不明白，買錯了不能用。
「金鈴！」洪桐葉喝她一聲。
「不要你管！你們等一下，我就回來。」
說着，姍姍而去。

八

這裏一等二等，不見洪金鈴回來。洪桐葉就覺着有點不對，多分是上了她的當了。柳少樵酒力發作，滿面紅透，倦極思睡，有點坐不住，就對洪桐葉說：

「你去看看她，莫不迷了路？」

兩個人走出兩江，柳少樵又道：

「找着她，帶她到我的地方去，我先回去。都是你！」

洪桐葉看他踉蹌而去，自己就順着馬路慢慢尋下去。走過兩家藥房，還不見洪金鈴。果然自己所料不錯！雖是着惱，也無辦法，乘頭喪氣地走向四分里去，不知道柳少樵要怎樣發作。但他多少也有一點欣幸，金鈴究竟聰明，逃脫得好。柳少樵那種硬來的辦法，金鈴不會接受的，真到那種場合，必然一場沒趣，以後更不好辦了。這事情一定要緩進，急不得！

柳少樵還吸着一支煙，坐在那裏等，一見洪桐葉一個人上來，就明白了。哼一聲，點點頭，然後慢慢說：

「你坐下。」

洪桐葉就在他對面坐了。

柳少樵眼瞪着他，一直不說話，等一支煙完了，才冷笑一聲，問道：

「你是不是背叛了自己的黨？」

「沒有的話！」洪桐葉知道問題一下子擴大而且扯遠了，就急辯說。

「那麼，你為什麼破壞黨的工作？」

「你是說金鈴！」洪桐葉有些不解。
「剛才在兩江，你一直在替她鋪路子，方便她逃脫。」
「不要急，少樵，你聽我解釋。」洪桐葉每次見柳少樵發怒，都從心裏有一種恐懼。
「你說！」
「我知道金鈴已經有點變得傾向錢家了，今天的事，你一定做不成。所以——」
「為什麼做不成？我們兩個人還把她弄不到樓上來？上來，我們先教訓她，讓她服貼，要怎樣都可以。」
「那就費手。少樵，你讓我說完。」洪桐葉這時恨不得把心掏出來給他看個明白，「我答應金鈴在外邊找房子和母親同住，並不是真心的。我們瞞着她，把母親接來，就住在你這樓上，她不能不常來看母親，你稍微下點工夫，我再幫你一下，事情沒有不成功的。不過是個臭丫頭，你何必急在一時！」
洪桐葉為了鬆弛這個緊張的局面，故意一笑，又加上一句說：
「這旁邊，多少揚幫，你先來一下也可以呀。」
柳少樵一聽，猛拍一下桌子，把一張醉紅的臉直湊近洪桐葉，噴着唾沫說：
「你說這話，是真的還是裝胡塗？難道我還少了可玩的女人？」
「輕聲點，少樵，人家聽見！」洪桐葉近乎哀求了。
「我是在向一個處女的貞操觀念挑戰，我要打破那種資產階級獨佔意識的處女貞操觀念。為黨，為無產階級，她應當獻出她的童貞！」
「我也是這個意思，不過我在方法上主張和緩一點。」洪桐葉屏住氣，不安的說。
「許多事情需要用暴力。」
「暴力常常是沒有基礎的，它祇能收效於一時。」

「那是暴力不彀，沒有取得壓倒的絕對優勢。」

洪桐葉沒有勇氣再表示自己的意見了，像往常一樣，錯總是在他這一面，認錯的人自然永遠是他。話越說多了越招麻煩。於是收科，他說：

「原來我又錯了，少樵，請你原諒！等母親來了，機會放在你跟前，照你的意思做就是了。」

「為什麼一定要等母親來？你就沒有辦法把她弄到這樓上來？」

「她現在有戒心了，很機警，還是冷幾天再說吧！」

「你這乏料！」

「好，我們辦正經的。現在我來寫信給母親和彭汶學，還要匯幾個錢去。」洪桐葉坐到桌子上，一邊在找紙筆。

「錢？我正鬧饑荒呢！你剛才不是說錢家女兒已經給匯去了嗎？怎麼還要匯？」

「好，我告訴彭汶學。」洪桐葉應着。

柳少樵趁洪桐葉寫信的時候，點上煙抽着。運用了他的理論，忽發奇想，右手在大腿上猛拍一下說道：

「向古老的傳統、制度和觀念挑戰！」

洪桐葉覺得他很高興，就放下筆逢迎一句：

「一個人在喊口號？」

「不是口號。」柳少樵興奮的說，「你母親守寡，準備從一而終，這也是一種不正確的貞操觀念。為資產階級的獨佔意識自作犧牲，太不值得了！」

洪桐葉臉上一陣熱辣辣的，沒有話說。

「我成全了你妹妹，再成全你母親。我們有責任使她們都成為進步的人類！」

柳少樵看洪桐葉板着臉不說話，笑道：

「怎麼，你不高興？為了達成目的，為了成全她們，衝鋒陷陣誰都成呀，不一定是我柳少樵。有一個人最理想！」

洪桐葉瞥他一眼，顯然困惑。

「那就是你！」柳少樵手戳着洪桐葉的額角說，「你應當親自動手！」

洪桐葉憤然，驀地立起身來，不耐煩的說：

「你胡說㪍了！」

「少安勿躁！」柳少樵笑笑，「猛聽之下，也許不大入耳，你冷靜地慢慢多想兩回，就會參悟得出，那是非常非常合理的，它本身具有極高的鬥爭性，也具有極高的鬥爭價值！」

洪桐葉像一個洩了氣的皮泡泡兒，沮喪地坐下。柳少樵說道：

「寫信吧，你不寫我來寫也一樣。老弟，你還欠沉著，這樣一個新觀念都咽不下去，怎麼能接受更多的？為黨和無產階級，遲早我們要唱這齣戲，你是主將，我做配角。」

洪桐葉提起筆來，不知道寫什麼好，他呆了。

柳少樵望着他一笑，也不再說什麼。他極為欣賞他在理論推演上所獲得的行動的新藍圖，他悠然自得，望望牆上的照片，輕輕吟着：

「少樵，請看看你的花蝴蝶白茶花！」

洪桐葉擔任了錢本三的「交通」以後，每天都有那麼幾個地方跑一跑。他自己覺得他並不十分適合這一工作。第一，他的國語帶着濃厚的下江口音，而並無可作掩護的公開職業。就外表而言，他又有一種流露欲滴的天然秀氣，綢衫緞鞋，一塵不染。這樣一個人物，應當依偎於燈紅酒綠，衣香鬢影之間，作名門巨賈的公子小開，具有一種天坍了砸別人，獨不砸我的那種神氣。

現在，讓他無事忙，一時跑兵營，周旋於那些滿身塵灰的粗野的北軍之間；一時又在學校裏出現，和幾個老師窮酸一陣。總之，他常出入一些與他的身分外表不甚相當的地方，未免惹人注意。幸而北軍的稽查處或偵緝隊一類的機關，極少在事件表面化之前採取行動，而且永遠奉命行事，並無自動主動的工作精神。多年習慣下來，他們把工作職位稱為「差事」，做公家事叫做「混差事」。大家一樣，你混我混，混混下去，洪桐葉乃得履險如夷，居然福將。

錢本三實在是擔任軍方工作的，活動北軍倒戈，收集吳部機密，和廣東革命軍採取聯繫，這是他的責任。他看見孫先生豫定的步驟，現在是軍事時期，就覺得軍事重要，而自己是擔任軍事工作的，自然自己也重要了。他想，這個軍事時期如果打不開出路，以後的訓政憲政時期永遠不會出現。因此，一切都應依附軍事，而其中最不可少的是黨務。所謂黨務，是黨從事其革命行動的一種群眾運動，它是軍事的擴展，也是軍事的延長。錢本三如此想法。

於是為了配合軍事，他不得不也過問黨務。他有任勞任怨的精神，他想，為了革命，我豈敢計較個人的毀譽。他又想，負責地方黨務的人應當和我有聯繫。於是他就開始作這樣的佈署。

地方黨務的負責者，現在是武漢中學的校長朱廣濟。朱廣濟在辛亥革命時，曾親歷戎行；倒袁二次革命，他又是中堅。現在隱身教育界，暗中仍在為黨工作。

這一天，他收到由洪桐葉送來的一封錢本三的密函，約他到法蘭西大飯店一敘。他心裏就一陣不自在。就黨而言，朱廣濟是前輩，錢本三應當親自來拜見才對。講社會一般習慣，錢本三來到漢口，就算「拜碼頭」也少不了要來一趟。他計不出此，竟然馳書約見了。朱廣濟半晌不言語，讓洪桐葉一直站在那裏。他抽了半根煙，幾次把眼睛去看看洪桐葉，欲言又止。洪桐葉忍不住問：

「請問朱先生，有沒有回信？」

雖然不高興，但朱廣濟知道「風雨同舟」的道理，他想，原諒他這一回，侉子們有時是粗魯不懂禮貌的。耐住那口氣，酸溜溜的說：

「不必寫回信了。你告訴錢委員，朱廣濟照錢委員指定的時間來晉謁聽訓。好了，你回去吧！」

洪桐葉看了他剛才的神情，現在又聽他這個口氣，知道他不痛快，就兜個大圈子說：

「先生是革命前輩，久仰先生。」

「你久仰我？」

「是的。」

「我是一個無名小卒呀。」朱廣濟咧嘴一笑。

「先父洪百厲。我聽家母提過朱先生。」

朱廣濟一聽就站起來了，湊上前，手撫着洪桐葉的肩膀，驚喜的說：

「哦，你是百厲的兒子？」

於是拉他坐下，問他吸不吸煙，叫校役「快倒茶來」！

「百厲，我們老同學啊。他在日本士官的時候，我正在習醫，我們常見面，好朋友！」朱廣濟黯然說，「可惜他早死了。不然，現在用兵的時侯，他正好展其所長。」

又問：

「你跟錢本三來漢口的？」

「是的。」

朱廣濟納悶他怎麼會和侉子弄在一起，急切不好問得。洪桐葉看他一臉狐疑之色，就問：

「朱先生認得郭心如教授？」

「見過，但不很熟。他和我不一樣，他是以學者名望在黨裏有地位，我是真刀真鎗，憑革命功勳，硬幹的。你說他怎麼樣？」

「我跟錢本三，是郭教授介紹的。」

「怪道呢。你跟錢本三多久了？」

「從去年秋天才認識。」

「你看他人怎麼樣？」

洪桐葉就不答話。朱廣濟看看他，問：

「有什麼為難嗎？我們世交，關係不同，你有什麼話，對我說不妨。」

「也沒有什麼，」洪桐葉靦然一笑，「我祗覺得他好像官僚氣太重，不像個革命家。看到你老人家這種革命氣派，和他一比，我更覺得我的看法對了。」

「一點不錯，」朱廣濟拿手在膝頭上一拍，高興洪桐葉有這種目光，「就今天這個事情就看出來了。他憑什麼一封信教我去看他，他應當來看我才對！官僚氣，這是你說得客氣。」

朱廣濟一身粗布衣服，吸的是南洋煙草公司出品的最廉價的「金鼠牌」香煙，洪桐葉一進來就發現他是一個勤儉刻苦的古板人物。這時就又說：

「他住外國飯店，每天單是房租一項的開支，就是六十元。」

「我一個八口之家，一個月也不過用六十塊錢，過得還不算壞。錢本三這個人太荒唐了，花的還不是革命政府的錢？」

朱廣濟從心裏有點冒火，晚輩面前不得不矜持一點，表面上他說得很平和。

「看了他這種樣子，我們青年人的革命熱情都冷了。」

朱廣濟聽洪桐葉這樣說，心頭微微一震，忙着撫慰他說：

「千萬可不要那樣子！你又不是為他革命的，他也不能代表黨。忍耐一時，等革命軍打過來，這種小事，我就有辦法。我是地方人，我有資格說話。傍子回他們傍子的地方鬧去，這裏可不行！」

朱廣濟抬頭看看壁鐘，說道：

「今天你來得好。以後你的事，我可以替你作主。錢本三玩什麼把戲，你來告訴我，反不了他！」

洪桐葉忙應着，站起來。

「父親不在了，老伯要不把我當外人看待，我情願伺候你老人家，你教我幹什麼都成。」

朱廣濟滿意洪桐葉這個表白，連說：

「好好，我看見百厲有後，我也高興了。」

想想，又鄭重其事的低聲說：

「有件事最要小心，那就是共產黨。共產黨反對北伐，加強武漢活動。我這教育界，他們早就在鑽。碼頭工人那邊，我原有個人和他們弄得很好。最近共產黨派了一個湖南人柳少樵來漢口擔任工總書記，不幾天就教碼頭工人把我那個人打了。你看，野心不小！陰謀詭計，以後不知道還有什麼花樣。所以我要你在意，小心他們！」

「柳少樵，我認識。」洪桐葉接口說。

「你怎麼會認得這種人？」朱廣濟忙問。

「他和錢本三有聯繫。」

朱廣濟聽了，心頭一震，沉吟不語，他感到事態嚴重了。教洪桐葉坐下，自己出去一會，回來，輕輕說：

「我想，你應當知道怎樣繼承你父親的事業，你是真正的民黨世家。老實告訴你，我每天早上把中山先生的照片掛起來，立在他面前，把他的遺囑默念三遍。佛教徒怎樣敬奉如來，耶教徒怎樣敬奉上帝，我也怎樣敬奉中山先生，我是中山先生的忠實信徒。我頭可斷，這個信仰不變。」

朱廣濟說着，聲音抖顫。心裏一慘，流下兩行清淚，用袖子擦了。鎮定一下，繼續說：

「中山先生可能深受俄國十月革命的刺激，定下聯俄容共政策。他老人家精深博大，可以說是亙古一人。對於共產黨的一套理論和作法，一定有他的理由。不過那些共產黨徒，是不知道仁義道德的。他們今天的作為，完全是以怨報德，對不起中山先生提拔他們的一番美意。」

頓一下，朱廣濟憤然說：

「說老實話，我不能忍受共產黨的破壞行動。」

朱廣濟站起來，抄着雙手在屋裏踱來踱去，他陷入了深思。他顯然遭遇了困難，不知道怎樣應付才好。躊躕一會，頹然坐下，從腰裏摸出一疊鈔票來塞給洪桐葉，說：

「這個你拿去用，是我給你的。」

洪桐葉一楞，剛要推辭，朱廣濟緊接着說：

「你要我不要見外你，你就不必推辭。這個錢，為公也為私，你不必客氣。我衹要你為我作一件事，從今以後，你把錢本三和柳少樵的情形隨時報告我，就彀了。我想你不會有困難。」

「那我一定辦到，決不隱瞞。祇是這個錢——」

「你拒絕這個，就是拒絕我！」

於是洪桐葉就改口說：

「既是老伯這樣說，我就長者賜，不敢辭了。」

「那才合我的意思，以後你如有用項，祇管來給我拿。」

朱廣濟說着，高興地笑了。這時，他有充分理由情願移尊就教，去法蘭西大飯店看錢本三了。他想，好個大膽妄為的傍子，你竟敢暗中勾結共產黨，莫不想要出賣國民黨？天幸消息到了我的耳朵裏，你就莫想亂來了。

「法國飯店裏邊是什麼情形？」他問洪桐葉，「我雖是老漢口，這個地方可從來沒有進去過，我是個老土。」

「不過是一家旅館。」

「是不是裏邊全說法國話？錢本三會說法國話嗎？」

「茶房都是中國人，錢先生也不會說法國話。」

「到底為什麼他房間那樣貴？」

「大約西洋人有一種『貴即高貴』的觀念。不過這家旅館對中國人加倍收費，原是拒絕中國人的意思。」

「你看，人家拒絕，我們偏有人自願上當！」

朱廣濟終於在法蘭西大飯店會見了錢本三。錢本三對於朱廣濟真做到了必恭必敬的地步，一見面就抱歉不已。

「我應當來拜望朱先生的。祇為我做軍事活動，最招他們恨。我被槍斃了不要緊，耽誤了事情要緊。」錢本三儘量放低了聲音說，「吳佩孚這邊的軍隊調配和作戰計畫等等，我都隨時報告廣州了。」

「你的貢獻不小。」

「不過此一時耳。」錢本三用手指頭在茶桌上打着板眼說，「我想廣州因為我的報告，對敵情已經瞭如指掌，破吳不成問題了。」

「破吳之後，問題可就大了。」

錢本三一時想不透朱廣濟這句話的用意，頓一下，問：

「朱先生指的是？」

「共產黨。」

錢本三一聽笑了。他說：

「在中國鬧共產，我有個比方，那就像把種子撒在石頭上一樣。」

「孫行者已經在五臟廟裏牽着心肝打秋千，你還說不要緊！」朱廣濟誠懇而又鄭重的說，「我有句交淺言深的話，說出來，你莫見怪。你既然在軍事方面有貢獻，就專心做軍事吧，最好不要和共產黨打交道，那不是好纏的！」

「我沒有和他們打交道呀！」

「柳少樵是怎麼回事了？」

「不過見面閒談過兩回。你怎麼知道的？」

「在漢口，我是個地理鬼，」朱廣濟笑笑，加重語氣說，「也是個坐地虎，什麼事情也瞞不了我！」

「所以我要和你聯繫呀。」錢本三順水推舟，把話拉近了自己的目的，「目前，黨務應當配合軍事。廣東一露攻勢，漢口就要行動，我們使他疑神疑鬼，心神不寧，軍心一亂，他就非敗不可了。」

「我的計畫，當然直接報告廣州。」

「為了齊一行動，你的群眾，最好依附我的軍事。如果各自為政，力量就分散了。」

「不錯，我們觀點相同，原則一致。但你的軍事，最好依附我的群眾，因為黨權高於一切。」

這樣的會見，談話結果自然是不愉快的。朱廣濟臨去時，含着警告意味，對錢本三說：

「什麼都還是可以商量的，祇有一件事我不放心，你不能和共產黨合作！」

「合作二字，你用錯了，共產黨有什麼資格同我們合作？我祇是利用他一時而已。」錢本三用他一貫的口吻，不屑的說。

「你這個觀點不變，遲早要喫虧的！我盼望你再作深長的思考。」朱廣濟一片熱誠，懷着憂懼說。

「好，我一定照你的話做。」

這句話，顯然是敷衍的，朱廣濟自然聽得出來，他搖着頭，一路去了。錢本三卻想到本四，他自言自語的說：

「這兩個，倒是一對兒！」

朱廣濟走出法蘭西大飯店，意外地遇到他的老同學板蒼實。

日本醫科畢業以後，朱廣濟為了參加革命，並沒有掛牌行醫。他原籍湖北廣濟，本來另有個學名，為了進醫科，特地改名廣濟，並非人以地名，而是表明要以醫術救世的意思。但畢業以後，眼見清政失綱，激於民族大義，深感醫國遠較醫人為重要，就毅然獻身革命，把醫道放下了。辛亥之役，他指揮過倉卒成立的一部分民軍。袁世凱鬧做皇帝，他到四川跑過陳宧，因為他與陳宧多少有點私交。當他準備入川說陳宧的時候，多少人勸他，說：

「陳宧不同別人，他是袁的死黨。小心他宰你！」

朱廣濟也覺得此一行這顆腦袋未必靠得住，但他還是毅然決然而去。當年荊軻風蕭蕭兮易水寒，朱廣濟也頗有那麼點味道，祇是目的不同而已。

見了陳宧，朱廣濟說了許多大義凜然的話，勸他作四萬萬同胞的公僕，而不要作一姓家奴。陳宧聽了，問左右：

「今天陰曆幾日？」

「十四。」左右恭敬回答。

「外邊陰天晴天？」

「晴天。」

「既是十四，又是晴天，月亮該好。」陳宧愉快而嚴肅的說，「送朱先生到西花廳去住，晚上預備酒菜給他賞月。我們老朋友見面，敘舊情則可，談國事不必。」

朱廣濟西花廳一住兩月，奉命飲酒賞月，而苦於他對飲酒賞月兩事都無興趣。他倒有興趣離開西花廳，但是衛兵不許他，他也有興趣再見陳宧更進一番說辭，衛兵也不許他。他氣極了，罵那兩個衛兵：

「你比我還厲害！」

「不是我們比你厲害，」衛兵又不服他，「是陳將軍比你厲害！」

「叫陳將軍來！」

「他自己不來，沒有人能叫他來！」

等陳宧發出了反袁通電，朱廣濟這才恢復了自由之身。陳宧置酒為他餞行，舉着杯子說：

「朱先生，我到底照你的話做了。」

於是互祝民國萬歲，陳宧送他五百元程儀，請他回漢口。

袁是倒了，朱廣濟本人卻變成一個無路可走的人。有一家日本人辦的「同仁會醫院」，設在漢口的日租界裏面，新任院長板蒼實，原是朱廣濟的同班同學。板蒼實和中山先生的老友宮崎有一點姻親關係，他跟宮崎學過作中國的舊詩，也算宮崎的學生。宮崎是日本人，當然他愛日本，但他不以為日本的前途須建立於對中國的征服，像它對高麗一樣。日支兩國適當的友好和合作，會給予日本更安全而永久的光明。同樣是愛日本，他們和主張武力掠奪的軍部有這點不同。

如何加強兩國的友好和合作呢？中國的軍閥政權是不足以語此的，就算合股做生意，也要找一個誠實可靠的夥友，軍閥政權則永遠誤打誤撞，談不上百年大計。於是他們着眼於中山先生的黨和他所領導的中國革命，寄同情和希望於這個新興的力量。

宮崎的見解，代表一部分日本開明的人士，和皇軍的征服思想當然格格不入。幸而日本雖在軍部的統制之下，也還有限度地有一點思想自由和為表達思想所必須的言論自由。河上肇在帝大開經濟學講座，公然講授馬克斯的資本論，並着書立說加以闡揚，也由他，沒有人狗拿老鼠，多管閒事干涉他。日本人倒懂得秀才造反的道理，不把它當作一件什麼大了不起的事。

因此，宮崎所代表的見解，也能存在，並且偶然也滋生潛長，不絕如縷。板蒼實自幼受宮崎的影響，他又從解剖實習上獲得充分有力的證據，證明支那人和大和民族的生理組織並無異樣，可見支那人亦人也。因此，他對中國人亦給以適當的敬意，並不把他們一筆抹煞。他願意到漢口來擔任同仁會醫院的院長，也基於他的這一看法。他不知道他有沒有機會可以幫助中國人走向較光明的途程，他到中國來的目的，就在想碰碰這樣的機會。他不為淘金而來，這和別的許多日本人是相反的。

當朱廣濟政治上失意的時候，他約他在同仁會醫院當醫生，每月給他一百二十元老頭票固定薪金。朱廣濟接受了，但祇幹了半個月不到，他就辭去。因為他的醫學已被跑革命跑得荒疎完了，臨床經驗更是一點沒有，人命關天，他再勇猛些也沒有辦法，這就非走不可了。板蒼實也不便強留他，算給他半個月的薪金，他再三不肯要，板蒼實又一定他要。僵了半天，朱廣濟笑笑說：

「好，那麼我收了。等我用這個錢買點東西送我的乾女兒吧。」

原來他的乾女兒就是板蒼實夫婦跟前惟一的千金板蒼梅黛。板蒼梅黛出身看護婦學校，現在跟父親在同仁會醫院做看護長。板蒼實的意思，希望女兒有機會嫁給一個適當的中國人，他相信兩國通婚也是消除民族隔膜的一個方法。雖然緩不濟急，但人類的終極，總不免要走這條路，膚色的混合和國界的泯除，必有實現的一日。這是一種遠大的世界思想。

聽了朱廣濟說要買東西送女兒，板蒼實說道：

「那是你的事了，不過我覺得沒有必要，你何必客氣！」

朱廣濟終於為乾女兒買了一條鑲翠的白金項鍊，才算完了他的心事。勤儉而不苟取，是朱廣濟特有個性，雖在極端困窘的時侯，亦決不通融改變，喪其所守。

以後他就轉入了教育界。

他暗中為黨工作，把做校長的收入，省喫儉用，都貼了進去，沒有人勉強他，他自願如此。自從廣州透露了北伐的消息，他的工作加緊了。板蒼實常把從日本領事館得來的吳軍和北政府的各種消息有系統地告訴他，他就轉報廣州。板蒼實也自願為革命軍幫忙，他希望中國有一個賢明廉能的政府，像一個中國人所希望的一樣。

這一天，朱廣濟從法蘭西大飯店出來，正巧遇見板蒼實乘着一輪高輪子的東洋車迎面而來。他一見朱廣濟，就停車下來，說有點資料要送朱廣濟，請朱廣濟到他的寓所來。他問朱廣濟：

「你到法蘭西大飯店幹什麼？」

「看個朋友。」

「外國人？」

「不，中國人。」

「聽說房金很貴。」

「是的。」

「一定是要緊的有關係的人物了。」

「廣州來的。」

板蒼實點點頭，問：

「你要不要也找個安全的地方？」

「我暫時不必。」朱廣濟勉強一笑，他覺得錢本三是可恥的。

「有必要的時候，你可以住到我家裏去，」板蒼實誠意的說，「我知道你住不起這種旅館。」

「我先謝謝。」

五月節間，討賊總部為舉辦一個祝壽堂會，上上下下忙了幾天，幾乎所有的京劇名伶都被邀約到了。北京曹大總統，關外張雨帥，杭州孫馨帥和各省督軍的代表、政要名流，都麕集漢口，為吳大帥祝壽。全國各地也揚起了一片歌頌之聲，好不熱鬧。

四分里的妓女全部被徵，被分配給各方祝壽人物，陪他們喫喝玩樂。整個漢口的旅館酒菜業，都做了一筆像樣的生意。

洪桐葉和妹妹也跟錢本四看過兩晚上堂會，兄妹兩個對於京劇是一竅不通的，但他們親眼目睹了驕奢淫佚的權貴生活和他們的虛偽排場。腳底下踏着用紙包着的一團火，他們在狂歡。

洪桐葉覺得無聊透頂，一個人抽身走了。

端陽節後的一天，為了到火車站去和一個貨物司事有所接洽，他看到了南調的吳軍，高大整齊，也算是精銳部隊了。他沒有見過廣州的革命軍，無法從表面上把他們加以比較。但他是盼望革命軍能彀順利地打過來的。他心裏一直有一種非議，他不贊成柳少樵所說的那種給予北伐軍以全力阻撓的作法。他以為如果能進一步，就還是進一步的好，何必定要這一步是我自己走的。國民黨揭櫫「打倒軍閥」、「打倒帝國主義」的革命路線，是符合國家民族的利益和要求的。不要打擊他，給他機會讓他做，他可能做得好。這是中國由弱至強的一個千載難逢的轉捩點，似乎任何人都有給他一臂之助的義務。

共產黨破壞這一新生機運，是黨的利益，而不是國家民族的利益。洪桐葉對於這一點比誰都明白，但由於他的變態和墮落，他愈陷愈深而不能自拔。幾乎像抽雅片煙的一些人一樣，他們明明知道雅片煙不是好東西，卻還是要抽它，而且非抽不可。柳少樵那一隻佛爺爺的手掌，實在還在其次。

感情使他背棄了理智，洪桐葉跟着共產黨跑。

從火車站出來，車也不坐，一路想，一路走。天氣已經熱了，太陽底下，背上有點像火灼。他想，明天出來，不換季是不行了，衣箱裏還有紡綢的袴褂和長衫。

「看那些又高又大，年富力強的北佬兒！」洪桐葉又在想，「莫不吳佩孚還有得活？」

一直走向江邊，在江漢關鐘樓的陰影下立了一回，迎風吹了個涼快。江上，星羅棋布，泊着許多外國兵艦和客貨商輪，各種不同的旗幟高懸在船桅上，迎風招展。

掉頭間，瞥到馬路那邊的人行道上有個女人的背影，撐着一把長柄的洋傘，正扭着屁股，一路扭過去。洪桐葉對於這個身形，這個走相，極其熟悉。他定睛細看一下，覺得不錯，「一定是她了——」便越過馬路，從後面追了上去。對着這一堆略嫌臃腫的肉，洪桐葉有點厭惡，更有點惱恨。「我受彀你的氣了，不想你也來到漢口！這要是吳佩孚喫了敗仗，革命軍過來，哼，就輪到我同你算帳了！」

那堆肉，踏着一雙細跟的高跟鞋，仰着頭，用力地走，她再也想不到後面有人追蹤她。一直走進法租界，轉彎到一條橫馬路。洪桐葉怕把人追不見了，半跑着跟上去。那女人正站在一個玻璃門前，打開手提皮包，拿出鑰匙來，把門開了，進去。洪桐葉遠遠立住，看得見那玻璃門上面橫懸着一條白底黑字的招牌，那是一間法國人的商店。

「不錯，是她！」

洪桐葉鎮定一下自己。掏出胸前的懷錶來看看，正是午後兩點，許多外國商店，下午都在這個時候開門。他燃上一支香煙，重重吸兩口，嘴角上露出一個含有惡意的微笑，便跟進那間商店去。

沿街種着濃密的法國梧桐，窗上又嵌着彩色的毛玻璃，這使得屋子裏邊的光線非常陰暗。那女人正背着櫃台俯身在整理什麼。洪桐葉穿着輭輕底緞鞋，腳步又輕，她竟不知道有人進來。

洪桐葉四面看看，這原是作兒童服裝和男女內衣生意的。心想，他們什麼時候改行了？看那女人一直在窸窸窣窣的弄個不停，忍不住用法語叫道：

「烈佛溫太太，你在這裏？」

那女人立轉身過來，略感喫驚地問道：

「你說誰？」

洪桐葉這才知道自己弄錯了。原來這個女人的背身雖然極像烈佛溫太太，面孔則大不一樣。烈佛溫太太有一個既圓且光的面孔，和一對永遠睜不大開的黃眼睛。這一個，卻是一雙又深又大的黑眼睛，身軀雖肥，而面孔瘦削，尖尖的下巴。更有一個特徵是，她的嘴脣上面顯然生着一小片鬍子，這個鬍子雖然不像男人們那麼粗濃，卻實在是鬍子，黑黑的差不多彀一分長。洪桐葉忙說：

「真對不起，我認錯了人！」

「你在什麼地方認識烈佛溫太太？」

「在上海。」

「怎樣認識的？」

「我在他們的洋行裏作過事。」

「你法國話講得不錯呀。」

於是讓坐。女人接着說：

「我這個店裏也一直想找一個會講法國話的人幫幫忙，祇是再也找不到。我的丈夫常常到北京去，在家的時候少，我一個人真照顧不過來。」

她從暖壺裏倒一杯咖啡自己飲着，又從帳桌抽屜裏拿一根香煙出來自己吸着，她並不讓洪桐葉。她不管人要聽不要聽，開始訴說她的丈夫是怎樣的能幹：他是北京政府的財政顧問，曹錕的內政顧問，吳佩孚的軍事顧問，又是張作霖的外交顧問。他們因為有了這樣一個好顧問，各方面顯然進步，都有辦法了。她一邊說，一邊不時地問洪桐葉，聽不聽得懂她的話。

她一口氣說了轂十分鐘。說話當中，她先摔掉了高跟鞋，又撕下了長統絲襪，赤着一雙腳丫兒滿屋裏打圈圈。洪桐葉是她說話的對象，但她的眼睛裏卻好像一點沒有這個對象，她旁若無人，竟像在自言自語。丈夫不在家，她跟前沒有一個說話的人，這幾天正悶得發慌，肚子都快憋破了。

洪桐葉靜靜地聽，也頗為聽得進去。他極為欣賞她扔掉鞋子和撕掉襪子的那個潑辣的姿勢，目不轉瞬地凝視着那一雙又肥又白的腳，那個高高弓起的腳底凹，配着一個圓潤光嫩的腳後跟，洪桐葉一時不知道想到什麼了。那女人忽然注視一下洪桐葉，問道：

「你看什麼？」

洪桐葉忙把眼睛移開，赧然說：

「我沒有看什麼，我要走了。」

立起身來。那女人這才介紹她自己：

「我的丈夫叫魏蒙蒂，我叫安娜。你叫我魏太太，或是安娜，都可以。把你的姓名告訴我，盼望你每天抽個時間來坐坐，我就是愛說閒話兒。」

洪桐葉留下姓名。安娜還在叮囑：

「請你再來，我還有許多話沒有問你。難得你會說法語，你可以陪我說話兒。」

洪桐葉祇把手揚揚，便走了。

這是一個意外的奇遇。

這個奇遇所給予洪桐葉的是回憶和狂想。他原豫備一直到法國飯店去看錢本三的，有許多大大小小的事情非找他解決不可。尤其是柳少樵所焦急的那個經濟問題：「再籌不到款，不要說沒有辦法工作，連飯都沒有得喫了。」柳少樵這樣告訴他。但，縱然是這樣的要緊，洪桐葉還是把事情推後了。他把自己放回到一個朦朧的舊夢中，撫着自己的疤痕，信步行去，竟坐到維多利亞花園的六角亭裏了。這座花園，門臨大江，是英租界僅有的一個「高等華人」的宴遊之地。洪桐葉常在這裏消磨他的下午，有時候是為會朋友，有時候為休憩。洪桐葉愛他那幾株參天的古木，把整個院子罩得陰森森的，別有一種幽靜超俗的風味。洪桐葉在這裏度過整個下午，喝下四瓶日本製的太陽牌啤酒，吸了半聽英國貨的加利克香煙。

漢口的英租界，也像上海的公共租界一樣，有印度巡捕受命維持街頭的秩序，他們常常手揮警棒追打那些洋車夫，碼頭工人和衣履不整的「下等人」。例外的是他們對於那些進出於維多利亞花園的體面的中國紳商，還是給予相當的敬意，雖然那敬意較之對於英國主子又大大的不如。

洪桐葉常到維多利亞花園來，多少也為了取得那種敬意。

在回憶的夢境中，柳少樵的影子不時地閃進來，他已不名一文，而公私支出，刻不容緩。柳老二掌布店，兄弟兩個為了錢，吵過不知道多少回了。柳少樵想想，真已到了羅掘俱窮的地步，就對洪桐葉說：

「祇有一個辦法，不妨一試，不成不要緊。萬一成了，還可以為以後打開一條出路也不一定。」

「什麼辦法，我能効力嗎？」

「還非你不可呢！我想，你可以去問問錢本三，他能不能按月補助我多少，這不是借，因為我沒有辦法還他，我是要他補助。我已經和他面談過一回，談得很好，他同意與我合作。那麼，我們就開始合作吧。北伐軍已經箭在弦上，合作正是時候。」

「合作是對等的。」洪桐葉儼然以中間人的資格說，「他用錢補助你，你拿什麼補助他呢？」

「我補助他個屁！」柳少樵咧嘴一笑，「你這樣同他說吧，我擁護他，服從他，願意做他要我替他做的任何事。這總彀了吧？」

「你說任何事？」中間人覺得柳少樵這一邊付出得太重，未免有失公平。

「是的，包括他教我反對共產黨，教我投江自殺，等等一切，我都幹，祇要他吩咐。」

「玩笑是玩笑，總要給他個範圍，以後更少誤會，更容易相處得好。」

「什麼叫玩笑？」柳少樵在洪桐葉的屁股上用力猛拍一下，「我算賣給他了就是，錢到手再說。」

當天下午，洪桐葉在維多利亞花園悶坐到天黑，初夏的晚涼，使他漸漸清醒，白天太熱的袷衣這會正好合用了。他離開維多利亞花園，江邊小立之後，踱向法蘭西大飯店來。

錢本三正坐在涼台上吸煙，見洪桐葉來了，教他對面坐下。洪桐葉請示：

「要不要開電燈？」

「不要。」

兩個人在涼台上的黑影裏坐着，室內和街頭的燈光遠遠射過來，倒也明亮可見。洪桐葉輕聲說：「火車站上那個東西，我拿來了。」

「一共幾個人？」

「還不到二十個人，倒都是低級員司和工人。」洪桐葉把一個摺疊的薄薄的小簿子遞過去。

「去塞到我的皮包裏，等一回我看。」

錢本三沒有接，卻這樣吩咐下來，洪桐葉就進房間去了。回來坐下，又說：

「那邊的意思，說最好不要讓朱廣濟知道，因為原是他組織起來的，怕他不願意他們同別人發生聯繫。」

「那是當然。」錢本三點頭，「他們照常對待朱先生，從前怎麼樣，現在還怎麼樣，不要教人看出來。」

「不知道靠不靠得住？」

這正是錢本三心上的一個疙瘩。他明明知道這些所說群眾，其可靠性是極小的，但總要先黏上點邊兒，藉着一線之因，才可以由淺而深，建立進一步的領導關係。聽洪桐葉這樣一問，他卻說：

「疑人不用，用人不疑，同志之間，更應當如此。」

「是的。」洪桐葉應着，又說，「可惜人數太少。」

「要是個個能幹，可靠，倒不怕人少。如果單從人數上去打算盤，革命幾乎是不可能的。辛亥武昌，革命黨才有幾個人？就拿現在說，北洋軍比革命軍多了豈止十倍，難道革命軍就永遠不能出頭了？當然不。」

「柳少樵，據他自己表示，人，他倒吸收得不少。」洪桐葉慢慢把話套上來。

「也不一定可靠，他可能有點吹噓。」

「實力也有的。朱先生那邊在碼頭上工作的人，都被人打了，聽說那就是柳少樵指使的。」

「果真那樣，柳少樵做得不對了。他應當幫忙朱先生，不應當破壞他。」

「柳少樵是有企圖的。」

「企圖什麼？」

「他常鬧窮，經費沒有來源。」洪桐葉說着一笑，「他打人，是為打財源，想打出一條生財之道來。」

錢本三笑着搖搖頭，緩緩說：

「這真是年輕人的幼稚想法！好說好求，才能得財。打財源是流氓盜匪作法，那怎麼行！」

「他大約好說好求沒有用，才採取暴力行動的。」

錢本三重燃上他的大雪茄，吸着。墨晶眼鏡在晚間的黑影裏戴着，實在遮得什麼也看不見了，這才想起摘了下來，卻順手遞給洪桐葉，洪桐葉伺候他慣了，就給他送到房間裏去。錢本三半晌不言語，在想，「縱然不能有求必應，也要敷衍他們一點，免得惹出暴力，這才是息事寧人的辦法。朱廣濟也太固執了！」

這個想法，其實是錯誤的。洪桐葉的話，祇是原則性的，並不指柳少樵曾經打過朱廣濟的財源。

「柳少樵最欽佩錢先生，他常說你有遠大的眼光，他情願擁護你，服從你。」洪桐葉這樣說。

錢本三默然不語，祇顧抽他的雪茄，煙一口口隨風散開，一個紅火點在陰暗中閃動。因為光線不彀，洪桐葉看不出他有什麼表情。他知道話不會從此結束，就耐着心等候他的表示。果然，錢本三又說話了，問：

「他是什麼目的？」

「他想開闢財源。」

「他豫備拿什麼交換？」

「不知道錢先生要什麼？」

錢本三又是好大一會沉默，然後才說：

「把漢口共產黨的名單和工總的會員名單拿一分來，你看他肯不肯？」

洪桐葉覺得錢本三要得太多，這幾乎是不可能的事。但他還是說：

「那很難說，不過我可以問他。」洪桐葉說着站起來，「我現在就去。」

洪桐葉去後，錢本三到房裏去研究火車站上交來的那個名冊。工作地點是分散的，沿線附近各站都有，力量不能集中，是一個大缺點。錢本三考慮着探探虛實，有意教女兒帶洪金鈴跑一趟。兩個年輕女人，春末休假，火車旅行一番，不會有人注意。他想了很久，覺得無論北伐軍事順利與否，鐵路上撒下種子，總是有益的。朱廣濟未必會運用，我應當當仁不讓，便宜行事。

第二天，洪桐葉來告，柳少樵願意交出那兩個名單，但聲明那不是全部，因為他根本不知道全部，也根本沒有所謂全部。中共黨員，甚至連外圍份子，進進出出，由於幾個負責人的主觀決定。多少人已經在為共產黨工作，而且工作了很久很久，被認為是可靠的黨員了，而他自己還不知道。

所以根本沒有名單。

真有名單拿出來，其可靠程度是值得懷疑的。

但錢本三在一種商業性的交換之下，終於拿到了兩個這樣的名單，一個市委的，一個工總的。

九

洪桐葉抽空到魏蒙蒂太太安娜的商店裏去過幾回，發覺這位太太有她的許多優點。洪金鈴在未見到錢守玉之前，總以為凡人都是惡的，那理由極簡單，就為她從未遇到過真正的所謂好人。洪桐葉在上海被烈佛溫夫婦和杜瑪斯這幾個人攪怕了，他就以為非我族類的白種人都有一種種族偏見，都不把有色的中國人當人看待。柳少樵糾正他說：

「那也不一定。像斯拉夫族的聯共黨人就是把中國人看得像手足一樣的。十月革命以後，他們放棄了所有在中國的特權。列寧臨終，還念念不忘他的中國弟兄。越飛在上海，不也和孫中山先生發出歷史上有名的聯合宣言嗎？」

洪桐葉點頭稱是，表面上表示接受，心裏卻大大不以為然。因為他覺得政治結合是基於利害關係的，那與種族偏見，與所謂人類的愛，是毫不相干的。從中國共產黨的所謂「同志愛」的那種種表現而言，譬如以拳擊代替擁吻，流血代替餽贈這許多情形而言，誰又能想像和聯共黨人究竟能不能建立人與人之間的友誼？

在烈佛溫洋行學徒的時候，他常奉命到提籃橋附近的一個碼頭上和一個英國的「碼頭鬼子」有所接洽。這個碼頭鬼子單獨住着一層樓，包括大大小小二十多個房間，人已四十開外，還沒有結婚。他常常兩手捧着自己的大肚子，對中國人的早婚和父母之命媒妁之言的婚姻制度表示羨慕。他總是說：

「二十歲不到，就現成有個老婆，一個不好還可以再討一個，多便宜的事！我們英國人要自己找老婆，那可真不容易。女孩子自己選丈夫，總不免搭架子，挑剔，沒有一個好東西！」

可能因為沒有老婆的緣故，碼頭鬼子常常縱酒，發酒瘋，拿着一根又長又粗的籐條，追着亂打人，嘴裏用中國話罵着「我×你娘的×！」上面一個動詞，下面一個名詞，念得結結實實，清清楚楚。

原來碼頭鬼子當歐戰期間，是一名工兵軍官，他管帶一部分華工，擔任清理道路的工作。碼頭鬼子剛剛奉派的時候，還不大願意，以為受了委屈。及至接任以後，他被這些青年華工的馴順勤勞和極低的生活慾望所感動，他滿意了。碼頭鬼子有個長輩親戚，曾經供職於東印度公司，發了一筆大財，過着貴族一般的生活，受到各方的尊敬。因此，碼頭鬼子決計步他的後塵，戰後到上海來了。他的華工部下當中，有個叫做「小魚」的北佬，原是火車站上撿煤渣的乞兒，卻生得眉清目秀，善伺人意。碼頭鬼子把他挑選出來做自己的隨從侍役，和他食同桌，睡同床，要好非常。他從小魚學了幾句北方土語，特別是幾口罵人的話，他就自以為精通華語，儼然中國通了。小魚也跟他聽會了幾句英語，再帶比手勢，兩個人湊合着也勉強能達意。

戰後，他投效怡和公司，奉派擔任管理提籃橋附近這個碼頭，就用小魚做他的管家兼廚師。小魚趁機會連騙帶揩，不幾年的工夫，手頭也有點積蓄了。他託便帶了幾個錢回家，他的老父就給他訂下一門親事，坤宅居然是名宦後裔，一個知書識禮的破落大戶的閨秀。小魚告假還鄉完婚，就帶了新夫人回上海。不想從此平白引起許多麻煩。

原來小魚夫人自幼鄉居，大門也不出，從來沒有見過外國人。她見了碼頭鬼子，真以為他是個鬼怪，從心裏發生恐懼。她又纏着一雙小腳，碼頭鬼子要給這一雙小腳照相，豫備寄回英國去分贈親友，讓他們也見見世面。女人家兩隻小腳，是神祕而又神聖的，可遠觀而不可褻玩，怎肯給外國人照相？無奈碼頭鬼子執定要照，小魚沒有法子，對夫人百般譬解，祇是不從。最後小魚惱了，把夫人打了個半死，才算制服了她。她滿面流淚，委委屈屈地把一雙腳伸到碼頭鬼子的餐台上，讓他前後左右照了好幾張。碼頭鬼子還不盡興，又要她脫下鞋子，褪下裹腳帶來，赤着足再照幾張。女人當然又是不肯，逼得緊了，她就放聲大哭起來。

碼頭鬼子口袋裏摸出一張金鎊票來，塞給小魚，說：

「叫她不要哭，好好再照幾張，我給她這個！」

小魚並不把這個金鎊看在眼裏，但從這個金鎊他看出碼頭鬼子的決心，這事要做不到，飯碗會受影響都不一定。他想想，知道好說沒有用，一橫心，就動手把女人又是一陣毒打。這辦法果然有效，女人賭氣，不但不哭了，反而爬上餐台，居中坐了，脫下鞋子和裹腳布，把赤着的一雙小腳伸了出去，自己兩手搗着眼睛。

碼頭鬼子照過腳相和女人的全身相，又把裹腳帶量尺寸，連鞋子也照了相。才吩咐小魚把她抱回房去。小魚知道她受委屈，自己也是難過，但他不知道怎樣安慰她，把她放到牀上，拉條被子給她蓋了。

女人這一睡，一直睡了三天還不起來。惹得小魚又要打她了，她才穿衣下床，這時他們還在蜜月之中。

由於這一事件，碼頭鬼子不但羨慕中國的舊式婚姻制度，更沒口地讚揚起中國的婦德來。他對小魚說：「我們英國人要是像你那樣對待新婚太太，不但太太不答應，社會輿論也不允許的。你們中國人真好福氣！」

碼頭鬼子聽說中國年輕的一代人反對舊式的婚姻制度，主張學西洋，自由戀愛，自由結婚，他百思不得其解。他希望中國人能保持他們的優良傳統和優良習俗，他一片善意，出於至誠。對於中國人的剪辮放足運動，他認為那也是模倣西洋，實在是沒有必要的。一個民族應當有他們自己的獨立風格。世界必須五花八門，人種有黑有白，有主有奴，那才有意思。單一的色彩或音調，會引起人的寂寞無聊之感，減少了人生的娛樂性，有背衛生之道！

繁複而不平的社會現象和人生遭際，顯示了上帝的智慧，人不可以違背它。碼頭鬼子常作如是想。

但新的問題仍在發生。

小魚成婚之前，原和碼頭鬼子「睡同床」的。現在小魚有了老婆，天經地義，睡同床應當是和太太，而不是碼頭鬼子。但碼頭鬼子卻不放棄這一權利，常在深更半夜間，大聲擂門，把小魚叫了去，不放回來。小魚老婆在做姑娘的時候，聽說父母為拿了人家多少錢，要把自己嫁給一個做過乞兒和華工的現任洋奴，原就十分不願意，暗怪爹娘糊塗。祇礙着那種父母之命不可違，和嫁雞隨雞，嫁狗隨狗的腦筋，啞子喫黃連，有苦說不出。自從來到上海，為小腳照相，身受丈夫荼毒，她已深感所適非人，覺得身似飄萍，無可依傍。現在，知道丈夫連睡覺的自主自由都沒有，更不知如何是好！她覺得可恥，但不知恥從何來！丈夫自招，還是鬼子賜與？實在想不通。她祇是覺得無限委屈而已，她倒從未想到怎樣得直或是怎樣衝開。而她更不知道像她這樣，正是碼頭鬼子所羨艷的中國的婦德。

然而還有更不幸的事。

一個上午，小魚伺候碼頭鬼子用過早餐，看他下樓上寫字間去了，自己便提了菜籃騎腳踏車上小菜場了。碼頭鬼子在辦公桌上坐了一回，抽過一根煙，手執籐條，碼頭上轉了一圈，許多工人正在忙着卸貨，一片哎唷之聲。碼頭鬼子不知怎地忽然一陣不耐煩，自言自語的罵一聲「我×你娘的×！」把一根籐條隨手扔下江去，一逕上樓而去。他一直走進廚房，廚房裏空無一人。他重重地把廚房門帶上，從中間的通道走過去。這條通道把一層二樓分做前後兩部，前樓面對黃浦江，可以遠眺浦東平原，全部歸碼頭鬼子住用；後樓為廚房，儲存室，和小魚的住處。

小魚的老婆正在房裏把髮髻挽好，要到隔壁浴間裏去洗臉，聽得廚房門響，忙出來照看，迎面遇着碼頭鬼子。碼頭鬼子向例由前樓前邊的樓梯上下，極少經過中間的通道。小魚老婆一眼望到他，心裏就是一陣跳，扭轉身，正要退回房去，碼頭鬼子緊走幾步，追上去把她攔腰抱住，就要親嘴，手還亂摸。小魚老婆猝不及防，又驚又急，一邊竭力掙脫，一邊大喊「救命！」等碼頭鬼子要用手去捂她的嘴的時候，樓下看寫字間大門的印捕已經聞聲而至，後面還跟着好幾個人。

碼頭鬼子大怒，抱緊了小魚老婆，退回幾步到樓梯口上，用個足力，一逕把她從樓梯上扔了下去。看門的印捕看小魚老婆落地之後，手足亂動，哼唉不已，知道她受傷不輕，趕着下去要救她，卻被碼頭鬼子照他屁股上狠狠踢了一腳，印捕立不穩，從樓梯上一路滾下去。跟在他後邊的幾個人，見碼頭鬼子發怒，忙又從前樓紛紛退下。

等小魚買菜回來，他的老婆已送醫院，碼頭鬼子兀自坐在餐台上生氣。他一見小魚，就破口大罵：「我×你娘的×！」罵得小魚沒頭沒尾，不知所措，忙退到廚房裏來。是動手豫備中飯的時候了。

樓下寫字間打雜的「小江北」，小魚常同他開玩笑的，從後樓梯上輕輕上來，悄悄地把廚房門推開來，倒把小魚嚇了一跳，罵一聲「小赤佬，娘×！」小江北把一個右手食指豎在嘴上，輕輕噓着，又點頭又招手，退了出去。小魚弄不明白他是鬧什麼玄虛，只好跟了出來。在過道暗處，小江北一五一十對他輕輕說了，他這才知道自己的老婆已經喫了大虧。他巴不得立刻趕到醫院裏去看個究竟，又怕耽誤了鬼子的午飯，惹他更生氣，只好耐下這條心來。卻拜託小江北打電話去醫院，問她的傷勢如何。

碼頭鬼子每天午飯必不可少的是一大塊牛排，單日煎，雙日煠，從來不許變樣。這一天，可能因為小魚心情欠佳，牛肉砸得不彀，火候又欠，碼頭鬼子一刀切開來，筋絡間一條寄生蟲，白白胖胖，活像一條蛆。他大聲叫小魚，小魚應聲進來，他連盤子劈臉扔了過去。幸虧小魚靈便，躲得快，沒有打着。碼頭鬼子恨聲不絕，又是一陣「我×你娘的×！」。

伺候他午睡了，小魚才趕到醫院去看老婆。腿是斷了一條，要上石膏，會好。幸虧沒有別的什麼傷，腦震盪還算輕，不妨礙。老婆哭着說：

「要是我不死，等好了，我要回家，我再也不敢回碼頭去了！」

「到底怎麼惹了他？」

「我怎麼惹他？是他先動手的！」

「有沒有着了道兒？」

「着什麼道兒？要是我依了他，也不至於叫他把我摔斷腿了！」女人恨恨的說，「看你這點事還想不明白！」

小魚半晌不言一語。最後嘆口氣說：

「你也不要太固執了。我跟鬼子多年，知道他一定不是個壞人。如今賺錢不容易，多少人找這樣的機會還找不到呢！」

「可惜你討錯了老婆，我不是那種人！」

話雖如此說，但女人病癒之後，照樣還回到碼頭的樓上去住，果真嫁雞隨雞，嫁狗隨狗了。

碼頭鬼子自經此變，晚上常到夜總會去喝酒，跳舞。不久，他認識了一個愛爾蘭的少女，雖然年齡相差懸殊，女孩子倒像是很愛他的樣子。有一個深夜，碼頭鬼子喝得大醉，女孩子送他回來，一直有說有笑，不知怎地一下子碼頭鬼子惱了，把個愛爾蘭少女從樓梯頂上一把推了下去，手上臉上都有皮傷。從此，他失去了那少女。

碼頭鬼子清醒的時候，也埋怨自己酒德不好。他常想戒酒，覺得如果戒不掉酒，勢必永遠討不到老婆。他時常發狠想戒，但總是失敗，戒不成。

過了一年，小魚的老婆生下第一個男孩，黃頭髮，白皮膚，藍眼睛，高鼻子，人人都說來路可疑。小江北常常當着小魚兩口子，一逕叫孩子：「小雜種，眾生！」惹得小魚追着要揍他。

烈佛溫的業務和碼頭鬼子有聯繫，他時常有貨從這裏卸進倉庫，或由這裏裝船運出。洪桐葉往來久了，就和小魚、小江北這班人弄得很熟，小魚還請他坐在廚房裏喫過他親手烹調的西菜，把碼頭鬼子的杜松子酒倒給他喝。洪桐葉覺得小魚的西菜手藝實在比白手老王差得太多，但仍然贊不絕口。小魚得意揚揚的說：

「我這是真正英國口味！」

洪桐葉熟悉碼頭鬼子和小魚夫婦間的許多糾葛，當時也曾發生感想。他以為像他和買辦張以至白手老王、小魚、小江北這班人所能接觸的外國人，大都是些到殖民地半開化地區來冒險淘金的人物，這些人物是屬於下流社會的，他們在本國大約也是一種危險人物。公平的說，我們不能因為看了這樣一個兩個人，就武斷地籠統地認為所有法國人、英國人，甚至所有白種人都是壞的。同樣，中國人也有在外國為非作歹的，外國人常常以他們少數人為例，硬說中國人都是下流沒有出息的，那也實在有失公道，每個正直的中國人都為此感到痛苦。人的行為表現常常是多面的，但多面當中有他的統一性。像碼頭鬼子，把小魚老婆扔下樓去，把印捕踢下樓去，單從這一面看，他不免有虐待有色人種之嫌。但以後他曾用同樣方法對付過一個愛爾蘭少女，種族偏見的解釋，就風馬牛了。於是洪桐葉如有所悟地得到這樣一個結論：少數外國冒險家在中國所表現的惡劣行為，應由他們個人負責，而無傷於他的國家和他的民族的尊嚴，更不妨礙他的國家、他的民族與我們的國家、我們的民族之間的友誼。

這本是極其淺顯的，一個小學畢業生都能言之成章的一個道理，但洪桐葉參悟到這裏，以為是自己的重大發現，他覺得他也頗能高瞻遠矚，具有偉大的胸襟了。他把他的這一發現，稱之為「個人行為的人種論」。

這是他的理智，他的理智是清楚的。

扭不過來的是他的感情，他的感情並不無條件地跟從他的理智。感情上，他仍然對於白種人存有一種敬而遠之的心理，是自傲，也是自卑。他常常有一種癡想，覺得白種人也有一樣可取，那就是他們的女人的肉。

他的這種感情，並不單是對於帝國主義國家的白種人，同時也對於社會主義的蘇聯人。在這一點上，他把他們一視同仁，他與柳少樵不同。

感情的改變，從魏蒙蒂太太安娜開始，他不期而遇到了一個活生生的例子。

一個星期天的上午，洪桐葉來看安娜，懷裏揣着一副修腳的刀具，當年師傅頒贈，烈佛溫太太出資加以包裝的。在整部中國修腳史上，這應當是最名貴的一頁，這副刀具有其無比的歷史價值。像馬克斯寫資本論所用過的筆，列寧穿過的臭襪子一樣，在無產階級的革命歷史上，都有其輝煌的地位。

洪桐葉一邊走，一邊想，這個時候，怕她進教堂了，未必遇得到。每家外國商店，都是在禮拜天不營業的。但出乎意料，安娜的商店竟然開着門，連窗板都是卸下的。洪桐葉走進去，安娜正伏在帳桌上看報，聚精會神，竟不曾覺得有人進來。洪桐葉輕輕說：

「早安，太太。」

安娜抬頭，見是洪桐葉，也說聲早安，讓他坐了。

「正巧要向你打聽一點消息，」安娜說，「這是巴黎的報紙，我剛收到，可是已經是一個月以前的舊聞了，這上邊登着一條香港的電報，說廣東的革命軍已在準備北伐。這不是又要有戰事了嗎？我怎麼不知道呀？領事館裏的人沒有向我提，我的丈夫從北京來信也沒有提，難道他們也都不知道？」

「不錯，聽說是有這麼一回事。他們沒有告訴你，也許因為他們以為不值得注意。中國常常有內戰，更常常有內戰的謠言，用不着大驚小怪！」

洪桐葉說着，注意看着她的腳，穿着一雙白色淺口的前後包紅皮的高跟鞋，手提包放在桌上。就問：

「你要出去？」

「是的。」

「禮拜堂？」

「不，我從來不進禮拜堂，我的丈夫也是。」

安娜拿兩支香煙，讓給洪桐葉一支，洪桐葉忙站起來接了，擦火柴燃上，兩個人吸着。

「你是教徒？」

「是的，我出生不幾天，就被抱進教堂去領洗，那是我第一次進教堂。第二次，我又去過一回，那是我結婚的時候。」安娜揚揚眉毛，自嘲地笑了一聲。

「你和我的老東家烈佛溫太太不同，她是每個星期日一定進教堂的，早晚做禱告，一部聖經不離手，也不離口！」

「你以為她那樣子好嗎？」

「在你面前，我不方便批評她。」洪桐葉說着一笑。

「你的意思是，怕批評了一個法國女人不好，另一個法國女人會不高興。是不是？」

安娜把一條腿架在另一條上，輕輕搖着，洪桐葉覺得這雙腳實在比烈佛溫太太那一雙更豐滿，更肉感，一雙手不自覺地去從衣服外面試摸一下揣在裏邊的修腳皮包。嘴裏嗯嗯兩聲，沒有說出什麼來。

安娜和洪桐葉多次見面，發覺洪桐葉老是有意無意地盯她一雙腳，心裏多少有點納悶。這時她忍不住也端詳一下自己的腳，翹起來，前前後後，看個明白，實在想不出緣故來。嘴卻在繼續說話：

「你要那樣想，就是不明瞭我的為人，我不那麼小氣！人不分國籍，不分宗教信仰。都有好有壞。我不進教堂，是由於我父親的一種教育。我父親也是不進教堂的，他常常說，一個真正信耶穌的人，要把耶穌博愛犧牲的精神，融會於自己的實際生活之中，把理論與實踐揉合在一起。父親最討厭那些言行分裂的人，像你所說的烈佛溫太太那樣。至於一班喫教的人，把耶穌視作麵包牛油，強人奉叫，用天堂作利誘，以地獄為威脅。那種人，父親更是看不起他們。」

「你父親倒是一個真有頭腦的人！」洪桐葉聽她說得新鮮，由衷地發出讚嘆。

「他也不過是一個開雜貨舖的小商人，剛剛小學畢業的程度，談不上有什麼頭腦。」安娜話說得很謙虛，但眉宇之間禁不住露出一絲絲的傲容來，「他祇是在這一方面，並不從俗，人云亦云；他有他自己的獨立見解，他支持他自己的看法。」

洪桐葉連聲表示敬佩。安娜笑笑，換上一支香煙抽着，這回她忘記讓洪桐葉了，她為父親而驕傲，眼前的這個洪桐葉，分量就小了。她繼續說：

「母親，她什麼事都是和父親反對的，只有父親的宗教見解，贏得她的同情。她高興起來，常對着我們說笑話，要不是你們父親還有這點見解可取，我和他真鬧離婚的程度了。父親聽母親這樣說，就報以高興的大笑，我們一家人，永遠過得很愉快。」

「你剛剛說你的母親常常反對你的父親？」

「那種反對，是逗樂的，湊趣的，是愛的另一種表現方法。」安娜說着高興，把高跟鞋摔了，又在撕下絲襪，「譬如父親給母親添一件新衣服，母親會說，你看你這個人多胡塗，已經鬧饑荒，又去亂花錢。我的衣服還少？等我穿了這件衣服，男人們對我獻起殷勤來，你又該喫醋撚酸了。」

「原來你的母親是一個懂得幽默的人。」

「她也不是幽默。她娘家有兩個哥哥，一個當牧師，結了婚，在教堂的空地上，養了幾隻奶羊，賣羊奶。另一個卻出家修道，做了神父。弟兄兩個互相攻擊，哥哥說弟弟的教是假的，弟弟說哥哥的教是騙人的。兩個人不見面便罷，祇要見了，總是不歡而散。母親提起他們來，就生氣，痛恨，可見她並不幽默。」

「對着這樣兩位哥哥，也許她幽默不出來了。」

洪桐葉說了，又問：

「你的魏蒙蒂先生，進不進教堂？」

「不，」安娜搖搖頭說，「但是他不進教堂，可不像父親那樣，是為了一種見解。他為人能幹，老實坦白，一為祇要發財。為了發財，可以不要良心，喝人血，喫人肉。他常說，『我的作法，和上帝是背道而馳的，所以我乾脆和他分手了，我已經預訂了地獄的門劵！』我想，像他這樣一個人，如果減去他的坦白，加上一點偽善，就和你所說的烈佛溫夫婦差不多少了。」

「你們的結合倒是很有趣的。」洪桐葉輕輕的說，口吻帶點惋借。

「他從小失學，在我父親的雜貨店裏學生意，我並不愛他。我嫁給他的時候，只有十五歲。一個十五歲的女孩子能懂得什麼？我到現在還想不通，當時是為什麼和他結婚的。可能因為我們朝夕相處，混得太熟，我就上了他的當了。你知道，他比我大十歲！」

安娜連連吸煙，卻又不喜歡那瀰漫的煙氣圍繞在她的臉前，不住地用手去揮散它們。她乾咳了兩聲，站起來，手提包裏取一條手絹揉揉眼睛，便赤足走向前門，人靠在門框上，她大約需要新鮮的空氣。洪桐葉就幫她去開後門，立時就有一陣清風吹來，洪桐葉也覺得精神一振。

他發現這裏有一個精緻的後院，地方相當寬大。一個角上有一座紅柱茅頂的六角亭，萬字欄杆，亭內放着獨腳的石圓桌和鼓形的石凳。另一角上是假山叢竹。一棵大樹，蔭覆在亭子上面，遮着半個院子。

洪桐葉探頭一望，就走出來了。靠窗這邊，還有個木籠式的雞塒，裏邊養着幾隻土雞。一個高頂的鳥籠吊在廊下，裏邊有隻百靈鳥，正在兩翼輕扇，喃喃自語。白牆上，畫着彩鳳金龍，拱衛在後門的兩邊。一條細長竹竿，架在走廊的綠柱和六角亭的紅柱中間，上邊晾着一排長統絲襪和女人的褻服。

洪桐葉覺得未免鄙俗，嘴裏卻說：

「你有這樣一個雅緻的院子，算是妙極了。」

「這是我丈夫佈置起來的。」安娜說着，跟了出來，「我們都喜歡這種東方情調。我和我的丈夫東來以後，先在安南混了幾年，景況不大好。有位雲南的將軍為了對法交涉，聘請他做顧問，他就藉機會到中國來了。真想不到，一到中國，各省的將軍們都爭着接近他，他竟成為一個外國的要人了。因此，你可以猜想得到，他對中國也就有了感情，他愛中國了。他常旅行各省。為了交通上的便利，我們就移居到漢口來。我的丈夫無意再回法國，他要在中國永遠居留，所以就佈置了這個後院子。」

安娜說着，讓洪桐葉到亭子裏坐。洪桐葉笑笑說：

「不坐了，這種石鼓坐着冰涼，特別對於女人家不合適。你剛才不是說要出去嗎？」

「我原要到裁縫店裏去看看。不過那不要緊，遲一點，或是明天後天，都可以。」

「你要作衣服？」

「不是，我是去催貨。我賣的這些衣服，都是向一家中國裁縫店大批定製的。他常常沒有時間信用，每次都不能如期交貨，要我去催他。」

「沒有時間信用，是中國人的習慣。」

「我可沒有那樣說，」安娜抱歉地笑一聲，「我祇是說替我做衣服的這一家。」

她把「這一家」三個字說得特別重些。

「你用不着解釋，我不維護中國人的缺點，我祇知道缺點需要改正。」

洪桐葉說得坦白而又自然，讓女人覺得沒有任何芥蒂，穩穩度過這個小小的尷尬局面。

又說：

「要不要我陪你去一趟？我知道了地點，以後也可以幫你跑腿。」

「那好極了。」

女人高興起來，一逕在石鼓上坐下。洪桐葉看見，忙去屋裏拿一個繡絨的靠枕出來，給她墊了。並且說：

「石鼓太涼，一定不能坐，你會不舒服。」

「我不那麼嬌嫩。」

女人接受了洪桐葉的殷勤好意，卻又進一步要求：

「能不能請你把香煙和咖啡拿出來？還有，我的鞋子。這個水泥地上，腳倒是真冰得受不了。」

洪桐葉忙再回房去，把茶和煙做一大托盤端了出來，一手提着她的高跟鞋。安娜看見，說道：

「我赤着腳不穿高跟鞋，怕弄髒了裏面。出汗，碰到沙土，下回就不能穿了。」

「好，我去給你換拖鞋。」洪桐葉把托盤放在石桌上，順便又問，「大門要不要掩上？」

「不要，」安娜一邊伸手去倒茶，一邊說，「後門開着，我們在這裏也招呼得到，星期天常有生意上門。」

洪桐葉拿一雙白麂皮面的厚軟膠底的拖鞋出來，放在她腳跟前，注意看看，覺得她的腳趾甲實在應當修剪了，而且甲面暗淡，必須擦油才會發亮。他手按按懷裏的修腳刀，嘴裏卻說：

「應當星期天沒有生意才對呀，你剛才不是要出去嗎？」

他在靠近安娜一邊的欄杆上坐下，背倚在柱子上。安娜把托盤向他那邊推一推，意思要他自己動手吸煙喝茶。她把一雙深陷的大眼睛，對着洪桐葉注視一下，然後笑笑說：

「你不在乎我批評中國人？」

「祇要是善意的，我就沒有反感。」洪桐葉說着站起來，拿香煙吸着。

於是安娜率直地揭開她的祕密。其實，那也不算是她的祕密，她原是公開的，不過洪桐葉是初次叨教，而她自己也總是避免親口自供而已。她說：

「我用中國材料，中國人工，在中國當地，照法國流行的式樣，縫製各種男女的童裝和成人的內衣袴，標上法國、英國或美國製造的商標，這就是我的貨品的來源。我的主顧，百分之九十以上是中國人，他們以用來路貨為光榮。他們喜歡在親友面前，指着自己的孩子誇耀說，我的寶寶穿着外國貨的衣服，我親自從一家外國商店的外國女人的手裏買了來的，那比中國貨的衣服要貴得多，貴着好幾倍還不止呢。」

安娜說了，忍不住地笑。她看看洪桐葉，覺得他臉上冷冷的，就說：

「你原說你不介意的。」

「是的，我不介意。」洪桐葉闗切的說，「不過我覺得，你的丈夫既然有辦法，你又何必做這個生意？你這樣做，也是和你的見解不符的。你剛才說，你主張把耶穌博愛犧牲的精神融會於實際生活之中，但你在利用別人的弱點，使用欺騙手段，你這不是矛盾嗎？」

說得安娜一陣臉紅，忸怩一下，她解釋道：

「我的丈夫也是不願意我開商店的，他喜歡我跟着他各處跑，許多將軍的太太、姨太太、小姐們，都願意和外國女人交際。可是我過不慣那種長年旅行的生活，我總覺得那種生活好像不可靠似的，人在懸着，空虛可怕。我家歷代經商，一間店面給我一種安全感。而且我是一個家庭婦女，所有家務，粗工細活，我都要親自去做，我要親自做了心裏才舒服。」

對於高價出售冒牌貨一節，安娜沒有解釋，洪桐葉也不便再追問。感情與理智，理論與實踐，沒有人能夠完全配合，形成一片，毫釐不差。耶穌主張無限度的容忍和無限度的饒恕，但他自己也有憤怒，也有憂傷。耶穌還是被目為神之子的！能不距離得太遠，就算難能可貴了。

無論如何，這個安娜比烈佛溫太太高明得多，洪桐葉這樣想。於是他不能再等待了，繞個彎子說：

「你每天找誰做頭髮？」

「我不找人做頭髮。」安娜把頭一扭，讓洪桐葉看看她的髻子，鬆鬆的拖着，偏在一邊，「我平常總是這樣自己挽起來。偶然披散開，我就用火剪自己燙，也不找人。」

洪桐葉覺得她這個髻子，隨隨便便，有一種自然的美。中國古時的女人，有所謂「墮馬髻」者，不知道究竟是個什麼樣子，照字義看，可能與安娜的這一個式樣差不多少吧。想着，眼睛早已移到她的手上，又問：

「那麼，你一定也不修指甲？」

安娜一聽笑了，把一隻手平伸出來，說道：

「一個每天洗衣服、燒飯、做雜務的婦人，還修指甲？長出來，自己剪剪短就是了。」

洪桐葉告訴她，烈佛溫太太怎樣保養她的一雙手和腳，她重視這件事，有甚於進教堂。安娜聽了，困惑的說：

「我想，她是一個有福氣的太太。」

「託她的福，」洪桐葉紅着臉一笑，「我學會了修腳。並且我也會用電剪做頭髮，修指甲。」

「怎麼？」安娜覺得有點奇怪，「烈佛溫太太要你給她修腳？」

「是的。」

「你說你是他們的副買辦。」

「為老板娘修腳，是副買辦的重要業務之一。」

安娜透口氣，長長地「哦！」了一聲，抽上一根煙，輕輕說：

「原來你們是這樣子的！」

兩眼卻死瞪着洪桐葉，好像有什麼重大的疑問，硬要從他的臉上找出答案來似的。

洪桐葉被她瞪得有點不好意思，卻仍然試探着說：

「如果你也要修腳，我這裏有刀子，我很願意替你效勞，我願意。」

說着，從懷裏把那個小皮包摸了出來。安娜一見，先伸手接了過去。紅皮金鈕，倒是精緻。打開，裏邊插着大大小小十幾把刀子。安娜覺得新奇，說：「修腳要用許多刀子？」

「是的。」

洪桐葉應着。看她有興趣，走過來一樣一樣解釋給她聽，這把寬的做什麼用，那把窄的尖的做什麼用，說得頭頭是道。

「我拜師學藝，三年功夫，學會這一手兒！」

「不曾想到一雙腳還有這許多麻煩！」安娜不瞭解地有一點感慨。

「我很希望你試一試我的技巧。」洪桐葉再逼緊一步，明白的說，「你這樣一雙腳，要經過我給你修整一下，那真是漂亮極了。你有一雙最美最美的腳！」

「不，不！」安娜搖着頭，連連說。

洪桐葉見她拒絕，有一點難為情，卻仍然說：

「你試了一次，以後準喜歡。」

「我不要試，」安娜把工具包的金鈕上好，遠遠推開，「你再也不要說了！我倒要同你商量件別的事情。」

「什麼事？」洪桐葉無精打彩的說。

「你到底是做什麼的？」

「我跟隨一個做官的人，從上海來漢口接洽一點事情。」洪桐葉半真半謊的說，「我的上司是吳大帥的同鄉，討賊總部裏邊他有許多朋友。」

「你們在漢口，是長期還是短期住？」

「看情形吧，也不一定。」

「我想請你到我的店裏幫忙，不知道行不行？」

「幫忙什麼事？」

安娜先笑笑，然後才說：

「事情，我一向自己做慣了，實在用不到人幫忙。我是請你陪我說話的。我丈夫不在家，漢口幾家法僑，大家各有各的忙。因此，我常常一連幾天沒有一分鐘說話的時間。而我又是最愛說話的，我丈夫在家的時候，我日夜說個不停，都把他說怕了。他常常捂着耳朵，皺着眉頭，哀求說：『我愛的，能不能讓你的嘴和我的耳朵休息五分鐘？五分鐘！』氣得我要打他的嘴！」

安娜又笑。

「現在我說起來笑，那個時候我可是真惱！要是不叫我喫飯，我倒無所謂，我最恨的是誰討厭我多說話！你知道我心裏很喜歡你，因為我發覺你對於聽我說話很有耐心，又很有興趣。」

安娜說着高興，又擔心的問：

「不過，長久下去，不知道你能不能受得了？」

「耐心，我是有訓練的。」洪桐葉拍拍胸膛說，「我一直在做着我不高興做的事情，從離開學校以後。但是我逆來順受，從無一句怨言。耐心，在我已經是習慣成自然了。」

「那就好，好極了！我想我的丈夫常年不在家，未必是將軍們真有許多事情少不了他，他是為躲避我這一張嘴。我也不管他，由他去！」

安娜用右手的食指，按着嘴上的小鬍子，來回輕輕擦着。洪桐葉忍不住說：

「女人生鬍子，你是我見的第一個。」

「在歐洲也少。你不喜歡吧？」

「喜新好奇，是我的生性。——你什麼時候長鬍子出來的？」

「大約十三四歲。他向我求婚的時侯，曾說最愛我兩點：一是我愛說話，他高興聽我說話，永遠聽不夠；二是我的鬍子，他說我的鬍子能夠刺激他的性愛。但婚後我漸漸發覺他的話並不全是可靠的，因為他常常勸我拔鬍子！」

「你們沒有孩子？」

「那不怪我，他生過病的！他走到任何地方，都要嫖一嫖當地的妓女！」安娜說着，不住地搖頭。

「你不生氣嗎？」

「當然我生氣！但我愛我的商店，甚於愛我的丈夫。我的商店所給予我的安全感比較丈夫所能給予的更大！」

話雖這麼說，安娜也還是顯然激動，透着不耐和焦躁。她摸起一根煙來，洪桐葉忙擦火柴替她點上。她重重地吸一口，長長地噴出一口煙，然後輕輕說聲謝謝。洪桐葉把話岔開，說：

「你不停的說話，倒不耽誤做事？」

「我一邊說話，一邊做事，說得痛快，做得也起勁。」安娜高興的笑笑，「要是不說話，悶着嘴做事，我就越做越不想做，要打瞌睡了。」

外邊有人進來。安娜望望，說：

「買東西的。請你去替我招呼一下好不好？每件東西都標好了價碼的。貨色隨檢，照碼收錢。謝謝你！」

洪桐葉應聲去了。

安娜銜着香煙，趿着拖鞋，站起來伸個懶腰，跟在洪桐葉後面，從樓梯旁邊轉到浴間去了。

一時，她出來，洪桐葉交給她售貨的錢，並且說：

「你的東西賣得太貴，比外邊要高三倍五倍！」

「有人喜歡買貴東西。那是我的安全感，因為我得了厚利。但同時那也是他們的安全感，因為他們覺得花了大錢，一定買到好貨了。所以我的生意是兩全其美的。」

「難道他們就沒有眼睛鑒別好壞？」

「許多人的眼睛，常常被自己蒙住，尤其那些自作聰明的人。」

安娜靠在沙發上，翹高了腿，把絲襪再穿起來，登上高跟鞋。一邊，又問洪桐葉：

「剛才你還沒有答覆我，是不是可以到我店裏來幫忙？要是你願意，我可以支給你較高的薪水。」

「完全雇給你，那是一定不行的。我抽空常來陪你說話，不拿薪水，像朋友一樣，那倒可以。」

「也好，希望你每天能來！」

「我有個條件。」洪桐葉不放鬆機會，說着一笑。

「什麼條件？」

「我要替你修腳，每星期一次也好。」

安娜聽了，實在不能瞭解對方的心理，頓一下，說：

「你有修腳的癮？」

「也可以那麼說。」

「我希望你能戒掉這個不良的嗜好，我聽說這不是什麼高尚的事情。」

「我自己也知道，但不知怎地，祇是喜歡。」

「我想，你像我的丈夫一樣，有點變態。」

「可能，也許。」

「你那副修腳刀，能不能送給我？」安娜手拊着自己的胸脯。

「你要了作什麼？」洪桐葉詫異的問。

「作紀念品，我喜歡收集紀念品；並且我可以用它來自己修腳。」

安娜嘴裏這樣說。她心裏，實在是想丟掉它。沒有工具了，他可能會不再興修腳的奇念，也可能斷了這個怪癮。

「如果你願意，」安娜緊接着說，「我也有點小禮物送給你，作為交換。」

這一發展，完全出於洪桐葉的意外。修腳刀原是他自己的紀念品，他對它不能沒有一種留戀之情。但安娜的要求，流露了她的善意和誠懇，洪桐葉好像從來沒有遇到過這樣的善意和誠懇，在他的已逝的年華之中。對於安娜的心情，洪桐葉雖苦於不能充分的瞭解，但不期而臨的高度的善意和誠懇，勾起了他幾經柳少樵的改造而漸就泯滅的善良的人性的另一面。他有點激動，一語不發，跑到後院的亭裏去，把修腳刀的皮包，順便把煙具茶具仍做一托盤都帶到前面來。他把修腳刀皮包遞給安娜，說：

「我送給你，我給它找到一個最好的歸宿了。但是，我不要交換。」

安娜高興地伸手接過，立即塞到辦公桌的抽屜裏，一邊忍不住的問：

「你以後再不給人修腳了吧？」

洪桐葉這才領會到她的真意所在，感激之中，又有點慚愧。連說：

「照你的話，我戒了它！」

「那才是我的好孩子！」

安娜一躍而起，捧住洪桐葉的頭，就在他的額角上吻了一下。洪桐葉輕飄飄的感到一陣暈眩。安娜倒在沙發裏，交叉着翻上的兩手，儘力推上去；兩隻腳挺直，伸了個大大的緉腰。然後說：

「剛才我說交換，是我用錯了字眼。我的意思，是想送你一點東西。」

「什麼東西？」

「讓我先問你，」安娜眼瞪着洪桐葉的臉，「你喜歡不喜歡穿西服和皮鞋？」

「喜歡，有時我也穿。」

「你每次來我這裏，我總見你穿長袍。老實說：對於中國文化，我最難接受的就是男人的服裝。看見這個長袍，我總以為他是個女人，而腳上這雙薄底布面鞋子，又給人一種像是赤着腳沒有穿鞋的感覺。一個再英武的男人，這個打扮，也足以使他減色，何況一個中國人！」

安娜自覺把話說重了一點，略頓一下，想加以補救。果然洪桐葉說話了：

「你以為什麼是中國人的缺點？」

「請原諒我直言！」安娜不安地扭一下腰，身子向前湊湊，笑着說，「我用純粹審美的眼光說話，而不含有任何種族的偏見。中國人的缺點是，膚色太暗，臉面太平，而身軀又比較小，顯得輭弱無力！」

「你的批評是完全正確的，」洪桐葉話說得很自然，不露任何反感，「但上帝這樣安排了，又怎麼辦呢？」

「上帝的不公道，歸上帝自己去負責，不要管他的閒帳！人應當明瞭自己的缺陷，用自己的力量去彌補。」

「天然的缺陷，人無能為力！」

「如果你這句話，是代表大多數中國人的一般意見，那我想，」安娜挺直了腰，鄭重的說，「這就正巧是中國人的弱點所在了。譬如我剛才說的中國人身體方面的許多天然缺點，至少在服裝方面可以補救一部分，換着西服和皮鞋，人立刻就會神氣得多。」

洪桐葉剛要說什麼，安娜不給他機會，搶着繼續說：

「最可怕的是，不瞭解自己的弱點，把它一味地強化。女人原比男人纖弱，補救的辦法應當是助長她們的健康。中國人則採取了一條相反的路，給她們纏小腳，禁錮她們，用人力加深她們的天然弱點。我初次看見小腳，發生一種恐怖之感。這不是病態美，而是一種酷刑！」

「纏足的事，下一代不會有了。」

洪桐葉笑笑，又說：

「但我曾見過一個英國人非議中國人的不留辮、不纏足運動，他認為如不留辮，不纏足，中國人就沒有他的『民族特點』了！」

「那是他故意的歪纏，」安娜也笑，「我想，他大約和烈佛溫夫婦，還有我的丈夫，屬於同一典型的人物。」

「你的丈夫？」洪桐葉故作不解，引逗她向這一方面開口。

「譬如烈佛溫，他在自己身上散漫用錢，並不吝惜；但對你，就只肯給六塊錢一個月。他那種心理，我倒是懂得。因為我曾經聽過我的丈夫說，中國人用不着錢。他們的衣服是傳代的；餓了，草根樹皮都可以當食物。錢到了他們手裏、根本沒有用處！」

一聽到烈佛溫，洪桐葉真是猶有餘痛，不知道說什麼好，不禁神情黯然。安娜後悔話說得太直，便改口說：

「中國有這樣大的地方，這樣多的人口，又有那麼悠久的光輝的歷史，你們自己應當可以弄得好，不難致於富強。」

「但是，太大的地方，太多的人口，太久的歷史，現在都成了中國的負累，把中國人壓得透不過氣來！」

洪桐葉苦笑一下，又說：

「我們需要從頭再來過！」

安娜沒有注意洪桐葉後面這句話，卻問：

「那廣東的革命軍是怎麼回事？」

「他們就是想把中國弄好，致國家於富強的，像你所希望的那樣。」

「那真是好極了！」安娜站起身來，興奮的說，「我想他們遲早會成功的。法國大革命，斷斷續續八十年，才算有了一點民主自由的基礎。」

「中國一旦富強了，租界和外國人的特權就沒有了！」洪桐葉好像要提醒安娜似的這樣說。

「大家平等相處，像兄弟，像朋友，那才有意思啊。」

「你這樣說話，竟是耶穌的口吻了！」

「我本來是耶穌的真信徒呀。」安娜仰着臉說。

兩個人都笑，愉快的笑。

「走吧，」安娜說着，拿起皮包來，打開，照照鏡子，「跟我到裁縫店去，我送你一套衣服。順便我催他們給我送貨。」

十

錢守玉接到弟弟錢守玷從廣州託人帶來的一封平安家書。這封信是朱廣濟那邊的一位同志帶來，又親自送過來的。多日沒有弟弟的消息了，一時高興萬分，謝了那位同志，就跑去法蘭西大飯店見父親。

原來守玉和守玷是錢本三僅有的一兒一女。他們老家裏有句俗話，道是「一男一女一枝花」。一般人雖以多子為福，但也不免以多子為累，所以有時看見人家子女少，譬如僅有一男一女的，就說他們像「一枝花」那般的美麗，羨艷之情，不知不覺地流露出來。自然，完全沒有是不行的，那成了「絕戶」了。絕戶者，不但上無以對天地神鬼，列祖列宗，就連親戚朋友面前，也是萬分抬不起頭來的事情。

照這樣說，錢本三應當是最如意的了，誰知又不。他對這一兒一女，僅愛女兒，而不愛兒子。他年輕時候，曾經為了太太，用三眼鳥鎗從背後打死他的廚子，連帶太太的一隻眼睛受傷致盲。他為這事，用去祖傳窖藏的白銀數千兩，才算沒有喫上官司。而其中大部分銀子，是明明被人敲詐去的。他從那回，深深體驗到一個人不可以不有勢，而勢從官來，他才決心從事政治活動，由省議員而國會議員了。

但他也從那回，不喜歡守玷，他老是覺得守玷這個孩子極像已死的廚子，不但面貌身材，連聲音動作，都彷彿似之。他回思往事，計算時間，越對證越覺得不錯。從此，他就厭見守玷，甚至想起來就有點氣，而又苦於說不出口。僅僅在為他正式命名的時候，使用了一個「玷」字，暗暗寄託着他的無可如何的厭惡之感。以後旅居在外，他只把女兒帶在身邊，一意造就她。當他們住在T城的時候，他請了個家庭教師，早早晚晚帶女兒讀書。但不到兩年，錢本三幾乎又要像打死廚子那樣的打死家庭教師。不是為第一回打死廚子，花了許多冤枉錢，喫了許多苦頭，有那點痛苦的經驗，又為顧惜省議員這點聲譽和地位，打死人總是害多利少，錢本三真會再做出來。這回，他忍了，也認了，把家庭教師驅逐了事。那個家庭教師，原是錢家的佃戶，為他功課好，錢本三才攜帶他到T城，幫忙他考上師範。他為錢守玉補習功課，倒原是錢本三的意思，他自己並不多情願，因為他本身功課也忙。只為礙着面子，始勉為其難，委屈兼就了的。

錢本三把他驅逐之後，又一封八行書送給師範的校長，說他行為不檢，應予開除。錢本三是省議員，又辦着一家日報，在當地也算是一個勢力，校長不敢不依，他卻不開除他。送二十元路費，叫那學生自動退學離開作罷。校長為息事寧人，恐嚇說：

「你快逃了吧，說不定他會要你的命！」

這個學生只差一個多學期，沒有能混到畢業文憑。退學之後，走投無路，不知如何是好。他先流浪到C島，在火車站上當了「紅帽子」。偶然遇着他的一位遠親經過C島去廣州投考軍校，他考慮之下，就扔掉紅帽子，跟那位遠親結伴而去。兩個人同時進了軍校，也同時在東征淡水之役，不先不後，壯烈犧牲，不成功而成仁了。

這一事件，在錢守玉的記憶中，留下一個永難泯滅的創傷。她原有意將錯就錯，和那位師範大哥成其百年之好的，但是父親不許。他暴跳如雷，大罵：

「地主鄉宦人家的女兒嫁給佃戶的兒子，你見過，還是聽說過？你這賤坯！」

她由父親的一位老友陪同去北京，在一家日本人的醫院裏，拿去腹內一塊肉。從那時起，她的心頭就橫着一個不大不小的問題：父親真愛我嗎？他的愛，在我身上有什麼價值？

師範大哥東征成仁之後，她也曾當面埋怨父親：

「要是那時不把他逼出學校，他畢業之後，老老實實當個小學教員，也不至——」

「好，不要講了！」錢本三打斷她的話說，「他膽敢欺主犯上，這正是他的報應！」

「爸爸，莫怪我說，」錢守玉也生氣，「你的思想落伍了！」

落伍兩個字，對於錢本三，倒是一個新鮮的刺激。因為從來沒有人這樣批評過他，而他知道落伍是一件可怕的事情。恰像足量的水澆在剛燃着的火燄上，那火燄一下子熄滅了。錢本三嗒然若喪，冷靜地作一個深長的反省，並且私下問過幾個較親密的朋友：「你看我思想落伍嗎？」

雖然朋友們的答案都是客氣的：「老兄，你不落伍，你是前驅啊！」但他卻從此小心提防，惟恐落伍，對於許多許多新玩藝兒，他都活生生地硬咽下去，以示接受。

這種惟恐落伍的心理，在當時是極其普遍的，錢本三僅是其中之一而已。共產黨就曾利用這種心理，用他的新面貌和新姿態，吸收去很多有為的青年。錢本三總算是有把握的，因為他還敢於對共產黨加以蔑視，多少尚有他自己的主見，而並不一味從俗，人云亦云。

錢守玉二次對於爸爸的「父愛」發生懷疑，是從女師大退學一事而起。她要讀一張畢業文憑，而父親硬要她到漢口來幫忙主持機關部，而機關部裏許多革命業務，她都不擅長，真是不知道從哪裏下手的是。

錢守玉不否認父親愛她，但她一直覺得父親在她身上所行的一切管教，愛之適以害之。然而女人畢竟是女人，她雖有懷疑，甚至腹非，但她仍然服從。

弟弟的來信，也像是不贊成姐姐的退學。弟弟只能勉強算是半個軍人，但他也認為武力可以解決一切。一個女學生能對革命有什麼貢獻？革命要憑我們的鎗桿！

錢守玷一直跟着媽媽住在老家的鄉下，小學畢業之後，遊手好閒了好幾年，賭博場和私娼院裏經常有他的蹤跡。錢守玉不知道同父親說過多少回，要把弟弟帶出來上中學，父親祇是不答應。以後，一部分國民黨人在C島辦了一所新學制的中學，錢守玉才偷偷地匯回家幾個錢，叫弟弟去C島，從初中一年級讀起，那時錢守玷都已經十九歲了。照他的功課，他是考不上初中的，但這家中學是國民黨的祕密機關，他的目的是造就革命人才，功課不功課倒不大注重。錢本三的兒子要進來讀，那還有問題？他們的學校，要錢本三幫忙的事情多着呢。

初中沒有讀完兩個學期，當地黨人領袖發動學生去廣州入軍校。錢守玷也在被慫慂之下，毅然束裝，慷慨就道。但到了廣州，他卻因為功課體格都太差，沒有考上。他自覺不好意思，家信也沒有寫，就流落到軍中當了一名准尉司書。最近一次錢本三去廣州開會的時候，錢守玷正隨軍駐防東江，爺兒兩個沒有能見面。以後他的部隊奉調回廣州，稍事整訓，就開赴韶關，編入對湘用兵的前鋒，準備展開北伐軍事的第一幕。

那時錢守玷已是連部的少尉特務長。

看到錢守玷給姐姐的信，那種慷慨激昂，錢本三也高興，兒子總算是入了正途了。當然，戰事一起，就不免礮火連天，下級軍官們身在前線，生命的危險最大，但革命原是一種犧牲，所以他也並不太為兒子擔憂。他們錢家，歷代以來，曾未出過武官，他們認為從軍是可鄙的，是有辱門楣的。所謂好鐵不打釘，好男不當兵，從軍是人生的末路，是落魄游蕩之人的可悲的歸宿。自從廣東創辦軍校，革命報國的觀念，漸漸糾正了許多年來的錯誤思想，也有書香大戶子弟，為一種政治理想，而棄文習武了。錢守玷雖非軍校出身，但能置身於革命軍的行列之間，縱然是馬前一卒，也還是夠光榮的。

錢本三懷着多少的不安，望望守玉，鄭重的說：

「多日我有點心事，想和你談一談。戰事一起，吳佩孚這一邊，不論是勝是敗，京漢線的運輸，對他都有生死關係。」

錢本三遲疑一下，把墨晶眼鏡取下來，掏出手絹揉揉眼眼。錢守玉看見，說道：

「爸爸，你眼睛有點紅腫！」

「我知道，近來睡覺少。」

「失眠？」

「是的。」

「為什麼？」

錢本三所擔心的是吳軍的強盛，他一直怕這一次的北伐軍事，像過去一樣，喧嚷一陣，無功而退。果不幸而如此，那麼他近數年來的一切佈置和希望，都如泡影了！他的失眠，確有政治的原因。但女兒跟前，不便說出。他繼續剛才的題目，說：

「如果我們能在適當時機，把京漢南段破壞，對於擾亂軍心，一定有極大的作用。」

「祇怕我們沒有這種人才！」錢守玉表示懷疑。

「有幾個人，分散在漢口附近各車站上，但我不認識他們。我想，應當去看看他們，是不是能夠擔任那種工作？」

「你自己去？」

「我當然不能去。」

「那麼，找誰？」

「我想派你和洪小姐去一趟，兩個女孩子隨便旅行玩玩，人家不注意。」

「我們兩個人怎麼行？再說，年輕女人到處亂跑，更容易啟人懷疑。」錢守玉頓一下，又說，「這種事情要找個懂軍事的人去才妥當。」

「到行動的時候，我當然要派軍事人員去。現在只是先看看那些人的情形，做參考罷了？」

「那我也不合適。知人知面不知心，匆匆一面，能看得出什麼來？」

對於女兒的推辭，錢本三也覺得情有可原，所以也不堅持。想想，他說：

「那麼，你去請四叔來，我和他商量。」

錢守玉應着，藉機會說：

「有件事情，我早就要告訴爸爸。最近洪金鈴和我很要好，我們無所不談。她告訴我，洪桐葉是共產黨員，他入共產黨比入國民黨還早，他和柳少樵有特殊關係。」

「什麼特殊關係？」

錢守玉臉上一陣紅，低下頭去輕聲說：

「我不好講。」錢本三微微一笑，說：

「我早知道他是共產黨。」

「那麼，你怎麼還用他？把他放在身邊，當心腹，你不完了嗎？」錢守玉十分詫異。

「這個，你不懂得！用了他一個人，我可以拉攏共產黨，又可以示好郭心如，一舉兩得。」錢本三再揉揉眼睛，得意洋洋的說。

「他和郭心如不過在北戴河見過一兩面，郭心如並不知道他的底細。」

「那是我的一步棋子。」錢本三為了讓女兒明瞭自己的心情，他也並不隱瞞，爽直說，「共產黨雖無前途，但也不失為一個力量。此外，能與國民黨爭衡的，那就是英美式的民主政治，郭心如所鼓吹希望的。郭心如常說，孫中山先生的憲政時期，應當就是英美式的民主政治，我想那或許是的。」

錢守玉明白爸爸的用意，他的棋子擺在一個三角點上，將來國民黨成功也好，共產黨成功也好，或是真正實現了英美式的民主政治也好，他的棋子都有用處。她忍不住問：

「爸爸，到底你有沒有自己的政治理想？」

錢本三對於女兒這一問，極為欣賞，他好像遇見等量的對手了。他哈哈一笑，拍着胸膛說：

「打倒軍閥政權，然後由我來做。那不就夠了嗎？」

「那是你的政治慾，而不是政治理想。」錢守玉對於爸爸的淺薄，覺得洩氣。

「我為我，也為你和守玷，我不得不這樣。」

錢本三這一說，女兒更不滿意，她立起來，無可奈何的說：

「好，我去找四叔來，你們談。」

錢本四知道所謂京漢路的人竟是從朱廣濟那邊挖過來的，一時大感意外，憤然說：

「三哥，不是我做弟弟的批評你，你越來越荒唐了！你從前也亂來，但現在更離譜兒了！」

「我為革命犧牲到底，毀譽在所不計！」錢本三立刻拉下臉來，一句話把每個字都說得有千鈞之重。

錢本四搖着頭嘆口氣，對於三哥的頑固，他一向就不存有希望。這時，他說：

「你一天到晚革命不離口，把革命當家常便飯喫。我現在請問你：到底你為什麼革命，革命怎樣發生的？」

「這些北洋軍閥，官僚政府，你和他講理是講不通的。除了革掉他們的命，難道還有好辦法？」錢本三望望老四，不屑的一笑。

「不過我多年來發現你也是一個講不通理的人。總有一天，你也要被人家革命！」

錢本四說着，人已經走到門邊，從門後的掛鈎上取過草帽來，就躲了出去。因為三哥的度量究有多大，他知之最深，這句話他一定受不了的。他急了的時候，常會無輕無重地伸手打人，失掉理性。

「渾蛋！沒有出息的東西！」

果然他聽見三哥在這樣罵了。

錢本四離開法蘭西大飯店，並不猶豫，一逕去拜望朱廣濟，他們已經多次談過，算是熟朋友了。

一見面，錢本四就說：

「你失盜，丟了東西，你自已知道嗎？」

「我不知道，」朱廣濟一怔，「怎麼回事呀？」

「你看你也太大意了！」錢本四笑笑，「你丟了半條鐵路，還睡在夢裏！」

「我真聽不明白你的話！」

錢本四就把京漢路黨員名冊落到錢本三手裏，他正計畫加以運用的話，原原本本告訴了朱廣濟。他說：

「站在黨的立場，我反對三家兄這樣做！」

「他的用意很好。」朱廣濟抽着紙煙，仰頭想了一下說，「黨員不是我朱廣濟個人的私產。三先生能在京漢路顯點顏色，露點辦法，我真是與有榮焉。」

「那些人能勝任嗎？」

「那就難說！」

「三家兄正想派個人去觀察一下情形，你的意思怎樣？」

「我沒有什麼意思。」

「他感到沒有適當的人可派。」錢本四忽然話鋒一轉，「洪桐葉這個人，你對他的觀感如何？」

「我和他父親原是朋友。他為人怎樣，我倒不大知道。在先，我把他當晚輩看待，託以心腹。後來，我略略覺得他有多少不盡不實的地方。」

朱廣濟說了，緊跟着問：

「你清楚他嗎？」

錢本四把從洪金鈴那裏所得的關於洪桐葉的消息，一古腦兒對朱廣濟講了。這引起朱廣濟莫大的感慨，他苦笑一下，說：

「現在的年輕人，真不簡單了。我自信也算夠老奸巨滑了，哪曉得竟被小孩子騙了。」

「這個人，」錢本四順着朱廣濟的意思，把話引下去，「在我們這個小圈子裏，如你所說，他正是一個五臟廟裏打鞦韆的孫行者。如果我們不設法除去他，遲早都要被他害了！」

「怎麼除去他呢？」

「我有一計，不知道你老贊成不贊成？」

「說出來聽聽好不好？」

「我建議三家兄派他巡視京漢路。等他去了，我們另派個人找個偏僻小站，結果了他。這是一個無頭案！」

錢本四湊上前，這樣輕聲說了，朱廣濟心頭一震，說：

「殺人？」

「是的，我們不殺他，他就殺我們！」

「殺人總不是辦法！」朱廣濟搖着手說，「尤其洪桐葉，他是百厲的獨子。那樣，叫我怎麼對得起百厲？四先生，千萬不可！」

「那麼，我們儘他！」

「當然也不能儘他。等我把他找了來，同他打開窗子說亮話，好好勸勸他。」

朱廣濟再讓錢本四坐下，給他燃上香煙，他怕錢本四冒冒失失真做出來，就進一步說：

「真正的問題，不在洪桐葉這種小人，而在我們自己的陣營。論親，你和三先生是兄弟。論志同道合，則你和他遠，和我近。因此，我可以說，三先生的作法，是搬石頭砸自己的腳，遲早養虎為患！」

錢本四聽了，有點激動，衝口說道：

「你說三家兄嗎？他怎麼配稱虎？他不過是一個草包！」

「我不是說他是虎，我是說他是養虎的人！」

錢本四猛抽兩口香煙，沉思有頃，然後說：

「你說得對。所以我提議除去虎，虎一除去，那養虎之人就用武無地了。」

「可見我們兩個人都不澈底。」朱廣濟一笑，「剛才我不贊成除去那隻小虎，認為那是癬疥之疾。現在你也包庇養虎之人，以為本末不妨倒置。我們真是各有各的缺點！」

「人總不免有多多少少的自私！」

「好，我承認你這句話。祇是事情怎麼辦呢？」朱廣濟不經意的隨口說，顯然他已從緊張之中鬆弛下來。

「我們再忍耐一時，等北伐軍過來再算這筆帳吧。」

「祇好這樣，真沒有好辦法。」

朱廣濟同意了。

市面，表面上平靜，熙來攘往如舊，骨子裏則到處惶惶不安。商人，各有各的算盤，有人在把存貨儘量脫手求現，把紙幣再兌成現洋。討賊總部一成立就頒佈了一個戒嚴令，這個戒嚴令是永不解除的，這時候更加緊實施。手捧大令的巡邏隊，由總部的衛隊旅擔任，每隊二三十人不等，一色大刀駁殼鎗，差不多每條街上都有他們的蹤跡，一隊剛過去不久，一隊跟着又來了。散兵游勇，尋事鬥毆，散佈謠言，擾亂秩序，巡邏隊都有權處理，輕則當街罰跪，打軍棍，重則帶隊收押，聽候判罪。通衢要道，每天都有決人的佈告，閒人們圍着不散，認字的人讀給不認字的人聽。一般街頭輿論，倒都以為被決者一定罪有應得，而殺人者有權。冬烘先生們知道吳帥中過秀才，張祕書長翰林出身，有把決人的佈告恭錄了來讀的，自己讀了不算，還叫後輩兒孫也讀，一直讀到背誦如流才罷。他們以為每張由總部出來的文告，都是秀才和翰林的手筆，科舉之廢久矣，這樣的好文章，以後不可多得了。有人以為這是可憐的愚蠢，但他們則欣賞自己的聰明，甚至為之陶醉。

軍用票早已發行，依法與現洋同其價值。但從發行的第一天，暗中就有折扣。軍人用軍用票買東西，商人們不敢說不用，他們有個對付的方法是把貨價提高，該值一角的，要一元二元，甚至三元五元，都隨便。於是糾紛時起。等到軍用票到了老百姓手裏，老百姓用它去買東西的時候，那你就莫想能用得出去，他變成半文不值了。

為拒用軍用票被當街鎗決的人，每天都有。

一個中午，南下客車停在大智門車站，擁擠的旅客正走出月臺的時候，忽有紙片飛揚，紛紛落下。有好事者撿了來看看，原來是革命黨的傳單，上面印着打倒軍閥，打倒帝國主義，歡迎革命軍北伐等簡單的標語口號。於是一時秩序大亂。有人大叫：

「抓住他，抓住他！」

就見許多大兵縛住了一個十四五歲的男孩子，白布袴褂，像個學生，這時他已嚇得面如白紙，渾身發抖。駐火車站戒嚴部隊，立即請出大令，吹過單音的喪號，有個大兵把那男孩子從背上一腳踹倒，接着就是一陣連珠鎗響……

火車站上鎗決革命黨了！不等佈告貼出，整個漢口早已傳遍了。

第二天的一家早報上，為此事發表一篇社論。對於討賊總部斷然處決革命黨人，備加贊揚。社論說，但昨天殺的只是一個未成年人，他極可能受人利用或僱用，當局未曾從這個不知姓名的未成年人身上追究主謀指使者，以除惡務盡，未免美中不足云。

這家報紙當日被查封，整個報館的員工被捕。

朱廣濟暫時住到板蒼實家裏去避鋒頭。

柳少樵也經由洪桐葉的介紹躲到安娜的商店裏去，在樓梯底下打地舖睡覺。這時，安娜知道洪桐葉是幹什麼的了，倒同情他們。慨然說：

「吳大帥再厲害，也不敢到我家裏來捉人，你們放心住着。我喜歡看見你們的青年人為自己的國家貢獻其力量，你們真是好極了。你們這樣作，你們的國家遲早會弄好的，我希望我能看得見這一天。」

洪桐葉把這套話翻譯給柳少樵聽，柳少樵說聲謝謝。轉個身，他輕輕問洪桐葉道：

「這個小鬍子女人，你和她有一手兒嗎？」

「快別亂說！」洪桐葉板着臉，顯然極不高興的說，「她是我過去這許多年中所遇到的唯一把我當人看待的人，我尊敬她。她現在又無條件地為你幫忙，我請你不要侮辱她，她和烈佛溫的老婆不一樣。」

「看你有這些假正經！」柳少樵惡狠狠地瞪着他說，「我說你和她有一手兒，難道就是侮辱？」

「我以尊敬報答尊敬，我和她的關係是純潔的，高超的。你不懂！」

洪桐葉把「你不懂」這三個字說得含有十足的輕蔑，柳少樵也不禁為之一驚，他伸手過去就想擰他的大腿，他常常這樣擰得他痛極流淚，不得不服貼。

「你們說什麼？」安娜看他們兩個面色有異，就這樣問了一句。

一聽安娜說話，柳少樵的手忙縮回來。洪桐葉笑笑，扯個謊，說：

「他問我，假如魏蒙蒂先生回來，會不會反對他住在這裏。我已告訴他，那不會的，魏蒙蒂先生最尊敬太太，把太太的話當作上帝十誡之外的又一誡，絕對要遵守的。違反了太太的意旨，要下地獄裏面的地獄。」

安娜聽了，噗哧一笑，說：

「你回答得很好玩，但實情不是那樣。我丈夫對於中國人並無偏愛或偏惡，北京政府請他做顧問，給他高薪，他就算是北京政府的朋友。一旦你們南方的革命政府得了勢，祇要你們請他，他就又是你們的朋友。他所計較的是自己的利益，而不是你們的什麼政治立場。」

安娜說着，霎霎眼，用右手的食指橫在自己的小鬍子一抹，然後雙手一拍，說：

「他可從來不聽我的話！依我，我是幫你們的！小洪，你把我的話告訴你的朋友。」

洪桐葉就把她的話再譯給柳少樵聽，柳少樵點頭道：

「想不到你這個鬍子娘兒們倒有許多張致！」

「她實在是個好人！」

「等着瞧吧。」

柳少樵說着，對安娜點點頭，安娜也笑着對他點點頭，然後上樓去了。柳少樵望望她的背影，問洪桐葉：

「你母親有來信嗎？」

「有。」

「怎麼說？」

「她說她不願意來漢口，但希望我和金鈴回上海去。」

「那是什麼意思？」

「她老了，身體又不好，不過是故土難移罷了！」

「可惜！」

洪桐葉便不言語。柳少樵瞪他一眼，說：

「你不說話？」

「我無話可說。」

「為什麼？」

「我實在不能接受你的計畫！」

「你的腦筋裏不能容納新的觀念，是不是？」

「我什麼新觀念都容納得下，但你不能叫我從自己的妹妹，尤其是自己的母親身上去做實驗。」洪桐葉沉痛的說，「我甚至可以說，你要我用刀殺死她們，我還可以考慮實行。祇是，你所希望的那樣子，我不能做！」

「我早說過，」柳少樵搖頭說，「衝鋒陷陣，任什麼人都成哪，不過你最合適罷了！」

「你也有母親，你怎不——」

「她早死了。她要現在還活着，那還用你提議，我早辦了。」

「你真是個魔鬼！」洪桐葉發狠說。

「不錯，我反對上帝的律法和道德！」柳少樵扮個鬼臉說，「但願你服從魔鬼，遠離上帝！」

「我不要魔鬼，也不要上帝，我祇憑良心做人！」

「你的良心放在女人的小鬍子上，是不是？」柳少樵用手指指樓上。

「也可以那麼說。」

「你知道我避難在這裏，就不膺服我了！好，你等着我的！」

柳少樵說着，鑽到樓梯底下去蒙頭睡了。洪桐葉頽然坐到皮椅裏，覺得有無限的委屈，不知如何排遣自己。好久，好久，他聽柳少樵發出微微的鼾聲，便輕輕關上大門，揑手揑腳地走上樓去，剛到樓梯半腰，聽得柳少樵一聲冷笑，罵道：

「你這虛偽的小人！」

洪桐葉一聽站住，進退兩難。想想，怕他繼續嚷哄，還是退了下來。他無聊的在帳桌前坐下，安娜的皮包放在桌上，打開看看，裏邊有撲粉盒和唇膏盒等等化妝的用具，也有成疊的鈔票。拉拉抽屜，沒有上鎖，裏面也放着零錢。洪桐葉一時多心，後悔把柳少樵介紹了來住。萬一他起意偷她的東西，怎麼對得起人家一番好意？當年在烈佛溫家，他們那樣對待自己，我也沒有妄取他們的一絲一毫。但柳少樵這個人是靠不住的，他可能會做出來。

想着，洪桐葉一陣不安，臉上熱辣辣的。那柳少樵也不再安心躺着，他爬起來，赤着腳走過來，從煙罐裏取一根香煙抽着，望望洪桐葉說：

「我有兩件事情急待解決。」

他這樣說了，故意等待洪桐葉問他，他再說出下文，不想洪桐葉閉緊了嘴，並不插言。柳少樵笑笑說：

「怎麼，你不關心我的事了？」

「那怎麼會？你說呀，我在聽着。」洪桐葉無可奈何地陪他笑笑。

「第一，我不能為個人安全，住在這種地方，我現在就離開這裏。我這樣躲起來，外邊豈不停擺了？」

柳少樵的話，正巧打中洪桐葉的心懷，他喜出望外，巴不得他走。臉上卻不露出來，還說：

「錢本三從不離開法蘭西大飯店一步，還不是一樣什麼都做了。」

「我和他不同。」柳少樵輕輕說，「他把自己吊在半空裏，遙領一切，越少出門，分量越重。我是從地下打根基的，非親身賣力出汗不可。」

「那麼，你住到哪裏去？」

「還回四分里，我料着不至有錯，除非錢老四出賣我！」

柳少樵氣哄哄的把一口痰重重地吐在地毯上。這一舉動，惹得洪桐葉有點氣惱，他脹紅了臉說：

「這是地毯，你怎麼好吐痰！要是她看見，多難為情！」

「你多年當洋奴，就知道怕外國人！」

「這不是中國人外國人的問題，這是禮貌，不管中國人外國人都要講禮貌。而且人家好意收留你，你也算是她的客人！」

洪桐葉忍着氣，一邊說，一邊拿一張包貨的紙俯身下去把痰擦了。柳少樵趁他剛直起腰來，伸手就在他的大腿上擰了一把，洪桐葉忍痛躲開。柳少樵說：

「我剛才說的話，你的意思怎麼樣？」

「錢本四嗎？」

「正是。」

「他為什麼出賣你？」

「那，你還不明白？」柳少樵放低了聲音說，「他最恨共產黨，又最愛金鈴。他收拾了我，兩樣都如心了。」

「那絕對不會，他難道想不到你會咬他。你真咬他一口，他能受得了嗎？」

「你這個想法也對。好，那麼我放心回四分里了。再有第二件事情，是錢！我回去了，沒有錢仍然不能做什麼。」

柳少樵說了，兩眼死瞪着洪桐葉，好像要從他的臉上瞪出錢來的樣子。見洪桐葉不說話，他接着說：

「你知道我的錢祇有三個來源，我家的布店，錢老三，還有你。但這三方面都久矣不曾孝敬我了！」

「你開支太大，沒有人能供應得起你！」

「我開支大，是為什麼？是不是我自己享受了？像錢老三那樣子！」柳少樵望着洪桐葉，

「你憑良心說！」

柳少樵指指樓上，手指頸橫按在自己的人中上，說：

「那個，我知道。你現在又打算怎麼樣開源呢？」

「這還不是現成的錢！」

「用什麼辦法？」

「告訴她，我們是國民黨。不要說是共產黨，怕她害怕。開門見山，向她借。」

「外國人，又是個女人，怕不行吧？」

「你就說是我的意思，我託你替我和她打商量的。試試，不行也不妨礙啊。」

洪桐葉心裏實在不願意這樣做，但柳少樵出的主意，他祇有服從之一道。他點點頭，勉強說：

「好，那麼等她下來，我當翻譯，你們自己談。」

「為什麼你不可以上去？」

「那不好，女人家！」

「你剛才不是偷上樓嗎？」

一句話把洪桐葉堵得再也開不得口。柳少樵得意的說：

「你說話啊！」

這裏正鬧僵，安娜從樓上下來了。人還在樓梯上，就搶着說話，問：

「你們在談什麼？」

等她坐下，洪桐葉先告訴她，柳少樵要走。

「外頭既然風聲緊，何不再住幾天！」安娜說。
「為了革命，我不能太顧慮自身的安全，我要回去。我要冒險。」
柳少樵說得慷慨激昂。這就引起了安娜的同情，她連連表示讚佩，說：
「中國的青年覺醒了！好，那麼我不留你。」
「但他還有事請你幫忙呢。」
「那好極了。」安娜一聽，興奮地站起來，「我正抱憾不能為你們效勞什麼呢。既然你們用得着我，那麼，說，祇要我能做得到的，我一定做！」
「他經費接濟不上，打算同你暫借一下。」
「多少？」安娜更不為難，問。
洪桐葉就眼望着柳少樵。柳少樵想想，倒為難了，不知道說個多大的數目合適。安娜催着說：
「你用多少，說，不要客氣，我很願意幫這個忙。」
柳少樵倒先同洪桐葉商量起來：
「你看我說多少？」
「我也沒有準兒。耍是烈佛溫太太，我知道祇能借十元或五元。這個，我還沒有摸着她這一方面的脾氣，誰知道呢！」洪桐葉估量一下說，「不過，我想，多了總是不行的。」
「我說二百或是三百怎麼樣？」
「那怕太多，她要不肯，反而不好。」
「冒一個險，你告訴她，試試看。」
於是洪桐葉就對安娜說出了二百元這個數目。安娜一聽，茫然坐下，不瞭解的問：
「你們要二百元做什麼用？」

「我是一個總工會的負責人，我有幾萬個工人會員，我們有許多事情要做。」柳少樵這樣說，心在懸着，惟恐目的不達。

「那麼，二百元夠什麼用？」安娜好奇地再問一句。

這一下，柳少樵摸着門徑了，知道剛才開口太少。就先罵洪桐葉：

「你這渾蛋，耽誤我多少事！」

然後說：

「原是二百元不夠用的，因為第一次和你通融，不好意思說多了。」

洪桐葉把話照譯了。安娜對着柳少樵高興的說：

「你真懂得禮貌，中國的新青年真好！我現在送你五百元用。這不是借，是送，所以你用不着還我。」

安娜說着，愉快地跑上樓去，一會帶下一疊鈔票來塞給柳少樵，柳少樵忙謝了。心裏卻恨透了洪桐葉，不是這個兔崽子打差，我應當開口五千、一萬，也不算多。好，有了這個門路，下回再說。一邊，他舉手告辭。

「什麼時候再來，我殺雞子請你們。」安娜對着兩個中國青年，依戀不捨的說：「要是風聲不好，隨時躲了來，寧可多小心點。」

「讓我一個人先走，」柳少樵對洪桐葉說，「等會兒你再出來。你也可以和騷子娘們再泡一會，你洋葷算開骰了。」

「好，那麼你走吧。人家這樣待你好，你說話一點也不尊重。」

「我不好了，你可以常教訓我！」

「那是我不敢，我祇希望你尊重她。」

洪桐葉返身去樓梯底下收拾柳少樵用過的舖蓋，他抱歉地對安娜說：

「都弄髒了，我帶出去給你洗乾淨。」

「不必了，你放着。你的朋友真好，他好像除了工作，不知其他。你看他髮也不理，澡也不洗，這樣的人真難得！」安娜說着笑，又問，「剛才你們談什麼？」

洪桐葉無精打彩地坐下，嘆口氣說：

「雖然你讚美他，我可是後悔介紹他來。」

「那為什麼？」

「這個人就像鐵，就像石，沒有一點感情。你借給他錢，他祇以為你上了他的圈套，認為你可欺，他心裏一點也不感謝你。」

「我原不要他謝。」

「祇怕以後他會常來麻煩你，」洪桐葉說着難過，含着兩泡眼淚，「我遺憾自己認識這樣一個人，更不應該的是我又把他介紹了給你！」

安娜困惑地看着洪桐葉，覺得非常隔膜。既是朋友，就該有朋友之愛；既無朋友之愛，又怎麼還在做朋友？這兩個人，到底是友？是敵？

自然，這是安娜永遠不能瞭解的。

就連洪桐葉自己也難以解釋。

十一

季節已經進入陰曆八月，漢口的天氣仍然燠熱非常，「秋老虎」果然不凡。但中秋節這一天，從天一亮就斜風細雨，雲幕低垂，給人以蕭條冷落的感覺。大家都盼望會有晚晴，以免佳節虛度；哪曉得從黃昏時候，雨反而越下越大，整夜不曾見個月亮露面。

近個把月來，晚上常常斷電，有時接連幾條街陷入一片黑暗，家家戶戶借光一盞煤油燈一根洋燭度過整個晚上。較大商店其先還用煤氣燈做生意，但時局混亂，處處漆黑，惟我獨亮的情形，總叫人覺得不大安全，漸漸就沒有人用了。祇要電路一停，上門打烊了事。因此，晚上的市景越發冷清了。

斷電的理由，其說不一。有人說，電線陳舊，早應換新，但這筆換新的預定經費被軍方提用了，換不成，這就不免老病侵尋。但更有力的一個謠言，是說革命黨在實行破壞，目的擾亂人心。

在風風雨雨，無月無燈的淒涼景況下，漢口市民都減低了啃月餅的興趣。對於政治向來漠不關心的老百姓，也都交頭接耳，偷偷打聽時局的消息。傳言，逗留在湘南已久的革命軍的前部主力，已一舉而攻下衡陽，向長沙挺進。吳大帥早已移駐岳州，漢口總部祇剩下一個空殼了。

從京漢線南下增援的北軍絡繹不絕，還有說川軍也要出頭為吳帥助陣的。孫馨遠聯帥的精銳部隊，正扼守南潯之線，靜觀待變。奉系自張雨帥以下、保定褚玉帥、濟南張效帥也紛紛發出討賊反赤的通電，無不洋洋數千言，慷慨激昂，誓為吳帥後盾。

光景是一面倒，廣東革命軍的蠢動完全是以卵擊石的局面，老練的有識之士，都作如此看法。

但老百姓所計較的不是誰勝誰負，而是憂慮着在戰爭的混亂中所可能發生的那許多災害，生命財產都將不保。

軍用票滿天飛，其價值也越來越低，有人拿一張一元票去商購一根油條，但交易不成，人家怎麼也不賣。買油條的人氣了，跑去報告了戒嚴巡邏隊，等巡邏隊趕來的時候，賣油條的人早已逃得無蹤無影。巡邏隊撲了一個空，自覺無趣，把一頭惱火潑到那買油條的身上，怪他不該謊報，軍用票向來信用昭着，軍民人等，無不樂用。

「你不應當無中生有，造謠生事，破壞軍譽！看你獐頭鼠目，貪小利，忘大義，天生不是個好東西！」

於是一腳踢翻，跪在當街，挨了五十軍棍。

巡邏隊整隊報數，一個立正，轉彎走，滿意而又威風的離去。消息立時傳開去，軍用票被拒用的事件，就不再有人報案，喫了悶虧算了。討賊總部主管軍用票事務的大員們，默察輿情，覺得流通順利，足證老百姓深明大義，於是呈報了吳大帥，大帥欣然頒下一紙命令，表示嘉勉之意。

當時巡邏隊走後，那個挨軍棍的人伏在地上，哼哼唉唉，已不能動。附近街坊鄰里，出來看看，沒有人認得他，問他又不應。看熱鬧的人，又越聚越多，圍着不散。鬧得附近若干商家生意都不好做了。報警，警方推說那是軍方辦過的人，說不定還有餘案未了，不好越俎代庖。等請示戒嚴司令部，他們又說尚未據報，根本不知道這回事。這樣推來推去，已經大半日過去。

附近商民聚議一番，怕他死了，先弄點湯水點心餵餵他。一個伸手買一根油條，又為一根油條驚天動地打官司的人，顯然不會是個有錢的材料。他們便湊了幾個錢，僱個東洋車，拖着他往醫院裏送，有個人跟着他，寸步不離。因為又怕他起意跑了，萬一軍方想起來再要這個人，那是誰賣放了他？那還得了！

消息早已傳遍，醫院又不敢收。一連走了好幾家，都搖手，隨你說好說歹，他是不收定了。最後，還是那洋車夫建議：

「送到同仁會醫院去試試看吧，日本人也許敢收！」

押送的人無可奈何，只好點頭同意，於是就轉到日租界來了。

同仁會醫院門前，最近多了兩個站崗的日本海軍陸戰隊。民立醫院門前設崗，意在表示大日本帝國對於當地緊張局勢的關切而已。這只是一種姿態表現，他們並不盤查出入，妨礙業務。押送的人不知就裏，遠遠望見有日本兵佈崗，就不敢上去。還是洋車夫說：

「不要緊，你來吧！我常在這裏做生意，我知道。」

於是硬着頭皮跟了上去。

真是意想不到的順利。不但兩個大兵視若無睹，由他們進去，而且一進去就急症掛號，就抬進急症室，醫師看護接踵而至。診察之後，醫師發話，由一位中國看護婦權充翻譯：

「外傷很輕，沒有關係。這個人心臟有病，要住院檢查。」

緊接着就問：

「要不要住院？」

押送的人喜出望外，難得有個地方肯收他，為什麼不住？於是辦好繳款手續，抬進病房。押送的人把他安置好，這才透口氣，擦擦額角上的汗。估計時間，從進大門到這時，多也不過十分鐘。

這個人正想打個電話回去，請他們派人來接替他看守病人，他好回去。祇聽得說：

「院長來了。」

便見一個身着手術衣的小鬍子，大約就是院長了，正偕同一個穿中國長衫的中年人，一邊說笑着，一邊緩緩走過來。有個身軀嬌小的看護婦跟隨着他們。

他倒認得這位中國長衫先生，等他們走近，就迎着說：

「朱校長？你在這裏？」

「你是誰？很面熟。」

「我是同豐米店的夥計，常到你老府上送米。」

「哦，不錯不錯。你來這裏幹什麼？」

「老板叫我送病人來了。」

接着，這位米店夥計把經過情形一說，朱廣濟聽了，只顧搖頭嘆息。在他們說話的時間，板蒼實院長已看過病人，朱廣濟問他情形，板蒼實道：

「大約不要緊吧，等會兒我們問主治醫師就知道了。」

板蒼實站下，對着跟隨他查病房的女兒梅黛，問：

「我那個女病人怎麼樣？你有沒有去看過她？」

「她病是好了，祇是心情壞，一直在傷心流淚。」

「那也難怪！」板蒼實對朱廣濟說，「走，我們一路去看看她。」

「那怕不方便，她一直怕有中國人看見她呢。」板蒼梅黛忙說。

「朱先生有什麼關係！好，既是你那麼說，朱兄，你等我一下。」

板蒼實說了，便帶女兒到另一間單人病室裏去了。等他出來，朱廣濟忍不住問：

「是怎麼樣的一個女病人？」

「等會我詳細告訴你。」

板蒼實回到他自己的辦公室，把手術衣脫了，洗手之後，便陪朱廣濟到他的住宅去。這所住宅，就在醫院的隔壁，中間垣牆上開一扇小小的木板門，與醫院內部接連。板蒼實上下班，一直從這裏出入。住宅東洋式，周圍是寬闊的遊廊。兩個人脫了鞋子，在遊廊裏籐椅上坐了，一個乾淨的中國女佣送上茶來。庭院中花木扶疏，繞垣牆一圈高大的白楊樹密排着。入秋以來，這種中國北方的白楊所特有的那種蕭蕭之聲更加悽楚動聽了。板蒼實欣賞這種樹聲，認為它是悲壯的，對大自然的不可抗之力所發生的反抗的怒號，它使人振奮。

板蒼實呷一口茶，一片白楊落葉遠遠地隨風飄過來，板蒼實伸手接住，比比，比自己的巴掌還大。他愛惜地把它放在茶盤子裏。近來時局緊張，當權者使用廣大的監獄和輕易的死刑以消除反側，保障統治。朱廣濟獻身革命，一向不大注意自身的安全，這時也不願作無謂犧牲，避到板蒼實的家裏來了。泊在江心的日本艦艦，早已卸下艦衣，對漢口市中心區瞄準，表示保僑的決心了。

「安心住着，朱兄，」板蒼實對朱廣濟表示熱烈歡迎，「吳佩孚再倔強，再厲害，也不敢進日本租界，到一個日本人家裏來捉人，你祇管放心住着。」

「謝謝你，」朱廣濟笑笑說，「我知道我們的軍人，他們厲害，祇是對他本國的人民，一臨到對外國，他們就軟如鼻涕了。連外國人一根毛也不敢碰，甚至背地裏半句閒話也不敢說，那種奴顏婢膝，真是可恥，可恥極了。」

「我想，」板蒼實感歎的說，「他們有他們的苦衷。一個民族，要走富強的路，打算頂天立地地做人，那過程是艱苦的，每個弱者都怕面對這樣的前途。而媚外安內，則是現成的法寶，兩腿向前一彎，膝頭一落地，就什麼都成了，那確實比較省事得多！」

「當年我們學生理解剖，不知道這個膝頭還有這樣大的另一用處。」朱廣濟用手拍着自己的膝頭，作個苦笑。

「這半章膝頭論，是政治學，不是醫學！」

兩個人縱聲笑了。

朱廣濟住在板蒼實家裏，安全是安全了，但對外聯絡和工作不便。他一直在想，革命二十年，革來革去，革不出個名堂來，而這回竟革到一個日本人家裏來了。臨危自全，求庇於外人，未免有失這個堂堂革命者的身分，也未免砍了革命這塊大招牌。

朱廣濟在充分的安全之下，心理上並不比冒險犯難，置身於驚濤駭浪中更覺心安理得，更覺愉快。

他一直想回家去，回學校去，該幹什麼仍舊幹什麼，把生死禍福置之度外。他知道這樣才對，他也頗有這樣的決心，他祇是還沒有這樣做。

一個向頑強不合理的老制度和舊觀念作無情進攻的人，才能擺脫自己，不被掣肘和掣腿，因為他也原是那個老制度和舊觀念之下的產兒，他不會對他自己有更多的偏愛。必如此，才能獨往獨來，行其所是，而毫不牽掛。

朱廣濟這樣分析他自己，但難以排遣的是那幽居的寂寞。畦菊已在含苞，從日本移植而來的兩株楓樹，葉子在變紅，重陽近了，雖沒有滿城風雨，卻已是一年將盡的開始，必將發生的大自然的悲劇方興未艾。

朱廣濟的寂寞在擴大，在加深。

他偶然也幫板蒼實作點事情，陪他查查病房，教板蒼梅黛說中國話。這個小妮子，別看身個兒生得小，倒有絕頂的聰明和無比的熱情。多少新出道的醫生，在臨床之際，茫然無可措手的時候，只要把眼睛稍稍瞄她一下，她就會輕輕吐露簡單的半句一句話，點出診斷的線索，使他們摸出病源。她見過更多的病人，看過更多的病歷，陪侍過更多的名醫，她有足夠的經驗。

但縱然是在實習的醫科學生面前，她也一樣沉默而又恭敬，除非他們求援，她決不多說一句話。有時，明明知道他們錯了，她也忍着，寧可把責任留給重診的醫師身上。

這是看護婦的本分。看護婦受醫生的指導，而不是醫師受看護婦的指導。板蒼實常常說：

「梅黛！回國進醫科吧，你可以做一個好醫生。」

「有好醫生，沒有好看護，也不行。」板蒼梅黛常把一張甜蜜的笑臉對着父親，誠懇的說，「爸爸做好醫生，女兒做好看護，就兩全其美了。」

「爸爸不能做好醫生了。」板蒼實嘆口氣，但是顯然高興的說，「我當院長，醫務行政的事情太多，醫道倒生疏了。」

「應當把行政的事情交給副院長，爸爸專心看病。」

「要不是我的女兒做副院長，我怎麼放心完全交出去？」

父女兩個笑了一回。

整個同仁會醫院的日本人當中，板蒼梅黛又是中國話說得最好的一個，而她自己還以為不𣪊，要她的乾爸朱廣濟教她。朱廣濟好為人師，一邊說：

「我的鄉音太重，祇怕倒把你教壞了。」

一邊卻又老實不客氣地授課起來。他們用着一本日本人慣用的《支那語教程》，是以日語為主，譯為支語的。那樣的支語，有許多是日本人不懂，支那人也不懂的。但日本人都樂於用它。

這一天，板蒼實告訴朱廣濟關於他的女病人的故事。

「你一定會感意外，」他說，嗓音低沉，「我親手為她刮去一個胎兒，快三個月的孩子！」

「你也做這種事？」

朱廣濟是非常瞭解板蒼實的個性和為人的，知道他做這種事一定有他的非做不可的理由，但在略感震動之下，仍然不自覺地這樣驚疑的問了出來。

「這是第一次。為了他們個人和家族的名譽，我不能不做。雖然壞掉一個胎兒，但許多人因此得救。」

板蒼實說了，停頓一下，才又說：

「為了證明我的人格，我給她一切免費，不但手術費，連病床和飲食藥品，我都奉送了。而她實在是一個有錢的人。他們和我洽商的時候，原說一萬八千，都不在乎的。」

「這個，你用不着對我解釋。」朱廣濟忙說，「我們是相知有素的。」

「人的心蹟，」板蒼實一笑，「不僅要天知地知，也要你知我知，甚至人知。許多事情，我們要想辦法表明自己的心蹟，求自己心之所安，也要人家得到心之所安。這是恕道的另一種姿態表現。」

「不錯，你說的完全對。」朱廣濟頗為感動，「耶穌在說下許多大話，留下許多動聽的言詞之後，如果不上十字架，不流下最後一滴血，他便一無可取，與草木同朽了。我想，你是這樣的意思。」

「不錯，行為表現第一。」板蒼實連連點頭。

「你說，你的女病人！」朱廣濟催着說。

柳少樵的老婆葉品霞自從投江遇救，白茶花被遣之後，她自己帶一個新雇的女佣住在交通路的房子裏。和柳少樵的父親一樣，她一向一直做着一個簡單的夢，希望丈夫終於一旦回心轉意，建立正常的夫婦生活。果真那樣，適人以來的種種不愉快遭遇，就都由它化為煙塵，消散了罷休。作為一個女人，祇要丈夫垂憐，縱不捧在手上，但也不踏在腳下，也算達到嫁雞狗隨雞狗的理想了，葉品霞所祈望的並不奢侈，但經過意外的短期的摧殘，她向現實低下頭去，甚至屈下膝去。

未嫁時候，她何嘗如此呢？那時候，她自恃自己的美貌和才情，也曾幻想過伉儷之樂，他們互託身心，相敬如賓。葉品霞的家庭，有他們自己傳統的祭天祀祖的習慣，和中國許多其他的大家一樣，他們關緊大門，不讓耶穌基督的一絲風吹進來，不沾他一根汗毛。但葉品霞在學校讀書的時候，曾經聽到那位信耶穌的英文女教員偶然提到「夫為妻首」的大道理。在先，上帝造男造女，原說二人合為一體，但沒有說明二人在一體之中所佔的百分比，是一半一半呢，還是一方較多較重。聖保羅自己不討老婆，卻建立了男人的地位，從他的筆下寫出了「夫為妻首」的話，成為耶穌基督的教條之一。因為聖保羅的一舉一動，都是奉耶穌基督之名的。這就厲害了。

葉品霞深惡這句淡話。她常想，所謂閨房之樂，有甚於畫眉者，夫妻間應當是敵體的，對等的，這也就是說，男女平等。但誰又知道，理想與現實背馳，當她嫁後，竟至想奉夫為首而不可得呢？

自處的辦法當然是一步步退下來，把希望的天地越縮越小。而臨到投江一幕發生的時候，葉品霞的希望縮小到零，什麼也不再有，她絕望了。

這個世界，再沒有我的份。一個人孤獨地住着那樣一大片房子，葉品霞就開始尋求另一個不可知的世界，在三樓上佈置了一個小小的佛堂。身高二尺的白磁觀音，從古董店裏買回來了，配合她的是鼎爐的紫檀，和素燭香花，青燈木魚。她也曾謹慎地到尼姑廟去進香，試向那些光頭女人們討教學佛的門徑。但不知怎的，她實在受不了她們那種鄙俗之氣，她倒抽一口氣，默然離開她們。

女子無才便是德，這句古話倒有它的道理。葉品霞由於自身的不幸，得到一個切身的證例。因此，她覺得與其在別人的指引之下去尋求，還不如自己摸索得好，囫圇吞棗也未始不是一種嘗試。於是她從一個簡單的佛號做起，漸漸念熟了大悲咒，也可以背誦如流了。她也不規則的守齋，常常交代為她預備素食。

她從此摒棄鉛華，從頭到腳，一身青布。她遺憾自己的皮膚太白，覺得那將是她進入另一不可知世界的惟一障礙，她就試用一種灰黃色的化學流質調入塗面的油膏，把一個面孔製成一副暗淡的病容。

她從大鏡裏仔細端詳了這一番憔悴之後，又是喜歡，又是傷心，竟不自覺地流下幾滴眼淚來。

她不但有意掩蔽自己的美貌，也想滯塞自己的聰明和智慧。

這樣，時間過去了好幾個月。

葉品霞雖然足不出戶，但並沒有「古井不波」，真做到心如木石的地步。她也時常厭煩，覺得坐也不是，臥也不是，找不到一個着落。她驀地想起來，德光爺爺和父親都是以詩與酒為生活而聞名當世的，那也許另有一個天地吧？想了一回，下個決心，立在樓梯頂上叫她的女佣上來，吩咐去買酒。

女佣稍稍覺得有點奇怪，順口問：

「買什麼酒？少奶奶。」

葉品霞在這一方面並不熟悉，一時說不出來，就反問：

「不知道有什麼酒？」

「酒，樣兒多着哪。」女佣順口說了幾個酒名。

「我見他們喝高粱、大麯，那個太烈，我要和平點的。」葉品霞有點不好意思的說，「我不過偶然玩玩，解悶兒，又不真要喝酒。」

「那麼，紹興酒，少奶奶一定知道。還有紅玫瑰、白玫瑰，都帶甜頭兒，容易下咽。」女佣數算着說。

葉品霞猛可地想起來，從前有個親戚從北京回南，送給父親幾瓶酒，說是天津名產，記得那酒名就叫玫瑰露。不錯，是分紅白兩種。那時少女，很喜歡那個酒名，還給父親要了兩瓶擺在自己的妝臺上。

輕雲般的美夢，一時又浮上眼前，葉品霞又有着少女般的喜悅的心情，她高興的說：

「好極了，就買玫瑰露吧，紅白兩種都要。」

接着，又讚美那女佣說：

「你倒熟悉酒的情形，知道許多酒名！」

「我丈夫把三間門面的一座雜貨店都喝了進去，落得自己為債務坐監獄，老婆出來幫人。少奶奶你想，我會不熟悉酒的情形，不記得幾個酒名？」

女傭說着，把兩個巴掌一拍。

「原來你有這一段歷史，倒不曾聽你提過。」

「這也不算什麼光榮，我提他幹什麼？」

「酒是雅人雅事，也能敗家亡身！」

「說起敗家來，那道道兒多啦。我的叔叔，從祖上承受下偌大的家業，安分守己，原是個享不完福的人。四十以後，也不知道是受了什麼刺激，忽然要做起詩人來。」

葉品霞因為心情不好，一直沒有和女佣談過心。那女佣看葉品霞沉默寡言，料着她不愛說話，就也沒有纏着她多嘴多舌過。這時，她一開口，就引起了葉品霞的好奇心，什麼酒呀詩呀的，這個女佣定不簡單！她有一點興致來了，拉着女佣說：

「進來，我們坐了說話。」

於是兩個人到前樓上來，葉品霞讓女佣坐，像對親眷故舊一樣的誠懇和實在，女佣也就不客氣，斜着身子對面坐了，葉品霞笑道：

「你說的真有趣。叔叔做詩人，以後怎麼樣？」

「單是做做詩也罷了。」女佣嘆口氣，一扭頭說，「他做了詩，要叫人看，又要叫人說好。這年頭，人人都忙着自己的事，有誰有空兒，喫飽飯沒事做，來捧着你的歪詩讀，讀了還要讚好呢？」

葉品霞噗哧一笑，點頭道：

「不錯，你說得好玩。」

「他沒有辦法，就養了些不三不四的酸貨在家裏，每天大盤大碗的供他們又喫又喝。他花許多冤枉錢招待他們，祇圖一樣：要他們搖着頭吟他的詩，吟完之後，大聲喝彩，他就手舞足蹈，大樂特樂。」

「這是一種精神享受。」葉品霞插口說，「別怪他，他倒是很會玩的。」

「這還不算。他為了要普天下人都有福分讀他的詩，他還辦了一個月報，把他的詩和捧他詩的文章都登在裏邊，名為發賣，實在都是送人的。這樣，不幾年的工夫，家業就光了。後來，窮得一家人飯也喫不上口，從前那些幫閒，一個也不見了。他還說，雖是窮了，卻已詩名揚天下，總算值得。又說什麼窮而後工，他的詩，一定要越做越好了。你看，這不是着了魔嗎？」

女佣說着，搖搖頭，顯然似有餘恨。葉品霞忍不住問道：

「你到底是誰？聽你這樣說，你一定出身高貴的門第，你不應當做女佣的！」

「事到其間，概不由己，有什麼應當不應當！」女佣說着，眼圈兒紅了。

「告訴我，你是誰？」葉品霞用懇求的口吻說。

女佣眼望着葉品霞，遲疑一下，然後說：

「少奶奶，你知道有個人叫魏文短嗎？」

「是不是寫小說的？」

「是的。」

「那我知道，那不是櫥裏就放着他的書。」

「他就是我的弟弟。」女佣放低了聲音，囁嚅着說，而且脹紅了臉。

「聽說他是從前出使什麼國大臣的後代，這就不錯了。一向委屈了你，真是罪過！」

葉品霞由衷地發出歉意，又問：

「令弟怎麼樣？我不奇怪他的小說，奇怪他這個名字，到底為什麼用個短字做名字？」

女佣聽了也笑，解釋說：

「他原叫文端，改個短字做筆名，不過是自卑的意思。少奶奶，你猜我的名字！」

「那怎麼猜得到？告訴我吧！以後我們兩個姐妹相稱，你比我年長，我呼你大姐。再也別叫我什麼少奶奶！」

「那我可不敢！你想不到，我的名字叫文縮，退縮、縮小、縮短的縮字。」

說了又忍不住的笑，葉品霞道：

「奇怪！那是什麼意思？」

「原來我叫文淑，為弟弟改名文短，我一嘔氣，就改叫文縮。我告訴弟弟，現在家道衰敗了，你姐夫又是個酒徒，沒有希望了，我們魏家這一支就看你的了。你卻不自上進，不工不商！偏要做什麼空頭文藝家！你這不明放着和自己為難嗎？你叫文短，一點不錯，你這一輩子就算短了！」

葉品霞聽了，忍不住笑。說道：

「你也說得太過分了。做文藝家，有名有利，也算是高尚的，你該鼓勵他才是，何必掃他的興！」

「什麼名利，什麼高尚！你看他每日早起晚眠，焦思苦慮，伏在個破桌子上絞腦汁，弄得面黃肌瘦，可憐相！走到外邊，更不成話，人家一聽他是做文藝的，做文藝的人還會有出息，就都看不起他！至於見了那些什麼書店的老板，報館雜誌的編輯，不要說人家大辣辣架子，正眼兒也不看他，他自己那副低三下四，脅肩諂笑的醜態，才是丟人呢！我說，弟弟，我們如今窮雖是窮了，但也應當保持清白，不要太過自輕自賤，辱沒了祖先才好。他還和我拌嘴，不服氣我！」女佣越說越高聲，而且引起了怒意，彷彿那個不成材的弟弟就在跟前，兩個人正在使氣似的。葉品霞忙去暖壺裏倒半杯熱開水遞給她，笑吟吟地說：

「好大姐，別生氣！我們不再談這個了。」

女佣接過去喝了一口，驀地想起來這是不對的，自己如今是什麼身份，怎麼翻轉來倒喫少奶奶倒給的茶了？忙放下杯子，站起來說：

「少奶奶，真對不起，我昏了！好，我現在就給你買酒去。你今天喫素不喫？」

「今天我高興，宰隻小雞，你陪我喝點酒玩玩，好不好？」

「你高興，我看得出來。我來了幾個月，今天還是第一次看見你的笑容。」

「那要謝謝你。我的高興，是你帶給我的。」葉品霞湊上去，仰着臉兒甜甜的說，「你是我的好姐姐！」

「少奶奶，那是我一定不敢！」

葉品霞一把拉住她，顫着聲音說：

「你知道我是個苦命的人，我孤獨寂寞得要死，你竟忍心拒絕我作你的妹妹？」

說着，撲漱漱淚如湧泉。魏文縮心裏一酸，忙說：

「好好，我答應你。」

晚上，兩個人細斟淺酌，互道衷曲，把小半瓶玫瑰露喝到半夜，還不盡興。葉品霞拉魏文縮和自己做一床睡了。

魏文縮原也無意到外邊為佣，因為聽說是長沙葉家的小姐，又是紗布業大商柳家的媳婦，而且獨門獨院，一個人過活，才臨時決定來試工的。她家裏還有一女一男兩個孩子，無人照顧。

葉品霞立即說：

「明天，你去接了他們來同住。也替這所大房子添點生氣。」

但得到生氣的又不僅是房子，連這惟一的女主人也漸漸活潑起來。她不再使用灰黃色的面膏，顯示了自己的本來皮色。她依舊早晚禮佛，但更多的時間帶兩個孩子玩，女孩五歲，男孩三歲，正是逗人喜愛的年齡。葉品霞覺得這兩個現實的小生命，似乎比佛祖菩薩更能給她安慰。他們的父親姓黑，這個姓較少，葉品霞覺得好玩，就叫他們大黑，二黑。魏文縮聽了好笑，說道：

「要是連姓叫在一起，豈不成了黑大黑，黑二黑了？那才是一團黑呢！怪不得他們爸爸落得坐黑屋子。」

「正巧，我還沒有問你。」葉品霞把二黑放在膝頭上，一手又摟住大黑，問他們的媽媽說，「他們爸爸到底押在什麼地方？」

「武昌監獄裏。」

「你不去看他？」

「我和他恩斷義絕了！」

「你們當時怎麼結下這門親的？」

「唉，說起來這又是一盤糊塗帳！」魏文縮走過來坐下說，「我和文短兩個是庶出，生母早死，他們就隨便把我嫁個人了事。他們爸爸原是魏家帳房先生的兒子！」

「好漢不論出身低，這也不算是毛病。」

「我哪裏是計較他的出身？人不成材，就算出身高，又有什麼用？」

兩個人嘆息一回。葉品霞又問：

「他什麼時候可以出來？」

「那就難說。他不過欠人家幾個錢，應當是民事案子。但債權人有勢力，就把他當刑事辦了。押多久，還不是隨人家的便？鎗斃了他也成哪！」

大黑二黑為爭一個皮球，發生了衝突，二黑被大黑打了，二黑哭，魏文綰就伸手去打大黑，大黑又哭。葉品霞忙着撫慰他們：

「皮球多着呢，何必爭這一個。大黑是姐姐，應當讓弟弟才是。」

大黑聽了這話，賭氣把一個搶到手的皮球扔了。葉品霞撿了來送給二黑，二黑擦一把眼淚鼻涕，笑着鑽到母親的懷裏去。葉品霞怕大黑委屈，抱起她來，上街去了。

「我喜歡你讓弟弟，我帶你去玩。」

說着，走向江邊來。在江漢關前閒立一回，把江景指點給大黑看，大黑也問這問那。聽得那邊碼頭上一陣喧鬧，就見有許多人圍攏了上去。葉品霞原本是不看熱鬧的，這時身為褓姆，有一種異樣的心情，不覺抱着大黑也走了上去。就聽得有人在說：

「那不是找死？六十多歲的人了，還抗幾百斤重的貨！壓死，話該！」

「那也不是他願意，」另一個聲音說，「他巴不得歇着呢。無奈兒子不學好，一家全是女人小孩子，他自己不拚着老命做點，難道眼看着他們餓死？」

「不知道還有救沒有？」

「一跌倒就完了，一件棉紗正砸在腦袋上！」

聽到這裏，葉品霞再也沒有勇氣向前走，轉身回來。猛地想起年老的公公，為事業，為兒孫，真也操心夠了。兒子雖多，卻祇有一個殘廢的二哥肯幫他。像少樵，還反對他！

葉品霞對於老公公和駝子二哥不禁發生一種同情之感。想，這個人家豈止我一個人寂寞痛苦，他們兩個也夠可憐的。她略略猶豫，問大黑：

「我們坐東洋車玩，你喜歡嗎？」

「喜歡。」

葉品霞便坐一輛東洋車到工廠來。柳老先生不想到她會這樣遠跑了來玩，還以為發生了什麼意外，一見就問：

「你來了，有什麼事嗎？」

「沒有事。大黑要坐東洋車玩，坐了又沒有地方好去，我們就到這裏來了。」

柳老先生見葉品霞心情愉快，也覺着高興。忙說：

「好極了，你也真應當常出來散散心。」

他又逗大黑，說：

「下來跑着玩，別儘叫你阿姨抱着，把阿姨累壞了。今天中午在這裏喫了飯回去。」

「不了，爸爸。我們到這裏來，她媽媽還不知道呢，我們要馬上回去。」

「那怕什麼？我派車子去把他們兩個也接了來，我這兩天正掛念你。」

「好，那也好，讓她媽媽也來玩半天。等我到廚房裏去看看有什麼好喫的。」

柳老先生第一次見葉品霞這等活潑快樂，想起她自從進門以來這一段憂傷痛苦的生活，真也把她折磨得夠了，倒覺着有點心酸，實在對不起她。這時，忙說：

「品霞，這裏廚房骯骯髒髒的，不去也罷。」

「今天讓我來燒一兩樣菜給你老人家嘗嘗，我也會烹調呀。」

柳老先生怕她掃興，就也不再阻攔，哈哈一笑，說：

「那真妙極了。我雖沒有好兒子，倒有個好媳婦！」

「二哥呢？」葉品霞霎霎眼說。

柳老先生自覺失言，指指裏邊，說：

「他在帳房裏給包工算帳。」

「二哥辛苦了。二哥就是你老人家的好兒子呀。」

「是的，你說得一點不錯。」

葉品霞不下廚房，倒往帳房裏來了。走到門外，就聽見裏面有爭執，是為了一筆交易「抹零」的小事，柳老二要從百位上抹掉，人家不肯，說這不是賺錢生意，只允從十位抹去。雙方談不攏，柳老二就生氣，大聲說：

「那麼，今天沒有現錢！」

「哪一天有？」

「過半年再來問！」

對方見柳老二不講理，說話的聲音也高了起來。於是言來語去，舌槍脣劍，竟至拍桌打凳地吵了起來。

葉品霞聽得明白，一掀門帘，就輕輕走了進去。若無其事的說：

「二哥，你忙？」

柳老二一見三弟婦，就透着有點不好意思，壓住氣說：

「不，我不忙。你好？」

葉品霞望望對方的商人，笑道：

「二哥，按說這算帳的事，我可不好多嘴。不過為點零錢，二哥也不犯上生氣，把你氣壞了，倒不值得多了！」

柳老二一聽這話，就有點洩氣，頹然坐下，嘆口氣。葉品霞見自己的進言生效，就接着說：

「爸爸老了，跟前裏幫忙的祇是二哥一個人，我們大家都靠二哥呢。二哥保重要緊！」

柳老二原本有一種自卑心理，萬萬沒有想到還有人靠他，而這個靠他的人又是他一向視為天人的三弟婦。他立時心舒氣暢，覺得頂天立地，儼然也是個人物了。就一言不發，提起筆來再開出一張支票，把剛才要抹的零頭補足，分釐不缺。連同剛剛已經開好的那張整數支票，一齊扔了過去，滿面不屑的說：

「拿去，從今以後再也別想我的生意做，沒的把我氣壞了！」

這一意外飛來之筆，倒把那商人弄得進退失據，不知如何是好。因為他原無意關閉這一條生意的門路。「去，去，去！」柳老二又一直在驅逐，他祇好狼狽而去。

別看這個駝子二哥，柳家的成敗興亡，倒繫於他之一身。除了他，柳家還有誰？葉品霞常常這樣想，也就常常鼓勵他，安慰他，使他有自信，不自卑。

工廠失敗之後，一家住到交通路，改營布店。柳老先生明知人生無常，自己終將一死，兒子縱然殘廢，一切未了的責任，也還是要交給他繼承。就有意栽培他，使他獨斷獨行，自己樂得不問不聞。

葉品霞仰體爸爸的意願，對二哥噓寒送暖，友愛備至。柳老二不負他們一番好意，一手把個生意做將起來，意想不到的那種興旺。

柳老二的婚姻問題，現在是老先生的惟一心事。他明白，兒子雖有缺點，但憑他這家布店，這所市樓，願意嫁他的人還是有的，討個老婆真是不費吹灰之力。為兒女安排婚姻，原是父母的責任。但他從柳少樵的婚事，惹來一宗永不能解決的麻煩，造成各方面的痛苦，惟恐又蹈覆轍，他不敢輕易再嘗試了。柳少樵給予父親的教訓，是使他明白：婚姻這玩藝兒，原來雙方當事人的意見是最要緊的，他們的意見才是最後的意見。因此，他在未有行動之前，不得不先試探一下主角的立場。他先說：

「老二，自從我把工廠做壞了，幸虧你興起這個布店來。講做生意，你比我強，弟兄們當中也沒有誰能比得過你。你是我家的大功臣！」

柳老先生說着，認真地揚聲大笑。柳老二卻祇淡淡的說：

「我是沒有法子，勢逼處此，你們都替我想想，憑我，除了好好做生意，還有什麼前途，什麼希望？我不像你們，每條路都可走。」

「雖說每條路都可走，」葉品霞在一旁插嘴說，「但成功祇在一面。而且路太多了，難免誤入歧途，失足。像——」

她底下原要舉個例，說「像少樵」，以表明自己的看法，她不以為柳老二不如柳少樵，雖然老二殘廢，他仍比柳少樵更像那麼一回事。但是話剛到嘴邊，她又突然覺得那樣毫無含蓄的表白，於她的身份地位不合，就連忙咽住。

柳老先生見葉品霞臉上一紅，沒有下文了，就接過去說：

「總而言之，你辛苦了。照你的年齡，也實在應當娶親了。我鰥居多年，深知沒有內助，對於一個有事業的男子，太多不便。」

見柳老二低着頭，沒有話，也沒有表情，又說：

「要是你也有意，我幫你找去。等找到了，自然要你自己先看過，願意，才算數。這是你自己的事，我做父親的祇能從旁協助，不能代辦。」

柳老二抬眼看看葉品霞，臉脹得像一片紅布。他嘴脣動動，像要說什麼！但沒有說，忸怩了一會，站起身來躲走了。柳老先生就對葉品霞說：

「一定是默認了。」

說了大笑。葉品霞沉吟一下，說：

「也很難說。再看吧！」

因為父子兩個都沒有老婆，葉品霞不大問事，魏文縮現在是柳家實際上的管家婆。她明白自己的地位，祇要老二討了老婆進來，她就要退後。這個駝子是個精靈鬼，他不會喫裏向外。但魏文縮為了報答一家人對她的抬愛，撇開這些利害，就也承擔起媒人的責任來。因為她是本地人，又是破落大戶出身，認識人較多。她想，等她進來，讓她當家，我單單做活，肩膀倒輕鬆。

從此，她幾次陪着各式各樣的年輕姑娘來店裏選購布料，或是來玩，坐着說閒話兒。柳老二經常坐在帳檯上，習慣地注視着每個進出的人，這是做門面生意的苦處，一點疏忽不得。當然，魏文縮陪進來的姑娘，他更不放鬆，每一個都經他結結實實地盯過。她們雖有肥瘦高矮和一切外型上的差異，但沒有一個不是年輕美貌而又健康的。這一點，很出乎柳老二的意料，精神上的安慰和啟示更大，他的自信力突然增強了。在先，他一直以為將要和他對親的女子，一定是有某種缺陷的，像白茶花那樣。

每個逗留離去之後，魏文縮一定湊上去輕輕問他：

「你看，這個怎樣？」

柳老二總是搖搖頭，表示拒絕。拒絕得多了，魏文縮不耐煩，背地裏就對葉品霞說：

「這個人可不是怪？你一個駝子，人家看在你這一份家當上，肯委屈跟你，就算難得了。你還看不上人家，這不行，那不行。我真不明白，到底是什麼東西迷了他的心竅？」

葉品霞臉上訕訕的，似乎有點不安。魏文縮後悔自己把話說得太直了，他們到底是一家人呀，當着這個說那個，那怎麼成？想到這裏，就故意輕輕打自己一個耳光說：

「你看這是怎麼啦？背後論人，像什麼話！」

「不，」葉品霞忙說，「你已經做了好事，自己還不知道？你給他建立了自信心了！」

就把當年弟兄兩個為爭白茶花互毆的事告訴了魏文縮，兩個人笑了一回。葉品霞道：

「現在說着好笑，那時候可差一點送了我的命！」

「我看，」魏文縮想想說，「他平常倒肯聽你的話。每次他發騾子脾氣，你到場一開口，他就算了。這提親的事，你遇便兒勸勸他，他也許就肯了。」

「也好，等我試試看。」葉品霞嘴裏這樣說着，人早已走開。

自從柳少樵上海回來，吵鬧了幾天，搬去四分里居住之後，一家人更證實了一個想法，駝子老二是柳家唯一的繼承人了，柳少樵再也不作數。因此，柳老先生更急於為老二完婚。葉品霞也察覺了自己的危險地位，她想了又想，也覺得惟有老二成親，才是她的自救之道。

等我好好勸他，她想。

看他不在櫃檯上，就知道他一定在倉庫裏，因為除了這兩處，他沒有第三個去處，他一直過着如此單調的生活。近來，他忙於收桐油，幾乎把所有能夠周轉的資金，都用到這上頭了。他曾經有意無意地對葉品霞說：

「這筆生意，我要賺點大錢。希望把爸爸賠去的工廠能一下子拿回來。」

「怎麼有把握？」

「我有預感，每次我在生意上賺錢，都有多多少少的豫感。」

「那豫感是怎麼來的？」

「廣東革命軍要北伐，兵荒馬亂就在眼前，桐油非漲不可。」

柳老二說了，忙又叮囑：

「這是我的祕密，你不要告訴別人。你是知道我祕密的惟一的人，連爸爸都不知道！我怕他無意中洩露了。」

葉品霞應着，心裏也頗為感動。人不可貌相，駝子二哥真有一手兒！

這時，她輕輕走進倉庫。大門開着一條縫，剛夠一個人出入的，葉品霞自知所料不差，側身進去。桐油都快堆滿了，遮得黑洞洞的，葉品霞定睛細看，不見個人影。就輕輕叫：

「二哥，二哥。」

「哪個？我在這裏。」駝子老二的聲音。

葉品霞跟聲走去。聽得他問：

「是三弟妹嗎？」

葉品霞就不答應。

十二

在一陣冷，一陣熱，時而堅定，時而動搖的矛盾生活之中，洪桐葉是個悲劇的丑角。對於新觀念的接受，每個人都有不同的深度。洪金鈴接受非孝之說，自承是糊塗一時，很快很快地站回了原來的地方。這就是所謂「頑固」。洪桐葉則較為「進步」，他接受了非孝，並且固執其說，把母親的貧病死亡，都可以置之度外。但等到柳少樵試圖打破多年因襲，牢不可拔的婦女貞操觀念，要他對生母胞妹親冒矢石的時候，他猶豫了，而且拒絕了。

洪桐葉熟讀聖經，知道上帝造人原只造了一男一女，所有今日世界上的人，都是他們的子孫。當時人口稀少，又沒有所謂倫常關係，所以直屬血親亂交雜配的事，聖經作者都照直大書，並不稍諱。因此，洪桐葉覺得柳少樵的所謂進步的新觀念，其實是退步的復古。人類的文明是人類用他自己的血汗和腦汁經歷許多年一點一滴地積累建立起來的，而柳少樵卻要用暴力把它毀於一旦。洪桐葉想起來了，人在疲敝灰頹的時候，喜歡喝一點烈酒。而風雅之士以病態為美，從捧心西子，到步步生蓮，到林黛玉的肺病，這是變態自虐狂和虐待狂的另一種表現方式。柳少樵只是得其餘續罷了。他自以為他從俄國革命學到了嶄新的東西，其實他只是把自己老祖宗的墮落傳統，加以發揚光大，使其更為具體而已。於是他想：

「我真再也不能跟着柳少樵跑了！」

晚上，他仍然拖到很晚很晚才回來，因為他有意躲避錢本四那張冰冷的面孔。許多次，他晚上回來，錢本四、錢守玉，還有金鈴他們，原在圍着說說笑笑的，只他一進去，他們立即就停止說笑，神情冷淡的各自走開。洪桐葉常想：

「好，你們真把我看作外人了！」

有時他也自言自語地給以輕蔑：

「你們抱着這等狹隘的門戶主義，我不相信你們會成事！歷史上可曾見過真正的清一色，絕對沒有半片雜毛的時代？」

但這一晚上，他並沒有這樣溫和的反感，他所有的只是沮喪。他見金鈴也要上樓，就輕輕地叫住她：

「妹妹，我和你說話。」

洪金鈴未便拒絕，就留了下來。

洪桐葉捧着臉，半晌低頭不語。洪金鈴多年喜歡哥哥，分道揚鑣還是不久的事。看了他現在這個神情，不由心裏一動，覺得他實在也是一個可憐的人。就說：

「你要和我講什麼？」

洪桐葉抬起頭來，望着她，苦笑一下說：

「你一點摸不着我的心事？」

「你太複雜，你的心事不容易摸。」

「我們兩個關係不同，相知較深，你試猜猜看。」

洪金鈴久已希望和哥哥作一次懇談，而苦於沒有這個機會。最近這一時期，洪桐葉甚至對妹妹懷着多少的敵視，使她無法採取主動。現在，由於洪桐葉的要求，她怎肯輕輕放過。把自己的觀察和看法略略整理一下，洪金鈴關切而又鄭重的說：

「以我看，你表面上雖然人來人往，實在又沒有一個真正的朋友。如果我是你，我一定會覺得孤獨寂寞，沒有辦法可以再混下去。」

聽了這話，洪桐葉精神一振，他覺得到底知心的還是妹妹。他有點內疚了，紅着臉說：

「能不能替我開個藥方呢？」

這一問，更加出乎洪金鈴的意料，一時不知如何回答才好。洪桐葉等她一會，笑笑說：

「我自己倒有個藥方。」

「那你又何必問我！」

「要和你商量呀。」

「好，那麼請你說出來聽聽。」

「我想，最好我們兩個人回上海，跟母親過去。我不認識什麼要緊的人，當然找不到好事情做，但我情願下工場做小工，憑自己的勞力養活你和母親。」

洪桐葉這樣提議。他感動了自己，更感動了洪金鈴，他們彷彿回到了他們相依為命，一無外務的童年時代。洪金鈴高興的問：

「什麼緣故使你一下子回過頭來？」

「為母親。」

「你也覺悟到非孝是不近人情的了，是不是？」

「那倒不是。」

「這麼說，我倒不明白了。」洪金鈴顯然困惑。

「柳少樵要求我比非孝更向前一步，他要我做畜生！」

洪桐葉知道洪金鈴也還是聽不明白，接着又說：

「好，我們不再談這個。我們馬上回上海去，你贊成嗎？」

「回去，擠在閘北，也不是辦法。既然來了漢口，北伐軍又已經打出來了，何不再等等看。你知道，我也一直想回去的。不過我想，如果北伐軍打得順利，能成個局面，我們認識錢家，也算是一條出路，是有點事情做，就比做小工強。要是北伐不成，我們再回去也不遲，這也不過是兩個三個月就揭曉的事情了。」

洪金鈴說了，不等洪桐葉回答，就又加重語氣總結一句：

「我主張看看北伐的情形，再作決定。好在母親現在還有錢，她生活不成問題。」

出外半年多，洪金鈴就有這許多進退不失其據的老謀深算，洪桐葉倒覺得好玩。

「你倒是一個真正的機會主義者。」

「我不知道什麼叫機會主義。但我知道一個人能夠看準機會，抓住機會，好好利用機會，就能成功立業。」

「誰教給你這些看風轉舵，隨機應變的道理？」

「你知道我一直在學習。」

「向錢家他們？」

「我把他們的為人做事和柳少樵比較一下，覺得他們更近人情。你現在也受夠了柳少樵的，可見我沒有弄錯。」洪金鈴接着又擔心的問，「你預備怎樣對付他？一刀兩斷嗎？」

「不，」洪桐葉為難的說，「我不能一下子馬上離開他。那我就完了。我現在是先在精神上脫開他的羈絆，以後找機會再作轉變。」

「這個意思對，你先敷衍着他。」

「你要把我的意思，先透點消息給錢家嗎？」

「我想，為了將來的方便，讓他們明瞭你心理上的轉變，是有必要的。」

兄妹兩個說得融洽，不但消除了過去這一段長時期的芥蒂和隔膜，而且有一種久別重逢的親密，那感覺是新鮮的，並且帶着刺激。洪桐葉愉快的說：

「現在你可以告訴我了，母親不來，是不是你寫信給她的？」

「錢家大姐要我看看北伐軍的進退再說。如果不成功，我們都站不住腳，接了她來，倒是個累贅。」

「這一着走得好，她的見識比我們高。」

洪桐葉說了，又微喟道：

「這兩年，我不知道在搞些什麼？」

「現在回頭也不晚啊！」洪金鈴鼓勵他說。

但就從第二天開始，洪桐葉覺得錢家的人對他更冷淡了。對了面的時候，有個勉強的笑臉，此外便幾乎像路人一般的漠不相識。洪桐葉原來久已不在錢家喫飯，這一早上他在早點的桌子上坐下了，但終席無人說話，除了唏唏的啜粥聲之外。洪桐葉不安地喫了一碗，筷子劃個半圈，站了起來，使個眼色給金鈴，就走回自己的臥室。

「看這兩天的情形，這邊守不住長沙了。」洪桐葉一離開，錢守玉立刻先開了口，「四叔，你有聽到什麼嗎？」

「這邊已經在佈置一個主力決戰。等那一仗打過，才能判斷勝負，問題倒不在長沙。」

錢本四這樣說。接着，錢守玉又問：

「決戰地點，在什麼地方？」

「我還弄不清楚，可能板蒼實那邊的消息比我們多，我正要去問朱廣濟。」

「爸爸最近見到朱先生嗎？」

「兩個人都隱遯了，一個在法國人家，一個在日本人家。」錢本四掩不住他的感慨，「現在，祇有我一個人留在虎口裏！」

「他們兩個不合作，真是怪事！」

說這句話的是洪金鈴。洪桐葉聽了，有點怪妹妹多嘴，這句話說得實在不合她的身份地位。但也從這句話，洪桐葉察覺了他們之間的關係已經密切到什歷地步，便又酸酸地含着多少的醋意。

「他們雖不合作，」錢本四冷笑說，「期待可是一樣的。」

「期待什麼？」錢守玉問。

「期待北伐軍打過來。到那時候，他們會一下子冒出頭來，施展他們的許多抱負。現在，他們什麼都不作！」

「你原常說朱先生比較有希望。」

「那是單就對共產黨的認識而言。除了這一點，他們並沒有什麼不同。」錢本四笑笑，又說，「好在如果北伐勝利，如果共產黨完蛋了，他們都會轉向，同流！」

不知怎地，錢本四後邊這半句話，洪桐葉聽着有點刺心，臉上一陣發熱。洪金鈴輕輕進來，淡淡的問：

「你叫我？」

「是的。」

「什麼事？」

「昨天晚上我們說的話，」洪桐葉低聲說，「你告訴他們了嗎？」

「是的。」

「他們怎麼表示？」

「當然非常歡迎。」

「可是今天早上的神情不對。」

「他們可能因為你和柳少樵的關係太深。但那沒有問題，你慢慢表現，自然會取得信任。」

洪桐葉心裏有點涼，不想再說什麼。洪金鈴又道：

「四先生還說，朱先生幾次帶信給你，找你談話，你都沒有去。」

「那是因為三先生不叫我接近朱先生。」洪桐葉搖頭說，「有件事情，我到現在還不明白。以前我瞞着三先生到朱先生那邊去過幾回，我的意思是不想叫三先生知道。但不知怎地，我每次去了，三先生馬上就知道。那消息之靈通，實在驚人。但我一直想不透這個通風報信的人究竟是誰！莫不是三先生有人埋伏在朱先生那邊？」

「你在什麼地方見到朱先生？」

「在他的學校裏。」

「學校裏人多，說不定會有人為三先生在暗地裏工作！」

洪桐葉聽了，不住地搖頭。最後，他嘆口氣說：

「這就難了！」

住在法蘭西大飯店的錢本三，並不像錢本四所說的那樣，僅有期待而已。他倒是願意有所表現。特別是在軍事上，他念念不忘阻斷京漢路南段的軍運，朱廣濟在這件事情上不允幫忙，使他深為遺憾。朱廣濟說：

「我的人，你已經有了名單，我聽說你還是花錢買的。其實，這是你冤枉。我這個名單，對自己人並不祕密，也不據為己有。你老老實實地給我要，我也不會不給你的！」

這說得錢本三很覺得抹不下臉來，急辯道：

「誰說那是我買的？造謠生事，太不應當！」

「好，那也不必追究了。你只看看那個名單，裏邊到底有沒有那種拆路炸橋的人才！老實說，那個名單被列為黨員的，還有幾個是我假想的，我假想他以後會成為黨員，就先寫了他的名字。你以為這種人肯冒死犯難，為我們賣力嗎？」

聽聽，錢本三就更覺為難。旅漢數月，他一直有一個極大的心事，那就是：如果革命軍真地打過來，這一大筆活動費怎樣報銷！

現在真接上頭的，祇有劉玉春部下兩個團長。而這兩個團長接受命令，從事行動，能做到怎樣的程度，沒有經過試驗，尚在不可知之數。別的許多頭緒，還不如這兩個具體。

如果北伐受到頓挫，這一盤糊塗帳，算也用不着算了。如果過來，就得有個交代，這是一定的。譬如能在京漢南段出點小亂子，文章比較容易做。單是火車站上殺掉個把散紙片的小孩子，實在不夠緊張熱烈。

還有更糟糕的事，是廣州來的非正式消息，那邊主管方面分析漢口所去的情報，經過事後證實，覺得錢本三用許多金錢收購而來的各種資料，遠不如朱廣濟不花一文錢，僅憑友誼從板蒼實那裏弄來的那些更有價值。而錢本三是專任人員，朱廣濟僅僅是義務的，自動的，其情形等於玩票。一比較，就更差大勁。

朱廣濟咬定破壞鐵路交通是軍事人員的責任，其含義是單純的，他確實並不知道錢本三的軍事工作究竟做得如不如理想。但由於鐵路黨員名單一事，曾給朱廣濟一語道破，錢本三驚異自己並無祕密，原來一舉一動，甚至自己認為絕對機密的，都逃不過朱廣濟，他就疑心身邊定有人在出賣自己。想想，這個人極可能是洪桐葉，便開始對於洪桐葉有戒心，不再把他當心腹了。

大敵當前，同志之間應當和衷共濟。朱廣濟這種作法，就引起錢本三的反感。他也曾從下面收購過朱廣濟所有的鐵路黨員名單，那未免也不大夠道義了，但錢本三並不如此想法。為了工作，大義滅親都無不可，何況僅僅是一個普通的同志？朱廣濟的黨務既然不肯依附我的軍事，而現在是軍事時期，軍事為首要，我不勇於負責，一把抓過來，又叫我何以對黨，對國，對革命，對主義，對總理在天之靈？錢本三這樣想，他以為他想得很對。

破壞鐵路應由軍事人員負責這句話，在錢本三聽起來，不免有一點諷刺的意味。他覺得朱廣濟在譏笑他的軍事工作做得不好，有意測驗一下他的實力，要他不好看。他想：

「天上九頭鳥，人間湖北佬，真說得不錯！」

於是他就記起了洪桐葉曾經給過他這樣的小報告：

「朱先生口口聲聲叫你侉子，說漢口是湖北人的漢口，侉子在這裏混鬧些什麼！我們兩湖，受北佬的荼毒還不夠嗎？祇要吳佩孚這個大侉子一倒，我們就『八月十五喫月餅』，大家殺北佬！」

當時聽了這話，錢本三也曾心裏一涼，悟到自己正處在爐火之上。不，豈僅爐火之上而已，簡直是置身在一個「烘爐」之內，四面八方都是火。因為朱廣濟從籍貫着眼，認為他就等於吳佩孚，而吳佩孚「討賊」是不認鄉親的。這就等於柳少樵認為他是國民黨，而朱廣濟又說他太接近共產黨的情形是一樣的。總之，兩邊不做人。於是他就不免有牢騷，有時搖着頭說：

「我們革命正要打倒封建思想。朱廣濟這種鄉土觀念正是封建思想的極端表現。要依他這種想法，孫中山是廣東人，九頭鳥也好，侉子也好，都不必幫他忙了，那還成什麼話？」

話雖是這麼說，錢本三卻也真的懷疑到，他這種幫南人打北人的行動路線，究竟是不是對的。這算不算是一種喫裏扒外的漢奸行為？當然這種想法，在他的思想裏邊只是偶然一現而已，要說他可能來個大轉彎，回過頭來再助北禦南，那是不可想像的事。

但錢本三的牢騷話，經過幾個曲折，傳到朱廣濟的耳朵裏以後，就不但變了樣，而且也變了質。朱廣濟對人說：

「不想到錢本三的頭腦如此封建。他竟敢說，如今吳佩孚當權，是北方人的天下。等革命軍過來，南方人當家，天下就是南方人的了。他這樣說話，封建不封建還是小事，挑撥離間的作用大。莫不他暗中在幫吳佩孚？這個人一定腦後有反骨，靠不住！」

鄉土觀念在錢朱兩人的思想和感情當中作祟，像一個步隨步緊的鬼影一樣蒙住了他們的眼睛，也蒙住了他們的聰明和智慧。他們以此迎接正在以若干青年的生命和血肉與吳軍搏鬥而節節勝利的革命軍。

但錢本三還一直不忘要在京漢南段玩一手兒。

可惜的是目前已經沒有一個可以就商大計的人。四弟和女兒尚且不肯無條件的聽從，洪桐葉這小鬼更不用說。

「我為了郭心如才重用他的。其實郭心如又何嘗深知其人！不過是為了故人的遺子，海灘上見過一兩面，覺得他可憐而已。將來郭心如要來漢口，我一定告訴他，這個小鬼要不得！」

錢本三這樣想。

從這聯想而來的是柳少樵，他知道柳少樵的群眾較多，他是一個置身群眾之內而從事群眾運動的人，所以他有群眾。他不騎在群眾頭上，或者懸在半空裏役使群眾，像自己足不離法蘭西大飯店一樣。

錢本三自嘲地苦笑一下，把一支大雪茄連連猛吸，煙霧瀰漫在他的面前，久久不散。

洪桐葉這個人既已不堪信任，對柳少樵方面的聯繫，應當有個新的「交通」負其專責。為了表示坦白，彼此可以推誠相與起見，這個人最好由柳少樵介紹。他最後一次使用洪桐葉了，叫他帶口信給柳少樵，請他到法蘭西大飯店來一趟。錢本三心裏想，如果柳少樵這個實力派能夠和我合作，支持我，就可以補救我的任何弱點，而得暢行其是。那樣，姓朱的將其奈我何！

柳少樵困居在四分里裁縫店的樓上，每日翹首南望，常常想到他的白茶花。北伐軍以破竹之勢，攻下長沙。就共產黨的決策而言，這很不夠味兒，因為國民黨的氣燄將因軍事的局部勝利日益高張，共產黨將為之黯淡無光。但在個人，這是一個難得的機會，如果兩湖打通，他要回長沙一行，看看白茶花究意是怎麼一回事。至今為止，他還沒有另外一個女友。問題就在這裏！柳少樵不是那種對一個女人終身一之的專情的男人，如果有代替，他寧願去此就彼。他原想以洪金鈴代替白茶花的，但這個小丫頭專會拿矯，有許多張致，真恨得他牙都癢癢的。這其間，壞事最大的是洪桐葉，他不肯合作！

因此，白茶花的影子就一時還不能從腦海中移去。這個是他有生以來主動得來的唯一女人，是初戀，而又稀者為貴。但他永遠不聯想到白茶花的來歷，如果不是討進葉品霞，白茶花怎會到他的身邊來呢！所謂屋烏之愛，在柳少樵的感情裏是絕對沒有的事。

外邊風聲緊，經濟又困窘，柳少樵已經是失水之魚了。不想在這時候，洪桐葉帶到了錢本三的口信。

「你知道他找我幹什麼？」

「我不知道。」

「你每天在他身邊，總知道一點影子。」

「不，他近來不信任我了。」洪桐葉沮喪的說，「他不給我作事，不同我說話，甚至看也不看我一眼，想不到的那麼冷淡！」

「難道他也不同你睡覺了，兔兒！」柳少樵輕蔑的一笑，「你的一套我領教得多了，你招人恨，自己還不知道！山難改，性難移，照你在我跟前的情形，錢本三那邊包管好不了！」

「我不明白你的意思，我什麼地方招人恨了？」

「你每天搖擺不動，前後左右沒有準兒，這還不夠？還有，老弟，你的心事一直掛在你自己的臉上，什麼人一看都懂！要想玩弄人，玩弄我和錢本三，你得再學深沉點，現在還差得遠呢！」

柳少樵說着有點氣，把個香煙頭重重地一扔，就走近前來。洪桐葉嚇得向門邊退後兩步，脹紅臉，急辯道：

「什麼時候，我要玩弄你們？絕對沒有的事！」

柳少樵一手攬住他的肩背，一手托住他的後腦，就和他來一個長吻。然後推開他，恨恨的說：

「你最近又背叛了我，打量我不知道！」

洪桐葉還欲有所辯，柳少樵忙搖手說：

「好了，兔兒，再也不要談這個！我們去看錢本三吧，你先走。」

看洪桐葉出去，掩上門，柳少樵再抽着一根香煙。這十支金鼠牌，還是從門口的香煙攤上賒來的。沒有辦法，今天晚上還預備回布店老家喫晚飯，和老二再談判幾個錢。給老二商量錢可真不容易，柳少樵天不怕，地不怕，就怕給老二要錢！

柳少樵這幾年因為起居飲食，全無規律，鬧上了個不輕不重的胃病。稍飽，稍餓，都會引起胃痛，這給他添了相當的麻煩。過去，忙起來一整天粒米不進，不眠不休，照樣精力充沛，越忙越有勁。一待有錢有閒的時候，坐下來從容大喫大喝一頓，又往往過量，隔了整天整夜還是飽的。現在不行了，越是窮忙，越要注意飲食；一不小心，痛起來，便什麼都不能作了，因此，荷包裏至少飯錢不能斷檔，因為實在餓不起了。

聖保羅談笑那些饕餮之徒，說他們「奉腹為神」。而現在，柳少樵在把自己的胃當老太爺般伺候。洪桐葉偶然這樣開他的玩笑，他就會有點氣：

「媽的，我不是為無產階級的革命奮鬥，捨己為人，才得了這個病的嗎？聖保羅難道是我兒子！」

這樣驢脣不對馬口的罵出來。

事實上，柳少樵雖然沒有因為胃病而減低了他的鬥爭精神，但胃病已開始多多少少地妨礙他的工作，他受到曾未有過的難以避免的困擾。

「錢本三有什麼事找我？」

對於這個問題，他給以深思。錢本三已經不止一次地接濟他費用，他不確切知道錢本三將在他身上取得什麼報償。錢本三從來沒有要求，這就更值得注意。施惠於人而無所求，可能有意外的重大要求在後。他曾經給他過兩份名單了，一是市委的，另一是工總的。那名單完全出於臆造，連影子也沒有。他當時不能不有多少的歉意，也曾坦白告訴錢本三說：

「這名單並不可靠。可靠的名單，連我也不知道，因為市委也好，工總也好，根本沒有什麼名單。」

但錢本三收下那兩份名單，以後也不見動靜，沒有下文了。後來，據洪桐葉推測，錢本三要那名單，在充實他的報告內容，往廣州一送，表示他在軍事以外還兼做了別的事，就算完了。然則何以不自造一個，而一定要花冤枉錢去買來呢？那是責任問題。萬一將來發現了根本不是那麼回事，他可以說出這個東西的來歷，便一推二淨，不拖泥，不帶水，因為柳少樵是確有其人的，貨假，來歷不假，那就好說得多了。

柳少樵從此有點摸着錢本三的作風。

但今天奉約，他實在猜不出原因。把一支煙抽完，他也不再去想它了。流氓和紳士廝混，喫虧的一定不會是流氓，雖然錢本三亦未必配稱紳士，但我難道還怕他！柳少樵這樣想着，就去法蘭西大飯店了。

這交易是公平的，而且是一筆可觀的收入。

錢本三提議，由柳少樵負責在京漢南段出點亂子，阻斷南北交通，看時間久暫，他付出活動費。

「憑漢口報紙消息，」柳少樵誠心招攬這筆生意，「你按鐘點給我錢。只怕斷得久了，你付不起！」

「這樣的消息，一定不會上報。」錢本三見柳少樵一口答應下來，心裏着實喜歡，表面卻鎮靜。他說，「你想，長沙剛打了敗仗，要是京漢又斷了，前方的軍心還有辦法維持嗎？」

「那麼，」柳少樵沉思一下說，「你派個你信得過的人跟我的人同去，根據他的報告，你付我錢，好不好？這不是一件小事，說不定我得自己去。」

這是一個開誠佈公的提議，辦法也是好的，但錢本三很為難，因為他手下沒有這樣的人才。最近，他正不喜歡洪桐葉，看他每日在跟前轉來轉去，實在厭煩。就說：

「叫洪桐葉去好不好？他，我信得過，又是你的朋友。」

「人由你派，是不是我的朋友，我不管。」

柳少樵說了，又攢攢拳頭，興奮的說：

「本老，你剛才說報紙不會登斷路的消息，這句話倒觸發了我的靈感。我們一面在京漢出事，一面我再派人幫你在岳陽前線和漢口一帶散佈京漢不通的謠言，還可以添油加鹽，說得活龍活龍，使他軍心崩潰。你看怎麼樣？」

「如果能做得到，那真是好極了！」

「你要另外供給我活動費的話，這比破壞鐵路容易得多啦。」

「到底你要多少錢？」

「這個，我一時也回答不出來。估量着怕不要調動到一百多人！你等我回去縝密計畫一下，我們明天再談吧。」

「不錯，我等你的。」

「本老，這一定不會是一個小數目，」柳少樵釘他一句，看看他的決心和經濟的實力，「你真能付得出嗎？」

「祇要你做得到，我就有辦法。」

「我做事公平，不叫你喫虧。你付我定金，等我做過，你滿意，再付我錢好不好？」

柳少樵拍着胸膛說。這樣的坦白和爽快，倒使得錢本三深為感動，覺得還是柳少樵這個人夠朋友，真比朱廣濟和老四這班扭扭捏捏的懦夫更容易相處。一時，竟頗有一種知己難逢之感。他用力握住柳少樵的手，連連搖着，由衷感激的說：

「那好極了！我們永遠永遠的合作！」

「那是當然，我們合作到底！」

柳少樵也用力握住錢本三的手搖着。錢本三覺得他這一隻手好像比較一般的手大，火熱而有力。

「本老，事不宜遲，我現在就回去佈置。」

「好。那定金，回頭我叫洪桐葉給你送來。」

「你這一提，我倒想起來了。等洪桐葉來，就叫他留在我那裏好不好？我喜歡一開始計畫，就叫他參加。那樣，我們聯絡方便，你也可以知道詳細的經過內情。這是玩命的事情，我不白拿一文錢！」

彼此又叮嚀一番，兩人別過。

等洪桐葉把定金送到的時候，柳少樵已經會見過一位黑社會的首領，這個人一向在京漢南段扎根，他的徒子徒孫，十九是鐵路員工。那時候，鐵路員工的待遇，平平而已。但有辦法的人，卻是一隻金飯碗。車務人員賣車皮，接受運輸商人的孝敬，真是「小焉者耳」，沒有人把它當回事。最優厚的利潤，要算運毒品。民國以來，毒品這東西在中國也算是怪現象之一種。它一直普遍流行，售吸俱極方便，但它又一直非法。某時某地，它繳了「特稅」，就取得合法地位。但易時易地，它這個合法地位又不被承認。因此，毒品走私，不但是一項大生意，而且成為「國際貿易」。若干外國浪人、冒險家，到中國淘金，以這項生意暴發最快。

鐵路上私運毒品，平時是公開夾帶，祇要人頭兒熟，官方眼睛就半開半閉。因為任何一宗像樣的貨品，官方人員縱然不是股東，也必分到利潤，彼此反是自家人。但也常常因為分贓不勻，半路上殺出個程咬金，硬要查毒。遇到這種時候，公開夾帶就一定出事，非有特別辦法不可了。

有個「天才」，發明了把毒品銲在洋鐵筒裏，投入機關車的水櫃裏，到達目的地之後，機關車進廠，從容取出，再從容私運出廠，稽查人員的眼睛最易瞞過。

鐵路是國營事業，但若干員工被稱為「特別股東」。因為好處他先得，剩下來的才屬「國有」。有個車隊長，用旱煙管吸海洛英。他把海洛英裝在一個扁形的兩磅的餅乾盒裏，裏邊現成放着小銀匙，火紙捲成的「紙媒子」成捆的準備着。他落坐在大方桌旁邊的太師椅上，點上紙媒，揭開盒蓋，用小銀匙把海洛英舀在白銅煙斗裏，吹着紙媒，不緊不慢地吸個不停。架在另一條腿上的腿，先是輕輕地搖。越吸得久，就越搖得快。嘴裏還蚊叫似地斷斷續續哼着二黃或是西皮。

他偶然見人用紙煙吸海洛英，就嗤之以鼻，大言不慚的說：

「你們這算吸什麼？我撒的比你們吸的還多！」

這位車隊長是特別股東之一。

另一位的職級是司事，他的地位比車隊長還不如。他在鐵路服務多年，竟然沒有一個住處，甚至連盥洗的用具都沒有，原因他一直住在妓院裏，每夜開雙舖，何謂雙舖？兩妓伴宿也。有個名堂，這叫「雙澆」，又叫「過橋」。這位司事，納悶人為什麼要結婚。常說：

「難道住窰子不方便？」

他有個惟一的好友是個花柳科的醫生，他因常常就醫，和醫師生出了友誼，兩個人在土地廟裏上香，結為兄弟。

西洋人信耶教的多，每日念念有辭，靠祈禱排遣那太多的時間。飯前飯後，都有咒語。據說，如果不以生育為目的，連夫婦交歡，都是犯罪的。牛角鑽到這一步，想來他們的火車司機，在開車之前，一定也不會不祈求他的上帝保佑他行車安全了；當然行車一畢，少不了感恩一番。

而中國的火車司機至少在正月初一的早上，要恭備香案，奠酒燒紙，放鞭鳴鑼，對火車頭跪拜祭奠一番，祈求這位「火車頭之神」穩健行事，不要闖禍出亂子。

一個司機，喝得微醉，跳上機車，開足馬力，趕時間回家去喫月餅，和老妻團圓。經過一個小站，他應停下來，等候錯車，他卻直衝而過，出站之後，逕與來車相撞。事後，他幸而不死，對人說：

「我以為到站還早，我根本沒有看見車站，這就出了事！」

車站雖小，晚上一樣有許多燈火，照出一片站房。當班站長手裏搖着紅燈，出站揚旗也懸着紅燈。而這位司機竟一無所睹，連他的助手也兩眼漆黑，這不能不算是怪事！

「我想，一定有鬼！鬼蒙住了我的眼睛！」

司機這樣解釋，人也這樣相信。

西洋科學家發明蒸汽機，不想來到中國，竟和毒與鬼結了緣。而毒品的運售，又一定離不開黑社會的人事關係。柳少樵接了錢本三的生意，首先請教一個黑社會的領袖人物，他算誤打誤撞，沒有把事情弄錯，有了一個好的開始。

洪桐葉由錢本三的交通變成柳少樵的隨從。表面上他還像以前一樣的忠心服從，暗中則已離心離德。柳少樵對於洪金鈴並沒有死心，這是他向錢本三借用洪桐葉的原因之一，但洪桐葉對於這一點堅決表示不再過問，柳少樵就有點測透他的用意。

「你用美人計拉攏錢家？」

「隨你怎麼激我，挖苦我，我都無能為力了。」

「但我知道，你這一着棋是要失敗的。」柳少樵笑笑，輕描淡寫的說，「我從錢本三的神情之間已經察覺出，他對你已經冷了。錢老三如此，錢老四和錢老三的女兒怎樣，可想而知了。他們可能要你的妹妹，但決不要你！」

洪桐葉心頭一震，好像有點打着瘡疤，卻仍然硬嘴說：

「我不像你說的那麼鄙劣！」

「我老實告訴你，你就算投過去，你也沒有辦法解除錢朱兩家的矛盾，他們也永遠不會信任你。何況還有我要破壞你！你做過共產黨，就像那寡婦失節一樣，永遠不能恢復清白了。難道你連這點小道理還不明白！」

不等洪桐葉回答，柳少樵接着說：

「再別三心二意，好好跟着我，因為你對我還有用處，我不許你背叛我！」

話說得十分柔軟，態度也溫和。照洪桐葉的經驗，柳少樵少有這樣情形，他總是容易暴怒的。於是他趁機會表白自己說：

「投過錢家去，我是沒有那意思的。我倒想回上海，跳出這個是非圈子，作小工去！」

「那是傻想！我不是已經說過，你對我還有用處嗎？」

柳少樵把洪桐葉一把抱住，不許他再說什麼。

為京漢南段的事，兩個人開始奔走忙碌。柳少樵驀地想起來，問洪桐葉：

「你是不是常到安娜那裏去？」

「最近多日不去了。因為她的丈夫魏蒙蒂回來了，他不喜歡我常去他家！」

「那為什麼？」

「一半為借錢的事，魏蒙蒂不主張援助革命黨。」

「好，這是一半原因了，還有另一半呢？」

「安娜送我幾套衣服，魏蒙蒂看到帳單子，問出來了。他因此有點恨我！」

柳少樵想了一下，覺得時局越來越緊，吳佩孚打勝了那不要緊，敗下來就一定把一肚皮不高興發洩在老百姓頭上。他打不過革命軍，卻打得過老百姓。把老百姓做他的出氣筒，他綽有能力，以鎮壓革命為名，漢口說不定會有屠殺。為自己預備一個避難所，安娜家是一個最理想不過的地方。但是魏蒙蒂在家，那就不行！

如何可以令魏蒙蒂離去呢？

「可惜少了兩樣東西！」柳少樵盤算着說。

「什麼東西？」

「如果我們有吳佩孚和瀋陽方面的密電碼，同瀋陽方面和魏蒙蒂的密電碼，我就能叫魏蒙蒂離去，而且短時間不能回來。」

柳少樵對洪桐葉試問一聲：

「這個，你有辦法嗎？」

「瀋陽和吳的密碼，錢家就有。」

「你能拿得到嗎？」

「這歸錢守玉保管，我可以問問金鈴，不敢說一定。」

「魏蒙蒂的，當然要從安娜身上想辦法，你怎麼樣？」

洪桐葉考慮一下，倒有點為難。就說：

「這不容易！第一，魏蒙蒂在家，我沒有辦法單獨見到安娜。再者，就算見到了，如何向她討密碼？她再也不會為了我們背棄丈夫的！」

「我們想辦法偷他的。」柳少樵隨口說。

「知道他有沒有這個密碼，又知道他放在什麼地方！怎麼樣下手？」

「那麼，你先去試試錢守玉那一本吧，希望你不一直令我失望才好。」

聽柳少樵這樣說，洪桐葉立即覺得肩頭沉重，多少有點後悔多嘴。這要弄不成，責任定準是在自己的頭上了，怎麼說也卸不掉。

來到錢家，和金鈴單獨密談一回。金鈴先就怪他：

「你已經說遠着他了，怎麼又幫他找這個？知道他玩什麼花樣！」

急得洪桐葉給妹妹打躬不已，哀求說：

「你知道，我沒有說一下子斷了他，我說漸漸的。你算幫忙我，再敷衍他這一回。」

洪金鈴知道哥哥受人脅制，事情如果做不到，有得苦頭喫。就說：

「東西是錢大姐叫我替她保管着，等我問了她，才知道行不行。」

「你一問她，就不免節外生枝。要是她不肯呢，豈不害了我？你拿給我看看，我知道它是怎麼編的就夠了，這用不了兩分鐘的時間。」

洪桐葉力懇幫忙，做出一副可憐相，打動她。他知道這個瘦怯怯的小妹妹倒是喫軟不喫硬的。

「這不是一分鐘兩分鐘的問題。」洪金鈴申明自己的態度，「錢大姐相信我，才叫我保管，我怎好瞞她！」

「問她，一定不行。」洪桐葉顯然很失望，「你知道他們對我的態度，一直冷冰冰的把我當外人看待！」

「那也沒有辦法，譬如人家沒有要我保管，你又怎樣？」洪金鈴被纏得有點不耐煩。

聽得樓梯上有人叫「洪小姐」，是錢守玉的聲音。洪金鈴答應一聲，去了。

洪桐葉賭氣要走，又想着對柳少樵不能交代，還在猶豫。一時覺得自己操心勞力，到處碰壁，不為人所諒，真不知所為何事，竟心灰意冷起來。

「莫不我該死了？」

正在難過，聽得一陣樓梯響，金鈴興沖沖地回來了。她把一個電本遞給洪桐葉，說道：

「你看，我們說的話，錢大姐都聽了去了。她叫我拿這個給你，你看吧。幸虧是我好，要是我也像你那心腸，才叫人看不起呢！」

洪桐葉一見電本，也不管金鈴在說些什麼了，忙着記了下來。然後再三道謝。洪金鈴道：

「快別謝我！錢大姐待你好，你要自己拿定主意，不要叫人家寒心才好。」

洪桐葉便不再理她，一逕去了。洪金鈴望着他的背影，惋惜地搖搖頭。

過了兩天，魏蒙蒂收到一封由討賊總部譯轉而來的電報，張雨帥約他速去瀋陽，有要公待商。魏蒙蒂因為剛剛回來不久，又不知是何要公，不想去。打電去問，覆電，仍然請他速去，他祇好匆匆就道。心想，一定因為湖南喫緊，有所諮詢。

但他一到瀋陽，就受到特別招待，行動有人跟着，而且不能離去。因為雨帥總部曾經收到漢口討賊總部的密電，說魏蒙蒂已經接受廣東革命軍的約聘，向革命軍輸誠了，他已不再是北洋諸帥的朋友！

幸虧他是洋人，要是中國人，早已鎗斃了。

十三

自從長沙陷落，武漢人心惶惶，不可終日。在先，一般人在若干不安之中，都還信賴吳帥，恃為長城。廣州的革命黨，嚷着要北伐，何止一次！但也不過在湘粵桂邊境一帶擾攘一陣，終於不成氣候，無功而退，徒然勞師動眾而已。不信這一回他們會能鬧個名堂出來！這是一般社會的膚淺之見。

至於吳佩孚，想當年「八方風雨會中州」，也曾認真地威風過一陣子。這回東山再起，坐鎮武漢，儼然領袖全國，自覺今勝於昔。憑這點道行，他哪裏把區區廣州的革命軍放在眼裏。他根本沒有革命軍會打過來的那種想頭，他倒盤算着要趁這個機會一鼓而下兩粵，平定南彊，然後回師中原，完成武力統一，致國家強盛於億萬斯年。他把各方建議和部下們所提供的許多作戰計畫以及安全準備，都報之以冷笑，看也不看，就往字紙簍裏一塞。他自己有一個再簡單不過的如意算盤：湘南一戰，革命軍望風而潰；他便分兵兩路，一趨桂林，一指廣州，大不了一兩個月的工夫，事情解決了。

他早就有意南征，為怕人家說他以強凌弱，先啟兵端，故而隱忍未發。現在，南人先來犯我，真是正中下懷。他從此可以振振有辭，不慮師出無名了。

以討賊大帥身分，在漢口大大慶壽以後，他移駐岳陽。有人以為他關心對南軍事，那是完全不瞭解他，他不會把這點癬疥之疾放在心上。他到岳陽，實在是為欣賞洞庭湖光，飲酒賦詩，以遣雅興的。他的「輜重」裏邊隨帶山東黃酒百罈，略可顯示他此一行的真正目的。他要在詩酒談笑間，像諸葛亮安居平五路一樣的把革命軍斬盡殺絕。當年謝安聞捷，與人對弈如故，那種若無其事，滿不在乎的神態，吳佩孚久已心嚮往之。因此，他有意製造歷史，讓後世的史家為他的從容滅賊大書一筆，而不讓謝安專美於前。

中國甚多名酒，也不少好飲的人，但山東黃酒從來不在品題之列。它的原料是黍，黍性黏，多膠質，故釀酒之後，保存不易。一經變壞，就像醋一樣酸，實在難以下咽。而吳佩孚於中外許多佳釀之中，獨獨加以欣賞，無非鄉土觀念作怪；同時，也表現了他的保守性之強，他不接受外來的任何事物，除了實權和虛榮。

衡陽之失，他略感意外，認為是革命軍的僥倖。就對長沙防務稍作佈署，並試對衡陽作反攻準備。不料他的佈署和準備尚在進行，而長沙又告失守。

他這才知道北伐軍的銳氣方盛，以劣勢裝備，以一當十，竟如生龍活虎。他自己的部隊，往往一經接觸，勝負未分，即行潰退。吳佩孚這就有點急了，大大傷損了他的飲酒賦詩的悠閒心情。他這樣想：整理退兵，後方增援，都曠日費時，非旦夕可辦，無法抵禦革命軍的迅速攻勢。他已經多多少少地察覺到，革命軍行動快速，自己一方面卻是老大迂緩的。面對這一事實，不用非常奇謀，是不行的了。

大帥自己肚裏有數，並不勞動參謀顧問人員，酒酣耳熱，一陣冷笑。命令從前線上退下來的部隊在鄂南邊區整理佈防，由北南調的生力軍，也加入這一戰線，卻用少數部隊扼守岳陽。

駐在杭州的孫聯帥，據報長沙失守，他也睡不安穩了。連忙趕到九江，調集部隊防守贛西。吳佩孚有個密電，力請他沿株萍一線，出擊衡陽，以收夾擊之效。聯帥覆電同意，卻又按兵不動。

原來孫傳芳有一個「坐山看虎鬥」的想法。他希望革命軍和討賊軍能有一個相持不下的拉鋸局面，雙方力量消耗，他便出面收拾殘局。那時他挾其精銳生力軍，以雷霆萬鈞之勢，革命討賊雙方都要聽他的。如果這個局面不出現，討賊軍戰勝，他便通電擁吳，保持五省地盤的現狀。

不幸而敗，吳必下野，他以五省實力，進可以收集吳部殘餘，擴張地盤；退亦可以自保，然後相機與革命軍一決雄雌。革命軍雖然已經打下長沙，聯帥心裏還是有點看不起他們，奇怪的是他竟不曾想到「輕敵」正是兵家大忌。

部下高級人員不知道吳大帥葫蘆裏賣的什麼藥，自己留駐岳陽，卻儘把大軍北調，這是什麼作戰計畫？別人都不敢多嘴問他，只有張祕書長實在忍不住了，便相機進言道：

「大帥，現在人心惶惶，究竟有何打算，至少要讓高級將領和幕僚們明白，他們也好安定部下。這個時候，大帥酒也要少飲。岳陽空城，總要提防着點！」

大帥和張祕書長算是朋友。論科名，張祕書長是翰林，吳佩孚差得遠哪。所以這個話也只有張祕書長說得，要是別人，那還得了！

吳佩孚聽了一笑，捻着八字鬍，晃着腦袋說：

「其公，這回我給你個熱鬧看。衡陽長沙退兵，原是我的誘敵之計。現在——」

吳佩孚說着站起來，用一根籐條指着牆上的地圖說：

「我把主力集中在這一帶，以逸待勞，靜候敵軍。敵軍剛剛打了兩個勝仗，挾着一股驕氣，正是有進無退的時候，不用怕他不來。祇他來了，我就給他一個甕中捉鱉！」

張祕書長順着他的籐條一看，所指的正是鄂南一帶。張祕書長雖是文人，也讀兵書，端詳一下，說道：

「如果敵人不沿鐵路進擊，兩翼迂迴，逕取武昌。那又怎樣呢？」

「我兩次敗退，就為這。現在已經把敵軍的驕氣養成，他一定以為只管勇往直前，不必再有顧忌。我保他上鈎！」

「大帥，莫怪我多說。萬一他不上鈎，又用什麼計策？」

張祕書長鼓着勇氣說。大軍退了，岳陽已經暴露，他身在危城，實在覺得不安。他知道整個討賊總部，他要不說話，再也沒有人有資格說話，因此他不得不說，心裏可也實在怕冒犯了他，惹沒趣。

奇怪的是，大帥聽了，並不發怒，反倒得意揚揚的說道：

「果真那樣，劉玉春一定會堅守武昌，我就回師反擊，包圍敵軍，和劉玉春呼應夾擊，也不會有他的跑兒！」

吳佩孚說着大笑。張祕書長不由得贊佩無地，連說：

「大帥神機妙算，真不可及！」

「其公，」吳佩孚鄭重交代說，「此事天知、地知、你知、我知，千萬不可洩露！」

「那是自然，大帥放心！」

以後不久，他就祕密離開岳陽，親入鄂南軍中，祕授機宜。鑑於衡陽長沙的抵抗太弱，他就把親信部隊組成督戰隊，一律使用輕機鎗，在作戰部隊的後面佈成第二線，凡有臨陣退後者，督戰隊即予射殺。大帥的意思是讓他的作戰部隊都明白，退後必死，進則有生望，是個置之死地而後生的策略。這樣。如果敵方沒有辦法把他們全部消滅，他們就必然戰勝，至少也可以守住戰線，成膠着狀態，以老敵師。

大帥的謀略是萬全的。

但這樣的計畫，豈是能瞞得了人的。把所有的隊伍都結集在一條線上，不為決戰是為什麼？朱廣濟和錢本三兩個人就都曾供給北伐軍這樣的消息。

有「童謠」出現。這種童謠印在二寸不到的一個小小的紙條上，一夜之間到處都是。有貼在牆壁和電線桿上的，也有撒在街頭巷尾的。簡單的幾句韻語，看過一遍，很容易記得。於是很快地就在人們的耳語中流傳開去。

日失其中

自西而東
三五動刀兵
泰山崩
火德興
仙人識青童
馬角生
奴織婢耕
花落水流紅

這時候武漢人心，單用惶惶二字已不足形容，他們實在是恐懼，而且恐懼非常。有辦法的人已在開始逃難，最近最方便的是住進租界去，雖然聽說這一回的革命原是帝國主義者們惹起來的，正巧要打倒帝國主義，租界未必保險，但先住進去再說。至少對於吳佩孚的討賊軍，它還有保障作用。因此英、法、日各國租界頓告客滿，房價一時上漲十數倍。

除了就近設法，還有乘船往上海的。中國客貨商輪久已徵作軍用，根本沒有了，所有外國商船無不利市百倍。列強為應付北伐軍的攻勢，都以保僑為名，開到許多軍艦，武漢江中星羅棋布，各色各樣的洋旗招展。

逃難的另一條路是上北京，這要走京漢鐵路。但這條鐵路的客貨運輸久已停頓，來來往往的都是軍車。偶然有一列兩列的象徵性客貨列車，一天也走不了一站兩站。它要讓軍車優先行駛，一等幾天輪不到它。它的車頭又有時被軍方抓走，它無頭而不行。有這種種困難，所以北上避難的人比較少。

近來南段又常常失事，「燒軸」，「掉道」幾乎無日無之。火車輪軸，到站停靠之後，即須檢視上油。油乾了就會磨擦燃燒。掉道是出軌。要施破壞，最簡便的辦法是「燒軸」，如果有人偷偷撒上一把細沙，以沙代油，很快就會燒起來。這雖不致使交通中斷，但誤點失時也足夠了。

有從隴海鐵路奉調南下增援的一列軍車，車上的一位最高級官是個剛剛升起來的團長。他受命南下作戰，自認是一個升官的好機會，他恨不得一步跨過武漢，投入戰鬥序列，和革命軍一較身手。他便可以旅長師長扶搖直上，也就有做總司令做督軍的希望了。

車到花園，照例機車上煤上水，他就等得不耐煩，怪火車貽誤了他的戎機。好歹把個車頭等了回來，又不開。他就再也忍不住，查問起來，據說還要等候錯車。

「我不錯車，馬上給我開！」他氣哼哼地下了命令。

「不錯不行，」值班副站長急道，「下一站已經放出來了。」

「放你媽的臭屁！」

團長一巴掌把個副站長打得踉踉蹌蹌，幾乎跌倒，吩咐鎗兵把他押到車上去，自帶衛兵到車頭上來。叫司機——

「馬上開車！」

「還沒有拿到路牌。」司機忙說。

「為什麼不拿？」

「要等上行車進了站，才能拿牌。」

「你媽的！」

團長掏出手鎗來，就用鎗把子照那司機頭上狠打！車頭上地方小，無處閃躲，司機雙手護着頭，連連告饒。

「別打，別打！我開，我開！」

「好，開了就不打！」

司機無可奈何，拉拉汽笛，就把車開了。出站之後，他一直緩緩行駛，又不住地鳴汽笛。團長又不耐，怪他不開快，又要打。

「上行車正在半路上，要撞！」

「撞你媽的×！」

又是一陣鎗把子，劈頭照臉打下來。

司機被打得滿頭滿臉的血，心一橫，行車速度立時加快。他卻留心兩側，揀個平沙地段，雙腳用力一蹬，人就離開了車頭。團長和他的衛士方在驚訝，司機助手也從另一邊跳了出去。

團長這就慌了，沒個措手處。上行列車已經望到有車下來，剛在遲疑，豫備減低速率，來車早已馳至，對頭碰上。訇然一聲，兩個車頭直豎起來，然後摔倒在地，鍋爐破裂，蒸氣瀰漫，滾水四濺。團長和他的衛士則被埋在熊熊的煤火之下，燒得半焦，發出一股腥臭的氣味。兩列車廂也跟着倒翻，上行車又是裝運傷兵的，一時兩車上死的死，重傷的重傷，輕傷的輕傷，竟無一個幸免。叫喊號哭之聲，頓時震破田野，驚動山谷。

撞車事件發生的時候，柳少樵正住在武昌一個隱密的所在，他所控制的一個黑社會人物的得意門生的第四個小老婆的小公館裏。他負責主持京漢南段的破壞工作，洪桐葉替他跑漢口，江上來去，聯絡各方。

燒軸掉道的小事件，每天送到法蘭西大飯店，錢本三並不十分滿意，他盼望有更精彩更火爆的表演。柳少樵用洪桐葉做交通這一點，他特別覺得不妥當，他原希望柳少樵把洪桐葉留在身邊工作，不知道為什麼柳少樵沒有照自己的意思做。他與柳少樵的合作，他怕朱廣濟知道，甚至也怕本四和守玉知道，他認為這是應當祕密的。他板着臉問洪桐葉道：

「我早告訴少樵，叫他另外派人替你擔任聯絡，為什麼他還沒有派出來？」

「他提過，他說換個生手，不熟悉。」

「做交通，應常常換新面孔，太熟悉是個缺點。」
蘊蓄已久的一句話，洪桐葉認為這是機會，應當可以一露了。
「三先生，」洪桐葉更不遲疑的說，「你不應當懷疑我的忠心！」
錢本三望望他，不說什麼，也沒有任何表情。洪桐葉又說：
「我在那邊受夠了柳少樵的虐待。我實在願意接近你！」
洪桐葉說着激動，嘴唇在顫，聲音也有點抖。
「怎麼，你和柳少樵鬧翻了？」錢本三急問。
「也不是鬧翻。我們兩個從開頭就常鬧，但沒有翻過。我所說的是作風和路線，我想我是屬於你這邊的人！」
錢本三聽了，心裏更加一涼。不要洪桐葉做交通，原是他對朱廣濟撤回的一步棋，他不希望朱廣濟對自己知道的太多。但他是相信洪柳之間的關係的，他用洪桐葉，人情賣在郭心如身上，骨子裏卻為勾搭柳少樵。他一向以為中國共產黨必不能成功，那麼中國共產黨這分力量未免棄之可惜，不妨加以利用。現在，洪柳之間既已貌合神離，洪桐葉的可利用價值就差得多了。
自然，這不能解釋給洪桐葉聽，表面上他另有個說法：
「你的心事，我清楚。我派你跟隨柳少樵——」
下面，他原要說，「倒是我不放心他，要你監視他的意思。」繼而一想，如果這個話要過到柳少樵的耳朵裏去，則他們之間的合作，必將受到不良的影響。略一遲疑，就改口說：
「我的意思，實在是為表示我對柳少樵的一番誠意。我希望你繼續接近柳少樵，像接近我一樣，再也不要三心二意！」
這樣的指示，一點不合洪桐葉的要求，無論是感情的，或是理智的。他覺得話不再能說下去。他就去同仁會醫院見朱廣濟了。

朱廣濟一心念舊，他不忘老友洪百厲，對於洪桐葉倒是比錢本三真關心。但他近來對於這位老友之子也有點灰心，因為幾次三番約他來談話，總是推託不來。他也就漸漸明白，他與洪桐葉實在關係不夠，已死的洪百厲，並不能作他們之間的橋梁。父父子子，究非一體。於是他想：「算了，共產黨可不好纏，不要倒叫他反咬一口，弄得自己不清不白。這遲早是一場亂子！」

自長沙失陷，岳州喫緊。原駐漢口的戒嚴部隊，奉命改編為督戰隊，開赴前線督戰，留防漢口的人數突然減少。戒嚴司令部為造成恐怖氣氛，以加強鎮壓，於督戰隊開走之前，大捕革命黨人，其中就有不少冤枉的良民。

老百姓多數是怕事的，看了這種情形，就都更加謹慎，惟恐誤觸法網。儘有深居簡出，非萬不得已決不上街的。

板蒼實為了顧全老友，也勸朱廣濟不要露面，凡相知不深的訪客都拒絕接見，根本不承認這裏有這樣一個人。當洪桐葉去見他的時候，正巧遇到這種情形，他就嘗到了閉門羹。

真正走投無路，像碰到鬼打牆了。路也還有兩條，回上海或是在安娜的商店裏幫忙，正式接受她的僱用，從此脫出這個革命的枷鎖，還我自由之身。但他在對於錢、朱兩方所感受到的那一種不坦誠的猜忌的反感之下，帶着十分勉強，又回到了柳少樵的麾下。難道他真生着一雙佛爺的手？洪桐葉自己想着，也覺得好笑。

為了京漢南段的表演不㲄精彩，不但錢本三不滿足，柳少樵本人也覺着差勁。為錢本三幫這樣一個忙，他事先曾經得到他的上級的批准，他的上司們還為此特地召開一次會議，從長研究了一番，才答應他的。因為這與「阻撓北伐」的策略有關，柳少樵無權作主。會議決定，認為這是阻撓之中的小合作，矛盾的統一，為取得錢本三方面某種有利的條件，這種小合作是必要的。

因此，柳少樵的好戲，兩面等着看。他要對他的上司們表現能力，也要對錢本三有所交代。但他也不能直接動手，他要假手於他的黑社會朋友。因人成事，未必能盡合自己的理想。炸橋、毀路，那邊表示都有困難，說穿了，祇是想多拿一點錢而已。他們為柳少樵服務，和柳少樵為錢本三效力，目的並無異樣。這一發展，使柳少樵深深覺得，流氓無產階級的革命性是值得懷疑的，他們自私自利，更甚於小資產階級。實在是不可靠得很！於是他自言自語的說：

「黨發展到某一階段，一定要剔除流氓無產階級，並且把他消滅！」

撞車事件，使他意外地獲得了救命靈丹，文章有了資料，並且具備了靈感。一切交通阻障的消息，久已被軍方封鎖，報紙上隻字不覓。報紙上永遠登不完的是連篇累牘的討賊軍勝利的新聞。革命軍自從出師，就一直在打敗仗，他先敗到衡陽，又敗到長沙，現在快到岳州了。至於真相，任何真相都諱莫如深。柳少樵的文章這就好寫了。他把撞車歸功於自己的正確領導與縝密佈署，和他的部下的壯烈犧牲。這一撞車，損毀敵生力援軍兩個整團，交通截斷三晝夜，這是能夠掐着指頭算得出來的有形損失。而由於這一事件的發生，敵軍心混亂，鬥志全失，其影響之大，就難以估計了。

果然，以後不幾天，革命軍攻克了岳州。吳大帥退守鄂南之線，置重兵於汀泗橋，準備在這裏背城借一，殲滅南軍，反敗為勝。

革命軍分兵佯攻贛西，以牽掣孫軍，卻以少數精銳之師，對汀泗橋實行中央突破。慘烈的戰事，就在這裏發生。這一戰役，對於雙方都是許勝不許敗的，這是一場決戰。

決戰結果，革命軍以一當十，前伏後繼的精神，擊敗了裝備優良的討賊軍。討賊軍壓不住陣腳，潰退下來，又遇到自己方面的督戰隊用機鎗密集掃射，制止他們退卻。敗軍前後被攻，傷亡益重。最後，敗軍一怒，和督戰隊打了起來，督戰隊不支後退，堂堂討賊之師就潰不成軍了。

吳佩孚退入武昌，交代師長劉玉春，要他堅守待援。自己就過江，在漢口發出貫徹討赤通電，請各省出兵，合力反攻。可惜敗軍之餘，沒有人再聽他，他從此一蹶不振了。

吳部敗軍，一小部分被劉玉春收容了去，編為城防軍，協助守城。大部分因為缺乏船隻，無法退往江北，就投降了革命軍。他們先前以為革命軍個個青面獠牙，喫活人，像老祖母嘴裏所說的「長毛造反」一樣，及至見了，才知道不過是像自己一樣的一個丘八。所不同者，北軍穿布鞋，南軍打赤腳着草鞋而已。

革命軍以赤腳穿草鞋聞名於世，據說兵出韶關，他們的高級將領和軍事顧問都赤腳穿草鞋，以示與士卒共甘苦，那種身體力行的精神，曾贏得各方的贊佩。革命軍所帶來的新氣象，實在是北洋諸帥望塵莫及的。

自從成立督戰隊，漢口就不大有隊伍。吳佩孚北去之後，市面冷清了兩天，謹慎一些的商戶都暫停營業，關了門觀看風色。依然繼續有人遷入租界避風頭。酒樓茶館，人也少了。每個曉事的人，都臉上冷冷的，話也少說，飯也少喫，不知道眼前就要出現的到底是一個什麼局面。漸漸發現有紅綠顏色紙的標語，貼在電桿、牆壁或店門上。什麼歡迎北伐軍，擁護蔣總司令，什麼打倒土豪劣紳，打倒軍閥，打倒帝國主義等等。

對於漢口人士，這是個新鮮玩藝兒。過去吳佩孚討賊，只是見諸通電，見諸報紙，可從來沒有貼到牆上過。

但是穿草鞋的革命軍終於進了市區了。一般的說，身軀都比北軍小，赤足，短袴，打着裹腿，上身卻是一領不大合身的棉襖。更大的分別是，北軍軍服灰色，革命軍卻是草綠的。漢口人初次看在眼裏，也覺得有點新奇。

他們一直唱着一支軍歌：

打倒列強

打倒列強

除軍閥

除軍閥

國民革命成功

國民革命成功

齊歡唱

齊歡唱

這支軍歌有不少的好處，音調簡單易學，人人會唱，而又意義明顯，說得斬鋼截鐵，不含不糊，任何人都無法咬文嚼字，予以曲解。

還有口號。歌唱完了，就喊一陣口號。口號與標語，大體上並無二致，寫在紙上是標語，喊在嘴裏就是口號。

每條標語的下端，都註明張貼的機關名稱，最常見的是「工總」，「婦協」，「農協」，還有各軍的政治部。

對於漢口人士，這些也都新鮮。

受感染最快的是街上的兒童，只有一天兩天，他們就學會了唱那支軍歌。天真的「齊歡唱」，洋溢在每個角落。粉筆寫的歪歪斜斜的標語，也在牆根屋角上出現：打倒張阿貓！打倒李阿狗！喊喊唱唱，跑跑跳跳，孩子們像過新年一樣的快活。

原有的幾家報館，每天在幫忙吳佩孚聲討革命軍的，現在都變了口氣，大翻個兒，一力頌揚救國救民的革命軍，罵吳佩孚為國賊了。

泊在江上的各國兵艦，都卸下了砲衣，取消官兵登岸休假，準備應變。

但漢口安靜如恆。

五色旗不見了。不太合規格的倣製的青天白日滿地紅旗，取而代之。

軍方負起治安的責任，政治部接收了漢口市政廳和警察局。

錢本四把大門上貼的那條「討賊總部軍法官錢公館」的紙招刷掉，錢本三從法蘭西大飯店遷過來了。他刻了一個「國民革命軍先遣軍司令部」的長條木戳，寫了一封便函，派人接收了電報局，立即開始檢查收發電報。等治安部隊前來過問的時候，他已安排就緒；原是自己人，自無話說。

軍方召見，劈頭先問：

「武昌怎樣？」

原來劉玉春奉命堅守武昌，閉門不出。革命軍雖然已經完成包圍，但輕武器不能破城，如用轟擊，又恐生民塗炭，正在兩難。劉玉春聲言要與城共存亡，以報吳玉帥知遇之恩，寧為玉碎，不求瓦全。總之一句話，他不打算投降。經軍方一問，錢本三心裏一緊，臉上一紅，老實說：

「劉玉春部下有兩個團長，都和我早有聯繫，現在都在城裏。」

「為什麼還不動？」

「大約在候時機。自從關了城門，就無法聯絡了！」

「應當早聯絡好。現在當然晚了！」

「我再設法叫他們行動。」

軍方便不言語。

朱廣濟來見。他報告軍方，錢本三和共產黨的柳少樵合作無間，對自己同志則不表信任。他以地方人士的資格，不歡迎錢本三在漢口甚至湖北工作。

以後不多幾日，當地黨部和政府宣告成立，朱廣濟是黨部委員之一，錢本三卻擔任了政府委員。這一措施，惹起了朱廣濟的極大反感，他準備伺機而動，「我非打擊他不可！」

但就軍事眼光而言，孫傳芳近在眼前，這不解決，革命軍的勝利成果，是完全靠不住的。

軍方的任務，在消滅孫軍實力。東路軍已經攻入福建，孫傳芳正首尾不能兼顧，但他的主力顯然放在南潯之線。軍方的注意力也就集中在這裏。唯軍事勝利，黨務和政治才有發展的機會，那是一定的。

留在廣州的革命政府，為擴大影響，決定遷移漢口。

武昌城內，劉玉春守志不渝，但他的部下軍官眼看大勢已去，都主張投降。劉玉春堅持了近一個多月，不見吳帥反攻，也就洩氣。他與部下約定，讓他安全北去，依附他的舊主吳玉帥，部下有願隨去者可以同行，其餘的要如何便如何，他不管帳了。這個條件，送給圍城的革命軍主將，立即得到同意，武昌就也懸出了革命軍帶來的國旗。

俄顧問包羅庭到達漢口。

黨政人事有新的變動。而滿街上出現了不利於軍方的標語，報紙上在攻擊。老百姓這就再也弄不明白，前幾天不是剛在「歡迎」，「擁護」，口口聲聲說他「勞苦功高」嗎？

有個姓陳的人，不知道討好了誰，一下子做了商人部部長。當年仲先烈被刺殞命，這位陳就是主謀兇嫌之一。仲夫人一聽到消息，氣得哭了。這時，郭心如也在漢口了，仲夫人一向敬重郭心如，以為他是一個學者，定會主持公道。就哭到他家去，哀哀說道：

「仲先生為黨為國作了犧牲。現在屍骨未寒，不想殺他的兇手竟成了黨國要人，你看這還成什麼世界？」

郭心如笑笑，沒有回答她。仲夫人擦一把鼻涕，說：

「郭先生，你倒說說我聽，難道這就是政治？」

郭心如仍舊不開口，卻只顧抽他的煙斗。仲夫人不耐，催着說：

「你說，你說，你怎麼不說話？」

郭心如被逼得緊了，這才慢吞吞的一個字一個字的說：

「政治就是黑暗！」

「這怎麼解釋？」

「我沒有解釋。」

仲夫人忽然若有所悟，好像冷靜了下來。擦乾眼淚，說：

「那麼，我們為什麼要革命？」

「這個，各有認識不同。」郭心如放下煙斗，像在授課一樣的嚴肅的說，「拿我自己來說，我是醉心英美式的民主政治的。照我的理解，我以為中山先生所豫定的憲政時期，應當就是英美式的民主政治。因此，我寧願忍受軍政和訓政時期的煎熬，希望苦盡甘來。到那時候，要是與我的理想不合，那也不怪別的，祇怪我估計錯誤罷了。」

「那也不能解釋你的『政治就是黑暗』的說法。」

「一個殺人的兇手可以做部長，這是目前的暴力政治，也就是黑暗。而我所理解的那個將來的憲政時期，卻是光明的。如果不是，那麼現在的革命，是從這一個黑暗進入另一個黑暗，便更不足取了。」

捧姓陳的做商人部長，仲夫人也明白是共產黨的一套手法，從一個問題人物造成不和諧，力量就減消。仲夫人痛恨這種手法，但又不便揭穿這個陰謀，因為她有個寶貝兒子正在莫斯科，這不啻是一個人質。她故作糊塗！運用女人「一哭二鬧三上吊」的一連串法寶，以示抗議。她到處奔走，無會不與，哭了又說，說了又哭。

「我要絕食，我要上吊！」

她宣示了決心。

但是仍舊沒有人理她。

她知道不再火爆一點，事情就會不了了之，而陳的部長做定了。她率領她的女子弟們，一逕包圍了商人部部長的辦公室，把些茶壺茶杯門窗玻璃砸得粉碎，她舉起一把椅子來就往陳的頭上打，陳慌忙躲開，奪門跑了。

此事發生，第二天早上，各報都有詳細的報導，添油加鹽，繪影繪聲，給讀者造成一種把黨國大事當兒戲的輕薄印象。對於打擊威信，暴露弱點這一點完成之後，陳失去了他的被利用價值，祇可把部長的位子讓給了別人。

仲夫人因此聲威大振，到處裏有人捧她。她試驗出自己竟是有力量的，就越加潑辣了。

有人來試探郭心如，希望他幹宣傳部長。他是名流學者，負有極高的清望；又因為曾經領導五四運動，在進步的青年們之前，他有一種受崇拜的偶像作用。郭心如就淡淡地問那來人道：

「不知道要宣傳些什麼？」

「目前，要特別強調孫中山先生部分的遺教，好像聯俄容共政策，農工政策等等。」

「共產黨實行無產階級專政，」郭心如覺得很可笑，「而孫中山先生的黨有一個憲政時期的遠景，你以為他們會是一雙孿生兄弟嗎？」

來人伸出一隻筋勝於肉的粗硬的右手和郭心如的那隻溫暖柔軟的手輕輕一握，兩人告別。談判不成，大任就由柳少樵的牽線落到了錢本三的肩頭。

錢本三得到一個光桿委員，每星期兩次過江去開會，在會議席上聽聽主席的訓話和各單位的工作報告，甚至自己連發言的機會都沒有。偶然插上一兩句嘴，也沒有誰注意他，既不關重，又不關輕，根本沒有分量。

他覺得很不彀味兒。

還不如那個電報局有個玩頭，這差不多是他的私生子，現在乾脆是個外快。他所委派的那位外行局長，以後受到各方面對於既成事實的承認。錢本三便不放棄責任，每天跑到電報局去「辦公」。他專管檢查收發電文，任意竄改一番，然後發出。外國人發回國去的電報，不拘是私電或新聞電，凡報告革命軍方面的情形的，他特別注意。他不讓那些報告對於革命軍有一字之貶，革命軍原是一支救國救民的正義之師。他但求收一時宣傳之效，而不計信譽，不計後果。等露了狐狸尾巴，揭穿了下流的陰謀手段，丟人，他也不管。

那個局長是他一手提拔，硬加栽培的。他把錢本三視為衣食父母，錢本三要如何便如何，他只知唯唯承命，而沒有絲毫的反感，甚至絲毫的懷疑。他給我做官，我就對他絕對服從，這是天經地義的事。要不，幹麼人家把官給我做？

局長以下的員工，都是革命前的舊人留用的。他們經此一番大變，不但首領無恙，竟還保有飯碗，想想自己與革命軍真的素無淵源，便自認徼天之幸，新局長搞些什麼名堂，他們當然不管閒帳。

錢本三每天要來改電報，所有電報都要經他親自過目，他不打花押，任何電報不得出去。這個情形，錢本三自覺極其權威，極其神妙。但在電局舊人的眼裏，卻見怪不怪，這不新鮮。因為多年以來，每個駐防軍的頭腦都派得有那麼一個不大認字的身着軍服的老粗，來玩那一套。那個人，好像一直是個北佬，因為隊伍總是北洋的，如此重任，他們信不過別人。

這回是南軍，但那個人還是北佬，而且不穿軍服，這一點，他們多少有點詫異。有個聰明絕頂的人，聞一而知十，就加以揣測道：

「聽說革命軍裏邊，有政治部，有黨代表。這個人，八成是派在電報局的黨代表。」

想想，倒有點像。錢本三為了適應時代潮流，脫下了他的團花緞子袍褂，穿起呢中山裝來了。他的中山裝是特別定製的。洪桐葉把經常給安娜做衣服的那位中國洋裁縫介紹了來，給他做了這套衣服。照錢本三本人的意思，袴口一英尺，袖口十英寸。裁縫當時就說：

「這做出來不好看，不像件衣服。」

「衣服是我穿，不是你穿。」錢本三大不高興。

這就照做，照穿。錢本三手挾黑色公事皮包，黑眼鏡，大雪茄，頭頂呢帽，身穿又寬又大的中山裝，腳上輭底淺口中國布鞋，左上邊小口袋上面別着一個大洋錢一般大小的證章，也不知是哪個機關的，居然一派革命氣象，真彀個樣兒。

雖說不十分得志，倒也自得其樂。不想就在這個時候，朱廣濟放他一礮。他在紀念週上發表演說，公然說：

「湖北是湖北人的湖北，漢口是漢口人的漢口。這些年來，我們受彀了北佬的壓迫，真是創痛鉅深。不想我們剛剛打倒了侉子吳佩孚，又來了一個假革命的侉子錢本三。我代表湖北人，請侉子滾出去，侉子應當回侉子的地方去！」

侉長侉短，亂罵一陣。第二天又把全文登在報上。

就有新聞記者，紛紛訪問錢本三，請他發表意見。照往例，錢本三暗地裏仍然回敬一聲九頭鳥，把侉子二字抵銷。侉子固然不順耳朵，九頭鳥更難聽，這個報復最方便。

但對記者，他不提九頭鳥了。因為這樣一提，就無異對全體湖北人挑戰，自己變成孤軍，那是萬萬不可的。錢本三揮着雪茄，面帶微笑，對着成群的記者，一直謙虛的說：

「沒有意見。我平常對於朱先生極景仰，革命老前輩決不會錯。我真的沒有意見。」

「一個人指着名字罵你，叫你走，你怎麼可以沒有意見？」記者們異口同聲的說。

被逼得緊了，錢本三才無可奈何的說：

「如果你們答應我不在報上登出，我還可以說兩句話。因為我尊敬朱先生，我不好和他頂嘴，傷他的尊嚴。」

「各方面都關心這件事，錢委員，你的話還是發表得好！」

「不，我一定不叫朱先生難看。」

記者們互望一下，其中一人把眼睛擠擠，給同業們一個暗示。錢本三故作不見。聽他們有人說：

「好，好，錢委員，我們答應你不發表就是了。」

「謝謝各位幫忙！」錢本三心平氣和的輕聲說，「其實我也沒有什麼。不過覺得朱先生地域觀念太深，這是一種封建思想。而我們革命正要革掉這種封建思想。總理常常引用『大道之行也，天下為公』那句話，就含有打倒這種封建地域思想的意思。所以一個保有這種封建地域思想的人，實在是反革命的。」

「你說朱先生反革命？」

「不，不，那怎麼會？」

「你明明是那樣的意思。」

「豈有此理！」

錢本三說着，縱聲大笑，雙拳一抱，說聲「再見」，把記者們送去了。

另一家日報，以「肅清封建餘孽」為題，發表了一篇社論，把朱廣濟罵得體無完膚。結尾說，「黨應當斷然清除這些阻撓革命的準備坐享革命成果的落伍的時代的滓渣，黨應當毫不留情的打倒這些違背工農無產階級利益的偽裝革命的意圖腐蝕革命的反革命份子！」

街上出現「打倒封建餘孽朱廣濟」的大幅橫掛的紅布標語，許多牆壁上也有了同樣文字的顏色紙標語。這些標語先在漢口露面，立即渡江到了武昌。黨部和朱廣濟的那間武漢中學附近，張貼得最多。

十四

漢口工總的「工人糾察隊」宣告成立。便衣，左臂上箍着一個藍布白字臂章，多數拿着「童子軍棍」一般的木棒，也有徒手的，也有的肩着沒有子彈的報廢的步鎗。洪桐葉做了工人糾察隊的指導員。

為了慶祝成立，他們來了一個示威。武漢三鎮的公私工人都罷工一日，參加遊行。沒有人能數得清到底有多少人。遊行之後，又在跑馬場開個大會，把整個跑馬場都擠得滿滿的。包顧問以及所有上數的要人都出席了這個大會，而且挨次發表了演說。仲夫人照例提到她的仲先生，照例痛哭流涕一番，雖然會眾很少有人聽得懂她的太重的廣東口音，但大家也鼓了掌。

包羅庭演說：

「這是我們來到漢口以後的第一個大規模的示威大會，中國革命因為無產階級的醒覺已經發展到一個最高潮。」

最後一個說話的是錢本三。當前許多要人，他不曾想到這份榮譽會落到他的頭上。但他早已準備了一個演說詞，以備不時之需，這回正巧用上。他的演辭，歸納起來，大致是：中國革命是世界革命的一環，而蘇聯是世界革命的先驅。因此，我們要向偉大的蘇聯學習，接受他的領導，跟着聯共黨的弟兄們的足跡前進。

許多要人的演講在前，而錢本三這一篇最叫座。群眾在工人糾察隊的控制下，於一口氣八小時的遊行開會之後，這篇演講又使他們精神百倍，像服下了強烈的興奮劑。鼓掌和鼓噪，使錢本三的演說一再被打斷。包羅庭看到這個激昂的情形，忙問左右，左右就把錢本三演說的題旨譯給他聽，包羅庭不禁大為贊賞。今天的大會，有如此良好的效果，錢本三功不可沒。於是演說一畢，群眾中就喊出了「擁護錢本三」的口號，歷久不息。

阻撓政策不奏效。革命軍的破竹之勢，使得共產黨不得不變阻撓為篡奪，把一些灰色人物抬出來，盤據要津，直接加以利用。第八軍唐軍長以他的武力與共產黨結合，武漢政權這就得以存在。唐心裏明白，最高的椅子只有一把，有個人在坐着，不把那個人推開，永遠輪不到自己坐，而共產黨答應幫忙把那個人打倒，為自己謀取那把椅子。這好極了！

包羅庭與代表軍方的意見分歧，除了黨的利益之外，還有戰略見解的不同。當然戰略見解，也基於黨的利益。攻下武漢之後，包主張沿武漢線揮軍北進，直搗北洋派的心臟北京。北京一下，天下可傳檄而定。他以為上海是帝國主義者在華勢力的中心所在，你碰到它，不是和它衝突，就是對它屈服。衝突力量不夠，屈服則失威信。不如擇弱而噬，先打北京。

一個慘痛的歷史教訓，那就是太平天國。太平天國於打下武漢之後，如以大軍逕取北京，則清廷之亡可期。可惜它不此之圖，竟先取南京，終敗於清廷與帝國主義者互相勾結的勢力之下。國民革命軍豈可蹈此覆轍？

就形勢而言，太平天國的興起，原是順天應人的，也就是說，它是合乎時代要求的。因此，一開頭它就獲得順利的進展。但以當權者不善利用，不知把握，致將大好機會輕輕失去。

現在，國民革命軍又風雲際會，脫穎而出了。汲取歷史教訓，把握有利時機，千鈞一髮，稍縱即逝。

表面理由如此。實際上包羅庭主張一直向北，他是另有企圖的。他想造成沿用北京為首都的既成事實，以便蘇聯對中國的控制。蘇中結合，又足以排斥日本在滿蒙的勢力。列寧遺言有云，經由北京和加爾各答是從莫斯科到巴黎的捷徑。兵法攻其弱點，這正是世界對共防務上的一個最大的弱點。

當局洞燭其奸，當然不上當，於擊潰贛西的孫軍防線之後，一直掃清長江下游，和攻略福建的東路軍會合，東南半壁的錦繡河山就在掌握之中了。然後又聯絡西南各省土着軍隊，包圍、對抗並打擊武漢政權。當局深深瞭解中國共產黨的國際性，共產黨是和國家民族的利益背道而馳的。有共產黨就沒有國家民族。

南京就也有個政府成立。它除了維護已被劫持的「黨統」和「法統」之外，並宣佈共產黨為非法，認真地予以清除。

武漢出版了四開的中央日報，這是一項勇敢的改革。

中央日報被篡奪利用為理論領導的中心，《嚮導》這個刊物倒好像失蹤了。一份大報出四開，出於一個排字工人的建議，他多年在上海澡堂裏躺着捏腳看小報，覺得異常享受，對開大報的嚴肅氣氛，完全不是那回事，一點也不能引起他的回甘之味。他在報紙籌備期間，就從工會方面表明他的見解。他以為四開翻閱較便，特別是在電車和公共汽車上。立刻有人反駁他，說：

「漢口又沒有電車和公共汽車。」

「將來這份報紙少不了要銷到上海去，上海是有電車和公共汽車的。」

「難道這份報紙是專為上海人辦的？」

另一個工人提出另一個意見：

「四開太小，包東西不夠大。」

這個意見有力，眼看四開之說要站不住了。原提議人靈機一動，板着臉說：

「蘇聯的報紙都是四開的，我們要效法蘇聯。」

「你幾曾見過蘇聯的報紙來？」

「包顧問說的。」

「包顧問同誰說的，你怎麼知道？」

「你不要急，等我告訴你。」原提議人得意的說，「包顧問曾給仲夫人談到此事，並且說對開確實沒有四開好。仲夫人回家告訴別人，就被她的洗馬桶閒老媽子聽到了，洗馬桶閒老媽子又回家告訴她丈夫，她丈夫就告訴他表弟。他表弟是我的好朋友，親口對我這樣說，難道還會錯嗎？」

大家一聽，事情有來有歷，就不便反對。由工會把意見送到宣傳會議上去。討論到這一提案，會議主席就舉目望望錢本三，錢本三一看坐在他下首的宣傳部祕書，不知什麼時候伏在桌上睡着了，就不知如何發言才好，把眼睛從墨晶眼鏡裏邊對主席乾瞪着。主席把嘴一撇，無可奈何的說：

「等會你問他，」

就放過這一案，開始討論下邊的。原來這位祕書是共產黨推荐來的，他有着雙重黨籍，一切「大政」都要他先決定，身為部長的錢本三，不過畫諾而已。

會議終了，祕書好夢未醒，別人都離席而去，錢本三一個人在等他。他吸着雪茄，拿着一份當天的日報在看。這份報是對開的，錢本三翻翻折折，細心研究，覺得確實太大，不方便。四開這個意見，倒怕是對的。可見黨的農工政策，固不僅由於農工的人數最多，痛苦最深，即以他們的智慧而論，也是超人一等的。錢本三點點頭，想：

「如果四開大報，由我作始，倒也是一件值得驕傲的事！」

他望望伏案而睡的祕書，微微發出鼾聲，又想：

「這傢伙夜裏幹什麼？會議席上，主席面前，大睡特睡，太不像話！」

他一眼瞥到報紙上的社論，又是攻擊軍方的。嘴角上冷冷一笑，心裏暗暗說聲「夢話！」就覺得有多少的不安。他意識到現在漢口這一套未必是一個長久的局面。他深深瞭解：軍事是黨務政治的開路先鋒，也是黨務政治的保鑣。漢口擁着一個政府的虛名，而軍權不在此，前途這就難說！

「這一回，我做了傻瓜了！」

輕輕搖着頭，這樣想。

社論之外，還有專論。這種專論，每天都有，署名的全屬黨國要人，內容千篇一律，把軍方攻訐。今天這一篇是譚公公的。錢本三不由得想：

「難道譚公公會是真心？」

對着這一盤混亂的棋局，錢本三覺得有點舉步艱難。現在一時風光了，以後呢？他覺得他應當豫伏下一步棋，對那邊通一下聲氣，讓他們明白自己現在正受劫持，作為將來一個迴旋的餘地。

伏案而睡的祕書，一覺醒來了。他打個呵欠，用手抹去一直在流出來的口水，茫然問道：

「怎麼，散會了？」

「散了有一會兒了，我在等你！」

「有什麼事嗎？」

「你看這個。」

錢本三把四開大報的提案遞給他，他先看是工會的來文，再看看摘由，就順手抓起一支筆來，批上「照辦」二字。他從他的中山裝的衣袋裏摸出一個圖章來蓋上，然後把圖章收回原來的口袋。那個圖章是錢本三的，錢本三交給他這個圖章，託他全權處理一切對內對外的事務。

祕書挾起皮包來往外走，一邊說：

「等會見，我有事到包顧問公館裏去一去。」

「好，等會見。」

錢本三說着，把四開大報的公文拿起來，往他自己的辦公室去了。心裏卻仍在想：

「怎麼樣和那邊通通聲氣才好！」

朱廣濟受到攻擊，先還硬，表示滿不在乎。但也藏在家裏，不敢去學校和黨部辦公了。他的女兒，十七歲的朱凌芬，是女中的三年級學生。自從革命軍過來，學校一直沒有正式上過課，所有學生都加入了婦女協會，每天開會遊行，辦壁報，貼標語，這個運動，那個運動，忙也忙不過來。

自從父親受攻擊，朱凌芬在學校裏也就受到檢討。婦協的一個委員，在她們學校裏一連幾次召集學生大會，要朱凌芬當眾報告她父親的劣蹟。朱凌芬第一次上臺，原想替父親辯護一下，她面對許多同學，紅着臉，囁嚅着說：

「父親實在是個好人。不過……」

一語甫畢，同學們立刻騷動起來，有尖叫聲，有噓聲。那個召集開會的婦協委員，把袖子擄得高高的，跳到臺口，大喊：

「打倒封建餘孽朱廣濟！」

學生們跟着她喊。

「打倒封建餘孽朱凌芬！」她又領頭喊。

學生們又隨聲附和。

朱凌芬嚇得面無人色，渾身發抖。婦協委員吩咐散會，把朱凌芬帶走了。

過了兩天，婦協委員又來到學校，朱凌芬跟着她。雖僅兩日，她已清減了許多，眼睛深陷，蠟黃一張小臉。婦協委員立時召集開會，還是老題目，要朱凌芬在臺上罵她的父親。

這回情形不同了。朱凌芬垂着眼皮，木着一張臉，背書似的一樣一樣的說。民前，父親怎樣參加「保皇黨」，怎樣屠殺革命黨人。民初，父親怎樣擁袁勸進，第一個上表稱臣。在學校裏怎樣貪污枉法，在家庭間怎樣專橫。這些話，說了足夠兩個鐘點，最後她又說：

「尤其可恨的是他的淫亂行為，」朱凌芬一邊說着，一邊流淚，「家裏一年之中，換過十多個老媽子，都為了他，他老不要臉！」

在場的同學一陣交頭接耳，亂哄哄，間雜着嗤嗤的幾聲笑。婦協委員拍個巴掌說：

「說明白點，說下去！」

「他表面上古派道學，」朱凌芬臉變得像一張白紙，聲音嘶啞，上氣不接下氣的繼續說，「內心惡濁不堪！他對我還胡思亂想，幾次三番，偷偷地動手動腳呢！」

聽到這裏，很多學生都紅了臉，低下頭去。噓聲和嘆息聲，此伏彼起。人叢中，有個尖叫的聲音：

「不要臉的，你有沒有依從他！你不依從他，你就是封建！」

「打倒這個封建的騷貨！」

有人跟聲大喊。會場一陣哄亂，人頭攢動，眼看壓不住場了。

朱凌芬眼前一陣黑，兩腿發軟，暈倒在地。婦協委員蹲下去摸摸她的額部和鼻息，一邊叫：

「找校醫來！」

學生們爭先擁上臺來，把她們兩個團團圍在中間。有人答話：

「校醫室門鎖着，校醫不在！」

不等婦協委員開口，一個學生插嘴說：

「趕快把她送醫院！」

原來這個學生平素同朱凌芬要好，這會趁機會給她幫忙。這樣的場合，婦協委員也是初次經歷，正有點無所措手，也就藉此下臺，收場。

「好，送她上醫院！」她大聲表示同意。

一語甫出，早有人爭着跑出去叫車。

「同仁會醫院，近！」有個聲音這樣提議。

「同仁會醫院是日本帝國主義的！」

一提帝國主義，婦協委員右臂一舉，就喊起口號來：

「打倒帝國主義！」

學生們跟着喊，亂跑亂叫，嘈雜成一片。

「委員，委員，聽說要有裸體遊行，真的嗎？」不知道是誰在問，聲音像個破鑼。

「沒有的話！」連婦協委員也覺得有點詫異，「是誰在造謠？」

「真要裸體遊行——」

「那多難為情！」

「不好意思！」一個學生雙手捧臉，低下頭去說。

車子來了。暗中幫忙朱凌芬的那個學生問婦協委員：

「到底送什麼醫院？」

婦協委員歪着脖子想了一下，把嘴一撇，萬分不屑的說：

「帝國主義者和封建主義者正好同流合污。好，就送她去同仁會醫院吧！」

朱廣濟躲在家裏，徬徨不知所從。他知道，如果一切憑情論理，他是決不會有意外的。他是黨部委員，而目前一切措施，正用他的黨的名義在行。而不幸這個黨的名義正被人假借，被人冒用，已經變成一齣狸貓換太子。更可怕的是有人甘心被假借利用，喫裏扒外，祇顧眼前。多少罪惡，正在假黨與革命之名而行！朱廣濟環顧一下，自然察覺自己的孤立，就不免有點坐立不安，心驚肉跳。

孩子們的情形，最使他驚異。多年來，他訓練成他們一個規律的生活，起床就寢，上學回家，飲食自修，都有一定的時間，個個遵守無誤，問也不消問得。現在不對了，他們常常不回家用飯，甚至在外留宿。往常回到家來，叫聲爸媽，歡天喜地的，一家人其樂融融。現今，不回家便罷，回到家來，總是面冷如冰，噤口無語，睹面不識，倒像是有什麼仇恨了。朱廣濟一面傷心，一面暗暗說：

「總算我姓朱的有先見之明。我反對共產黨，反對得一點不錯！現在就是個樣兒，這證明一切。有人對共產黨存有幻想，以為可以容之，聯之，甚至用之，那才是一種可怕的淺見，無異開門揖盜，引狼入室！」

現在，他家裏早已公然懸出「總理遺像」來了。他利用房子裏原有的一個神龕，把個一尺多高的總理遺像靠在裏邊，一對白碎磁花瓶，分置在兩邊，經常不斷地插着鮮花，每天早上親自為它換水。中間還有個香爐，偶然心血來潮，他也常常點一支香，恭敬地插上去，合目默立一會。朋友們有譏笑他的，說：

「現實為人，有血，有肉，有喜，有怒，有理想，有計畫，有長處，也有短處，這才是孫先生的可貴之處。你一把他神化，視之為神，他便離開人群，高高在上，倒和我們不相干了。因為神是沒有人性，不通人情的，他每天矯揉造作，裝腔作勢，板着面孔，像個木橛，沒有人願意和他做朋友。」

聽了這樣的批評，朱廣濟照例報以微笑，不加辯解。心裏卻在想：

「我寧願孫先生像一尊神，他更好沒有缺陷，或是他的缺陷不被我發現。我不像有些人，對他有許多腹非，卻故意抬他捧他，把他硬弄成為一個神，然後斷章取義，再惡毒地加以利用！」

但現在，他覺得他有躲避一下的必要了。革命是不擇手段的，外面的標語已經罵得明明白白，朱廣濟是一個反革命，他有學閥、工賊、封建殘餘，許多頭銜。三十六計，走為上計，再呆下去，必不會有好結果。

他注意到靠在神龕裏的那張總理遺像，他有點留戀，也有點孤單，近似被遺棄的一種悲哀輕輕襲擊他。他自嘲地作個苦笑，想：

「反滿的時候，我亡命了。倒袁的時侯，我亡命了。現在在自己的黨的招牌之下，我又亡命了。難道我命該如此？」

於是他恍然若有所悟，覺得一個不滿現實，力求打破現狀，改善環境的人，一直是孤獨的。祇有像錢本三那樣，不管是敵是仇，為了一時便利，笑面相迎，彼此利用一番，才有熱鬧可看。風雲際會不可一世，永遠是這種人物。不錯，他是幸運的，但也是輭骨的。

「躲開一下吧，」朱廣濟這樣決定，「我寧鬧中取靜，也低不下頭去！」

可去的地方祇有一個，那便是同仁會醫院。雖然託庇外人，並不多體面，然而事急矣，也不妨從權。他盤算着，等天黑一點，試着溜過去，沒有人看見最好。

對着總理遺像，朱廣濟像應酬一般的隨便點下頭，便走向院子來。清明節近了，從大街旁探身過來的枝頭上已經發出嫩綠，天氣是陰暗的，春寒猶重。

背靠着廊簷的斑剝的木柱，舒冬梅——孩子們的媽媽，正戴着新配的花鏡在一針一針地補破襪子。人不過四十多歲，卻已經頗有老態。為自己一直在鬧革命，而又鬧不出個名堂來，二十年相隨的老妻，從來也不曾得過安定。在為丈夫擔驚受怕，為兒女操心勞力的困苦艱難之下，巴巴結結，她送走了她的青春。

他們在日本相識，花前月下也曾共遊。她是崇拜秋瑾的，她背得出秋瑾每一首發表過的詩。但她所不能接受的是秋瑾的結局，她不以為那樣的結局並不慷慨悲壯，亦不以為那對於反抗異族的統治是一個並無意義的犧牲，她甚或以為那樣的死實在是值得欽佩的，她只是確切地明白，她無意步那樣的後塵。她寧願無聲無息的保其首領以終老牖下，而不希望像秋瑾那樣轟轟烈烈死去而名揚四海。

「臨刑的一剎那，她也許後悔吧？」

這樣的懸想，未免唐突。舒冬梅也常常責備自己，承認自己是一個弱者。對於丈夫的革命事業，她自然不同意。當醫生，教書，都是高尚的職業，革命幹什麼？在自由選擇的機會之下，她終於嫁給朱廣濟，原為說不出的一點苦衷。在東京的櫻花季節，兩個人被日本人的狂歡所感染，也跟着痛快玩了一天，喝得酩酊大醉。第二天早上，一覺醒來，竟然想不起昨天夜裏是怎麼住到旅館來的。仔細想，也沒有任何印象留下來。但舒冬梅馬上發覺了身體上的某種變異，她知道她除了朱廣濟以外，已經不能再作其他婚姻對象的選擇了。從一而終的觀念，是她從未懷疑過的。

朱廣濟的心情，舒冬梅是充分瞭解的。他厭惡官場，淡薄名利，但他關心如何可以致他的國家於富強之地，他企圖自己成為一個富強之國的國民，而以為只有那樣才是真正的揚眉吐氣。因此，他參加革命，是沒有任何私圖的。每當舒冬梅委婉地對他加以規勸的時候，他總是笑嘻嘻的說：

「等一旦革命成功了，我就退休，回廣濟的老家裏去種田做農夫去。」

他還打個哈哈，補上一句，算是笑話：

「要是年成好，手頭有幾文，趕春天我們到日本看櫻花去。多年沒有喫『撒西米』過清酒，一寸一杯了。」

聽到這種樂觀愉快的口吻，舒冬梅總是輕輕嘆口氣，不自覺地搖下頭。她不能說丈夫的想法不對，當朝者萬世一系，一把抓，不鬆手，既不容他人置喙，而自己又弄得漆黑一團糟，真是除了使用革命的非常手段以外，再也沒有正常的途徑可尋了。除非你坐視國亡種滅於不顧，那就真應了一句天下興亡，匹夫有責的老話了。

但感情上，舒冬梅寧願丈夫消沉，更趨平庸；冒險犯難，刀鋸斧鉞，說在嘴上，原是慷慨激昂得頗為好玩的，身歷其境，未必有趣吧？

可是這樣的話，雖是丈夫面前，也覺啟齒不易。退卻，坐視，行之於己則可，拉別人下水，總不大冠冕堂皇。

自從北伐軍節節勝利，朱廣濟由衷地發出喜悅，認為他的夢想總要實現了。雖然他還顧忌共產黨，甚而至於也放心不下錢本三，但他以為只要那些不以私圖是務的正派人物有一個團結，屹立不搖，共產黨和錢本三之流終將邪不勝正，會歸於自然淘汰。因此，淡淡的憂疑掩不住他的深長的喜悅。他有時抹着他的兩撇八字鬍，跳到堦前放花盆的石凳上，翹起腳來望着南天，嘴裏還咕嚷着：

「打過來，打過來！」

那份天真之狀，不知怎地，總引得舒冬梅心裏有點難過，覺得這個老伴兒有點可憐。但是她不言語。

及至革命軍過來，試着要打擊錢本三的時候，舒冬梅才覺得再也不能默爾而息了，她鄭重地提出勸告說：

「你幹你的，他幹他的，井水不犯河水，何必又得罪人！你給那姓錢的到底有什麼過不去？」

「個人間，不但沒有什麼過不去，甚而至於還可以算是朋友。我反對他，公而非私。他身為國民黨員，喫裏扒外，儘向着共產黨。他自作聰明，以為是利用，實在是愚蠢，有意無意，幫了人家的忙，害了自家。這種人不打倒，革命要流產，革命成果要被篡奪！」

朱廣濟說得非常冷靜、理智，並沒有感情衝動的成分夾雜在內。連舒冬梅聽了，也不能不佩服他的誠懇和坦白。她望望他，欲言又止，終於說：

「你說得對。但我以為還是算了的好。兩虎相鬥，必有一傷，何況你是個老實人！」

老實人這一批評，出於床頭人之口，朱廣濟多少有點委屈，不覺沉下臉來說：

「我偏要碰碰他！」

舒冬梅極少看見他這樣的執拗，也後悔自己把話說得急了，原為平息他的，倒變成激他了。於是笑笑，說：

「再談吧。但願平平安安的，不要出事才好，孩子們還小呢！」

朱廣濟心裏一動，也陪個笑說：

「你把話說遠了。就憑錢本三，他能怎地我？」

舒冬梅便不再說什麼。

但一篇紀念週反錢演講，無傷於錢，卻害了自己。標語、口號、報紙攻訐，四面八方，一齊動手，把個朱廣濟打得不亦樂乎。尤其使他寒心的是，原發表他那篇演講的那家日報，也着論反對他的反錢論調，使他連答辯的地盤都沒有了。

黨委的名義未動，黨部開會的通知卻不見送了。

而且，傳說，工人糾察隊要採取行動，逮捕公審他。

逮捕公審的事，聽說湖南各地曾經不斷發生，連省會長沙在內，但武漢至今還沒有見過。朱廣濟雖然不服這口氣，卻也深恐受辱。在家裏悶了幾天，覺得不是事，還是到板蒼實那邊去住兩天避避風頭吧。

走出房來，見冬梅坐在廊簷下補襪子，朱廣濟臉上有點不好意思。搭訕着說：

「坐在這裏，不冷？」

「天不好，屋裏看不見，補完這雙，我也就進去了。」

「外面有什麼消息？」

「沒有。」舒冬梅抬起眼來望他一下，略頓一頓說，「今天早上我上菜市，看見程子圓了。」

這個程子圓原是中學裏的事務主任，新近朱廣濟又介紹他在黨部裏掛個宣傳委員的名義，按月支點車馬費。他從辛亥年開始就在朱廣濟的一手提拔之下，也算是朱廣濟的親信，一向寄以心腹。聽夫人一提，朱廣濟忙道：

「是哪，正是好久不見他了。你看見他，他怎麼樣了？」

「他老遠的就低下頭去，裝不看見我！」

「他不會，他一定是真沒有看見你。」朱廣濟立即加以辯正。

「我也像你一樣的想法呢。」舒冬梅鼻子裏哼一聲，冷笑說，「就追着他叫，程先生，程先生，他明明聽見，卻跑着走了。」

「唉，」朱廣濟納悶說，「他這是為什麼？」

「世態炎涼哪！你問消息，這就是消息了！」

「一定是不對了！」朱廣濟跺跺腳說，「我正要同你商量呢，我想再到板蒼家裏去躲一躲。」

「躲躲好，不過板蒼實那裏不大合適。他們剛在罵你勾結日本帝國主義者，你這不是自己證實了嗎？」

舒冬梅這麼顧慮。朱廣濟道：

「顧不得許多了，因為實在沒有更妥當的地方，他那裏比較安全。」

「安全也未必。」舒冬梅無可奈何地嘆口氣說，「這幾天正傳說要收回租界呢，報紙上每天都在議論租界的罪惡！」

「收回租界原是廢除不平等條約的一個項目，那是總理的遺訓。果真能做到，好極了！」

「你自己的安全呢？」

「如果我的安全和革命的成功，竟不能並存的話，我寧願犧牲我自己！」

朱廣濟臉上顯出一個苦笑，舒冬梅無言地再嘆一口氣。她收起針線盒，慢慢站起來，伸手去背後在腰上輕輕捶着，一邊問：

「什麼時候去？」

「我想晚上比較好。」

朱廣濟驀地覺得這個家庭裏邊太過冷清，與往日的氣氛大不相同，左右看看，自言自語的說道：

「孩子們呢？我的孩子們！」

孩子們久已歸無定時，朱廣濟是知道的，他顯然明知故問。舒冬梅便不言語。

正在這個時候，外邊有人擂門，聲音又重又急。夫婦兩個喫驚地互望一下，舒冬梅輕輕說：

「你進屋裏去，我去看看。」

來人是同仁會醫院的一個雜工，朱廣濟從窗內望出去，是一個認得的人。知道是板蒼實差來的，他便迎出來了。聽得那雜工說：

「院長叫我來告訴，說是你們家女學生受傷，住到醫院裏來了。」

「哪個女學生？」

「叫什麼朱凌……的！」雜工說不明白。

「朱凌芝、朱凌蘭、朱凌芬，還是朱凌芳？」朱廣濟忙提醒他，又問，「怎麼受傷的？」

「院長說了個名字，我忘了。」雜工抱歉的一笑。

夫婦兩個再也不遲疑，找了大門上的鎖，就匆匆出來。那雜工跟着，說：

「朱先生，醫院的事情我已經辭了。」

「幹着不是很好嗎？」朱廣濟順口問。

「工會通知，說我們是中國人，不該做洋奴。醫院裏全體中國人都要離開了。這兩天工會出面，正在和院長交涉，要院長給我們一筆錢。」

「幫外國人作事，不一定就是洋奴呀！」

「誰知道那許多！我也不真情願走，院長真待我們不錯。這些時各處都在鬧不清，日本碼頭上有個裝卸工人剛說得一聲不想走，就叫工人糾察隊給揍了，臉上開了花！」

「離開以後幹什麼？」

「工會另給事做。」

「給什麼事做？」

「那可不知道。」

「能靠得住真給嗎？」

「誰知道，大家也都不放心！多少人都是有家口的。」

說着，來到大街口，朱廣濟叫三輛東洋車，往醫院來。租界入口處堆着砂袋，守衛的日軍縮在砂袋裏邊，卻也並不過問進出的行人。有幾輛行李車被攔在租界街口外邊，幾個戴臂章的工人糾察隊在指手畫腳地說些什麼。大約有人要拉行李進租界，工人糾察隊不准。

朱廣濟低着頭，心裏十分不安，怕遇到熟人。街上好像特別喧鬧，紅紅綠綠的許多標語，車子跑得快，朱廣濟來不及仔細地去看。

平安地到達醫院，朱廣濟夫婦先見到板蒼實，知道住院的是凌芬，不過因為驚恐疲勞以致昏厥，並非受傷，也不是什麼大病，兩個人頓時放下心來。板蒼梅黛親自陪着他們到病房來。

朱凌芬正靠在床上看報，一見爸爸和媽媽進來，翻過身去，往毯子裏一縮，連頭蓋了。這一舉動，老夫婦兩個大感意外，你看看我，我看看你，不知如何是好。板蒼梅黛更是不解，上去搖着她說：

「朱小姐，快起來，爸爸和媽媽來看你了。」

朱凌芬用力裹緊了毯子，只是不理。倒弄得梅黛不好意思，向乾爸乾媽深深一鞠躬，搭訕着先走了。

朱廣濟頗為抱歉地對她說一聲謝謝。

舒冬梅含着兩泡眼淚，向床沿上坐了。伸手過去打算摸摸凌芬的臉，但她把蒙頭的毯子更拉得緊了，連連扭着身子，嘴裏發出恨聲，十足表現了她的厭煩不耐的心情。舒冬梅憐惜的問：

「怎麼啦，我的孩子！」

朱廣濟也幫着說：

「凌芬，有什麼事快對媽媽說。」

夫婦兩個說了半天，朱凌芬只是不理。朱廣濟就不免有點氣，提高喉嚨說：

「到底怎麼啦？難道我們得罪了你！就算是我們得罪了你，你也應當說個明白！」

舒冬梅見丈夫發怒，忙道：

「少說話吧，你到板蒼院長那邊去坐坐，這裏交給我，我慢慢勸她！」

蒙在毯子裏的朱凌芬，不想在這時候說話了。聽她大聲嚷道：

「你們都去，都去！祇當不認得我，我恨透你們！」

「為什麼，孩子！」

舒冬梅聽她開口，好像獲得了一線希望，忙撫着她說。

「去，去！誰是你的孩子！」

朱凌芬在姐妹之中，一直是最溫柔沉默的一個，今天這個情形確實讓老夫婦兩個摸不着頭腦。舒冬梅滿泡的眼淚，終於撲漱漱落下來。

朱廣濟也覺得一陣灰心。拉拉舒冬梅，無可奈何的說：

「好，我們去吧！等她消消氣，我們再來！」

「再也不要來，只當沒有我，算我死了！」朱凌芬又叫。

舒冬梅也想向板蒼父女詳細問問情形，就站起來，說：

「好孩子，不要生氣，我們去了，你好好休息！」

夫婦兩個嬾嬾地走出來，到板蒼那邊去了。朱廣濟從這時起，又住在板蒼家裏。

原來朱凌芬自被婦協脅迫攻擊自己的父親，於備受凌辱之後，奇怪的是她並不惱恨婦協那班作踐她的人，卻認真地怪起自己的父親來。她以為如果不是父親落伍、反動、封建、反革命，跟不上潮流，自己何至於受辱？做一個落伍、反動、封建、反革命，跟不上潮流的人的女兒，她想，是一件多麼可恥、可恥的事！

我們年輕，和他們老一輩的人情形不同。他們過去了，完了，但我們還有悠長的前途，等我們自己去發生，誰也不能代替我們！婦協委員的話，朱凌芬越想越對。她知道不要父親，就也不能要母親，因為他們是一體的。為扔掉父親，她不得不忍痛同時扔掉母親，雖然母親比較父親要像樣得多。究竟怎麼像樣，她可沒有想過。

他們兩個人出去之後，她起來了，穿好了衣服，趁無人注意，偷偷離開了醫院。坐個東洋車趕往婦女協會來，「快點，快點！」她一直催那車夫，老怕有人追來。

不想她越催得緊，車夫倒越慢了。朱凌芬急了：

「你怎麼啦，跑快點好不好？」

那車夫一聽，索性止步，把車子放下。氣哼哼的道：

「你這個臭丫頭，你當老子是牛是馬？我打你！」

伸手就是一巴掌，打得朱凌芬眼裏冒金星，捂着臉哭了。

「你跟我到工會評理去！」

「不，我不去工會，我去婦協！」

「你這臭婊子，你弄不清楚，婦協要聽工會的！」

「我不，我不！」

那車夫哪裏容她爭辯，一逕把她拉到總工會的糾察隊裏去。隊部門前有兩個執步鎗的糾察工人，見一輛東洋車拉來一個滿面流淚的女學生，方在詫異，那車夫先發話了：

「這婊子壓迫勞工！」

糾察工人一聽，那還了得！齊說：

「如今勞工神聖了，難道你不知道！」

於是不由分說，兩個人動手把朱凌芬往隊部裏拖。車夫忙道：

「她還沒給車錢！」

朱凌芬伸手從底襟下面的口袋裏摸出她僅有的兩張簇新的十元中央票來，意思要找錢。一個糾察工人早一把抓了去，一下子塞給了那車夫。車夫接了，嘴裏婊子長婊子短的拉車走了。

朱凌芬被拖到裏邊一間大廳裏去，滿地都是乾草鋪位，睡着些赤身露體的壯漢。他們見來了個女學生，立刻一陣亂哄哄。七言八語，吵成一片：

「好個小妞兒！」

「她來幹麼？」
「來慰問糾察隊的嗎？」
「讓我先親個嘴！」
「讓我，讓我！」
朱凌芬哭着，兩腿一陣發軟，癱在地下。
值崗的糾察工人連連擺手，要大家安靜。一個大聲說：
「這婊子壓迫神聖勞工！」
於是又是一陣大亂，齊喊：
「那怎麼行？打死她！」
「打死她！」
有的人就要上來。
「不要動手！」值崗工人又說，「等指導員回來！」
一個伏在草舖上的工人爬上前來，在朱凌芬的屁股上擰了一把，笑嘻嘻的說：
「我的心肝，好嫩肉兒！」
引得哄堂大笑，一片聲怪叫。

十五

「指導員來了！」

朱凌芬聽得有人這樣叫，偷眼一看，一個認識的人正從外面走了進來。「莫不他就是指導員？」無望中好像得到一線安慰，癱軟的身體立刻得到了支持，她站起來了。輕輕喚着：

「洪先生，洪先生！」

洪桐葉認清了是朱凌芬，忙問：

「你怎麼在這裏？」

朱凌芬滿肚皮委屈，不知從何說起，淚只顧流下來。洪桐葉便把她讓到自己的辦公室裏去，叫人打水給她洗臉，倒茶給她，讓她在籐靠椅上休息。洪桐葉看她心神略定，才又問：

「為什麼事？」

「他們說我壓迫神聖勞工！」

洪桐葉一聽笑了，說道：

「那怎麼會？你不會的！」

想她在這裏一定不方便，就又說：

「好，我們到外面去。」

朱凌芬跟他出來，大廳裏的工人們齊聲嚷起來：

「指導員，你倒有個樂子！」

「小妞兒歸你一人享了？」

「我們沒有份兒！」

「也給我們嘗個鮮！」

夾雜着怪叫聲和呼嘯聲，一陣大亂。洪桐葉受不住這奚落，氣有點往上撞，但回頭望望那些七長八短的神聖階級的人物，也自氣餒。就低聲對朱凌芬說：

「不要理他們，快點走！」

於是兩個人急行離開糾察隊，走過一條街，洪桐葉才叫車，向法蘭西大飯店來。朱凌芬站住，遲疑的說：

「去那裏幹什麼？」

「那裏清靜，你好休息，我們也說說話。」

朱凌芬祇可身不由己地上車隨了他去。

帳房裏開定房間，兩個人走上樓去。一個和洪桐葉相熟的上海茶房，在樓梯口上迎着。他讓女學生走過，對洪桐葉擠擠眼，伸出右手，張開五指，連續翻轉兩次。洪桐葉把右手食指向自己的嘴上一豎，又輕輕搖頭，對那個茶房使個眼色。趕在朱凌芬前面，把門推開，讓她進去。

「那裏邊是浴間。」

洪桐葉指指裏邊的一扇掩着的門，這樣介紹了，接着問：

「到底怎麼回事？」

朱凌芬沉默一下，微喟道：

「都是爸爸不好。他落伍跟不上時代了，連累我們做子女的受氣！」

她原原本本地把經過情形說了出來。

「祇有一樣，爸爸是冤枉的！他是個古板人，生活儉樸，不亂要錢，也從來不玩女人。但婦協委員一定要我從這兩件事情上打擊他，我覺得這不太好！」

「那是一種打擊的藝術，也是一種奇妙的運用！」洪桐葉馬上解釋，「打擊反革命，要直截了當，求其速效。也就是祇問目的，不擇手段。你如果肯細細想一想，也一定會接受。」

朱凌芬滿意這個解釋，她覺得這個解釋新鮮而又生動，洪桐葉的敏捷和慧黠不知不覺之間打動了她。她瞥他一眼，紅着臉一笑。

「你現在有什麼計畫？」洪桐葉這樣問。

「我自己沒有計畫。」朱凌芬靠在那個高背的沙發裏面，把一條手絹捻着，茫然說，「我想到婦協去問她們，我應當怎麼樣。」

「這兩天到處傳說，」洪桐葉笑笑說，「婦協要舉行婦女裸體大遊行，正在找人參加呢。」

「什麼?!」朱凌芬喫驚的問。

「我說，婦協正在找人參加婦女裸體大遊行。」

「真的嗎？」

「我也不清楚。風不來，樹不響，也許有那麼回事。」洪桐葉淡淡的說。

「怎麼樣子裸體遊行？」朱凌芬紅着臉問。

「裸體就是不穿衣服。」

「一點不穿？」

「當然是一點不穿才叫裸體。」

「那怎麼好意思？」

「就為破除你這個不好意思的不健全心理，才舉行裸體遊行的。打破虛偽，返乎自然，人類的精神生活才能得到真正的解放。」

洪桐葉說得活像，朱凌芬捧着臉，嗤的一聲笑。連說：

「不好意思，不好意思！」

洪桐葉半個屁股坐在沙發的靠手上，手撫着朱凌芬的秀髮，親昵的輕輕的問道：

「你也去參加一個好不好？」

「我辦不到。」朱凌芬坐直了身體，躲開洪桐葉的一隻手，一邊說，「我寧願回到爸爸那邊去，也不參加。想想，一絲不掛的一群女人在街上走，看熱鬧的人人山人海，叫呀，笑呀，真羞死人了！」

洪桐葉伸出左手，勾住朱凌芬的肩膀，把她的頭輕輕拉到自己的懷裏來，低下頭去，吻着她的秀髮，一邊說：

「習慣成自然。所謂羞恥心，也原是習慣養成的，所以革命要打破傳統，舊的不去，新的不來。」

朱凌芬想站起來，但被洪桐葉的一隻左手用力勾住，她覺得這隻手正在放出一種熱，在她的身上散開，她變得癱軟而無力。她懶懶地抬起頭來望望洪桐葉，洪桐葉就趁這機會，低下頭去，輕輕吻了她一下。

兩個人在法蘭西大飯店度過一宵。經過從長計議，朱凌芬決定參加新在武昌成立的軍政學校。洪桐葉送她過江，輪渡上，兩個人立在甲板上靠着欄杆，看看江上的景物。有兩船掛英國旗的軍艦正從下游上駛，洪桐葉看了，說道：

「看你們在中國橫行到幾時？」

「打倒帝國主義這個口號，到底怎麼樣實現？」朱凌芬虛心的問，像在課堂上把不懂的功課問老師一樣。

「這是一個口號，究竟採取什麼策略和步驟去實現它，喊口號的人是不知道的。」洪桐葉淡淡的一笑，更和朱凌芬偎緊了些，「但照我個人的想法，打倒兩個字用得不十分恰當，不如改為打出。至少在現在，我們衹能要求打出。」

「難道帝國主義永遠不倒？」

「等整個世界革命爆發的時候，它自然要倒。」

全船上的乘客都注視着洪桐葉和朱凌芬，那不是因為他們較高聲音的革命理論的研討，乘客們無人對那些艱澀的問題發生興趣，他們引人注目的是相依相偎得那樣緊密，稠人廣眾之下，青年男女這樣沒有分寸，真是廉恥道喪，無異禽獸了。一個戴眼鏡的老先生，從眼鏡上邊把眼光投過去瞥一下，不屑地哼一聲，重重吐出一口痰，然後輕輕嘆息道：

「革命，革命！」

跟在他身邊的一個中年婦人，瞪他一眼，恨恨說：

「那關你什麼事？要你多嘴！」

「天下人管天下事，怎麼叫多嘴！」

「你剛才沒有聽說長沙葉德光的下場？」中年婦人壓住那口氣，低聲說。

老先生便不言語。

但已經有人注意到他們的談話，顯然兩個人是在嘔氣了。輪渡過江雖然不過二十分鐘，但許多乘客都以為時間太長，各尋各的消遣。一見有人拌嘴，都精神一振，個個要探個究竟。一個密密層層的人圈兒立刻就把中年婦人和眼鏡老頭兩個人圈起來了。

一個驢蹄小腳老太婆估量到兩個人的年齡，忍不住拉了那中年婦人一把，問道：

「他是你的什麼人？」

中年婦人臉上一紅，欲言又止。眼鏡老頭就有點氣，瞪老太婆一眼，大聲說：

「她是我的老婆！」

「你們年齡不像。」

「她是我的小老婆！」眼鏡老頭立刻補充一句，把個「小」字說得又長又重。中年婦人就生氣，一邊嘮嘮叨叨的數說：

「你這老不死的！天殺的！祇怕人家不知道我是你的小老婆，一點也不給我留面子！」

朱凌芬原也在圍着看熱鬧，一聽這個話，就擠進來了。她用力搖着那中年婦人的肩膀，大聲說：「現在是革命時代。討小老婆是反革命的，你為什麼不到婦協去告他？」

「好，聽你的話，我就告他！」中年婦人賭氣說。

「罷罷，快別說這些傷天理的話。」驢蹄小腳忙攔住說，「有什麼大不了的事，值得告狀！我也是小老婆呀！」

朱凌芬一聽，又一把拉住驢蹄小腳，鼓勵她說：

「既然你也是小老婆，你也應該去告你的老頭子。好，你們兩個人一路去！」

「我的老頭子死了多年了。」

「那麼你現在跟着誰過？」

「跟着我兒子。」

「那麼去告你的兒子！」

洪桐葉一旁聽見朱凌芬這句話，覺得她說得有點離譜兒，怕她在公眾場所坍臺，打擊了她剛在提起的那一股銳氣，就接口幫腔說道：

「父債子還，去告你的兒子，一點不錯！」

「你們快別說笑話，我的兒子待我很好，他孝順我，為什麼我要告他？」老太婆惶急的說。

「不告不行，你一定得告他！」洪桐葉板下臉來。

「你不告他，難道你甘願做小老婆？」失凌芬憤然說。

船靠碼頭，工人糾察隊有個常駐小隊在這裏維持秩序，監察善善惡惡，執行不成文的革命法律，對付反革命分子。他們認得他們的指導員，洪桐葉吩咐：

「帶這三個人去婦協。兩個女人是人家的小老婆，為了爭男女平等，她們要告狀。」

驢蹄小腳聽了，急辯道：

「哪個要告狀？我不要告，我不要告！」

中年婦人拉着她的眼鏡老頭，也說：

「做小老婆是我自己情願的。走吧，我們回家去，鬼才要告狀呢。」

「你是女人，」朱凌芬誠懇的說，「怎麼可以不要男女平等？」

「我不要，我不要，我們回家了。」

中年婦人帶着眼鏡老頭要下船去，工人糾察隊把他們截住了，都說：

「不告不行，一定要告。你們三個不要下船，原船回漢口，上婦協去！」

驢蹄小腳急得哭了，拍個巴掌說：

「這是什麼世界！哪有逼着親母告兒子的！」

「你要弄明白，這才是真正的世界哪！」

一個工人糾察隊隊員這樣說。

朱凌芬和洪桐葉下船去，坐東洋車到軍政學校。寬闊的大門，有兩個武裝衛兵，門旁斗大的藍底白字對聯，道是——

黨紀似鐵

軍令如山

兩邊牆上又有一對標語：

革命的左邊來

朱凌芬看了，心頭略略一震，腳步緩了下來，彷彿有點遲疑了。洪桐葉倒不覺得，挽着她的臂膀，一逕走上去。兩個衛兵並不盤查，由他們進去。在傳達室，洪桐葉求見軍政學校的政治部主任雲大英，雲大英接見了他們。洪桐葉說明來意，雲大英看看朱凌芬，笑道：

「朱廣濟的女兒能靠得住嗎？」

「她為反對父親，才脫離學校和家庭，參加革命的。」

「你不知道，很多反革命分子，都偽裝革命，混進革命陣營來，腐蝕革命。那比外在的敵人更可怕！」

「雲主任，」朱凌芬激動的說，「我可不是那樣的人！我入學以後，你看我的！」

「看你什麼？」

「看我表現！剛才在輪渡上，我已經支持了兩個做小老婆的，到婦協去告狀了。」

雲大英就問是怎麼回事。洪桐葉約略告訴了他，雲大英聽了大笑，說道：

「看你不出，你倒有一套！好，你參加女生隊了。」

按按桌鈴，有個十二三歲的小兵應聲而入。雲大英交代他說：

「把她帶到女生隊去見閻隊長，她是新進的學員。」

朱凌芬忙站起來，含着兩泡眼淚，對洪桐葉說：

「你什麼時候來看我？」

「我有空會常來。放心在這裏，好好學習。」

「你過江去，不要忘了到婦協去一趟，一定要那兩個小老婆女人挺身起來，參加革命，再別甘心做男人的玩物了！」朱凌芬關切而又激昂的說。

「那是自然，我會辦好。你放心吧。」

於是朱凌芬跟那小兵去了。

閻隊長是個矮胖女人，年紀三十上下，她曾經出版過一本新詩集，題名《春心》。她的詩，有個長處，就是人人不懂。自稱「戎馬書生」的郭沫若，特地寫篇文章捧她，說人人不懂正是她的詩的不朽價值之所在。從此她詩名大噪，成為青年學生崇拜的對象。朱凌芬也久震於她的詩名，此時更深以幸獲作為她的隊員學生為榮。看她面團團，笑嘻嘻，一副極易相與，頗可親近的樣子，朱凌芬心定下來。閻隊長順手拿下幾張表格來，說：

「你先填好這個，那邊有桌子。」

朱凌芬應聲「是」，略略鞠躬，接了過來。按照所列項目一一填好，只有一項「三代」兩個字，她頗覺為難，因為她不大明白那是什麼意思。便走過去請教閻隊長，閻隊長解釋：

「那指的是你的父、祖、曾祖三代，你填上他們的姓名和職業就成了。」

朱凌芬想想，父親和祖父的名字，她是知道的，曾祖父她就從來沒有聽說過。就老實告訴閻隊長說：

「我祇知道父親和祖父的名字。」

「知道的先填上，以後再補填。」

「要那些死人的名字，有什麼用處？」朱凌芬覺得十分奇怪，忍不住這樣問。

「目的在知道你的先人的職業和生活，可以明瞭你的階級基礎，好分析你的革命成分。」

朱凌芬對於這個解釋，並不完全領會，她微微自慚淺薄，不好意思再追問，就去桌子上重新坐下。但她一想到父親的名字，就不免躊躇，覺得有萬分的不妥。她眼瞪着那張表，怔了一會，想道：

「這反正不能做假，寫上再說。剛才雲主任我也應付過去了。」

便不再猶豫，把頭皮一硬，坦然寫好，雙手捧還。閻隊長一見，果然大大不以為然，收起笑嘻嘻的那張面孔，冷冷的說：

「朱廣濟的女兒？朱廣濟的女兒怎麼能革命！」

「剛才雲主任也提到這一點，」朱凌芬面色變白，顫聲說，「我是有決心的，隊長，請你看我的表現。」

「好，我等着。」

閻隊長呻吟一下，忽然問：

「你是不是處女？」

這一問突如其來，朱凌芬一陣輕微的痙攣，心逼到喉嚨口，不知如何作答。閻隊長心裏明白，和顏悅色的說：

「我們都是女人，我又是你的隊長，你是我的學生，這又沒有外人，你祇管說，不要緊。」

朱凌芬仍然為難，覺得無法啟齒，閻隊長越催得緊。朱凌芬無法，祇得鼓足勇氣，囁嚅着說：

「我不是了！」

「你和誰？」

朱凌芬羞愧無地地低下頭去。

「不要怕，祇管說。」閻隊長柔和的緩緩的輕聲說，「你把你的童貞獻給了誰？」

「洪桐葉。」朱凌芬到底吐出了這三個字。

「是不是工總糾察隊的指導員？」

「是的。」

閻隊長聽了，立時高興萬分，跑上去緊握住她的手，說：

「好極了，你真是不愧一個革命進步的女性，因為你把你的童貞獻給了無產階級，你的身體也歸無產階級所有了。你真是澈底極了！」

閻隊長讚不絕口。朱凌芬很想知道這位隊長的童貞是獻給誰的，但是她覺得有些礙口，不曾問得。閻隊長又問：

「有個錢守玉，你認得嗎？」

「不認得。」

「她就是錢本三的女兒，你們沒有見過？」

「沒有。」朱凌芬微覺含愧的說，「革命軍到漢口以前，我從來不接觸外邊，那時候我是個好學生。」

一句話把閻隊長逗得笑出聲來，說道：

「難道你現在不是個好學生了？」

朱凌芬也自覺失言，不知道怎樣辯解，祇顧把頭低下去，連頸子都脹紅了。閻隊長覺得好笑，就說：

「這樣一句問話，就回答不上來了？我教你，你可以這樣說，『那是時代不同。那個時候，足不離家庭和教室，算是好學生；現在，毅然擺脫了那些羈絆，毫不遲疑地投進革命陣營，獻身於無產階級的偉大前途，這才是好學生！』你這樣回答，自己就有個立場了。」

朱凌芬覺得茅塞頓開，彷彿一片光明在眼前閃耀。忙彎彎腰說：

「謝謝隊長的指教。隊長，你的智慧真驚人，怪不得你做詩人，全國聞名。」

「我的詩，多年就有外國譯本了。」閻隊長略感意外的說，「難道你會不知道？」

不錯，這一點朱凌芬確是不知道的，但因為心情愉快，也就福至心靈，接口說道：

「我話沒有說完呀。我說，怪不得你做詩人，全國聞名，世界聞名！」

「好，這回算你辯得好，有急智。我還告訴你錢守玉的事。她現在在我們這裏當分隊指導員，她自以為讀過師大，她爸爸又做部長，就傲慢得很。一直批評我們這樣不對，那樣不好，什麼不合教育原理呀，什麼摧殘少年學生的身心呀，滿嘴反動落伍的陳腔濫調，實在要不得！」

「我不在她的分隊裏吧？」朱凌芬有點急。

「我正豫備把你編到她的分隊裏去。」

「那不行吧？」朱凌芬心頭一涼，「她的爸爸和我的爸爸，兩個人是冤家，她又是這樣一個老頑固，她能饒得過我？」

「我有套計畫，等我告訴你。」

閻隊長按按桌鈴，進來一個幼年兵。這個兵，穿着一套成年人的軍服，上身蓋到膝頭，一條短袴捲起了一半還拖到地上，一頂帽子遮去大半個臉，他仰着脖子走路。朱凌芬一見，噗哧笑出聲來，閻隊長瞪她一眼，有點怪她放肆，輕輕喝一聲，「什麼好笑！」接着寫個便條，交給那幼年的小兵，說：

「你帶她去領服裝。」

服裝領到，朱凌芬略略比照一下，覺得實在太大，就說：

「請給我換套小的，這不合身。」

發衣服的人沒有回答。朱凌芬望望他，又說：

「勞駕你給我換套小的，謝謝。」

發衣服的人早已不耐煩，大聲說：

「沒有的換！」

「這太大，我穿不起來。」

「你看他！」發衣服的人指着給她引路來的那個幼年小兵說。

「那多難看！」朱凌芬也有一點氣。

「這裏是鬧革命，不是開窰子，你要好看幹什麼？」發衣服的人惱了，滿口白沫，厲聲大叫。

朱凌芬一陣委屈，淚流滿面，不知如何是好。幼年小兵倒同情她，忙替她把衣服抱起來，拉着她說：

「好了，別哭了！走，上隊上去吧！」

朱凌芬一邊哭，一邊走。來到分隊，先見指導員錢守玉。錢守玉見她哭，便問：

「為什麼事？」

「為領衣服，」幼年小兵代她回答，「不合身，想換，換不到，還挨了罵。」

錢守玉一聽，嘆口氣，想想，才說：

「這是一個新環境，可能你不習慣，你要忍耐！」

說着，走過去，拿自己的手絹替她擦淚，又捧着她的小臉端詳一下，再退後兩步，看看她的身材，覺得楚楚可憐，人見人愛。一時莫名其妙的想起洪金鈴來，覺得兩個人倒像一對姐妹花。拉她坐下，說道：

「衣服不要緊，我找裁縫來替你修改。每套衣服都是修改了才合身的。我的，閻隊長的都是。好多女生都自己動手修改。你的，我來想辦法。」

她捻一捻朱凌芬的那隻扎着耳孔的耳垂，拍拍她的肩膀說：

「不要為這些小事煩惱！」

幼年小兵一聽修改衣服，便拉着錢守玉說：

「指導員，你把我的一套也修改一下好不好？」

「我又不開裁縫店！」

「你可憐我，」小兵哀求說，「沒有人替我改，你做做好事吧！」

「不，不，一定不行！」

錢守玉堅決拒絕，並且把他推了出去。

「你去，你去！」

眼看小兵走了，錢守玉轉身回來，嘆口氣，像對朱凌芬也像自言自語的說：

「給這個小可憐兒修修衣服，有什麼不可以？不過他是隊長室裏的人，我替他修衣服，閻隊長可能不是味兒。她正不高我的興，彆扭我呢！」

「為什麼她要彆扭你？」朱凌芬接口問。

「我想，」錢守玉沉吟一下，「或者是思想上有距離。」

「你的對呢，還是她的對？」

「她以為她對，我以為我對，正是公說公有理，婆說婆有理。」錢守玉說着一笑。

「到底誰對？」

「可能我不對，因為強權即公理，現在強權不在我這一邊。」

「你的爸爸做部長，還不夠強權嗎？」

「他也仰人鼻息，不過是個傀儡。而且我不是仰仗父勢，強不是以為是的那種淺薄之流。」

錢守玉說着搖搖頭，又問：

「你的行李呢？」

「我沒有行李啊。」

「舖蓋，盥洗的用具，內衣內袴，沒有怎麼成哪？」

「我從醫院裏偷跑出來，空着兩手，哪裏來的行李？」朱凌芬解釋一番。

「有沒有人能給你送點行李來？」
「除非是洪桐葉。」
「洪桐葉？」
「是啊，洪桐葉。」
「工人糾察隊的指導員，你們是朋友？」
「是的。」朱凌芬臉上一紅。
「那麼，你現在寫信告訴他，叫他給你送東西來。現在，我看看誰有多的，借給你暫時對付一兩天，要不和誰同舖睡兩天也好。」
等朱凌芬把信寫好，錢守玉就帶朱凌芬到分隊寢室來。這個地方原是一個兵營，每個寢室都像個教室，像個禮堂。朱凌芬這一間，三排床舖，每排二十床位，朱凌芬恰好是六十號。許多女孩子，嘰嘰喳喳，亂成一團。一個學生在換衣服，剛把上身脫光。旁邊一個看見了，說道：
「你的奶子這樣大了，怎麼還不束胸？」
「束胸？」光着上身的學生反問道，「你怎麼還不纏腳？」
「纏腳戕害身體，那不一樣。」
「難道束胸對身體有益？」
她把衣服穿好，擄起袖子來，大聲叫道：
「束胸是封建落伍的！我提議，我們隊上要解放束胸。一個一個打開來看，從她開始！」她手指着剛才說她還不束胸的那個學生。大家一陣嚷嚷，一窩風把那個學生包圍，七手八腳，剝去了她的上身，把那件束胸用的緊身馬甲撕得片片碎，那學生捧着臉哭了。
「收起你的眼淚來！」
另一個學生就指責她。

「我們革命，要流汗，流血，不要流眼淚！」
「流眼淚是弱者！」
「是林黛玉！」
「是姨太太！」
「是娼妓！」
「是反革命！」
「打倒反革命呀！」
於是秩序大亂。
錢守玉進來，才稍稍安靜。問明原因，她便說道：
「束胸是不好的。」
一語未畢，學生們齊聲嚷道：
「指導員說得對，我們擁護指導員！」
等她們嚷過，接着又道：
「但是，我們應當用和平的手段，勸服束胸的人，使她自動解放，而不應當使用暴力強制。暴力強制對別人的人格和自由，都是一種侵犯！」
「指導員不革命？」
不知是哪個學生這樣一叫，大家又鬨起來。
「指導員不革命！」
「指導員反革命！」
「打倒不革命！」
「打倒反革命！」

「打倒指導員！」

「打倒錢守玉！」

「打倒反革命的錢守玉！」

有人又亂跳怪叫，嘻嘻哈哈。錢守玉氣青了臉，朱凌芬倒有一點同情她的意思，但她也知眾怒難犯，站在旁邊不聲不響。一個學生看見了，抓住問：

「你是幹什麼的？」

「我是新來的學生！」

「為什麼你不打倒反革命？」

說着，在朱凌芬的肥幫上狠狠擰了一把，擰得是真痛。朱凌芬祇好也跟着大喊「打倒」起來。

忽然有一個人跳到窗子上，從他的服裝看，他是本校的男生。他連連揮手，女學生們才好奇地安靜下來，看他要怎樣。他手裏拿着一本小書，把封面露出來，問道：

「你們讀過這本書嗎？」

女學生們立時擁向窗前，看明白封面上的「玲瓏」二字，面面相覷，莫名其妙。忽然有一個尖聲叫道：

「這是一本小說，我讀過，是描寫八角戀愛的，一個女人同時有八個情人。」

「寫得好不好？」男生問。

「好極了，好極了，真動人心弦！」

「你知道這本書的作者是誰？」

「司靈鸞！司靈鸞！」

「你知道我是誰？」

大家方在詫異，無人回答。那男生一笑，說道：

「我就是司靈鸞，本書的作者！」

「原來是你！」一個說。

「你來這裏幹麼？」另一個問。

「我來找錢守玉，請你們讓她和我說幾句話好不好？」那男生笑迷迷的說。

「你是她的朋友？」

「是的？」

「好，指導員，你的朋友來找你了，你去陪他吧！」一個學生表示赦免了她。

「那筆反革命的帳，以後慢慢再算。」

在這個時候，錢守玉知道不能再說什麼，便忍住氣走回她自己的住室去。她決定辭掉這個指導員的職務，她再也幹不下去了。那個司靈鸞對女學生們舉手為禮，從窗子上一躍而下，就跟到錢守玉的屋裏去。錢守玉見了他，一言不發。司靈鸞安慰她說：

「青年學生熱情衝動，動機都是好的。祇要明瞭她們的心理，很容易相處。你不必生氣了！」

「我不會生氣的。」錢守玉聲音低沉的說，「我祇覺得這不是一條教育的正路，這樣下去，會貽誤青年的。」

「一個時代有一個時代的政治要求，一個時代有一個時代的教育方法，這不是三言兩語就說得完的，也不是一時三刻就可以得到結論的。現在，我是來問你，今天下午你有空過江去嗎？」

錢守玉原沒有過江的預定計畫，這時因為有意辭去這個指導員，需要和父親商量一下，看看他老人家的意思，就說：

「要過江的，等我去給閻隊長說一聲。你怎麼樣？」

「我陪你。」

兩個人離開學校。司靈鸞問道：

「大姐，黃鶴樓你去過嗎？」

「沒有。」

「我們去看看好不好？」

「我不大喜歡那些大名鼎鼎，破破爛爛的名勝古蹟。」錢守玉說着一笑。

「不過是玩玩罷了。」

這個司靈鸞原和錢守玉沾一點遠親，認真排起來，他大約要叫錢守玉表姐。但因為遠得太遠了，彼此也就都不注重這點親戚關係。司靈鸞是錢本四的學生，而且是少數愛徒之一，憑這點緣故，司靈鸞常在錢家走動。北伐前一年，司靈鸞剛從師範畢業，在一家小學裏當教員。課餘，寫了那本《玲瓏》，試着寄給他所崇拜的大小說家張吉平，請他評閱。張吉平以寫多角戀愛的小說成名致富，看看司靈鸞的大作，發出由衷的贊佩。原來張吉平的戀愛之角，由三角四角，一路行情看好，曾經到達過五角六角的巔峰狀態。他曾經設想，再也不能加多了，再多，那位主角定會忙得飯也沒有時間喫，難得活下去。而今司靈鸞，初出茅廬，牛刀小試，一下子就來個八角，那位女主角卻能應付裕如，捉襟不見肘。張吉平不由得大為垂青。他便委曲宛轉地寫信給司靈鸞，大意說，「大作好極了。祇可惜作者無名，未必有人識貨。你最好把原稿賣斷給我，用我的大名出版，定可一書風行，紙貴洛陽。如荷同意，決定酬以高價，每千字大洋九分六釐」云云。

遇到司靈鸞好名勝如好利，這筆交易不成，總算函電交催，把原稿要了回來。他就試着再投到上海四馬路上一家不大有名的小書店裏去，原稿版權一齊奉贈，那書店卻之不恭，接受了下來。出書之後，送他兩本，司靈鸞得意極了。

北伐軍攻下武漢之後，全國人心震動，司靈鸞再也沉不住氣。他的祖母多年有點積蓄，約莫二百多個現洋，埋在放麵缸的方磚底下。他設法偷了出來，把方磚和麵缸原樣擺好，神不知，鬼不覺，他就經過上海，買船票到漢口了。他第一個見到錢本三，為示對於革命他也不外行，就「表現」說：

「我知道孫×，不錯，孫×！」

錢本三聽他直呼孫總理之名，一時嚇得臉都白了，翹着舌頭說不出話來。他隔着墨晶眼鏡，兩眼直瞪着司靈鸞，大約僵了五分鐘，他的面色才由白變紅，變紫，最後脹粗了脖頸，從圓椅裏一躍而起，怒不可遏的說：

「你這渾蛋！」

這一罵，罵得司靈鸞丈二和尚摸不着頭腦，他離開座位，向後退着說：

「三先生，你怎麼啦？」

「你怎麼可以叫他孫×！」

原來為這個，司靈鸞心神稍定，辯道：

「他名字是叫孫×，我不叫他孫×，叫他什麼？人人知道他叫孫×，叫叫有什麼妨礙？」

錢本三氣得跺腳，大聲說：

「怎麼沒有妨礙？你應當叫他總理，再不客氣些也應當稱他聲先生！」

司靈鸞一時牛性發作，還要有所申辯，錢本三卻一逕把他推了出去，不要再聽他的。

「你走，你走！什麼東西！」

司靈鸞也氣，不是為多年積累的那種長幼之分的教條所束縛，他真要頂撞他了。他只在心裏想，「哼，你罵我渾蛋，你實在比我更渾蛋！你說我是什麼東西，我看你才真不是東西呢！」

司靈鸞從來沒有受過如此恥辱，好幾天抑鬱寡歡。他一向敬重錢本四遠甚於錢本三，他希望能從錢本四那邊得到某種安慰，以償補從錢本三這裏所遭遇的凌辱。但不想到錢本四面無表情，機械的說：

「他罵你，罵得對！」

「怎麼，」司靈鸞大喫一驚，「四先生，你也附和三先生了？」

「不錯，我常常反對他。但是當他對的時候，我就贊成他。」

「你贊成封建諱名？」

「那是你曲解。孫先生手造共和，為國之父。我們提到他的時侯，應當有個尊稱。」

「美國人叫華盛頓，蘇聯人叫列寧，並不表示不敬。」司靈鸞還在申辯。

「那是美國，那是蘇聯！」錢本四火冒起來，「我們是中國，中國有中國的傳統，中國有中國的倫理道德。你不要數典忘祖！」

司靈鸞一肚皮委屈，反感更大了。有次他與錢守玉在一起，忍不住大發牢騷，至於憤憤的說：

「大姐，如果這就是革命，我寧願反革命。如果這是偽革命，我就要再革命！」

錢守玉噗哧一笑，搖搖頭說：

「你這樣熱中革命，實在奇怪！我們都是學教育的，難道你不以為祇有辦好教育，國家才有前途嗎？革命能代替教育嗎？」

「教育要緊。但教育是一個空殼子，各有各的內容不同。從前，科舉取士，讀八股，那是教育。日本實行軍國民，硬打硬上，也是教育。我們現在的教育是什麼？遠水救不得近渴！革命，把政治革出個樣兒來，才談得到教育！」

「五四時候，不是提倡科學與民主嗎？學術上，鼓勵自由研究，蔚為風氣，社會就會進步。社會進步，才能促進政治進步，以至於國富民強。」

錢守玉無限感慨的說：

「等時局安定下來，我還到北京去讀完師大是正經。這一片亂糟糟，我真看夠了。我不願再追隨爸爸了，各幹各的！」

軍政學校成立，錢本三把女兒介紹給雲大英，雲大英就請她做指導員，並且告訴她：

「你是學教育的，好極了。我們軍政學校當然是教育，不過我們是革命教育，和你學的那一套未必相同。我們的教育目的，在使學生成為革命者，知道如何鬧革命！」

「現在政權在握了，」錢守玉困惑的說，「還革誰的命？」

這話一出，大大不合雲大英的意思。要不是剛才話已出口，他真要考慮這個人是不是有資格做指導員了。當時一笑而罷。暗中，他卻示意他的親信，遇機會打擊這位指導員。錢守玉這就常常受到同事們和學生們的「教育」，一直成為他們嘲笑和揶揄的對象。

她深深明瞭，這事情幹不下去，她必須及時而退。

和司靈鸞兩個人在黃鶴樓上坐坐，看看江景，倒也有心曠神怡的效果。錢守玉覺得呼吸之間暢快得多，泡了茶，在靠椅上坐了下來。她原為敷衍司靈鸞而來，這時倒不願意匆匆離去了。

司靈鸞的一雙眼睛，一直在她的身上搜索，像要在那不可知之間尋得點什麼似的。他覺得這個細長的身段實在不壞。寬寬的肩膀，平展的胸脯，中間部分卻是異常豐滿的。往下去，司靈鸞一眼瞥到那一雙半大的文明腳，塞在顯然太大的平底皮鞋裏邊，不由得倒抽一口氣，忙把眼睛移開去。

錢守玉忽然對他說，好像不曾思索似的：

「你實在不應當進這個學校做學生！」

「我嗎，」司靈鸞得意揚揚的說，「我是決定從根學起，從頭幹起。我非革命到底不可！」

「就為一聲孫×叫出了毛病？」錢守玉半開玩笑的說。
「也可以那麼說。」
「你可曾弄明白現在武漢的情形。」
「革命呀！」
「你可知道誰在革命！」
「表面上是國民黨在革北洋軍閥的命，骨子裏則是共產黨在革國民黨的命，大家革來革去。」
「那麼，你革誰的命？」
「學校大門上不是有一條標語，說『革命的左邊來』嗎？」司靈鸞攢緊拳頭說，「我只是要左。我左，我要比共產黨還左！」
天一時間變得昏黃，風突然颳得大了，兩個人都覺得有點睜不開眼。付了茶錢，匆匆離開。趕到江邊，過江的船都避風停渡了。黃昏過去，天也黑了下來。

十六

望着風狂浪急的一江之隔，司靈鸞提議：

「先找個地方喫飯吧，喫過飯再說。」

錢守玉也覺着餓，就依從了他。兩個人走回城裏來。為了風大，街上比平時顯得人少，有點冷清。司靈鸞是個瘦猴，又是個矮子，錢守玉大約要比他高半個頭。他一眼瞥見一家回教飯館，仰着臉問道：

「我們在這裏喫飯，好不好？」

錢守玉定睛一看，說道：

「我不喫牛肉。」

慢慢向前再走。司靈鸞問道：

「為什麼你不喫牛肉？」

「為紀念母親，一個可憐的胡塗人，她是不喫牛肉的。」

提到母親，錢守玉心頭有點酸酸的，聲音也變得低沉了。司靈鸞當然無從瞭解她的這一心情，接着又問：

「她不喫牛肉，想必也有個原因。」

「外婆家是種田的。種田的人家靠牛做活，認為牛是農家的恩人。牠給你一生效力，你還去喫牠的肉，未免心腸太狠了。」

司靈鸞聽了，不覺失笑。說道：

「對於一個畜牲，也有這些假仁假義！」

「他們愛牛，倒是發自內心的。嚴冬天，遇到大冷夜，很多很多農家把自己蓋的被子拿去給牛蓋；春荒期間，自己半餓着肚子，卻把麩子紅薯，拿去餵牛。這些都是我親眼目睹的。」

「那也並不是他們愛牛，而是牛的勞力有被利用的價值罷了！」司靈鸞略感失望的說，「大姐，你的思想！」

「你說我思想落伍？」

「值得注意。」司靈鸞含蓄的說。

「沒有什麼值得注意的！」錢守玉淡淡的說，「外婆家裏用的牛，老了，或是病了，照樣養着牠們，死後把牠們埋葬。而老牛、病牛，甚至死牛，都是可以賣錢的。那又是為什麼？」

「假慈悲！暴殄天物！」司靈鸞不加思索的說。

「你這個人，什麼時候學得這般硬心腸！」

錢守玉心裏有點氣恨，唉一聲，便不再說什麼。

兩個人找到一家北方的麵館，喫了東西。再返回江邊的碼頭，風更加颳得大了。眼見得今天過江已無可能。司靈鸞道：

「怎麼辦呀，大姐！」

當然回學校去是一個辦法，可是錢守玉對於那個學校實在厭煩。不，還不止厭煩，實在她是有點怕。上上下下，對於她的那種無情的輕蔑，像一個無形的陣線把她緊緊包圍，令她呼吸艱窒。她真不願意再走進那個圈子。她遲疑半晌，不知道如何回答司靈鸞的問話。

司靈鸞看她為難，心裏一動，就說：

「要麼，找家旅館住一夜，明天風息了再過江。」

「好吧。」錢守玉立即表示同意。

在接近江邊的地方，開了旅館，一人一個房間。不知是因為電力不足，還是其他的什麼原因，燈光極其昏暗，好像還沒有一盞帶玻璃罩的煤油燈明亮。簡單的幾樣舊家具，看在眼裏，引起人一種污穢之感。錢守玉疲倦已極，但一逕望着那張帶頂的木床遲疑，沒有躺下去的勇氣。在靠近茶几的那張木椅上坐了，正不知如何是好。司靈鸞卻一直緊釘着她寸步不離。在錢守玉對面，他一屁股在床沿上坐了，興高彩烈的大聲問：

「大姐，你有沒有看過我的小說？」

錢守玉搖搖頭，有點厭煩。

「你真沒有看過？」

「是的。」錢守玉說着，把頭扭開去，端詳放在茶几上面的那一套又黑又髒的茶具，心想這個茶怎麼喝！

「那真是太可惜了！」司靈鸞惋惜的說，「大姐，你學教育，現在參加革命做指導員，沒有讀過我的小說，你怎麼教導學生？學生知道你沒有讀過我的小說，那還成什麼話！」

「我沒有聽說過用小說教育學生。我祇知道真正用功苦學的好學生，是不讀小說的！」錢守玉表示了她的意見。

「不過我的小說不同。」司靈鸞有點沮喪，但仍然硬着嘴說。

「我不相信你會寫小說！」錢守玉覺得對付這樣一位自命小說家，客氣是多餘無用的，就兜頭澆他一盆涼水。

司靈鸞的臉上像着了火，他一下子從床沿上站起來，急辯道：

「怎麼，我的小說是有定評的，你什麼理由敢說我不會寫小說？」

錢守玉一時覺得好玩，笑笑，淡淡的說：

「你不必着急！你請坐下，等我告訴你。」

司靈鸞更走近她一步，兩手扠腰，氣哼哼的說：

「你說，你說！」

「你坐下，」

「好，我就坐下。」

司靈鸞從茶几上倒了一杯茶端着，他藉這一動作把自己的火氣略略壓下一點，再坐到床沿上去。

「我先聲明，」錢守玉長長透一口氣，打起精神來說，「對於小說我是十足外行的。但我想，一個寫小說的人，至少應當洞達人情世故，明瞭各種人的心理，才有辦法下筆。小說是從社會人群裏邊生出來的，而不是憑空杜撰的。」

「你說得一點不錯，」司靈鸞重重喝下一口茶去，興奮的說，「我最洞達人情世故，也最明瞭人的心理，我的小說正是從社會人群裏面生出來的！」

錢守玉兩眼對他望望，半晌，搖搖頭說：

「我看並不！」

「那為什麼？」司靈鸞又站了起來。

「就拿眼前的事情做個例子來說。一個女人有女人的私生活，她有她的事情。你已經大半天跟着我，來到旅館裏，你應當讓我一個人在房間裏休息一會。你要進我的房間裏來，應當先徵求我的同意。再說，難道偌大一個武昌城，就沒有一個乾乾淨淨的像樣的旅館，你偏要到這裏來？你看，這個地方怎麼能住？」

錢守玉緩緩的說了，那司靈鸞聽了大笑不已。

「大姐，」他帶點不屑的說，「我早就說你的思想值得注意，果然一點不錯。你要求你有你自己的私生活，你要住漂亮的旅館，這些都是資產階級的個人享受！乾脆說，這樣的要求是反革命的！」

「罷，罷，再也別說，我聽夠了這一套！」錢守玉連連搖手，「好，你去吧，我要睡了。」

司靈鸞走過來，把茶杯往茶盤裏一放，手搭在錢守玉的肩上，鄭重的輕聲說：

「大姐，我陪你睡好不好？我的大姐！」

錢守玉怔了一下，驀地站起來，對準司靈鸞的前胸，兩手用力一推，司靈鸞就身不由主地跌倒在床門前。錢守玉氣得四肢發抖，兩腿一軟，也倒在原坐的椅子上。

司靈鸞爬起來，脹紅了臉說：

「一男一女，應該同睡，你為什麼拒絕我？」

「你是放屁！」

「到底為什麼不可以？」司靈鸞透着不明白。

「你媽也是女的，你為什麼不同她去睡？」

錢守玉氣極了，一句粗話衝口而出。但立刻又自覺失言，有失自己的身份，心裏一酸，淚便落了下來。再也矜持不得，用手絹捧着臉抽噎起來。

「你不知道那是我的好意？因為我愛你，才要陪你睡，你不接受我的愛？」司靈鸞還不服氣。

錢守玉覺得臉前這個人實在不講理已極，也實在可惡已極，氣往上一撞，不哭了。冷笑一聲說：

「所以我說你不配寫小說，你根本不懂得什麼叫做愛！愛是漸進的，你沒有經過求愛的過程，見面就要上床，那是畜牲的行為！」

司靈鷺聽了又笑，若有所悟的說：

「噢，原來你為這個！按說你這個說法原是一種舊腦筋，根本要不得！但這也無妨。可能有人喜歡纏綿悱惻，要後花園裏先遞表記，紅娘傳話，私訂終身，然後再上牙床。這種人一定虛偽，慣愛做作，已經不合今日的潮流了。我是不喜歡這一套。不過，大姐，如果你希望我也那樣做，我也可以的，我情願為你犧牲。」

說着，他從制服袴子的口袋裏摸出一條髒手絹來，拎着一角，用力一抖，抖得一聲響。

「大姐，你大約看過紅樓夢。有年賈寶玉為了玩戲子，被他老子打得皮開肉綻，死去活來。林黛玉來看他，眼睛哭得像個爛桃子。以後黛玉去了，賈寶玉派個丫頭送給林黛玉一條自己用的手絹。丫頭不曉事，生怕這個禮物會惹惱林黛玉，寶玉卻保證不會。果然林黛玉收到這個禮物，不但不惱，而且感恩知己，擦眼抹淚，並且親自題上一首詩，說什麼『尺幅鮫綃勞惠贈，教人焉得不傷情！』大姐，你喜歡纏綿悱惻，那麼這總夠纏綿悱惻的了吧？現在，我就譬如是賈寶玉，你就是林黛玉，我先遞表記給你，完成第一步手續，再進行第二步。」

司靈鷺涎着臉，也不顧到對方的反應如何，把那條髒手絹一逕塞給錢守玉。錢守玉猛一下站起來，就手就是一個嘴巴子，這一下因為正在氣頭上，不覺用了個十分力，打得司靈鷺眼裏冒金星，幾乎栽倒。

「好不要臉的東西！」

錢守玉罵了一聲，氣忿地奪門而出，匆匆離開了這家小旅館。

司靈鷺手撫着半張熱辣辣的臉，呆了一會，像一隻鬥敗了的雄雞，頹然倒在床上，自言自語的說：

「不喜歡直截了當，又不要纏綿悱惻，好個古怪的女人！」

輾轉反側，長吁短嘆，一直折騰到下半夜，才算矇矓睡去。

一覺醒來，已是第二天的近午時分。離開旅館，天朗氣清，風早息了。匆匆趕上輪渡，過江到漢口，先到錢家來。原來他已經多日鬧窮，預備向錢本四借點零用錢。樓下靜悄悄的不見個人影，司靈鸞靠在沙發上，見有當天的中央日報，有篇專論題目是〈粉飾門面與製造氣氛〉，署名「郭心如」。這位五四運動的領導人之一，這幾年來在司靈鸞的心頭一直有點重量，聽說他在漢口，但從不見他作何活動。今天，他講話了。他說，今日武漢當政者所感覺興趣的只有兩件事。一是粉飾門面，故作大言，實在內裏空虛，腳斅不着地。因為自覺空虛，就努力製造恐怖的革命氣氛，壯自己的膽。其實這兩者都是不急之務，大可不必。郭心如開出藥方，把五四時代所提出的德先生與賽先生說一遍，希望根據此一精神從事物質與政治的建設，腳踏實地，做一分，算一分，革命建國和變戲法不同，符咒並無用處。

司靈鸞覺得這篇文章四平八穩，不過是老生常談，也就放開了。翻到另一版，見有一篇地方通信，是報導長沙葉德光被鬥爭而死的經過。大意說：葉德光的一個族姪家裏有個婢女名叫白茶花，遭受主人虐待，並被剝奪行動自由，多年過着囚犯奴隸的生活，革命後，經武漢工人領袖柳少樵發覺其事，經向長沙婦女協會及工人糾察隊提出檢舉。婦協與工人糾察隊聯合將白茶花救出火坑之後，即將她的主人全家逮捕。處理中，發現這一虐待婢女的土劣大戶竟與北洋軍閥互通聲氣，有對革命軍反擊的計畫，以執行帝國主義者所給予的任務。此一反革命集團在長沙的首領，經查出竟是聲名籍籍的大名士葉德光。因而葉德光亦被捕。這個反革命集團包括葉德光全家和他的族姪一家，男婦老幼三十餘口，其中有兩個尚在哺乳的嬰兒，均經特別召集的群眾大會全體一致判以死刑，並當場由白茶花親自行刑，用步鎗把他們一一擊斃。白茶花因而獲得革命婦女的最高榮譽，已前往漢口擔任婦協委員去了。

司靈鸞一口氣把這篇通信讀完，長長地吁一口氣，鑽着拳頭說：

「痛快！好個白茶花，偉大的革命女性！」

他一時聯想到，這個白茶花一定是和錢守玉大不相同的了。這樣的女性，一定是不要什麼求愛過程或是私訂終身的那些無聊手續的。他不由得想：

「這樣一個女人，真是太可愛，太可愛了！」

一時心癢難搔，恨不得立刻把她拿在身邊才好。

「我總得想辦法見見她，認識她！」他又想。

忽然外面一陣嘈雜，司靈鸞放下報紙，走了出來。祇見一副擔架抬進一個人來，錢本四和錢守玉緊跟着。擔架在天井裏放下，那個人慢慢坐了起來。司靈鸞原認得他，驚喜的叫道：

「守玷弟嗎？」

「啊，靈鸞哥！」於是大家七手八腳把錢守玷攙了進來，在洪桐葉原住的那個小房間裏靠下。

原來汀泗橋之役，戰況慘烈，革命軍以一當十，錢守玷是特務長，也執鎗身臨前線，參加了戰鬥。結果，他左腿的肌肉上被子彈穿過，既非要害，又不傷筋動骨，大不了十天半月就可以痊癒的一點輕傷。他從前線上退到岳陽，休養了三個月，因為醫藥設備不夠，這個傷不但不平復，反而一天比一天厲害，半條腿腫得像個水桶。

他在萬不得已的情形之下，這才非常抱歉地寫信給他的部長父親，報告了自己的傷勢病況。錢本三就叫本四到岳陽去把他接到漢口來了。

看他靠下來，司靈鸞便上去和他握手，熱切地說：

「你受苦了！」

「沒有什麼，」錢守玷咬着牙說，「我們革命是要犧牲！」

「你的精神真使我贊佩！」

「我們是要踏着革命先烈的血蹟前進，我們是要開出革命之花！」錢守玷瞪大了眼睛。

「你真了不起！」
「我們革命黨人是要打倒軍閥！」
錢守玉看他一直咬牙瞪眼，心裏替他難過，忍不住問：
「你是不是傷痛？」
「哪裏！」錢守玷搖着頭說，「我們革命軍人是要不怕傷痛。」
幾年不見弟弟，弟弟變了。他比以前更黃更瘦，絡腮鬍子也更濃了。嘻皮笑臉的那種頑皮的稚氣，一直留在錢守玉的印象之中的，連絲毫痕跡都不復留。現在，他是嚴肅的，但嚴肅之中顯然透着麻木，有一點茫然不知有其個人之存在的神情。
「是不是發燒不舒服？」
錢守玉含着兩泡眼淚走上去摸摸他的額部，覺得有點燙手。她望着錢本四說：
「四叔，怎麼辦？」
「送醫院吧。」
「哪一家好？要不要先接接頭？」
「好是日本醫院好。」
「你是說同仁會醫院？」
「是的。」錢本四多少有點顧慮，「祇有一樣為難！聽說朱廣濟也躲在那裏，他和板蒼實是好朋友，會不會在我們的病人身上使壞點子？」
「醫有醫德，那不至於吧！再說，守玷又沒有得罪朱家！」錢守玉嘴上這樣說，心裏可也沒有準兒，眼睛一直望着四叔，等他拿主意。
錢本四一時也主張不得，就說：
「還是打個電話問問你爸爸吧。」

打了半天，到處找不到他。錢守玷聽說要進日本醫院，一直在說：

「我們革命黨人是要打倒日本帝國主義！」

「這樣吧，我先去看看情形。」

錢本四說着走了。司靈鸞跟着他出去，「四叔！」從後面連喊了幾聲。錢本四祇裝不聽見，越走得快。

「怎麼啦？四叔！」

司靈鸞緊走在錢本四前頭，扭轉身把他截住。錢本四這時也就站住，問道：

「你找我幹麼？」

「你生我的氣？」

「不錯，算你明白。」

「我祇是為了愛，四叔，難道你也不諒解。」

「我不談這些廢話！你有事嗎？」

「我想給你借點零用錢。」

「多少？」

「三十、五十都成。」

錢本四從皮夾裏摸出一張十元的中央票來，往司靈鸞的手裏一塞，便叫車走了。一邊說：

「以後再也別找我！」

司靈鸞脹紅了臉，跟上去，把那張鈔票塞還給錢本四，一語不發，悻悻而去。

「翻臉不認人，什麼東西！」

想着，他的腳步越走越重越快。

一輛東洋車迎面而來，見是錢本三坐在上面，頗覺意外。剛想要躲開，錢本三的車子已經停下，並且大聲叫：

「司靈鸞，你來！」

司靈鸞祇可站下，還不等說什麼，錢本三早已伸手打他兩個嘴巴子。

「你這壞蛋，欺人太甚！你沒有想想我是誰？」一邊罵着。

見有人打架，立刻就有過往的行人站下來看熱鬧，錢本三機警，忙上車去了。司靈鸞望着他的背影，重重吐了一口唾沫。

懷着滿腹怨恨，司靈鸞返回武昌。街上，有剛貼出的「打倒郭心如」的標語，漿糊都還沒有乾。司靈鸞心裏納悶，「郭心如怎麼不對了？」

學校裏正在分組檢討，對於郭心如那篇〈粉飾太平與製造氣氛〉的專論加以無情的抨擊，認為那是帝國主義的侵略思想，違反目前的聯俄聯共及農工政策。結論：郭心如的思想是反革命的，郭心如是一個反革命的人！

司靈鸞把握這一時機，慷慨激昂的更進一步的指出，郭心如所代表的是一個反革命集團，錢本三和錢本四兄弟都是這個集團的中堅分子。一聽提到錢本三，政治部主任雲大英緊接着問：

「你說這話有什麼憑據？」

「錢家兄弟是我的表叔，錢本四還是我的老師。今天上午在漢口，錢本三還叫我送一封信給郭心如聯絡呢！」司靈鸞順口說。

雲大英問：

「你知道郭心如的住址？」

司靈鸞一怔，忙說：

「我不知道。那封信是約好在一號碼頭上交給一個人的。」

「一個什麼樣的人？」

司靈鸞不提防雲大英儘着追問，改口不及，只好硬着頭皮，當真一樣扯下去。
「一個中年女人，胖胖的，像個大家的太太。」
「她叫什麼名字？」
「錢本三交代我不要問她的名字，也不要同她說話。」
「顯然是有組織的。」雲大英估量着說。
「錢本三的女兒是本校女生隊的指導員。」司靈鸞有意無意的說。
一句話提醒了雲大英，一疊連聲叫：「找錢指導員來！」
到處找不到，女生隊的閻隊長就說：
「大約聞風潛逃了。」
「一點不錯，他們是有組織的。」
雲大英作了這樣的結論。因為錢本三貴為部長，目前又正紅，他不便擅作主張，便決定過江去漢口請示一番。
當天夜裏，錢本四被工人糾察隊逮捕。
雲大英奉到的指示是：宣傳上儘量打擊郭心如，使他知難而退，不再隨便說話。這一行動交由錢本三領導主持，看他如何表現。由於當前的政治需要，要保全錢本三，這個人有被繼續利用的價值。因為他非共產黨，卻情願替共產黨做事說話，再好也沒有了。
為了面子，一併保全他的女兒錢守玉。
為了使他更聽話，更服從，更無貳心，更忠貞，便採取殺雞儆猴的手段，把錢本四抓起來。抓是抓起來，可又好喫好住，給予優待。過了些時，把他放掉。
錢守玉得到父親的同意，寫封信把指導員辭掉了，卻住在同仁會醫院裏照看守玷。板蒼實因為錢守玷為革命負傷，認為他青年有為，倒頗敬重他，每天親自為他治療，並且叫女兒梅黛親自招呼他這一間病房。不但板蒼父女對他好，連住在板蒼家裏的朱廣濟也常過來看他，愛撫備至。朱廣濟常常對板蒼實說：

「你看錢本三多好福氣，積了這樣一個革命的兒子！」

他有時也半開玩笑的說：

「你的梅黛不是要嫁個中國郎君嗎？我看這個就很合適，要不要我來作個媒人？」

「我反對父母之命，媒妁之言的婚姻，你是知道的。」板蒼實高興的說。

「那麼，要他們去自由戀愛，文明結婚吧！」

兩個老朋友說了大笑。

錢守玉住在守玷的對床，細心調理他的飲食。錢守玷有一個奇怪的胃口，喜歡喫白水煮的東西，完全不要油鹽配料。青菜豆腐白煮，雞鴨魚肉白煮，別人以為淡而無味，他卻樂此不疲。錢守玉覺得這或許是一種病態，問過板蒼實，板蒼實也認真地替他檢查過，卻看不出有什麼毛病來。便半開玩笑的說：

「多半是習慣，也可能是心理變態。古人有嗜痂的，還有愛聞女人臭小腳的。守玷君喜淡食，是上乘而又上乘的，清高極了！」

方在誇獎，板蒼梅黛通身雪白，襯着一張微紅的粉面和兩隻大黑眼睛，亮晶晶一顆星似地飄了進來，室內的人（包括板蒼實在內）都為之精神一振。她單手托着一個方形的宜興雕泥的花瓶，疎疎的插着幾枝紫蝴蝶蘭，飄着幾條細長的綠葉。她一逕放在錢守玷床頭的茶櫥上，一面說：

「你們看，這好嗎？我送給錢先生的。」

大家都贊好。板蒼實說：

「你把盆子裏的蘭花剪了？」

「是的。」

「蘭花剪了可惜，你應當連盆端來。」

「那盆子太笨，葉多花少；沒有這樣子清爽明朗，看着舒服。」她轉對錢守玷道，「錢先生，你說是嗎？」

錢守玷轉側一下，略略皺眉，自言自語的說：

「我們革命是要打倒日本帝國主義！」

在座的人全是一怔。錢守玉面色蠟黃，急道：

「守玷，你是怎麼了？是不是又發燒？」

上去摸摸他的額，果然又有點燙。板蒼梅黛打鈴要體溫表，板蒼實就去摸聽筒，一時又忙起來。大家都把柴蝴蝶蘭忘記了。

半個月後，錢守玷的傷部浮腫全消，間歇的發燒也退清了。板蒼梅黛便拿兩支拐杖來，要他下床來活動活動。錢守玷先在床前試走兩步，板蒼梅黛和錢守玉一邊一個攙着他，拐到病床外邊的走廊裏去，那裏有幾張籐靠椅，扶他坐了。中伏天氣，太陽剛上來不久，已經很有點燠熱了。板蒼梅黛從她的工作衣的口袋裏摸出一把小小的貼金描朱的摺扇來，輕輕扇着，那摺扇是用檀木作骨的，就有一陣陣清香隨風散開。錢守玷忍不住瞥了她一眼，覺得有點輕飄飄。

「好熱的天，等我叫人拿電扇來。」板蒼梅黛說。

「不，板蒼小姐，你也夠忙的，坐坐歇歇吧。」錢守玷指着身邊並排擺的一把籐椅，誠懇的說。

錢守玉喜歡弟弟也會說這樣近人情的話，覺得臉上有光，便拉板蒼梅黛坐了。

「錢小姐，」板蒼梅黛說，「你們老家離青島近？」

「是的，坐火車祇是兩三個鐘頭。不過從我們老家到火車站，還要坐一整天的騾車。」

「要是那老家裏也通了火車，那就方便了。」板蒼梅黛說。
「我們革命是要通火車。」
錢守玷接口說。他的意思實在是說，我們革命成功以後，就要修鐵路，我們老家不久就可以通火車了。他所要表明的是一個革命家的抱負，也是一個美麗的遠景。在一個外國少女面前，他願意略佔上風，過去的過去了，現在則兩手空空，他便祭起了「未來」這件法寶。
錢守玉臉上一紅，瞪他一眼。
「再過些天，」板蒼梅黛說，「爸爸要帶我們上青島去避暑了。青島地方真好，特別是夏天。」
錢守玉笑着點點頭，表示承認她的話。
「錢先生，」板蒼梅黛又說，「你病好了，應當去青島休養一個時期。」
「那邊是北洋軍閥的地盤，我不能去。我們革命是要打倒北洋軍閥。我們革命是要不避暑的。」
錢守玷的說話帶着濃厚的鄉音，又滿口不離革命，板蒼梅黛自愧聽不太懂。但從他的表情上，可以約略察知他是不去青島的，也就一笑而罷。
錢守玉卻連頸子都脹紅了。她差一點沒有像十年前一樣，伸手給他一嘴巴。她想，怎麼能怪爸爸不喜歡你，你實在太不爭氣。
自從錢守玷來到漢口，錢本三還一直沒有同他見面，問也不問一聲，拿幾個錢，把他交給錢守玉完事。錢守玉也曾說：
「弟弟革命了，一片革命氣象，已經不是從前沒出息的弟弟。爸爸也應當對他另眼相看，鼓勵他上進才是。」
錢本三無言地搖搖頭。

傷勢一天天好起來，錢守玷的煩惱也一天天多起來。軍校同校會不知怎地有了兩個，一個在做祕密活動，是擁護校長的，另一個公開的則反對校長。錢守玷不是軍校出身，他由准尉司書而少尉特務長，嚴格的說，也不是一個正式的軍人。他自幼失學，天分又低，他極可能永遠不會成為一個正規的革命軍人。但自汀泗橋負傷下來，他自覺有功於革命，把些標語口號生吞活剝，一直掛在嘴上，儼然以革命軍人自居，對於軍隊方面的事情也就特別留意。夾在兩個同學會之間，原本事不關己，他竟也有一點莫名其妙的左右為難之感。

一天，他無意中得到一張鉛印的「告軍校同學書」，勸告軍校同學堅定信心，認清敵我，提防上共產黨的當。雖然是一個普通傳單，但文章寫得極美，帶感情。他讀了一遍，覺得很受感動；再讀一遍，不覺下淚；三讀而涕泗滂沱，不能自已。

湊巧錢本三犯痔瘡，跑到同仁會醫院來看病。事畢，想起守玷在這裏住院已久，而父子尚未相會，就趁便來看他。遇着他祇顧伏在床上哭個不停，父親來了也不知道。錢守玉忙推他，連說：

「爸爸來了，爸爸來了！」

他也不理。

錢本三立在那裏，搖搖頭，冷冷的問：

「他怎麼了？」

錢守玉無可奈何地嘆口氣，從枕頭旁邊撿起那張傳單來遞給父親。

錢本三接過來一看，順手扔了，便掉頭而去。錢守玉是明白他的，知道父子之間的隔膜又深一層了。

錢守玷病癒出院之後，便悄悄乘輪東下，到南京去了。錢守玉回到父親的公館裏，替父親做了管家婆。她每天抽空溫習功課，準備回北京去讀完女師大。她深悔漢口之行，誤了她的學業，她覺得自己有點上爸爸的當，祇是不好說出口來。

錢本三越來越忙碌，會客、開會、發表演說、餐聚，一身夏布中山裝一直是汗濕的。錢守玉就從來沒有見過他有片刻的靜靜的休息，或對什麼問題有深長的思考，他只是忙，忙，忙。任何事情臨到面前，他總是說，請馮祕書來，或是你問馮祕書去。

當時條件洽妥，他接任宣傳部長，柳少樵一下子交給他兩個祕書。一個姓敬的在部辦公，他手裏有一個錢本三的私章，一切代拆代行。另一個便是這位馮，是他的隨從祕書，行動跟着，如影隨形，他手裏也有個錢本三的私章。

第一次見面，錢本三就碰姓敬的釘子。因為這個姓明明是恭敬、敬禮、敬鬼而遠之的敬字，錢本三一見名片，就握手說：

「啊，敬同志！」

「錢先生，你錯了，你怎麼不認得字？這個字念苟。我不姓敬，我姓苟。」

「噢，對不起，苟同志。」

錢本三自愧對於姓字之學沒有研究，輪到第二位馮的時候，他就慎重，大約遲疑了五秒鐘或六秒鐘，考慮到是不是這個馮字應當讀作馬，並且移上墨晶眼鏡去，看個明白，這才伸手出去，笑嘻嘻的說：

「馮同志！」馮沒有挑錯，也伸手出來表示友好，但是嘴裏說：

「錢同志！」

這個稱呼給錢本三帶來極大的不愉快。原來錢本三一直以為「同志」這個稱呼是下行的，對上稱「同志」未免不敬。你姓敬也罷，姓馮也罷，既然來做祕書，對於頂頭上司總要叫聲部長，或是一聲委員，也還不算太離譜兒。現在居然同志起來了！不由得赧然說：不彀味兒。剛才姓敬的一聲錢先生，錢本三已經有點不自在，覺得

「我喜歡，我喜歡。」

他的意思是「我喜歡你呼我同志」，藉此他表示他能𣪍跟得上時代，並不落伍多少。心裏卻是認真地不勝其遺憾。可惜這些彎彎曲曲，對方並不領會，他們還以為他在「喜歡」他們兩個來做祕書給他幫忙呢。

錢本三在做部長，但落在女兒眼中的，她不得不承認他祇是一個地道的傀儡，真正操實權辦事的卻是那兩位祕書。用錢本三這個名字所發表的所有文章和演說以至函件，都根本沒有錢本三本人的意思在內，錢本三見自己的名字每天都在見報，總算是精神勝利。但錢守玉卻一直在替他難過，覺得他可憐。

更難過的是各方的責備從函件和電話紛至沓來。那時最最活躍的兩個機構是婦協和工總，他們的工作很多都是違反傳統，轟動人心的，因而遭受批評也最多。如婦女將有裸體遊行，或說已經遊行；又如廠主給工人提夜壺，西崽強姦了西洋女主人等等，報紙記載的時候，字裏行間，總難免有所褒貶。這原是編輯方面的技術性問題，但他們把這筆帳都記在錢本三的頭上，認為他領導不得當。其中常常用電話罵他的，一個是工人糾察隊的指導員洪桐葉，另一個是婦女協會宣傳部部長白茶花。

自從革命軍來到漢口，柳少樵和洪桐葉拿到「實權」以後，洪金鈴的自由就失去了一大半。其初，洪桐葉先來錢家，說已為她安置了工作，要她立刻遷居。她是工總女工部的副部長，兼任婦協工農婦女運動委員會的委員。洪金鈴對於哥哥的好意提拔，並不感激接受，立刻予以拒絕。原來她自己另有計畫。她和錢守玉已經發生了深厚的情感，像親姐妹一般密切，到了無話不談，推心置腹的程度。錢守玉從很早就發覺本四叔特別關心洪金鈴，洪金鈴好像也有意。她極願促成好事。一天她和洪金鈴兩個人在樓上談天，說到個人的前途和志願。洪金鈴道：

「有人說，女人最好的職業是嫁個丈夫。大姐，你的意思怎樣？」

「那也是一種看法，極其自然的。」

「你是不是也這樣準備？」
沉默了一會，錢守玉才淡淡的說：
「我不夠條件。」
「啊，大姐，你還客氣！」洪金鈴不平的說，「像你還不夠條件，那麼誰又夠條件？」
「馬馬虎虎的嫁個人，再差些也行了。要說找個理想伴侶，如意郎君，我知道我自己的缺點！」
「你有什麼缺點？」
聽了洪金鈴這樣追問，錢守玉顯然不高興。她望了洪金鈴一眼，激動的說：
「你這樣問我，到底是真的還是故意的？」
「當然是真的。」洪金鈴忙說，「你是我的好大姐，我怎麼會故意？」
錢守玉嘆口氣，沮喪的說：
「難道你沒有看到我的腳？」
洪金鈴的眼睛立刻就落到錢守玉那兩隻塞着一頭棉花的光亮的赭黃色的小皮鞋上。洪金鈴心裏一慘，萬分惋惜的不知道怎麼說的好。錢守玉一笑，輕聲說：
「過渡時期，人的痛苦太多了！」
「從前，女人到底為什麼要纏足？」
「男人的變態虐待，算是一個理由。但照我的看法，這實在顯示我們的人口過剩。一千年來，把半數人口的女人弄成殘廢，如果是在一個人力缺乏的國家，那是不能想像的。同樣的理由，現代機器工業不能在中國得到迅速的發展，也由於人力過多的緣故。去年，我在女師大季刊上曾經寫過一篇文章，提出我這個觀點。歷史上每次換朝代都殺人如麻，保衛權位的一方殺，爭奪權位的一方殺，雙方競賽，誰殺得最多誰就勝利。缺者為貴，反面自然是多者為賤。人口過剩是惟一的亂源。目前的革命，揭穿了，目的也還是為減少人口，換句話說得老實點，殺人而已！」

錢守玉說着，唏噓感慨起來。停停，她又說：

「當時有人駁我，說古代人口稀少，河山滿目荒涼，為什麼也有戰爭呢？」

「是啊，你怎麼答覆他呢？」洪金鈴緊跟着問。

「我沒有答覆他。如果人類是一種戰爭的動物，必須從戰爭中求進步；就等於人和痛苦，與生俱來，無法改善，不能避免。那不是更可怕，更可悲嗎？」

錢守玉搖搖頭，站起來，透口長氣，笑道：

「我們不鑽牛角，打死結了！說點正經的。小妹，我問你，你願意不願意我對你改個稱呼？」

洪金鈴就覺着她話裏邊有文章，略略遲疑一下，說：

「不知道你想怎麼改？」

「譬如你上升一輩，我叫你做四嬸嬸，你看好嗎？」

洪金鈴立刻脹紅了臉，吞吞吐吐的說：

「你開我玩笑，那怎麼好意思？」

「女孩兒家，總有那麼一天。我什麼都盤算過。四叔的缺點是，比起你來，年齡太大。看外表，他又有點土頭土腦。不過他也有許多好處，足夠彌補他的短處。他為人忠厚，有定見，從不見異思遷，投機取巧，他和爸爸不同。他又節省，會理財。是一個最可靠的人。」

那洪金鈴便不言語。

事情便等於雙方默認了。單等錢本四的工作問題解決，就辦喜事。錢本四有意在司法界謀一相當位置，希望以後安定過日子。學資歷證件都經錢本三輾轉託人給他送過去了，那邊也口頭答應了，祇是還不見發表出來。

因此，當洪桐葉要洪金鈴去工總和婦協工作的時候，洪桐葉就碰壁了。

十七

一天，錢本四偶然和洪金鈴一同上街走走。在英租界出口的交界地方，一邊是工人糾察隊，一邊是英兵印捕，雖然還沒有架起鐵絲網，但雙方似在戒備。加上遠遠的堆着許多熱鬧的閒人，情勢就顯得有點緊張。錢本四和洪金鈴站了下來，略略忖度一下，覺得如果不越界去那是最穩當。但錢本四為了本身的出處問題，有出去一下的必要，就懷着多少的不安，試探着走上去。

雙方戒備人員都注視這兩個人，可是也沒有查詢和阻攔，他們平安地穿過了並且離開了這界口。錢本四鬆口氣，低頭望望洪金鈴，不大自然地一笑。洪金鈴便偎緊了他一點，她立刻覺得有一種從所未有的安全之感。

身後忽然傳來一陣亂雜的腳步聲，兩個人不禁回過頭去，大約十餘個着藍布制服的工人糾察隊，手提木棍，正跑步而來。方在納悶，弄不明白是怎樣回事，工人糾察隊早已臨近，把洪金鈴架起來就走。洪金鈴又急又怕，嚷道：

「幹什麼，幹什麼？你們幹什麼！」

「就是幹這個！」

一個工人舉手就在洪金鈴的腰眼上戳了一下，嘻皮笑臉的這樣說。這一下，把洪金鈴戳得又瘦又痛，眼淚直冒出來。

錢本四見是工人糾察隊的事，先就有幾分怕，硬着頭皮追了上去。陪個笑臉說：

「有什麼事情，說明白了好好地走。這樣拖拖拉拉，大街上多不好看！」

墊後的一個工人扭轉身來劈頭就給他一棍，錢本四看他舉棍，本能地把兩手往頭上一抱，急轉身往後跑，右手肘上早已着了一棍。錢本四痛澈心肺，渾身一軟，就蹲了下去。

工人糾察隊也不再理他，一逕把洪金鈴架走了。

約摸過了十多分鐘，錢本四才略略痛定，看看自己的右臂，外面雖然並無創傷，但整條手臂像脫了節一樣的指揮不靈了。錢本四知道傷在筋骨，慢慢擠出圍着他看熱鬧的那一個厚厚的人圈，走回「界口」，僱車回家。原來肩頭脫節，肘骨折斷，就醫兩月，才慢慢好了。

以後不久，他自己又被捕。

洪金鈴被架到工總的後樓上，押在一個寬敞而涼爽的房間裏，好幾個高大健壯的中年婦人輪流看守着她，倒是好茶好飯，殷勤服侍，表面上十分客氣。到了這時候，洪金鈴知道強也無用，祇好耐下心來住着。遇便她也試着探探她們的口氣，但都一問三不知，不露一點口風。但洪金鈴也知道這種試探其實是多餘的。因為事情擺明，這不是哥哥和柳少樵在搞鬼又是誰？

果然過了三天，在一個深夜裏，洪桐葉來了。他進門就說：

「我早知道你來了。忙，到現在才來看你。」

如今洪金鈴也深知世故了。她知道今天的這位哥哥已與昔日不同，青梅竹馬時代的兄妹之情，那種天真無邪的友愛，未必還存在了。這就使她的態度變得冷靜而又客氣。她說：

「你把我弄到這裏來放着是什麼意思？」

洪桐葉對面坐下，拿支香煙抽着，嘆口氣說：

「我們兩個人一母所生，從小相依為命。我不希望你在這個革命的高潮中和我分手。我願意你回到我這邊來，我們合作到底。」

「我們都長大了，可能彼此見解不同，各有各的看法。我想你不會強人所難，你會原諒我！」洪金鈴坦白而又誠懇的說。

「我的經驗，也應當對你有益。我老實說，我曾經有一個長時期在夾縫中徘徊，左呢，右呢，拿不定主意。但最後我還是回來了。因為你應當不會忘記我們原是工人的家庭，我們屬於工人這一階級。」

「爸爸是老國民黨……」

「我們是活人，講活人的事！」洪桐葉連連搖手，不要洪金鈴再說下去，「爸爸死了，死人管不着活人事，你提他幹什麼？」

「我祇是想說，我們並不是工人家庭。」洪金鈴這樣說着，心裏覺得有點不安。

「你忘了媽媽盲腸開刀的時候了！洋老板和局長叔叔都不肯借給錢。最後是誰給了醫藥費的？不是閘北工會的彭汶學嗎？」洪桐葉說着生氣，聲音提高了，「你現在數典忘祖，投降了敵人，忘記了自己的出身了！」

洪金鈴不知道再說什麼的好，委屈地沉默下來。

洪桐葉也只顧抽煙，好像陷入沉思中。最後，他站起來，把個香煙頭順手往窗外一扔，勉強笑笑，說：

「總之我們兩個人不應當分歧。我已經決定派人到上海去接媽媽。也許她來了以後，可以有助我們兩個人恢復像從前一樣的接近。」

「你要接媽媽來？」

「是的。」

「聽說水路早已不通。」

「不，英國日本的內河航輪一直沒有斷過。」

洪桐葉看看他的懷錶，又說：

「晚了，都一點鐘了。你餓不餓？我去拿點東西來喫。」

說着下樓而去。一時提着一個竹籃上來，花生米、瓜子、餅乾，還有一瓶高粱酒，都擺在桌子上。

「你喝高粱？」

「是的。」

「你從前不喝。」

「我現在需要刺激，喝烈酒。」

說着，用茶杯倒了一杯，喝了一大口，遞給洪金鈴，說：

「你也喝點，我們用一個杯子。」

「我不喝酒。」

「你跟侉子們過，沒有學會喝高粱？侉子們是喝高粱的。」洪桐葉一本正經的說。

「錢家都不喝酒。」

「那麼你準學會了喫大蔥大蒜？」洪桐葉譏諷的說。

「不錯，我能喫大蔥大蒜了。」洪金鈴故意這樣說。

「以後你要戒掉，改喫辣椒。」

「那為什麼？」

洪金鈴明白他的意思，卻故意問。

「你真不懂，還是裝不懂？」洪桐葉笑了。

「真的。」

「那是為了柳少樵，騾子們是喫辣椒長大的。」

洪金鈴聽了這話，原要用「我永不」這樣意思的話回答他，但她顧到自己目前的處境，就把話咽住，沒有說什麼。洪桐葉再喝一口酒，問：

「怎麼？你不說話了！」

「我不知道說什麼好！」

「隨便談談罷了！我告訴你，前天，我親手殺過人了！」

酒力上衝，洪桐葉淡黃色的臉，變得像一張大紅布，眼睛也充滿了血，和臉色一樣的紅。

「怎麼回事？真的嗎？」洪金鈴驚訝的問。

「既然我這樣說，當然是真的。」洪桐葉對妹妹的問話先表示一點輕蔑，才又說，「有個國民黨的黨員，上南京去了一趟，回來以後，一直說工人糾察隊的組織是不合法的。又說，他們已經調集部隊，對武漢實行包圍，要消滅武漢政權。我們聽到風聲，把他祕密逮捕了。」

洪桐葉喝口酒，喫幾粒鹽瓜子，故作鎮定地笑笑。接着說：

「少樵的意思，要我把他裝麻袋，半夜三更，投在江裏了事。我想，那太便宜了他。記得水滸傳裏有位好漢，攔江截人，有個喫『板刀麵』的辦法。我便叫人預備了小船，趁個月亮天，划到下游，把一口屠牛的鋼刀，親手服侍了他！」

「你親手殺了他？」

洪金鈴越聽越緊張，看見洪桐葉一張面孔又由紅變黃，端着酒杯的一隻手也在發抖，不由得怯生生的這樣問。

「嗯」了一聲，略略點頭，洪桐藝再倒滿一杯酒，做一口氣喝了。把杯子往桌子上重重一放，頹然坐下，搖搖頭，自言自語的說：

「醉了，一個人喝醉了，真可笑！」

兩眼瞪着洪金鈴，洪金鈴被瞪得有點怕。

「拿我的香煙來！」

洪金鈴忙站起來把他放在桌子上的香煙火柴遞給他。洪桐葉趁勢抓住她那隻遞香煙的手，用力一拉，洪金鈴便倒在他的懷裏了。洪桐葉摟住她，連連吻着，說：

「我的好妹妹！」

洪金鈴掙脫了，嚇得面如土色。透口氣說：

「你怎麼啦，怎麼啦！」

「我不怎麼？總比便宜了錢家好！」

洪桐葉說着，俯身下去把落在地上的香煙火柴撿起來，點一根吸着。便故作鎮定地走了出去。樓梯上，他轉過身來發話道：

「等會少樵來，你要放乖些，不然就會有人請你喫板刀麵，現在可不是以前說着玩兒的了。」

洪桐葉剛下去，兩個服侍的婦人緊跟着回到樓上來。洪金鈴望着她們有點怕。三十多歲的一個去收拾桌子，四十多歲的那一個便對面坐了，問道：

「剛才指導員說，柳委員要來看你。」

「不知他有什麼事？」洪金鈴敷衍她一句。

「他愛你，你難道不知道？」

「那怎麼成！」洪金鈴脹紅了臉。

「成，為什麼不成？」三十多歲的扭過頭來說。

「三姐，你別忙，等我勸她。」四十多歲的說，「洪同志，自從我在這裏看見你，我就想起我的女兒來，我的女兒怕不比你還大兩歲。她十四歲上就跟一個唱漢戲的武生跑了，一直沒有音信。我今年都快五十歲了，人也嫁過三次，孩子養過八回，現在丈夫也沒有半個，孩子也一個不剩下。你想，我有什麼事不懂？聽我的話，我不會害你！」

聽她說得無頭無腦，洪金鈴越發着急。就耐住氣說：

「大媽，你不知道，我已經有了人家，就快結婚了！」

「那有什麼關係？」婦人咧嘴一笑，「你知道柳委員這個人真是好極了。我這樣年紀，他還提拔我呢。你要是依從了他，那還用說？」

「大媽，你就是我的親生媽一般，你救救我！」洪金鈴再也忍不住，淚直流下來。婦人見她說得可憐，祇是嘆氣，搖頭不止。

「這個地方，柳委員的話就是金口玉言。」三十多歲的說，「誰能救得了你？再說，這也不是什麼壞事，你別不識抬舉！現成的皮鞭、烙鐵、這隊上可有的是，等會你要彆扭，那可是自討苦喫！板刀麵？沒有那麼容易！」

「難道真有板刀麵？你說的是真話嗎？」

「我和你不認不識，不沾親帶故，我騙你幹什麼？」三十多歲的雙手一拍，呸一聲，說。

洪金鈴便捧着臉不再言語，屋子裏靜默下來。聽得樓下的掛鐘噹噹響了兩下。

「好了，這算說好了！」四十多歲的走過去坐在洪金鈴身邊，拉着她的手，溫柔的說，「晚了，你先睡下吧，他就快來了。」

……

炎熱的夏天又到。

洪大媽從上海坐太古公司的客船抵達漢口。奉派去上海接她的那個年輕人，姓苗名鳳，有個外號叫小苗子。他原是馬江人，跟一個同鄉前輩在漢口一家五金行學徒。洪桐葉也會說幾句馬江話，憑這點關係，和這家五金店的老板認做同鄉，常來常往。以後革命軍打了過來，小苗子入了工會，洪桐葉挑便弄他和老板展開鬥爭，先是增加工資，接着分佔股分，平分售現。什麼叫「平分售現」呢，即把每日門市售出的現款，於當日晚間打烊結算之後，由店東店員雙方平均分配之。

當然，生意如此做法，很快便倒。法院、公安局都管不着工會、農會和婦協的事，伸冤告狀無門，店東就祇好撤退，把生意無條件贈送店員。但店員接手之後，因為沒有資本，不能進貨，也還是關門大吉。

小苗子的五金店就是這樣完蛋的。老板一家去上海了，小苗子就承管了五金店大片房屋，店面後頭是住宅，這是老板多年購下的私產。住宅後牆緊貼看柳少樵家的布店倉庫，兩所房子背對背，店面大門分在兩條馬路上，老死不相往來，有如兩個天下。

小苗子雖然一時據有了這麼一所房子，但生意垮了，反而無法生活。其初，他有意把房子售去，因房地契據不全，而且姓名不符，怎麼也找不到要主。又因為時局未定，市面上荒荒亂亂的，連家具也賣不出去。小苗子這就有點着慌。

幸好工人糾察隊組織成立，洪桐葉做了指導員，招呼他在「指導員室」頂名做個幹事，生活問題這才暫告解決。

從上海回來，一路上小苗子小心服侍洪大媽，很討得洪大媽的歡喜。洪大媽問：

「什麼是工人糾察隊，他糾察些什麼？」

「現在，工人是國家的主人翁，一切由工人當家。他什麼都糾察得着。黨政軍各級機構，民眾團體，都要聽工人糾察隊的！」小苗子順口開河，無天無地的說。

「桐葉他能幹得了那麼大的事？」洪大媽心裏高興，卻又故示不能相信。

「指導員嗎？那還用說！人人都要服貼工人糾察隊，工人糾察隊可要服貼指導員。他如今高高在上，你老人家就可想而知了。」

洪大媽也是將近五十歲的人了，從憂患中打滾出來，什麼事不懂得？她把小苗子的報導給打一個大大的折扣，縱然祇有百分之一的真實也好，他既然能派人迎養老母，景況大致不差，總是可信的。她多年來所期望於兒女的，「大致不差」也已經儘夠了。

因此，自從在上海見到小苗子，她的心情就一直是愉快的。

漢口下船，洪桐葉在碼頭上接着。洪大媽不見女兒，忙問：

「金鈴呢？她怎麼沒有來？」

「她現在在婦女協會做事。這兩天到長沙出差去了，很快就回來。」洪桐葉撒個謊說。

「你知道我來，就不應當叫她出差。」洪大媽失望的說。

「她替人家作事，就要聽人家的，哪裏有那麼方便！」

洪大媽嘆口氣，無可奈何的說：

「那麼，你快寫信叫她回來！」

洪桐葉應着。想想，洪大媽又說：

「叫她也要把那邊的事情辦完再回來，我也不爭那一天兩天了。」

洪桐葉又應着。

洪大媽被安置在小苗子的五金店裏。下車之後，走進下着門板和窗板的一連三間的高大店面，洪大媽略略停留一下，貨架子都是空的，櫃台上落着厚厚的塵埃，帳桌上凌亂地堆着許多零碎東西，旁邊有張床舖，又有幾把缺腿斷背的木椅子。穿過店面房子，左右兩廂各有幾間平房，當中一條鋪磚的通道，通道兩邊排列着盆花，有的枯萎了，有的盆子破了。亂草，菓皮，紙屑，散亂在這條狹長的通道上，洪大媽覺得沒有個下腳的地方。

「這兩邊房子是做什麼用的？」她站下來問。

「原是倉庫，現在空着。」小苗子回答。

「這是個大生意的派頭，」洪大媽納悶着說，「怎麼敗落了？」

小苗子和洪桐葉都沒有答話。

走到通道的盡頭，有個方方的寬敞的院子，鋪着大方磚。這裏有三間上房，飛簷畫棟，萬字欄杆，倒是乾乾淨淨，和前面的情形不同。

有個三十多歲的婦人，短衫長袴，挽着個又黑又大的光亮的高髻，拖着一雙粵式的黃皮拖鞋，從房裏跑出來迎着，笑迷迷的說：

「這個是老太太了？」

「是的，我的母親。」洪桐葉應着，轉對洪大媽說，「這是宋二姐，我請她來伺候你老人家的。」

「謝謝你，二姐。」

洪大媽端詳一下宋二姐，笑着說。自從丈夫去世，十多年來她跟前沒有個佣人了，現在總算兒子有出息，爭氣，雖然還不能一下子回到當年次長夫人的排場，但總算用不着再下工廠做臨時工人了。洪大媽想着，心裏酸酸的，不知道是喜歡，還是難過。

跨過一尺多高的門檻，滿堂嵌大理石的紅木家具，正面懸着一大幅麻姑獻壽中堂，那個麻姑畫得差不多像真人一般大小，八仙桌後面的條几上，玻璃盒裏供着一尊二尺高的白磁觀音，兩邊放着一尺多高的大花瓶。五支頭的琉璃吊燈，懸在中間的畫彩的梁上。洪大媽觀玩一番，就手在旁邊的椅子上坐了下來，大理石冰涼，她忙又站起來。宋二姐掀起右首套間門上的白緞湘繡門帘，說道：

「老太太這裏邊休息吧，這是你的臥房。」

洪大媽走進去。一張頂子銅床和一個梳妝檯靠後窗放着，迎門一套沙發，配着一個長方形的矮桌。大家坐了，宋二姐送毛巾過來給他們擦臉。

洪大媽呷一口茶，門後壁上懸着一張放大相片，一對老年的男女並排坐着，像是一對夫婦。洪大媽順口問道：

「這是誰的照片？」
「就是這個五金店原來的老板。」
「他走了，把這麼一大片房子交給你，他待你不錯。」洪大媽說，「現在，難得有這樣好心的人了。」
「他也不是好心，」小苗子笑笑說，「我們工人當了家，他沒有辦法罷了。」
「你跟他做生意多久了？」
「大媽，不瞞你老人家說。我是個棄兒，半夜裏他從街頭把我抱回來，據說那時我出生還不到幾天。他撫養我一直到大，他待我不錯。」小苗子坦白的說。
「怪不得，你們原來也算得是骨肉！」洪大媽點點頭。
當天晚上，柳少樵為洪大媽接風，酒席擺在五金店裏。洪桐葉、小苗子、宋二姐三個人陪着。談到上海的情形，洪大媽說：
「那邊也不太平，聽說在清黨，走失了很多人，彭汶學沒有下落了。局長叔叔到南京去了，南京也有個新政府。」
「再別提他！」洪桐葉想起從前的事來，還餘恨未息。
「有次白手老王來過。」洪大媽說。
「他怎麼樣哪？」洪桐葉急問。
「他來向我辭行，他也上南京了。老王穿起嶄新的西服，挺着肚皮，戴上眼鏡，留起博士頭來，倒滿像樣兒。」洪大媽說着一笑，順手端起杯子來呷了一口酒。
「我不知道洪大媽這樣注重儀表。」柳少樵涎着臉說，「大媽，你看看我的相怎麼樣！」
「這個地方工人當家，你做工會首領，那是最好的，還看什麼相！」
「不是看相，是論儀表。」

「論儀表，你細細高高，長頭髮，小鬍子，又不修邊幅，倒像個吟酒賦詩的大名士。」

「謝謝你老人家誇獎！你不覺得我像個殺人放火的混世魔王？」

「不，你除了眼睛略帶兇光，完全是個文士的派頭。」洪大媽再捧他一句。

「你什麼時候帶白茶花來給媽媽見見面？」洪桐葉說。

「她應當來看大媽。」柳少樵揚揚眉，愉快的說，「不過她近來是真忙！」

「自從她來了，婦女協會更辦得有聲有色了。你賞識的人果然有一手！」

「那還用說，」柳少樵故意一笑，「誰不知道柳少樵別具慧眼！」

「你們說的是什麼人？」洪大媽問。

「白茶花，我家的老佣人。」

「她親手打死葉家老幼三十餘口，」小苗子伸個大姆指頭說，「氣也算出夠了！」

洪大媽聽不懂，他們就把詳細情形說給她聽。洪大媽聽了，倒覺着極不舒服。心想，這樣一個人，不要來見我也罷了，可不把人嚇煞！

洪大媽原有個失眠的老毛病。她在上海閘北的湫隘的半角小樓上，窩鱉了十多年，幾乎氣也透不過來。今天一下子換到這個近乎豪華的舒適的新環境裏，情緒上未免刺激，更加晚上的幾杯酒，她就益發興奮。外邊的掛鐘已經敲過十二下了，她還大睜着眼睛，在床上翻來覆去。伸手從床頭上扭開電燈，洪大媽就從嵌在床裏沿上的橫長的大玻璃鏡裏，望見了自己裹在鵝黃色繡龍鳳的綢被裏面的睡着的影子。睡前剛剛挽上的髻子，大約因為翻身太多，已經披散了下來，一綹束着根的長髮落在鬆軟的雙枕下面。洪大媽坐了起來，把頭髮挽好，她着一件束胸的密排布鈕的雪白的貼身小馬甲。這件小衣服，在洪大媽原是當襯衣穿的，因為她多年來瘦骨嶙峋，胸部平平，實在沒有束胸的必要。

洪大媽再從床鏡裏照一照自己的面孔，眼角上的折皺已經密疊起來，略略抬眼，額頭上也已經隱約地顯出橫紋。洪大媽早已知道自己老了，但她從未對於自己的老有什麼惋惜之意。生活艱難，沒有盼望，使得她對於老甚至死都不覺得重要，現在好像一跤跌在青雲裏了，她不禁想起了她的青春時代。

她的丈夫洪百厲雖然學軍事、鬧革命，然而是一個風趣的人物。記得新婚的晚上，他們洞房裏也用着差不多的這樣一張鑲鏡的大床。她暗暗囑咐女佣，叫拿一疋紅綢遮了起來。新婚的初夜，照例是不息燈的，洪百厲被鬧過酒，已經有點醉，瞥見遮鏡的紅綢，一把拉開去。

那是光緒二十六年的事。那年庚子，八國聯軍進北京。所以洪大媽常常清楚地記得。那時風氣未開，婚姻由父母作主，新婚之禮也往往是新郎新娘的初見之日。但洪大媽原是洪百厲的表姐妹，因為同城居住，兩家常常帶着子女走動，兩個人青梅竹馬，早就極熟。兩家父母因為看見他們合得來，才起意訂下親事的。

因此，洪百厲把紅綢扯去之後，原是低頭坐着的新娘子，就輕輕的說：

「喂，還蓋起來！」

「為什麼？」

「那多難為情！」

新郎走過來，把嘴湊在新娘的耳朵上，也輕輕說：

「這張床好就好在這面鏡子上！」

新娘正覺着他酒氣薰人，想要躲開一點，不提防他一手托住她的背脊，另一手抄在她的腿彎裏，就輕輕把她抱了起來。往床上一放，兩個人扭在一起。新郎定要新娘看鏡子，新娘扭頭閉眼定不要看，新郎便伸手去格吱她，新娘子怕癢，笑做一團。……

洪大媽想起她的初夜來，彷彿餘癢猶在，不自覺地噗哧笑了。

現在，人雖然已經四十六歲，但如果百厲健在，景況好，閨房中應不寂寞！洪大媽這樣想着的時候，就嘆口氣，自言自語的說：

「可惜他那麼早就去世了！」

洪大媽再也坐不住，披衣下床。對着梳妝檯的大鏡子，洪大媽扭開鏡子上面的那盞粉紅色紗罩的電燈，只顧端詳自己的面孔，撲上粉，輕輕用手不住地摩擦。最後，她用條乾毛巾把臉擦勻了。嘆口氣道：

「十多年了！」

她不由抬頭看一看懸在壁上的那對老夫婦的照片，她覺得自己孤獨而又落寞，一陣無聊起來。她無意識地順手拉開梳妝檯的抽屜，裏邊亂放着許多東西。翻翻，發現了一大疊大大小小的照片，眼睛剛觸到第一張，洪大媽就驚得連忙扔下，立即把抽屜推上，她的心一陣跳，跳得她有點發慌。

她閉上眼睛，雙手捧着頭，定定神，慢慢靜了下來。忍不住地再把抽屜拉開，屏住氣一張一張看那些照片，不時轉過頭去望望門窗，扭動着她的腰部，兩腿好像在抽搐。洪大媽終於認清了那個男人，這是柳少樵，無論從背影還是側面都看得出來。女人，不止一個！這幾張是一個人，那幾張又是另一個；算算，夠四五個！多荒唐！怎麼好拍出這種照片來？誰給他們拍的？這是上海的小癟三們幹的下流營生！

想着，想着，洪大媽全身都軟了。放下照片，推上抽屜，勉強站起來，手扶着牆壁，到那邊沙發上靠了。自從丈夫去世，洪大媽偶然也背着人抽兩筒水煙玩玩；算是一種調濟。以後犯了夜咳的毛病，就不再抽。此時，矮桌上放着現成的成筒的香煙，洪大媽忍不住伸手去抽出一根，點上吸着。她怕嗆，沒有敢吸下去，祇顧從嘴裏吐了。但這也有刺激力，洪大媽眼睛越睜得大了。

有嗤嗤的笑聲和煩膩的談話聲，傳進洪大媽的耳朵。聽聽，辨不出方向。洪大媽好奇地站起來，輕輕打開房門，這才察覺那聲音來自對面的套房。

對面套房住着宋二姐一個人，這樣深夜，她在和誰說話？洪大媽再傾耳細聽，原來是個男人的聲音。黑暗中，看見後門開着，洪大媽輕輕走出來，從後窗的玻璃向裏一張，這就看明白了倒在床上的兩個人，那男人竟是小苗子。洪大媽一陣心跳，一股熱辣辣從脖頸直升到耳根。想：

「宋二姐不比小苗子大十多歲？兩個人竟會——」

正要想下去，忽然聽得小苗子的聲音說：

「你別看洪大媽老了，風韻倒是十足，不比年輕人推板。這個女人一定了不得，難怪她丈夫早死！」

「你們男人就是這樣，叫化子喫死蟹，隻隻好。」

宋二姐伸手去格吱小苗子，招得小苗子笑得滿床上滾。宋二姐故意說：

「問你還敢不敢？」

「不敢了。」

安靜下來，小苗子才又說：

「你誤會了！我是沒有意思。柳少樵讚美她，說她比她的女兒更好。」

「老會比少好？我真弄不懂！」

「你不知道，柳少樵有點變態。」

「什麼變態？」

「變態就是不正常，把臭的當香的，把醜的當美的。」

「有那種事？聽起來倒新鮮。」

「你不見柳少樵迷戀白茶花，白茶花是個癟子！」

小苗子說着，伸手去扯宋二姐的小衣，宋二姐假意護着。小苗子道：

「婦女協會正在推行不束胸運動和不穿內褲運動，你怎麼還穿這種衣服？」

「她們的運動太多，我實在弄不明白。女人不穿內褲，那怎麼成？我是不慣。」

「不久要當街檢查呢。誰要被查到束胸着內褲，就要被罰裸體遊行！」

「不准束胸，還有個說法。不准穿內褲，那是什麼意思？」宋二姐納悶的問。

「因為鄉下女人都是不穿內褲的。穿內褲是城市資產階級的奢侈享受，所以要打倒！」

「每天打倒這，打倒那，打倒的太多太多了。」

「革命就是打倒。」

「為什麼這個婦協的運動特別多？」

「因為中國女人所受的壓迫和束縛最多，所以問題也最多。」

「脫了這條內褲以後，不知道還有什麼花樣？」宋二姐嘆口氣，有點厭煩的說。

「花樣多着呢。馬上就要強迫寡婦嫁人！」

洪大媽聽到這句話，心頭一震，周身痙攣。忙支撐着自己，斂神再聽。

「那又為什麼？」

「你看有多少窮人沒有老婆，偏偏許多寡婦要守什麼寡。這不公平而且暴殄天物。婦協正在進行調查，不久孤男寡女，抽籤分配！務必叫他們各得其所。」

「抽籤？要是抽得不合適呢？」宋二姐噗哧一笑，「如果一個漂亮的年輕輕的孤男，抽到一個七十八十的老寡婦呢，那怎麼辦？」

「那沒有辦法。要是任由自己挑揀，大家都挑好的，剩下來的那些次貨誰要？那不是不公平嗎？」

「抽籤配對，真是笑話。」宋二姐微喟說，「看他們胡鬧到幾時？」

「怎麼？聽你這個口氣，你是不擁護！不擁護就是反革命，反革命是要殺頭的！」小苗子略略提高了嗓門說。

「我說着玩玩罷了。我怎麼會不擁護？我今天也算享福了，是誰作成我的？難道我是傻瓜！」

宋二姐翻身過來，抱住小苗子就連連親嘴，說：

「你專會挑我眼兒！」

「不錯，我就是專挑你眼兒。」

洪大媽抽身下來，綿軟軟地退到自己房裏，像在做夢。「寡婦嫁人，抽籤分配。」難道是真的？既然有這種事，他們接我來幹什麼？難道也要把我來抽籤？

明天，我定要問個明白。我回上海去！

洪大媽周身像火燙，又睡到床上去。她想起來，十餘年忍苦守寡，無非是為兩個孩子。現在，孩子長大了，而且有辦法，我不可以也想一想自己的事嗎？

已經去世的丈夫的生前的影子，又清楚地顯在面前。那個細長的身個兒，看背影，不正像今天的柳少樵！洪大媽呸了一口，怪自己為什麼這樣想，為什麼想到這個畜牲身上去？畜牲！

太不要臉！和女人家拍出那種照片來！

還說我比我的女兒更美，癡話！

一直輾轉反側到窗上發白，洪大媽才矇矓睡去。

一覺醒來，已是傍午時分。

洪大媽帶着兩個烏黑的眼圈，披衣下來，洪桐葉早已坐在那裏，出神地看着一張報。洪大媽心想，你來得倒巧，我正要問你話。

「媽，你這樣晚才起來？」

「我整夜失眠。」洪大媽臉上一紅。

「你那個失眠症還是不好？晚上我帶安眠藥來給你。」

「自從你爸爸去世，我就得了這個毛病。這許多年了，哪裏還會好？」

洪大媽把散下來的頭髮向後掠着，在洪桐葉的對面坐了。接着又說：

「你剛才看報，有什麼新聞嗎？」

「沒有什麼。說又有幾條英國軍艦開到，武漢人心憤慨，怕要出事。」拱桐葉不經意的說。

「聽說婦女協會的新聞最多，她們到底忙些什麼？」

聽見洪大媽下床了，宋二姐打水送茶進來。順便她問洪桐葉說：

「馬上十二點了，老太太是喫早點，還是喫午飯？兩樣都有。」

「這個時候當然是喫午飯。」

「指導員你也在這裏喫嗎？」

「好的，我陪媽媽。」

洪大媽匆匆盥洗了，過來，喝口茶，還是問：

「婦女協會有什麼新聞？」

「最近要強迫寡婦嫁人。」

「你叫苗鳳到上海去接我的時候，就知道這事嗎？」

「是的。」洪桐葉坦然說。

「那麼你接我來做什麼？」洪大媽有點氣。

「她們希望我以身作則。因為我現在是工會的領袖，凡事要起領導作用。」洪桐葉很自信的這樣說着，眼睛從媽媽的臉上瞥過。

「你要我嫁人？你不羞！」洪大媽把茶杯重重地放下。

「嫁人是一件好事。」洪桐葉吸着一支煙，冷靜的緩緩的說，「這十多年，你為了我和妹妹，犧牲了你自己。現在我們已經長大成人了，你無牽無掛，正好再結婚，享受一點人生的樂趣，我看得出來，你實在太孤獨寂寞了，你應當有個伴侶。」

「難得你一片孝心！」洪大媽表示堅決的拒絕，「我馬上回上海去，我不在這裏現眼。」

「上海也一樣的。現在正當一個革命高潮，任何力量壓不下這個高潮，這個高潮不久就會淹沒全中國，當然連上海在內，你跑到任何地方都躲不過去。就算你去外國，外國遲早也要被這個高潮淹沒！」

「你做夢，我不相信你說的那麼厲害！」

「以後事實會證明，我現在不和你老人家抬槓，你老人家也用不着生氣。」洪桐葉一笑，悠然地抽着他的香煙。

「不是我生氣，」洪大媽立刻和緩下來，「你不想想我今年什麼年紀了？」

「連七十八十歲的老寡婦，都要抽籤擇配呢，你比起來不能算老。」

「你說什麼？抽籤？」洪大媽故作不知。

「是的，抽籤？」

「怎麼樣抽法？」

「把男人編了號讓女人抽，或是把女人編了號讓男人抽，抽到誰算誰，各憑運氣，沒有挑剔。公平，誰也沒有話說。」

「你也讓我去抽籤？」洪大媽忙問，一顆心像在懸着。

「當然你老人家用不着抽籤。你可以憑你自己的意志自由擇配。你的事情要先辦，並且你的對象一定要是個名流，他們好藉這個題目大肆宣傳，以你們兩個人作榜樣，打破寡婦守節的喫人禮教，造成寡婦嫁人的風氣。然後婦女協會所推行的寡婦嫁人運動，就容易辦得多了。」

洪桐葉這樣說，顯然計畫是早定了的。

「等你妹妹回來，看她的意思吧。」洪大媽再往外一推。

「妹妹不會反對的。」洪桐葉很有把握的說。

祇見宋二姐打起帘子來說：

「指導員，飯擺好了。」

洪桐葉立刻站起來，讓媽媽到外間去。

雖然祇是兩個人喫飯，可是大盤小碗，葷葷素素，擺得滿桌子。洪大媽就說：

「家常喫飯，不必要許多菜。一兩樣還不夠嗎？」

「現在喫得起就喫吧。」洪桐葉說。

「但願常有才好。」

「這一下革命成了功，以後至少喫點好的是不至於再有問題的了。」

天熱。洪桐葉說：

「這個人家不裝電扇，怪！下午我叫人來裝。」

「原來有幾把電扇的。」宋二姐拿把大芭蕉扇來立在旁邊搧着，插嘴說，「小苗子說，老東家去後，他有個時候沒有飯喫，教他拿出去便宜賣了。」

「好，總算是個有出息的。」

洪桐葉這樣說，引得洪大媽和宋二姐兩個都笑了。

十八

午飯以後，洪桐葉有意帶媽媽出去走走。洪大媽衹是困倦，教兒子出去，依舊上床睡了。但又睡不着，翻來覆去，去世丈夫的影子，衹一閉上眼，便清楚地出現，真像有鬼似的。洪大媽驚慌地在心裏說：

「難道你不願意我嫁人？」

想到過去的辛酸，洪大媽又想：

「十多年來，我受盡苦楚，你不曾來幫忙我。現在我已經把孩子帶大，要另覓一番天地調濟一下我的餘年了，你卻來阻擋我。夫婦恩愛，原是這樣自私的嗎？」

洪大媽睜大眼睛，輕聲說：

「難道你忘記了你已經死了！」

洪大媽呸一口，丈夫的影子不見了。然而有另一個影子出現，那顯然是柳少樵。洪大媽想：

「畜牲，滾開！你比桐葉能大幾歲？不要臉的！」

但柳少樵沒有去世丈夫那麼聽話，任你揮他，罵他，他衹是纏着不去，簡直無賴。洪大媽有點着惱，猛可地坐了起來。定定神，又想到昨天夜裏的小苗子。

她對鏡理一下頭髮，走向對面套房張張，沒個人影。聽得後院裏有聲音，便轉到後門來。後院子倒是寬敞，一廂是廚房、下房，一廂是浴間、便所，有個高高的水塔。迎面一所大屋，有兩層樓那麼高，可完全沒有門窗。

宋二姐正在廚房裏收拾，洪大媽問她說：

「對面是個什麼房子？這樣大！」

「那就是柳少樵柳委員家的布店，前門在後邊一條馬路上，和這一邊背對着背。這個高大房子是他們的倉庫。」

又是柳少樵！洪大媽覺得有點洩氣，便改口問：

「小苗子在家嗎？」

「他在工會裏辦事，白天不在家。」

「他晚上睡在什麼地方？」洪大媽臉上一紅。

「他睡在前面靠街的房裏。」宋二姐狡黠的一笑，不在意的說。

「你們早就熟識？」

「不，我是在小苗子動身去上海之前，指導員教我到這裏來看房子，等着伺候你老人家。我來到這裏，才和小苗子認識。」

「指導員怎麼認識你？」洪大媽實在納悶他們這些關係。

「我原住在武昌。不瞞你老人家說，我是人家的第四個小老婆。」宋二姐說着，噗哧一笑。

「我問你怎麼認識指導員的？」

「吳大帥時候，現在的柳委員和指導員兩個人在我家裏住過，所以我們認識。那時他們兩個人和我家的死鬼，還有我家死鬼的老頭子，每天商量着破壞鐵路。兩個人答應下等革命軍過來，就給我家死鬼和我家死鬼的老頭子每人都有官做。誰知我家死鬼和我家死鬼的老頭子沒有那個福分，革命軍過來不久，官還不曾拿到，就給人家暗殺，用亂鎗打死了！」

宋二姐說了，又噗哧一笑。

「為什麼事，遭人家暗殺？」

「那可不知道，一直沒有捉到兇手。」宋二姐又笑。

「怎麼？你丈夫死了，你高興？」洪大媽看她儘笑，覺得奇怪。

「是的，老太太，你不知道我恨死他！」

「為什麼？」

「我那死鬼是個幫頭，徒子徒孫收了不知多少。我從小沒有爸爸，跟着媽媽在徐家棚火車站上做點小生意。我十三歲那年，死鬼看上了我，扔給我媽媽二十個洋錢，就把我帶了去做他的小老婆。我媽不依，和他論理，被他們活活打死，拖出去埋了！」

「打死人沒有事？」

「官面上他有來往，我們又是窮人，有個屁事！」

宋二姐說着，彷彿猶有餘痛。

洪大媽望望她，同情地嘆口氣。說道：

「你收拾好了？我們屋裏去坐吧，你看我問這問那的倒招得你難過！」

「不，老太太，我喜歡說這些事，說說我心裏暢快。我跟他二十年，一直悶在心裏，都快悶死我了！」

說着，到洪大媽房裏來，洪大媽再三讓她坐。並且說：

「坐下來隨便談談，像自己人一樣，不要見外。以後你也不要再叫我老太太，你叫我聲大媽，儘彀了。他們很多人都呼我大媽，你沒有聽見柳少樵？」

不知怎地會又扯到柳少樵身上，洪大媽暗暗吥了自己一口，覺得臉上一陣熱。

「早上小苗子出去的時候告訴我，說他們工會裏幾個委員今天晚上在這裏替你老人家接風。柳委員，指導員，小苗子都是陪客。」

宋二姐拿手絹堵着嘴笑個不住。

「笑什麼？」洪大媽看她笑得離奇。

「他還說，我也是陪客呢。」

「那好，你原應當坐在一起喫飯。昨天晚上和今天中午我不都說了嗎？」洪大媽誠懇的說。

「大媽，你真好。」宋二姐見洪大媽瞧得起她，一時高興起來，「你的兒子也好。指導員住在我家裏的時候，就是對我好，廝趕着叫我二姐，二姐長，二姐短……」

「為什麼他叫你二姐？」

「我名叫二喜。死鬼和他的徒子徒孫們，沒上沒下，都叫我二喜。祇有指導員第一次見面就叫我二姐，所以我喜歡他，好一張甜嘴兒！」

「既然他叫你二姐，你就應當叫他弟弟才是。你一直叫他指導員，我聽着怪刺耳朵的。」

「他也這麼說來，我祇是不好意思。」宋二姐抿着嘴又笑。

「你實在用不着客氣。」

「我才不會客氣呢。」宋二姐趕過洪大媽這邊來，把嘴湊在洪大媽的耳朵上，低聲說，「大媽，告訴不得你，我家死鬼和他的老頭子，你猜是誰殺的？」

「那我怎麼猜得到！誰呀？」

「是小苗子！」

洪大媽心頭一震，急問：

「那為什麼？」

「指導員教他幹的。」

洪大媽更感詫異。問：

「到底怎麼回事？」

「他替我報仇啊！」宋二姐站起來大聲說，「你的兒子真好，真好，好極了！」

洪大媽心頭說不出是什麼滋味。兒子大了，能自立了，這是好的。但是他也變得太快，殺下兩條人命，勸自己的媽媽改嫁，這些真不是尋常的事！難道世界真的變到他這一面來了？

「不懂，真不懂！」洪大媽搖着頭，自言自語的說。

「這還不懂？大媽，他為愛我，才替我報仇啊！」宋二姐更作進一步的解釋。

「我知道。」洪大媽做個笑臉，對她點點頭。

晚上，洪桐葉一個人先來。洪大媽避開宋二姐，偷偷問他：

「是你教小苗子殺死宋二姐的老公和他們的老頭子，這話當真嗎？不管有沒有，這麼亂說可不好！」

「有的，」洪桐葉漫不經心的隨口說，「柳少樵教我做，我就教小苗子去做了。」

「怎麼又是柳少樵的主意！我更不明白了。」

「這也不是柳少樵的主意。」洪桐葉略頓一下，鄭重的說，「媽，最好你不要打聽這些事，不明白就不明白吧。」

「你把兩條人命，看得這樣輕鬆，我怎麼能不替你着急！」洪大媽顫聲說。

「你不必替古人擔憂。」洪桐葉笑笑，「人，我殺得多啦，哪止這兩個！」

「殺人償命，你是瘋了？」

「我不會的！你放心！」

「到底為什麼要殺人？」

「革命哪！我不殺人，人必殺我。革命，可不是好玩的。」洪桐葉嚴肅而又興奮的說。

「你爸爸那時候，也是革命，他可不講殺人。」

「那時代的革命和現在的革命不同！」

洪大媽含着兩泡眼淚，注視了洪桐葉好大一會，才說：

「你變了！」

「不錯，我變了。時代在變，我當然也要變。我不變，我就落伍了。」停一下，洪桐葉又說，「媽，你不覺得你也在變？我希望你變！」

洪大媽嘆口氣，半晌才說：

「自從你認識柳少樵，現在想起來，就算一步走錯了！柳少樵這個人，我真不明白！」

「我不認識柳少樵，也會認識和柳少樵一樣的另外一個人，走着和現在相同的路。好比小苗子要不遇到我這一個洪桐葉，他也一定會遇到另外一個洪桐葉，今天的小苗子還是今天的小苗子，不會有兩個樣子。」

洪桐葉好像在對媽媽說教。他的結論是：

「這是潮流，潮流所趨，沒有人能變更它的指向。」

「不懂，我實在不懂。」洪大媽祇覺着頭痛。

「最好我們不談這些。」洪桐葉改變話題，愉快而輕鬆的問，「媽，你有沒有考慮你的對象？你希望個什麼樣的人？」

「我已經說過，要等問你妹妹。」

「為了你的幸福，妹妹一定會贊成，你不妨先考慮起來！」洪桐葉這樣說。

洪大媽便不言語。

晚間，工會的領袖們都向洪大媽敬酒，洪大媽無法拒絕他們的盛意，就飲得有點過量。席散，好像聽得有人問柳少樵，說：

「南京成立了政府，英國人不斷地把軍艦派到漢口來，這明明是威脅。我們一點也不表示什麼嗎？」

「當然要有所表示。」說這話的是柳少樵，「反動軍隊正在包圍武漢，一步比一步緊。我們必須驚天動地地闖一下子，要完也完個痛快，像樣的給他們留下點麻煩！」

洪大媽迷迷糊糊的插嘴道：

「不錯，要玩就玩個痛快！」

昨天夜裏的小苗子和宋二姐，又從她的眼角上閃過。她有點厭惡，也有點煩躁。就站起來說：

「你們說話，我去睡一下。謝謝你們。」

洪桐葉看她有點站不穩，忙扶着她進去。

「聽說汪精衛和陳獨秀都找你談過話？」

「是的，」柳少樵點點頭說，「他們勸我慎重。他們一致認為工會和婦協做得太過火。」

「汪是國民黨，說這個話還情有可原。陳獨秀是什麼東西，他難道忘了他自己！」有人這樣抱不平。

「兩個人都以領袖自居。」柳少樵冷笑一聲，「你們還記得他們在上海發表的汪陳聯合宣言嗎？好像事情他們說了就算。」

「不要理他們，我們幹我們的！」

「我正是這個意思。」柳少樵把桌子上的殘酒端起來再喝一口，「還有更可笑的呢，汪不贊成打擊郭心如，說他是什麼學者，又說他頗負時譽，有號召力。這種人，我們拉攏他還來不及，怎麼可以踢他走！」

「他大約以為你是從倫敦或是華盛頓來的。」

洪桐葉說了，引得大家都笑。

「打郭心如？錢本三總算賣了力氣。」

「這個人好在比較聰明。」柳少樵說，「他知道他不賣力打郭，他自己就不保。」

「幹宣傳，他的缺點是名望不彀。」

「郭心如名望倒彀，他聽你的話嗎？而且名望是可以培植起來的。」柳少樵歪着脖頸想了一想，說，「等有機會，我們好好地給他風光一下。」

「好讓他更聽話？」

「是的，那還用說！」

於是哄堂一笑。在笑聲中，他們散去。有人還在問：

「洪大媽呢，怎麼不見了？」

「她喝醉了睡去了。」

「好，那麼我們走吧，不再打擾她了。」

靜悄悄的不再聽見有什麼聲音。洪大媽祗是煩躁，把長衣脫了，把長袴脫了。洪大媽兩隻解放的文明腳，靠一雙絲襪「遮醜」，除了為洗換，雖在夜間睡眠的時候，也一直穿着，但現在她把這雙絲襪也撕了去，順手一扔。

翻兩個身，還是氣悶，把緊身馬甲也脫去。醉眼模糊中，洪大媽從床鏡裏看見了自己的身體，這可怕的一身瘦骨！她立刻伸手把電燈關了。她想起丈夫在時，幾乎沒有一個晚上不誇讚她的適度的豐滿。不過十多年的寡婦生活，她不但消逝了她的夢，也銷蝕了她的身體。

洪大媽長長的嘆口氣，心酸酸的，傷感起來。她深感人生無常。在兒女已經長大成人，自己已經為他們盡責之後，再這樣苦下去，真不知意義何在！

今天在這裏，寡婦嫁人不但不再是一個可恥的行為，而且正在被提倡為一種新的婦德，兒女且以寡母改嫁為光耀門楣，是一個可以成為榜樣的值得歌頌的先驅行動。洪大媽想，奇怪，太奇怪，世界真是變得太奇怪了！

孩子們不常常說嗎？任何人，不分男女老幼，都要趕上時代，順應潮流，否則你便落伍！難道寡婦嫁人也算是時代的潮流？洪大媽這樣想。

金鈴也一定會贊成嗎？她又想。

再把電燈打開，從床鏡裏瞥一下自己的身體，洪大媽立刻閉上眼睛，覺得有點洩氣，而且有一種可以豫見的失敗之感。

洪大媽焦躁地爬下床來。坐到梳粧檯上，毫不猶豫地把抽屜拉開，再仔細地欣賞那些照片，昨天夜裏已經看過一次的那些不堪寓目的東西！

對面套房裏又傳來那個可厭的惹人的笑聲。洪大媽呸一聲，把照片放下，抽屜也沒有推上，便輕輕走出去。扶牆摸壁，轉到對面套房的後窗下，從玻璃窗裏望進去。

好一會，她才又摸着回來。剛一掀門帘，一個人把她攔腰抱住，托了起來。「誰？」洪大媽驚得一身冷汗。

「你看我是誰？」

那個人把個嘴一逕湊到洪大媽的臉上，吻着聞着。太重的酒氣和煙氣薰得洪大媽透不過氣來。想要掙扎，無奈被抱得太緊，連喊也無力喊。

洪大媽雙手捧住自己的臉。恰像一個避難的駝鳥，牠已經把頭埋在沙裏了。

…………

第二天快近中午了，洪大媽還沒有下床。眼睛有一點紅腫，顯然她哭過。她有某一方面的滿足，這一滿足彌補了她的長久的孤獨和寂寞，但她自己並不曾顯明地察覺到，它躲在另一更重更大的陰影之後。她現在所有的是深長的冤抑，被污辱的，被損害的。

要玩就玩個痛快。不錯，玩是玩了，痛快也痛快了。但萬萬也想不到這竟是一個圈套，一個可恥的陰謀。瘋狂的官能享樂，長期蘊蓄的獸性的發洩，待到風流雲散，卻往往給人留下一種不可捉摸的哀愁。但洪大媽所遭遇的是一個絕對意外的離奇的刺激，離奇得使她的頭腦無法容納得下去，怎麼也拐不過這個彎兒來。

「等金鈴來了，我怎麼樣？和她抱頭痛哭一場，還是逆來順受，攏手屈服？」她實在想不出怎樣才好。

「多難為情，我怎麼見她？」她又想，「要麼，我且瞞她一時。不知道那個壞蛋會不會告訴她，能瞞得了嗎？」

「媽，」洪桐葉在床前出現，「你到這時候還沒有起來？」

「我不起來了！」洪大媽一見他，不知道怎麼來的那一分氣惱。

「何必這樣子！事情我都知道！」

「你知道什麼？」洪大媽不免心虛。

「昨天夜裏，你和——」

「你參加豫謀嗎？」不等洪桐葉說完，洪大媽搶着說。

洪桐葉無言的微笑着點點頭。

「畜牲！」

洪大媽倏地翻身向裏，閉緊了眼睛。

「媽，一切我都為你好。」洪桐葉在床沿上坐下，緩緩說，「陳腐的貞操觀念不先打破，你永遠不會有幸福。你已經苦了許多年，我不願意你再苦下去。」

「那麼，是你請他的？」

「那倒也不是。我不過事先知道罷了！」

「畜牲，畜牲！」洪大媽恨得又哭了起來。

「而且你可以信任我，錢本三這個人也有許多好處，你嫁給他，你會滿意。這一點，柳少樵倒不騙你！」

「你既然決定要我嫁人，就嫁人好了，何必又多來上這一套，教那個壞蛋侮辱我！」

洪大媽翻身坐起，憤怒的說。說了，又覺得自己聲音太高，怕被人聽見，羞憤地捧起臉來又哭。

「為了給你換腦筋，這一舉少不得。」洪桐葉搖着頭說，「你這樣哭鬧，我失望極了。」

他絞一把涼水毛巾，遞給母親。

「好了，擦擦臉，下來坐吧。快要喫飯了。」

洪大媽接過去擦了，穿好衣服。漱個口，靠在沙發上抽煙，她覺得十分疲敝，頭暈目眩，幾乎難以支持。想到昨夜的壞蛋，那般纏擾一個比他大二十歲的女人，「好不要臉的貨！」洪大媽自己暗暗呸一聲，不是忍住，差一點笑了出來。

洪桐葉見媽媽臉色展開，露出喜悅，就說：

「你也想開了？你知道我愛你，我再也不會害你的。」

「不要臉！」洪大媽收斂一下，把頭扭了過去。

「金鈴妹妹早都想通了，她也沒有像你這樣哭哭鬧鬧，可見青年人比較容易接受新思想，新觀念。」

「怎麼她還不來？」洪大媽關切的問。

「柳少樵馬上陪她來，大家在這裏喫中飯。」

一聽柳少樵這個名字，洪大媽就拉下臉來，不再說什麼。她默默地祗顧吸煙。這樣靜默了好一歇，她才又悽楚的低聲說：

「你們這裏是另一個世界，和我從前所習慣的那個世界不同。在你們這個世界裏，向上的人可以墮落，下流的人能騎在別人的頭上。你們這個世界是反常的！」

洪大媽嘆口氣，含着兩泡眼淚。又說：

「早知道這樣子，我不會來的。真的我不來就好了！我想，我回上海去吧！」

「那是做不到的。我和金鈴何嘗不幾次三番要離去呢，但幾次三番都走不成。媽，你還是死了這條心吧！」

「我原想着，趁你們能自立了，我應當享點福，補償一下這十多年來所受的艱難困苦。現在我知道，這一念頭害了我！我當時不作這樣的打算就什麼事也沒有了。」

說着，洪金鈴跟着柳少樵來了。洪大媽一眼瞥見，就覺得女兒長得更高了些，也更清減了些，而且神情有點萎靡。洪金鈴抱住母親，一聲媽還沒有叫出來，淚早已湧出，兩個人半天沒有話說。柳少樵望着洪桐葉，不耐煩的說：

「讓她們哭彀了我們再喫飯？」

「有什麼好哭的？」洪桐葉就把妹妹拉開，指着那邊的梳粧檯說，「快去洗臉喫飯。」

洪大媽也跟了過去。

飯後，柳少樵和洪桐葉走了。洪大媽帶女兒平頭睡在床上，金鈴才對母親說：

「現在，什麼也要依從他們，他們是真殺人，而且不論親疏。真正是兩個魔王！」

「桐葉小時候多麼本分，多麼善良！誰想他如今變成這樣子！」洪大媽想起做洋行時候的洪桐葉來，不勝其今昔之感。

「哥哥不好，烈佛溫和局長叔叔這兩對夫婦要負完全責任。祇要他們稍有人性，哥哥不至於被逼到這一步！」

「也不能全怪他們。要是我不鬧病，不遇上彭汶學和柳少樵，他或許也不會變得這樣快。」

「一面一逼，一面一誘，兩個力量加起來，就把他害完了。」洪金鈴惋惜的說。

「你有沒有什麼打算？」洪大媽問。

「我原有個朋友，他是錢本三的四弟。他們嫌他，把他關了起來。」

「你的朋友？」洪大媽不安的問。

「我不過和他口頭有個婚約。我一直還把他的一位親姪女兒喊做大姐，我們沒有別的。」洪金鈴說着一笑。

「那我更不能嫁錢本三了。親母女怎好作妯娌！」

「他們決定了的事情，你能扭得過？」

「我寧可一死！」

「那也不犯着。」洪金鈴把嘴湊到媽媽的耳朵上輕聲說，「不知怎地，我老是覺得眼前這個局面好像難以長久似的。半個湖北省，半個湖南省，四面被人家的軍隊包圍着，關着大門胡鬧一陣，你想他們能成什麼氣候？哥哥將來真不知如何結局！」

「你這麼說，我更不必嫁錢家了！」

「看他們怎麼辦吧，事情可由不得自己！」

「反正你們已經都長成人了，大不了一死，我怕什麼！」女兒面前，洪大媽的態度堅強起來了。

外面的軍隊從外圍對武漢政府所形成的包圍圈，越來越小。鄂西一帶的川軍且已與武漢軍隊正式接觸，連武昌軍政學校的學生都參加了戰鬥。

這不算是一個好消息。因為軍政學校的學生等於是武漢政府的子弟兵，也等於是武漢政府的一張王牌。不曾見有正式的大戰，而已使用到王牌，則其空虛可想。因此，川軍雖被打退，卻不但沒有獲得決定性的勝利，反而澈底暴露了弱點。

「好景不常」的豫感，亦愈來愈切，錢本三這就覺得再不馬上覓一條退路，真要死無葬身之地了。他不由得想到守玷，暗暗說：「別看這個傻小子，他倒有先見之明。萬一我過不了這一關，有他，我這一脈也算沒有絕了。」

死鬼廚子的影子又在他的記憶中一閃，錢本三「呸」了一聲。

汪公館電話，「主席立即召見。」

錢本三心裏一動，覺得自己一向標榜共產黨，不曾和汪主席建立特殊關係，亦未免失策。於是想：

「這倒是一個湊巧的機會。」

更湊巧的是馮祕書不在跟前，他就一個人往汪公館來。客廳裏坐了一下，汪婆子出來了。武漢許多要人，錢本三最怕的是兩位夫人，除了仲家的寡婦以外，就數着這位汪婆。錢本三一直在背地裏說她們是一對潑婦。

汪婆沉着臉，兩眼直視，在錢本三的對面重重地坐下，把手裏捏着的一張報紙往錢本三這邊一扔。錢本三已經站起來迎接她，垂着雙手，方在恭敬地鞠躬，報紙就落在地下了。他忙俯身下去撿了起來，卻不明白是怎麼一回事。

「你看，」汪婆氣哼哼的說，「你越來越不成話了！」

「什麼事？夫人！」

「你自已看！」

錢本三把張報紙反覆看了，還是不懂什麼地方出了毛病。脹紅了臉，說：

「夫人，到底為什麼？你說明了，我也好解釋。」

「錢部長，」汪婆冷笑說，「我問你，你幾時入黨的？」

「討袁的時候。」錢本三情知不妙，沉住氣說。

「想必是袁世凱解散了國會，你投靠無門，就走了這條路了。是不是？」

「中山先生有信給我，約我入黨。」錢本三倒一點也不含糊的說，「居覺生在膠東組織討袁軍的時候，也請我幫過忙。」

「你就憑這點功績，連仲先烈的夫人都不看在眼裏了。是不是？」汪婆冷笑一聲。

經這一指點，錢本三這才發覺了自己的毛病。原來這一張報紙上有用「錢本三」這個名字發表的一篇文章，指出婦女運動是一個深入群眾的實際工作。從實際工作中，她們證實理論，獲得經驗，然後理論與經驗又指導她們進一步工作。高高在上的不切實際的領導，她們並不需要。

仲夫人是婦女部部長，這顯然是對她發出的一支冷箭。這是婦女協會與婦女部爭取領導的表面化。錢本三恍然大悟，想：

「一定是仲家寡婦告過狀了。」

他這就不在乎。把報紙放在一邊，忍下一肚皮的羞愧和氣惱，愁眉苦臉的說道：

「說起來，夫人也許不相信。這些時候，所有報紙上刊登的我的文章也好，演講也好，談片也好，都是別人一手代擬的，事先我一概不知。就拿今天這篇文章來說，不是夫人提醒我，我根本不知道這回事！婦女協會那一套，其實我心裏是一直反對的，不過我不便出口罷了。」

頓一下，重重嘆口氣，錢本三沮喪的又說：

「人人知道，我是一個傀儡部長。這樣一個傀儡部長，我實在早就幹得不耐煩了。」

他見汪婆不言語，似乎在傾聽他的陳訴，就放低了聲音，接着說：

「可惜沒有人明瞭我的立場。我的立場是國民黨。不，我的立場實在是汪先生。汪先生是我們的領袖，我們聽汪先生的。我們不聽汪先生又聽誰？」

汪婆從輭椅上移動一下，對於錢本三這幾句話似乎很受用。錢本三就又說：

「我正想同夫人好好地談一談呢。現在這個局面真是危險極了。汪先生的黨——自從總理去世，我一直這樣說，祇有汪先生能繼承總理，作黨的領袖，這毫無疑問的是汪先生的黨。這個黨，現在正被篡奪，從內部五臟裏邊在變質！」

汪婆把右手的食指向嘴上一豎，輕輕噓一聲。錢本三便把話咽住。她故意左右看看，然後輕聲說：

「好，今天的事情完了，你回去吧。改天我再約你。你有什麼話，可以和汪先生單獨一談。」

錢本三便站起來鞠個躬，說聲「謝謝夫人！」告辭出來。

他有一種「因禍得福」的心情，他長於把握機會。一點也不怠慢，和女兒商量一下，兩個人閃閃躲躲地跑到一家英國人的珠寶洋行裏去買了幾樣貴重的珍飾。

從此，他出入汪公館，不需再經過投刺候見的手續，他儼然有點像汪公館的人了。

錢本三的另一條心事是郭心如。

他雖然自己常說，他加入國民黨是孫總理親筆函約的，實在情形卻是由於郭心如的介紹。入黨之後，郭心如又常在有意無意之間予以提攜。錢本三現在所具有的「利用價值」，多多少少間接得之於郭心如，錢本三心裏倒是明白。因此他對於郭心如始終懷着一點特別敬意。

〈粉飾門面與製造氣氛〉的文章發表之後，共產黨決意打擊郭心如。第一篇文章由敬祕書執筆，用錢本三的名字發表。為了「茲事體大」，發表的前夕，敬祕書把稿子給錢本三過目，錢本三知道自己沒有力量打消這篇文章，就也沒有說什麼。因為他曾經多次遭遇過這樣的事情。

他去過一趟蘇聯，敬祕書代他寫的稿子上幾乎每次都提到這件事，蘇聯是真好真好、我親眼目睹的還有錯嗎？這也罷了。有一回居然這樣說了：

「兩年前我漫遊世界，經過英法德義各國，和各階層的人士接觸，知道他們對於共產主義的蘇維埃制度，無不嚮往。不久的將來，整個歐洲都要赤化。這是一個歷史的潮流，無人可以扭轉。中國革命無疑地必須跟隨偉大的蘇聯祖國，附驥尾而前進。中國革命是世界的一部分，它不可能單獨行動。」

錢本三再勇猛些也不能不有所顧慮。因為他根本不曾漫遊世界，除了莫斯科以外，他也沒有踏進過歐洲的任何一片土。撒謊也要撒得沾點譜兒。

他對敬祕書提供了這一意見，話還不曾說完，敬祕書就脹紅了臉，大不高興。

「幹宣傳必須懂得群眾心理。」敬祕書用一種教訓的口吻說，「中國人有一種崇洋心理。共產主義來自西洋，當然是好的。連英法德義等國人士都信仰它，中國人還有資格懷疑嗎？再說，這又是你親見的事實，他們更不能不相信了。這是我的一種巧妙的宣傳運用。這是藝術。你怎麼可以說是撒謊？錢委員，你玩政治許多年，連這點花樣還不懂，真是我想不到的。」

敬祕書縱聲大笑。錢本三便紅着臉沒有再說什麼。

除了像這樣的事情以外，還有一次使他心頭帶病，極不舒服。那就是開始打擊某巨公的時候，他「奉命」發表一篇極其激烈的文章，把某巨公罵得體無完膚。他對某巨公一向極為崇拜，某巨公也對他很客氣，總之雙方的關係說得上相當好。當時他極力拒絕用他的名字發表那篇文章，但是第二天的報紙上照樣登出不誤。

他曾為此事心神不安，鬱鬱寡歡者多日。

錢本三並不在乎「忘恩負義」這一類的罵名。因為「大義滅親」和「忘恩負義」也可以說並無分別，這儘有辯護的餘地。錢本三所顧慮的倒是此一幕終了之後彼此怎樣再見面的問題。他的那一個「曲終人散」的豫感，使他受到許多的自我約束，而不能放手做去。

錢本三記得郭心如的電話號碼，就一個電話打過去了。他打算這樣告訴郭心如。

「明天報上有攻擊你的文章發表了，雖然是署着我的名字，但你知道那不是我的文章，更不是我的意思。我們之間是毫無問題的。」

但那邊回話，說是郭先生夫婦兩個早已遷走了。

「遷到哪裏去了？」

「不知道。」

錢本三的一套解釋便無從送達對方。他一口氣抽下半支雪茄，繞屋而行一百餘圈，眉頭皺成一個疙瘩，但終於想不出一個好的辦法。

以後很久，他知道郭心如夫婦住在汪公館裏。「侯門似海」，他接近不上。打電話過去，那邊又不承認公館裏有這樣一位客人。

現在他做了汪公館的常客，就找個機會同汪婆說：

「聽說共產黨又要打擊郭先生。」

「上回不是打過了嗎？」汪婆困惑的說，「怎麼又要打？」

「就為那回打他，他始終不露頭，一聲不響。這回是逼他投降！」

「郭先生怎麼會給他們投降？他們真是太不瞭解郭先生的為人了！」汪婆嘆口氣。

「所以我最尊敬郭先生。」錢本三順着汪婆的口氣說，「像我這樣子給人家做傀儡，作傳聲筒，什麼意思！」

「現在，也不是你一個人。許多地位比你高的，情形還不是和你一樣，都用着人家的人作親信祕書。唐總司令掌着兵權，還受人脅制呢。」汪婆深深感慨的說。

「這樣子，國民黨名存實亡了。汪先生要想想辦法呀！」

「看情形再說吧，最近他們還要給汪先生介紹祕書呢！」

「看他們野心多大，事不宜遲了！」錢本三焦躁地搓着兩手。

「也不必急。」略頓一頓，汪婆鄭而重之的說，「祗要大家同志團結擁護汪先生，讓汪先生得行其道，萬萬反不了共產黨！」

「擁護汪先生是天經地義的事！」錢本三用力拍一下自己的大腿，「哪個敢說個不字，我先同他拚了！」

「難得你有這等決心，總算是個好的。等我告訴汪先生，他一定會特別照看你。」汪婆立刻加以撫慰。

「謝謝夫人！」

錢本三從轎椅裏站起來鞠個躬。坐下，又問：

「請問夫人，你知道不知道郭先生住在什麼地方？」

汪婆盯他一眼，靜默一下，然後說：

「他就住在我這樓上，你可千萬不要告訴別人。」

「是的，」錢本三有一點喜出望外，「我一定守口如瓶。不過我希望見見郭先生，夫人你費心替我先容一下好嗎？」

「等我問了他再告訴你。」汪婆打個呵欠，頗有倦意，「好，你好去了！」

錢本三忙退出來。

以後多日，汪婆不再提及此事，錢本三忍不住，找個機會，試問道：

「我要見郭先生的事，夫人有沒有替我問過？」

「問過了，他不見你！」

「為什麼？」

「他也沒有說為什麼。」

「我知道，他一定是看不起我！」錢本三臉上一陣紅。

「你既然知道，何必又問我！」汪婆板起面孔來說。

十九

錢本三從汪公館快快回來。

女兒守玉正坐在客廳裏的大吊扇底下看着厚厚的一本書，面前擺着一大杯紅茶。錢本三正沒好氣，如此盛暑，他總以為那杯紅茶是冰鎮的，把皮包和草帽放下，端起來就喝了一大口。祇聽得冬隆一聲，磁杯落地，摔得粉碎。錢本三火冒三千丈，隔着桌子伸手要打守玉，守玉跑了開去。

原來錢守玉面前擺的一杯紅茶，竟是滾燙的。錢守玉有個毛病，喜歡在大熱天喝熱紅茶，越熱越好，還要加上大量的紅糖，她說必須這樣才解渴。錢本三一時不察，喝得急了，把一張嘴燙得脫了皮。見女兒跑開，他暴跳如雷，大叫一陣。然後一個人坐在電扇底下，捏着嘴吹氣。

大約過了十分鐘，錢守玉從樓上下來了。她知道爸爸的脾氣，這時候應當雨過天青了。她悄悄地沖好一大杯冰鎮的鮮檸檬汁，送到爸爸面前，在桌子上放下，怯怯的非常歉意的說：

「爸爸，你請！」

錢本三取下墨晶眼鏡來，狠狠地瞪女兒一眼，頭一扭，那淚便像湧泉一般流了下來。錢守玉從來不曾見爸爸如此落淚，倒不得主意起來。忙擰一把冷毛巾遞給他。錢本三接過去，用那毛巾捧着臉，索性抽抽噎噎的傷心起來。

「爸爸，怪我不好！」錢守玉試着勸說。

「不怪你！」

「那你為什麼難過？」

錢本三擦了臉，喝一口檸檬水，不哭了。

「我決定辭掉這個宣傳部長，不能再幹了。」

「為什麼？？」

「這不是人幹的事情。」錢本三長長嘆口氣。

接着他把郭心如拒絕見他的事情對女兒說了。

「照心如那種高風亮節，要是和我一比，我還成個人嗎？我再幹下去，不但對不起自己，也對不起父母祖先！」錢本三沉痛的說。

「能不幹，當然最好，和共產黨有什麼交道好打！」錢守玉難得見父親有這樣的轉變和決心，忙加以鼓勵。

但辭書上去，並沒有批准。原因這是一個火坑，國民黨的要員無人願在這個時候跳此火坑，而共產黨方面正避免用自己的同志「首當其衝」，他們方顧實惠而不謀虛位。

汪親自召見，面加撫慰以後，錢本三祇好打消辭意。同時郭心如夫人也約見了錢守玉。原來郭夫人在女師大擔任講授教育心理學，錢守玉是她的學生，因為郭心如和錢本三的友誼關係，她們師生之間特別接近，一向相處很好。郭夫人告訴錢守玉：

「政治還不是這麼回事！等時局安定些，我們回北京去，我還教我的書，你還讀你的書，才是正經！」

這個話正對了錢守玉的心事，她一把拉着郭夫人的手，說：

「我正這麼想呢，我一直後悔離開學校跑到漢口來，這都是爸爸的主意。你看他現在幹的是些什麼事情！」

郭心如正伏在寫字檯上寫什麼，聽見錢守玉的話，把筆放下，笑笑說：

「告訴你爸爸，能馬虎的地方就馬虎點吧，表演不必太過火。他現在總懂得共產黨是不是朋友了吧？」

「我看他苦頭也喫得不少了，祗是真正覺悟卻未必。」

錢守玉這樣說，引得郭心如夫婦兩個都笑。

離開汪公館，錢守玉因為心裏蹩扭，便安步當車，看看街景。街上情形混亂，天還早呢，已經有店家在上門，工人糾察隊一隊一隊的開過去，開過來。每個人都臉上冷冷的，掩不住那驚慌。

錢守玉正在納悶，迎面遇見了洪桐葉。

「洪先生，」她忙問，「有什麼事嗎？」

「英國陸戰隊打了我們的工人糾察隊，又架走了我們的婦協委員。外交部已在和他們交涉要人。要是交涉不好，我們工人糾察隊要佔領租界，我們決不對帝國主義者屈服。大姐，你快回家吧！」

洪桐葉匆匆說了就走，走了幾步又站下，叫住錢守玉，說道：

「本來柳少樵豫備今天晚上來府上探望三先生，商量點事情。英租界這一鬧事，也許他不來了。」

「商量什麼事？」

「要和你們府上對門親事。」洪桐葉狡黠的一笑，「大姐，我先託託你，千萬不要推辭才好。」

「誰和誰？」錢守玉覺得奇怪。

「這個我現在還不能洩露，總之要請你幫忙。」

洪桐葉說着走了。

錢守玉猛可地想到自己的身上來，不禁紅了臉。暗暗說，可不是痰迷了心竅，主意打到我頭上來了？你們這就算不瞭解我！別看我——
錢守玉低下頭去看看自己的腳——
像你們這一群，還不曾在我眼裏。
想着有點氣，要雇車回家。正巧一輛東洋車空着走過，錢守玉就招手叫他。那車夫說：
「對不起，不拉座了。工會裏放下車子，打英租界去！」一逕去了。
錢守玉情知不妙，忙回家來。因為自己住在英租界裏邊，而現在聽說要打英租界，所以極為不安。打電話找父親，到處裏找不到。也打聽不出有什麼消息。胡亂喫了兩口晚飯，便在天井裏坐着乘涼，拿一把大芭蕉扇搖着。燒洗的老媽子李嫂出去倒垃圾回來，慌慌張張的說：
「大小姐，街上都說英國人都搬家下船了，工人糾察隊接收了租界。前街上有家英國人因為付不出工錢，被工人扣住，不讓他們走，現在還在僵着。」
李嫂雙手一拍，又道：
「你看，這不是稀奇古怪嗎？從前祇有中國人怕外國人的，現在外國人怕中國人了。滿街上都在議論着。大小姐，你看着門，我再出去看看熱鬧去。說是工人糾察隊接收了租界，我怎麼沒有看見他們呀！想不到他們真能幹！」
說着，一溜煙跑了。
錢守玉望着她的背影笑笑，看她那般興高采烈，雖然帶點愚蠢，有似當年的拳民心理。但這一心理，是十分微妙的。自以為得天獨厚，特別優秀的白人，抱着那種奴視有色民族的淺薄觀念，不論是騙子、教士、商人、浪人，還是逃犯，一到他們的所謂落後地區，無不以上帝的代理人和主子自居，則他們招致類似義和團的心理和行動的反抗，原是勢所不免的。這能獨怪這些有色的落後人民嗎？

錢守玉有點不平，想到工人糾察隊已經接收了英租界，不知怎地，她也覺得有一種莫名其妙的滿足。於是她又若有所悟的想，目前喊得震天響的「打倒帝國主義」這個口號，也還是義和團思想的延長而已，因為革命黨本身和他所擁有的這個國家並沒有打倒帝國主義的足夠力量。他們這樣喊，意在煽動並且喚起那一種鬱積已久的反洋心理；對於由這種反洋心理所激起的群眾力量，他們加以利用，他們就可能取得政權。「打倒你，我來！」

至於「我來」之後，是否真要打倒帝國主義呢？一件事情是可以預知的，那時候他必將認真地估計彼我雙方的實力，如果他發現這原是相差懸殊的，他一定會偃旗息鼓，另作打算。

想到這裏，錢守玉不由得心頭一震，像被一陣輕寒侵襲。

「但願我還回到北京去。郭夫人說得好，政治不過是這麼回事！」她想。

把室內室外的電燈全關了，錢守玉再到天井裏來，她仰靠在一把籐椅上，望着那個無雲的天空。對於星象她是極其生疏的，然而幼年時候她也曾在納涼的夏夜，和今天這個情調完全不同的那一個鄉土氣味的夏夜，從母親的口裏，她知道了銀河，知道了織女、牽牛，知道了南斗、北斗，和這些星星的簡單的故事。母親是沒有口才的，甚至是拙口笨腮的，然而她所講出來的那些不大近情合理的故事，卻深印在錢守玉的腦海裏，歷久而猶新。

錢守玉首先望見了那一條氾濫的銀河，然後找到了織女和牽牛。對這個故事，錢守玉感到異常的沉悶。一對相戀的男女，隔着這樣一條河，可望而不可即，除了每年七夕鵲橋一會，遂致萬古別離。天上人間，有比這更殘酷的事嗎？

由於報紙上每天都在登的那些罷工的新聞，錢守玉一下子聯想到，萬一喜鵲們不高興，實行罷工，以致七夕無橋，這一對戀人豈不就沒有了相會的機會了嗎？

那時，他們會怎樣？

錢守玉一陣急，不再想下去了。她卻記起了遠在故鄉的母親。她這時在幹什麼呢？是不是也像我一樣的在望着天空，為着不相干的莫名其妙的事情擔憂？

「如果回到北京，我應當想辦法把母親接到北京來同住。不管她怎樣，她是我的母親，我不讓她過得太苦！」

不知怎地又想到了洪桐葉。錢守玉呸一聲：

「你們太不自量，你們看錯了我！就算爸爸答應了，我也不行！」

她這樣想，她非常堅決。

門外一陣亂，聲音是熟悉的。

錢守玉開了電燈，父親和柳少樵還有一個瘸腿的白胖女人一齊走了進來。三個人紅着臉，顯然都有酒了。

「大小姐，你過來，」柳少樵大聲說，「給你介紹，這位就是白茶花同志。」

「白委員，」錢守玉馬上上去和她握手，「真是久仰大名，如雷貫耳。——我是錢守玉。」

「大小姐，你倒會開玩笑。」白茶花仰着臉把錢守玉端詳了一下。

於是讓坐，端上冰茶來。錢守玉一面敷衍着他們，一面想，偌大一個武漢，最有權威的機關莫過於工會和婦協，而工會和婦協裏邊最有權威的人物又莫過於柳少樵和白茶花，這樣兩個權威人物今天晚上一齊跑了來，難道就為那話？「你們陣勢擺得再嚴些，我不答應，你們也是沒有辦法！」

「大小姐，你一定已經知道，我們今天不費一鎗一彈，收回了英租界。」柳少樵高興的說。

「聽說一點，祇是不知道詳細。」錢守玉倒急於要問，「到底怎麼回事？」

「對外發表，我們另有個說法。」柳少樵搖着手裏的香煙，晃着腦袋說，「但我不妨告訴你真實情形。」
原來這一天下午有一個英國女人到江漢關去接洽一點事情，事畢出來，一個人沿着江邊的人行道上走。經過碼頭，一群小工在路旁的鐵欄杆上閒磕牙，有的坐着，有的靠着。英國女人走近他們跟前，便用手絹捏了鼻子，緊走兩步，打算穿過馬路從對面走。這時所有這些小工都把注意力集中到她身上了，一個咽口唾沫說：
「好一塊肥肉兒，又白又嫩！」
這就引起一陣哄笑，還夾雜着呼嘯聲。稍定，又有人說：
「好倒是真好。可惜你看好她，她不看好你！你看，捏着鼻子逃啦！」
「那可不行！現在可不是從前了，世界是我們工人的。她是什麼東西！」
原先叫好的那一個，說着跟了上去。
「我倒愛上這個大屁股。」
伸手便擰了一把。那女人尖叫一聲，街心上站下來，那白裙子上早已留下了一個又黑又油的髒手印子。女人生氣，咭哩咕嚕，一定是在罵人。
另一個工人對着剛才伸手的那一個咧着嘴問道：
「怎麼樣？什麼味道？」
「好極了！」伸手的那個把大姆指一豎，「輭撲撲的，我好像觸了電。」
說了，把一隻髒手舉起來放在自己的鼻子上嗅個不停。
「好，我也來開個洋葷。」
「大家都來！」
於是一下子上去七八個，有擰屁股的，有摸乳的，還有捏腮幫的，連笑帶罵，亂成一片。
中國人見了洋人，就像老鼠見了貓，這麼一向慣了，越發養成洋人的妄自尊大和鄙視的心理。這個英國女人在中國多年，對着這些黃臉的龍子龍孫，她是一個高高在上的真神的代表，她傲比帝王，嬌似后主。今天的事情——這些黃色的邪魔竟敢造反，是她做夢也不曾想到的。她又羞又惱，舉起陽傘來就是一陣亂打。一個工人一把奪去，把傘柄扭斷，順手扔了。

「外國人打中國人了，不要放走她！」

這一下便從調笑變成了憤怒。工人們把女人架到了躉船的梯板上，有人提議把她剝光，澈底欣賞一下這一堆肉。有人反對，說不要太過火把事情鬧大。就有人立刻把這個反對者包圍了，拳腳交加，打得死去活來。

「漢奸！」

「洋奴！」

「反革命！」

「帝國主義的走狗！」

頭銜被加上了一大堆。

混亂中，租界的警車開到。一直在戒備中的英海軍陸戰隊，配合了英警、印捕，還有少數華捕，陸續也來了。手鎗、步鎗、衝鋒鎗之外，還有輕重機鎗。江上英艦原來都卸着礮衣的，這時在實彈瞄準了。因為英艦行動，日、法、義等各國軍艦也跟着備戰起來。

英國女人首先被救脫險，英警隨手逮捕了幾個工人，帶往捕房。英方立即在江漢關附近交界之處堆起沙包，架起機鎗，禁止出入。

沙包外面，機關鎗口上，立時麕[12]集了許多看熱鬧的閒人。他們拖着下巴，雙目直視，偶爾竊竊私語。但這些閒人馬上就被驅散了，因為武裝的工人糾察隊已經大批開到，在英方的沙包外

12.「麕」集，同「糜」集。

面，成了一個對峙的局面。

慢慢天黑上來。

每個英國人的公私地點，當晚都沒有電，沒有水，沒有電話。他們所僱用的中國員工，緊守不去，但停止工作。他們把英國人的晚飯燒好，自己喫飽，但不許英國人喫。他們不准英國人一步離開。

工人三三兩兩，陸續滲入租界，估計至少在十萬人以上，以致街頭巷尾，到處擠滿。

英方與武漢政府的外交部一直不停地在接觸。外交部一逕勸請英方撤退，否則雙方生命財產必將蒙受難以估計的損失。

「中國政府」不低估英國艦隊的實力，它有足彀的力量把武漢三鎮夷為廢墟，但「中國政府」已決心寧被夷為廢墟，而絕不考慮向帝國主義者屈服！

這便是那位滿口英語不懂一句中國話的外交部部長陳友仁的成名的對英照會。這個照會，何嘗和二十餘年前的義和團的無賴精神有什麼實質上的不同，但他巧妙地運用了群眾的力量，表明了一個民族的醒覺，於是他徼幸地勝利了。

英國人口頭告訴他，英軍與英僑馬上撤退，請「中國政府」派人接收租界，維持秩序。

陳答，「中國政府」接受英方這樣的提議，但必須英方出以正式的書面請求。

英方補來一個照會，事情才算停當。陳派他的次長接收了租界行政，中國警察開進了租界。英方軍民當夜掃數撤退登艦，開往上海。

柳少樵把這些經過原原本本地告訴了錢守玉，白茶花就搶着說：

「怪那個英國女人不好。他們摸她的屁股，不過為愛她，表示友善。她應當接受感激才對。要是心裏不愛，誰又喜歡那個又臊又臭的大屁股！」

這引得哄堂一笑。

不知怎地，錢守玉為「收回租界」所引起的那一種莫名其妙的滿足一逕在擴大，她自覺身輕如燕，有點飄飄。錢守玉臉上一陣紅，她鄙視自己這一種幸災樂禍的淺薄的報復心理，但是她無從根除這一心理。這一心理侵蝕了她的理智，甚至使她不再以為一加一必等於二。

瘋狂，她體會到一個人為什麼會墮入瘋狂狀態了。

她也體會到一個人的或者群眾的某一種心理在魔術般的巧妙利用之下，可以發生怎樣的瘋狂行為了。

一個巨大的黑影從她的眼前閃過，錢守玉覺得有點恐怖。她的面色由紅而白，她站起來，不安地喝下一口冷茶，心頭一陣涼。

錢本三燃上一支雪茄，吸兩口，尷尬地望着柳少樵說：

「你們談談，我洗個澡去。我從早上五點鐘起來，直到現在還沒有停過。」

「那好，你休息吧。」柳少樵應着。

如此鄭重的安排，錢守玉稍感嚴重。但因為自己心理上已有準備，也就不在乎。反而冷靜地坐下來，看他們如何開場。

「大小姐，」柳少樵笑容滿面，甜甜的說，「有個事情，我們已經同三先生談過了，他是願意。不過三先生的意思，必須你同意才行。」

「單看是什麼事吧？」錢守玉的話帶有三分反感。

「你想不到的，是件喜事。」柳少樵故弄玄虛。

錢守玉便不開口，從茶几底下拿一把芭蕉扇來輕輕搖着。

「是我們覺得三先生每天的工作太忙，他的生活又嚴肅，照他這個年紀，也要有一點調濟。因此，我們要替三先生作媒。」

「替爸爸作媒？」

錢守玉老以為他們要替自己作媒，已經胸有成竹，準備一口回絕。萬萬沒有想到他們的主意竟是打在爸爸頭上的，她深感震驚，倏地坐直了，還怕自己聽得不真。

「是的。」

柳少樵和白茶花同時應着。

「但是我有媽媽，她在老家裏，爸爸怎麼可以重婚？」錢守玉不免有點生氣，「難道是納妾？」

「這是正經事，你可不要說笑話！」白茶花搶着說，「婦女協會是禁止納妾的。已經納的，我們都一個一個逼她們離開，另去嫁人了。怎麼會再允許人納妾？」

「那怎麼辦？」錢守玉倒真不懂，「平房，兩頭大嗎？」

「婦女協會不許多妻，一夫一妻制度必須認真實行。」白茶花以為錢守玉有欠坦白，故作胡塗，說話的聲音不覺高了。

柳少樵知道錢守玉未必會想得通，忙說：

「我們計畫請三先生和元配令堂先辦離婚，然後再討個新的。當然，以後令堂也可以改嫁。」

錢守玉一陣痙攣，涼透四肢。鎮定一下，才說：

「柳先生，我不會同意離婚媽媽的。爸爸不喜歡她，多年把她扔在老家裏，她已經彀苦了。她有什麼不對的地方，爸爸同她離婚？」

「三先生不喜歡她，兩個人沒有感情，不能同居，空擔着個虛名兒，這還不彀離婚的條件嗎？」白茶花這麼說。

「那是爸爸對不起她。她不是那種可以離婚改嫁的下流女人！」錢守玉替媽媽大抱不平。

「怎麼，」白茶花實在忍無可忍了，「你說離婚改嫁的是下流女人，你這是什麼腦筋？你的思想反動，你要小心！」

「我就是一定不贊成離婚媽媽！」錢守玉並不退縮。

柳少樵伸手出去把白茶花勾過來就親她一下腮幫，然後縮手回來在她肩上猛拍一下，暱聲說道：

「我的寶貝兒，你少安勿燥，待我同大小姐說個明白。」

錢守玉看了他這個表演，又羞又氣，站起來就走，卻被柳少樵一把牽住了胳臂，聽他說：

「大小姐，這原是個喜事，你一生氣倒不好了。」

錢守玉覺得他的手勁不小，明知走不了，祇好忍氣，一屁股摔在籐椅裏，把臉扭開。聽他繼續說道：

「事情是已經定了，你反對沒有用。我們為尊重三先生的意見，才來通知你。所謂徵求你的同意，不過是一句客氣話，你不領情，也就算了。我再告訴你明白，離婚啟事已經送到報館裏去了，明天早上就登出來。」

「我去撤回，我死也反對！」錢守玉嘴上還硬。

「告訴你，你撤不回來了，不信你去試試。那廣告是我用婦女協會的名義送了去的！」白茶花冷笑說。

在孤掌難鳴，有苦無處訴的絕對劣勢之下，錢守玉抱着滿肚皮的委屈，淚祇顧落了下來。她接受了失敗，她初次嘗到一個野蠻的暴力加於一個不受任何保障的弱者的頭上的那種痛苦，她體會到革命之所以發生的真正原因了。奇怪的是革命者在革掉別人的命之後，又把他當時身受的那種痛苦橫加在另一批弱者身上，撒下讓別人再來革自己的命的種子而毫不自覺。革命永無休止，悲劇接續不斷，這才是真實的人生痛苦。

錢守玉擦去眼淚，百無聊賴地長長嘆一口氣。

柳少樵和白茶花冷眼瞪她半天，才問：

「你現在也想明白了吧？」

「不，我不明白！」錢守玉不屑的說，「你們硬生生拆散他們的婚姻，實在是沒有意義的！」

「怎麼沒有意義？這是在向一個舊的制度挑戰呀！」柳少樵精神百倍的大聲說，「打倒了舊的制度，一個新的觀念才會產生，才會被普遍的接受。革命就是為這個啊！」

「那也不必一定要從我們家裏開刀！」

「為了三先生比較進步，他是最能接受新觀念的！要不，我們為什麼捧他？」

「你們實在是因為他有弱點，他可欺！我知道你們心目中最最看不起他！」錢守玉一無顧忌的把話點明。

「那你是說了反面話了，我們最最敬重的才是三先生。」柳少樵拍拍胸膛，把大姆指豎了起來。

「這才是一本爛帳呢。」錢守玉沮喪地嘆口氣，「舊制度，舊觀念，一定要打倒。到底這個舊制度，舊觀念，害了你什麼？它已經行了幾千年，也沒有聽到誰說個不字！」

白茶花不待錢守玉說完，就透着不耐煩了，她擄擄袖子，把一口唾水重重地吐在剛剛打過蠟的地板上，雙眉一揚，正要好好地來一番說教。柳少樵早已明白，用肘頭把她拐了一下，說：

「你坐着，聽我的！」

他轉對錢守玉心平氣和的說道：

「大小姐，你到底說到根本問題上來了。是的，必須要問：你們到底為什麼？你能有這樣一個疑問，就可見你不尋常，也不枉大學裏喝過墨水！」

「謝謝你的誇獎，你不妨給我解答。」錢守玉誠懇的說，「我樂意看到你們冷靜客觀地研究問題，用理智使別人心服，但我卻害怕你們飛揚浮躁地祇知道用殘暴的手段強迫別人屈膝，或者強使和自己不同型的人，截長補短，削足適履，定要和你們同型！」

「大小姐，」白茶花噗哧一笑，「你這一番話真說得文謅謅，彀酸的了。」

「因為柳先生誇獎我喝過大學墨水，」錢守玉也一笑，「我就得意忘形了。」

「碰巧我就是不怕酸，對付那些酸丁，我有我的另一套辦法。」柳少樵也打個哈哈說。

「什麼酸丁？」白茶花插嘴問。

「酸丁，用現在流行的新名詞說，就是知識分子。」

「你們不要知識分子？」錢守玉問。

「如果他們肯接受我們的新觀念，也可以要。」

「什麼是你們的新觀念？」

「這要從剛才的話說起，你必須先要瞭解為什麼舊制度必須打倒。」柳少樵重重地喝下一大口涼茶，嚴肅地繃着臉說，「不錯，這個制度已經實行了幾千年。但實行的結果，擺在我們面前，人人能彀看得見的事實是，少數又少數的特權人物擁有資金和土地，剝削大多數貧苦人民的勞力，坐享其成，窮奢極慾。那些被剝削的貧苦人民，則流汗流血，不獲一飽。而沒有一個特權人物的資金和土地，是用勞力換來的，他們來自剝奪，來自不正當的手段。這個制度保障專事剝奪的少數特權階級，這個制度是廣大貧苦人民的吸血鬼，催命符。除此之外，這個制度迫使多多少少的怨偶必須維持着他們的夫妻名義，終身痛苦，不許脫離。這個制度也限制無數相親相愛的青年男女，硬生生地分開他們，要他們心懸兩地，永受相思之苦！……」

「也許你說得對。」錢守玉打斷柳少樵的話說，「但你們使用了以暴易暴的方法，變是變了，問題並沒有解決。譬如我的爸爸和媽媽，他們自己何嘗願意離婚來？你們逼着他們，豈不反而造成他們的痛苦？」

「他們不願意，正是多年來因襲的結果，是非不明了。他們處在一種昏迷狀態之中，是非常可憐的。我們的第一個責任是要他們醒覺。」

錢本三洗過澡，拖着草拖鞋從後邊進來，沒有一點聲音。他立在客室的後門外邊，聽了好大一會，怪女兒不該和柳少樵辯論。因為辯論來，辯論去，他們總是對的，最後認錯的如果不是你，那你的思想就有問題，必然反動無疑，有資格被關起來，也有資格「失蹤」了。

為了老四的失去自由，錢本三表面上聲色不動，心裏卻一直是個疙瘩。他自覺他雖身為部長，但並無尊嚴，也沒有面子。那麼，部長的女兒又算得個什麼？放言無忌，不是自招麻煩嗎？至少此一時也，還得忍耐！

錢本三究竟經多見廣了，這點利害還弄得清楚。他穿着白紡長袴，披着夏布短褂，笑容滿面地走了出來。

「怎麼，你們還沒談好？」他這樣說着。

「我們正在談到一個根本問題。」柳少樵說。

「守玉，她懂得什麼根本問題！」錢本三坐下來，「要是談革命理論，她更是一竅不通。你快別和她白費精神吧！」

「不，她懂得不少。」

「那是絕對不會的事，絕對不會的！」錢本三忙把話題岔開，「那事情你們談了沒有？」

錢守玉多少領會到父親的意思，也後悔剛才不該在氣頭上和他們公然辯駁，因為她原也知道那是有害無益的。就接過去說：

「我還不知道他們給爸爸找了個什麼樣的對象。這個人是要我叫她媽媽的，得差不外像那麼回事才成。」

「那還用說，」看見錢守玉態度好轉，柳少樵高興了，「不是一對兒我們還不介紹呢。這個人就是洪桐葉的媽媽，比三先生小一歲——」

「今年四十一歲？」

「是的。」

「這就不對了。金鈴告訴我，她媽今年四十六歲。」

「她說錯了吧，還是你聽錯了。」柳少樵多少有點着急，「這是她親自告訴我的，絕對可靠。」

「女人的歲數是個祕密，是個謎。」錢本三揚聲一笑，「這個不必研究。」

「招啊，」白茶花拍個巴掌說，「還是三先生開通，四十一和四十六還不是一樣。」

「總不能說四十一就等於四十六。」錢守玉實在忍耐不住，就這樣駁她一句。

錢本三狠狠瞪她一眼，氣憤的說：

「四十一就等於四十六，你懂什麼！」

「好了，大小姐，」柳少樵說，「你看三先生是千肯萬肯，你一準也贊成了。」

「我反對也沒有用。」錢守玉委屈的苦笑了一下。

於是議定，明日中午柳少樵作東，邀約錢本三和洪大媽作初次的會見。

送走了柳少樵和白茶花，父女兩個再到客室裏來坐下。錢本三悄悄的問：

「什麼人在家裏？」

「都出去看熱鬧還沒有回來。」

「你去把大門關了。」

「他們要回來呢？」

「回來再開，」錢本三極不耐煩的說，「這點事情還不明白！」

錢守玉忙去關好，回來再坐下。錢本三伸手把電扇關了，然後鄭重地對着女兒輕聲輕氣的說：

「這完全是鬼打架的事，你用不着反對。離婚？」冷笑一聲，「我離什麼婚？我要是喜歡，誰擋得了我討三妻四妾？我幹麼要離婚？說說罷了。記住，你的媽媽就是我的老婆，永遠沒有錯。我喜歡不喜歡她是另外一檔子事，沒有人能管得着！為了應付眼前這個環境，登個報就登個報，管它怎地！洪家那個娘們，樂得討過來玩玩。」

「金鈴和四叔是有婚約的，」錢守玉顧慮到這一點，「將來怎麼稱呼？成什麼體統？」

「將來？」錢本三冷笑一聲，「將來再說！現在這個局面，誰也保不了明天。將來，也許我扔了她；將來，也許你四叔不成功。將來的事可沒有準兒，走着瞧吧。」

「好不好趁機會把四叔弄出來？他們要把他關到什麼時候？」

「正是這個主意。」錢本三狡黠的點一下頭，「等她過來，我有辦法教她自動出面把四叔要出來，不須我們提出要求。」

「你也不要輕看了她，她是不是來監視你的？」

「監視我的人還少嗎？監視我幹什麼？」錢本三把一支雪茄連連吸着，又說，「守玉，祇有我們父女兩個是個靠傍，你聽我的話，領會我的意思，我們就一定能渡過難關。我一直相信我有能力對付共產黨。我現在憑藉他們的力量爬起來，使自己的地位變得重要。等到一個適當時機，我再把他們砸下去！」

「但願平平安安的才好。人生一世，太使多了心機，想想也沒有意思。」錢守玉莫名其妙的有點傷感，「我是學教育的，我贊成按部就班，腳踏實地地做事，一分努力，一分收穫。急功好利，投機冒險，不知怎地我總是不大喜歡！」

見女兒含着滿泡的淚水，錢木三心裏頗為不忍。當此夜深人靜，一燈相對，想到自己半生辛苦，僅有的一妻一子都不隨心如意，祇有這個女兒還差強人意，偶然說句知心話，算是個安慰。錢本三覺得自己孤獨了，他置身於無邊的寂寞，一時竟至手足失措。數分鐘的靜寂過去，錢本三才又自言自語似的說：

「一定把四叔弄出來。在先，我原不肯的。因為你知道他那個脾氣。他一出來，準得往南京跑。他一跑，就於我不利！」說着，深長地嘆口氣，「但是現在我也不管那許多了，弄他出來了再說。我兄弟五人，就賸了我們兩個了。我不招呼他，誰又招呼他？」

錢守玉得到從所未有的一種安慰和滿足。這樣的含有豐富感情的說話出之於父親的口，記憶上還是第一次。錢守玉覺得十分新鮮，她初次發現了這個父親原是一個可愛的父親。含着的淚終於流了下來，映着燈光，亮晶晶的，像兩串珍珠。

聽得有人敲門，她站了起來。

「明天見了面，」錢本三隔桌子拉住女兒的手，悄聲交代，「高高興興的，祇管大口叫她媽媽，像親生母女一樣的親熱，再別顯出生疏來！」

錢守玉點頭，淚越發湧出來。

見面席上，倒是熱熱鬧鬧的。但錢本三和洪大媽各有各的心事。性情和習慣不是從表面上一下子就看得見的，那祇好留待以後去體驗，慢慢摸索前進。現在所接觸的祇是一個外型。錢本三的元配是一個乾癟黑瘦的鄉下婆娘，她永遠祇配坐在灶間裏的矮凳上銜着旱煙管，說人家的是是非非，她永遠見不得場面，上不得檯盤。因此，錢本三一直喜歡那種較為高大白皙的富態婦人。從前在北京，錢本三是八大胡同清吟小班的常客，差不多的班子裏都知道三老爺的脾氣，總是把那種「楊貴妃型」的姑娘介紹給他。他不固定玩一個姑娘，他喜歡常常換新。他的理由是姑娘並不固定祇接一個嫖客，那麼花錢的大爺不過圖個樂子，又何必從一而終。難道真要在窰子裏講戀愛！

以後參加了革命，不再逛窰子了。但他的審美眼光並無改變。他大致把女人分作三大類：小，巧，嬌；肥，白，高；才，學，標。他自己喜歡第二類，即肥、白、高者是。

北洋官場，講究納妾。坤伶，鼓姬，窰姐兒，祇要對了胃口，大堆銀子買進來，編了號（她是九姨太，十三姨太，還是二十七姨太），就據為己有了。雖說「據為己有」，但除了偶然使用以外，她也有她的自由。結拜姐妹，打牌，看戲，玩戲子，玩車夫，玩護兵、馬弁，甚至玩到老爺元配鄉下老婆的兒子們，祇要瞞過那一個主兒，都隨她的便。老爺對外應酬，場面上臨時叫條子，另有花樣，並不攜帶她們。

自從到廣州，錢本三發現了革命政府的新氣派。他們這裏不興納妾，而女權看高。要人們在公開場合，時興攜帶夫人。

錢本三是從不想離婚的，因為那會平添許多無謂的麻煩。保留着那個空名義，讓她在鄉下過去。祇要對方願意，遇到機會，儘可再結婚一番。難道像我這樣一個人會做被告，會重婚有罪？先說，誰來告我？

他一直打着這樣一個算盤，萬一真有那麼一天，肥、白、高是一定了的。自從在廣州長了見識，知道潮流所趨，這個娘兒們還要帶出帶進的。他經過一番審慎的考慮，就在肥、白、高之外，再加上一個條件才、學、標。

現在這個洪大媽，距離錢本三的理想不下十萬八千里，肥、白、高是根本談不到了。標字，這個是標緻的標，一個行年望五十的婦人，大不了徐娘半老，風韻猶存，也算難能可貴了，哪裏還說得到標緻！

因此，她是否有才與學，錢本三也不再放在心上，反正是這麼回事了。

自從五四以來，青年們爭取自由戀愛和自由結婚，這一運動已逐漸為社會所接受，他們有了相當的收穫。不圖自己四十多歲的人了，錢本三想，時至今日，竟會身臨被迫離婚和被迫結婚的古怪局面。而且這被稱為一個新觀念，必須無條件予以接受。這是時代的進步，也是革命的果實。

由於一種強烈的滑稽之感，錢本三忍不住笑了，那麼自然的真實的笑了。

「我敬洪夫人一杯。」

他站起身，舉着高腳的透明的酒杯，澄黃色的紹興陳酒閃盪出金光來，彷彿眨着誘惑的神祕的眼睛。洪大媽也站起來了，舉着同樣的杯子，說聲謝謝。她呷了一口，就坐下了。再嫁的局面已定，再嫁的對象也已定，但洪大媽並不熟悉面對的這一人物，這個刮得半面青的粗糙的漢子！看看柳少樵這一臉的秀氣，洪大媽心頭酸酸的，她的一雙眼睛一直瞪着洪桐葉。好像在責備他，你對不起媽媽！

酒散之後，在更衣室裏，錢守玉才有機會和洪金鈴悄悄地說了幾句話。

「你看，這算是什麼事？」

「由他，接受下來。」洪金鈴恐怖的說，「他們是真殺人，得罪不得！」

「你和四叔的婚約，以後怎麼辦？」

「以後再說。」洪金鈴一把拉住錢守玉，「我也許不能和四先生結婚了！」

「為母親？」

「倒不全是。我實在做了對不起四先生的事！大姐，他幾次要求我，我拒絕了他。」

「什麼事？」

洪金鈴瞪她一眼，繼續說道：

「我的意思，原想等到成婚之夜，我是個好意。」

聽到這裏，錢守玉才算弄懂了，一時羞得脹紅了臉。

「但我現在已經遭了他們的毒手。」洪金鈴恨恨的說，「早知如此，我情願給他。以後我有什麼臉見他！」

「那也沒有法子，我準知道你是受脅迫。」

「受脅迫，就值得原諒嗎？」

洪金鈴冷笑一聲，聽得門外有聲音，把個食指往自己的嘴上一豎，便匆匆走了。

錢守玉故意再耽擱一會，才慢慢出來。

二十

錢本三的離婚廣告見報之日，許多日報的記者都來採訪。錢本三耐心地一一接見了他們。他表示，他反對舊式的包辦婚姻，他主張自由戀愛與文明結婚。坐在一旁陪他接見記者的馮祕書插嘴說：

「不是文明結婚，部長的意思是說自由結婚。」

「有什麼不同？」有個記者發問。

「文明的對稱是野蠻。」馮祕書仰着臉，把一隻右手輕輕敲着桌子，「舊式的包辦婚姻，是一種掠奪行為，當然是野蠻。但文明兩個字很容易使人想到婚禮的形式。譬如舊式的辦法是，新郎披紅簪花，新娘鳳冠霞帔，由長輩帶着祭祖、拜天地；現在則時興新郎穿着燕尾服，新娘披紗，相對三鞠躬。我們常常有錯覺，以為文明就是文明的形式。滿口的陳腔濫調，一肚皮男盜女娼，祇要罩上一套黑色的大禮服，就算是一個文明人了。這是大錯特錯的！自由一辭，一般的觀感，多少帶一點不拘形式，較為隨便，甚至沒有什麼責任。當然，自由的真正涵義並不如此。可是錢部長的意思實在是說自由結婚，而一定不是文明結婚。」

「不拘形式，較為隨便，這也罷了。」有個記者還不明白，就追問，「沒有責任，你說自由結婚的雙方對於他們的婚姻沒有責任嗎？」

「我是說不必像過去那樣從一而終，既可以自由結婚，也應當可以自由離婚。」馮祕書摸着他自己的下巴，莫測高深的這麼說。

「我們好不好說是自由文明結婚？又自由，又文明，形式和內容都顧到了。」錢本三這樣請教馮祕書。

「不，自由散了，不必文明。」馮祕書板着面孔說。

「我真不明白。」另一個記者對於宣傳家們的咬文嚼字，深感困惑。

「這點小過節，你還不明白，」馮祕書滿臉不高興，「那是你的思想有問題了。」

「我明白，我明白。」那個記者忙改口說，「錢部長這次離婚就為以身作則，提倡自由離婚。自由離婚成了風氣，自由結婚就容易推行了。」

「不錯，正是這個意思。」馮祕書翹起一個大姆指說，「所以說，錢部長不但是一個革命理論家，還是一個澈底的革命實行家，偉大的革命理論實行家！」

「不敢，不敢。」錢本三站起來彎彎腰，謙虛的說。

於是記者們一哄而散。

第二天，各報對於錢本三的離婚，報以一致的喝采。稱之為史無前例的英勇的偉大的革命行動，這一行動摧毀了數千年來的包辦的掠奪的違反人性的婚姻制度，這一行動為新社會的自由結婚與自由離婚的新婚姻制度奠下了牢不可拔的永久的基礎。從個人的實踐把偉大的革命理論加以證實，使不至流為空談，錢本三部長正是我們這一時代的先驅！

如是云云，各報一律。原來那時雖有記者採訪，但某些被視為重大的事件，都由宣傳部供發油印稿。祇要這一事件已經有了宣傳部的油印稿，記者們就無須再動筆。編輯部一樣省事，他們也用不到動筆，一逕發排完事，因為連大小標題都是奉頒下來的，你不能增他一字，也不能減他一字。每個排字工人都受工會的約束，而工會和宣傳部正打成一片，合作無間。你要照你自己的意思辦報，那就倒霉！

由於報紙的過分渲染，錢本三的離婚廣告，就引起了街談巷議。對於保守一方的社會心理，像投下了一顆炸彈。

其實，他們還不曾知道這位「協議離婚」的女方，正在數千里外的鄉下老家，每日灶下拉風箱，薰得兩眼通紅，靠啃紅薯過日子，根本不知道漢口報紙上有這樣一個離婚廣告呢！

這一轟動的事件剛剛平息，緊接着錢本三就和一位閨名梁雲鳳的女士結婚了。婚禮雖未鋪張，然而賀客盈門，幾乎所有武漢大大小小的要人都參與了這一婚禮。各報用了整版的篇幅報導這一新聞，錢本三早已是眾所熟知的新聞人物，報導就偏重在梁雲鳳女士的身上，提到她原是已故革命要人洪百厲的未亡人，提到她是南京狀元梁壽國的孫女，現在她是工會要人洪桐葉的母親，這一偉大的革命女性對喫人的舊禮教進行英勇的挑戰，她改嫁了！

婦女協會的每一個委員都有長篇大論的談話發表，她們對於梁雲鳳女士的改嫁報以一致的喝彩。接着就藉題發揮，號召所有的寡婦都效法她，跟着她的足跡前進。世界正在改變，寡婦們都要改嫁。

革命能否成功，就看寡婦們是不是都肯改嫁！

婚禮的賀客中，有個較為特殊的人物，那就是魏蒙蒂的太太安娜。但作為一個法國女人，實在不明白一個寡婦嫁人有什麼值得大驚小怪的。洪桐葉一把抓住她的手說：

「我以我的母親為榮！」

「是的，」安娜無頭無緒的說，「你是值得的。」

拖地的白色的長禮服遮蓋了新娘子的一雙半大的文明腳。前房的大姑娘錢守玉不住地用眼睛瞄過去，覺得較為舊派的拖地長裙，實在是更為大方而又美觀的。裙子短了，半條腿裸露着，看起來總有點彆扭。錢守玉含愧地瞥一下自己的一雙腳。魏蒙蒂太太正翹着一雙細高跟的白皮鞋從她的跟前扭過去，錢守玉從背後瞪她一眼。

打扮起來，洪大媽至少年輕了十歲。不，她如今不再是洪大媽了，她已是錢家人，她是錢部長夫人，她是錢三太太了。錢本三總覺得事情有點離奇。一年以來，他不知道自己算是交了什麼運，老是有這些離奇的事情發生在自己身上，弄得他眼花撩亂，頭昏腦脹。

但今天的婚禮帶給他的卻是一團高興。這個新人，比起他的鄉下婆子來，確實高明得多，無論面龐還是身段。錢本三驀地想起來了，在北京做國會議員的時候，前外韓家潭有個會相面的小班姑娘，曾經奉贈過他一相，說他四十之後要納一寵。不想現在果然應驗了！一個窰姐兒罷了，還帶會相面，真是虧她！

錢本三自己縱聲笑了，是得意的自然的笑。錢守玉看見，把嘴一撇，頭扭過去。

柳少樵喝得臉上紅紅的，歪歪斜斜地走了過來。

「大小姐，今天好日子，不過去敬你爸爸和新媽媽喝一杯？」

伸手就來拉胳臂。錢守玉避開，堆着笑臉說：

「早已敬過了。」

「不成，我沒有看見，那不算。」

「真是敬過了，不信，你去問他們。」

「那麼，再敬一個。」

「不錯，再敬一個。」馮祕書也湊上來了，「爸爸討媽媽，天大的喜事！」

錢守玉有點耐不住氣，不再答話，端着酒杯，向爸爸跟前來。

「三先生，」柳少樵特意地大聲叫，「你的大小姐來敬你酒，還有三太太！」

「去，去，去敬你媽媽和新爸爸酒！」

馮祕書就忙着找洪桐葉和洪金鈴。

賀客們的注意力就集中到這一場面。

錢守玉把個杯子舉到爸爸面前，錢本三臉上訕訕的，一聲不響，喝了一口。心裏想：

「女兒太大了，實在不方便。按說納妾也不是什麼壞事，不過今天也實在太招搖了！」

輪到洪桐葉，錢本三忙站起來，端着杯子說：
「我應當敬你才是，真是對不起！」
「不，三先生，我敬你。」洪桐葉說。
「你不能再叫他三先生了，那是你的新爸爸。」馮祕書大聲說。
「不，不，那不敢當！」
錢本三說着，怕再多糾纏，忙一仰脖子，把酒喝了。然後他又低聲告訴洪桐葉：
「勞你駕替我打個電話給法蘭西大飯店，給我訂個房間。」
「為什麼？」
「今天晚上我們住到外邊，不回去，免得吵鬧。」錢本三說着一笑，「你不要告訴別人！」
洪桐葉會意，點頭去了。
在眾人的催逼之下，洪金鈴也敬了酒。做新娘子的母親，看到女兒滿泡眼淚，心裏倒有點悽然。她把嘴在杯子上抿一抿，便放下，然後拉了女兒的手，不知道說什麼的好。
要人們略坐一坐，應個景兒便走了。賸下來的是工會和婦協的偉大陣營，酒席一直擺到大廳外邊的走廊裏，擺到露天的院子裏，歌唱叫囂，亂成一團。每個人都爭着要敬新夫婦酒。白茶花大聲叫：
「新郎向新娘敬個皮杯兒！」
「什麼是皮杯兒？」有人不懂。
「嘴對嘴灌下去。」白茶花解釋了。
「啊哈，那我怎麼會！」錢本三怪笑一聲說，「白委員，你饒了我吧！」
「你當部長，連這點小事還不會！」白茶花略帶不屑的說，「等我來教你，你看，這樣子！」

白茶花順手拉住立在她身邊的一個不相識的工人，那個工人比她高兩個頭，絡腮鬍子，滿面油膩。白茶花吩咐他：

「你這裏坐下！」

那個工人莫名其妙的在被指定的椅子坐下來，白茶花含了一大口酒，往那工人的大腿上一坐，扭過身去，兩手捧着他的臉，向後按下，工人仰面朝天。白茶花探身上去，嘴湊到工人的嘴上，「哼哼」兩聲，教他張嘴，就把一口酒灌了過去。那工人事出意外，倒幾乎嗆了。哄堂一陣怪叫，夾雜着尖銳的呼嘯聲。有個工人興奮過度，向圓桌面上一躍，壓翻了桌面，花拉一聲，摔破了整桌的杯盤。他自己也栽了跟頭，額角上撞得出血。

一個女工見了，忙扶住他坐下，嘴對嘴敬他一皮杯酒，摸着他的腮幫說：

「不痛，不痛，我的乖孩子，不哭！」

又引起一陣怪笑。

「白委員，白委員，」一個男工再也按捺不住，衝上去叫着說：「你也給我來個皮杯兒！」

「滾你的！」

白茶花用力把他一推，他向後一退，湊巧撞到洪金鈴身上。他醉眼模糊，一把把個洪金鈴抱住，就是一陣亂吻。做新娘子的媽媽看見女兒受窘，過去拉那工人，那工人就放了女兒，又把媽媽攔腰抱住。

「拉開他！」白茶花大聲說。

這才有人上來把那工人拉開，拖他到外頭去。混亂的叫囂降低了下來。白茶花把一杯酒遞到錢本三的面前，眼睛瞇成一條縫，笑吟吟的說：

「你學我的樣兒，敬新夫人一個皮杯兒！」

「對不起，」錢本三笑着站起來，「這個我怎麼學得來 這是你們年輕人的玩藝兒。」

「一個革命者是永遠年輕的，你可不要賣老！」

白茶花湊上去，把個酒杯一逕舉到錢本三的嘴上。錢本三為難地望望新娘子，望望女兒守玉，又望望洪金鈴，身不由己地往後退了兩步。抱抱拳說：

「白委員，勞你駕，你代表我敬她吧！」

「這個事不能代表！」

「不能代表，不能代表！」看熱鬧的男女賀客們又是一陣怪叫。

「部長，」馮祕書說，「放開通點！」

「你不來，我來！」說這個話的是柳少樵。他含了酒，兩手捧了新娘子的頭就把臉湊上去。新娘子掙扎着要躲開，又把嘴閉緊，不肯張開。柳少樵不得下台，一時惱了，一口酒吐在她臉上，又用力把她一推。新娘子就跌了個仰面朝天，靠近的人手忙着扶起她來。新娘子再也忍不住，捧着臉哭了。柳少樵的吐酒混合着她自己的淚，一齊流下來。

洪金鈴見媽媽如此受辱，也哇的一聲哭了。

賀客們立刻又議論紛紛，批這評那，但都怪新夫婦不彀革命。馮祕書搖頭說：

「到底不成哪，改造一個小資產階級可真不容易！」

嘆息失望聲中，賀客們紛紛離去。洪桐葉剛從外面回來，還不知道婚宴已經不歡而散，他湊近錢本三輕輕說了一句話，錢本三點頭，說聲謝謝。他攙了新娘子往外走，一邊說：

「不要哭，哭不得，跟我走吧！」

洪金鈴也跟着出來。洪桐葉叫道：

「金鈴，你不要去！他們新婚之夜，你是幹什麼的？」

洪金鈴便站住，不知如何是好。新娘子媽媽道：

「你跟我來，不要緊。」

「沒有關係，桐葉兄，讓她跟我們來！」錢本三也說。

聽了新丈夫這樣一句話，改嫁的新娘子覺得無比的溫暖，她得到了意外的安慰。她仰臉望望那一張粗糙的臉，拉了女兒的手，便走了出去。

「大姐呢？怎麼不見大姐！」洪金鈴站下來，回頭望着說。

「走吧，快走吧！」錢本三催着，「我知道她。」

他們原豫備下一部車子。依洪金鈴的意思，她要坐在司機旁邊，可是新娘子媽媽拉她到後座上，並且教她坐在當中。洪金鈴夾在一對新婚夫婦中間，覺得自己有點蠟燭相。懷着極大的不安，連連道歉說：

「對不起，真對不起！」

引得新夫婦兩個都笑了。新娘子伸手去捏一下她的腮幫，親暱的說：

「你開玩笑？」

「三先生，」洪金鈴偏過臉去說，「我又受到家庭的溫暖了，我又靠在媽媽的身邊了，希望我能常有這樣的自由才好！」

錢本三向前努努嘴，對洪金鈴使個眼色，因為司機是工會會員，他要洪金鈴小心說話。一邊，接口說：

「你放心，我是一定沒有問題的。你和媽媽親近，我不喫醋！」

於是大家一笑，連司機也跟着咧了咧嘴。

坐到法蘭西大飯店的房間裏，錢本三脫去上衣，對着靠江一面的開着的窗子長長呼一口氣，心想，「洪小姐說得不錯，但願我能常常享有這樣的自由才好！」

「金鈴，」他轉過身去說，「打電話回家，看大姐在不在。剛才他們同我鬧酒的時候，我看她生氣走了。她沒有別的地方好去。她要是在家，你教她馬上到這裏來，我給你們兩個人另外開個房開，我們都在這裏過一夜。」

洪金鈴答應着。看她出去，錢本三就在新夫人的面前坐下，嘆口氣說：

「剛才的事情，我真覺得對不起你。柳少樵就是這樣一個躁脾氣！他侮辱你，還不就是侮辱我！」

新夫人臉上一陣紅，勉強一笑。看他摸出一支雪茄，把尖頭咬了，便擦着火柴湊上去。錢本三吸着，說聲「謝謝」，順便在新夫人的大腿上捏了一把。雖然並無充分的肉感，但久曠的錢本三竟感到一陣輕飄飄的昏眩。

「你給柳少樵有交情？」新夫人這樣問，聲音極低。

「工作上有關係。」錢本三察言觀色，吞吞吐吐的說，「我一直和他是工作上的關係。」

「那麼沒有交情？」

「嗯？嗯……」

「既是你和他沒有交情，這個人怎麼遠着他點才好。」新夫人覥然說，「這兩年，我一家人被他害苦了！」

「不過，」錢本三沉吟一下，然後鄭重地輕聲說，「桐葉和他好，他們兩個交情不尋常。」

「桐葉早就喫了他的迷魂湯，我知道。現在，我和金鈴就是他們摧殘的對象！」

覺得說話投機，錢本三把座位拉上去一點，左手拿着雪茄，右手緊握住新夫人的一隻乾癟的手。新夫人覺得新丈夫的這一隻手粗糙有力，而又火熱，另一隻手就搭在這一隻手的手背上。然後，雙淚晶瑩的懇切的說：

「我知道守玉大小姐和金鈴要好，金鈴又和四先生有個口頭的婚約。如果你不嫌我們母女兩個累贅，給我們個照應，那就好了。」

「那還用說！」錢本三聽着高興，不由得大聲說，「世界上還有比夫妻更親近的人！」

金鈴電話打去，錢守玉跟着就來了。四個人又商量到錢本四。錢本三道：

「到現在也沒有人知道他們把他關在什麼地方，不過人是一定在。因為我已經好幾次接到他報告平安的短信，那是親筆，一點不錯。」

「要是桐葉肯聽媽媽的話，」錢守玉望着新媽媽說，「也許你老人家能救他出來。」

「我試試看，」新媽媽顯然為難，眼睛瞥一下金鈴，「柳少樵把四先生看作情敵，倒不關桐葉的事！」

「你酌量情形，能辦就辦。」錢本三這樣說了，接着打個呵欠，又說，「這一天真彀累人的！」

柳少樵的離婚啟事也在報上發出來了。

白茶花以婦協委員的資格，拿着這張報紙，帶着幾個工作隊的女隊員到柳家的布店來了。老先生和老二正巧都坐在櫃檯裏，一見白茶花跛了進來，全是一怔。他們都早已瞭解白茶花今日的權威地位，常常記得她屠滅長沙葉家的那一傑作，這時候就不約而同的肅然起立，抱着無可如何的恐怖和戰慄。老先生究竟更老練，忙拱手說：

「白委員，難得你來，歡迎歡迎！」

「我們找葉品霞！」

「好，」老先生對老二說，「快教你弟妹來。」

老二便往後走，白茶花張張店面上的情形，貨架子多是空的。就冷笑一聲，說道：

「怎麼，貨都收了？」

一邊，卻緊跟老二向後邊來。

葉品霞正在廚房裏洗碗。蓬頭散髮，一身青布袴褂，繫一條白布腰裙，赤腳趿着一雙皮拖鞋。

「品霞，」老二冷冷的說，「有人找你！」

葉品霞拿揩布擦着一雙髒手，剛要問話，已經看見了白茶花。「哦」了一聲，不知道要說什麼。

白茶花趕上來拉住她的手，滿面春風的說：

「品霞，你好？我一看見你這個打扮，做這個事情，我就知道你大大進步了。好極了，人要勞動！我老早就說你是有前途，有希望的。」

「謝謝你，白姐！」葉品霞酸楚的勉強一笑。

「不，品霞，快別叫我姐，我喜歡你還叫我白茶花。外邊人都叫我白委員，白部長，你不用。」

「噢，白委員！」

「好，我們不談這個！你來，我們外邊坐，我告訴你別的話！」

說着，她牽着葉品霞往門面後頭的小客室裏來。老二跟着，把電燈扭開，自己去拿茶。自從鬧工會，夥計和學徒都不再端茶盛飯，老二和葉品霞就祇好親自服其役。原來魏文縮因為丈夫已經被釋，又眼見柳家生意走了下坡，她早已告退。其先，他們還用着個廚子，茶飯酒菜，樣樣事情都招呼得很好。以後這個廚子加入了工會，回到家來大發脾氣，罵道：

「大家都是人，為什麼我做了你們喫？為什麼你們喫飯要我做？這個世界太可惡！」

於是他下命令，要葉品霞擔任廚子，把廚房的活兒一肩膀抗起來。他則無所事事，飯到開口，茶到張嘴，每日坐在店門前看來往的女人，哼小調兒。

接着平分售現，他也插了一腳，荷包裏有了幾個錢，他就更加得意，常常讚美工會的措施，把工會的每一個要人都捧得天一般高。

「這一窩子，通沒個好東西！想不到狗爺生出個老虎兒，竟然出了個柳少樵！」

他坐在店門上哈哈大笑。

「柳少樵才是個頂兒尖兒的人物！真正的英雄好漢！」

柳老先生和老二聽到這番話，面面相覷，祇顧低下頭去，大氣也不敢出。

柳老二的桐油，春間出口，果然大大賺了一筆。可惜那個時候他的生意已經歸勞資雙方共同經營，而且平分售現也早已開始。錢一半歸於勞方，勞方拿去，可以自由花用。他這一方的卻沒有那麼方便，那麼自由。工會命令，要他用這個錢作資本，再買進貨物，再平分售現。

到這個時候，柳家布店的貨架子還沒有全空，倒得力於柳老二那批桐油。底子厚，完得慢，如此而已，並非他另有神通。

白茶花拉葉品霞在小客室裏坐了之後，又招呼老先生和老二來。然後她才攤出那分報，把柳少樵的離婚啟事指給他們看。

三個人都冷冷的沒有話說。

「他們兩個人沒有發言的資格，」白茶花手向老先生和老二擺一下，對葉品霞說，「你應當看看明白。」

「早上我就看過了。」葉品霞隨口說。

「你有什麼意見？」白茶花緊跟着問。

「我沒有什麼意見。」

「那不行？」白茶花立即有一點不耐煩的樣子，「你一定要有意見！」

「我同意離婚！」葉品霞說着一笑。

「好極了。」白茶花在桌子上用力一拍，大聲說，「你真是一個進步分子，有革命精神！品霞，你真變得好，我佩服你！」

「哪裏，哪裏！我不過認清了環境罷了。這個時候我再不同意，你想我會遭遇到什麼？」

「這也難得，這就是識時務，識時務也好啊！」白茶花把袖子擄得高高的，話鋒一轉，「可是，品霞，照現在婦協的辦法，離婚婦和寡婦一樣，都要嫁人。如果你不自動嫁人，我們就替你抽籤擇配！」

「我會自動嫁人的。」葉品霞惟恐被抽籤，來不及的說，「白委員，我一定自動嫁人！」

「限你三天。三天不嫁，就去婦協等候抽籤！」

葉品霞一時不知如何回答才好。正在着急，祇見柳老二插言道：

「白委員，不用三天，現在馬上解決。我和品霞結婚，你看好嗎？」

柳老二這一手倒是白茶花意想不到的。就說：

「品霞，這要看你的意思。」

「我願意，」葉品霞一點也不為難，「我和二哥成親，馬上就去登報，明天行禮。白委員，請你做我們的證婚人，也約少樵來家喝杯喜酒。」

「可不能胡來！」柳老先生再也忍不住，站起來說，「品霞，老二，你們兩個是怎麼啦？那怎麼行？」

「怎麼不行？」白茶花兩眼一瞪，惡狠狠的說，「是不是你反對？你要是反對，我們就把品霞配給你做老婆。你多年鰥居，也應當參加抽籤！」

「不，不，」柳老先生嚇得面如土色，忙說，「我不反對，我不反對，他們兩個結婚最好。」

夥計們早已圍在門上看熱鬧，這時就爭着進來給品霞和老二道喜，商量明天怎樣辦喜事。不燒飯的廚子說：

「白委員，你每天做月老，為什麼自己不結婚呀？」

「我是多夫主義者，」白茶花淡淡一笑，「我的丈夫有好幾十，你教我同哪一個結婚？」一句話，引得大家都笑。愉快活潑的空氣瀰漫在柳家布店裏。

柳老先生卻覺得有點支持不住，拖着一個輭輭的身體，扶牆靠壁，到後面廂房裏躺着休息去了。他不相信他的眼睛，不相信他的耳朵，這所見所聞，難道是真的？瘋狂、荒唐，交揉在一起，我是不是在做一個噩夢？

連葉品霞這樣的人都變了？他越想越胡塗。

不錯，葉品霞這樣容易就範，實在是連白茶花都不曾料到的。回來的路上，白茶花分析，這應當歸功於她手斃葉氏滿門的那一火熾的表現。那一表現，奠定了她的威勢，她使人望而生畏，她就能先聲奪人。白茶花恍惚悟到，革命混亂時期，多少非人所能想像的殘酷事實，為什麼竟會發生的道理了。

那具有鎮壓作用。

街頭，靠近一根電線桿，一具全裸的女屍，雙乳被挖，下邊塞着成把的稻草，曾被點火。隔不多遠，另有一具，這不是稻草了，是一個木撅。

——如此景象，白茶花曾經親見。此時回想，猶有餘怖。

「這是男人們的變態的發洩。」白茶花想，「混亂中喫虧的總是女人，而我就是女人！我偏不甘為弱者，我要向男人們發洩！」

懷着這樣的鬥爭性的勝利感，白茶花把她接洽的結果告訴了柳少樵。白茶花還以為柳少樵不知道要怎麼樣高興地表示接受，萬萬不想到他一聽惱了。

「那怎麼可以？你太胡塗！」

「我不對？」白茶花喫驚的問。

「當然是你不對！」

「為什麼？」

「她怎麼可以嫁老二！」

「你既然同她離了婚，她愛嫁誰嫁誰，你怎麼管得着？」白茶花覺得十分可笑。

「什麼人她都可以嫁，就是不能嫁老二，我恨老二！」

「唷，原來以私害公！」白茶花冷笑說，「這可不是你一個工會領袖應該有的態度。葉品霞嫁老二，就是弟婦嫁大伯，對於舊禮教是最好的一個打擊，也是現在難得的宣傳資料，偏你又不贊成了！」

「我就是不贊成！」柳少樵並不和她談理論。

白茶花眼望着他，半晌不說話。想想，忽然又噗哧一笑。

「什麼好笑？」柳少樵更覺不耐煩。

「我是想到，」白茶花淡淡的說，「她嫁老二，對於我們，確實並不太理想。」

「是呀，你也承認了。」

「有個人是最理想的。」

「誰？」

「你的爸爸。要是兒媳婦嫁給公公，原來的丈夫趕着離婚的老婆改口叫媽媽，那才更轂刺激！」白茶花像發現了新大陸似的，興高彩烈的說。

「我情願她嫁爸爸，不贊成她跟老二！」

「但是剛才我已經口頭批准了他們，我要維持我的威信。」白茶花板着臉說，「這是婦協的事，工會管不着！」

「婦協也歸工會領導！」柳少樵湊上去，大聲說，唾沫噴了白茶花一臉。

白茶花倏地立起來，便向外飛，一邊說：

「我回去召集會議，請黨委來檢討你。你不該以私害公，你反革命！」

「就是黨委出面，」柳少樵仍然不服氣，「我還是反對她跟老二！」

話雖這麼說，但這一糾紛事件，在婦協的力爭之下，白茶花得到了黨委的全力支持，柳少樵受到的是「申斥」。因此，第二天晚上，柳家布店的婚禮照常進行。自從售去桐油，後面的大倉庫空着，這時正好做禮堂。參加婚禮的人，以婦協和工會的會員為主，整個倉庫都坐滿了。

柳少樵在黨的壓力之下，也參加了婚禮，向葉品霞叫了嫂嫂，敬了酒。

柳老先生也扶病出來，他是主婚人，照例向賀客們道謝。他心裏是完全反對這一婚事的，祇是不敢有所表示。但事後，他作退一步想，覺得老二和葉品霞，能彀結為連理，也好。兩個人都是他極愛的，憑老二的幹練，有品霞這樣的賢內助，說不定柳家要從他們手裏重振家聲，恢復當年的財富。

「難得品霞肯要老二！」

老先生這樣想。對於品霞，他有多少的不安，卻又不能不為老二徼幸，矛盾中他有一點安慰。

白茶花的事情做得順手，連柳少樵都在她的手下喫癟，她的膽子就愈來愈大，不再有任何顧忌。葉品霞離婚結婚的鬧劇，在宣傳上還被渲染着，被誇張地利用着，葛軍長公館的事件又緊接着發生了。

和白茶花住在一條巷子裏，緊鄰，是葛軍長的公館。葛軍長擔任保衛由漢口到花園一段鐵路線，他轄有三個師，但實際人鎗恐怕還不過三團。軍長的司令部設在花園，軍長也就常住在花園。

漢口公館裏，住着軍長的寡居的老母，已是六十過頭的人，雖是一雙小腳，行動不大方便，倒是耳聰目明，身體硬朗得很。老母以下，就是軍長的太太和兒女。此外，軍長還有個姨太太，原是在老太太跟前伏侍的一個大丫頭，老太太喜歡她，捨不得把她嫁出去，就賞給兒子做了小老婆。按照他們家鄉的習慣，農工之家，很多為了補充人力討小老婆的。這種小老婆，她的最大用處是做活，是生產工具；和豪門巨富之家的小老婆性質完全不同。前者是一種變相的奴隸；後者則是玩物，一方以財勢，一方以色，相互利用，獸慾與物慾交換滿足。軍長的姨太太屬於前一類型。因為軍長的關係，大家尊她聲姨太太，她其實是一個灶下婢，軍長也不喜歡她。

老太太的嗜好是打牌，每天坐在麻將桌子上。

軍長太太賢慧，全部精神放在兒女的教養上。

因此，姨太太事實上又是一個管家婆。她每天早上要提籃子上街買菜。

白茶花早已知道隔壁住着一位軍長的眷屬；有這麼一個女人天天上街，她也遇着過。在先，白茶花還以為是他們家的女佣人。一天，特地打個招呼，一番馬路暢談，就知道了她的底細。

姨太太早已聽說過婦女協會，亦久震白茶花的大名。她生性老實，並不嚮往革命；對於婦協的所作所為，亦沒有好奇之心。但為了炫耀自己，她說出了她原是軍長的姨太太。她的本意是以此為榮，藉此抬高自己的身分地位，免得讓這位大名鼎鼎的白茶花看她不起。

誰知道這就算錯了！

白茶花帶領幾個工作人員，駕臨葛軍長的公館。

老太太一聽說是婦協的白委員，就有點摸不着頭腦，忙從牌桌上下來，軍長太太也出來了，加上姨太太，大家一致表示歡迎。

「葛軍長，革命軍人！」白茶花說，「好極了！哪個不敬服他？」

「白委員你真客氣。」老太太不安的說。

「但身為革命軍人，應當以身作則。所以我今天特地來通知老太太和姨太太馬上自動嫁人，限三天！三天過期，到婦協去抽籤擇配！」

「你說什麼？」老太太慌了，怕自己沒有聽明白。

「每個寡婦和小老婆都要嫁人，不管是誰！」白茶花清楚的大聲說。

「我兒子當軍長……」老太太氣得說不成話。

「給軍長做小老婆，我自己願意。」姨太太搶先表明。

「軍長要不以身作則，就是反革命！」白茶花也顯示了她的決心。

「反革命是要打倒的！」跟白茶花來的幾個女工作隊員，立刻幫腔說。

還是軍長太太有見識，她知道這種爭論是不會有結果的。就和顏悅色的說：

「白委員也不必着急，還不都是為了革命？你不是說限三天嗎？那麼，白委員祇管先回去，三天以內我們一定有辦法，你請放心好了。」

「好，這也像句話。你好好勸勸她們，不要死心眼兒！」

白茶花站起來就往外走，軍長太太跟着送出來，又說了些客氣話。

寫信、打電報、派人，軍長太太都怕靠不住，萬一有錯，反而誤事。她安撫了老太太和姨太太，就自己趕車上花園了。

第二天葛軍長陪太太回到漢口來，老太太已是氣得生病在床，飯也不喫，水也不喝。葛軍長安慰了母親，馬上去見唐總司令。唐據報大怒。

「這還成什麼話！未免辱人太甚！」

立即帶葛軍長去見汪。汪也大發脾氣，要下令解散婦協。倒是唐說：

「問題倒不在婦協，這是共產黨問題，也是整個作風的問題。這個問題又牽涉到『國共合作』的基本問題。」

汪便不言語。

當天，唐派親信衛隊護送葛軍長全家去花園。

同時，他提出警告，如果軍官眷屬再被侵擾，他將不惜採取行動。

以後不久，湖南方面就發生了所謂「馬日事變」，許克祥以一團之眾，解散了農民協會，解散了工會，解散了婦女協會，號稱七十萬的農民自衛軍，輕雲一般的被一吹而散。

武漢方面少不了一番咆哮，把個許克祥罵得狗血噴頭。

但謾罵僅能洩一時之憤，並不能解決問題。武漢在此時，四面八方受包圍，包圍圈越來越小，武漢的呼吸就越來越艱窒。

這要是不衝開一條出路，眼看是萬萬不行了。

一個辦法是「東征」，以南京為目標。一個辦法是「北伐」，以北京為目標。第三條路是回師兩粵，恢復舊有根據地，然後伺機而動。

但任何辦法，都仰賴軍力。事到而今，沒有哪一部分軍隊願意再作無把握的冒險，為這個風雨飄搖的政權作無謂的犧牲。大家觀望，大家保全實力。

共產黨真能控制的軍隊，太少，成不了氣候。

汪與共產黨之間，原是互相利用。共產黨的氣燄過分囂張之後，汪的被利用價值就相對的減少。

汪感覺到自己的地位不利。

於是他向南京求和，他希望打破這個分裂的局面。

他派出了祕密的使者。
南京的反應良好。
他這就決定「分共」。

二十一

這一夜，錢守玉和洪金鈴同榻。雖然別離不過幾個月，但由於世局和人事的奇詭的變化，兩個人都有一點彷彿「隔世相逢」的滋味。訴說不完的哀愁，在強暴橫壓之下的無限的冤抑，洪金鈴一直在止不住地流着眼淚。她說：

「我一定盡我所能，把四先生救出來。但我知道，我沒有資格再同四先生談婚嫁問題！」

這句話，也勾動了錢守玉的身世之感，她想起了她的家庭教師。不由得想：

「貞操，對於一個女孩子竟是如此重要，這真是何從說起！事關終身的婚姻幸福，原來建築在點點滴滴的處女血上，這就真難怪有人甘願做『名教叛徒』了！」

她拿條手絹為洪金鈴擦擦眼淚，嘆口氣說：

「當然，我也知道四叔並不是一個開通的人物。但你的情形有值得令人同情的地方。你們的婚約，祇是口頭的，而現在正是一個混亂時期！」

「混亂對於一個女人才是真正的試驗。要是平安無事的，沒有外面的壓力和誘力，守節守貞，又有什麼了不起？」

認事如此深邃，對於像洪金鈴這樣的一個女孩子，錢守玉倒覺得十分驚奇。順手拉過她的辮梢來輕輕吻一下，說：

「我們不能要求每個女人都把守身看得比保全生命更重要，偶然有那樣的女人，倒是例外的，不值得取法！」

為了「同病相憐」，為了安慰這個心身兩方飽受創傷的弱女，錢守玉說出了自己的家事和身世，何以父親不喜歡母親，她的家庭教師為什麼廣東從軍，終至陣亡。最後她說：

「所以，你應當看開點，不必老是揪着心發愁！我們幾乎可以說，每個人，每個家庭，都有他的『隱私』。禮教祗有在偽裝之下才能立腳，揭穿了就不值半文錢。更可笑的是，誰去揭穿它，誰就是叛逆。」

錢守玉嘆口氣，接着說：

「我們這樣子歷代相傳，互相欺騙，已經不知道有多少年了。」

錢守玉這一番推心置腹的表白，果然打動了洪金鈴。她一向敬重錢守玉，其地位在師友之間。這時候卻強烈地引起了一種知己之感，又不僅是同病相憐了。

「大姐，你比我大幾歲？書又比我讀得多，你瞭解女人的痛苦也最深。照你的意思，女人的前途究竟怎樣？」

不等錢守玉回答，緊跟着她又說：

「柳少樵、白茶花他們，也說是為解放婦女，爭取男女平等的。你看，他們的作法對嗎？」

「我一向認為男女平等的意義，不在同工同酬。好比男人當兵，女人也要當兵；而在分工合作，各盡各的責任。從一而終的貞操觀念，必須改變。但性的澈底解放，變成雜交亂交，受害的依然是女人！因為她比男人多一個問題，那就是受孕！我是一個中和派，我以為觀念的養成是漸進的；觀念的改變也是漸進的。因此，我反對柳少樵那班人的作法。」

「他們的作法，已經犧牲了許多人，連我和母親也在其內。大姐，你看母親和三先生他們兩個人能長久嗎？」

「既然已經結了婚，就希望他們能長久。如果將錯就錯，誤打誤撞得相宜，也算他們的幸福！」

「要是沒有柳少樵硬插的那一腳，倒是個好事！」

「沒有柳少樵，他們根本不會結合。如果這是因緣，柳少樵實在是一個牽線的月老，我們大家都要謝謝他才對呢。」

錢守玉這樣說，兩個人都笑了。

一夜過去，洪金鈴的媽媽梁雲鳳對於新丈夫的觀感也變得好了許多。久曠的錢本三原有需要，而改嫁的新娘子雖然是個「破落戶」，但比起他的鄉下老婆來，卻實在既乾淨又清秀，好得多多。女人的美醜，原是從比較而來的。錢本三於「曲盡綢繆」之餘，對於新夫人又極力巴結，說些風趣中聽的閒話，討她的喜歡。這就大大掩飾了他的粗糙的性格和滿身的土氣，而新夫人有了一種安全之感。

四個人都到傍午時分才起床，在法蘭西大飯店用過午餐，相偕回家。新夫人已經和女兒談好，無論如何要把錢本四救出來。她們決定採取的步驟是，由母親託兒子洪桐葉，洪金鈴則去找柳少樵，雙管齊下，分頭併進。

洪金鈴第一個先去工會，她自己要見柳少樵，同時帶信給哥哥，請他去看母親。工會這個大門，洪金鈴原本可以自由出入的，守衛的糾察隊員，個個都認得她是指導員的妹妹。但這一回她卻被擋駕了，她被指定必須到傳達室去登記，等候通報。由於過去的經驗，洪金鈴知道在這種場合，講情說理都不但沒有用，而且還會招禍。就忍住氣，乖乖地到傳達室去填會客單子，然後就在傳達室裏的板凳上坐下來等候。好大一歇，見他們並不將會客單送進去，洪金鈴忍不住問：

「怎麼會客單不送進去？」

「你急什麼？」

「不是我急，我已經等了很久。」

「你要是不願意等，可以回去，沒有人留你！」
「我見柳委員和洪指導員有要緊的事。」洪金鈴陪個笑臉，儘量客氣的說，「勞駕你，謝謝。」
「這裏客人多，我不能來一個跑一個，那樣就把我跑死了。你坐着，等有了三個五個，我做一趟進去一次。」
「好！」洪金鈴勉強應着。
大門上進出的人很多，但整個下午並沒有人進傳達室登記。洪金鈴就有點明白了。問道：
「是不是他們早有話，說不見我？」
「你自己的事，自己知道。問我幹麼？」
「那麼，我去了。」洪金鈴說着往外走。
「你原就不應該來！」
聽得背後這樣說，洪金鈴差點哭出來。
到錢家，告訴他們這個情形，都猜度不出是怎麼一回事來。昨晚的喜筵上，不是都還歡歡喜喜的嗎？怎麼變得這樣快！錢本三想想，對金鈴說：
「你現在再給他們搖個電話看？」
電話接通，但那邊一聽到這邊是錢公館，就把電話放斷了。於是大家更加狐疑。錢本三猛可地醒悟，可能一夜之間有了重大的變故了。就說：
「我到汪公館去一趟。昨天晚上汪先生派人來道喜，又送禮，我得親自去道謝一下。」
說着，一個人匆匆去了。
新夫人心理上蒙上一層淡淡的陰影，覺得有多少的不快。她以為這是一個新時代，在這個時代中，部長丈夫外出謝喜，無論如何應當與夫人同行，那才合乎這一新時代的禮制。他現在計不出此，看來——

「到底是個粗坯！」

新夫人暗暗這樣罵一聲，臉上卻不露出來。新丈夫是個變化莫測的政治人物，這一點，她忽略了。因為她從來不曾有過這種經驗，這就難怪！

傍晚，錢本三有電話打回來，說他大約要回來得晚，請她們先喫晚飯，不必等他。接電話的是錢守玉，她把父親的話告訴了新媽媽和她的女兒洪金鈴。

一說喫飯，洪金鈴立刻聯想到兩江粵菜館，她知道柳少樵和桐葉哥哥一直是在兩江喫飯的。於是她想，

「我何不趁這個時間到兩江去碰碰，也許可以遇到他們。為了四先生……」

就對媽媽和錢守玉說：

「你們喫飯，我出去一下，就回來。」

兩個人還在追問緣故，她已經半跑着匆匆走了。

街上像往常一樣的熙來攘往，又是熱鬧，又是混亂。但洪金鈴有一種不祥的豫感，像有什麼意外之事要發生似的。趕到兩江，樓上樓下沒有他們的影子，她便在靠近大門的一張桌子上坐了。告訴堂倌，她要等客人。堂倌送上茶來，她百無聊賴的呷了一口，心不在焉地一面把眼睛瞪着菜牌，一面留意進來的食客。

等彀一個多小時，不見他們來，洪金鈴祇好要東西自己喫了。但她並不死心，喫過之後仍然坐着。果然，到九點多鐘菜館都快打烊的時候，白茶花飛進來了，柳少樵和洪桐葉跟在她後邊。洪金鈴忙站起來和他們打招呼。洪桐葉略感意外的說：

「怎麼，你一個人在這裏？」

「我等你們。」

「有什麼事？」

「下午我到工會去看你們，大門上不准我進去，又不替我傳達。」

「今天我們在開重要會議，任何客人概不接見。」洪桐葉立刻解釋。

「打電話去……」

「電話也不接。」

「為什麼那麼緊張？」洪金鈴問。

「那得慢慢談，我們樓上坐吧！」

柳少樵這樣說，一邊拉着白茶花往樓上走。

「樓上去談！」洪桐葉也說。

洪金鈴就跟他們上樓。

坐定，洪桐葉問道：

「你有什麼事？」

「媽媽有事找你，要你去一趟。」

洪桐葉遲疑一下，望望柳少樵，然後說：

「她已經嫁給別人，不再是我的媽媽，我不去！」

這樣的回答，是洪金鈴再也想不到的，她受到激烈的震動，幾乎不能自持。鎮定一下，才說：

「你說這話，我就不懂。媽媽自已何嘗要嫁人，不是你們圈弄她的嗎？」

「我不曾說她嫁人不好。我祇是說我和她已經不再是母子了！」洪桐葉脹紅了臉，顯然非常痛苦的說。

洪金鈴不理他。想想，對柳少樵說：

「我想單獨和你談談，好不好！」
不等柳少樵說話，白茶花搶着說：
「你沒有資格單獨和他談什麼了。明天中午，我和他在婦協的禮堂結婚。他不屬於你！」
柳少樵也說：
「在你身上，我的目的已經達到。你找你的錢老四去，我不再需要你！」
他把白茶花一手勾過去就親了個嘴。
洪金鈴極力忍耐着，鎮定的說：
「我找你，正是為這個話。既然你不需要我，好不好你把錢四先生放了？」
「放出來給你？」白茶花輕蔑的說。
「我已經沒有資格。」
「那是你客氣。」柳少樵說，「我說老實話，錢老四現在在什麼地方，連我也不知道。等我打聽了，再告訴你吧！」
「什麼時候我聽你的回信？」
「我會打電話或是寫信給你。」
「那麼，謝謝你，我現在去了。」
「為什麼不在這裏一同喝兩杯？」
「我剛才已經喫過東西了。」洪金鈴說着，早已走出房間去。
「明天到婦協來參加我們的婚禮！」白茶花大聲說。
洪金鈴便沒有回答她。
回到錢家，已經將近十點鐘，母親和錢家大姐兀自坐在樓下的客廳裏說話，錢三先生還不曾回來。洪金鈴把在兩江粵菜館會見他們的情形一五一十的說了。

洪桐葉那個態度，母親非常詫異，也非常氣憤。當着新丈夫的大小姐面前，更覺尷尬萬分，他實在太不爭氣！含着兩泡眼淚，無可奈何的說：

「不用說，這一定又是柳少樵的花樣了。但桐葉也太胡塗，二十多歲的人了，自己就沒有一點定見，事事要聽人家的擺弄？」

「環境逼着，」錢守玉忙說，「有時由不得自己，也不能單怪桐葉弟弟。媽，怕您累了，您先上樓睡吧，我和金鈴妹妹等爸爸回來。」

「不，我再坐會。」母親又問金鈴，「你看柳少樵說幫忙找四先生的那個話，靠得住嗎？」

「那就難說。」洪金鈴說，「他不會再纏我，那倒是一定了。」

「這就是一個好消息，」錢守玉手撫着洪金鈴的背說，「我們現在救出一個來算一個，碰運氣吧！」

見燒洗的女佣人從外面回來，錢守玉忙把話咽住，站起來問道：

「李嫂，你喫過飯嗎？」

「真對不起，大小姐，我已經喫過了。你們呢？」

「我們也早喫了，有給你留的在廚房裏！」

李嫂一屁股坐下，把洪金鈴的媽媽仔細端詳一番，咂咂嘴說：

「這就是新討的三太太，是不是？」

「不錯，我的新媽媽。」錢守玉回答。

「好個美人兒！」李嫂雙手一拍，「怪不得柳委員到處裏稱贊你，錢三先生真好福氣！」

新夫人臉上一陣紅，心裏七上八下的懷着極度的不安。她不知道柳少樵在外面說自己些什麼，那樣的人不見得會為一個女人的隱私保守祕密吧。同時，她又害怕，不知道現在這個李嫂還要說些什麼出來！這要是在新丈夫的大小姐面前坍了台，以後將怎樣維持這個母親的地位？今天，才不過是結婚的第二日！她不曾知道母女之間的隱私早已被女兒和錢守玉祕密交換了。她望望洪金鈴，問錢守玉道：

「這位李嫂是？」

「她是幫忙我們家燒飯洗衣服的。」

「我是這裏的女佣人，」李嫂很高興的介紹自己，「不過我在工會裏的時候多。現在，勞工神聖，婦女第一，所以女佣人是神聖第一的。錢三太太，我不說大約你不知道，我是神聖第一的女佣人！」

錢三太太一聽，忙說：

「我知道，那好極了。」

就問金鈴：

「我們下午燉的冰糖蓮子，冷透了沒有？拿來我們和李嫂喫點。」

「錢三太太不要客氣！」李嫂坐着，穩風不動的說。

一時洪金鈴和錢守玉兩人用個托盤端了四小碗蓮子羹出來，每個碗裏放着把小銀匙。錢三太太問道：

「給你爸爸留了？」

「留了，多呢。」錢守玉回答。

「錢三太太你真賢慧！」李嫂一邊喫着，一邊誇獎。

喫畢，洪金鈴把碗收了，錢守玉遞手巾給新媽媽和李嫂擦嘴。新媽媽說聲謝謝，又道：

「大小姐，以後你不要招呼我，讓我自己來。」

「我喜歡服侍媽媽。」

「那我不敢當。」

李嫂看在眼裏，聽在耳裏，忙又稱贊不已。

「你看你們母女多少禮數，錢三太太你真好！」

「哪裏，我才是個隨隨便便的人呢。」

錢三太太說着，一邊納罕，她這麼一再誇獎自己，不知道是什麼意思。聽得錢守玉問道：

「李嫂，你這麼晚回來，是不是有什麼事？」

「你看，貪坐着說話，把正經事忘了。」李嫂拍個巴掌說，「明天中午，柳委員和白委員兩個人在婦協禮堂結婚。明天報上有啟事，不另發帖子。我回來通知錢三先生，怎麼準備送禮。我自己要支工錢，我們也要送禮。他們兩個人，一個是勞工領袖，一個是婦女領袖，是我們勞工婦女界的大恩人。我們要在明天大大熱鬧一下。」

「那真是應該的，我們一定要來道喜。」

錢守玉說了，問李嫂要支多少錢，照數付了給她。又拿個紅紙賞封，包着厚厚的一疊中央票，遞給她說：

「這個是新媽媽另外送你的，謝謝你來道喜。」

李嫂接了，笑迷迷的說：

「大小姐，你真會做人！新媽媽一定喜歡你！」

轉過臉去，問：

「錢三太太，是不是？你說！」

「那是當然，大小姐是待我好。」

「那麼，錢三太太，我還有件別的事求求你！」李嫂鄭重其事的說。

「什麼事，你說吧！」

「我看你手上戴的那個戒指，樣子很好。你也不在乎這點小首飾，你好不好送給我？我手上一直沒有戴過像樣的戒指！」

「這個是我的結婚戒指，」錢三太太忙說，「昨天剛和三先生交換的。」

「結婚戒指也不要緊，給了我，我也沾光點喜氣。」

「結婚戒指是不能送人的！」錢三太太有點急了。

「祇要你肯，那也沒有關係。」李嫂還不放鬆。

錢守玉忙打圓場，排解說：

「李嫂，結婚戒指實在是不能送人的。那個戒指原是我去買的，我知道地方。這樣吧，明天上午你來，我帶你去，照樣再買一個送你，好不好？」

「那也好，」李嫂立刻拉長了臉說，「原來這位錢三太太這樣小氣，還說是上海來的，上海來的這樣沒見過世面！」

她一邊往外走，一邊惋惜的說：

「真想不到，真想不到，我看錯了人了，看錯了人了！」

錢守玉跟着她出來，一直交代：

「明天上午我等你，你來，我們一路去買戒指！」

「大小姐，看起來還是你大方！」

李嫂站下，大聲說了，這才離去。

把個錢三太太氣得張口結舌，說不出話來。

「媽，你別生氣！」洪金鈴走過去替她搥着背說，「現在的事情，都是反常的！」

「看他們能胡塗到什麼時候！」錢守玉嘆口氣，搖着頭說。

「這樣晚了，怎麼你爸爸還不回來？」錢三太太望望壁上的掛鐘，顯然她有點不放心。

「等我打電話問問看。」

說着，錢守玉早已拿起電話筒來。錢本三還在汪公館，電話上他告訴女兒說：「等散了會，我就回來，你們先休息吧。千萬不要再打電話來！」

錢守玉放下電話，告訴了新媽媽。聽見門鈴響，她就去開門。想不到洪桐葉一個人來了。他先對錢守玉說聲謝謝，幫着把門關好，才走進來。

「媽，你有事情找我？」

「你叫我媽？」錢三太太負氣說，「你不是說我已經不是你的媽媽了嗎？」

「真對不起，」洪桐葉非常抱歉的說，「當着柳少樵和白茶花的面，我沒有法子，他們教我那樣！」

「你是三歲的孩子，自己沒有一點主見，」

「現在這個環境，不容許人有自己的主見。」洪桐葉坐下，雙手抱着頭，痛苦的說，「不知道為什麼，他們一直特別注意我，在我身上打許多主意！我想，我用不着解釋，你們都明白，我要是不聽他們的，早就沒有我這個人了。我承認我貪生怕死，你們要原諒我！」

見他說得可憐，倒不好再數說他。錢三太太對這個惟一的兒子，不消說，更另有一種痛愛的心情。她傷感的說：

「我也知道不能完全怪你。不是這種年頭，不會有柳少樵和白茶花那種人。沒有他們那種人，你不會落到今天這種地步！想起來，還是喫了你們局長叔叔和烈佛溫他們的虧。他們要是早待承你好一點，也許你不會走極端！」

「這就是時代，也就是潮流，」洪桐葉聽媽媽提到往事，不由得酸楚，含着眼淚說，「我做了時代和潮流的犧牲者！」

「現在，不必再說那些話了，說也無用！」洪金鈴倒反安慰他，問道，「有蓮子羹，你要不要喫一點？」

洪桐葉就感到有一種久經喪失的溫暖，彷彿又嘗到閘北時代那種很苦但也很甜的家庭生活了。呆了一下，才說：

「謝謝你，妹妹，我不喫。剛才喝了酒，現在正不大舒服！」

錢守玉聽了，忙去打冷手巾，請他擦臉。洪桐葉站起來接了，又是感激，又是慚愧。他覺得像妹妹和錢守玉這種人，實在更富於饒恕精神。而這種精神，正是人與人之間所不可缺少的。它的價值遠在仇恨與鬪爭之上。在這個時候，徒然說聲謝謝，洪桐葉自知並不得體，但他終於說：

「謝謝你，大姐！」

聲音有點顫，而且低沉無力。

錢守玉立刻覺得眼前的這個洪桐葉恰像一頭綿羊，非復近數月來那個飛揚跋扈的工會要人了。不由得暗暗納罕，「他這是怎麼了？倒要好好地觀察一下。」

擦過冷手巾，洪桐葉坐下，忽然左顧右瞧，不安的輕聲問：

「家裏沒有別人吧？」

「沒有。」

「三先生呢？」

「他也不在家。」

「是不是在汪公館開會？」

「不知道，」錢守玉機警地搶着說，「我們正等他回來。」

「定準是在汪公館開會。」洪桐葉肯定地點着頭說，「可能他很晚回來。」

「你怎麼知道？」錢守玉追問一句。

洪桐葉並不回答她，卻在像自言自語的說：

「我早就來了，因為聽見李嫂在這裏，所以我沒有進來。我躲到馬路對面的樹影裏，看她走了，我才進來。這個李嫂，就是柳少樵和白茶花的死黨，她專管把三先生家裏的事情報告他們，無中生有，一條舌頭有二尺長！」

「那不至於吧，」錢守玉忙說，「李嫂雖是柳少樵荐了來的，可是她在這裏的時候極少，這就可見她不是來監視我們的。柳少樵是爸爸的好朋友，那怎麼會？」

「你忘記了李嫂剛來的時候！那時，她也常不在這裏嗎？」

洪桐葉這樣說了，驀地醒悟，便把話咽住。改口說：

「不，不，我今天是來找錢三先生的，我們不談那個。大姐，難怪你不相信我。你懷疑我的話另有作用，你對！」

看他顛顛倒倒，精神像有點失常，三個人不知道怎麼回答他的好。祇見他又說道：

「難怪，難怪，不等我一下子橫死了，誰也不明白我的心！」

「快別說這些混話！」錢三太太一聽急了，「你到底怎麼了？」

「今天的消息不好，難道你們不知道？」

「什麼消息？」

洪桐葉臉上冷冷的，欲言又止，祇顧把眼睛看她們三個。

「到底什麼事？」錢守玉倒被他招得急了，「這裏又沒有外人，有話祇管說，你怕什麼？」

洪桐葉又猶豫了一下，才把身子向前探着，嚴重的輕聲說：

「國民黨決定和共產黨分家了！」

「那為什麼？」

「因為共產黨的作法，讓國民黨受到威脅。但最要緊的是軍事形勢不利。武漢早就四面八方受包圍，打不開出路。現在這個包圍圈越來越小，武漢軍隊自己知道打不過他們，就想同他們媾和。」

「那也用不着和共產黨分家呀！」錢守玉故意插一句。

「南京中央堅持的就是清共。不清共，就絕對不能媾和；共產黨已經是他們雙方合流的惟一障礙。」

洪桐葉眼對着錢守玉這樣說了，又道：

「再說，武漢這方面，糧食也成問題。自己的糧食不敷，外邊的又被封鎖，運不進來。最近連軍糧都撥不出來了。軍隊沒有喫的，還會不鬧事？還有通貨膨脹。自從實行『現金集中』，中央票已經濫得像軍閥時代的軍用票差不多，拿着鈔票就是買不到東西！為了鬧勞資糾紛，工商業早已破產。這樣一個局面，任何人都沒有辦法再撐下去。所以他們分共求和，已經是勢所必然的了。」

聽了這個消息，錢守玉倒十分稱心，彷彿黑暗中已露曙光，她卻不動聲色，默無一語。聽得新媽媽問洪桐葉道：

「這一分共，是不是也像上海的『清黨』一樣？」

「那倒不知道。聽說汪的意思，祇是教共產黨退出國民黨，退出政府就算了。」洪桐葉含糊的說。

「共產黨方面怎麼樣呢？」錢守玉忍不住問。

「國民黨的軍隊已經早有佈置，共產黨當然要接受現實。工會和婦協，今天都有會議，我也參加的。」

「你們決定怎樣？」

「我被指定和柳少樵一路退往江西。」

「去江西幹什麼？」

「那是黨的決定。」洪桐葉沮喪的說，「到了那邊再聽命令。」

「你真的要去嗎？」錢三太太忙問。

洪桐葉沉吟一下，囁嚅着說：

「我是不想去。他們並不信任我，去了又不知道是幹什麼，我有點怕！」

「最好你趁這個機會離開他們算了，」洪金鈴巴不得有這樣一個機會，「千萬不要一誤再誤。」

「我就為這個來找三先生的。我想請三先生幫我一個忙，我情願脫離共產黨。」洪桐葉鼓足勇氣，吐出了自己的心事，他的兩片唇和兩隻手都在抖着。

「真要是分共，爸爸自己也不知道怎麼下場！」

錢守玉想到父親和共產黨互相利用的許多作為，未必能為國民黨的同志所諒解，就發生了深長的疑慮。

「那沒有問題，」洪桐葉肯定的說，「三先生是國民黨，國民黨總是國民黨。而且他最近和汪拉得很近，汪一定會維護他。」

「等他回來，大家商量。」錢三太太這樣說。

壁上的掛鐘已經在打十二點，洪桐葉站起來說：

「我回去了，我不能再晚，恐怕他們疑心我。你們把我的意思轉達三先生，有空兒我會再來。」

洪金鈴一陣覺得洪桐葉實在已經處在一個危險的地位。就說：

「既然你已經決心脫離他們，乾脆不要回去了，找個地方躲開算了。那是個虎口，你回去幹什麼？」

「不，」洪桐葉斷然說，「分共還是個內幕消息，不一定什麼時候才公開發表，見於事實。離開得太早，倒於我不利。我現在還是先敷衍着他們。明天，柳少樵和白茶花結婚，我是籌備人，又是介紹人，不參加不好。」

「我知道，媽，你放心！」

「你要機伶點，」錢三太太覺得極不放心，「不要死心眼兒，他們不像你那麼老實！」

洪桐葉說着向外走。忽然又站住，轉過身來，說：

「我現在想起來，還是局長叔叔對。洋行裏當買辦，倒喫碗平安飯，不擔驚受怕！」

這說得大家心裏全是一慘，他自己的眼圈兒也濕了。鎮定一下，他又對錢守玉說：

「大姐，還有件事情，請你轉達三先生。我一定盡我所能，保護四先生安全。我知道我自己不好，我沒有臉面求三先生，我希望我能把四先生平安的送回來，表白一下我的心跡。」

「謝謝你。」錢守玉忙說，「四叔的一切，完全仰仗你。」

「四先生到底怎麼樣了？」洪金鈴也急於問。

「他原住在漢口，」洪桐葉老實的說，「今天開會當中，柳少樵決定晚上把他送過江去，他有個祕密的地方在徐家棚車站，我曾去過。」

「他們會不會害他？」洪金鈴又問。

「馬上不會。柳少樵想利用四先生作人質，和三先生講條件，保障他和白茶花的安全。」

「他們不是要去江西嗎？」錢守玉問。

「他說他要等把漢口方面幾件重要的工作做完了以後，再到江西去。」

「什麼重要的工作？」

「那就不知道。我問過他，他祗笑着搖頭。」

錢三太太對兒子擔着一萬個心，再三叮囑他小心在意，這才讓他去了。

母女三個為了這個刺激的消息，都忘記了疲倦，一直坐在客廳裏等錢本三，直等到兩點多鐘，他才回家來。

「這樣晚了，你們怎麼還不睡覺？」錢本三覺得有點奇怪。

「我們等爸爸，也等消息。」錢守玉一邊遞給他冷毛巾，一邊說。

洪金鈴用一個賽銀的小托盤端上蓮子羹來。

錢本三摘下墨晶眼鏡，一邊擦着臉，一邊對洪金鈴含笑點頭，說聲謝謝。然後問自己的女兒：

「等什麼消息？」

「聽說國民黨決定要分共，是真的嗎？」

「你說什麼？」錢本三大喫一驚，忽地跳起來問。

「聽說要和共產黨分家。」錢守玉向後退下兩步，怯怯的再說一遍。

「你從哪裏得到這個消息？」錢本三頹然坐下，把連托盤放在面前的蓮子羹向桌子當中推開去。

「洪家弟弟剛才來說的。工會和婦協今天整天在開會，商量應付的方策，共產黨並且已經有指示給他們。」

錢守玉緩緩的說，生怕觸怒了父親，新媽媽面前不好看。

錢本三再不說話，端起蓮子羹來低着頭一個人喫，喫畢，放下碗，才想起來說：

「怎麼我一個人吃？」

「我們都早偏了。」新夫人微笑着說。

「謝謝。」

錢本三這一聲客氣，倒招得她們笑了。洪金鈴道：

「我們先喫了，不成禮貌，三先生還說謝謝！」

「我這也算是禮多人不怪。」錢本三自己也笑。

「你在自己家裏，有誰怪你？」新夫人高興的說。

「謝謝太太的好意。」錢本三對新夫人抱抱拳頭。

於是大家又笑。新夫人接着問道：

「分共的消息，到底確實不確實？」

錢本三歛起笑容，嚴肅的點點頭說：

「確實有的。最近汪先生從俄國顧問那裏看到一個文件，那個文件是第三國際對中國共產黨的一個具體指示。那些指示，如果都做到了，中國國民黨便被消滅於無形，中國變成共產世界了。因此，汪先生和幾個親信人物商量着實行分共，並先和南京通聲氣，以便內外呼應。」

說到這裏，錢本三停頓一下，顯然十分困惑的繼續又說：

「但這些事情都是極端祕密的，我也在今天碰上開會，汪先生教我參加，我才得知內情的。共產黨怎麼早知道了？工會、婦協且都完成了準備，這才怪呢！」

「一定是汪先生的親信左右，把消息洩露給他們的！」錢守玉這麼推測。

錢本三想想，說：

「除非是仲家寡婦！這個婆娘有個兒子在莫斯科入了共產黨，她自己又接近包羅庭，汪先生左右要是有漢奸，我看一定就是她！」

「這種情形，」錢守玉插嘴說，「應當告訴汪先生才是，也好防着她點兒。」

「她和汪先生的關係，要比我深一萬倍還不止！她的事情，汪先生豈有不知道的？祇要她在汪先生跟前不搬弄我的是非，我就算好了。我沒有資格說她的壞話！」

錢本三說了，自嘲地揚聲一笑。

新夫人看他高興，就提到洪桐葉的事情。錢本三注意聽了，慨然說：

「絕對沒有問題。你的孩子還不就是我的孩子？如果我有力量，我一定維護他。人，不怕走錯路，祇要能回頭，改過遷善，就算是好漢！」

「他原本是個忠厚老實的孩子，因為交了壞朋友，才着了邪魔。如果這一回你肯拉他一把，以後他能向上，那是不但我感激你，連他的死去的父親，如果九泉有知，也一定會感激你的！」

新夫人這樣說，引起一陣傷感，眼睛裏含着淚泡。

「用不着難過，」錢本三摘下墨晶眼鏡來往桌子上一放，一雙眼睛呆滯而又誠懇地緊瞪着新夫人，「我一定把這件事情做好，你放心！」

錢本三這番做作，打動了新夫人。柳少樵的影子在她的腦幕裏一閃，觸到了自己的醜陋的黑暗面，萬分抱愧地覺得對不起亡夫，也對不起新夫。她瞥一下洪金鈴，淚就像聯珠般地滾了下來。

一個人的清白如果沾染了污點，自己也許能豰掩飾得很巧妙，但無論如何，她不能洗淨它，還原為原來的清白。心靈的創痕，雖是全能的上帝也無從把它泯除。

一失足成千古恨。錢三太太想，這實在是一個至理！但是環境，也就是圍繞着整個生活的那種特異的氣氛，常常決定一個人的未來的型態，決定一個人對於光明與黑暗的抉擇。錢三太太清楚地察覺了在小苗子家裏時候的自己，和今天在新丈夫錢本三家裏的自己，心理上根本不同，那有一個遙遠的距離。

什麼力量造成這個距離？

錢三太太恍然大悟。

「趁他現在剛要回頭的時候，」她擦擦眼淚說，「我們要趕快想辦法使他離開他們才對。他們那個圈圈就是一個迷魂陣，不跳出來是不會清醒的！」

錢三太太對於問題實在祇瞭解了一半，她沒有體會到她的兒子究竟為什麼忽然要回頭！原來有個法寶正在試圖進攻那個迷魂陣，分共的消息就是那個法寶！

但是新丈夫和兩家女兒，仍然都同意她的提議，認為在沒有行動之前，讓他先脫開，免得將來受脅迫，更覺萬全。洪金鈴並且說：

「我剛才原就有意留下他，不要他再回去，是他自己不肯。我怕他三心二意，決心不彀。」

「留下他，」母親望着女兒說，「這個地方人來人往，也藏不住他！」

「那可以想辦法。」洪金鈴說。

「是的，有辦法。」錢本三作個結論說，「教他住法國飯店去，我替他付房金！」

「每天六十個銀元？」新夫人略帶疑惑的這麼說。

「是的。」錢本三慷慨的大聲說，「錢算什麼？祇要孩子安全！」

這就招得新夫人對他更加傾心，更加信賴。新丈夫如此可靠，是她先沒有料到的。一對感激的誠懇的目光，追着新丈夫轉，一霎也不離開。

錢守玉卻說：

「爸爸，你說話也小聲點！」

「怕什麼？這等晚了。」

「他們的事情可沒有一定，萬一他們在外邊偷聽呢，尤其現在這個要有重大變動的時候。」

錢守玉這麼輕輕說。

「不錯，」錢本三望望掛鐘，「真不早了，我們都休息吧。」

他攙着新夫人上樓而去。

兩個女兒望着他們的背影，一直到樓梯頂上，一直到不看見。她們互相注視着，抿嘴一笑。洪金鈴說：

「但願他們兩個過得好！」

「並且過得久！」錢守玉接口說。

第二天中午，錢本三若無其事的參加了柳少樵和白茶花的婚禮。他留意看過每一個人，經常活躍的那些左傾分子和共黨分子，幾乎一個也不缺少。他們依然興高彩烈，並不顯示像已經知道有什麼突變將要發生。

錢本三心裏不免納罕，不知道這群傢伙是沉着還是痲木。

柳少樵見錢本三來了，特地走過來和他應酬一番，拉他到一邊說話兒。

「三先生，我們的合作快要終止了。」

這般坦率，毫無保留的表示，錢本三深感意外，他不由得微微一震。幸虧他機警，一下子拉了柳少樵的手，用力握住，惋惜的說：

「真是一個不幸的消息！」

「也不算什麼不幸！」柳少樵輕輕搖着頭，神情黯淡的說，「但在我個人我是不大甘心的。黨外，不說了，他們懂得什麼？黨內，我竟也受到批評了。他們說工會和婦協做得太『過火』！而所謂工會，實在指的是我柳少樵，婦協就是白茶花。好像一切事情都糟在我們兩個人身上！」

說着，他在石板走道旁邊的草地上坐了下來。錢本三很不習慣這樣就地而坐，但也祇好跟着他坐下，手環起來抱着併攏的兩個膝頭。一邊，連連說：

「那怎麼會，那怎麼會！」

柳少樵不理他，卻繼續說：

「從前要我們破壞國民黨。現在國民黨豫備分共，他們卻又不願意，希望繼續合作。他們指摘工會和婦協，無非想把責任推給我和白茶花，把我和白茶花犧牲掉，對國民黨示好，算有個交代，就掃除了兩黨合作的障礙了。其實，這是個一廂情願的傻想頭，事情哪有那麼簡單！」

錢本三和柳少樵相交許久，從來不曾見柳少樵提過共產黨的任何事情，批評更不消說。現在，聽聽這個抱怨的口氣，竟帶點反對的意味了。就靈機一動，隨口說道：

「你和白茶花今天這一齣戲，原來是尋負氣的！」

「不錯，有那麼一點。」柳少樵望着他一笑。

錢本三探着了頭緒，怎麼肯放過機會。忙接着說：

「少樵兄，汪先生多次提到你的幹才，非常賞識。聽到的人很多，不祇我一個。」

他的聲音嚴肅而又低沉。

柳少樵聽了，忍不住一笑。說道：

「三先生，你的意思是想我叛共投汪？」

「識時務者為俊傑，」錢本三一本正經的說，「大丈夫當機立斷。」

「你那樣想，就算錯了！」柳少樵收斂起笑容來，帶點傷感的意味說，「共產黨總是共產黨。我會在黨內奮鬥，和他們對拚，假如我失敗，那就活該。我永不會喫裏扒外，反咬自己！」

聽柳少樵這樣說，錢本三臉上訕訕的，有點抹不下來。他抱憾而又抱愧的說：

「好吧，果真有那一天，我們不妨各行其是。但是，少樵兄，不論什麼時候，不論什麼情況，假如以後我們再遇着，我希望我們還是朋友！」

「我們不會再遇着了！」
柳少樵從草地上一躍而起。
「我們到禮堂裏去吧，人來得不少了。」
「時間也到了。」
錢本三一邊站起來，一邊掏出錶來看看。
禮堂裏擠滿了人，嚷嚷叫叫，亂成一團。天又燥熱，一絲風也沒有，汗臭氣衝得錢本三有點頭昏。因此，他剛擠進去，就又擠出來，一個人站在院中的一棵樹蔭下，茫無頭緒的呆着。心裏卻一直想着他自己的事。
這樣叫嚷擁擠的場合，明天還有沒有？
一瞬繁華，所代表的並不是那一瞬，而是整個的人生。黃粱一夢，所虛靡了的祇是那一夢，夢醒之後，我還是我，或進或退，依然留下回旋的餘地。
革命流血，可沒有那麼便宜！多少生命，因此喪失。多少家庭，因此離散。多少文物典章，歷史傳統，因此斬絕。那可不是好玩的！
「我自己總算是一個幸運兒。」錢本三想，「從『國共合作』和『國共矛盾』中，我取得了我的政治地位。我被玩弄，但也被抬舉。最後結個總帳，被玩弄的是他們，而不是我！現在，我奉汪先生的命令到牯嶺去和南京方面的代表洽談了，而你們正在敗退，卻又無處可退！」
「這可笑的一群！」錢本三又想，「一群乏貨！」
錢本三一眼瞥見了洪桐葉，趁人不注意，湊近了說道：
「你的事情，她們已經告訴我了。很好，保你一定沒有問題。你放心！」
「有人找你談點事情！」洪桐葉匆忙的輕聲說，「什麼地方，什麼時間好？」
「祕密的嗎？」

「是的。」
「誰？」
「魏蒙蒂。」
「他回來了！」
「是的。」
「他找我幹麼？」
「要面談過才知道。」
錢本三略略猶豫一下，馬上決定：
「你去法國飯店開個房間。」
「什麼時候？今天還是明天？」
「明天是一定不行了。祇有今天晚上還可以。」

二十二

晚上，錢本三和魏蒙蒂的法國飯店之會，洪桐葉充舌人。

原來魏蒙蒂被兩紙偽造的電報騙到瀋陽以後，一下火車就受到了特別優待，行動有個通事官跟着。這位通事官姓高，名叫最明，他卻自己另起一個別號叫做未明，即以字行，無非是謙虛自律的意思。他名義上是由當地「交涉員公署」派來陪侍客員的，而實在是張雨帥總部的反間謀。魏蒙蒂從一開頭就驚異他的語言天才，他說得一口流利的法語，這且不說。魏蒙蒂好嫖，他帶他進日本堂子就說日語，進白俄堂子就說俄語，魏蒙蒂已經驚佩之至。

兩個人胡天胡帝地撞到哈爾濱去，卻在一家白俄堂子裏遇到一個漂亮的西班牙姑娘，這位通事官又用西班牙語向這位姑娘大獻殷勤。魏蒙蒂這就對他再也不能不另眼看待了。他一直心裏看不起黃臉的龍子龍孫，認為這些寶貝不過是上帝的賸餘物資，粗製濫造，不彀標準。這時候就心情一變，好像從垃圾堆裏揀到了寶石，驚喜的說：

「高先生，你多少歲了？」

「二十八歲。」

「啊，真想不到，二十八歲的人會說許多國的話，而且說得這樣好。」

「魏蒙蒂先生，你過獎了。」高未明謙遜的說。

「你這些話，是怎麼學來的？」

「說起來讓你見笑。」高未明老實的一笑，臉上紅紅的。

「那怎麼會？」魏蒙蒂誠懇的說，「我對你佩服極了。」

「我原是一個失學的人。」高未明說，「從小在南滿鐵道上當車僮，因為工作上的需要，學了幾句日語、俄語。有一次車上遇到一個入了日籍的西班牙人，他帶我到他的洋行裏作事。他的洋行設在瀋陽，實在是一家賭場。每天光顧的有各國人士。這樣我就學會了好幾國的語言。」

「真不容易！難得你說得那麼好。」

「我說是會說，可是不大認得字，寫不來。」

「那也就不算容易了。」

兩個人在哈爾濱玩得筋疲力盡，魏蒙蒂猛然醒悟。連連說：

「糟了，糟了！我來東北幹什麼的？高先生，我們馬上動身回瀋陽，我要見大帥。」

「大帥不在瀋陽啊，他老早就到北京去了，你難道不知道？」高未明覺得他實在胡塗得可笑。

「好，那麼我到北京去！」魏蒙蒂倒有點怪自己荒唐，「吶，你看我，祇顧貪玩，把正事全耽誤了。高先生，勞你駕，趕快去給我定臥車。」

高未明卻不着急，慢慢抽着一支香煙，冷冷的問：

「你見大帥有什麼要緊的事情？」

「他打電報教我來的。可能因為廣東軍隊要北伐，他要和我商量什麼。」魏蒙蒂略帶遲疑的說。

「那麼，你不知道大帥在北京？」

「我知道。」魏蒙蒂手按在嘴上，打個哈欠說，「不管大帥在哪裏，他的幕僚們都可以用他的名字辦事，每個大帥都是這樣的。」

「但是這一回情形不同，」高未明笑笑說，「這一回他到北京去是主持中央政府的，他應當在北京發號施令。」

「那我就不明白了！」魏蒙蒂伸個皺腰，無聊的說，「反正見到他就什麼都知道了。」
「好，那麼我陪你回瀋陽去。到了瀋陽，你自己和他們商量去北京的事情，我就不管了。」高未明狡黠的一笑，「你看，這樣好不好？」
魏蒙蒂點點頭，表示同意。猛可地想起來，他在中國多年，經常到各省旅行作客，出入將軍大帥之門，從來不曾有過像這一回的情形，什麼交涉員公署派個通事官來作伴，行動跟着，寸步不離，連逛窰子他都給付帳。
「我是幹什麼的，值得這般隆重！」
魏蒙蒂越想越不對味兒，就開門見山的率直地說明自己的想法。緊跟着問：
「我們相處這些天，倒是對脾氣。高先生，如果你把我當個朋友看待，請你告訴我實情。」
「既是你這般說，你得先答應我一件事。」高未明倒也爽快。
「你說吧，我一定答應就是。」
「你要代我守祕密，不能告訴別人，說我給你說了什麼話。」
「那是當然。」
「原是一件無所謂的事，」高未明再叮嚀一句，「可是如果你洩露了，我就變成喫裏扒外，以後官面上不能混了。」
魏蒙蒂一把捉住高未明的手，用力搖着，誠懇的說：
「你放心，我害你幹什麼？」
於是高未明就把瀋陽帥部接到漢口吳帥的一封電報，說魏蒙蒂已經投誠了廣東，請瀋陽帥部「於該客員抵達之時，即予特別招待」的一番經過，說了出來。緊接着又道：
「託你的福，這些天我玩得痛快極了。」

於是兩個人鼓掌大笑。魏蒙蒂道：

「受到這樣的監視，我情願不要自由了！」

又問：

「他們怎麼會找到你的，我們以前沒見過呀。」

「大帥部向交涉員公署借用這麼一個會說會玩的人，公署裏沒有，就借人借到賭場裏去了。」

兩個人又笑了一同，決定回瀋陽。

火車過長春，停得很久。在兩節車廂銜接的通道上，高末明迎面遇到一個時髦的女郎，兩個人擦身而過。那女郎對高末明嫣然一笑，卻把挾在腋下的一個手提包掉到車廂底下去了。

高末明一邊說對不起，一邊開門下去，跳到軌道上把提包撿了上來。這時候，女郎已經立在月台上，接過提包，再三稱謝。高末明故意說：

「好像在哪裏見過，面熟得很。」

「先生貴姓？」女郎又一笑。

高末明一邊應着，一邊拿一張名片遞過去。這張名片，一面密密排排印着許多洋文，另一面才是漢字。

「原來是高先生。」說着，女郎把名片收進提包裏去，趁便對着提包裏邊的小鏡子端詳一下自己的面孔。

「我沒有請教，小姐你？」

「殷常仁省長是我的爸爸。」

「殷小姐，失敬失敬！」

高末明就和她握手。魏蒙蒂也從車上下來了，三個人在月台上散步一下，知道這位殷小姐一個人去瀋陽，便約到餐車上小坐。高未明心裏納罕，一個省長小姐，這樣子單獨出門？一路上兩個人很投機，談賭，談唱，談舞，所有喫喝玩樂的事情，這位小姐樣樣在行。而且隨隨便便，極其老練，一點沒有閨閣少女的那種含蓄羞澀之態。

高末明就又多了一層疑惑。

晚餐之後，回到臥車裏邊。魏蒙蒂問道：

「高先生，你結過婚嗎？」

「沒有。」

「中國人早婚，你又很有辦法，為什麼還不結婚？」

「早婚，常是出於父母之命。我從小沒有父母，寄養在尼姑廟裏，剛滿十二歲，她們就送我到南滿鐵道。」高末明自嘲的一笑，「我沒有早婚的那種福氣！」

「不過你現在實在應當結婚了。」

「沒有合適的對象。」

「今天遇到的這一個怎麼樣？」

「那是不可能的。」高末明搖着頭一笑，「她的門第太高，我高攀不上。而且這個人有很多令人懷疑的地方。」

「到了瀋陽再和她來往一個時期，看看情形。」魏蒙蒂倒是興致頗高，慨然說，「至於門第，那不成問題。我可以請大帥出面替你求婚，你的門第比她更高。我到各省遊歷，對於這種什麼省長，從來不理他們。他們在大帥面前，真是連座位都沒有，怪可憐的！」

魏蒙蒂說着，揚聲一笑，儘量顯露了他那種鄙視的心情。

半夜之間，魏蒙蒂一覺醒來，高末明的鋪位空着。魏蒙蒂披衣到盥洗間去，回來的時候，正巧遇見高末明從車廂的另一頭的一個房間裏出來。但剛一露身，又閃了回去，那行動極為敏捷，像在藏躲什麼似的。魏蒙蒂眼尖，早已看見。他的心就蒙上了一層疑雲。

原來在白天，魏蒙蒂就注意到那邊那個房間裏住着一個白髮的西洋老太婆和一個紅髮的少婦。魏蒙蒂有點知道那個白髮老太婆，她是一個德國寡婦，在瀋陽開着一間伙食舖，供應歐洲僑民所常用的各種食品。而她實在是蘇聯派在瀋陽的一個軍事間諜。有一次，魏蒙蒂由一個奧國商人的介紹輸入一批德國軍火。那個奧國商人曾帶他到白髮老太婆的伙食舖裏買過一回東西，出來之後，奧國商人問他道：

「你有沒有意思賺點盧布？」

「我從來沒有同俄國人打過交道。」

「其實是一樣賺錢，你又何必不？如果你有意，我可以給你介紹，你剛才在伙食舖裏看見的那個白髮老太婆，她就可以直接付你錢，金鎊美元，隨你喜歡。」

奧國商人還鄭重地附帶一句：

「你們直接過手，我不要回扣。」

「那麼，你為什麼？」

他這樣熱心成全，魏蒙蒂倒不懂了。

「那還不容易明白？」奧國商人一笑，「我靠你替我的軍火找出路。」

話雖然說到這裏，但魏蒙蒂卻一直沒有從這上頭賺錢。他兩手同樣血腥，但他不喜歡蘇聯的共產制度。他沒有什麼理論，祇是感情如此，一時拐不過彎來。

事隔兩年，魏蒙蒂始終清楚地記着這回事，白髮老太婆的容貌也一直如在目前。這一回在火車上，魏蒙蒂早已發現了她，基於「江湖道義」，他為她嚴守祕密，過去他從未對任何人提過這事，現在當然更是不動聲色。

如此深夜，高未明到她們的房間裏去幹什麼呢？一露頭就又縮了回去，又是為什麼呢？是不是他已經看到了我？是的，一定是的，因為這時走廊裏並沒有別的人。

魏蒙蒂回到床位上去躺下來；點根香煙吸着，想到像高未明這樣的人物，社會關係當然極其複雜。他的環境，他的職業，會使他有許多意想不到的遭遇，無法拒絕，亦無從自拔。自從認得他，自己一直沒有向這一方面推想，倒是由於自己的老實。這樣想了，魏蒙蒂覺得有點可笑。

但同時他也深深為自己慶幸，因為他的活動始終在商業範圍之內。他雖擔任各方面的顧問名義，但那祗是為了商業上的便利，而絕對不含有政治性質。

魏蒙蒂忽然覺得自己是清高的。在這個東方的古國，他以他自己的名字為榮，他也以他的國家和他為一個法國人為榮。這樣的感覺，魏蒙蒂從未有過。

不錯，公平交易是好的。魏蒙蒂是一個商人，他應有這樣的想法。但他忽略了的是他的商品的本身，殺人見血的軍火和不見血的毒品。

每個人都以為可以原諒的恰是他自己。

夾在日蘇兩大之間，東北的國際關係是複雜的。魏蒙蒂不能瞭解的是，中國人為什麼要給共產獨裁的蘇聯做事情，難道真是無路可走，饑不擇食了？

把香煙蒂息了，魏蒙蒂不屑地咧嘴一笑。

高未明回來了，他扭開電燈，張一張魏蒙蒂的床位說：

「你沒有睡着？」

「是的。」

「怎麼，想太太？」

「我們天天住妓院，你知道我不想她。」

「那麼，她一定想你。」

「她也不想我，她愛她的商店甚於她的丈夫。」

「那麼說，你們兩個倒配得很好。」

「我也常這麼想。」魏蒙蒂想想又說，「你的那家洋行到底是什麼情形？」

「我不是已經告訴過你，那實在是一間賭場。」

「我的意思就是問賭場，那裏邊是什麼情形？」

「像個旅館，有房間，有餐廳，有酒吧。」

「你單單不說有沒有女人！」

「當然有女人，沒有女人像個什麼玩的地方！」

「像我這樣不賭錢不喝酒的人，能不能住在裏邊？」

「你會受歡迎。」

「你的西班牙老板呢？」

「我可以擔保，你們兩個人會交成好朋友。」

「既是這樣，我決定住在你們的洋行裏了。」魏蒙蒂高興的說，「藉這個機會，我可以不回漢口，讓耳根清靜點。我的老婆是一張貧嘴，我實在怕她！」

「那麼，你不去北京了？」

「我想我最好打個電報問問大帥，看他要不要我去。」魏蒙蒂說着，打個呵欠，「最近我沒有什麼事，樂得對他效忠一番，表示服從。我真想不出來，他究竟怎麼能監視得了我！假使我要走，難道把我逮捕起來？」

「人家原沒有說監視你，」高未明笑笑說，「人家是特別招待你！」

「總算他明白。他那一套，祇能對付他本國的老百姓，對付外國人就沒有一點用。將來，總有一天，連本國的老百姓也不受他的！」

「不必將來，就是現在，老百姓還不是口是心非，敢怒不敢言。」

「一等表面化，他就不可收拾。」

「你看還能支持多久？」

「那倒說不定。不是廣東已經北伐了嗎？」

「你看他們能成功嗎？」

「很難說。但那是個新興力量，新興力量常常能戰勝。否則一姓一家的天下，就永不易手了。」

「假如他們得了勢，你豫備怎樣？」

「想辦法適應他們。我是為中國人做事，而不是為某一個特定的中國人做事。不過……」

底下，魏蒙蒂沉吟一會，沒有說出什麼來。

「不過，不過什麼呀？」高未明追問。

「不過，我聽說那邊有共產黨，我不贊成共產黨。」

「為什麼？」

「我滿意現狀，現在這個世界就好。我們的殖民地，比我們的本土大幾十倍，我們有很多地方好去。」魏蒙蒂坦白的說，「任何改變世界的計畫，我都不贊成。」

「就殖民地人民一方面的立場，你這個話，他們一定聽不進去。」

「是的，我知道。」

魏蒙蒂含糊應着，又打個呵欠，他睏了。

「要是廣東方面沒有共產黨，我一定會想辦法適應他們，幫忙他們，假如他們能起來的話。」

接着他又這樣說，人已經睡着了。

次晨，瀋陽下車。在月台上，高未明問殷小姐的住址。

「我住青山別館。」
這個答覆又引起高未明的不瞭解。偌大東北的一個省長，在瀋陽會沒有公館，而他的千金要住旅館，而且是日本人的旅館。高未明實在有點不懂。殷小姐接着說：
「青山別館的野村先生是我的乾爸爸。」
這顯然是一種有意的解釋。
高未明聽了，點頭說道：
「好，那麼我們送你去。」
三個人僱一部汽車，先到青山別館。握別的時候，殷小姐問道：
「高先生，我可以到你的洋行裏來看你嗎？」
「如果你願意，我們非常歡迎。」高未明高興的說，跟着又解釋一句，「那是一個高尚的交際場所。」
「我聽野村先生提過你的西班牙老板，說他是一個風趣的好好先生。希望這一回我有機會認識他。」
告別之後，一路上高未明想着好笑。
「開賭場的人，還有好好先生？好好先生還開賭場！」
但一到賭場，魏蒙蒂卻有了一種「賓至如歸」之樂。首先，他與西班牙老板一見如故，兩個人談得很投機。「洋行」臨街一排房子，住着幾個日本憲兵。從一個未見堂皇的小小的大門進去，就是一個精巧的日本式的庭院，假山曲徑，密樹清池，極其幽雅。魏蒙蒂想到他在漢口佈置的那個後院，覺得慚愧萬分，「看看這個，人家這個多好！這才配稱是『東方情調』！」
他站在那個弓起的青石小橋上四面欣賞一番，向立在他身邊的西班牙老板的肩頭上用力一拍，稱贊道：

「你真會佈置！」

「不，這都是我的太太設計的。」

「你的太太倒有這一手兒，好極了！」

魏蒙蒂發出由衷的欣羨，他自己的那個安娜的影子在他的腦裏一閃，耳邊就好像有一陣絮聒。

「我的太太是日本人。」

「你因此才入了日本籍的，是不是？」魏蒙蒂略帶點驚訝地注視着西班牙老板。

「是的。」西班牙老板愉快地點點頭，「我的太太姓清水，我也跟她改姓清水了。我喜歡你叫我清水先生。」

「好極了，清水先生。你的太太定是一個天人，才有這般魔力！」

「等一會我給你介紹。」

穿過這個庭院，才是一座古香古色的西式的二層樓房，有着寬闊的拱式的走廊。樓下大廳是賭場，兩邊是單房。樓上旅館。

看定了房間，清水先生帶着魏蒙蒂轉到樓上後身的走廊裏。這裏又有個寬大的後院，當中網球場，四面是合抱的蒼松。清水先生指着說：

「你看，那邊有個日本式的住宅。」

「是的。」

「那就是我和我妻住的地方，從網球場那邊的小門可以過去。」清水先生指點着說。

「你的事業不小呀，清水先生，單是這一大片房子就值不少錢了。這是你的私產？」

「是的。」

「看看你這個派頭，我才知道我沒有辦法。」魏蒙蒂老實的說，「枉在東方住了這許多年。」

「我是靠日本的關東軍幫忙的。」

清水先生讓魏蒙蒂在走廊的靠椅上坐下。有個胖胖的中年的白色婦人走上來，對清水先生說了一句話，清水先生回答了她，她轉身去了。清水先生指指她的背影說：

「這個女人就是這樓上旅館的經理，是個單身的白俄寡婦。她也會幾句法語，你有事情可以交代她。她的丈夫原是個伯爵，流亡中喫不得苦，死了。她喜歡人家叫她伯爵夫人。她也會說日語，她對我和我的太太習慣說日語。」

一個黃面孔的侍童送上咖啡來。他身穿一件棗紅色團花長袍，外罩黃馬褂，馬蹄袖，紅纓紅頂帽子，半厚底高筒緞靴。魏蒙蒂從來沒有見過這個打扮，打量他一下，問道：

「這是哪一國人？他這穿的是什麼衣服？」

「中國孩子。」清水先生呷一口咖啡，笑笑說，「他穿的是大清帝國時代的貴族朝服。」

「你倒會玩花樣。」

「晚上，前面賭場裏，我還有小腳女侍。千萬中挑選出來的最小的小腳。」

「怪不得你發財啊，你真行！」

兩個人笑了一回。魏蒙蒂再眺望一下清水先生的那個日本式住宅，忍不住問道：

「你是怎麼樣和日本女人結婚的？」

「我在日本遊歷，病了，住進一家私人的醫院。院長清水博士的女兒親自看護我，現在這就是我的太太。」

看看他大半個禿頂，又胖又短，真不知道他如何獲得伊人的歡心，魏蒙蒂轉又疑心他的太太未必會是個美人。嘴裏卻說：

「你真幸福！」

「但是我付了極大的代價。我回國離婚，斷絕了父母兒女和許多家族的關係，背棄了我的國家，又背棄了我的宗教，因為按照教規，是不許離婚另娶的。」

「我想你合算，你定不後悔。」

「當然我不後悔，我現在過得很好，我每天跟我的太太燒香禮佛。」

清水先生說着，得意的笑了。他掏出他的懷錶來看看，說：

「她馬上就到前邊來喫飯了。今天，我和她兩個人請你喫中飯，歡迎你來。」

「謝謝。」

「好，我們到下面餐室裏等她去。」

兩個人走下樓來。

清水夫人名叫荷子。荷子的美麗遠出魏蒙蒂所能想像的以上。她有個細長苗條的身段，臉上永遠有一個自然的微笑，而又沉默寡言。一身淡雅的和服，飄然出塵，使魏蒙蒂聯想起童話中的那些仙子和那些東方的公主。

魏蒙蒂估計，這個西班牙人可能比她大二十歲。如果穿高跟鞋，他也怕還不及她高。魏蒙蒂這就不懂，為什麼她會愛上他？私下，他請教那西班牙人了。

「清水先生，你是用什麼方法贏得美人歡心的。」

「我也不懂，」西班牙人聳聳肩膀說，「可能因為我是個白種人。日本雖是強國，但有色人種在白種人面前，總有點自卑。這種自卑，使他們對於白種人發生兩種相反的結果，一種是盲目的崇拜，一種是盲目的反對。」

「我也是一個白種人，但我就從來沒有遇到過像你這樣的機緣。」魏蒙蒂酸酸的一笑，莫名其妙的有點醋意。

回到自己的房間裏，把房門關起來，對着穿衣鏡，從頭到腳，把自己端詳久久。然後又把這個鏡中人的年齡、面貌、身段、風度和清水先生的作一番極其客觀的比較研究。他肯定的認為這個鏡中人實在看不出有哪一點不超過清水先生許多倍。他想：

「就拿國籍來說，法蘭西也比西班牙響亮得多。鬥牛多野蠻，而我們有花都巴黎！」

從此，安心住下來，再也不想離去。他對高末明說：

「我幫你忙。祇要我不溜走，你對大帥總部有交代，就是你的奇功一件。你可要多給他們報銷一點『特別招待費』，權當我們兩個人合夥做生意。」

「那還用說，我保你有樂子。」高末明這樣回答他，「你要玩什麼樣的女人，這裏都辦得到。」

「不，高先生，我已經戒嫖了。」

「那是為什麼？」高末明有點奇怪。

「不為什麼，不過是玩得太多，膩了。」

「好，你休息幾天也好，戒是一定戒不成的。」

「高，你看我的！」

魏蒙蒂說得到，做得到，真不再玩女人。甚至連紙煙也戒掉。他不賭錢，不喝酒，早睡早起，過着清教徒一樣的簡單的生活。而且一直嬲着清水荷子帶他拜佛，教他學經念咒。除此之外，他似乎別無興趣。

不幾天，高末明就有點看清了他的意向。單獨對他說：

「魏蒙蒂先生，你喜歡不喜歡交個日本女朋友？」

「我說過，我已經戒嫖。」

「不是玩妓女。我是說交個女朋友。」

「不，我沒有那樣的意圖。」

「日本女人好。魏蒙蒂先生，我勸你交個日本女朋友。你看荷子夫人多好。清水先生愛極了荷子夫人。」

「是的，我知道。」

「我敢說，」高未明鄭重的說，一邊做個手勢，有意引起魏蒙蒂的注意，「假如有人對荷子有非禮的企圖、行動，清水先生會用手鎗打死他。因為清水先生愛極了荷子夫人，而他又是常常練習手鎗打靶的。他的鎗法如神，十拿九穩。」

「我不知道清水先生還有這一手，什麼時候倒要跟他學一學。」魏蒙蒂不在意的這樣說。再過兩天，他手上連念佛的串珠也有了。荷子夫人已開始傳給他佛法。

殷小姐突然在一個晚上一個人來到洋行，專為拜訪高未明。高未明在前邊酒吧裏招待她喝一杯茶，然後帶她到後面大廳裏參觀。他把她介紹給西班牙老板清水先生，清水先生知道她是有名的省長小姐，特地教荷子出來陪她。荷子雖是賭場的女老板，但平時除了用餐，極少到前頭來。近來她被魏蒙蒂纏得緊，倒也常在前面走動。她原喜歡打網球，後院的網球場就是清水先生為她專闢的。雖有個網球場，但平常無人陪打。魏蒙蒂年輕時候打過球，自從來到東方，也拋下了。現在，機會難得，為了陪侍荷子，他重握球拍了。他常常以直落三的姿態，輸給荷子。可是在晚上，荷子還是不願意到前邊來。這回為了陪省長小姐，算是破了例。她問：

「省長小姐，是不是要下注？」

那邊輪盤剛在開始，有七長八短，男女老少的各國人士圍着賭台。

「不，我是來看高先生的。」

「那麼，請到小房間裏坐。」

荷子心裏暗怪丈夫，既是高先生的女友，高先生陪着不就完了嗎，平白的教我出來幹麼？

坐下，卻說：

「省長小姐，你的日語說得真好。」

「謝謝你，夫人，快不要叫我省長小姐！」

荷子聽了，抿着嘴一笑，眼望着高未明，說道：

「我應當怎麼稱呼？」

「我是叫她殷小姐的。」

殷小姐聽了，搶着說：

「我的名字叫文子，請你們叫我文子。」

「哦，文子小姐，」荷子接口說，「你這個名字倒有一點像個日本小姐。」

「是我的乾爸爸野村先生替我命名的。」

「原來這樣，倒不是外人了。」荷子說着，望望高未明，「你陪文子小姐坐着，我去叫他們送茶進來。」

「不喝茶了，夫人，謝謝你。」

殷文子還在客氣，荷子已經鞠躬退出。她到西班牙丈夫的辦公室裏告訴丈夫說：

「她是高的朋友，我坐在那裏不大方便。」

「不過為敷衍她一下，又教你跑出來一趟！」西班牙丈夫為表示歉意，忙走上去在她的腮幫上輕輕吻了一下。

「我不大習慣晚上到前邊來，」荷子偎着他，溫柔的說，「我先回去了。」

「好，你去吧。」丈夫同意。

走到網球場，荷子停下來看看天上的繁星，仲秋天氣，晚上已經涼了。荷子把一條披巾裹緊一點，半跑着回住宅來。

大樹陰影裏面忽然閃出一個人來，荷子一怔，向後退着，問：

「誰？」

「是我，荷子夫人。」

「魏蒙蒂先生嗎？」

「是的。」

「你在這裏幹什麼？」

「我能到你的住宅裏去看你嗎？」

「不能，我們從來不在住宅裏接待朋友。」

「那麼，我們就在這裏散散步吧。」

魏蒙蒂走近了，一逕去牽荷子的手臂。荷子有點怕，迅速地躲開，一邊說：

「不，魏蒙蒂先生，時間晚了，冷！」

「我把大衣給你披。」魏蒙蒂說着，把大衣脫了下來。

荷子見他不放鬆，扭過身去往前邊急走。而且揚聲叫着：

「伯爵夫人，伯爵夫人！」

魏蒙蒂不明白她為什麼這等張惶，緊跟在她身後，問：

「怎麼啦，你怎麼啦？荷子夫人！」

在旅館後邊的廊下，伯爵夫人迎了上來，也趕着問：

「什麼事？夫人！」

荷子定定神，赧然一笑，拉着伯爵夫人的手，說道：

「不知怎的，看見那邊的大樹影，害怕起來！」

伯爵夫人一眼看到跟着上來的魏蒙蒂，心裏早已有數。笑笑，說：

「一個樹影，你害怕它幹什麼？來，我送你回去。」

她們說的是日語，魏蒙蒂不懂。看她們攜手去了，就一個人無精打彩的向前面大廳裏來。大廳裏打一轉，又嫌噪雜，酒客賭客已經上得多了。剛要退出，瞥見那邊房間裏閃出兩個人來，是高未明陪着殷小姐。便走上去打招呼。

「怎麼消遣呀？殷小姐！喝酒還是下注？」

「我麼，兩樣都不來。我祇是看看熱鬧。」

「好，那同我一樣。殷小姐，等會見你看熱鬧看彀了，我請你到上邊遊廊裏去喝伯爵夫人的咖啡，那邊清靜，另一種情調。」

「我們原要到那裏去清談。」殷文子靠近高未明一些，嫣然一笑。

一語方畢，前邊兩扇大玻璃門忽地打開，兩個日本憲兵一邊一個站了，緊接着一個日本軍官昂然而入，兩個憲兵一聲喊，舉手敬禮。

清水先生原坐在辦公室裏，聽見這一聲喊，探視一下，慌忙出來，迎着說：

「大佐？歡迎歡迎，難得到這裏來。」

大佐把帽子、手套和軍刀脫下來遞給清水先生。高未明走上去立在清水先生身後，清水先生恭敬地接下來，雙手捧着，一轉身交給高未明。高未明對大佐一鞠躬，便送到衣帽間去了。

清水先生向旁邊一站，讓路說：

「請大佐先到我的房裏去休息一下。」

兩個憲兵退出去，把大玻璃門掩了起來。

跟在大佐身後，清水先生接着又說：

「大佐，今天高興玩點什麼？」

一眼瞥見魏蒙蒂，他又招招手說：

「你來，我替你介紹廚川大佐，一個極好的朋友。」

魏蒙蒂便也跟了進去，廚川大佐用法語和他交談寒暄之後，大佐知道魏蒙蒂家住漢口，就說：

「廣東革命軍已經攻佔了漢口，你還不知道？」

「我多日不看報，也不出門了。這裏邊又從來沒有人提起這些大事！」魏蒙蒂老實的說了，又問，「那邊租界的情形，很平安吧？」

「當然，我不相信誰敢侵犯租界！」

「想不到吳帥敗得這麼慘！」

拖着魏蒙蒂便向酒吧來，清水先生跟着。

「大佐，讓我用水代替，」魏蒙蒂用懇求的口吻說，「我是不喝酒的。」

「快不要瞎說，」大佐一笑，「世界上有不喝酒的法國人？」

「大佐，我就是。」

廚川把臉一板，有點不高興。緩緩的說：

「魏蒙蒂先生，這樣看起來，你剛才的話是假的。你原來沒有誠意！」

「不，大佐，我是真不喝酒的。」魏蒙蒂忙替自己打圓場，把話鋒一轉，「不過，既然大佐吩咐，為輸誠起見，我就開戒了吧！」

「香檳，香檳！」接着，他叫。

於是兩個人碰杯乾了，清水先生旁邊陪着。廚川大佐輕輕說：

「我希望你以後能為關東軍作點事。如果你願意，我們再乾一杯！」

魏蒙蒂聽了，知道推辭無用，樂得爽快，就說：

「大佐，我交你這個人做朋友，你要我作什麼我就作什麼。你看，這好不好？我不耐煩同別的人打交道！」

「那是一樣，我就代表關東軍。」

廚川說了，揚聲一笑。兩個人再乾杯。廚川指着清水先生說道：

「好，我們一言為定，清水就是我們的中間聯繫。我們再觀望一下，看孫馨帥這一仗打得怎麼樣。如果孫能把革命軍打敗，那就沒有問題。要是孫再垮了，革命軍就成了氣候了。」

廚川大佐凝神注視魏蒙蒂一下，忽然說：

「魏蒙蒂先生，你是為哪一方面做事的？」

「我為北洋各省的將軍們。」

「為什麼吳帥電報，說你投順了革命軍？」

「那是個笑話，」魏蒙蒂坦然說，「我至今還弄不明白！我住在清水先生這裏，對外隔絕，連太太都不通信，就為表明我的心跡。」

「可見你很聰明，這一表明是有必要的。」廚川大佐表示滿意，接着卻又問，「你為北洋做事，我知道了。對外國呢？你是哪一國的了！」

這一問，引起魏蒙蒂多少的不安。他知道他大約遇着麻煩了。今天晚上大佐光臨，竟好像是衝着自己來的，因為這些話已經超出交際應酬的範圍，絕對不是初次見面的朋友所應談及的。魏蒙蒂明瞭自己的處境，如果應對不妥，說不定就會伏下禍根。於是他打起精神來，小心的說：

「我是一個純粹的掮客，我屬於各國的商人。」

「真那麼簡單嗎？」

「真的這麼簡單。」魏蒙蒂誠懇的嚴肅的說，「我不涉政治，但我不是不懂政治。中國是日本帝國的中國，尤其是沿海、北方、滿洲和蒙古。我既然在中國混飯喫，就一定要和日本人融洽相處。」

廚川大佐站起來，一把拉住魏蒙蒂，帶點激動的說：

「好極了，你的這個認識正確極了。西洋人士要是都像你這樣，就根本沒有『支那問題』了。來，我們乾杯！」

廚川說到這裏，停頓一下，想想，才又說：

「真到那時候，我大約要請你回漢口。關東軍不能坐視！」

「大佐，我住在這裏，專候你的命令！」魏蒙蒂異常服貼的說。

廚川滿意，兩個人就三次乾杯。廚川交代清水：

「以後魏蒙蒂先生一切開支，都記我的帳。」

「用不着了，大佐，雨帥總部已經供應我一切。」

「那為什麼？」

等聽明白了魏蒙蒂正在接受特別招待，廚川又大笑。並且說：

「那也好，你拿他的錢，做我的事。」

說着，一個人走向賭台的人叢中。

魏蒙蒂抽身出來，院中小橋上小立一下，搖着頭，一路冷笑，上旅館的樓上去了。在經理室的門前，他站下來，問伯爵夫人：

「有沒有看見高先生？」

「他在那邊房間裏陪一位女客人。」

「殷小姐？」

「是的，」伯爵夫人看着攤在桌子上的登記簿說，「殷文子小姐。」

「幾號房間？」

「九號。」

看九號房門關着，魏蒙蒂便回自己的房間裏去了。他一直注意九號那邊的動靜，一直到很晚很晚，實在睏得支持不住了，才收拾就寢。看看錶，已經三點鐘了。

第二天，清水先生招待殷文子午餐，他奉約作陪。但這一席上，沒有高未明，也沒有荷子，魏蒙蒂就暗暗納罕，覺得有點蹊蹺。

他到底不明白昨天晚上荷子為什麼對他那等驚慌。

其後，孫傳芳戰敗，政府在南京成立，廚川大佐又約見魏蒙蒂一次，兩個人交換意見，認為「寧漢分裂」，兩個政府對峙，兩虎相鬥，必有一傷。

「等他們自己內鬨吧，」廚川這樣說，「我們還有時間，可以再觀望一下。」

等到英國人交還了漢口租界，魏蒙蒂深恐法租界亦將不保，他掛念着安娜，有意回漢口去了，廚川又不許他。廚川說：

「我還有所期待。」

「期待什麼？」魏蒙蒂忙問。

「我不相信英國人心甘情願交還租界，革命軍可能和西方列強有麻煩。他們如果鬧起來，大日本帝國將採取中間政策，樂得『坐山看虎鬥』。」

廚川說了，大笑不已。

魏蒙蒂沒有法子，祇可再耐心住下來。他幾次想去法國領事館請求保護出境，但他也沒有真地那樣做。至少在「滿洲」，那並不是一個最聰明的辦法，魏蒙蒂是喫中國的，他心裏有數，他不貪圖一時的便利。

二十三

樓上旅館的九號房間裏。

早上，滿窗的太陽把高末明從睡夢中照醒。他披衣起來，去拉窗帘。一邊暗怪自己昨夜太不細心，怎麼臨睡的時候會忘記了拉窗帘！幸虧窗外是院落，是大樹，不慮春光外洩。否則，簡直是鬧笑話！

拉好窗帘，回來，看看殷文子那個蘋果似的嬌紅的面頰，高末明心裏有點癢癢的。俯身下去，輕輕吻着她。先是一陣甜甜的微笑，接着睜開眼睛，她醒了。雙手勾住高末明，暱聲說：

「你不喜歡我？」

「哪裏的話！」

「那麼為什麼不再陪我？」

「太陽耀眼，我剛起來拉窗帘的。」

殷文子用兩片脣輕輕噙住高末明的下脣，不讓他再說話。身體朝上一翻，高末明早已雙足離地，他覺得有點窒息，因為她摟得太緊。

一時，高末明靠在床頭上，吸着一支煙。殷文子頭埋在他的腰上，他一手撫着她的秀髮。分在兩邊又盤在頂上，朝後結成髻子的那兩條辮子，早已鬆開了。高末明把那些髮夾髮針一個一個的輕輕取下來，做一堆放在床頭的燈櫥上。

一邊想着，高末明忍不住一笑。

「笑什麼？」殷文子仰起臉來問。

「我問你，」高未明親暱的說，「你滿意了嗎？」

「我不知道，我不回答你。你真是笑這個嗎？」

「不，我心上畫着個問號。說出來，怕你見怪！」

「我喜歡你有什麼說什麼，那才不見外！」

「我覺得，」高未明拉上她一隻手來吻着，「你不是一位少女。」

「對女人的經驗很多。」

「棋逢對手，」高未明放下香煙，睡平了，捧着她的面孔，打趣說，「我遇到了一個對男人經驗也頗不少的女人。」

「喜歡還是不喜歡？」

「當然喜歡，這就叫『門當戶對』。」

「我把陣勢擺得這樣明顯，第一次就成全了你，就為怕你不明白。」殷文子微笑着，很自然的說。

「那麼，你應當告訴我實情了。你是誰？」

「我實在是殷省長的三姨太太。」

「唱過京音大鼓的？」

「不錯。」

「怪不得我覺得面熟呢，我記得見過你的照片。」

「那是你亂說，我從來不照相，我避免照相。」

「那為什麼？」

「我知道你也是不照相的，你為什麼？」殷文子笑着說，還故意霎霎眼睛。

高未明心頭一震。是的，他也是避免照相的，那是為了一個不可告人的原因。殷文子這樣問，難道她知道那個原因嗎？這就怪了！

高未明一時怔住了。

「這還不好回答？」殷文子笑笑說，「看不出來，你這個人不彀機靈！」

「因為估不透你，所以我遲疑了一下。」高未明也一笑。

「我的心事都現在表面上。我說老實話，我很愛你。」殷文子嘆口氣，「你處在一個危險的境地，自己還不知道！」

「我不懂你的話！」

「你假裝胡塗！你自以為聰明，實在是個笨蛋！」殷文子生氣，不耐煩的說，「我這樣指點你，你還不上路！我現在問你，火車上深更半夜，你到德國老太婆房間裏去幹什麼？」

高未明喫一驚，跟頭栽在一個女人手裏，也很不好意思。他記得，他在要離開德國老太婆的房間的時候，曾經瞥見個人影一閃，那是魏蒙蒂。此外，不曾有第二個。不由得想：

「難道她和魏蒙蒂有關係，從魏蒙蒂那裏得來消息？」

但無論如何，他知道他已經遇到對手，而且是一個高明的對手。就也不再隱避，坦率的說：

「你屬於關東軍？」

「是的，和你一樣。」

「你知道我，我不知道你，你的地位一定比我高。」高未明故意捧她一下。

「那也未必，反正你又不歸我指揮。」殷文子低聲說、「你事先沒有得到關東軍的許可，就為德國老太婆效力，你有沒有想想，關東軍會答應你？俄國人，是日本人在滿蒙的大敵。關東軍近來特別注意德國老太婆，想知道她到底在搞些什麼。」

「為了在滿蒙的利益，兩國有矛盾，這個局面我懂得。」

「那麼，」殷文子嘆口氣，「你在兩張血口中間去摸油水？你不覺得危險？」

高未明連連吻着她的肩頸，一邊喃喃的說：

「告訴我，我應當怎麼辦。從今天起，我是你的人了。我願意接受你的命令，你教我怎樣我就怎樣！」

「我倒不是那個意思。我祇希望你能和我真誠相愛。我孤獨寂寞得要死，需要有個心上人作安慰。」

殷文子說着，一陣心酸，眼睛裏充滿了淚水。

「我們兩個正是同病相憐。」高未明也感激的說，「我的身世和你差不多。假如你不嫌棄，我可以同你結婚。」

「結婚？」殷文子悽楚的說，「一個關東軍的特務，省長的小老婆，從前又是有名的鼓伎，你想，這樣一個女人能同人結婚？」

「我是說以後擺脫了這些關係，個人恢復了自由的時候，不是說現在。」

「那等以後再說吧！」

「那麼，現在怎麼辦？」

「現在先做露水夫妻。」殷文子一笑，「告訴我，你同德國老太婆的關係，是怎麼開始的，我有辦法救你。我奉命監視她，已經好幾個月，她始終沒有發現我！」

「從賭台上開始的！」高未明嘆口氣，「我受到一個賭客的威脅。我不送給她她要的東西，我就性命不保。」

「清水先生知道嗎？」

高未明略略遲疑一下，然後說：

「我想，他不知道。」

「為什麼不告訴關東軍，關東軍可以除掉他，解除你的威脅。」
「他又有足量的金鎊。」
「他使用金鎊？」
「不，是我給他要了金鎊。」
「為什麼？」
「我在香港置了產業，豫備了另外一個落腳的地方。眼前的事情，我並不準備做一輩子，有機會我就洗手。剛才我說願意和你結婚，就為這。」
高未明萬分誠懇的這樣說。
「計畫是好的，但你忘了關東軍會要你的命！」
「希望你不報告！」
「我不報告是一定了。但是你這個祕密保持不了多久，我不報告會有別人報告，耳目多着哪。」
「那麼，你看怎麼辦好？」
「你應當自動報告關東軍，就說你為了知道德國老太婆的祕密，藉機會打進去的。」
「他們不那麼容易受騙。」
「你要是能給他們較有價值的資料，他們會將計就計，將錯就錯，你就有時間圓謊，轉圓兒了。」
「好，依你，幸虧你救我一條命！」高未明感激地把她吻了又吻。
兩個人再休息一會，披衣下床。殷文子坐到梳粧檯前，從大鏡子裏望着高未明笑笑說：
「高，我可能犯了大錯！」
「什麼意思？」

「幹我們這一行，最忌動感情。我在你身上動了感情了。現在，我人在你手裏！」

高未明俯身下去，從身後把她抱了，吻着說：

「你人在我手裏，你安全了！」

梳洗畢，兩個人下樓來，剛巧是喫午飯的時候。魏蒙蒂早已坐在餐廳裏，他誠意地招呼他們同桌。高未明說：

「殷小姐，你在這裏陪魏蒙蒂先生坐一下，我去看看清水先生。」

「言語不通，對坐着怪沒有意思的。」

「祇是一會兒，我馬上就來。」高未明說着去了。

殷文子無可奈何的對魏蒙蒂含笑點頭，默然坐下。魏蒙蒂特地叫一個會說英語的中國女侍來做翻譯，對殷文子問這問那，殷勤得了不得。

清水先生還沒有出來，高未明就從經理室裏搖一個電話到他的住宅，說要單獨同他談幾句話，請他馬上到網球場。放下電話，回到餐廳，告訴殷文子：

「清水先生要我到後邊去一趟，我馬上回來。」

「後邊什麼地方？」

「他的住宅裏。」

「他不到前邊來？」

「他要來的。我會告訴他，你在這裏。」

魏蒙蒂眼睛眨眨，問那個中國女侍道：

「他們兩個說什麼？」

女侍告訴了他，他就對高未明說：

「你能不能順便把荷子夫人請出來一同喫飯？」

「我可以把你的意思轉達她。」
在後面網球場上，高未明輕聲告訴清水：
「殷文子已經發覺了我和德國老太婆的祕密。」
清水問明了詳情，略略思索一下，大大不放心。
「她這是來套你的底細，你不應當同她說了實話！」
「我原不說，後來覺得她一片誠意，才——」
「那不談了。」清水打斷他的話說，「現在怎麼善後？如果她報告了關東軍，你就不得了，我也難免受累，因為人人知道我們兩個的關係。」
「殷小姐愛我，絕對不會。」
「你這樣想，事情算糟定了。這種女人不會有真感情的！」
清水搓着兩手，苦笑一下。先四面看看，才說：
「上回用的那種鮮檸檬，可以再用一次！」
「不，清水先生，」高未明大喫一驚，一把抓住他的臂膊，緊張的說，「萬萬使不得！萬一弄穿了，反而更不好！」
「你放心，絕對不會弄穿！心臟痲痺致死，誰也驗不出是什麼原因來。」清水聳聳肩膀，輕鬆的一笑。
「不，我是說對殷小姐用不到，她是真愛我的，我看得出來。」
「你不懂得厲害，你經驗不彀！」清水說着便向前邊走。
「清水先生，你再站下來，我同你說。」高未明拉住他，「我現在這樣決定，如果殷小姐像你所推測的那樣，當真去告了密，那麼由我一身承當，我至死不牽累你。你看，這好不好？」
「事情沒有那麼簡單，我已決定！」清水不耐煩地瞪他一眼，「每次總是你惹了禍，我來善後！」

「如果你一定要幹，清水先生，我要告訴殷小姐，教日本憲兵保護她離開！」高末明拚着決裂，大聲說。

清水不再答話，扭轉身來，趁他不注意，用了個全力，當胸一拳，把他打倒。迅速地騎到他身上，連續猛擊他的頭部，他便昏了過去。

清水冷笑一聲，叫人來，把高末明弄到地下室裏去。吩咐：

「把他弄醒以後，鎖他在裏邊！」

彈彈衣服，往餐廳來。他滿面堆笑，告訴殷文子：

「高在後面幫荷子做點事情。我來代替他陪你喫飯，好不好？殷小姐！」

「未免太打擾！」殷文子欠身道謝。

清水站起來，拍着魏蒙蒂的肩膀說：

「我請殷小姐喫飯，你是陪客。」

魏蒙蒂點頭稱謝。問：

「荷子夫人不出來，到底為什麼？」

清水便不回答他。卻說：

「你們坐着，我到廚房裏看看菜去。」

一時，清水回來。湯上過之後，接着是煠魚，一片鮮檸檬放在一邊。魏蒙蒂介紹道：

「這是我的廚子的拿手好菜。你們嘗嘗看，又酥又嫩。同樣是煠魚，他煠出來的就味道不同。這樣，先把這鮮檸檬的水擠出來滴在魚上，再切了喫。殷小姐，你試試看，好，好極了。魏蒙蒂先生，你說，是不是？」

他一邊自己動手，一邊讚美，一邊又勸客人，一片煠魚早已下肚。然後擦擦嘴說：

「殷小姐，你覺得怎樣？我說得不錯吧？」

「就算它不好，經你這一番讚美，它也變成好的了！」殷文子發覺清水有點滑稽，就半開玩笑的說，「不過我實在是為你的面子才勉強喫下去的。」

「那為什麼，味道不好？」

「也不是味道不好，我祇是不喜歡葷腥肉食罷了。」

「為什麼？」清水笑笑說，「是不是怕胖？」

「也不全是。」

「女人家為保持一個好身段，什麼苦頭都肯喫。」清水用法語轉對魏蒙蒂說，「你的太太怎麼樣？」

「她倒不講究那些，她粗腰笨腿，一個鄉下女人。」

「你客氣，魏蒙蒂先生。」

飯後，散坐休息。殷文子很想再和高未明見面說幾句話，但一等二等，總不見出來，自己又一陣困倦。就對清水告辭，清水也不強留，送她出來。殷文子交代說：

「告訴高，明天我再來看他。」

清水應着，看她上車走了。

第二天早上，野村的家人發現殷文子不知是在什麼時候死在床上，屍身早已僵硬。野村電知關東軍，有個軍醫來檢驗一番。檢驗不出什麼來，殷文子「無疾而終」。

其後，關東軍也調查過清水和高未明，也調查不出什麼來。殷省長派人來瀋陽為他的三姨太太料理喪事，高未明不曾來送葬，卻一直在自己的房間裏躲着哭。

「幸虧我不曾把魏蒙蒂也發現過我的那件事情告訴清水，否則又是人命一條，這樣子殺人，多可怕呀！」

高未明這樣想。

僵持了幾個月，口頭文字極盡攻擊，而軍事亦各有各的佈置之後，「寧漢分裂」的局面依舊，奇怪的是他們並不曾真地打了起來。而英國人於交還租界之後，也好像手撒事了，並不再找麻煩。關東軍這才認為事態嚴重，他再也不能觀望了。

尤其，寧漢合流，雙方都在覓求辦法，打破障礙，這一點更要緊。一個新興力量，一定給人希望，而希望常常使人敢作敢為，無所顧忌。

不錯，支那是日本帝國的支那，但以關東軍的眼光看，支那應當是關東軍的支那。因為關東軍為駐在支那的軍部的實力代表，而日本帝國的生命寄託在軍部的實力之下。

日本帝國政府的特務人員早已佈滿全支那，但那是日本帝國政府的，關東軍有種種理由相信自己的直接派遣，更能發生作用。「寧漢分裂」可能於日本有利，「寧漢合流」則絕對要排斥日本，那是可以斷言的。

於是廚川大佐來清水洋行看魏蒙蒂了。日本皇軍的一個掌特務實權的大佐，其地位高過一個民主國家的內閣閣員，甚或內閣總理。他不用召喚，而卑躬屈節，「親顧茅廬」，這份榮譽，沒有一個日本人不懂。而魏蒙蒂則完全忽視，他不但不以為榮，反而以受挫於一個黃人的軍官為辱，他把日本人與支那人等量齊觀了。

「我想，現在你回漢口，正是時候。」廚川這樣提議。

所謂提議，是魏蒙蒂的一種想法。廚川大佐本人，則以為這是命令。對着一個法國人，他說話的口氣稍微和緩一點而已。廚川以為這是他的國際禮貌。

「我怎麼走法？京漢、津浦兩路都不通。」

「你走大連，日本軍艦將經由上海直接送你到漢口。」

「那不暴露了我自己，讓人人都知道了我與日本軍方的關係。」魏蒙蒂詫異的問。

「不會，我們會在神不知、鬼不覺的情況之下，從軍艦上送你回家，到你的太太的商店。」

魏蒙蒂忽有所感，沉思一下，自言自語的說：

「我這一去了，不知道還能不能再回來？假如再回來，不知道是不是還是現在這個樣子？」

廚川大佐聽了，想想，微笑着說：

「希望有一天我在北京，在漢口，甚至在上海、廣州接見你！」

魏蒙蒂便不言語，半晌才說：

「三天以後我動身。」

「為什麼不在今天或明天？」

「我有我的心事。」

「什麼心事？」

「我不告訴你。」

「清水可不是好纏的，你要小心！」廚川善意地提出警告。

「我不懂你的話！」魏蒙蒂略帶喫驚的說。

「我們知道殷文子死在他手裏，但是找不到任何證據。」廚川冷笑一聲，「假如他是日本人或是支那人，我們早已辦他了。」

「他不是已經入了日籍了嗎？日本法律不能制裁入了日籍的西洋人嗎？」

「法律是對任何人的，祇是方法不同。」

廚川大佐對於魏蒙蒂的問題似乎得到某一種有限度的啟示。他略微沉吟一下，看看近前無人，輕聲問：

「有什麼事情使你啟疑？」

「我在大連上船的時候，希望你來送我！」

魏蒙蒂心情愉快的端起酒杯來。

「這是日本製的威士忌，不算是好酒，我敬你一杯。」

「你說那不是好酒，我不接受！」廚川大佐有點不高興。

「好，我用最好最好的日本威士忌敬你一杯！」

廚川大笑，兩個人碰杯乾了。

當天晚上，賭場剛上生意，魏蒙蒂看清水方在忙着對各方賭客交際應酬的時候，他一個人向後邊去了。他籌之已久，慮之已熟，他沒有任何遲疑，一逕穿過網球場向清水的住宅來。他跳上四呎高的矮牆，觀望一下，房裏面燈火輝煌，靜悄悄沒有任何聲音。剛要下去，他忽然想起，怕裏面有狗，就又止住自己，再四面看看。春末天氣，正新月一鈎，密樹濃蔭。魏蒙蒂輕輕從牆上下來，揀個土塊，用力扔了進去，仍然不見動靜，他就斷定沒有狗，坦然越牆而入。躡手躡腳，繞房一周，不見個人影。魏蒙蒂越加狐疑。他鼓起勇氣來，把皮鞋脫在遊廊的石階上，便輕輕走了進去。每個房間裏都開着燈，但沒有人，轉來轉去，像入了迷宮。魏蒙蒂忽然發現了一條窄窄的樓梯，向上望望，一股清香撲鼻。魏蒙蒂一陣覺得自己年輕了許多年，彷彿回到了孩童時代，他正置身在天方夜譚的東方的皇宮之內。他再也沒有疑慮和恐懼，輕輕走上去。

這是一間狹長的小閣。近丈高的金身佛像，莊嚴地立在一端，面前橫陳着矮矮的條几，几上是二呎多高斑綠的長腳的鼎爐，香煙正裊裊上升。一個長髮披肩的白紗繞身的女人，正拜伏在佛前，半天不見動靜。

魏蒙蒂看得納悶，忍不住輕輕叫道：

「荷子夫人！」

那女人似乎受驚，驀地立起身來，扭頭一看，怒不可遏的喝道：

「滾，滾，滾出去！」

「荷子，不要生氣，我是來拜佛的！」魏蒙蒂柔和的說，人已經走上樓梯。

荷子向旁邊一閃，似乎要搶出路。魏蒙蒂哪裏肯再放過她，伸手把她攬在懷裏。

荷子再不掙扎，反而馴順溫柔的輕聲說：

「抱我到樓下的臥室裏去，這裏有佛，我不敢。」

魏蒙蒂喜出望外，一邊偎着她的面孔，一邊下樓來。

「那邊，那邊！」荷子指點着說。

臥室裏有一支淡黃色的暗燈。荷子說：

「放下我來，那邊去攤開舖蓋，我來開燈。」

原來龍頭立燈下面，裝着一個警鈴，直接伯爵夫人和清水先生兩人的辦公室。荷子開了燈，隨手按過警鈴，就來幫忙魏蒙蒂攤舖蓋。

魏蒙蒂喜出望外，方在後悔自己不早來「冒險」，白白耽誤了大半年的寶貴時光。一陣雜亂的腳步聲，伯爵夫人第一個搶了進來。

「荷子夫人，你有受驚嗎？」

「沒有，伯爵夫人，是魏蒙蒂先生來拜望我。」荷子安閒的說。

魏蒙蒂手裏還捏着褥子的一角，怔怔的不知道如何應付才好，而清水先生也匆匆趕至。他一看情形，就熱烈的說：

「魏蒙蒂先生，失迎失迎。既然光臨寒舍，為什麼不早通知我，讓我也好準備。」

「我原為來跟荷子夫人學禮佛的。」魏蒙蒂瞥了荷子一眼，很難為情的說。
「好極了，阿彌陀佛。」清水先生揚聲一笑，告訴伯爵夫人，「教他們送酒來，我陪魏蒙蒂先生喝一杯。」
「不喝酒了，清水先生，我實在太冒昧，請你原諒！」魏蒙蒂說着向外走，「時間不早，我回去睡了。」
於是大家跟他出來。
魏蒙蒂自覺沒有意思，一夜輾轉，不能入睡。到天剛放亮的時候，他反而睡着了。醒來，已是近午時光。伯爵夫人來說：
「中午，清水先生請你喫飯。」
「謝謝。」
魏蒙蒂說着，驀地想起殷文子來，就改口道：
「昨天，廚川大佐約好了我今天的午飯，我要到大佐的公館裏去。高先生呢？」
「他這兩天有病，在房裏躺着。」
「等我去看他，請他陪我去大佐公館。」
但高未明表示要得清水先生的允許，他才可以陪他。魏蒙蒂不知道大佐的地址，高未明說也不知道，這又非問清水不可。
清水就搖電話給大佐。大佐說並無約會。清水就不高興了：
「魏蒙蒂先生，我把你當朋友看待，你這是什麼意思？」
「老實說，我今天肚子不好，想推辭掉你這一頓飯。」魏蒙蒂支吾說。
清水便覺得有點蹊蹺，心裏感到不安。
魏蒙蒂一餓兩天，湯水不入，夜裏關緊了門睡覺。第三天一早，廚川大佐來了。他早已把行李理好，跟了就走。大佐親自送他搭車去大連。在一條開往上海的運輸艦上，魏蒙蒂告訴大佐幾件事情。關於殷文子之死，他懷疑那盤煠魚和鮮檸檬擠水，那裏邊可能有某種強烈的毒劑，可以使人心臟麻痺致死。因此，闖宅之後，他拒絕清水的邀請，絕飲絕食，以防意外。還有，高未明和德國白髮老太婆的關係。

廚川大佐聽了，高興地握着他的手說：

「好極了，魏蒙蒂先生，我們初度合作，你就供給我這許多寶貴的資料。」

廚川把通信聯絡的方法同他約好，等運輸艦起錨，才告辭回去。臨別，還諄諄囑託：

「魏蒙蒂先生，希望你以後給我更多的有價值的消息！」

「我一定盡力而為。」魏蒙蒂這樣回答他。

魏蒙蒂回到漢口，表面上他不覺得和他離去的時候有什麼太多的不同。但他在經過上海的時候，曾經去過當地的法國總領事館，也拜會過幾個本國的朋友。他知道建都在南京的中央政府方在一股朝氣蓬勃的努力之下，得到中國人民的擁戴，它是真正中國人的政府。他也知道，武漢有一個假藉國民黨之名而由共產黨實際操縱的政府。

魏蒙蒂無意為關東軍效力，但他又不得不敷衍他們。眼看北洋局面已經在走下坡。如果要繼續在中國混，少不了要打通南京的路子。

至於武漢政權，在軍事、政治、經濟各方面都打不開出路，局勢非常明顯，它支持不久了。

到了漢口，夫婦久別重逢，別有一番滋味。他並不為難的傾聽了安娜的每一句話，而且也能欣賞。他把她的小鬍子吻了又吻，然後把她托上樓去。

「你又胖了些？」放下安娜，魏蒙蒂喘着氣說。

「看得出來嗎？」
「覺得比從前重得多。」
「你抱不動我了？」
「有點喫力！」
「也許你在外邊消耗得太多，把身體弄壞了。」安娜兩手勾住他的肩膀，「告訴我，是不是又玩了許多妓女？」
「我說老實話，」魏蒙蒂吻着太太的頸子，「絕對沒有。等會兒你會知道。」閒談之中，魏蒙蒂提到洪桐葉。他說：
「現在我也同情革命了。我想，你從前幫助他，是對的。你想辦法找他來，我同他談談。」
「他倒是常來這裏，同我無話不談，他一直精神很痛苦。」
「那為什麼？」
「他夾在兩個黨中間，為兩個黨做事，為兩個黨所不諒。」
「那就難怪，因為兩個黨的立場不同。」
魏蒙蒂沉思一下，像是自言自語的說：
「他一定熟悉雙方的情形！」
「是的，他知道許多內幕。」
「那麼，我也許可以替他找到第三條出路，從夾縫中把他救出來。」
安娜高興丈夫關切洪桐葉，可不曾追究原因。她的頭腦是家務的，而不是政治的。
魏蒙蒂因為這一次離開太久，特地去了一趟法國領事館。算是報到，也算是拜會。領事館裏一位中級負責人警告他說：

「武漢情形複雜，共產黨瘋狗一樣的到處亂咬人，你要小心，這已經不是北洋時代。」

「我知道，我要安靜地老老實實地觀望一個時期。」

魏蒙蒂這樣表示。又說：

「汪常住在法國，他的左右，留學法國的也不少，他對法國不至於有問題吧？」

「他現在一切為共黨，一切為俄國！」領事館的人再懇切地叮嚀他，「千萬不要有任何徼幸的想法，法國不比英國更厲害，英國人都保不住租界！」

「你放心，我不會闖禍。」

同洪桐葉交往過幾次，他發覺這個年輕人並不是一個理想的目標，而祇能當作一條引線去尋求那目標，柳少樵有一個固定的主子，這不談了。等到洪桐葉的母親改嫁錢本三以後，他從中國人的封建關係上，覺得可以從洪桐葉去獲得錢本三了。

適巧，他又在「西人商會」的餐廳裏，意外發現了高未明。他非常詫異的和他握手，問：

「高先生，你怎麼也來漢口了？」

「我脫離了清水先生。」

「為什麼？」

「不為什麼。」高未明苦笑一下，「自從殷小姐死了，我一直難過。因此，我要換一換環境。」

「你到漢口，怎麼不先來看我？」

「我要來的，因為事情忙，所以拖下來。」高未明表示歉意。

「你忙些什麼？」

「朋友介紹，我見了汪先生，汪先生派我在外交部。」

「你是外交部的官員了？恭喜，恭喜！」魏蒙蒂愉快地再和他握手，「你擔任什麼職務？」
「我是祕書。部裏公事辦完了，還替汪先生私人辦事，我住在他的公館裏。」
「這就對了，難怪你忙。」
魏蒙蒂料定高未明這個地位，一定知道許多機密。他想起瀋陽的德國白髮老太婆來，他想起高未明和雨帥總部、和關東軍、和清水先生那些亂絲一團，一時測不透他現在到底算是哪一方面的人員。他莫名其妙地為汪捏着一把冷汗。又問：
「清水先生和荷子夫人都好嗎？」
「他們兩個到日本去了。」
「去幹什麼？」
「關東軍接管了他的洋行，勒令回國，限定住在東京，受軍部察看。」高未明輕輕說，神情有點麻木。
「什麼原因，這麼嚴重？」魏蒙蒂不安的問。
「清水先生疑心是你對廚川大佐說了什麼！」高未明冷冷的緊盯着他說。
魏蒙蒂顯然喫驚，雙脣微顫，緊張的說：
「那是怎麼說的！他和廚川的關係，比我深得多。高，你相信我有那麼大的力量？」
「機會碰巧了，一個不相干的人，一句不相干的話，都會發生很大的影響，那力量之大，是不能想像的。」
高未明不在意的這樣說了，又淡淡的一笑。
「你要我怎麼分辯，你才相信？」魏蒙蒂有點着急。
「我沒有要你分辯。」高未明反問道，「你知道我怎麼樣離開滿洲的？」
「我不知道。」魏蒙蒂心裏正在納悶這一點。

「有人替我通風報信，我躲到小時候受撫養的那座尼姑廟裏去。我和清水夫婦不同，他們可以回東京受察看，我可不行。我是個中國人，我得不到那個便宜。他們要我的祗有一樣東西，那就是我的性命。因此，我剃光了頭，扮作尼姑，逃到哈爾濱，從海參威坐俄國船到黃浦江口外，偷渡到上海的。」

高未明緩緩說，又摸着自己的頭頂。

「你看，我的頭髮都還沒有長起來。」

「你也算經過一次大險了！」

「我想是的。」

「那個替你通風報信，還有那個把你介紹給汪的人，都算是你的大恩人！」魏蒙蒂試探着更進一步。

「我想是的。」

高未明略略沉思，忽然嚴肅的輕聲說：

「魏蒙蒂先生，有句話似乎我不說你也懂得，我的命祇有一條，我的死祇有一次。今天開始，我們從頭再做朋友，過去的一概不談。以後，你幹你的，我幹我的，我們各不相犯。要不是這樣，你我雙方都有不利！」

「好吧，高先生，」魏蒙蒂歡迎高未明這樣提議，「我原來就這麼打算。要是清水先生那一天不堅持請我喫飯，我不會管別人的閒事！」

「請喫飯，也不是壞事呀！」

「可是殷小姐一飯之後，就一去不回了！」魏蒙蒂嘆口氣。

高未明心裏一慘，眼睛裏含着淚水。點頭說：

「這是清水先生一大錯誤。這幾年，他運氣好，樣樣事情順手，做過幾回沒有出事，就越來膽子越大了！」

「可惜了殷小姐這個人，我想她是冤枉的！」

因為高未明心情不佳，兩個人喫了幾杯悶酒，就散了。魏蒙蒂再三邀約高未明到他的商店裏去，也一再叮嚀：

「不過當着我的老婆可不能說什麼有關係的話！」

「她的舌頭長？」高未明一笑。

「你知道就好辦了。」

雖然信誓旦旦，兼有生命的威脅，但魏蒙蒂在法蘭西大飯店初次會見錢本三的時候，他仍然忍不住的提到了高未明。原因，他反對共產黨，他痛惡為共產俄國作事的任何人，特別是為共產俄國作事的中國人。這是魏蒙蒂的天真之處，也是他的正義之處。

「好極了，你們和共產黨分開！但既然要分，就要分得清楚，分得澈底。可不能讓他們潛伏在你們裏邊，從內部起破壞。那樣，你們就防不勝防了！」

「是的，我們會注意。」

「據我所知，汪先生左右就有人靠不住。」

於是他說出了高未明，他的意思是要請錢本三對汪進言。但他不瞭解錢本三的為人，錢本三向不在汪面前議論別人長短，一則他自知他與汪的關係不彀，二則他深知論人者人亦論之，他說了別人，別人也會說他。不說別人，正所以防人說他，他知道他自己不是一個無隙可乘的人。還有，現在雖然要分共了，他仍無意得罪共產黨。人生在世，不定什麼時候就會狹路相逢，他不斬盡殺絕，他留着後手。

他不以為共產黨定會從此一蹶不振。

這是他的心事。嘴上，卻另有一說：

「謝謝你，魏蒙蒂先生，我一定告訴汪先生，馬上找個藉口，把他清除。這種人，怎麼要得？尤其是汪先生左右！」

魏蒙蒂辭去之後，錢本三告訴洪桐葉：

「為了安全，令堂和令妹的意思，希望你不再回到那邊去。現在，如果你願意，你可以住在這裏，不要再露頭，等事情平定。」

「謝謝你的好意，三先生，」洪桐葉又是感激，又是抱愧，「有一件事情沒有辦完，我現在還不想躲開。而且這個地方也擋不住柳少樵。」

「你有什麼事情沒有辦完？」

「四先生。」洪桐葉誠懇的說，「我豫備相機設法，把四先生救出來。我知道他現在被關在什麼地方。分共一成事實，難免一場混亂，混亂中四先生可能不保。」

「難得你這一番好心，我先謝謝你。」錢本三點頭說。

「我希望我能藉此贖罪。三先生，請你原諒我過去的許多是是非非，我不知道我在攪些什麼！」

洪桐葉心裏難過，不覺落下淚來。

「那也不怪你。時代環境如此，有時候由不得自己。我又何嘗不曾失足！」錢本三也頗為激動，「以後，我們從頭做起，重新來過。」

「希望我有那樣的機會！」

洪桐葉去後，錢本三再略坐一坐。對於魏蒙蒂的約晤，他覺得新奇而又刺激。一個人的遭遇，或幸或不幸，往往非想像所能及。奇詭變幻無常，生命乃多彩多姿。

錢本三覺得自己有點像置身輕雲之中。

回到家裏，把幾件換洗的衣服往皮包裏一塞，他便趕往汪公館。他交代家人：

「也許有幾天不回來，你們祇管放心。有人來找，就說不知道哪裏去了。」

「到底什麼事情？」

錢守玉緊跟着問。

新太太原也有這樣個問題，話剛到嘴角上，見守玉已經先說出來，她便不再開口，祇在一旁聽着。

「等我回來再告訴你們。」錢本三說着走了。

新太太望望壁鐘，已經一點多了。不由得一陣狐疑，暗暗納罕：

「這等晚了，是去什麼地方？」

二十四

過了幾天，錢本三追隨汪所派出的代表團從牯嶺回來了。他們和南京的代表團完成了協議，武漢實行分共。

這個消息的正式公佈，不是一個青天霹靂，而是密雲久陰之後，終於落下雨來。形勢所使，必然要發生的事情，到底發生了。

每個軍民人等，都舒暢地透出一口氣，黑暗窒息之中，他們望見了曙光，回到了遼闊的天地，再嗅到清新的自由的氣息。

報紙上發表汪的談話，要求共產黨黨員離開所跨的國民黨黨籍及在黨政軍各級機構所擔任的職務。那些共黨分子原在分共的醞釀期間，即已作有計畫的撤退。這時候，就越發銷聲匿跡，紛紛作鳥獸之散。

錢本三是實行分共計畫的主持人之一。這一計畫的實行，完全依靠軍事力量。沒有鎮壓作用，共產黨豈是那麼容易服貼的？

從此，錢本三有儘多的機會和軍方聯繫。不久，他便和軍方人物建立了良好的關係，取得他們的信任，像他過去這一年多和共產黨建立了良好關係，並且也取得他們的信任一樣。

住在板蒼實家裏的朱廣濟，因為不聲不響，不出頭，不露面，久已被人遺忘。這於他有利，因為被遺忘，他才得到安全。

工人糾察隊在英租界鬧事的晚上，同仁會醫院的日本人都接到領事館的通知，教他們臨時住到海軍運輸艦上去，以防意外。很多日本人都去了。

朱廣濟在板蒼父女誠意的邀約之下，也換了和服，跟到艦上去。此時他已明瞭，在共黨操縱的武漢這種局面之下，犧牲了不值得。如果運輸艦開往下江，他倒有意在南京登岸。他從日文報紙上，獲悉那邊的情形，「清黨」這一措施，他非常嚮往，他以為國民黨已被置於正確的原則指導之下。

他看不起汪。有次他對板蒼實感慨的說：

「當年北京獄中，『慷慨歌燕市，從容作楚囚。引刀成一快，不負少年頭！』那時他如果真的被殺，倒成全了他。今天也輪不到他和共產黨勾勾搭搭，現眼丟人了！」

「這就叫『造物弄人』！」板蒼實也扼腕唏噓，不勝其惋惜，「一生一死之間，決定一個人的成功與失敗，中日兩國的歷史上都有不少這樣的例子。」

武漢在收回英租界之後，情形大致還安定，糾紛好像不至於擴大到別國的租界。因此，運輸艦上住了幾天，板蒼父女就又遷回同仁會醫院。這個醫院是父女兩個的事業，也是父女兩個的心血，父女兩個都捨不得撇下它。板蒼實對朱廣濟說：

「如果你決定到南京去，就繼續住在艦上吧。他們不久就要開上海，可以帶你，我已經同他們接洽過。」

「不了，」朱廣濟笑笑說，「既然你回醫院，我也就改變計畫，不去南京了！」

「那又何必！」

「醫院裏中國員工不是都撤退了嗎？你人手不彀，我給你幫忙去。」

「你對朋友太義氣了，我心裏很不安。」

板蒼實認真感激的說。兩個都是忠厚人，就再也不說別的客氣話。板蒼實望着女兒又說：

「太對不起梅黛。我原說帶她到青島去避暑的，為漢口地方混亂，我倒不放心走開了。」

梅黛聽了，對着他深深一鞠躬，帶點調皮的說：

「爸爸對女兒這樣客氣，女兒真不敢當。謝謝，謝謝！」

引得板蒼實和朱廣濟兩個人都笑了。板蒼實道：

「明年，希望明年太平，我們去青島避暑。」

梅黛又一連說了好幾個謝謝。

分共的醞釀，朱廣濟事先一點不知道。他祗是和一般的有識之士一樣，早已豫感到這未必是一個長久的局面而已。板蒼實原可以從日本領事館得到各種內幕消息，但由於近來的「群眾運動」顯然有一種仇外的傾向，一直有外國人在街上受到不禮貌的待遇，他也就儘量避免外出。還有，在他的心理上，他總以為反正沒有什麼好消息，就也嬾得去打聽了。

因此，直到報紙上正式公佈了汪的分共談話以後，朱廣濟才知道共產黨已經完蛋，寧漢合流在望，他的黨又將由分而合了。

同板蒼實計議一下，正豫備回家，他的太太舒冬梅到醫院裏來了。舒冬梅愉快的告訴他，工人糾察隊已被解散，工總、婦協停止活動，聽候整理。擁汪反共的唐的部隊早有佈署，已作森嚴的戒備，外邊秩序很好。

朱廣濟高興極了，再三道謝了板蒼實，便離開醫院。因為滿街上許多東洋車一時都不見了，夫婦兩個慢慢走着回家。仲秋的晴朗天氣，漢口依然燠熱，朱廣濟興奮的說：

「到底邪不勝正，我又見了光天化日了！」

「你也別太高興，」舒冬梅溫婉的輕輕說，「時局變化難測，我的意思，希望你能脫出這個是非圈子，免得我一直擔驚受怕！」

朱廣濟心裏一動，悽然說：

「這一回，我一定聽你的話。校長我也不幹了，找個學校教教書，把孩子們帶大了算了。」

「這個主意好。希望你不是一時敷衍我的話！」
「我是真的。冬梅，過去這些年，我對不起你！」
「可惜現在我們已經沒有孩子了！」舒冬梅嘆口氣。
「怎麼，他們都沒有消息？」
「是的。單看分共以後，他們回來不回來吧！凌芬，今天早上倒有了消息。」
「她在哪裏？」
「武昌軍政學校。」
「你怎麼得到消息的？」
「程子圓今天早上來看你了。凌芬的消息，是他說的。」舒冬梅苦笑一下，「你看程子圓這個人多怪？這大半年，從來沒有上過門，街上對面遇着也裝不認得，怕我怕得像邪祟一樣。今天報紙上剛發表分共，就又跑了來獻殷勤。這種人到底算是一種什麼人？」
「世界上不彀格的人多，你不能拿太高的標準去衡量別人。冬梅，原諒他！」朱廣濟懇切的說。
「你這個人，」舒冬梅傷感起來，「心腸太好。只怕將來永遠永遠喫不完的虧！」
「喫虧就喫點虧吧，可不能和小人爭長短！」
冷冷清清的在家裏住了兩天，孩子們一個也不見回來。程子圓來過好幾趟，一直說：
「現在分共了，你老人家是老國民黨，又是地方人，為什麼不去見汪？他一定會重用你的！憑你老人家這個資格，就算不做主席，也做個把廳長。機會錯過了太可惜！」
「我沒有那個雄心了。」朱廣濟淡淡的說，「下學期，我打算找個地方教書。」
看朱廣濟如此落寞，程子圓就多了一個心，以為這大半年來，因為自己避嫌，怕受牽累，一直沒有來走動，可能惹得他生分了。就暗怪朱廣濟小氣，不體諒人的苦處。於是無中生有，逢人輒道，說朱廣濟要做湖北省主席了。

「真的，汪主席已經當面徵求他的同意，這就發表。」

消息到了錢本三的耳朵裏，就去報告汪。汪一聽，大大不高興。

「我到漢口大半年，不曾見朱廣濟來見。他憑什麼想做主席？」

錢本三摸着了這個底子，便不再說話。

因為孩子們都不回來，朱廣濟最感難耐的是家庭間的寂寞。他想了又想，決定過江到武昌找凌芬去。

「我和你同去。」舒冬梅說。

「不，你在家裏等着，也許有孩子回家來。鎖着大門，怕他們誤會，以為他們這個家已經沒有了。」

舒冬梅想想很對，就點頭說好，由他一個人去了。

久不過江，輪渡風光，給朱廣濟一種極大的舒暢。他一直天真的想：

「軍閥打倒了，共產黨清出了。我的黨把中國致於富強，這已成定局。從此，我退出革命這個圈子，作一個純粹的老百姓，也心安理得了。」

他記起故鄉的田園，他記起日本的櫻花季節，他甚至記起四川將軍府的西花廳，他曾奉陳宧之命，在那裏飲酒賞月。而今，陳將軍已經蹉跎終老，不復在人的心上，我朱廣濟卻終得為盛世之民了。

想着想着，他感到一種從所未有的愉快。

武昌，滿街上佈着崗，不看見一輛東洋車。朱廣濟熟悉軍政學校那所在，他緩步行去。他記起了辛亥年，倉卒成立的民軍，還有盤着辮子的，也有穿着長袍的。他和幾個一同鬧革命起來的青年人，手裏都拿着大剪刀，一組人專剪辮子，一組人專剪長袍。一個口令：

「立正！」

成隊的民軍，立刻腦後變成光的，下半截露出袴子。辮子和長袍的下半截堆成一座小山。他們把剪刀扔了，一陣鼓掌大笑。這才一二三，報名數，空着雙手開到江邊去。

想到一往從前，那種「少不更事」的熱血沸騰的情緒，朱廣濟嘴角上撇出一絲笑容。他想，在那個時候，如果我的父母來勸誘我或命令我離開那個戰線，我一定不會接受，而且認為他們頭腦冬烘的吧？

是的，那是一定的。朱廣濟這樣自己回答。

他的腳步緩下來了，終於站住。

他想到他今天為什麼到武昌來的。

我的凌芬，此時此地，是不是也具有我那個時候的那種心情呢？見了她，我說什麼？我勸她回家去，安分守己的住着，準備作良妻賢母，她能同意嗎？

同仁會醫院的病房裏，那種對於父母的厭煩所顯示出來的那種遠距離的隔閡，朱廣濟覺得一直如在目前。因此，他的答覆是否定的。凌芬，她一定不會聽我！

朱廣濟有意轉身回去。

但另一種感情督促了他。今日的形勢和辛亥年不同，其差異有十萬八千里之遙。那時候的青年人挺立在「革命排滿」的正義之內。現在，他們卻是吞下了毒餅，陷入了迷魂陣。作父母的有為兒女消毒，把兒女救出迷魂陣的義不容辭的責任。朱廣濟拍一拍自己的額頭，自嘲的說：

「難道你胡塗了？」

就一直又往前走。

軍政學校的招牌已經撤掉，大門上的標語也已經塗掉。朱廣濟一直走進去，不見個人影。

各個房子都少門無窗。裏邊破桌爛凳，布頭紙屑，狼藉滿地。有兩個揀破爛的窮人在尋找什麼可用的東西，見有人進來，不免略略喫驚。及至看明了朱廣濟那一副鄉下老兒的神氣，就也放下心來，不再有所顧忌。

朱廣濟前後走走，知道大勢已去，自己來得晚了。想起凌芬來，心裏有無限的悽楚，他覺得當此亂世，一個人竟至於不能保護妻子兒女，真是慚愧無地！

「凌芬，是爸爸對不起你！」

他心裏這樣說。

站下來四面望望，卻見一個角落上正冒着青煙。朱廣濟懷着一線之望慢慢走過去。一個穿軍服的黃瘦的孩子，約摸十二三歲，正把些亂草往小灶裏塞着燒，一邊不住地用手去抹臉，好像在哭。

朱廣濟輕輕走上去，那孩子竟不曾覺得。輕輕咳一聲，才驚動了他，扭過頭來把一雙大眼睛恐怖的乾瞪着。朱廣濟一時找不出一句話來說，也把眼睛疑惑的憐惜的望着他。最後，還是那孩子問：

「你幹什麼的？」

「我來找個人。」

「找誰？」

「朱凌芬。」

「你找她幹麼？」

「我是她爸爸。」

「哦，」那孩子喫驚的輕聲說，「你就是那個反革命的朱廣濟？」

朱廣濟愕然。定神一下，才笑笑說：

「你怎麼知道我？」

「有個時候，學校裏一直開會檢討你，朱凌芬報告你許多罪狀，說你是一個不折不扣的老頑固，反革命！」

孩子慢慢的這樣說，朱廣濟不由得倒抽一口冷氣。略略定一下心神，才問：

「你知道朱凌芬哪裏去了？」

「跟他們上江西去了。」

「上江西幹什麼？」

朱廣濟像在自言自語的說着，一邊轉身向外走。走不幾步，又回頭來問那孩子：

「怎麼你一個人在這裏？你是幹什麼的？」

「我原是學校裏的公役兵。他們走的時候，湊巧我腿上長瘡，走不得，所以沒有跟了去。」

說着，把袴子擄起來給朱廣濟看，原來一條左腿腫得像個小水筒，好幾處都在潰爛。朱廣濟用手摸摸孩子的額部，人也已經在發燒。就有點替他着急，忙說：

「你這個病不能再拖了，要馬上住醫院才行。」

孩子搖搖頭，冷冷的說：

「醫院是資產階級住的。我是無產階級，住不起醫院。」

招得朱廣濟忍不住一笑。

「不但你的腿中毒，原來你的思想也中毒了！我告訴你，你不要聽他們亂說。醫院並不專為資產階級服務，窮人也一樣。如果你不相信，現在我就可以送你進醫院，不用你花一文錢，把你的病治好。」

「你說得這樣好聽，到底有什麼陰謀？」

朱廣濟聽了，又是可笑，又是可嘆。

「這個問題我不答覆你，我請你自己說，你一個小孩子，腿病到這樣子，我把你送醫院，你說我有什麼陰謀？」

孩子似乎還有話說，朱廣濟知道難以弄得清，就緊接着又說：

「好了，好了！現在我沒有時間同你談這些。你現在祇說，是不是願意去住院。願意，我就帶你去；不願意，我走了。」

孩子想了一下，說：

「好，我跟你去。我不怕反革命的資產階級的卑劣的陰謀！」

朱廣濟不理他。想到街上沒有車子，而自己又背他不動，就試着和那幾個揀破爛的人打個商量，給他們一點錢，替換着把那孩子背到過江的輪渡上去。朱廣濟問那孩子：

「你叫什麼名字？」

「我叫『打資』。」

「你叫什麼？」朱廣濟聽不明白。

「就是打倒資產階級的那個打字和資字。」

「怎麼叫這樣一個名字？」

「我原叫『達志』，學校裏閻隊長給我改的，閻隊長真革命！」

「你姓什麼？」

「我從前姓李，閻隊長給我改了姓列。」

「改了姓什麼？」

「列寧的列字。我現在和列寧同姓，我和列寧是一家人。」

孩子這樣回答。他一本正經，確信不疑。

朱廣濟深深知道，這不是三言兩語就能改變他的，便不再說什麼。心頭卻似壓上了一大塊石頭，越想越不舒服，越想越痛苦。

漢口下船，朱廣濟把孩子背到躉船上。再僱個人背他到同仁會醫院。路上走着，孩子知道要進日本醫院，一直感慨的說：

「反革命的資產階級永遠是和帝國主義者勾結的。不過，我不怕它！」

孩子進了急診室，朱廣濟就去找板蒼。對着老友，他苦笑一下，說：

「我替你招了麻煩來了！」

便把孩子的病情大致說了一下。板蒼實道：

「照你說的這個情形，可以治得好。你用不着難過。」

「我不是為他的腿病難過，我為的是他的心病，他受了共產黨的麻醉，中毒極深。」

聽朱廣濟說出了整個經過情形，板蒼實也為之嘆息不已。他無可奈何的說：

「好吧，我們先去給他醫腿，再設法給他醫心、醫腦。醫心、醫腦，可沒有醫腿容易啊！」

等孩子住進了病房，諸事安排好了，又在板蒼家裏擾過晚飯，朱廣濟才離開同仁會醫院。為「列打資」這個孩子，朱廣濟一直想着自己的幾個孩子，分共以後他們都不回來，當然凶多吉少，一定和「列打資」同其命運了！

想想自己半生心血，所寄望於兒女者，無非要他們在中國的傳統之內作一個正派的中國人，像他自己一樣的安貧樂道。這希望不能算奢，夢也是簡單的。然而就是這一點點微弱渺茫的東西，他也失去了。

他感到從所未有的空虛。

他沒有一直回家，卻緩步走向江邊來，一個人坐在江岸的石凳上，看看夜晚的江景，心頭不知是苦是酸。

「可能冬梅是對的。一個人真做到獨善其身，也算難能可貴了。而我卻偏要拯人於水火之中，結果目的未達，自己一條老命也幾乎賠上！」

朱廣濟這樣想。他苦念他的兒女，但兒女已被洪流捲去，難得再見。

東邊，剛剛升起來的好大的月亮。

「明日中秋了。而我的家已經不能團圓！」

朱廣濟想到這等晚了，冬梅一定在等着，一定在不放心。江上一陣風過，他覺得很冷。立起身來，打算回去。

正在這時候，他身後悄悄上來兩個人。一個從背後抱住了他的頭，用一條毛巾堵住他的嘴；另一個就去捉他的兩腿。兩個人都孔武有力，而朱廣濟是一個欠營養的手無縛雞之力的乾癟老頭兒。

不曾有叫喊，也不曾有掙扎。朱廣濟被擲進大江裏去。

第二天早上，他的屍體在附近被發現，一條蔓船的鋼纜擋住了他，不曾流得很遠。

朱廣濟是當地的名流，對於他的死，各報都有記載。至於死因，則一致推測為自殺。板蒼實也老淚縱橫的對舒冬梅說：

「自殺，我想是的。昨天晚上，他在我家裏喫飯的時候，心情極其不好。孩子們都不見了，凌芬跟人上了江西。那個『列打資』的精神狀態，特別引起他的悲觀。我知道他是從不悲觀的！臨別的時候，我安慰了他，可是一點也不曾想到他會自殺。」

舒冬梅相信板蒼實的話。

為了解決未亡人的生活，板蒼實請舒冬梅在他的醫院裏擔任了一個處理文件的輕鬆的職務，她原是兼通中文和日文的。

經常出頭露面的那些共黨分子，大半在分共的醞釀期間就已經悄悄離去。但直到消息公佈，分共已在實行，柳少樵才慢吞吞地離開四分里，移居到徐家棚車站附近的一個不大被人注意的房子裏去。伴從他的是白茶花和洪桐葉。他們老早就有一條歸自己控制的小小渡船。

柳少樵和洪桐葉都換了長衫，戴着闊邊的呢帽。

無法掩飾的是白茶花的走相，她就索性不變裝，一個人單獨先走。她知道這一期間的破壞工作，最招人恨的是婦協，而她正是婦協的主要領導人物，為各方注意的目標。但是她說：

「如果他們宰我，我也心安理得，我賺得多啦！」

是的，她殺人殺得不少，而她自己的命祇有一條。

徐家棚這個房子是柳少樵的狡兎三窟之一。從前，他與錢本三「合作」，主持破壞京漢南段的鐵路運輸，就曾在這裏住過。那原是他所控制的一個黑社會人物的得意門生的第四個小老婆的小公館，也就是以後在小苗子的五金店裏服侍過洪大媽的那個宋二姐的住宅。宋二姐的男人雖然有一妻四妾，但他獨獨喜歡宋二姐，就用她的名義為她買下這所房子。宋二姐的男人，擺香堂收徒弟，注重吸收京漢南段和粵漢北段的鐵路員工。他的大老婆和另外三個小老婆同住在漢口大智門車站附近，四馬同槽，每天吵吵鬧鬧，迄無寧日。他一氣，就在武昌另討了宋二姐，單獨居住，從此極少到漢口來。

柳少樵為京漢南段的破壞工作，移尊就教，渡江過來住在他的家裏，可見其依恃之深。

以後革命軍過來不久，宋二姐的男人和他的師傅被暗殺了。柳少樵就派洪桐葉經常聯絡宋二姐，而他的房子就成了他們的一所祕窟，有許多不見天日的事情在這裏做出來。

宋二姐和小苗子早已從漢口的五金店裏遷過這裏來住，他們兩個人的任務是看管錢本四。

柳少樵當時逮捕錢本四，原為威脅錢本三，破壞洪金鈴。自從醞釀分共，乾脆變成了一個人質。柳少樵的想法：祇要我手裏有個錢本四，錢本三就要維護我的安全，我這條命就算保了險了。

柳少樵三個人趕到宋二姐家裏，時間已經很晚，遇着落雨，到處漆黑，街上極少有行人。

柳少樵一進門就問：

「有酒沒有？」

「有一瓶大麯。」宋二姐回答。

「拿來，我們喝點。」

「還有點菜，是晚上賸的。」

「賸的也不要緊，拿來。」柳少樵說。

「勞駕，二姐。要不要我來幫你？」

洪桐葉一邊說着，一邊跟在她身後。

原來洪桐葉一直想着把錢本四救出來，將功贖罪，從此脫離共產黨。但是等了幾天，等不到適當的機會。他深深知道柳少樵的機警和毒辣，他就特別小心，絕口不提錢本四。他知道宋二姐一向喜歡他，跟到廚房裏，就輕聲問道：

「那個人怎麼樣了？」

「鎖在後面洗澡房裏。」

「他老實不老實？」

「他倒是安安靜靜的。可憐的樣子！」

「他喫過幾回虧，」洪桐葉不在意的一笑，「知道不安靜不行，他不是真安靜！」

「這樣一直鎖着他，到底豫備怎麼辦？」宋二姐略覺不安。

「那要看少樵的意思，他一定有個辦法。」

洪桐葉在宋二姐的腮幫上輕輕吻一下，問道：

「洗澡房門上的鑰匙誰拿着？」

「那不是掛在碗櫥門上。」

洪桐葉的眼睛隨着宋二姐的指點同碗櫥上一瞥，點點頭。

兩個人把酒和菜端到前邊客房裏，方桌上四面坐下。柳少樵先拿起酒瓶來，從小磁杯裏喝了一口。然後說：

「這兩天胃又不好。」

「那就不要喝酒了，」單獨坐在靠椅上的宋二姐接口說，「我去下點掛麵來給你喫。」

「不，」柳少樵笑笑說，「我試試用大麴醫胃病，有效沒有。大不了不過是一條命！」

「在這個緊要關頭，你還是保重點好！」

洪桐葉這樣說。他覺得柳少樵的表現近乎消極，情緒也異常低沉，在他的記憶上這個人少有這種情形。

「謝謝你對我的關心！」柳少樵嬾嬾地望他一眼。

「還有，少樵，」洪桐葉試探着緩緩說，「差不多的人都走完了。武漢今天是個虎口，到底為什麼你還要留在這裏？趁着還有一條船，我看，我們也趕快走了吧！」

「我不像你那麼樣容易對付，我不甘心！」柳少樵把酒杯重重放下，冷笑一聲。

「你不甘心什麼？」宋二姐困惑的插嘴問。

「我不甘心那麼乖乖的離開！」

「那你豫備怎麼樣？」小苗子怯怯的也跟着問。

柳少樵便不言語，一逕望着白茶花。白茶花就代替他發言，擄擄袖子，大聲說：

「留下點紀念再走！不能太便宜他們！」

「到底是什麼計畫，說出來大家都知道不好嗎？」洪桐葉也在納悶，呷一口酒，輕聲說。

「那個，你用不着問，到時候自然知道。」

柳少樵一笑，眼望着洪桐葉，又道：

「我現在倒要問你，後邊這個人，你怎麼打算？」

洪桐葉大喫一驚，倉卒間不知所答。鎮定一下，才說：

「我沒有打算。那是你的事情啊！你說怎麼辦就怎麼辦，我沒有一點意見。」

「你倒推得乾淨！無奈我不是三歲小孩子！我不那麼容易被人捉弄！」

「這是什麼話？哪個要捉弄你？」洪桐葉急辯。

「那麼，你剛才在廚房裏問洗澡房的鑰匙幹麼？」

「不過隨便一句閒話！」

「我可不那麼想！」

柳少樵扭身過去，把放在茶几底下剛才由漢口隨身帶過來的那個藍布小包袱提過來，從裏邊摸出一支「左輪」來，握在手裏。然後才嚴厲的輕聲說：

「既是你沒有打算，說我說怎麼辦就怎麼辦，那麼好了。趁落雨，後院子裏挖坑，埋掉他。現在就動手！」

說着，忽地站起身來，把手鎗揮着，趕他們往後邊去。大家都面面相覷，不知如何是好。

「去呀，去呀，這不是鬧着玩兒的！」白茶花還連連催促。

宋二姐在黑社會裏十多年打滾出來，到底比較老練，她一看情形，便衝着柳少樵雙膝跪下了。一邊叩頭，一邊哀懇。

「柳委員，你不是早已答應，說我可以不走嗎？這個是我的房子，以後我一輩子要住。這後院子裏要是埋上一個死人，我還有膽子住嗎？殺他不殺他，我不管。我祗求你不要在我的院子裏！」

說着，淚流滿面，又對白茶花叩頭。

「白委員，現成的有條船，『板刀麵』不是也彀好嗎？白委員，你是我們婦女領袖，你說句公道話啊！」

這一番表演，倒把白茶花招得笑了。

「看你這一副可憐相！」

「我原是個可憐的人啊，白委員！小洪和小苗子兩個人，沒有一個肯同我結婚，討我做老婆。我也是個寡婦，你怎麼不給我擇配啊！」

「好了，少樵，收起你那塊爛鐵來，我們另找地方解決他。」白茶花笑得眯縫了兩隻眼睛，「你看，宋二姐多可憐！我們先來解決她的婚姻問題。」

「不行，」柳少樵餘火未息，「先解決後邊的人！」

白茶花笑嘻嘻地上去，把他的手鎗拿開，雙手勾住他的脖頸，甜甜的說：

「看我的面子，不要生氣了吧！你讓我最後一次執行婦協委員的大權，為宋二姐『寡婦嫁人』！」

她把柳少樵推在椅子上坐下，大家也團團坐了。白茶花就先問洪苗兩人：

「為什麼你們兩個人都推辭，不要討二姐？」

洪桐葉搶先回答：

「我是客氣，怕小苗子想要她。」

「我也是客氣，」小苗子緊接着說，「我怕指導員要她。」

「以後，你不可以再叫我指導員！」

「那不成問題，現在不談。」白茶花連連搖手，制止他們題外說話，「聽你們的口氣，你們都願意要她，是不是？」

兩個人便不言語。

「既是兩個人都願意要，」白茶花說，「那麼抽籤！」

洪桐葉忽有所感，問小苗子說：

「你怎麼樣？不要抽籤，你把她讓給我，好不好？」

柳少樵一聽這話，就明白了他的用意。搶先說：

「我贊成小洪這個提議，宋二姐歸小洪，不要抽籤了。」

「那不公道，」白茶花不同意，「我一定要抽籤。這是婦協的事，你管不着！」

爭論的結果，還是決定抽籤。為了省事，兩個人壓手指頭，大姆指壓食指，食指壓中指，中指壓無名指，無名指壓小指，小指又壓大姆指。被壓的人把女人輸掉。

於是準備，洪苗兩隻右手伸到桌面上。白茶花一聲令下，祇伸了一次，小苗子的大姆指就被洪桐葉的小指壓倒。宋二姐便歸洪桐葉所有了。

白茶花教小苗子做介紹人，柳少樵證婚，她自己主婚，命令新郎新娘互抱互吻，立刻完成了婚禮。現成的酒，五個人同乾一杯，便送新婚夫婦入洞房，就是宋二姐原先和她的死鬼丈夫同住的那間上房，裏邊有一張金光閃閃的頂子銅牀，掛着雪白的布帳子。

「留點精神，明天早起，送錢老四到江心裏去喫『板刀麵』！」柳少樵對做新郎的洪桐葉說。

「大約什麼時候去？」洪桐葉問。

「五點鐘解嚴。我們四點多鐘起來！準備好，趕五點鐘出去。六點多鐘才天亮，時間儘彀。」

「如果我睡着了，你們來叫我一聲。」洪桐葉說。

「好，你放心睡吧！」

白茶花說了，就去拉小苗子：

「小弟，你不要難過。來，跟我和少樵，我們三個人做一床睡。」

宋二姐一直喜歡洪桐葉，洪桐葉也早知道。祇為這些時候，他的「應酬」實在太多，又曉得她和小苗子已經同居，所以雖然宋二姐不斷的噓寒送暖，表示關切，洪桐葉總不曾招惹她。今天，為了救錢本四，他想得到宋二姐的助力，就趁機會參加了抽籤。果然天從人願，居然抽到了，心裏暗暗喜歡。

小苗子一方面，僅僅為玩玩，他也很喜歡宋二姐。但要結婚，他就不大願意。宋二姐生得又高又大，論年齡比他大十歲，小苗子不以為那是一個理想的對象，美滿的因緣。所以在白茶花命令他抽籤的時候，他還遲疑。但不知怎的，等到人被洪桐葉抽去以後，他又莫名其妙的有點含酸，覺得受了委屈。

雖然他跟柳少樵和白茶花一床睡了，但他仍然極不舒服。整夜的翻來覆去，長吁短嘆。

一個久為自己傾心熱愛的男人，一下子意外地成了自己的丈夫，宋二姐愉快極了。她抱住洪桐葉，貪婪地吻了又吻。若干柔情蜜意，絮絮無休地傾吐了出來。

「你跟他們上江西嗎？」

「現在不了。等他們走了以後，年頭兒安定了，趁着我母親在世，我要和你正式結婚。我盼望你替我生兒育女，成家立業。我是獨子，我母親多年盼望有孫兒孫女。」

洪桐葉把嘴湊在她的耳朵上，這樣輕輕的說。一隻手在她的身上亂摸。

這幾句話，說得宋二姐飄飄欲仙，從耳根上散出一股熱，立刻走遍了全身，她覺得癱輭而無力。長長地呼一口氣，宋二姐讓自己鎮定一下，想想，才說：

「這些話，你要早些說，多好！」

「現在也不晚。」

「破壞鐵路的時候，你要是有這幾句話，我也不會上小苗子的當了！」宋二姐嘆口氣。

洪桐葉忍不住一笑。

「你笑什麼？」宋二姐問。

「那時候，你還有丈夫，我怎麼能說這些事？」

「噢，我想起來了。」宋二姐恍然如有若悟的追悔的說，「以後你自己跑到這裏來，教我到漢口，住在小苗子的五金店裏，等着服侍媽媽的時候，你就有意了。是吧？」

「一點不錯，你這句話說準了。」洪桐葉熱烈地緊偎着她，喃喃的說。

「要不是你有意，偌大一個漢口，難道你還找不到服侍媽媽的人，還用得着老遠地跑到這裏來找我？」

「是的，是的。」

「再說，我也不是服侍人的人。你教我去，原來為要媽媽先相相兒媳婦的。我說得對吧？」

「對對！我原是那個意思。」

「那麼，真可惜，你為什麼不對我講明了？」

「你知道，我不但愛你，還尊重你。」

洪桐葉顫聲說，很激動的樣子，「我祇怕我配不上你，所以不好意思。」

「真看不出來，你這個小心眼兒這樣窄！你知道我想什麼？我還一直怕你看不上我呢！」

宋二姐長長地嘆口氣，接着又說：

「原本是件好事情，可惜有這點疙瘩！想起來，祇怪小苗子不好！」

「不，誰也不怪！好了，過去的事情不談了，我們打算以後的吧。」

洪桐葉安慰了她，又緩緩的說：

「我考慮了又考慮，現在就有個難題。」

「什麼難題？」

「明天早上，把後面那個人宰了。他們，一走了事。賸下我們兩個不走的，就少不了麻煩，萬一官面上查出來呢，殺人是要償命的。」

「一個『板刀麵』有誰知道？」

「天下沒有不透風的牆。」

「那麼你們這些時候宰得還少？難道那就不怕？」

「得勢的時候，幾條人命算什麼？以後的情形就不一樣了。要是喫了官司，我們兩個人就不能白頭偕老了！」

洪桐葉說得傷心，淚流在宋二姐的臉上。

「好小弟，不要難過！想想看，有沒有什麼辦法。」

「辦法倒有一個。」

「那麼，你說！」

「我想，」洪桐葉伏在宋二姐的身上，咬着她的耳朵說，「不如趁這雨夜，我們兩個人把姓錢的偷偷帶出去，找個地方躲兩天。等他們走了，我們再回來。」

「把家扔了，我不大放心！」

「左鄰右舍，都和你處得不錯，誰也會替你招呼兩天，你怕什麼？」

「躲到哪裏去呢？」

「我有個地方。我們在那裏等到天亮，趕第一班輪渡過江去。」

再計議一番，兩個人穿好衣服，捏手捏腳的輕輕開門出來。摸到廚房裏，宋二姐伸手去碗櫥上拿鑰匙，鑰匙已經不在原放的地方。便輕聲說：

「打開手電筒照照。」

結果是鑰匙真不在了。洪桐葉拉一拉宋二姐，兩個人向洗澡房來，洗澡房的門依然鎖着。正在為難，聽得身後有人叫：

「小洪！」

洪桐葉一驚，扭過身來，用手電筒一照，原來是柳少樵。

「什麼事？少樵！」

「問你啊，你是什麼事？」

「我不放心，起來看看。」

「有我值夜呢，你們去睡吧。」

「那麼偏勞你了。」

洪桐葉手擁着宋二姐回房去了。插好門，一陣着急，輕聲說：

「糟糕，這怎麼辦！」

「等一會再去。」

「再去也沒有用了。柳少樵已經防範我們，而且沒有鑰匙！」

兩個人和衣睡下，翻來覆去，祇是乾着急。宋二姐還不怎樣，洪桐葉是懂得厲害的，對柳少樵懷着滿腔的恐懼。他很想一個人偷偷逃去，但又沒有決心，僅僅有此一想而已。他沒有真的逃去！

四點多鐘，大家起來。一切準備妥當。柳少樵自到洗澡房裏去把錢本四放出來。

「四先生，委屈了你這些天！」柳少樵抱歉說，「今天我送你回漢口。三先生和大小姐還住在老地方，金鈴也在那裏。」

「謝謝。」

錢本四抱抱拳頭，他身體還不太差，最近又剛理了髮。有次他想逃跑，給他們收拾了一下，腿傷一直不好，走路不大方便。

他早已知道三哥和洪桐葉的母親結了婚，此時見洪桐葉在座，就略覺心安。

五點敲過，留宋二姐和白茶花看守門戶，柳少樵、洪桐葉，還有小苗子，三個人尾隨着錢本四到江邊來。渡船上的「同志」們，早有準備。人一上船，便解纜離岸，盪向江心。這時候，天還不亮，星光點點，明月西沉。

錢本四不安的四面望望，自言自語的說：

「為什麼不等天亮了搭輪渡？」

「你不要緊，」柳少樵笑笑說，「我們這幾個人現在都要避人眼目了。共產黨原都幹的是些不見天日的勾當！」

「你們有你們的理想。」錢本四敷衍一句。

柳少樵忽地揚聲問道：

「老八呢？」

「我在這裏！」後艙裏鑽出一個上半身來。

「你幹吧，這時候可以下手了！」

錢本四方在一驚，早被那個「老八」照他的太陽穴上重重擊了一拳，人便倒了下來。套上個麻袋，紮了口。二尺多長的一條青石板，用鐵絲連麻袋緊緊縛在一起。幾個人一齊動手，抬起來便往江心一擲。

柳少樵轉過身來，抱住洪桐葉親了個嘴。

「兔兒，這回輪到你！」

一語未畢，洪桐葉也被擊昏，和錢本四一路去了。

回來，柳少樵告訴宋二姐：

「小洪送錢老四過江去了，他順便探望他的母親和妹妹。」

「是不是馬上回來？」

「倒沒有問他。」

宋二姐心裏就有點不安。

柳少樵和小苗子厮伴着白茶花，連床大被，悶睡了一整天。而仍不見洪桐葉回來，宋二姐的不安就更加重了。她對柳少樵說：

「莫不他變了心？我過江找他去。」

柳少樵正在看着當天的一份日報，上面登着朱廣濟自殺的新聞。心裏不由得納罕：朱廣濟是一位反共大將，這一陣受的打擊不小，為什麼在分共之後，他反而自殺呢！蹊蹺，事情實在蹊蹺！

「我不能再傻等了，還是早些走了吧！」

他這樣決定。就回答宋二姐說：

「好，晚上我們一同過江，也許我們可以幫忙你！」

「那不必了。」宋二姐神情恍惚的孏孏的說，「趁白天，我自己過去。他是我的丈夫，夫妻間的事，最好外人不要插手。柳委員，你衹把錢家的地址告訴我好了！」

「不錯，你說得對！」柳少樵扮個鬼臉說，「不過你們這個婚姻關係，除了我和白茶花，別人未必承認。尤其錢家的人。我們和你同去，就為作證明，讓錢家不承認不行。」

白茶花和小苗子也隨聲附和，把個宋二姐攪得再也沒有主見，祇可表示同意。

總算巴到天黑。這大中秋，好大的月亮。鎖了大門，四個人用自己的渡船到漢口。柳少樵道：

「你們都陪我到我家的布店裏去一趟，我要遠走，給爸爸辭行。這一分別，難說能不能再見面了！」

「柳委員，原來你這等孝順！」小苗子覺得新鮮。

「那還用說，我可以上得二十五孝，你等着瞧吧！」

於是四個人閃閃躲躲的踅到布店裏去。

小苗子的老東家，五金店老板夫婦，在上海蹲了一個時期，聽說漢口分共，工商業已經恢復了秩序，就搭船回漢口來。他的五金店，鎖着大門。老板沒有鑰匙，找個銅匠來把鎖打開。推門進去，迎門橫着一具屍體，已經臭氣四溢。老板夫婦連那個銅匠都大喫一驚，返身退出。左鄰右舍，商量一番，派人報警。老板夫婦暫時在鄰家休息。

不一時，警察人員大批趕到，而且帶着驗屍官。

橫門屍體一具，是個女屍，為重鐵器擊破頭顱致死。經鄰里認明，那是宋二姐。

柳家布店裏的氣味更大了。柳家倉庫的後牆打開了一個洞。從這個洞進去，倉庫裏走進去，住房後院裏有一宗怪事。柳家倉庫的後牆打開了一個洞。從這個洞進去，倉庫裏又橫着一具屍體，辨認結果，是小苗子。他身無外傷，而七竅流血。

倉庫大門開着，柳家布店裏的氣味更大了。在這裏，樓上樓下，前廳後院，一共有七具屍體：柳老先生、柳老二、葉品霞、廚子、還有兩個夥計，一個學徒。

布店的大門從裏邊插着。門面後間的小客室裏，杯盤狼籍，有賸下來的殘酒。以後經過化驗，酒內有毒。

自從分共，這是最為轟動的一個「九命奇冤」。

一般分析：工會、婦協為患社會的時期，兩個最活躍的人物柳少樵和白茶花，都是柳家人。他們害人不少。這極可能是仇殺。因為兩個人逃走了，他們的仇家就拿他們的家人謀殺洩憤。

重陽過後，有蒸籠之稱的漢口，也漸漸涼爽了。

汪終於撤消了他的政府。他乘專輪去上海。隨侍左右的，除了他的許多親信之外，還有錢本三夫婦和他們的兩個女兒，高末明也在其內。

專輪在九江略停，繼續下駛。

一艘拖貨的木船，在專輪後面不遠，也從上游下來，在九江停靠。有兩個人從這裏下船，一個矮胖女人緊靠着一個細高個的男人走，遠遠看去很像一個英文字母d字。

這個d字一直向前移動，不久，就消失在暮色蒼茫之中。

國家圖書館出版品預行編目資料

重陽【經典復刻版】/ 姜貴著 .-- 初版 .-- 臺北市：
皇冠．2016.10
面；公分（皇冠叢書；第 4577 種）
（JOY；195）
ISBN 978-957-33-3263-3（平裝）

857.7 105016791

皇冠叢書第 4577 種
JOY 195
重陽【經典復刻版】

作　　者—姜貴
發 行 人—平雲
出版發行—皇冠文化出版有限公司
台北市敦化北路 120 巷 50 號
電話◎ 02-27168888
郵撥帳號◎ 15261516 號
皇冠出版社（香港）有限公司
香港上環文咸東街 50 號寶恒商業中心
23 樓 2301-3 室
電話◎ 2529-1778　傳真◎ 2527-0904
總 編 輯—龔槵甄
責任主編—許婷婷
美術編輯—嚴昱琳
著作完成日期— 1974 年 10 月
初版一刷日期— 2016 年 10 月

法律顧問—王惠光律師

如有破損或裝訂錯誤，請寄回本社更換
讀者服務傳真專線◎ 02-27150507
電腦編號◎ 406195
ISBN ◎ 978-957-33-3263-3
Printed in Taiwan
本書特價◎新台幣 399 元 / 港幣 133 元